FATAL AFFAIR – NUR MIT DIR

FATAL-SERIE 1

MARIE FORCE

1

———

Zuerst schlug ihm der Geruch entgegen.

„Uh, was zur Hölle ist das?" Nick Cappuano ließ die Schlüssel in seine Manteltasche fallen und betrat das geräumige, gut ausgestattete Apartment im Watergate-Komplex, das sein Boss, Senator John O'Connor, von seinem Vater geerbt hatte.

„Senator!" Nick versuchte, den üblen metallischen Geruch zu identifizieren.

Er ging durch das Wohnzimmer, wo er Teile des Anzugs, den John gestern getragen hatte, auf den Sofas und Sesseln verstreut liegen sah. Die Sachen bildeten einen Pfad Richtung Schlafzimmer. John hatte sich gestern Abend noch bei Nick gemeldet, als er, von einem Dinner mit der Führungsriege der Demokratischen Partei Virginias kommend, auf dem Weg nach Hause gewesen war. Nick hatte seinen sechsunddreißigjährigen Boss daran erinnert, seine Alarmanlage einzuschalten.

„Senator?" John hasste es, wenn Nick ihn so nannte, doch Nick fand, die Leute sollten John so viel Respekt entgegenbringen.

Der eigenartige Geruch, der sich in der ganzen Wohnung ausgebreitet hatte, führte dazu, dass sich Nicks Nackenhaare aufstellten. „John?"

Er betrat das Schlafzimmer und schnappte nach Luft. John saß blutüberströmt aufrecht in seinem Bett, die Augen offen, der Blick jedoch leer. Ein Messer steckte in seinem Hals und hielt ihn am

Kopfteil des Bettes fest. Seine Hände lagen in einer Blutlache im Schoß.

Nick würgte. Das Letzte, was er registrierte, ehe er ins Bad stürzte, um sich zu übergeben, war, dass etwas aus Johns Mund hing.

Nachdem das heftige Würgen endlich aufgehört hatte, richtete Nick sich mit zitternden Beinen auf, wischte sich den Mund mit dem Handrücken ab und lehnte sich an die Frisierkommode. Er wartete, ob noch mehr kommen würde. Sein Handy klingelte. Als er sich nicht meldete, vibrierte sein Pager. Nick brachte nicht die Kraft auf, sich zu melden und die Worte auszusprechen, die alles verändern würden. *Der Senator ist tot. John wurde ermordet.* Er wollte zu dem Moment zurückkehren, als er wütend im Auto gesessen und geglaubt hatte, sein ärgstes Problem an diesem Tag sei, dass dieses große Kind wieder einmal verschlafen hatte.

Erinnerungen, die zurückreichten bis zu ihrer ersten Begegnung als Studienanfänger im Geschichtsseminar in Harvard, tauchten vor seinem inneren Auge auf, hunderte Schnipsel einer fast zwanzigjährigen Freundschaft. Wie um sich davon zu überzeugen, dass das, was er gesehen hatte, Wirklichkeit war, spähte er ins Schlafzimmer. Beim Anblick seines besten Freundes, erstochen und blutüberströmt, zuckte er zusammen.

Tränen brannten ihm in den Augen, doch er riss sich zusammen. Nicht jetzt. Vielleicht später, aber nicht jetzt. Sein Handy klingelte erneut. Diesmal schaute er aufs Display. Es war Christina, seine stellvertretende Stabschefin. Doch er meldete sich nicht. Stattdessen wählte er die Nummer der Polizei.

Er atmete tief durch, um ruhiger zu werden und nicht hysterisch zu klingen. „Ich muss einen Mord melden", sagte er und gab die Adresse durch. Anschließend stolperte er ins Wohnzimmer, um auf das Eintreffen der Polizei zu warten. Das Bild seines toten Freundes, so viel war gewiss, würde ihn auf ewig verfolgen.

Zwanzig Minuten später trafen zwei Officer ein. Sie warfen einen kurzen Blick ins Schlafzimmer und forderten per Funk Verstärkung an. Nick war überzeugt davon, dass keiner der beiden das Opfer erkannte.

Er fühlte sich wie von einer riesigen Welle überrollt, die ihn immer weiter vom sicheren Ufer wegtrug, bis das Atmen mühsam wurde. Er schilderte den Cops genau, was passiert war – dass sein Boss nicht zur Arbeit erschienen und Nick daraufhin zu ihm gefahren war, um nach ihm zu sehen, und er ihn tot vorgefunden hatte.

„Der Name Ihres Chefs?"

„United States Senator John O'Connor." Nick beobachtete, wie die beiden jungen Polizisten blass wurden und sofort mit mehr Nachdruck Verstärkung anforderten.

„Ein weiterer Skandal im Watergate", hörte er einen von ihnen murmeln.

Wieder klingelte Nicks Handy. Diesmal meldete er sich.

„Ja?", sagte er leise.

„Nick!", schrie Christina. „Wo zur Hölle steckt ihr? Trevor dreht durch!" Trevor war der Kommunikationschef, der für diesen Vormittag eine Reihe von Interviewterminen mit dem Senator anberaumt hatte.

„Er ist tot, Chris."

„Wer ist tot? Wovon redest du?"

„John."

Ihr leises Weinen brach ihm das Herz. „Nein!"

Nick wusste, dass sie verzweifelt in John verliebt war, jedoch Profi genug, um sich niemals von diesen Gefühlen beeinflussen zu lassen. Das war einer der vielen Gründe, weshalb Nick sie respektierte.

„Tut mir leid, dass ich damit so herausplatze."

„Wie?", fragte sie mit brüchiger Stimme.

„Im Bett erstochen."

Am anderen Ende der Leitung war ein Stöhnen zu hören. „Aber wer ... ich meine, *warum*?"

„Die Cops sind hier, aber noch weiß ich nichts. Du musst um eine Verschiebung der Abstimmung bitten."

„Das kann ich nicht", erwiderte sie und fügte fast flüsternd hinzu: „Daran kann ich momentan nicht denken."

„Das musst du, Chris. Dieser Gesetzentwurf ist sein Vermächtnis. Wir dürfen nicht zulassen, dass seine Arbeit umsonst war. Schaffst du das? Für ihn?"

„Ja ... okay."

„Du musst dich wegen der Mitarbeiter zusammenreißen. Sag ihnen noch nichts. Nicht, bevor nicht seine Eltern informiert wurden."

„O verdammt, seine armen Eltern. Du solltest dich auf den Weg machen. Es ist besser, sie erfahren es von dir als von der Polizei."

„Ich weiß nicht, ob ich das kann. Wie erkläre ich Leuten, die ich liebe, dass ihr Sohn ermordet wurde?"

„Er würde wollen, dass du es ihnen beibringst."

„Vermutlich hast du recht. Mal sehen, ob die Cops mich überhaupt gehen lassen."

„Was werden wir ohne ihn machen, Nick?" Diese Frage hatte er sich selbst schon gestellt. „Ich kann mir diese Welt, dieses Leben ohne ihn nicht vorstellen."

„Geht mir genauso", sagte Nick. Sein Leben würde völlig anders aussehen, wenn John O'Connor nicht mehr im Mittelpunkt stand.

„Ist er wirklich tot?", fragte sie, als müsse sie sich erst davon überzeugen, dass es sich nicht um einen grausamen Scherz handelte. „Jemand hat ihn umgebracht?"

„Ja."

Vor dem Büro des Chiefs strich Detective Sergeant Sam Holland über ihre karamellfarbenen Haare, die sie während der Arbeit mit einer Spange bändigte, kniff sich in die Wangen, um Farbe hineinzubekommen, und zupfte ihre graue Kostümjacke zurecht, die sie über einem roten Top mit Rundhalsausschnitt trug.

Um ihre Nerven und ihren chronisch nervösen Magen zu beruhigen, atmete sie tief durch, ehe sie die Tür öffnete und eintrat. „Gehen Sie gleich hinein, Sergeant Holland. Er wartet auf Sie."

Na fabelhaft, dachte Sam und lächelte der Rezeptionistin kurz zu. Sie unterdrückte den Impuls, einfach kehrtzumachen und wegzurennen, und trat ein.

„Sergeant." Der Chief, den sie einst *Onkel Joe* genannt hatte, stand auf und kam hinter seinem riesigen Schreibtisch hervor, um sie mit einem festen Händedruck zu begrüßen. Mit seinen grauen

Augen musterte er sie besorgt und mitfühlend. Beides war neu seit dem „Zwischenfall". Wie dem auch sei, es wurmte sie. „Sie sehen gut aus."

„Es geht mir auch gut."

„Freut mich zu hören." Er bedeutete ihr, sich zu setzen. „Kaffee?"

„Nein, danke."

Er schenkte sich eine Tasse ein und sah über die Schulter. „Ich habe mir Sorgen um Sie gemacht, Sam."

„Das tut mir leid, und auch, dass ich die ganze Abteilung blamiert habe." Das war ihre erste Gelegenheit, persönlich mit ihm zu sprechen, seit sie nach einem Monat Beurlaubung zurückgekehrt war. In dieser ganzen Zeit hatte sie diesen Satz wieder und wieder geübt. Sie hoffte, ihn aufrichtig und überzeugend gesagt zu haben.

„Sam", meinte er seufzend und setzte sich ihr gegenüber, den Becher in den großen Händen haltend. „Sie haben nichts getan, was Ihnen oder der Abteilung peinlich sein müsste. Jeder macht mal Fehler."

„Aber nicht jeder macht Fehler, die zu einem toten Kind führen, Chief."

Er betrachtete sie lange schweigend, als treffe er irgendeine Entscheidung. „Senator John O'Connor wurde heute Morgen ermordet in seiner Wohnung aufgefunden."

„Um Himmels willen! Wie wurde er ermordet?"

„Ich habe noch nicht alle Details. Aber nach allem, was man mir bisher gesagt hat, wurde er offenbar verstümmelt und in den Hals gestochen. Der Stabschef hat ihn gefunden."

„Nick", sagte sie leise.

„Bitte?"

„Nick Cappuano ist O'Connors Stabschef."

„Kennen Sie ihn?"

„Kannte. Ist Jahre her", fügte sie hinzu, verblüfft und beunruhigt darüber, dass die Erinnerung an ihn nach wie vor Macht über sie hatte. Allein seinen Namen auszusprechen, beschleunigte ihren Herzschlag.

„Ich gebe Ihnen den Fall."

Sie war erstaunt, dass man sie so unvermittelt wieder mit

echter Arbeit beauftragte, wonach sie sich gesehnt hatte. Deshalb kam sie um die eine Frage nicht herum: „Warum mir?"

„Weil Sie es brauchen, und ich auch. Wir brauchen beide ein Erfolgserlebnis."

Die Presse hatte ihn schonungslos attackiert, ebenso Sam und die Abteilung. Doch es ihn zugeben zu hören, tat weh. Ihr Vater war zusammen mit Farnsworth aufgestiegen, was wahrscheinlich der Hauptgrund dafür war, dass sie ihren Job nach wie vor hatte. „Ist das ein Test? Ich finde heraus, wer den Senator ermordet hat, und meine Sünden sind mir vergeben?"

Er stellte seinen Kaffeebecher ab und lehnte sich nach vorn, die Ellbogen auf die Knie gestützt. „Die einzige Person, die Ihnen vergeben muss, sind Sie selbst."

Wütend über die aufwallenden Emotionen, die seine Worte in ihr auslösten, räusperte sie sich und stand auf. „Wo wohnt O'Connor?"

„Im Watergate-Komplex. Zwei Uniformierte sind bereits dort. Die Spurensicherung ist unterwegs." Er reichte ihr einen Zettel mit der Adresse. „Ich muss Ihnen nicht erklären, dass der Fall äußerste Diskretion verlangt."

Ebenso wenig musste er hinzufügen, dass dies ihre einzige Chance zur Wiedergutmachung war.

„Wird das FBI nicht beteiligt sein wollen?"

„Kann sein, nur fällt das nicht in ihre Zuständigkeit. Und das wissen sie auch. Die werden mir trotzdem im Nacken sitzen, also berichten Sie mir direkt. Ich will alles wissen, und zwar aktuell. Ich spreche es mit Stahl ab", setzte er hinzu und meinte damit den Lieutenant, dem sie normalerweise Bericht erstattete.

Auf dem Weg zur Tür fiel ihr noch etwas ein. „Ich werde Sie nicht enttäuschen."

„Das haben Sie noch nie."

Die Hand auf dem Türknopf, drehte sie sich zu ihm um. „Sprechen Sie als Chef der Abteilung oder als Onkel Joe?"

Ein kurzes, aber aufrichtiges Lächeln erschien auf seinem Gesicht. „Beides."

2

———

Nick saß unter den wachsamen Augen der beiden Polizisten auf Johns Sofa. Sein Verstand arbeitete fieberhaft an den niederschmetternd zahlreichen Dingen, die zu erledigen, Details, die zu berücksichtigen, Leute, die anzurufen waren. Sein Handy klingelte ununterbrochen, doch er ignorierte es, nachdem er entschieden hatte, mit niemandem mehr zu sprechen, bevor er nicht Johns Eltern gesehen hatte. Vor fast zwanzig Jahren hatten sie sofort Gefallen gefunden an dem vom Schicksal gebeutelten Stipendiaten, den ihr Sohn für ein Wochenende aus Harvard mitgebracht hatte, und ihn praktisch in die Familie aufgenommen. Nick schuldete ihnen so viel, deshalb sollten sie, wenn möglich, die Nachricht vom Tod ihres Sohnes auch durch ihn erhalten.

Er fuhr sich durch die Haare. „Wie lange noch?"

„Die Detectives sind unterwegs."

Zehn Minuten später hörte Nick sie, ehe er sie sah. Hektische Aktivität und eine plötzlich energiegeladene Atmosphäre gingen ihrem Eintreten voran. Er unterdrückte ein Stöhnen. Reichte es denn nicht, dass sein Freund und Chef ermordet worden war? Musste er jetzt auch noch ihr gegenübertreten? Gab es hier nicht Tausende von anderen Cops? War sie wirklich der einzig verfügbare?

Sam strahlte beim Betreten des Apartments sofort Autorität und Kompetenz aus. Angesichts ihrer jüngsten Probleme überraschte Nick das umso mehr. „Klebt Absperrband vor die Tür", befahl sie einem der Officer. „Führt Protokoll darüber, wer wann hier aufgetaucht ist. Niemand kommt oder geht ohne mein Okay. Verstanden?"

„Ja, Ma'am. Der Patrol Sergeant ist auf dem Weg, zusammen mit Deputy Chief Conklin und Detective Captain Malone."

„Sagen Sie mir Bescheid, sobald sie hier sind." Ohne einen Blick in Nicks Richtung ging sie durch das Apartment und verschwand im Schlafzimmer. Ein junger, gut aussehender Detective mit zerwühltem Haar folgte ihr und grüßte Nick knapp.

Nick hörte Stimmengemurmel aus dem Schlafzimmer und sah einen Kamerablitz. Fünfzehn Minuten später tauchten sie wieder auf, beide sichtlich blasser. Aus irgendeinem Grund verschaffte es ihm Genugtuung, dass die mit dem Fall betrauten Detectives nicht so abgebrüht waren, dass das Gesehene sie nicht beeindruckte.

„Veranlasse eine Überprüfung des Gebäudes", wies Sam ihren Kollegen an. „Wo zur Hölle bleibt die Spurensicherung?"

„Hängen bei einem anderen Mord fest", informierte einer der anderen Polizisten sie.

Endlich wandte sie sich an Nick, und nichts in ihren blassblauen Augen wies darauf hin, dass sie ihn wiedererkannte oder sich an ihn erinnerte. Doch die Tatsache, dass sie sich weder vorstellte noch nach seinem Namen fragte, verriet ihm, dass sie sehr genau wusste, wer er war. „Wir brauchen Ihre Fingerabdrücke."

„Sind in der Akte", murmelte er. „Zuverlässigkeitsüberprüfung der Kongressmitarbeiter."

Sie schrieb etwas in ein kleines Notizbuch, das sie aus der Gesäßtasche ihrer grauen, figurbetonten Hose zog. In ihrem schönen Gesicht waren die Spuren der Jahre zu sehen, die bei ihrer letzten Begegnung, als er die Gelegenheit gehabt hatte, sie aus der Nähe zu betrachten, noch nicht dagewesen waren. Er vermochte nicht zu sagen, ob ihr Haar noch so lang war wie früher, da sie es mit einer Klammer zurückgebunden hatte. An ihrem wohlgeformten Körper und den langen Beinen hatte sich jedoch nichts verändert.

„Kein gewaltsames Eindringen", stellte sie fest. „Wer hat einen

Schlüssel? Und wer hat keinen? Ich brauche eine Liste. Ich nehme an, Sie haben einen Schlüssel?"

Nick bestätigte es. „So bin ich hereingekommen."

„War er mit jemandem zusammen?"

„Nicht fest, aber er hatte keine Probleme, weibliche Gesellschaft zu finden." Nick verschwieg, dass Johns lässiger Umgang mit Frauen und Sex für Spannungen zwischen den beiden Männern gesorgt hatte, da Nick befürchtete, Johns Privatleben könnte eines Tages problematisch für seine politische Karriere werden. Dass es auch zu einem Mord führen könnte, hätte er allerdings nicht erwartet.

„Wann haben Sie ihn zum letzten Mal gesehen?"

„Als er gestern Abend das Büro verließ, um zu einem Essen mit den Virginia-Demokraten zu gehen. Das muss gegen halb sieben gewesen sein."

„Haben Sie mit ihm gesprochen?"

„Erst gegen zehn, als er mich darüber informierte, dass er auf dem Heimweg sei."

„Allein?"

„Hat er nicht gesagt, und ich habe nicht gefragt."

„Erzählen Sie mir, was heute Morgen passiert ist."

Er berichtete ihr, Christina habe morgens um sieben erfolglos versucht, John zu erreichen. Daraufhin sei er zur Wohnung des Senators gefahren, in der Erwartung, dass dieser wieder einmal seinen Wecker nicht gehört habe.

„Das ist also nicht zum ersten Mal passiert?"

„Dass er ermordet wurde, schon."

Sie wirkte kein bisschen amüsiert. „Halten Sie das für komisch, Mr. Cappuano?"

„Wohl kaum. Mein bester Freund ist tot, Sergeant. Ein Senator der Vereinigten Staaten ist ermordet worden. Daran ist überhaupt nichts Komisches."

„Dann sollten Sie sich auch darauf beschränken, die Fragen zu beantworten, und sich Ihren schrägen Humor für einen geeigneteren Zeitpunkt aufsparen."

Nach dieser Zurechtweisung erklärte Nick: „Er verschlief mindestens einmal im Monat den Wecker und das klingelnde Telefon."

„Trank er?"

„Zu gesellschaftlichen Anlässen, aber ich habe ihn nur sehr selten betrunken erlebt."

„Verschreibungspflichtige Medikamente? Schlafmittel?"

Nick schüttelte den Kopf. „Er hatte einfach einen sehr tiefen Schlaf."

„Und sein Stabschef war dafür zuständig, ihn zu wecken? Gab es sonst niemanden, den Sie schicken konnten?"

„Dem Senator war der Schutz seines Privatlebens sehr wichtig. Es gab Gelegenheiten, bei denen er nicht allein war, und wir waren beide der Ansicht, dass sein Liebesleben die Mitarbeiter nichts anging."

„Dass Sie wussten, mit wem er schlief, störte ihn aber nicht?"

„Er wusste, dass er auf meine Diskretion zählen konnte." Er sah auf, und die Wirkung des Blickkontaktes traf ihn völlig unvorbereitet. Angesichts ihrer leicht beunruhigten Miene fragte er sich, ob es ihr ebenso ging. „Seine Eltern müssen informiert werden. Ich würde gern derjenige sein, der es ihnen beibringt."

Sam musterte ihn einen langen Moment. „Ich werde das veranlassen. Wo sind sie?"

„Auf ihrer Farm in Leesburg. Es muss bald geschehen. Wir verzögern gerade eine Abstimmung, für die wir seit Monaten gekämpft haben. Es wird überall in den Nachrichten sein, dass irgendetwas passiert ist."

„Um was ging es bei der Abstimmung?"

Er erzählte ihr von dem geplanten Zuwanderungsgesetz von historischer Bedeutung und Johns Rolle als Mit-Unterstützer.

Sie nickte nur kurz und ging davon.

Eine Stunde später saß Nick in einem nicht gekennzeichneten SUV der Metropolitan Police auf dem Weg nach Westen, Richtung Leesburg, mit Sam am Steuer. Ihren Partner hatte sie mit einer schwindelerregend langen Liste an Anweisungen zurückgelassen und darauf bestanden, Nick zu Johns Eltern zu begleiten.

„Brauchst du etwas zu essen?"

Er schüttelte den Kopf. Momentan konnte er nicht einmal ans Essen denken, bei der grässlichen Aufgabe, die vor ihm lag.

Außerdem hatte sich sein Magen noch nicht davon erholt, dass er sich vorhin hatte übergeben müssen.

„Wir können immer noch die Loudoun County Police oder die Virginia State Police bitten, die Sache zu erledigen", sagte sie bereits zum zweiten Mal.

„Nein."

Nach einigen Sekunden unangenehmen Schweigens meinte sie: „Es tut mir leid, was mit deinem Freund passiert ist und dass du ihn so sehen musstest."

„Danke."

„Willst du dich nicht melden?", fragte sie, auf sein pausenlos klingelndes Handy deutend.

„Nein."

„Wie wär's dann, wenn du es abschaltest? Ich halte es nicht aus, ein klingelndes Telefon zu hören."

Er zog sein iPhone aus der Gürteltasche, noch immer aufgewühlt von Johns Abtransport in einem Leichensack. Bevor er es ausschaltete, rief er Christina an.

„Hallo", meldete sie sich und klang sehr erleichtert. „Ich habe schon versucht, dich zu erreichen."

„Tut mir leid." Er lockerte seine Krawatte, öffnete den obersten Hemdknopf und betrachtete Sam, deren angenehmer weiblicher Duft sich im Inneren des Wagens ausgebreitet hatte. „Ich hatte mit den Cops zu tun."

„Wo bist du jetzt?"

„Auf dem Weg nach Leesburg."

„Oje." Christina seufzte. „Darum beneide ich dich nicht. Geht es dir gut?"

„Ging mir nie besser."

„Verzeih. Dumme Frage."

„Ist schon in Ordnung. Wer weiß denn auch, was man in einer solchen Situation sagen oder tun soll. Hast du die Abstimmung verschoben?"

„Ja, aber Martin und McDougal hat der Schlag getroffen", berichtete sie, auf Johns Mitstreiter für das Gesetz und den Vorsitzenden der demokratischen Mehrheit anspielend. „Sie wollen wissen, was los ist."

„Halt sie hin. Noch eine Stunde, vielleicht zwei. Das Gleiche gilt für die Mitarbeiter. Ich gebe dir grünes Licht, sobald ich mit Johns Eltern gesprochen habe."

„Mach ich. Jeder weiß inzwischen, dass irgendetwas passiert ist, weil die Capitol Police einen Officer vor Johns Büro postiert hat und niemanden hineinlässt."

„Die Polizei wartet auf einen Durchsuchungsbefehl", erklärte Nick.

„Warum wollen sie einen Durchsuchungsbefehl für das Büro des Opfers?"

„Hat was mit der Überwachungskette bei der Beweissicherung und der Beschwichtigung der Capitol Police zu tun."

„Oh, ich verstehe. Ich finde, Trevor sollte eine Erklärung vorbereiten, sobald wir so weit sind."

„Deshalb rufe ich an."

„Wir kümmern uns darum." Sie war offensichtlich froh, etwas zu tun zu haben.

„Kannst du es Trevor beibringen? Oder soll ich mich darum kümmern?"

„Ich denke, das schaffe ich. Aber danke, dass du fragst."

„Wie geht es dir?", erkundigte er sich.

„Ich bin völlig geschockt ... dieses vielversprechende Talent, einfach weg ..." Sie fing an zu weinen. „Und sobald der Schock nachlässt, tut es nur noch weh."

„Ja", sagte er sanft. „Keine Frage."

„Falls du etwas brauchst, ich bin hier."

„Ich werde das Telefon für eine Weile ausschalten", informierte er sie. „Es klingelt ununterbrochen."

„Ich werde dir die Erklärung mailen, sobald wir sie fertig haben."

„Danke, Christina. Ich rufe dich später noch mal an." Nick beendete das Gespräch und warf einen Blick in seine E-Mails. Die in ihnen zum Ausdruck gebrachte Bestürzung und Besorgnis über den Aufschub der Abstimmung überraschte ihn kaum. Eine Mail stammte von Senator Martin persönlich: „Was zum Henker ist da los, Cappuano?"

Seufzend schaltete er das iPhone aus und ließ es in seine Manteltasche gleiten.

„War das deine Freundin?", wollte Sam wissen und riss ihn damit aus seinen Gedanken.

„Nein, meine Stellvertreterin."

„Oh."

Er fragte sich, worauf sie hinauswollte, deshalb fügte er hinzu: „Wir arbeiten sehr eng zusammen und sind gute Freunde."

„Warum verteidigst du dich?"

„Was ist eigentlich dein Problem?"

„Ich habe kein Problem. Du bist derjenige mit den Problemen."

„All die tolle Presse, die du in letzter Zeit bekommen hast, war kein Problem für dich?"

„Wow, Nick, mir war nicht klar, dass dich das interessiert."

„Tut es auch nicht."

„Ja, das hast du mir deutlich zu verstehen gegeben."

Er drehte zu ihr, um sie besser ansehen zu können. „Na, ist das zu fassen? *Du* hast doch auf keinen einzigen meiner Anrufe reagiert."

Sie sah ihm überrascht ins Gesicht. „Was für Anrufe?"

Nachdem er sie einen Moment lang ungläubig angestarrt hatte, ließ er sich in seinen Sitz zurücksinken und richtete den Blick auf die anderen Autos, mit denen sie die Interstate teilten.

Einige Minuten vergingen, in denen verlegenes Schweigen herrschte.

„Was für Anrufe, Nick?"

„Ich habe dich angerufen", sagte er ruhiger. „Tagelang nach jener Nacht. Ich habe versucht, dich zu erreichen."

„Das habe ich nicht gewusst", stammelte sie. „Niemand hat mir etwas davon gesagt."

„Das spielt jetzt auch keine Rolle mehr, schließlich ist das lange her." Doch wenn seine Reaktion auf dieses Wiedersehen nach sechs Jahren irgendeinen Schluss zuließ, dann den, dass es sehr wohl eine Rolle spielte. Und wie.

3

———

Die Kreisstadt Leesburg im Loudoun County, Virginia, inmitten der Pferdehochburg des Bundesstaates, lag fünfunddreißig Meilen westlich von Washington. Mit seinen sanften Hügeln und grünen Weiden war Loudoun geprägt von seiner Pferdekultur. Als Graham O'Connor sich nach vierzig Jahren im Senat zur Ruhe gesetzt hatte, war er mit seiner Frau auf das Familienanwesen außerhalb von Leesburg gezogen, wo sie sich ganz ihrer großen Liebe zu Pferden widmen konnten. Ihr gesellschaftliches Leben drehte sich nun um Steeplechase-Rennen, Hunde, die Jagd und den Belmont Country Club.

Je näher sie Leesburg kamen, desto angespannter wurde Nick. Er hatte den Kopf zurückgelehnt und hielt die Augen geschlossen, während er sich innerlich darauf vorbereitete, Johns Eltern die grausame Nachricht zu überbringen.

„Wer waren seine Feinde?", fragte Sam nach einer Weile.

Ohne die Augen zu öffnen, antwortete Nick: „Er hatte keine."

„Ich würde sagen, was geschehen ist, beweist das Gegenteil. Komm schon. Jeder in der Politik hat Feinde."

Er öffnete die Augen und sah Sam an. „Nicht John O'Connor."

„Ein Politiker ohne einen einzigen Feind? Ein Mann, der aussieht wie ein griechischer Gott, der keine zurückgewiesenen Liebhaberinnen hat?"

„Ein griechischer Gott, was?", wiederholte er mit einem kurzen Lächeln auf dem Gesicht. „Findest du?"

„Es muss doch jemanden gegeben haben, der ihn nicht mochte. Bei einem solchen Bekanntheitsgrad zieht man automatisch auch Neid und Eifersucht auf sich."

„John hat solche Gefühle nicht in den Menschen geweckt." Trauer überkam Nick bei dem Gedanken an seinen Freund. „Er hat die Leute sofort für sich eingenommen. Mit jedem, den er kennenlernte, hat er schnell eine gemeinsame Basis gefunden."

„Der privilegierte Sohn eines millionenschweren Senators pflegte Umgang mit gewöhnlichen Menschen?" Sam klang zynisch.

„Ja, allerdings", bestätigte Nick und erinnerte sich. „Ich bin das beste Beispiel. Wir verstanden uns auf Anhieb. Seit unserer ersten Begegnung im Geschichtsseminar in Harvard behandelte er mich wie einen lange verloren geglaubten Bruder. Ich kam aus dem Nichts. Ich hatte ein Stipendium und fühlte mich wie ein Betrüger, bis John mich unter seine Fittiche nahm und mir das Gefühl gab, mit dem gleichen Recht dort zu sein wie jeder andere auch."

„Was ist mit dem Senat? Rivalen? Jemand, der ihm seinen Erfolg neidete? Jemand, dem das Gesetz nicht passt, das ihr durchbringen wolltet?"

„John war im Senat nicht so erfolgreich, dass es Neider auf den Plan gerufen hätte. Echten Erfolg hatte er mit seinen Versuchen, Einigung zu erzielen. Darin bestand sein Wert für die Partei. Er brachte Menschen dazu, ihm zuzuhören. Selbst wenn sie mit ihm nicht einer Meinung waren, hörten sie ihm zu." Nick sah sie an. „Worauf willst du hinaus?"

Sie dachte einen Moment nach. „Es handelt sich offensichtlich um ein Verbrechen aus Leidenschaft. Wenn jemand einem Mann den Schwanz abschneidet und ihm diesen in den Mund stopft, ist das eine ziemlich krasse Botschaft."

Nicks Herz schien kurz auszusetzen. „*Das* war es, was er im Mund hatte?"

Sam verzog das Gesicht. „Tut mir leid. Ich dachte, du hättest es gesehen …"

„Gütiger Himmel." Er öffnete das Fenster, um kühle Luft

hereinzulassen, in der Hoffnung, sich nicht erneut übergeben zu müssen.

„Nick? Ist alles in Ordnung mit dir?"

Statt zu antworten, gab er nur einen tiefen Seufzer von sich.

„Hast du eine Ahnung, wer einen Grund hätte, ihm so etwas anzutun?"

„Mir fällt niemand ein, der ihn nicht leiden konnte oder gar gehasst hat."

„Ganz offensichtlich gab es aber so jemanden."

Nick dirigierte sie zum Landhaus der O'Connors. Sie fuhren eine lange, gewundene Auffahrt entlang, die zu einem Backsteingebäude auf einem Hügel führte. Als Nick aussteigen wollte, legte Sam ihm die Hand auf den Arm.

Er schaute auf die Hand hinunter, und als er den Blick wieder hob, stellte er fest, dass Sam ihn ansah.

„Ich muss dich noch eine Sache fragen, bevor wir ins Haus gehen."

„Was denn?"

„Wo warst du zwischen zehn Uhr abends und sieben Uhr morgens?"

Er starrte sie perplex an. „Bin ich etwa ein Verdächtiger?"

„Jeder ist verdächtig, bis seine Unschuld bewiesen ist."

„Ich war die ganze Nacht in meinem Büro und habe bis halb sechs morgens die Abstimmung vorbereitet. Danach bin ich für eine Stunde ins Fitnessstudio gegangen", erklärte er und biss vor Wut, Frustration und Trauer die Zähne zusammen. Ihm graute vor dem, was er Menschen, die er liebte, gleich zumuten würde.

„Kann das jemand bestätigen?"

„Einige meiner Mitarbeiter waren bei mir."

„Und im Fitnessstudio hat man dich auch gesehen?"

„Es waren noch ein paar andere Leute dort. Außerdem habe ich mich ein- und ausgetragen."

„Gut", sagte sie und schien erleichtert zu sein, dass er ein Alibi hatte. „Das ist gut."

Nick warf einen kurzen Blick auf die in der Auffahrt versammelten Wagen und fluchte leise. Terrys Porsche parkte neben einem Volvo-Kombi, der Johns Schwester Lizbeth gehörte, die anscheinend mit ihren zwei kleinen Kindern zu Besuch war.

„Was ist?"

„Der ganze Clan ist hier." Er rieb sich die Nasenwurzel wegen des sich anbahnenden Kopfschmerzes. „Sobald sie mich sehen, wissen sie, dass etwas nicht stimmt. Also halte ihnen nicht gleich deine Polizeimarke unter die Nase, ja?"

„Das hatte ich auch nicht vor", schnappte sie.

Unbeeindruckt von ihrem Ton fügte er hinzu: „Na los, bringen wir es hinter uns." Er stieg die Stufen hinauf zur Haustür und klingelte.

Eine ältere Frau in einem grauen Jogginganzug und Laufschuhen öffnete die Tür und begrüßte ihn mit einer Umarmung.

„Nick! Was für eine Überraschung! Komm rein."

„Hallo Carrie." Er küsste sie auf die Wange. „Das ist Sergeant Sam Holland. Carrie ist wie ein Familienmitglied, das alles zusammenhält."

„Was keine leichte Aufgabe ist." Carrie schüttelte Sam die Hand und musterte die Polizistin, ehe sie sich wieder – sichtlich erfreut – an Nick wandte. „Ich liege ihm schon seit Jahren damit in den Ohren, dass er eine Familie gründen soll ..."

„Fang nicht wieder damit an." Er gab sich Mühe, unbeschwert zu klingen, obwohl das, was er ihr und den anderen zu sagen hatte, auf ihm lastete. Wie sehr er sich wünschte, er wäre nur hier, um „seiner" Familie seine neue Freundin vorzustellen. „Sind sie zu Hause?"

„Mit den Kindern im Stall. Ich rufe sie an."

Nick legte ihr die Hand auf den Arm. „Sag ihnen, sie sollen die Kinder dort lassen, ja?"

Sie kniff die klugen alten Augen zusammen, und jetzt bemerkte sie den Kummer, der ihm ins Gesicht geschrieben stand. „Nick?"

„Ruf sie an, Carrie."

Er schaute ihr hinterher und fühlte sich gebeugt unter der Last dessen, was er ihnen allen würde mitteilen müssen. Zu seiner Überraschung fühlte er Sams Hand auf seinem Rücken. Als er sie ansah, war er von Neuem erstaunt über die Wirkung ihrer blauen Augen, mit denen sie ihn besorgt betrachtete.

Einen langen, atemlosen Moment sahen sie sich an, bis Carrie zurückkam.

„Sie sind in einer Minute da", sagte sie, rang dabei sichtlich um Fassung und wappnete sich für das, was sie gleich zu hören bekommen würde. „Kann ich euch etwas anbieten?"

„Nein", sagte Nick. „Danke."

„Kommt mit ins Wohnzimmer", forderte sie die beiden auf und ging voran.

Das Haus war elegant, aber gemütlich. Kein Vorzeigehaus, sondern ein richtiges Zuhause, in dem Nick sich immer aufgehoben gefühlt hatte.

„Irgendetwas ist passiert", flüsterte Carrie.

Nick ergriff ihre Hand und hielt sie zwischen seinen Händen. So setzte er sich, Carrie auf der einen und Sam auf der anderen Seite neben ihm, bis sie die anderen durch die Küche kommen hörten.

Hand in Hand betraten Johns Eltern, Graham und Laine O'Connor den Raum, gefolgt von ihrem Sohn Terry und der Tochter Lizbeth. Graham und Laine, beide fast achtzig, waren fit und in Form wie Menschen, die halb so alt waren. Sie hatten schneeweißes Haar und waren gebräunt, weil sie die meiste Zeit draußen auf dem Pferderücken verbrachten. Als sie Nick sahen, erstrahlten ihre Gesichter vor Freude.

Er ließ Carries Hand los und stand auf, um sie beide zu umarmen. Terry schüttelte ihm die Hand und Lizbeth stellte sich auf die Zehenspitzen, um ihn auf die Wange zu küssen. Danach machte er sie mit Sam bekannt.

„Was tust du hier?", wollte Graham wissen. „Ist heute nicht die Abstimmung?"

Nick schaute zu Boden, sammelte seine Kraft und sah sie an. „Bitte setzt euch."

„Was ist denn los, Nick?", fragte Laine mit ihrem trällernden Südstaatenakzent und wollte sich nicht zu einem Sessel führen lassen. „Du siehst schlecht aus. Ist etwas mit John?"

Ihre mütterliche Intuition war schneller als er. „Ich fürchte, ja."

Laine schnappte nach Luft. Ihr Mann ergriff ihre Hand, und der imposante Graham O'Connor fiel etwas in sich zusammen.

„Er ist heute nicht pünktlich zur Arbeit erschienen."

„Das ist nichts Neues", bemerkte Lizbeth kichernd. „Er wird noch zu seiner eigenen Beerdigung zu spät kommen."

Die Wahl ihrer Worte ließ Nick zusammenzucken. „Wir konnten ihn nicht erreichen, also bin ich hingefahren, um ihn aufzuwecken."

„Ziemlich töricht von ihm, an einem Tag wie diesem zu verschlafen", brummte Graham.

„Dachten wir auch", gab Nick zu, während sein Magen sich vor Übelkeit und Verzweiflung zusammenzog. „Als ich dort ankam ..."

„Was?", flüsterte Laine und hielt sich an Nicks Arm fest. „Was?"

Nick hatte einen Kloß im Hals, sodass er kaum sprechen konnte.

Sam stand auf. „Senator, Mrs. O'Connor, es tut mir schrecklich leid, Ihnen mitteilen zu müssen, dass Ihr Sohn ermordet wurde."

Nick wusste, dass er das schrille Wehklagen von Johns Mutter niemals vergessen würde, solange er lebte. Er hielt Laine fest, da es aussah, als würde sie in Ohnmacht fallen. Stattdessen sank sie kraftlos in seine Arme.

Carrie wiederholte immer wieder: „Nein, nein, nein!"

Während Lizbeth leise hinter ihm weinte und Terrys Augen sich mit Tränen füllten, wandte sich Graham an Sam. „Wie?"

„Er wurde in seinem Bett erstochen."

Nick, der die schluchzende Laine hielt, war froh, dass Sam ihnen keine Details nannte. Behutsam half er Laine, sich aufs Sofa zu setzen.

„Wer würde denn meinen John umbringen wollen? Meinen wundervollen John?"

„Das werden wir herausfinden", versprach Sam.

„Sam ist der leitende Detective in diesem Fall", informierte Nick die Familie.

„Entschuldigt mich", bat Graham und verließ eilig den Raum.

„Geh mit ihm, Terry", forderte Laine ihren Sohn auf.

Terry folgte seinem Vater.

Lizbeth setzte sich auf die Sofalehne neben ihre Mutter. „Himmel", jammerte sie. „Was sage ich denn bloß den Kindern?"

Nick wusste, wie nah John seiner Nichte und seinem Neffen gestanden hatte.

„Dass es ein Unfall war", erklärte Laine und wischte sich das Gesicht ab. „Du kannst ihnen nicht sagen, dass er ermordet wurde."

„Nein" pflichtete Lizbeth ihr bei. „Das kann ich nicht."

„Wo ist er jetzt?", wollte Laine von Sam wissen.

„In der Gerichtsmedizin."

„Ich will ihn sehen." Laine wischte sich wütend die Tränen ab, die ihr immer noch über das nahezu faltenlose Gesicht liefen. „Ich will mein Kind sehen."

„Das werde ich morgen arrangieren", erklärte Sam.

Laine wandte sich an Nick. „Die Beerdigung wird eines Senators der Vereinigten Staaten von Amerika würdig sein."

„Selbstverständlich."

„Du wirst persönlich dafür sorgen."

„Alles, was du willst, Laine", versicherte Nick ihr. „Du musst nur fragen."

Sie drückte seine Hand und sah erschüttert aus. „Wer tut so etwas? Wer tut unserem John so etwas an?"

„Diese Frage stelle ich mir seit Stunden, und mir fällt niemand ein."

„Wer immer das war, wir werden ihn finden, Mrs. O'Connor", versprach Sam.

„Sorgen Sie dafür." Als könnte sie es nicht länger ertragen, noch weiter dort zu sitzen, stand Laine auf und ging zur Tür, gefolgt von Lizbeth und Carrie. Im Türrahmen drehte sie sich noch einmal zu Nick um. „Du bist herzlich eingeladen, zu bleiben. Du gehörst zur Familie, und daran wird sich auch nie etwas ändern."

Gerührt erwiderte Nick: „Danke, aber ich muss zurück in die Stadt, um für meine Mitarbeiter da zu sein."

„Bitte richte ihnen aus, wie sehr wir ihre harte Arbeit für John zu schätzen wissen."

„Das werde ich. Bis morgen."

„Mrs. O'Connor", sagte Sam und stand ebenfalls auf. „Verzeihen Sie bitte, dass ich Ihnen das zumuten muss, aber bei derartigen Ermittlungen sind die ersten vierundzwanzig Stunden nach der Tat entscheidend ..."

„Wir werden alles Erdenkliche tun, damit derjenige

gefunden werden kann, der John das angetan hat", sagte Laine, während die Tränen erneut über ihr von Kummer erfülltes Gesicht liefen.

„Ich muss wissen, wo Sie und die übrigen Mitglieder Ihrer Familie zwischen zehn Uhr gestern Abend und neun Uhr heute Morgen waren."

„Das ist nicht Ihr Ernst", bemerkte Laine steif.

„Wenn ich eine Verstrickung der Familie ausschließen will ..."

„Na schön", blaffte Laine. „Der Senator und ich hatten bis gegen elf Gäste." Sie sah zu Carrie, die zustimmend nickte.

„Ich brauche die Namen und Telefonnummern Ihrer Freunde." Sam reichte Laine ihre Karte. „Sie können mir eine Nachricht hinterlassen. Was ist mit der Zeit nach elf?"

„Wir sind ins Bett gegangen."

„Sie auch, Ma'am?", wollte Sam von Carrie wissen.

„Ich habe bis zwei in meinem Zimmer ferngesehen. Ich konnte nicht schlafen."

„Und Sie?", wandte Sam sich an Lizbeth.

Empört antwortete Lizbeth: „Ich war zu Hause in McLean mit meinem Mann und den Kindern."

„Ich brauche die Telefonnummer Ihres Mannes."

Lizbeth hielt Sams Blick stand, aber dann drehte sie sich um und ging hinaus, um kurz darauf mit einer Visitenkarte zurückzukehren.

„Danke", sagte Sam.

Die drei Frauen verließen den Raum.

„Musste das wirklich heute sein?", wandte Nick sich an Sam, als sie allein waren.

„Ja, es musste sein." Sie sah gequält aus. „Angesichts der Prominenz der Familie muss ich mich besonders streng an die Vorschriften halten. Das verstehst du doch sicher."

„Natürlich verstehe ich das. Aber sie haben eben erfahren, dass ihr Sohn und Bruder ermordet wurde. Du hättest ihnen fünfzehn Minuten Zeit geben können, um das erst einmal zu verarbeiten, ehe du deine Polizeimethoden anwendest."

„Ich habe einen Job zu erledigen", verteidigte sie sich. „Wenn ich eine Verhaftung vornehme, werden sie bestimmt erleichtert sein, dass der Mörder nicht mehr frei herumläuft."

„Was für einen Unterschied wird das für sie noch machen? Wird es ihnen John zurückbringen?"

„Ich muss wieder in die Stadt. Kommst du mit?"

Nach einem letzten Blick durch das Zimmer, in dem er so viele glückliche Stunden mit John verbracht hatte, folgte Nick ihr hinaus.

4

Für Graham O'Connor war eine Welt zusammengebrochen. Er lehnte am weißen Koppelzaun und schaute über sein viele Hektar großes Land, ganz in Kummer versunken. *John ist tot. John ist tot. John ist tot.*

Von dem Augenblick an, als Carrie ihnen ausgerichtet hatte, Nick warte im Haus, hatte Graham es gewusst. Da an diesem Tag die wichtigste Abstimmung in Johns Karriere anstand, konnte Nick nur aus einem Grund gekommen sein. Graham hatte es gewusst, so wie er schon immer gewusst hatte, dass es etwas Beschämendes war, wenn ein Vater eines seiner Kinder mehr liebte als die anderen. Doch John war außergewöhnlich gewesen. Seit den ersten Lebensstunden seines jüngsten Kindes hatte Graham das Besondere an ihm gesehen. Das Besondere, das später viele Menschen dazu brachte, ihn ebenfalls zu lieben.

Das Gesicht nass von Tränen, fragte Graham sich, wie das hatte passieren können.

„Dad?"

Die Stimme seines älteren Sohnes erfüllte ihn mit Enttäuschung und Hoffnungslosigkeit. Der Himmel möge ihm verzeihen, dass er so etwas dachte – aber wenn er schon einen Sohn verlieren musste, warum dann nicht Terry statt John?

Terry legte seine Hand auf Grahams Schulter und drückte leicht zu. „Was kann ich für dich tun?"

„Nichts." Graham wischte sich das Gesicht ab.

„Senator?"

Graham drehte sich um und sah Nick und den hübschen weiblichen Detective.

„Wir fahren zurück nach Washington", erklärte die Polizistin. „Aber vorher müssen wir noch wissen, was Sie letzte Nacht nach zehn gemacht haben."

Irgendwie gelang es ihm, seinen heißen Zorn im Zaum zu halten, angesichts dieser Andeutung, er könnte vielleicht etwas mit dem Tod seines Sohnes zu tun haben, den er mehr als alle anderen geliebt hatte. Mit Ausnahme von Laine natürlich.

„Ich war hier mit meiner Frau. Wir hatten Freunde zu Gast, spielten Bridge und gingen so gegen elf ins Bett."

Diese Antwort schien sie zufriedenzustellen, denn sie wandte sich an Terry. „Und Sie?"

„Ich war ... äh ... bei einer Freundin."

Terrys Frauengeschichten waren völlig außer Kontrolle geraten, seit seine politischen Ambitionen wegen Trunkenheit am Steuer zerstört worden waren, wenige Wochen, bevor er seine Kandidatur für den Senat hatte bekanntgeben wollen. Es machte Graham krank, dass Terry mit zweiundvierzig noch genauso wenig Anstalten machte, eine Familie zu gründen, wie mit zweiundzwanzig.

„Ich brauche einen Namen und eine Nummer", erklärte die Polizistin. Terrys Wangen liefen rot an, und Graham wusste, was gleich kommen würde. „Ich ... äh ..."

„Er kennt ihren Namen nicht", sagte er und bedachte seinen Sohn mit einem verächtlichen Blick.

„Ich kann es herausfinden", versicherte Terry ihr hastig.

„Das wäre keine schlechte Idee", entgegnete der weibliche Detective.

„Es ist kein Zufall, dass das unmittelbar vor der Abstimmung passiert ist, oder?", fragte Graham.

„Wir können derzeit nichts ausschließen", erwiderte die Polizistin.

„Überprüfen Sie den Fraktionsvorsitzenden Stenhouse", sagte Graham. „Er hasst mich und würde meinem Sohn jeden Erfolg übelnehmen."

„Warum hasst er Sie?", erkundigte sie sich.

„Sie waren jahrzehntelang erbitterte Rivalen", schaltete Nick sich in das Gespräch ein. „Stenhouse hat alles getan, um das Einwanderungsgesetz zu blockieren. Aber wir würden es trotzdem durchbringen."

„Nehmen Sie den mal genauer unter die Lupe", riet Graham ihr, und seine Stimme brach, da seine Brust sich vor Wut zusammenzog. „Der ist zu allem fähig. Mir meinen Sohn zu nehmen, würde ihm das reinste Vergnügen bereiten."

„Fällt Ihnen sonst noch jemand ein?", fragte Sam. „Irgendwer, der Streit mit Ihrem Sohn hatte, entweder privat oder beruflich?"

Graham schüttelte den Kopf. „Alle liebten John. Aber ich werde darüber nachdenken und lasse es Sie wissen, falls mir noch jemand einfällt."

Nick trat vor, um ihn zu umarmen.

Graham legte die Arme um den jungen Mann, den er wie einen Sohn liebte. „Finde heraus, wer das getan hat, Nick. Finde es heraus."

„Das werde ich. Versprochen."

Als Sam und Nick davongingen, bemerkte Graham, dass der engste Freund und Vertraute seines Sohnes die Schultern hängen ließ. An Terry gewandt sagte er: „Bring gefälligst den Namen deines Flittchens in Erfahrung, und zwar schnell. Vorher brauchst du dich nicht mehr blicken lassen."

„Ja, Sir."

Auf dem Weg nach Washington schaute Nick in sein iPhone und las die von seinem Stab vorbereitete Erklärung.

In großer Trauer verkünden wir, dass unser Kollege und Freund, Senator John Thomas O'Connor, Mitglied der Demokratischen Partei Virginias, heute Morgen ermordet in seiner Wohnung aufgefunden worden ist. Nachdem Senator O'Connor nicht zur Arbeit erschienen war, fuhr sein Stabschef Nicholas Cappuano zu ihm nach Hause, wo er den Senator tot auffand. Auf Bitten der Metropolitan Police werden wir keine weiteren Einzelheiten zu den Todesumständen bekannt geben. Wir werden alles in unserer Macht Stehende tun, um die Polizei zu unterstützen. Nähere Informationen über den Stand der Ermittlungen werden vonseiten der Polizei kommen.

Wir werden es uns zum Ziel machen, dafür zu sorgen, dass es im Senat zur Abstimmung über das Einwanderungsgesetz kommt, für das Senator O'Connor so hart gearbeitet hat. Und wir werden seine Arbeit für die Kinder, Familien und alten Menschen fortsetzen.

Unsere Herzen und Gebete sind bei den Eltern des Senators, Senator und Mrs. Graham O'Connor, seinem Bruder Terry, seiner Schwester Lizbeth, seinem Schwager Royce, der Nichte Emma und dem Neffen Adam. Die Beerdigungsvorbereitungen sind noch nicht abgeschlossen, ein Termin wird in den nächsten Tagen verkündet. Wir bitten Sie, die Privatsphäre der Familie O'Connor in dieser schwierigen Zeit zu respektieren.

Nick war zufrieden und las den Text ein zweites Mal, ehe er sich an Sam wandte. „Kann ich dir das vorlesen?"

„Klar." Sie hörte konzentriert zu. „Klingt, als hätten sie sämtliche Aspekte berücksichtigt."

„Ist der Teil über die Ermittlungen okay?"

„Ja, das ist in Ordnung."

Nick rief Christina an. „Ich gebe grünes Licht für die Erklärung. Raus damit."

Christina gab ein tiefes, schmerzerfülltes Seufzen von sich. „Dadurch wird es offiziell."

„Sag Trevor, er soll die Erklärung verlesen und sofort wieder verschwinden. Keine Fragen."

„Verstanden."

„Ihr habt gute Arbeit geleistet. Danke."

„Das war das Schwerste, was ich je tun musste", sagte sie mit rauer Stimme.

„Das glaube ich."

„Und wie lief es bei seinen Eltern?"

„Schrecklich."

„Bei den Mitarbeitern genauso. Es hat alle schwer getroffen."

„Ich bin auf dem Rückweg und schaue bald rein."

„Wir werden hier sein."

Nick beendete das Gespräch.

„Alles in Ordnung?", erkundigte Sam sich.

„Ja, bestens", antwortete er knapp, noch immer wütend, dass sie sich so früh bei den O'Connors nach Alibis erkundigt hatte.

„Ich habe nur meinen Job gemacht." Sie ahnte, was in ihm vorging.

„Scheißjob."

„Leider stimmt das sehr oft."

„Gewöhnt man sich jemals daran, den Leuten beizubringen, dass ihre Angehörigen ermordet wurden?"

„Nein, und ich hoffe, das werde ich auch nie."

Als sich tiefe Erschöpfung bemerkbar machte, lehnte er den Kopf zurück. „Ich war dir dankbar, dass du bei ihnen für mich geredet hast. Ich konnte es nicht herausbringen."

Sie warf ihm einen Blick zu. „Du warst sehr einfühlsam ihnen gegenüber."

Überrascht von dem unerwarteten Kompliment, zwang Nick sich zu einem Lächeln. „Ich habe mich in unbekannten Gewässern befunden, so viel ist mal sicher."

„Du stehst ihnen sehr nahe."

„Sie sind für mich wie eine Familie."

„Wie denkt deine eigene Familie darüber?"

Sie hatten sich bei ihrem Kennenlernen nicht die Zeit genommen, ihre Lebensgeschichten miteinander zu vergleichen, weil sie zu sehr damit beschäftigt gewesen waren, sich gegenseitig die Kleider vom Leib zu reißen. „Ich habe kaum noch Angehörige. Meine Eltern sind noch zur Highschool gegangen, als ich zur Welt kam. Ich bin bei meiner Großmutter aufgewachsen. Sie ist vor einigen Jahren gestorben."

„Was wurde aus deinen Eltern?"

„Die kamen und gingen, als ich klein war."

„Und heute?"

„Als ich zuletzt von ihr hörte, war meine Mutter zum dritten Mal verheiratet und lebte in Cleveland. Das war vor zwei Jahren. Mein Vater hat eine Frau geheiratet, die jünger ist als ich. Die beiden haben dreijährige Zwillinge. Er lebt in Baltimore. Ich sehe sie gelegentlich, aber er ist keine Vaterfigur für mich. Schließlich ist er nur fünfzehn Jahre älter als ich."

Sams Schweigen signalisierte ihm, dass sie darauf wartete, mehr zu erfahren.

„Ich erinnere mich an das erste Wochenende, das ich bei den O'Connors verbracht habe. Ich dachte, solche Familien gibt es nur im Fernsehen."

„Diese Fernsehfamilien kommen einem immer zu gut vor, um wahr zu sein."

„Aber die O'Connors sind wirklich so. Es sind echte Menschen, mit echten Fehlern und Problemen. Sie glauben zutiefst daran, dass man der Gesellschaft etwas zurückgeben muss, und sie tun das auf eine mitreißende Art, der man sich kaum entziehen kann. Ihretwegen habe ich meine Karrierepläne geändert."

„Was wolltest du denn ursprünglich machen?"

„Ich hatte an Rechnungswesen oder Finanzwirtschaft gedacht, aber nach ein paar Mahlzeiten an Graham O'Connors Tisch war ich vom Politikvirus infiziert."

„Wie ist er so? Graham?"

„Kompliziert und umsichtig und fordernd. Er liebt seine Familie und sein Land. Er ist ein glühender Patriot."

„Du magst ihn sehr."

„Mehr als jeden Mann, dem ich je begegnet bin – mit Ausnahme seines Sohnes."

„Erzähl mir etwas über John."

Nick dachte nach, ehe er sprach. „So kompliziert, umsichtig und fordernd sein Vater ist, so schlicht, vergesslich und in gewisser Hinsicht gleichgültig war John. Doch genau wie sein Vater hat er seine Familie und sein Land geliebt und er war stolz, den Menschen in Virginia zu dienen. Er hat seine Verantwortung ernst genommen, aber sich selbst nicht allzu sehr."

„Hast du gern für ihn gearbeitet?"

„Ich war gern mit ihm zusammen und habe ihm geholfen, erfolgreich zu sein. Aber aus der Perspektive eines Mitarbeiters muss ich gestehen, dass er ziemlich anstrengend sein konnte."

„Inwiefern?"

Erneut dachte Nick kurz nach, ehe er antwortete. „Im Augenblick ist es mein vorrangiges Ziel, sein politisches Erbe zu schützen und dafür zu sorgen, dass ihm die Würde und die Ehre zuteilwerden, die er als verstorbener Senator der Vereinigten Staaten verdient hat.“

„Und mein Ziel ist es, herauszufinden, wer ihn ermordet hat. Dafür brauche ich dich und das Entgegenkommen des gesamten Mitarbeiterstabs. Mit deiner Hilfe bin ich schneller und effizienter. Deshalb muss ich wissen, wie er war.“

Nick wünschte, er könnte ihren Duft nicht riechen und wäre sich ihrer Gegenwart nicht so bewusst. Mehr noch wünschte er, er würde sich nicht so überdeutlich an die leidenschaftliche Nacht mit ihr erinnern. „Ich war wütend“, gestand er in sanftem Ton.

„Wann?“, fragte sie verwirrt.

„Als ich heute Morgen unterwegs zu ihm war. Wenn er bei meiner Ankunft nicht schon tot gewesen wäre, hätte ich ihn vielleicht selbst umgebracht.“

„Nick ...“, warnte sie ihn, damit er nicht vergaß, mit wem er gerade sprach.

„Wenn du wissen willst, wie John O'Connor war, sollte dir die Tatsache, dass sein Stabschef – wieder einmal – unterwegs war, um ihn aus dem Bett zu werfen, alles über ihn sagen.“

„Es sagt mir keineswegs alles, aber es ist schon mal ein Anfang.“

5

———

Sams Erinnerung an Nick Cappuano hätte eigentlich im Lauf der Jahre verblasst sein müssen, doch das war nicht der Fall. Stattdessen blieb er der überlebensgroße Charakter aus jener Nacht, die nicht so viel hätte bedeuten sollen, wie sie es tat. Was Sam vergessen hatte, war seine tatsächliche physische Erscheinung – seine Größe von fast einem Meter neunzig, die breiten Schultern, das braune, sich an den Enden ringelnde Haar, haselnussbraune Augen, denen nichts entging, die olivenfarbene Haut, die starken Hände, mit denen er für alle Zeiten ihre Erwartungen an einen Liebhaber verändert hatte. Hinzu kamen seine scharfe Intelligenz und die leicht unterkühlte, selbstbeherrschte Art, die sie von Anfang an fasziniert hatte.

Zu ihren schönsten Erinnerungen an jene Nacht gehörte, dass es ihr gelungen war, diese Selbstbeherrschung zu erschüttern. Als er nicht mehr angerufen hatte, hatte sie sich gefragt, ob ihm die intensive Verbindung zwischen ihnen Angst gemacht hatte. Jetzt, wo sie erfahren hatte, dass er doch angerufen und sie wiedersehen hatte wollen, änderte dieses Wissen alles.

„Darf ich dich etwas fragen, was nichts mit dem Fall zu tun hat?", sagte sie, als sie auf dem Weg zum Watergate, wo Nick seinen Wagen hatte stehen lassen, die Distriktgrenze überquerten. Unterwegs fielen ihnen einige amerikanische Flaggen auf, die bereits John zu Ehren auf Halbmast wehten. Die Nachricht war im Umlauf, und die offizielle Trauer hatte begonnen.

„Klar.“

Mit pochendem Herzen rührte Sam an eine Wunde, die sie irrtümlich seit Langem für verheilt gehalten hatte. „Als du mich angerufen hast ... nach dieser ... dieser Nacht ... erinnerst du dich noch, mit wem du bei mir zu Hause gesprochen hast?“

Er zuckte die Schultern. „Mit irgendeinem Typen. Einem deiner Mitbewohner vielleicht.“

Obwohl sie die Antwort bereits kannte, fragte sie: „Hat er seinen Namen nicht genannt? Ich wohnte damals mit drei Männern zusammen.“

„Shit, keine Ahnung. Paul vielleicht.“

„Peter?“

„Ja, Peter. So hieß er. Den hatte ich ein paarmal am Apparat.“

Sam umklammerte das Lenkrad so fest, dass ihre Knöchel weiß hervortraten. Am liebsten hätte sie laut geschrien.

„War er dein Freund?“

„Damals nicht“, erwiderte sie mit zusammengebissenen Zähnen.

„Aber später?“

„Er ist mein Exmann.“

„Ah! Jetzt wird mir einiges klar.“ In seiner Stimme schwang Bitterkeit mit, die sie nur allzu gut nachvollziehen konnte. Im Augenblick empfand sie selbst Bitterkeit.

„Zu dumm, dass du mir nur deine Festnetznummer gegeben hattest und nicht deine Handynummer.“

„Damals habe ich nur ein Diensthandy besessen, das ich nie für Privatgespräche benutzt habe.“ Sie schwiegen, bis sie vor dem Watergate hielt. „Morgen früh würde ich gern mit deinen Mitarbeitern sprechen“, erklärte sie, während der Motor im Leerlauf lief.

„Ich werde dafür sorgen, dass sie dir zur Verfügung stehen.“ Er ratterte die Adresse des Hart Senate Office Buildings herunter, wo sie zu finden waren.

„Ich gebe dir meine Karte, für den Fall, dass dir noch irgendetwas einfallen sollte, was für uns von Bedeutung sein könnte. Ganz gleich, wie groß oder klein die Sache ist, man weiß nie, was zum Durchbruch in einem Fall führen kann."

Er nahm die Karte und legte die Hand auf den Türgriff.

„Nick", sagte Sam und legte ihm die Hand auf den Arm.

Er schaute erst auf ihre Hand, dann in ihre Augen, und hob eine Braue.

„Ich hätte deine Nachrichten gern erhalten", sagte sie mit pochendem Herzen. „Sehr gern sogar."

Er seufzte. „Das ist ein bisschen viel nach allem, was heute passiert ist."

„Ich weiß." Sie ließ ihn los. „Tut mir leid, dass ich davon angefangen habe."

Er überraschte sie, indem er ihre Hand nahm und an seine Lippen hob. „Es muss dir nicht leidtun. Ich möchte wirklich gern darüber reden. Aber später, ja?"

Sam schluckte hart angesichts des intensiven Ausdrucks in seinem attraktiven Gesicht. „Einverstanden."

Er gab ihre Hand frei und öffnete die Wagentür. „Bis morgen."

„Ja", sagte sie leise zu sich selbst, nachdem er ausgestiegen war. „Bis morgen."

Frederico Cruz war Fast-Food-Junkie. Trotz seiner Leidenschaft für Donuts und seiner Vorliebe für alle Sorten von Softdrinks – außer Lightgetränken – schaffte er es, eine eher drahtige Erscheinung von höchstens achtzig Kilogramm zu bleiben, die für gewöhnlich in einen der vielen Trenchcoats gehüllt war, die er erklärtermaßen für nötig hielt, um seiner Rolle gerecht zu werden.

Wie eine Art kosmischen Witz hatte Sam diese wandelnde ernährungstechnische Katastrophe namens Freddie als Partner zugeteilt bekommen. Inmitten des Chaos im Kommissariat beobachtete sie fasziniert und neidisch, wie er einen Donut mit Cremefüllung zusammen mit einer Cola verschlang. Sie hätte schwören können, dass sie im vergangenen Jahr allein dadurch fünf Kilo zugenommen hatte, weil sie den ganzen Tag mit ihm verbrachte. „Wo stehen wir?", erkundigte sie sich, als er die Coladose abstellte und sich den Mund abwischte.

„Noch ganz am Anfang. Die Nachbarn haben weder etwas

gehört noch jemanden im Fahrstuhl oder auf dem Gang gesehen. Ich habe zwei Uniformierte losgeschickt, um das Überwachungsvideo zu besorgen – keine einfache Sache übrigens, wie ich hinzufügen darf. Man könnte meinen, wir würden eine Abhöraktion wie zu Zeiten des Watergate-Skandals planen. Ich musste mit einer richterlichen Vollmacht drohen."

„Was war der Grund?", wollte Sam wissen, seinen zweiten Donut lustvoll beäugend.

„Die Privatsphäre der Gäste, der übliche Blödsinn. Ich musste sie daran erinnern – zweimal –, dass ein US-Senator in seinem Apartment ermordet wurde und dass sie bei Nichtkooperieren noch mehr unvorteilhafte Publicity bekommen werden als ohnehin schon."

„Gute Arbeit, Freddie. So geht man aggressiv vor." Sie triezte ihn ständig damit, dass er sich ruhig auch mal die Hände dreckig machen sollte. Im Gegenzug revanchierte er sich, indem er sie aufforderte, sich mal ein Privatleben zu gönnen.

„Ich habe von der Besten gelernt."

Sie verzog das Gesicht.

„Wir haben außerdem alles aus der Wohnung und dem Büro des Senators sichergestellt – Computer, Akten und so weiter. Das Labor nimmt sich gerade die Computer vor. Die Akten sind morgen dran."

„Gut."

„Wie war dein Eindruck von den O'Connors?"

„Die Eltern waren am Boden zerstört. Da war nichts gespielt. Das Gleiche gilt für die Schwester."

„Und was ist mit dem Bruder?"

„Er wirkte ebenfalls geschockt, aber er behauptet, zur Tatzeit mit einer Frau zusammen gewesen zu sein, an deren Namen er sich nicht mehr erinnert."

„Den wird er uns noch nennen müssen, wenn sie ihm ein Alibi liefern soll."

„Das ist ihm schmerzlich bewusst", sagte Sam und grinste bei der Erinnerung an Terry O'Connors Unbehagen und Grahams offensichtliche Missbilligung.

„Das hat er davon, dass er mit einer Unbekannten schläft. Stell dir mal vor, du musst jemanden, mit dem du geschlafen hast, nach seinem Namen fragen."

Sams Gesicht wurde heiß, als sie sich unwillkürlich an den One-Night-Stand mit Nick erinnerte. „Nun mal langsam, Freddie. Spiel nicht den Moralapostel."

„Das ist nur ein weiteres Zeichen für den moralischen Niedergang unseres Landes."

Sam stöhnte über die ewig gleiche Leier. „Hast du irgendetwas vom Pathologen gehört?"

„Noch nicht. Bei denen hat sich anscheinend einiges an Arbeit angehäuft."

„Wer sollte denn vor einem US-Senator an die Reihe kommen?"

Er zuckte die Schultern. „Ich gebe nur wieder, was ich weiß. Was ist eigentlich mit dem Typen, der ihn gefunden hat? Cappuano?"

Sam entschied spontan, Freddie nichts von ihrer kurzen Vergangenheit mit Nick zu erzählen. Manche Dinge mussten einfach privat bleiben und sie wollte nicht, dass Freddie schlecht von ihr dachte. Sie quälte sich selbst schon genug damit, dass sie mitten in einer Mordermittlung immer wieder diese Geschichte zur Sprache brachte. „Er hat die ganze Nacht gearbeitet, zusammen mit anderen aus dem Mitarbeiterstab. Das werde ich morgen überprüfen."

„Und wie geht's jetzt weiter?"

„Morgen früh werden wir mit O'Connors Mitarbeitern sprechen und dem Fraktionsvorsitzenden einen Besuch abstatten", erklärte sie und berichtete ihrem Kollegen von der langjährigen Fehde zwischen Graham O'Connor und Stenhouse.

Freddie rieb sich seine wie gemeißelt aussehende Wange. Zu all seinen übrigen Fehlern sah er auch noch aus wie ein männliches Model. Das Leben war nicht fair. „Interessant", bemerkte er.

„Senator O'Connor hat mich auf den Zeitpunkt des Mordes aufmerksam gemacht – am Abend vor der wichtigsten Abstimmung in der Karriere seines Sohnes als Senator."

„Du meinst, irgendwer wollte die Abstimmung verhindern?"

„Das kommt einem Motiv bisher am nächsten. Wenn wir uns

morgen mit den Leuten vom Stab unterhalten, müssen wir sowohl die politische als auch die persönliche Seite beleuchten. Mit wem war er zusammen? Wer lag im Streit mit ihm? Du weißt schon."

„Was sagt dir dein Instinkt, Boss?"

Er wusste ganz genau, dass sie es hasste, wenn er sie so nannte. „Mir gefällt der politische Aspekt nicht."

„Das Timing passt."

„Ja, aber würde ein politischer Gegner ihm den Schwanz abschneiden und in den Mund stopfen?"

Freddie verzog das Gesicht und griff sich theatralisch in den Schritt.

„Dieses Detail werden wir schön unter Verschluss halten und abwarten, auf welche Fährte es uns führt. Ich wette auf eine Frau."

„Weißt du, was mich an der ganzen Sache stört?", fragte er.

„Was denn?"

„Es gibt keine Anzeichen eines Kampfes. Wie bekommt jemand ohne einen Kampf seinen Schwanz zu fassen, um ihn abzuschneiden?"

„Vielleicht hat er geschlafen und es nicht kommen sehen."

„Wenn sich jemand an meinem Ding zu schaffen macht, bin ich aber hellwach", konterte Freddie.

„Verzichte bitte auf eine allzu bildliche Schilderung, ja?"

„Ich will damit ja nur sagen …"

„… dass es jemand war, den er kannte, dessen Erscheinen ihn nicht überraschte."

„Genau." Er nahm den zweiten Donut und biss ab. Mit einem Klecks weißer Creme auf der Unterlippe fügte er hinzu: „In seiner Küche hatte er einen Messerblock und aus dem stammte das Schlachtermesser, mit dem er ans Kopfteil des Bettes genagelt wurde."

„Der Mörder kam also nicht bewaffnet."

„Es scheint so."

Sam stand auf und sagte: „Ich will diese Überwachungsbänder sehen. Warum dauert das so lange?"

Auf der Fahrt vom Watergate zum Büro hätte Nick sich eigentlich überlegen sollen, was er seinen Mitarbeitern sagen wollte. Sie

würden sich auf seine Führung verlassen und Antworten auf
Fragen erwarten. Nur hatte er die nicht. Und statt sich innerlich
auf diese zweifellos emotionale Begegnung vorzubereiten, hörte er
ständig Sams Stimme im Ohr: „Ich hätte deine Nachrichten gern
erhalten."

Er trommelte auf das Lenkrad und stieß eine Reihe für ihn
ganz untypischer Verwünschungen aus. Als wäre es noch nicht
genug, dass John ermordet worden war. Nun musste er sich auch
noch mit der Frau aus seiner Vergangenheit auseinandersetzen,
die er nie so ganz hatte vergessen können. „Unfair" traf es nicht
mal annähernd.

Er wusste, sie wollte darüber reden, was vor all den Jahren
passiert war und warum sie sich nie mehr wiedergesehen hatten.
Es machte ihn rasend vor Wut, dass ihr bösartiger Ex ihr nichts
von seinen Anrufen gesagt hatte. Allerdings konnte er sich nicht
jetzt, inmitten des durch den Mord an John ausgelösten
Durcheinanders, mit der Bedeutung dieser Tatsache beschäftigen.
Sich mit Sam Holland rein beruflich auseinanderzusetzen, würde
schon seine ganze Energie in Anspruch nehmen.

Vor Jahren, als sie auf seine Anrufe nicht reagiert hatte, war er
wütend und verletzt gewesen – so sehr, dass er es irgendwann
aufgegeben hatte. Was, wie er inzwischen wusste, ein Fehler
gewesen war. Er fragte sich, wie sein Leben – und ihres – verlaufen
wäre, wenn sie ihn damals zurückgerufen hätte. Wären sie
vielleicht immer noch zusammen? Oder wäre die Flamme
irgendwann erloschen, wie es bei all seinen Beziehungen
unausweichlich passierte?

Mit einer Klarheit, die er sich nicht erklären und die er nicht
verstehen konnte, erkannte er, dass sie höchstwahrscheinlich
heute noch zusammen wären. Diese Art von tiefer Verbindung
hatte er noch nie bei jemandem empfunden. Genau deswegen war
er sich ihrer Gegenwart auch so intensiv bewusst gewesen.

6

———

Nachdem Nick eine qualvolle Stunde mit seinen trauernden Mitarbeitern verbracht hatte, schickte er alle nach Hause mit der Aufforderung, morgen um neun wieder zur Arbeit zu erscheinen, damit die Detectives mit ihnen sprechen und sie die Beerdigung des Senators planen konnten. Er gab ihnen die Anweisung, mit niemandem über den Fall oder den Senator zu reden, schon gar nicht mit der Presse.

Dann ließ er sich in seinen Bürosessel sinken. Jeder Muskel schmerzte vor Müdigkeit, da die schlaflose Nacht und der zermürbende Tag ihren Tribut forderten.

„Hast du schon gegessen?", fragte Christina, die im Türrahmen stand.

Nick musste erst nachdenken. „Seit dem Bagel heute Morgen nichts mehr. Und den habe ich erbrochen."

„Es ist noch Pizza da. Soll ich dir etwas holen?"

Obwohl er nicht sicher war, ob er die bei sich behalten würde, sagte er: „Ja, danke."

„Kommt sofort."

Einige Minuten später kam sie mit zwei Stücken zurück, die sie in der Mikrowelle aufgewärmt hatte.

„Danke", sagte er, als sie ihm den Teller und eine Dose Cola hinstellte. Ihre blauen Augen waren rotgerändert, ihr Gesicht geschwollen vom Weinen. „Wie geht es dir?"

Mit einem Schulterzucken ließ sie sich in einen Sessel auf der anderen Seite des Schreibtisches fallen. „Ich habe das Gefühl, als hätte man mir die Luft rausgelassen und als könnte ich nicht mehr atmen."

„Ich weiß, dass er dir viel bedeutet hat", sagte Nick zögernd. Sie hatten nie über Christinas Gefühle für John gesprochen.

„Es hat mir nichts genützt."

„Er hat dich geliebt, Chris. Das weißt du."

„Als Freundin und Kollegin. Wow."

„Es tut mir leid."

„Mir auch, denn jetzt muss ich für den Rest meines Lebens damit klarkommen, mich zu fragen, was wohl passiert wäre, wenn ich den Mut aufgebracht hätte, ihm meine Gefühle zu gestehen."

„Ich bin ganz froh, dass du es nicht getan hast."

„Das glaube ich dir", erwiderte sie lachend.

„Nicht wegen der Arbeit. Ich habe ihn wie einen Bruder geliebt. Das weißt du. Aber er war nicht gut genug für dich. Er hätte dir das Herz gebrochen."

„Ja, vermutlich", räumte sie ein. „Nein, ganz bestimmt sogar."

„Wenn du dich dadurch besser fühlst – ich wurde heute ziemlich hart mit meiner romantischen Vergangenheit konfrontiert. Wir haben vor sechs Jahren eine unvergessliche Nacht zusammen verbracht, und seither habe ich sie nicht wiedergesehen – bis sie heute Morgen in Johns Apartment marschiert ist. Sie ist der für den Fall verantwortliche Detective."

Christina hob die Brauen. „Wie unangenehm."

„Kann man wohl sagen."

„Traust du ihr zu, dass sie dem Fall gewachsen ist?"

„Sam ist ein verdammt guter Detective."

„Ich dachte, du hättest sie seit sechs Jahren nicht mehr gesehen."

„Das heißt ja nicht, dass ich nichts über sie gelesen habe", konterte er.

„Hm", machte sie und musterte ihn eingehend.

„Was?"

„Ach nichts." Plötzlich weiteten sich ihre Augen. „Wie ist denn eigentlich ihr Nachname?"

„Holland."

„Ach du liebe Zeit! Sie hatte das Kommando bei der Schießerei in dem Crackhaus, bei der dieser Junge getötet wurde!"

„Stimmt."

„Aber Nick, wollen wir wirklich, dass sie in dem Mord an John ermittelt? Können wir nicht jemand anderen bekommen?"

„Ich vertraue ihr", sagte Nick. „Es gibt diesen einen Makel in ihrer ansonsten tadellosen Karriere. Und sieh es mal von der Seite: Sie hat gerade jetzt etwas zu beweisen."

„Ja, du hast wohl recht", räumte sie, noch nicht ganz überzeugt, ein. Das Telefon auf Nicks Schreibtisch klingelte, und Christina nahm den Hörer ab. „Sie sind mit Nick Cappuanos Büro verbunden." Wieder weiteten sich ihre Augen, und sie stammelte: „Selbstverständlich. Einen Moment bitte."

„Wer ist es?", wollte Nick wissen.

„Der Präsident", flüsterte sie.

Nick schluckte rasch einen Bissen Pizza herunter und griff gleichzeitig nach dem Hörer und einer Serviette. „Guten Abend, Mr. President." Er war Präsident Nelson bei verschiedenen Gelegenheiten begegnet, hauptsächlich beim Begrüßungshändeschütteln auf Spendenpartys der Demokratischen Partei. Doch ein Anruf von ihm war etwas noch nie Dagewesenes.

„Hallo Nick. Gloria und ich wollten Ihnen nur sagen, wie leid es uns tut."

„Danke, Sir. Ich werde es dem Mitarbeiterstab ausrichten. Und danke auch für Ihre Presseerklärung."

„Ich kannte John, seit er ein kleiner Junge war. Es bricht mir das Herz."

„So geht es uns allen."

„Ich kann es nur ahnen. Ich möchte Ihnen außerdem versichern, dass ich Ihnen in den nächsten Tagen zur Verfügung stehe, falls Sie mich brauchen."

„Das weiß ich sehr zu schätzen. Senator und Mrs. O'Connor würden sich bestimmt sehr geehrt fühlen, wenn Sie auf der Beerdigung ein paar Worte sagen."

„Es wäre *mir* eine Ehre."

„Ich werde die Details mit Ihren Leuten ausarbeiten."

„Ich gebe Ihnen die Durchwahl meiner Wohnung. Rufen Sie mich jederzeit an.“

Nick notierte mit einer gewissen Ungläubigkeit die Nummer. „Vielen Dank.“

„Ich habe mit Chief Farnsworth gesprochen und dafür gesorgt, dass der Metropolitan Police sämtliche Ressourcen zur Verfügung stehen. Wenn Sie in dieser Hinsicht noch irgendetwas zu bemängeln haben, lassen Sie es mich wissen.“

„Das wird mit Sicherheit nicht der Fall sein, Sir.“

Der Präsident seufzte schwer. „Ich kann mir beim besten Willen nicht vorstellen, wer ausgerechnet John so etwas angetan haben könnte.“

„Ich auch nicht.“

„Meinen Sie, Graham und Laine sind einem Anruf schon gewachsen?“

„Ich bin sicher, sie würden sich sehr freuen, von Ihnen zu hören.“

„Tja, dann will ich Sie nicht länger aufhalten. Gott segne Sie und Ihre Mitarbeiter, Nick. Unsere Gedanken und Gebete sind bei Ihnen allen.“

„Haben Sie vielen Dank für Ihren Anruf, Mr. President.“ Nick legte auf und sah zu Christina.

„Unwirklich“, bemerkte sie.

„Kann man wohl sagen“, bestätigte er und berichtete, was der Präsident gesagt hatte.

Christina fing von Neuem an zu weinen. „Ich warte die ganze Zeit darauf, dass John hereinkommt und fragt, wieso wir alle herumsitzen.“

„Ja, geht mir genauso.“

„Ein paar Leute haben sich tatsächlich heute bei mir erkundigt, ob das Auswirkungen auf ihren Job hat“, erklärte sie angewidert.

„Na ja, man kann es ihnen nicht verdenken. Sie haben Familien zu ernähren.“

„Hätten sie nicht wenigstens einen oder zwei Tage damit warten können?“

„Offenbar nicht. Ich werde morgen mit ihnen reden und ihnen

erklären, dass wir unser Bestes tun werden, um sie irgendwo anders in der Regierung unterzubringen."

„Was wirst du tun?", erkundigte sie sich.

„Verdammt, das weiß ich nicht. Darüber kann ich mir erst Gedanken machen, sobald die Beerdigung hinter uns liegt. Wir zwei und vielleicht ein paar andere werden noch eine Weile gebraucht werden, bis der Gouverneur einen Nachfolger für John ernannt hat. Wer immer das sein wird, er wird seine eigenen Leute mitbringen. Wir werden bei der Übergabe helfen, und dann sehen wir weiter."

Christina sah so traurig aus, so niedergeschlagen, dass Nick Mitleid empfand. „Warum machst du nicht Feierabend und gehst nach Hause, Chris? Heute Abend können wir ohnehin nichts mehr tun."

„Und was ist mit dir?"

„Ich werde auch bald gehen."

„Na schön", sagte sie und stand auf. „Wir sehen uns morgen."

„Versuche etwas zu schlafen."

„Schön wär's."

Er begleitete sie zur Tür und umarmte sie zum Abschied. Dann ging er in Johns Büro. Der Schreibtisch war leer geräumt, der Computer entfernt worden. Wäre da nicht noch das Foto von John und seiner Nichte sowie seinem Neffen auf der Fensterbank gewesen, hätte es keinerlei Anzeichen dafür gegeben, dass er in den vergangenen fünf Jahren in diesem Raum gearbeitet hatte. Nick war nicht sicher, was er zu finden hoffte, als er sich in Johns Bürosessel setzte.

Er schwang zum Fenster herum und sah in der Ferne das erleuchtete Washington Monument aufragen.

Er lehnte den Kopf zurück und gestattete sich, wonach ihm schon den ganzen Tag zumute war. Er weinte.

Sam kam nach einem Sechzehn-Stunden-Tag erschöpft nach Hause und lächelte, als sie das Surren des Rollstuhls ihres Vaters hörte, mit dem er auf die Veranda hinausfuhr.

„Hallo Dad."

„Du kommst spät."

„Ich hab den O'Connor-Fall."

Die nicht gelähmte Seite seines Gesichts verzog sich zu einem Lächeln. „Na bitte. Farnsworth hat dich wieder in den Sattel gehievt."

Sie kickte ihre Stiefel fort und beugte sich herunter, um ihn auf die Wange zu küssen. „Sieht ganz so aus."

Celia, eine der Pflegerinnen, die sich um ihn kümmerten, kam aus der Küche, um Sam zu begrüßen. „Was hältst du davon, wenn wir dich fertig für die Nacht machen, Skip?"

Sam mochte es nicht, wenn sie den Ausdruck von Empörung auf der gesunden Seite seines Gesichts sah. „Na los, Dad. Ich werde da sein, wenn du fertig bist. Ich muss dir nämlich noch ein paar Sachen erzählen."

„Na, ich schätze, dass ich ein bisschen Zeit für dich freimachen kann", neckte er sie, wendete den Rollstuhl mit dem einen noch funktionsfähigen Finger und folgte Celia in sein Schlafzimmer, das früher das Esszimmer gewesen war.

Sam ging in die Küche und nahm sich eine Schale Rindereintopf, den Celia für sie auf dem Herd gelassen hatte. Sie aß im Stehen, ohne etwas zu schmecken, während sie die Ereignisse des Tages wie einen Film vor ihrem geistigen Auge vorbeiziehen ließ. Unter normalen Umständen wäre sie von dem Fall geradezu besessen und würde sich ununterbrochen damit beschäftigen, nach Motiven suchen, eine Liste der Verdächtigen anfertigen. Stattdessen aber dachte sie an Nick und die Traurigkeit, die von ihm ausgegangen war. Mehr als einmal hatte sie die Arme um ihn schlingen und ihn trösten wollen. Aber das wäre nicht sehr professionell gewesen.

Da es zwecklos war, etwas essen zu wollen, kippte sie den restlichen Eintopf von ihrem Teller in den Müll und stand in einer Haltung, die ihre Mutlosigkeit und Erschöpfung verriet, an der Spüle. Zwanzig Minuten später stand sie immer noch dort, als Celia in die Küche kam. „Er ist bereit für dich."

„Danke."

„Übrigens war er in den letzten Tagen ..."

„Was?", fragte Sam, sofort alarmiert.

„Irgendwie nicht ganz bei sich."

„Nächste Woche ist es zwei Jahre her", erinnerte Sam die Pflegerin.

„Ja, damit könnte es zu tun haben."

„Behalten wir ihn im Auge."

Celia nickte zustimmend. „Was weißt du inzwischen über Senator O'Connor?"

„Nicht annähernd so viel, wie ich gern wüsste."

„Was für eine Tragödie", meinte Celia und schüttelte den Kopf. „Wir verfolgen schon den ganzen Tag die Nachrichten. Was für ein schrecklicher Verlust."

„Er schien ein Mann zu sein, der alles hatte."

„Aber er hatte auch etwas Trauriges an sich."

„Warum sagst du das?"

„Aus keinem besonderen Grund. Er strahlte das nur irgendwie aus."

„Ist mir nie aufgefallen", sagte Sam, durch diese Bemerkung neugierig geworden. Sie nahm sich vor, sich die Aufzeichnung einer Rede O'Connors im Senat und TV-Interviews anzusehen.

„Geh zu deinem Dad. Er freut sich immer auf die Zeit mit dir."

„Der Eintopf war lecker. Danke."

„Freut mich, dass er dir geschmeckt hat."

Sam ging in das Zimmer ihres Vaters, wo er aufrecht in seinem Bett saß. Ein Beatmungsschlauch schlängelte sich von seinem Hals hinunter zu dem Sauerstoffgerät, das nachts für ihn atmete.

„Du siehst geschafft aus", stellte er fest, und seine Worte kamen wegen des Beatmungsgerätes in einem unbeholfenen Stakkato heraus.

„Es war ein langer Tag." Sam setzte sich in den Sessel neben dem Krankenhausbett und legte die Füße auf den Rahmen unter der Druckkammermatratze, die das Wundliegen minimieren sollte. „Aber es tut gut, mal nicht nur Schreibarbeit erledigt zu haben."

„Was hast du bis jetzt?", wollte er wissen und fiel in seine frühere Rolle des Chefs der Abteilung zurück.

Sam berichtete ihm alles, angefangen vom Meeting mit Chief Farnsworth bis zur Durchsicht der Überwachungsbänder, die das Watergate schließlich doch herausgerückt hatte. „Im Flur gab es ein Kommen und Gehen. Leider ist uns nichts aufgefallen. Aber ich werde die Bänder morgen Johns Stabschef zeigen, um zu sehen, ob er jemanden darauf erkennt."

„Das ist eine gute Idee. Warum bekommst du diesen komischen Ausdruck in den Augen, wenn du den Stabschef erwähnst? Nick hieß er, oder?"

„Ich bin mal mit ihm ausgegangen." Sie verschwieg ihrem Vater, was genau das in diesem Fall bedeutete. „Es ist schon lange her."

„Ist es dir schwergefallen, ihn wiederzusehen?"

„Ja", gestand sie. „Ich habe erfahren, dass er mich entgegen meiner Überzeugung nach jenem Abend mehrmals angerufen hat. Rate mal, wer die Anrufe entgegengenommen und nie ein Wort darüber verloren hat."

„Oh, mal sehen. Könnte das unser guter alter Peter gewesen sein?"

„Genau der Mistkerl."

Skips Lachen klang angespannt. „Bist du überhaupt in der Lage, unbefangen zu ermitteln, wenn dieser Nick aus deiner Vergangenheit dabei ist?"

Sie war überrascht von dieser Frage und stellte fest, dass er sie mit seinen scharfen blauen Augen, die ihren so ähnelten, genau beobachtete. „Selbstverständlich. Die Sache liegt sechs Jahre zurück und hatte nichts zu bedeuten."

„Aha."

Sie hätte wissen müssen, dass er sie durchschauen würde. Das gelang ihm jedes Mal.

„Du brauchst Schlaf", sagte er.

„Sobald ich meine Augen schließe, bin ich wieder in diesem Crackhaus und höre Marquis Johnson schreien. Und dann bricht mir der kalte Schweiß aus."

„Du hast alles richtig gemacht und bist deinem Instinkt gefolgt." Er japste nach Luft. „Ich hätte es ganz genauso gemacht."

„Denkst du manchmal an die Nacht, in der du angeschossen wurdest?" Sie hatte nie daran gedacht, ihn das zu fragen, bis sie von ihren eigenen Dämonen verfolgt wurde.

„Nicht oft. Ich erinnere mich nur noch verschwommen."

Ihr Handy klingelte. Sam hakte es vom Gürtel los und schaute aufs Display. Die Nummer kannte sie nicht. „Ich muss diesen Anruf entgegennehmen."

„Nur zu."

Sie gab ihrem Vater einen Kuss auf die Stirn und verließ das Zimmer. „Holland", meldete sie sich.

„Ich bin's, Nick. Jemand war in meinem Haus."

Beim Klang seiner tiefen Stimme bekam sie sofort Herzklopfen. Das war nicht gut. „Wurde es durchsucht?", fragte sie, und bemühte sich um einen kühlen, professionellen Ton.

„Nein."

„Woher weißt du dann, dass jemand da war?"

„Ich weiß es eben. Sachen wurden bewegt."

„Wo wohnst du?"

Er nannte ihr eine Adresse in Arlington, Virginia.

Obwohl das außerhalb ihres Zuständigkeitsbereiches lag, schnappte sie sich ihre Jacke. „Ich bin schon unterwegs."

7

Dreißig Minuten später stürmte Sam die Stufen zu Nicks Reihenhaus mit der Backsteinfassade hinauf.

Er erwartete sie schon an der Tür. „Danke, dass du gekommen bist."

„Kein Problem." Sie schaute sich rasch um in dem Wohn- und Esszimmer, in dem überhaupt nichts bewegt worden zu sein schien. Tatsächlich sah es eher aus wie im Ausstellungsraum eines Möbelhauses. „Wie kannst du …"

Er nahm ihre Hand. „Komm mit."

Sie ließ sich von ihm in sein Arbeitszimmer führen, das so ordentlich und aufgeräumt war wie die anderen Räume. Allerdings wirkte es schon etwas bewohnter.

„Siehst du das?"

Sie schaute in die Richtung, in die er mit dem Zeigefinger deutete. Offenbar meinte er einen kleinen Bücherstapel auf dem Schreibtisch. „Was ist damit?"

„Er steht schräg."

„Na und?"

„So sollte er nicht stehen."

„Ist das dein Ernst? Du bestellst mich um elf Uhr abends hierher, weil dein Bücherstapel nicht penibel gerade steht?"

Mit finsterer Miene nahm er erneut ihre Hand und führte Sam nach oben in sein Schlafzimmer. Wow, dachte sie. Bleib ganz ruhig, er zerrt dich nicht ins Bett, auch wenn du es dir noch so sehr wünschst. Sie rief sich ins Gedächtnis, dass sie hier einen Einbruch untersuchte bei jemandem, der eine wichtige Rolle bei der Ermittlung in einem Mordfall spielte. Also schob sie ihre wollüstigen Gedanken beiseite und konzentrierte sich auf das, was er ihr zeigte.

Auf die Kommode deutend erklärte er: „So habe ich sie nicht zurückgelassen."

Ein winziger weißer Stofffetzen lugte aus einer der geschlossenen Schubladen. Sam beugte sich herunter, um das Kleidungsstück zu untersuchen. „Könnte sich dein weißer Slip nicht einfach da verfangen haben, ohne dass du es bemerkt hast?"

„Nein, das ist unmöglich", erwiderte er mit zusammengebissenen Zähnen. Sie richtete sich auf und betrachtete ihn, als hätte sie ihn noch nie vorher gesehen. Als hätte sie ihn nicht schon einmal nackt gesehen. „Warst du schon immer so pingelig?"

„Ja."

„Hm."

„Was soll das heißen? Hm? Willst du nicht telefonieren?"

„Wozu?"

„Um herauszufinden, wer in meinem Haus war!"

„Ach komm schon, Nick."

„Vergiss es. Fahr nach Hause. Tut mir leid, dass ich dich behelligt habe."

Ihr fiel auf, dass er rotgeränderte Augen hatte, und sie empfand plötzlich Mitgefühl für ihn bei der Vorstellung, dass er mit seiner Trauer um seinen ermordeten Freund ganz allein war. „Na gut. Wenn du wirklich glaubst, dass jemand hier war …"

„Ja, das glaube ich."

„Ich habe mein Handy im Wagen gelassen. Darf ich deines benutzen?"

Er gab ihr sein Handy.

„Hier spricht Detective Sergeant Sam Holland, MPD. Ich brauche die Spurensicherung", erklärte sie und nannte die Adresse. Als sie aufgelegt hatte, stellte sie fest, wie intensiv Nick sie beobachtete.

„Danke."

Sie nickte nur, denn der glühende Ausdruck in seinen Augen machte sie nervös. War sie dafür verantwortlich oder die Person, die angeblich in seine Privatsphäre eingedrungen war?

Eine Stunde später saß Sam mit Nick auf dem Sofa, um nicht im Weg zu stehen, während die Polizisten aus Arlington Fingerabdrücke sicherstellten.

„Was glaubst du, wie die Eindringlinge hereingekommen sind?" In dem verzweifelten Versuch, wenigstens noch eine gewisse Distanziertheit zu ihm aufrechtzuerhalten, sprach sie in dem knappen, professionellen Ton, mit dem sie Zeugen verhörte.

„Ich habe keine Ahnung."

„Besitzt jemand einen Schlüssel?"

„Nur John hatte einen."

„Wo bewahrte er den auf?"

„Ich bin mir nicht sicher. Ich habe ihn John für den Fall gegeben, dass ich mich jemals ausschließen sollte."

„Was vermutlich nie passiert ist", bemerkte sie.

„Bis jetzt noch nicht."

„Benutzt du das Sicherheitssystem nicht?", erkundigte sie sich.

„Es gehörte zur Wohnung. Ich habe es noch nie eingeschaltet."

„Darüber solltest du aber mal nachdenken."

„Im Ernst? Mensch, danke für diesen Tipp, Sergeant."

Sie warf ihm einen warnenden Blick zu.

„Tut mir leid", sagte er, ließ den Kopf hängen und fuhr sich durch die dichten dunklen Haare.

Sam befeuchtete sich die Lippen und wünschte sich unwillkürlich, es wären ihre Finger, die durch seine Haare fuhren.

„Ich wollte dich nicht anfahren. Aber die Vorstellung, dass jemand in mein Zuhause eindringt und meine Sachen durchwühlt, hat mich erschüttert."

„Hast du irgendeine Idee, wonach sie gesucht haben könnten?"

Er ließ müde die Schultern hängen. „Nein."

Sam fühlte mit ihm. Er hatte einen schrecklichen, schmerzlichen Tag hinter sich, und sie wünschte, sie fände eine passende Begründung, um ihn in den Arm zu nehmen. Sie bemühte sich um einen milden Ton. „Ist es möglich, dass jemand hier etwas zu finden hoffte, was er in der Wohnung des Senators nicht finden konnte?"

„Ich wüsste nicht, was. Keiner von uns hat wichtige Unterlagen aus dem Büro mit nach Hause genommen. Dazu gibt es alle möglichen Regeln und Vorschriften."

„An was für wichtigen Dingen hat er denn gearbeitet?"

„Nach der letzten Kongresswahl war er im Senatsausschuss des Heimatschutzministeriums, dem Senate Homeland Security Committee. Aber hauptsächlich arbeitete er in den Bereichen Wirtschaft, Finanzen, Kinder, Familien und Senioren. Nichts davon war brisant."

Sam betrachtete sein müdes Gesicht nicht nur aus beruflichem Interesse und hätte zu gern das große heikle Thema zwischen ihnen zur Sprache gebracht – die sechs Jahre zurückliegende, unbeendete Geschichte und das sinnliche Prickeln, das sie jedes Mal bei einem Blickkontakt mit ihm verspürte. „Könnte er in etwas verwickelt gewesen sein, von dem du nichts wusstest?"

Nick gab einen spöttischen Laut von sich. „Das bezweifle ich sehr."

„Aber es wäre durchaus möglich?"

„Sicher, aber so arbeitete John nicht. Er hat sich in allen Dingen auf uns verlassen."

„Du hast erwähnt, er sei für die Mitarbeiter auch anstrengend gewesen. Was meinst du damit, mal abgesehen davon, dass man ihn morgens wecken musste?"

Nick schwieg einen Moment, dann sagte er: „Hier geht es nur darum, dass du dir ein Bild von ihm machst, richtig? Ich werde nichts von dem, was ich dir erzähle, morgen in der Zeitung lesen, oder?"

„Den Redaktionsschluss für die morgige Ausgabe haben wir ohnehin schon verpasst."

„Es ist mir ernst, Sam. Ich will nichts sagen oder tun, was seinen Eltern noch mehr Kummer bereiten könnte, als sie bereits haben."

„Ich stelle diese Fragen nur zu meiner Information, aber ich kann nicht dafür garantieren, dass es so bleibt. Sollte etwas, was du mir erzählst, zur Lösung dieses Falls beitragen, wird es vor Gericht Erwähnung finden. Auch wenn wir es uns anders wünschen, landen die Mordopfer oft zusammen mit ihren Mördern vor Gericht."

„Das ist nicht richtig."

„Leider ist es die Realität."

Nick legte die Fingerspitzen beider Hände aneinander und stützte das Kinn darauf. „John war nur widerstrebend Senator. Er scherzte gern, Terry und er seien wie Prinz William und Prinz Harry. Sein Bruder Terry war der Gesalbte, dazu erkoren und erzogen, seinem Vater in die Politik zu folgen. Während Terry stets unter öffentlicher Beobachtung stand, führte John ein relativ normales Leben. Aus irgendeinem Grund hatte die Presse ein ungewöhnliches Interesse an Terry. Sein Name wurde in der politischen Berichterstattung und auf den Klatschseiten fast so oft erwähnt wie der seines Vaters. Und zwar lange bevor sein Vater seinen Rückzug aus der Politik verkündete."

„Es muss schwer gewesen sein, mit so viel Aufmerksamkeit zurechtzukommen."

Nicks Lachen nahm die Anspannung von seinem Gesicht. „Terry liebte es. Er saugte sie auf. Er war der begehrteste Junggeselle Washingtons, und das nutzte er aus."

„Das klingt nicht nach einer klugen Strategie für eine politische Karriere", bemerkte Sam.

„Stimmt. Er und der Senator – ich meine jetzt seinen Vater – stritten erbittert über Terrys Lebenswandel. Ich war ein paarmal Zeuge davon. Doch irgendwie gelang es Terry stets, den Klatschmäulern einen Schritt voraus zu sein – bis er drei Wochen vor der Bekanntgabe seiner Kandidatur für die Nachfolge seines Vaters wegen Trunkenheit am Steuer verhaftet wurde. Da haut einen auch der beste PR-Berater nicht mehr raus."

„Autsch. Jetzt erinnere ich mich wieder daran."

„Graham war am Boden zerstört. Vor dem heutigen Tag habe ich ihn noch nie so niedergeschlagen erlebt wie damals. Dass sein Sohn, in den er all seine Hoffnungen gesetzt hatte, ihn derartig enttäuscht …"

„Wie ging Terry damit um?"

„Beleidigt. Als sei das alles nicht seine Schuld, sondern die eines anderen. Er fand lauter Rechtfertigungen. John war angewidert von ihm. Irgendwann meinte er: 'Warum steht er nicht wie ein Mann zu dem Fehler, den er begangen hat?'"

„Hat er das auch zu Terry gesagt?"

„Das bezweifle ich. Die beiden standen sich nie besonders nahe. Terry genoss die Aufmerksamkeit, die ihm zuteilwurde, während John sich gern im Hintergrund hielt."

„Bis Terry ihn dazu zwang, ins Rampenlicht zu treten", sagte Sam. Allmählich bekam sie ein klareres Bild der O'Connor-Familie.

„Ja, ‚zwang' ist das richtige Wort. John wollte gar nicht für den Senat kandidieren. Ich erinnere mich, wie er sich darüber beklagte, was für ein ‚Glück' es doch sei, dass er gerade dreißig geworden war, was das Mindestalter für eine Kandidatur ist. Er saß an der Spitze eines netten kleinen Technologieunternehmens, das einen Chip für eines dieser vom Verteidigungsministerium angeschafften Waffensysteme herstellte. Er und sein Partner waren sehr erfolgreich."

„Was wurde aus dem Unternehmen, als John für den Senat kandidierte?"

„Sein Partner zahlte ihn aus und verkaufte die Firma später."

„Hätte der einen Grund, John den Tod zu wünschen?"

„Kaum. Er hat mit dem Verkauf der Firma Hunderte von Millionen verdient. Das Letzte, was ich von ihm gehört habe, war, dass er luxuriös in der Karibik lebt."

„Was ist mit Terry? Hegt er immer noch einen Groll gegen seinen jüngeren Bruder, der das bekam, was eigentlich ihm zustand?"

„Kann sein, nur besaß Terry gar nicht die Waffen, um John zu schaden. Letztlich ist Terry bloß ein Weichei."

Ungeachtet dessen nahm Sam sich trotzdem vor, Terry O'Connor genauer unter die Lupe zu nehmen.

„Sergeant?" Der diensthabende Lieutenant der Spurensicherung näherte sich ihnen. „Wir sind hier fast fertig. Weder an den Türen noch an den Fenstern im Erdgeschoss haben wir Hinweise für ein gewaltsames Eindringen gefunden."

„Fingerabdrücke?"

„Nur eine Sorte." Er sah zu Nick. „Wir nehmen an, es sind Ihre, aber das müssen wir erst bestätigen."

Nick stieß leise Verwünschungen aus.

„Danke, Lieutenant." Sam gab dem Officer ihre Karte. „Ich schreibe auf, was wir haben, wenn Sie mir im Gegenzug Ihren Bericht schnell zukommen lassen. Möglicherweise gibt es eine Verbindung zum Mord an Senator O'Connor."

„Selbstverständlich."

Nachdem sie den restlichen Puder von der Sicherung der Fingerabdrücke oberflächlich beseitigt hatten, zogen die Polizisten wieder ab.

„Soll ich dir beim Saubermachen helfen?", erkundigte Sam sich, als sie und Nick wieder allein waren.

„Danke, ich komme schon zurecht."

Er stand auf und bot ihr die Hand, um ihr aufzuhelfen.

Sam nahm seine Hand, doch als sie sie wieder loslassen wollte, hielt er sie fest. Sie sah ihn verblüfft an.

„Tut mir leid, dass ich dich ganz umsonst habe hierherkommen lassen."

„Es war ja nicht ganz umsonst ..." Die Worte blieben ihr im Hals stecken, als er mit dem Finger ihre Wange streichelte. Die Berührung war so sanft, dass sie sie kaum bemerkt hätte, wenn sie ihn nicht geradezu angestarrt hätte.

„Du bist müde."

Sie zuckte die Schultern. Das Herz hämmerte ihr in der Brust. „Ich habe in letzter Zeit nicht gut geschlafen."

„Ich habe die gesamte Berichterstattung verfolgt. Es war nicht deine Schuld, Sam."

„Sag das Quentin Johnson. Seine Schuld war es nämlich auch nicht."

„Seinem Vater hätte die Sicherheit seines Sohnes wichtiger sein müssen, als das Crackversteck zu schützen."

„Genau damit habe ich eigentlich gerechnet. Ich hätte es besser wissen müssen. Wie jemand sein eigenes Kind in eine solche Gefahr bringen kann, werde ich nie verstehen."

„Es tut mir leid, dass dir das passiert ist. Es hat mir das Herz gebrochen, als ich davon gelesen habe."

Sam fiel es schwer, den Blick abzuwenden. „Tja, ich ... ich sollte jetzt gehen."

„Vorher muss ich dir noch etwas sagen."

„Was denn?", hauchte sie.

Er ließ ihre Hand los, umfasste ihr Gesicht und küsste sie.

Seine Lippen lagen sanft auf ihren, und Sam musste ihre ganze Willenskraft zusammennehmen, um den Kuss zu beenden. „Das geht nicht", flüsterte sie. „Nicht während der Ermittlung." Aber wie gern hätte sie ihn weiter geküsst!

„Ich wollte unbedingt wissen, ob es so ist wie in meiner Erinnerung."

Angesichts des plötzlichen Gefühlsdurcheinanders in ihr musste sie für einen Moment die Augen schließen. „Und? War es so?"

„Sogar noch besser", antwortete er und machte Anstalten, sie erneut zu küssen.

„Warte, Nick!" Sie legte ihm die Hand auf die Brust, um ihn am Näherkommen zu hindern. „Das können wir nicht machen. Nicht, wenn ich mitten in einer Mordermittlung stecke, die dich miteinschließt."

„Ich habe es nicht getan." Er löste die Klammer aus ihren Haaren und fuhr mit den Fingern hindurch.

Diese intime Geste brachte sie noch mehr aus dem Konzept, weshalb sie einen Schritt zurückwich. „Das weiß ich, aber du hast trotzdem mit der Sache zu tun. Ich habe momentan genug Probleme, da muss ich nicht auch noch eine Affäre mit einem Zeugen anfangen."

„Wäre es das?" In seinen Augen lag ein leidenschaftlicher, vielleicht sogar zorniger Ausdruck. „Nur eine Affäre?"

„Nein", sagte sie leise. „Was ein weiterer Grund dafür ist, jetzt besser nichts anzufangen."

Er kam wieder näher. „Es hat doch schon längst angefangen, und zwar vor sechs Jahren. Wir haben es nie zu Ende gebracht. Diesmal will ich das. Vielleicht nicht jetzt sofort, aber irgendwann. Ich war dumm, dich damals einfach gehen zu lassen. Diesen Fehler werde ich kein zweites Mal machen."

Erschrocken darüber, wie ernst es ihm damit zu sein schien, wich sie erneut ein wenig zurück. „Ich weiß die Warnung zu schätzen. Vielleicht gehört das, was damals passiert ist, ja zu den Dingen, die man lieber nicht zu Ende bringt. Wir haben beide viel um die Ohren ..."

„Bis morgen“, unterbrach er sie und gab ihr die Haarklammer zurück.

Sam spürte seinen Blick im Rücken, als sie zur Tür ging und das Reihenhaus verließ. Den ganzen Heimweg über kribbelten ihre Lippen von dem Kuss.

8

Früh am nächsten Morgen, als sie sich über den leblosen, wächsernen Körper des Senators John Thomas O'Connor beugte, wurde Sam wieder einmal klar, dass der Tod der große Gleichmacher war. Wir kommen mit nichts auf die Welt, und wir verlassen sie wieder mit nichts. Wenn wir sterben, spielt das, was wir erreicht und was wir nicht erreicht haben, keine Rolle mehr. Ob Senator oder Maurer, Millionär oder Sozialhilfeempfänger – auf dem Tisch des Gerichtsmediziners sahen sie alle mehr oder weniger gleich aus.

„Der Todeszeitpunkt war vermutlich gegen elf Uhr abends", erklärte Dr. Lindsey McNamara, die zuständige Gerichtsmedizinerin, während sie ihre roten Haare aus dem Pferdeschwanz befreite, den sie bei der Autopsie getragen hatte.

„Also kurz nachdem er zu Hause war. Möglicherweise hat der Mörder auf ihn gewartet."

„Das Abendessen bestand aus Filet Mignon, Kartoffeln, Gemüse und anscheinend zwei Gläsern Bier."

„Drogen?"

„Ich warte noch auf den toxikologischen Befund."

„Todesursache?"

„Stichwunde am Hals. Die Halsschlagader wurde verletzt. Er ist rasch verblutet."

„Was kam zuerst? Der Stich in den Hals oder das Abtrennen

der Geschlechtsteile?"

„Das Abtrennen der Geschlechtsteile."

Sam verzog das Gesicht. „Üble Art zu sterben."

„Für einen Mann vermutlich die schlimmste."

„Er war sich also der Tatsache vollauf bewusst, dass jemand, den er kannte, ihn entmannte", sagte Sam, mehr zu sich selbst als zu Lindsey.

„Sind Sie sich sicher, dass es jemand war, den er kannte?"

„Bis jetzt ist gar nichts sicher, aber ich neige zu der Annahme, weil es keinen Kampf und kein gewaltsames Eindringen in die Wohnung gab."

„Ich habe auch keine Haut unter den Fingernägeln gefunden und keine sonstigen typischen Abwehrverletzungen an den Händen feststellen können."

„Er hat sich nicht gewehrt."

„Und es ging schnell." Lindsey deutete auf O'Connors Penis, der in irgendeiner Flüssigkeit schwamm.

Sam musste gegen einen ungewöhnlichen Anfall von Übelkeit ankämpfen. Normalerweise machten ihr solche Sachen nichts mehr aus. Einen abgeschnittenen Penis hatte sie allerdings auch noch nie zu Gesicht bekommen.

„Ein sauberer, schneller Schnitt", erklärte Lindsey.

„Deshalb konnte der Mörder ihn auch noch in den Hals stechen, während der Senator aufrecht im Bett saß."

„Genau. Andernfalls hätte er auf die Entmannung reagiert. Möglicherweise wäre er vor Schmerz ohnmächtig geworden."

„Also sah er den tödlichen Stich nicht kommen."

„Wahrscheinlich nicht."

„Danke, Doc. Schicken Sie mir den Bericht, sobald er fertig ist?"

„Klar", versprach Lindsey. „Sam?"

Sam, die schon ihr Handy gezückt hatte, um ihre Textnachrichten zu lesen, sah noch einmal auf.

„Ich wollte Ihnen nur sagen, wie sehr es mich mitgenommen hat, was mit dem Jungen passiert ist", sagte Lindsey mit einem Ausdruck tief empfundenen Mitgefühls in ihren grünen Augen. „Was die Presse Ihnen angetan hat ... na ja, jeder, der Sie kennt, kennt auch die Wahrheit."

„Danke", sagte Sam leise.

Gegen sieben Uhr saß Sam in ihrem Büro und kämpfte sich durch die Liste der Telefonate, die der Senator von zu Hause, von seinem Büro und vom Handy geführt hatte. Ihre Sicht verschwamm wegen des Schlafmangels, den sie Nicks Kuss zu verdanken hatte, während sie nach einem Muster suchte und die zweite Cola light an diesem Tag trank. Die meisten Anrufe galten Nummern im Regierungsbezirk und Virginia. Doch ihr fielen auch mehrere Anrufe pro Woche nach Chicago auf, die meistens eine Stunde oder länger dauerten. Sie machte sich eine Notiz, diese Telefonnummer zu überprüfen.

Einige andere Nummern tauchten ebenfalls mit einer Regelmäßigkeit auf, die eine genauere Überprüfung rechtfertigte. Sam erstellte eine Liste und gab sie an einen der anderen Detectives weiter, die ihr zur Unterstützung zugeteilt worden waren.

Anschließend nahm sie sich eine weitere Cola und einen von gestern übrig gebliebenen Bagel und suchte Chief Farnsworth in seinem Büro auf, um ihn über den Stand der Ermittlungen zu informieren. Dann machte sie sich auf den Weg, um sich mit Freddie in Capitol Hill zu treffen. Eine Horde Reporter erwartete sie draußen. Als sie sah, wie viele es waren, zog sie kurz in Erwägung, einfach umzukehren und zwei uniformierte Polizisten zu bitten, sie durch die Menge zu geleiten. Aber natürlich verwarf sie diese Idee sofort als feige und begab sich in das Gedränge.

„Sergeant, können Sie uns bereits den Namen eines Verdächtigen nennen?"

„Wie wurde der Senator umgebracht?"

„Wer hat ihn gefunden?"

„Was halten Sie von den heutigen Zeitungsschlagzeilen?"

Diese letzte Frage brachte ihren Magen in Aufruhr, da sie sich gut vorstellen konnte, was die Zeitungen über den Detective schrieben, der die wichtigste Mordermittlung seit Jahren leitete. Sam hob die Hand, um das Sperrfeuer aus Fragen zu stoppen.

„Alles, was ich zum jetzigen Zeitpunkt sagen werde, ist, dass die Ermittlungen ihren Gang gehen und Fortschritte machen. Sobald wir mehr wissen, werden wir eine Pressekonferenz abhalten. Bis dahin habe ich keinen weiteren Kommentar abzugeben. Wenn Sie mich nun bitte durchlassen würden, ich muss meine Arbeit tun."

Die Reporter dachten nicht daran, beiseitezutreten, hinderten sie aber auch nicht, als sie sich ihren Weg zu bahnen begann.

Genervt und aufgebracht stieg Sam wieder in ihren zivilen Polizeiwagen und verriegelte die Türen. „Verdammte Aasgeier", murmelte sie.

Draußen vor dem Hart Senate Office Building, dem größten Bürogebäude des US-Senats, warf sie zwei Vierteldollarmünzen in den Zeitungsautomaten und zog die Morgenausgabe der *Washington Post* heraus, deren Schlagzeile den Mord am Senator verkündete. Die Unterüberschrift lautete: „In Ungnade gefallener Detective soll Ermittlungen im Mordfall leiten". Sie gab einen frustrierten Laut von sich, als die Worte auf dem Papier tanzten, wie sie es oft taten, wenn Sam unter Stress stand oder unter Erschöpfung litt. Elende Legasthenie, dachte sie und atmete tief durch, bevor sie es erneut versuchte, indem sie Wort für Wort las, so wie sie es sich beigebracht hatte.

Der Artikel enthielt eine Rekonstruktion des Überfalls, der zum Tod von Quentin Johnson geführt hatte, und sah nur knapp davon ab, ihre Kompetenz in Frage zu stellen – und die des Chiefs.

„Na fabelhaft", murmelte sie. „Einfach klasse." Sie warf die Zeitung in den Mülleimer und nahm den Fahrstuhl in den ersten Stock, wo Freddie sich gerade einen glasierten Donut gönnte, während er auf sie wartete.

„Hast du die Zeitung gesehen?", fragte er und wischte sich die klebrige Glasur mit dem Handrücken vom Mund ab.

Sie nickte brüsk, und bevor er anfangen konnte, über den Artikel zu diskutieren, setzte sie ihn in Kenntnis über den möglichen Einbruch bei Nick, die bisherigen Ergebnisse der Autopsie und die Telefonliste. Zur Tür des Büros von Senator O'Connor deutend sagte sie: „Na dann mal los."

Nachdem sie die noch verbliebenen Sachen in Johns Büro gründlich, aber ohne nennenswertes Ergebnis durchgesehen hatten, arbeiteten sie sich von der Verwaltungssekretärin bis zu den Parlamentsabgeordneten und von den Mitarbeitern des

Senatorenbüros in Richmond bis zum Leiter der Kommunikationsabteilung vor. Sie stellten allen Angestellten von Senator O'Connor dieselben Fragen: Wo waren Sie in der Mordnacht? Besaßen Sie einen Schlüssel zu seinem Apartment? Was wissen Sie über sein Privatleben? Fällt Ihnen jemand ein, der im Streit mit ihm lag?

Die Antworten glichen sich mit einigen Abweichungen mehr oder weniger: Ich war hier und habe gearbeitet (oder: Ich war zu Hause in Richmond bei meinem Mann / meiner Frau / meiner Freundin). Ich habe keinen Schlüssel. Er hat sein Privatleben abgeschirmt. Jeder mochte ihn, selbst politische Rivalen, die eher keinen Grund dazu hatten.

„Wer kommt als Nächstes?", erkundigte Sam sich und hatte das Gefühl, als vergeudeten sie nur ihre Zeit.

„Christina Billings, stellvertretende Abteilungsleiterin", antwortete Freddie.

„Bitte sie herein."

„Miss Billings", wandte Sam sich an die hübsche, zierliche Blonde und deutete auf den Stuhl ihr gegenüber am Konferenztisch. Neben kleinen Frauen wie ihr kam Sam sich jedes Mal wie eine Amazone vor. „Lassen Sie mich zunächst unser Mitgefühl zum Ausdruck bringen."

Tränen bildeten sich in Christinas blauen Augen. „Danke", sagte sie leise.

„Können Sie uns verraten, wo Sie sich in der Nacht, als der Senator ermordet wurde, aufgehalten haben?"

„Ich war hier. Wegen der Abstimmung am nächsten Tag hatten wir so viel zu tun. Wir mussten uns auf die möglichen Konsequenzen vorbereiten – Pressekonferenzen, Talkshows, Interviews. Wir taten alles, damit der Senator die Aufmerksamkeit bekommt, die er verdiente." Ihre Schultern sackten herunter, als hätte das Leben plötzlich keinen Sinn mehr. „Er hat so hart gearbeitet."

Neugierig geworden durch die Emotionen, die Christina offensichtlich bewegten, erkundigte Sam sich: „Sie waren die ganze Nacht im Büro?"

„Außer als ich für alle Essen geholt habe."

„Um wie viel Uhr war das?", fragte Freddie.

„Das weiß ich nicht mehr. Vielleicht gegen elf oder halb zwölf.“

Freddie und Sam tauschten einen Blick.

„Wo haben Sie das Essen geholt?“

Sie nannte ein chinesisches Restaurant in Capitol Hill, und Sam machte sich eine Notiz, um es später zu überprüfen. „Waren Sie noch anderswo?“

„Nein. Ich bin mit dem Essen sofort wieder zurück. Alle hatten Hunger.“

„Haben Sie einen Schlüssel zur Wohnung des Senators?“, fragte Freddie.

Christina nickte. „Er hat ihn mir vor einiger Zeit gegeben, damit ich seine Post abholen und die Pflanzen gießen konnte, wenn er sich in Richmond oder Leesburg aufhielt.“

„Wann haben Sie ihn zuletzt benutzt?“

Christina überlegte. „Vielleicht vor drei Monaten. Er war während der Sitzungsperiode die meiste Zeit in der Stadt und versuchte die nötigen Stimmen für das Einwanderungsgesetz zusammenzubekommen.“

„Was wissen Sie über sein Privatleben?“, erkundigte Freddie sich. „War er mit jemandem zusammen?“

Ihre Miene wandelte sich prompt von kummervoll zu feindselig. „Ich habe keine Ahnung. Ich habe mit ihm nicht über sein Liebesleben gesprochen. Er war mein Chef.“

Etwas an ihrem Ton und dem Aufblitzen in ihren Augen ließ Sam aufhorchen. „Miss Billings, gab es zwischen Ihnen und dem Senator eine Liebesbeziehung?“

Christina stand unvermittelt auf. „Ich bin fertig.“

„Von wegen“, fuhr Sam sie an. „Setzen Sie sich wieder.“ Vor Wut zitternd und mit zusammengepressten Lippen drehte Christina sich um und hielt Sams durchdringendem Blick stand.

„Sonst was?“, fragte sie provozierend.

„Sonst sprechen wir bei der Polizei weiter. Ihre Entscheidung.“

Äußerst widerstrebend kehrte Christina zu ihrem Platz zurück. Ihre Haltung war steif, und sie hielt die Hände fest gefaltet.

„Bevor wir fortfahren, weise ich Sie auf Ihr Recht hin, einen Anwalt hinzuzuziehen.“

Christina schnappte erschrocken nach Luft. „Bin ich verhaftet?"

„Noch nicht, aber Sie können jederzeit einen Anwalt zurate ziehen. Möchten Sie ohne Anwalt fortfahren?"

Christina nickte unsicher. Die Erwähnung des Anwalts hatte ihre starre Haltung aufgelöst.

„Dann frage ich Sie noch einmal", sagte Sam. „Hatten Sie und der Senator eine Liebesbeziehung?"

„Nein", antwortete Christina mit leiser Stimme.

„Hegten Sie romantische Gefühle für ihn?"

Erneut füllten sich Christinas Augen mit Tränen. „Ja."

„Und diese Gefühle blieben unerwidert?"

„Ich habe keine Ahnung. Wir haben nie darüber gesprochen."

„Was empfanden Sie, wenn er sich mit anderen Frauen traf?", wollte Freddie wissen.

„Was glauben Sie, wie ich mich fühlte?", konterte Christina. „Ich habe ihn geliebt. Aber er nahm mich eben anders wahr. Für ihn war ich eine vertrauensvolle Helferin, die für ihn die Post abholte."

„Was waren Ihre besonderen Aufgaben als stellvertretende Stabschefin?", fragte Sam.

„Ich habe seinen Tagesablauf organisiert, seinen Terminkalender geführt und die Verwaltungsmitarbeiter geleitet. Im Großen und Ganzen habe ich seine Zeit gemanagt."

„Dann haben Sie eng mit ihm zusammengearbeitet?", hakte Freddie nach.

„Ja."

„Enger als Mr. Cappuano?"

„An vielen Tagen ja."

„Und während all der Zeit, die Sie mit ihm verbracht haben, hatte er keine Ahnung, was Sie für ihn empfanden?", fragte Sam.

„Ich habe mir große Mühe gegeben, es weder ihn noch sonst jemanden merken zu lassen. Er war mein Boss, und es kam mir einfach zu klischeehaft vor."

„Dann wusste niemand sonst davon?"

„Nick ist dahintergekommen, aber das wurde mir erst klar, nachdem der Senator ... ermordet wurde", gestand sie, immer leiser werdend.

„Warum sind Sie nicht gegangen?", fragte Sam und musste sich beherrschen, um ihre Wut auf Nick im Zaum zu halten, weil er ihr das verschwiegen hatte.

„Weil er mich brauchte. Er meinte, ohne mich sei er aufgeschmissen." Christina zuckte die Schultern. „Ich weiß, das klingt erbärmlich, aber für mich war das besser als nichts."

„War es das tatsächlich?", fragte Sam.

„Falls Sie damit andeuten wollen, ich hätte ihn umgebracht, weil er mich nicht als Frau wahrnahm, liegen Sie falsch."

„Menschen haben schon für weniger gemordet."

„Ich jedenfalls nicht. Ich habe ihn geliebt. Dieser Anruf von Nick war der niederschmetterndste Moment meines Lebens."

Nach einer Weile des Schweigens machte Christina Anstalten, erneut aufzustehen. „Darf ich jetzt gehen?"

„Vorher möchte ich Ihnen noch eine Frage stellen", antwortete Freddie. „Sie sagten, dass Sie seine Termine und sein Leben gemanagt haben. Habe ich das richtig verstanden?"

„Ja."

„Müssten Sie dann nicht wissen, mit wem er sich privat traf?" Christinas Miene verriet Anspannung.

„Ist das ein Ja?", ließ Freddie nicht locker.

„Es gab mehrere Frauen", räumte Christina schließlich ein.

„Wir brauchen eine Liste", sagte Sam. „Außerdem hätte ich gern den Terminkalender der letzten sechs Monate sowie eine Liste von jedem, den Sie kennen, der einen Schlüssel zu seiner Wohnung hatte. Bis heute Abend, bitte."

Nach einem kurzen Nicken stand Christina auf.

„Halten Sie sich weiterhin zur Verfügung", forderte Sam sie auf, bevor Christina den Raum verlassen konnte.

„Wie meinen Sie das?"

„Genau so, wie Sie es vermuten."

Als die Tür hinter der stellvertretenden Stabschefin zufiel, wandte Sam sich an Freddie.

„Ich weiß, was du sagen wirst." Er zählte es an seinen Fingern auf. „Eine Lücke im Alibi exakt zur Tatzeit, ein Schlüssel zum Apartment, unerwiderte Liebe …"

„Das genügt beinahe, um sie festzunehmen", bestätigte Sam.

„Aber?"

Sam seufzte. „Ich habe ihr geglaubt, als sie sagte, sie sei wegen Johns Tod am Boden zerstört gewesen."

„Das heißt nicht automatisch, dass sie dafür nicht verantwortlich ist."

„Nein, das heißt es nicht."

„Ich werde mal Erkundigungen über Miss Billings einholen."

„Freddie, du kannst Gedanken lesen. Wir müssen uns auch anschauen, wer finanziell vom Tod des Senators profitiert."

„Würde der Stabschef so etwas wissen?"

„Möglicherweise. Er ist als Nächster an der Reihe. Willst du dir etwas zu essen besorgen, bevor wir uns mit ihm befassen?"

„Ich dachte schon, du würdest nie fragen." Freddie streckte sich und rieb sich voller Vorfreude den Bauch. „Soll ich dir etwas mitbringen?"

„Einen Salat." Sie klatschte ihm einen Zehndollarschein in die Hand. „Mit fettarmem Dressing."

Er verzog angewidert das Gesicht. „Kommt sofort."

Kaum war er verschwunden, ging Sam in Nicks Büro und knallte die Tür zu.

„Oh, dir auch einen guten Tag, Sergeant", begrüßte er sie mit einem Lächeln, das sie wissen ließ, dass er seit dem Kuss gestern Abend an sie gedacht hatte.

„Spar dir deinen Charme für jemanden, der daran interessiert ist."

Er hob amüsiert eine dunkle Braue. „Ah, du bist durchaus interessiert. Aber wenn du die Unnahbare spielen willst, lass dich von mir nicht davon abhalten."

„Was gestern Abend vorgefallen ist, kann sich nicht wiederholen."

„Es kann, und es wird."

„Nicht, bevor dieser Fall nicht abgeschlossen ist, Nick. Das ist mein Ernst." Sam fand, dass es an der Zeit war, diese private Debatte zu beenden. Sie stemmte die Hände in die Hüften. „Hattest du übrigens vor, mir gegenüber irgendwann zu erwähnen, dass deine Stellvertreterin in den Senator verliebt war?"

Er sah immerhin zerknirscht aus. „Das hat sie erzählt?"

„Ich habe es aus ihr herausgequetscht. Eines meiner besonderen Talente."

„Darauf wette ich", erwiderte er trocken.

„Warum hast du es nicht für wichtig genug gehalten, um es mir gegenüber zu erwähnen? Alles ist wichtig! Hier geht es um die Ermittlung in einem Mordfall."

„Tut mir leid. Es schien mir einfach keine Rolle zu spielen."

„Christina hat das Büro verlassen, um Essen zu holen, exakt zu der Zeit, die die Gerichtsmedizin als Todeszeitpunkt festgestellt hat. Außerdem war sie im Besitz eines Schlüssels zu seiner Wohnung. Und sie hat ihn geliebt."

Nicks attraktives Gesicht wurde blass. „Du kannst doch unmöglich andeuten wollen …"

„Ich kann, und ich tue es."

„Auf keinen Fall, Sam. Sie hat ihn verehrt, und sie war ihm treu ergeben. Niemals hätte sie ihm etwas antun können."

„Wie gut kennst du sie?"

„Ich arbeite seit fünf Jahren mit ihr zusammen. Sie ist eine großartige Kollegin und Freundin."

„Was weißt du über sie?"

„Sie ist in Oregon aufgewachsen und hier aufs College gegangen. Seit sie ihr Studium abgeschlossen hat, arbeitet sie für das Parlament. Sie hat sich aus der Verwaltung hochgedient."

„Vertraust du ihr?"

„Unbedingt."

„Welche Sicherheitsstufe hat sie?"

„Geheim."

Sam zog ihr Notizbuch aus der Gesäßtasche und machte einen Vermerk, sich den Backgroundcheck zu beschaffen, den Christina Billings durchlaufen haben musste, um in diese Geheimhaltungsstufe der Regierung aufgenommen zu werden. „Was ist mit dir?"

„Topsecret – streng geheim."

„Seit wann?"

„Seit der Berufung des Senators in den Ausschuss für innere Sicherheit und Regierungsangelegenheiten. Vorher war mein Status ‚geheim'."

„Wer hat sonst noch die Sicherheitsstufe ‚topsecret'?"

„Nur der Senator."

„Wer sind seine Erben?"

Nick überlegte. „Tja, das werden wohl seine Nichte und sein Neffe sein. Emma und Adam."

„Aber du bist dir nicht sicher?"

Er schüttelte den Kopf.

„Wer weiß es genau?"

„Wahrscheinlich sein Vater und der Anwalt der Familie, Lucien Haverfield."

Sam schrieb sich Haverfields Namen auf.

Freddie kam mit zwei Papiertüten mit Essen herein. „Hast du einfach ohne mich angefangen, Boss?"

„Wir sprechen gerade über die Erben", informierte Sam ihn. „Mr. Cappuano glaubt, dass es höchstwahrscheinlich seine Nichte und sein Neffe sind."

„Das macht Sinn", bemerkte Freddie. „Führen wir das Gespräch hier oder im Konferenzzimmer?"

Nick deutete auf einen kleinen Tisch. „Von mir aus hier."

„Ich hole schnell den Rekorder", sagte Freddie.

„Hast du etwas dagegen, wenn wir hier essen?", fragte Sam Nick. „Detective Cruz kriegt schlechte Laune, wenn er mittags nicht pünktlich seine fettige Mahlzeit bekommt."

Nick lächelte, doch Sam fiel vor allem auf, dass er müde und traurig wirkte. „Kein Problem. Ich esse an diesem Tisch öfter als zu Hause."

„Apropos zu Hause – ist dir noch etwas aufgefallen, was fehlt oder nicht an seinem Platz steht?"

Er verneinte.

„Sag mir Bescheid, wenn dir noch etwas einfällt."

„Du glaubst mir also? Dass jemand eingebrochen ist?"

Sie antwortete mit einem kurzen Kopfnicken und hatte Schwierigkeiten, seinem Blick zu begegnen. Erschrocken stellte sie fest, dass sie Angst vor dem hatte, was sie in seinen wundervollen braunen Augen lesen würde.

„Stör ich gerade?", fragte Freddie, der mit dem Aufnahmegerät zurückkam.

Sam räusperte sich. „Nein. Bringen wir es hinter uns. Wir haben heute noch viel zu tun."

9

Nach einem kurzen Halt beim Chinarestaurant in Capitol Hill, wo man ihnen bestätigte, dass Christina Billings tatsächlich gegen elf Uhr am gestrigen Abend Essen geholt hatte, fuhr Sam ihren Kollegen Freddie zurück zum Büro.

„Und?", meinte er. „Willst du mir erzählen, was das vorhin zu bedeuten hatte?"

„Was denn?"

„Na, du und dieser Cappuano. Ich kam mir plötzlich wie das fünfte Rad am Wagen bei einem heißen Date vor."

Sam warf ihm einen Blick zu. „Wovon redest du eigentlich?"

„Ah, na mal sehen." Er zählte unter Zuhilfenahme seiner Finger auf: „Bedeutungsvolle Gesprächspausen, glühende Blicke und ständige versteckte Andeutungen. Soll ich fortfahren?"

Offenbar war ihrem Partner das Knistern zwischen ihr und Nick nicht entgangen. Sie hätte wissen müssen, dass sie Freddie während des einstündigen Gesprächs mit Nick nichts vormachen konnte. Dabei hatte es sie wirklich Kraft gekostet, professionell und konzentriert zu bleiben. „Du siehst Gespenster."

„Nein, tue ich nicht. Also?"

„Nichts also. Ich kenne den Mann ja kaum." Das wiederum entsprach der Wahrheit – in etwa. „Was immer du zu bemerken geglaubt hast, war das Ergebnis deiner überaktiven und sexuell unterversorgten Fantasie."

„Wow", sagte Freddie mit einem langen Ausatmen. „Wer hat denn etwas von Sex erwähnt?"

Sam lagen einige Erwiderungen auf der Zunge, die sie sich jedoch verkniff. Sie fuhr auf den Parkplatz vor dem öffentlichen Gebäude. Doch bevor sie aussteigen konnte, hielt Freddie sie zurück.

„Was ist auf der Fahrt nach Loudoun County gestern passiert?", wollte er wissen.

„Nichts." Na ja, das stimmte immerhin.

„Ich bin dein Partner." Er hielt sie an der Jacke fest, um sie am Weglaufen zu hindern. „Also rede mit mir."

Sie befreite ihren Arm aus seinem Griff. „Da gibt es nichts zu bereden! Wir haben noch jede Menge zu tun, und du hast Zeit, mich wegen etwas zu verhören, was du dir bloß einbildest?"

„Ich bin ein geschulter Beobachter – geschult vor allem durch dich. Es ist mir egal, was du behauptest. In dem Zimmer war es jedenfalls heiß genug, um das ganze Kapitol runterzubrennen."

Sie kochte innerlich. Genau aus diesem Grund hatte sie Nick gesagt, dass sich nicht wiederholen dürfe, was gestern Abend passiert war. Mehr Ärger konnte sie momentan wirklich nicht gebrauchen.

In freundlicherem Ton meinte Freddie: „Was auch immer da läuft, ich hoffe nur, du bist vorsichtig. Für dich steht gerade jetzt sehr viel auf dem Spiel."

„Danke, Freddie. Ich bin froh, dass du mich daran erinnerst. Andernfalls hätte ich womöglich das Kind vergessen, das unter meinem Kommando gestorben ist."

„Sam ..."

„Wir haben Arbeit zu erledigen."

„Ich bin auf deiner Seite. Ich hoffe, das weißt du. Wenn du reden möchtest ..."

„Danke, aber können wir uns jetzt auf den Job konzentrieren?"

Mit einem dramatischen Seufzer legte er die Hand auf den Türgriff. Sam stieg ebenfalls aus und bahnte sich ihren Weg durch die Reporterschar. Es bereitete ihr ein diebisches Vergnügen, sie alle frustriert schmoren zu lassen.

Ein wenig tat es ihr leid, Freddie gegenüber so gereizt reagiert zu haben, denn er war ihr nach dem Fall Johnson eine echte

Stütze gewesen. Nur wollte sie einfach nicht hören, was er über ihre frühere Beziehung zu einem Zeugen zu sagen hatte – eine Beziehung, die sie verheimlichte, weil man sie sonst von dem Fall abziehen würde. Das durfte nicht passieren. Sie brauchte unbedingt einen Erfolg in einem wichtigen, Aufsehen erregenden Fall wie diesem, um ihre Karriere wieder in Schwung zu bringen.

Deshalb hatte sie vor, praktisch rund um die Uhr zu arbeiten, wenn das erforderlich war, um diesen Fall schnellstmöglich zu lösen – zumindest lange bevor jemand herausfand, dass sie einst eine Nacht mit dem Mann verbracht hatte, der den Senator tot aufgefunden hatte. Sollte sie keinen Erfolg haben und sollten ihre Vorgesetzten erfahren, dass sie sich eine weitere Fehleinschätzung geleistet hatte, konnte sie sich von ihrer hart erkämpften Karriere verabschieden. Was würde sie dann tun? Was war sie ohne ihren Job? *Wer* war sie? Die Antwort lautete: niemand.

Sie schüttelte diesen extrem unerfreulichen Gedanken vorläufig ab, teilte Freddie mit, dass sie nach der Pressekonferenz zurückkommen würde, und machte sich auf den Weg zu Chief Farnsworths Büro. Auf dem Weg dorthin legte sie einen Stopp auf der Toilette ein, um sich kaltes Wasser ins Gesicht zu spritzen. Als sie sich im Spiegel betrachtete, erschrak sie über die Ringe unter ihren Augen und die blasse, fast durchscheinende Gesichtshaut nach Wochen schlafloser Nächte. Und ihre Augen verrieten, wie sehr sie sich quälte.

Sie hatte ihren Vorgesetzten erklärt, sie sei wieder einsatzbereit. Dem Psychologen der Abteilung hatte sie gesagt, sie werde mit allem fertig, was ihr Job so mit sich bringe. Aber würde sie auch damit fertig werden, Nick Cappuano wiederzusehen? Konnte sie damit zurechtkommen, wie es sich – sogar sechs Jahre später! – angefühlt hatte, in diesen starken Armen zu liegen, von diesen sanften Lippen geküsst zu werden und das Objekt seiner glühenden Blicke zu sein? Himmel! Diese Augen waren einfach umwerfend.

„Hör auf", flüsterte sie ihrem Spiegelbild zu, das sie kaum wiedererkannte. „Bitte hör auf. Mach einfach deinen Job und hör auf, ständig an ihn zu denken. Denk stattdessen lieber an den Senator."

Sie nahm ein Papierhandtuch, tupfte ihr Gesicht trocken und

holte tief Luft. „Der Senator", wiederholte sie noch einmal, während sie sich darauf einstellte, gleich bei der Pressekonferenz neben dem Chief zu stehen.

Die Fragen waren knallhart und unerbittlich.

„Wie können Sie jemandem mit einem so schlechten Urteilsvermögen wie Sergeant Holland einen derart wichtigen Fall übertragen?"

Chief Farnsworth, der Gute, machte deutlich, dass sie der für die Leitung der Ermittlungen am besten geeignete Detective war und sein vollstes Vertrauen genoss.

Bei der Vorstellung, was er zu ihrer Beziehung mit einem wichtigen Zeugen sagen würde, musste sie schlucken. *Du hast deine Entscheidung getroffen, was ihn angeht. Es war eine Nacht, also hör schon auf, noch länger darüber nachzudenken. Ja, genau.*

Sobald die Reporter mit ihren Angriffen auf sie fertig waren, drehten sich die Fragen detaillierter um die Ermittlung.

„Gibt es schon Verdächtige?"

Der Chief deutete mit einem Kopfnicken in Richtung Sam an, dass sie die Frage beantworten solle. „Wir haben einen Kreis potenzieller Verdächtiger, aber bisher liegt gegen niemanden ein konkreter Verdacht vor."

„Warum dauert das so lange?"

„Der Senator führte ein komplexes, kompliziertes Leben. Es wird einige Zeit dauern, alle Teile zusammenzufügen. Aber ich bin sicher, dass wir die Ermittlungen zu einem befriedigenden Ende bringen werden."

„Gibt es etwas Neues bezüglich der Beerdigungsvorbereitungen?"

„Dafür müssen Sie sich an sein Büro wenden."

„Können Sie uns sagen, wie der Senator ermordet wurde?"

„Nein."

„Wurde in seine Wohnung eingebrochen?"

„Kein Kommentar."

„Gab es einen Kampf?"

„Kein Kommentar."

Der Chief meldete sich zu Wort. „Das war's fürs Erste, Leute.

Sobald wir mehr wissen, werden wir es euch mitteilen." Er schob Sam sanft vom Podium und in sein Büro. „Das haben Sie gut gemacht da draußen. Ich weiß, dass es nicht leicht war." Er musterte sie eingehend und stellte fest: „Sie schlafen nicht besonders gut."

Sie zuckte die Schultern. „Ich habe eben viel um die Ohren."

„Vielleicht sollten Sie mal wegen eines Rezepts mit Dr. Trulo reden ..."

Sam hob abwehrend die Hand. „An dem Punkt bin ich noch nicht."

„Ich brauche Sie im Augenblick aber topfit."

„Keine Sorge, das bin ich."

„Mir gefällt, dass Sie diese Christina Billings im Blick haben."

„Ich weiß nicht." Sam winkte ab. „Die Kollegen in ihrem Büro bestätigen, dass das Essen heiß war, als sie damit zurückgekehrt ist. Sie scheint also den direkten Weg genommen zu haben. Die Bänder der Videoüberwachung des Parkhauses zeigen sie bei ihrer Rückkehr, achtundzwanzig Minuten, nachdem sie gegangen war."

„Könnte sie vor ihrem Restaurantbesuch in seiner Wohnung gewesen sein?"

„Dafür hätte sie quer durch die Stadt zum Watergate fahren, ihn umbringen, das chinesische Essen abholen und wieder zurückfahren müssen, und das alles in einer halben Stunde. Beim Messerangriff wäre sie über und über mit Blut bespritzt worden. Cappuano, der Stabschef, hat berichtet, sie habe am nächsten Morgen das gleiche Kostüm angehabt wie am Vortag. Das wusste er genau, weil sie nämlich die ganze Nacht durchgearbeitet haben, damit alles für die Abstimmung am nächsten Tag vorbereitet war. Angesichts dieser Fakten bin ich geneigt, sie als Verdächtige auszuschließen."

Der Chief rieb sich das Kinn, während er darüber nachdachte. „Stellen Sie trotzdem ruhig noch ein paar Nachforschungen über sie an. Sie hatte ein Motiv, die Gelegenheit und einen Schlüssel. Sie sollten sie lieber nicht so schnell von der Liste der Verdächtigen streichen."

„Ja, Sir."

„Das Gleiche gilt für seinen Bruder. Auch hier haben wir ein

Motiv, eine Gelegenheit und kein Alibi, wenn er die Frau, mit der er angeblich zusammen gewesen ist, nicht ausfindig machen kann."

„Stimmt. Wir werden uns mal formeller mit ihm unterhalten. Wer mir außerdem noch im Kopf herumgeht, sind die Schwester sowie der Schwager des Ermordeten, Lizbeth und Royce Hamilton."

„Warum?"

„Höchstwahrscheinlich sind ihre Kinder die Erben des Senators. Die Eltern des Toten werden übrigens um sechs hier sein, um die Leiche zu sehen. Ich werde Graham O'Connor nach dem Testament seines Sohnes fragen. Cruz habe ich damit beauftragt, sich die Finanzen der Hamiltons anzusehen. Dann wäre da noch Stenhouse, der erbitterte politische Rivale der O'Connors. Er ist heute zu einer lange geplanten Spendenveranstaltung nach Missouri gefahren, aber morgen früh haben wir einen Termin bei ihm."

„Für wie wahrscheinlich halten Sie es, dass er der Täter war?"

„Nicht besonders wahrscheinlich, deshalb habe ich ihn auch nicht davon abgehalten, nach Missouri zu fahren. Er hatte definitiv keinen Schlüssel zur Wohnung. Außerdem bin ich davon überzeugt, dass die Tat von jemandem begangen wurde, dem John O'Connor nahestand."

„Wie sieht es mit seinen Freundinnen aus?"

„Billings stellt eine Liste der Frauen zusammen, mit denen er in den vergangenen sechs Monaten zu tun hatte, und von jedem, der im Besitz eines Schlüssels war. Ich werde außerdem Senator O'Connor senior fragen, ob noch Schlüssel aus der Zeit in Umlauf sind, in der er dort gewohnt hat."

„Die Überwachungsvideos haben nicht weitergeholfen?"

„Wir konnten niemanden identifizieren, Cappuano auch nicht. Die Aufnahmen zeigen Aktivitäten in der Lobby und vor den Fahrstühlen, jedoch nicht vor bestimmten Zimmertüren. Deshalb war das Material nicht sehr hilfreich. Es war eine kalte Nacht, und alle waren dick eingepackt und vermummt, mit Schals und Mützen. Wir hatten Schwierigkeiten, Gesichter zu erkennen."

Der Chief stutzte.

„Was?"

„Die Leute waren dick eingepackt und vermummt ..."

„Was ist damit?"

„Wäre es nicht möglich, dass Christina Billings einen Mantel getragen hat, den sie nach dem Mord weggeworfen hat?"

Sam dachte darüber nach. „Das würde erklären, weshalb ihr Kostüm nicht ruiniert war."

„Genau. Vielleicht wird es langsam Zeit, dass wir uns einen Durchsuchungsbefehl für ihren Wagen besorgen."

„Du meine Güte", sagte Sam. „Warum habe ich daran nicht gedacht?"

„Sie wären bestimmt noch von selbst darauf gekommen. Aber ich glaube, Sie haben ein Zeitproblem, was Billings angeht. Ansonsten scheinen Sie an alles gedacht zu haben."

„Ich gebe mir Mühe."

Sie wurden von einem Klopfen an der Tür unterbrochen. Freddie trat ein. Er sah nervös und verunsichert aus.

„Detective Cruz."

„Hallo, Sir", stammelte Freddie. „Verzeihen Sie die Störung, aber die Officer, die die Unterlagen aus dem Apartment des Senators durchgehen, haben eine Lebensversicherung entdeckt, die Sie sich meiner Meinung nach mal ansehen sollten, Sergeant Holland." Er reichte ihr das Dokument.

Sam überflog es und staunte über den eingesetzten Betrag: zwei Millionen Dollar. Und als sie den Namen des Begünstigten im Todesfall des Versicherten las, gab sie einen Laut des Erstaunens von sich. Denn es handelte sich um keinen anderen als Nick Cappuano.

Zwanzig Minuten später stürmte Sam an Nicks verdutzten Mitarbeitern vorbei direkt in sein Büro und knallte die Tür hinter sich zu.

Ohne von seiner Arbeit aufzublicken, fragte er: „So schnell schon wieder zurück, Sergeant?"

„Du Mistkerl!"

Jetzt sah er sie an, doch ein harter Ausdruck lag in seinen ansonsten freundlichen Augen. „Würde es dir etwas ausmachen, dich näher zu erklären?"

„Wie wäre es, wenn *du* dich erklärst?" Sie klatschte ihm die Versicherungspolice auf den Tisch.

Ohne den Blickkontakt zu unterbrechen, griff er nach dem Dokument. „Was ist das?"

„Verrate du es mir."

Jetzt erst löste er den Blick von ihr. „Das ist eine Versicherungspolice."

„Für mich sieht es aus wie eine Police über zwei Millionen Dollar", präzisierte Sam. „Schlag mal die letzte Seite auf."

Er kam ihrer Aufforderung nach. „*Ich* bin der Begünstigte?" Zumindest schien er aufrichtig geschockt zu sein.

„Als hättest du das nicht gewusst."

„Ich hatte keine Ahnung! Ich wusste nicht, dass er diese Versicherung abgeschlossen hat!" Sein Gesicht nahm einen merkwürdigen Ausdruck an. „Aha ... das meinte er also." Seine Stimme wurde zu einem Flüstern.

Sam wollte ihn auffordern, das genauer zu erklären, doch sie wartete, bis er sich gesammelt hatte.

„Ich habe John einmal gesagt, nachdem wir uns gerade kennengelernt hatten und ich erfuhr, wer sein Vater ist, dass ich mir in meinen kühnsten Träumen nicht vorstellen könnte, jemals Millionär zu sein. Darauf erwiderte er nur: ,Man kann nie wissen'." Nick fuhr ehrfürchtig mit der Hand über die Seiten der Police. „Vor etwa einem Monat kam das Thema erneut zur Sprache, denn ich machte einen Scherz darüber, wie ich reich werden könne mit der Leitung seines Büros. Er sagte, ich hätte noch reichlich Zeit, um Millionär zu werden, und dass das, was ich tue – was wir alle tun –, wichtiger sei als Geld." Nick sah Sam wieder an. „Da schien er zum ersten Mal die Bedeutung des Büros, das er unterhielt, wirklich zu erfassen. Dann sagte er noch, ich könnte schneller Millionär werden, als ich denke, und ging davon."

„Du hast ihn nicht gefragt, wie er das meinte?"

Er schüttelte den Kopf. „Zu dem Zeitpunkt kam es mir einfach nur so dahingesagt vor. Jetzt bekommen seine Worte natürlich eine viel größere Bedeutung."

„Glaubst du, er wusste, dass er bald sterben würde?"

„Nein, aber er spürte, dass er jung sterben würde. Er wurde

gefühlsduselig, wenn er getrunken hatte, und fing von diesem Thema an. Wir nannten es seine philosophischen Stimmungen."

„Hatte er die öfter?"

Nick überlegte einen Moment. „In letzter Zeit häufiger, würde ich sagen. Christina fragte mich erst letzte Woche, ob ich fände, er sei deprimiert."

„Und? Fandest du?"

„Ich würde eher sagen, er wirkte abgelenkt. Irgendetwas hat ihn ganz offensichtlich beschäftigt."

„Aber du hast keine Ahnung, was das gewesen sein könnte?"

„Ich habe mehrmals versucht, ihn darauf anzusprechen, aber er wimmelte mich immer ab. Er behauptete, voll und ganz von dem Gesetzesentwurf in Anspruch genommen zu sein und von der Anstrengung, dieses Gesetz durchzubekommen. Deshalb hielt ich sein Verhalten für stressbedingt."

„Du wusstest wirklich nichts von der Versicherungspolice?"

„Ich schwöre bei Gott. Unterzieh mich einem Lügendetektortest."

Sam betrachtete ihn eine Weile schweigend. „Das wird nicht nötig sein", erklärte sie schließlich. Herzlichen Glückwunsch. Offensichtlich wirst du nun doch noch Millionär."

„Aber unter welchen Umständen", erwiderte er.

Auch der letzte Rest ihrer Wut, mit der sie in sein Büro gestürmt war, verrauchte. „Nick ..." Sie widerstand dem übermächtigen Wunsch, um den Schreibtisch herumzugehen und Nick in den Arm zu nehmen. Stattdessen räusperte sie sich, um ihre Gefühle zu überspielen, und sagte: „Seine Eltern kommen gegen sechs. Sie wollen ihn sehen. Meinst du, du könntest auch da sein? Es hilft ihnen vielleicht, ein vertrautes Gesicht dabeizuhaben."

„Selbstverständlich."

„Ich könnte dich mitnehmen und später wieder zurückbringen, dann musst du dich nicht mit der Parkplatzsituation herumärgern."

„Gerne." Er stand auf und nahm seinen Mantel, der über der Sessellehne lag.

Sam bekam einen trockenen Mund, als sie das Spiel seiner Muskeln unter dem hellblauen Hemd beobachtete, das er ohne

Krawatte trug. Mit anmutigen Bewegungen seiner Hände rückte er den Kragen zurecht. Sie erinnerte sich, wie es sich angefühlt hatte, als diese Hände vor vielen Jahren über ihre erhitzte Haut geglitten waren. Diese Erinnerung sollte nicht so lebendig sein, und doch war sie es, hell und wirklich, als sei das alles erst gestern passiert.

Nick ertappte sie dabei, wie sie ihn beobachtete. „Was?"

Prompt errötete sie. „Nichts."

Ohne den Blick von ihr abzuwenden, kam er hinter seinem Schreibtisch hervor und blieb direkt vor ihr stehen. Er hob die Hand und fuhr mit dem Finger über ihre Wange. „Auch ich denke daran. Ich habe nie aufgehört, daran zu denken."

„Nicht." Sie fragte sich, wie es möglich war, dass er ihre Gedanken so mühelos lesen konnte. „Bitte."

„Selbst inmitten all des Geschehens um uns herum und während ich die Beerdigung meines besten Freundes vorbereite, selbst während ich die geschockten Mitarbeiter und Johns Eltern tröste, begehre ich dich. Ich denke an dich, und ich will dich."

„Ich *kann* nicht, Nick. Mein Job steht auf dem Spiel. Meine ganze Karriere hängt von dieser Ermittlung ab. Ich kann momentan nicht zulassen, dass du das mit mir tust."

„Und später? Wenn das alles vorbei ist?"

„Vielleicht. Wir werden sehen."

„Dann muss ich mich damit abfinden." Er gab ihr ein Zeichen, beim Verlassen des Büros voranzugehen. „Vorerst."

10

───────

Wie sieht der Plan für die Beerdigung aus?", wollte Sam von Nick wissen, als sie im dichten Verkehr auf der Constitution Avenue steckten.

„Er wird ab Freitag für achtundvierzig Stunden im Capitol in Richmond aufgebahrt. Der Beerdigungsgottesdienst wird am Montag in der National Cathedral stattfinden, die Beisetzung eine oder zwei Wochen später auf dem Friedhof in Arlington. Es dauert eine Weile, das zu arrangieren."

„Ich wusste nicht, dass er ein Veteran ist."

„Vier Jahre Navy nach dem College."

„Wenn möglich, würde ich gern mit dir an der Beerdigung teilnehmen, für den Fall, dass ich Fragen zur Identität einiger Personen habe."

„Natürlich. Ich werde tun, was ich kann."

„Danke." Sie wollte noch mehr sagen, fand jedoch nicht die richtigen Worte, was für sie sehr untypisch war. Nach einer verlegenen Pause sagte sie schließlich: „Ich weiß deine Hilfe sehr zu schätzen, was das Verständnis bezüglich der Beziehungen des Senators betrifft."

„Hast du schon mit Natalie gesprochen?"

Sam ging in Gedanken rasch sämtliche Listen von Freunden, Familienangehörigen, Mitarbeitern und Bekannten des Senators durch. „Von einer Natalie habe ich bis jetzt noch nichts gehört. Wer ist das?"

„Natalie Jordan. Sie war einige Jahre Johns Freundin."

„Wann?"

Nick dachte nach. „Ich glaube, es begann zwei Jahre, bevor er für den Senat kandidierte, und hielt noch ein Jahr nach seiner Wahl."

„Ging es hässlich zu Ende?"

„Es war einfach vorbei. Den Grund habe ich nie erfahren. Er wollte nicht darüber sprechen."

„Trotzdem hast du ihren Namen in einem Mordfall ins Spiel gebracht."

Er zuckte die Schultern. „Du warst sauer, dass ich dir nicht gesagt habe, dass Chris in ihn verliebt war. Natalie war ihm sehr lange wichtig. Sie war die einzige Frau, von der ich weiß, die ihm wirklich etwas bedeutet hat. Deshalb fand ich, dass du von ihr wissen solltest."

„Wo ist sie jetzt?"

„Verheiratet mit der Nummer zwei des Justizministeriums. Ich glaube, sie leben in Alexandria."

„Hat John sie jemals wiedergesehen?"

„Manchmal liefen sie sich auf Veranstaltungen der Demokraten in Virginia über den Weg."

„Könnte sie immer noch einen Schlüssel zu seinem Apartment haben?"

„Schon möglich. Sie lebten das letzte Jahr ihrer Beziehung dort zusammen."

„Mochtest du sie?"

Nick lehnte den Kopf an die Kopfstütze. „Mein Typ war sie nicht, aber er schien mit ihr glücklich zu sein."

„Aber *mochtest* du sie?"

„Nein, eigentlich nicht."

„Warum nicht?"

„Sie kam mir immer vor wie eine gesellschaftliche Aufsteigerin. Wir kamen nicht miteinander klar, wahrscheinlich weil ich nichts für sie tun konnte. Deshalb wusste sie wohl auch nichts mit mir anzufangen."

„Dass er mit jemandem wie ihr zusammen war, scheint

überhaupt nicht zu dem Bild zu passen, das du und die anderen mir von ihm vermittelt. Ich hatte den Eindruck, dass ihm die Geduld für so etwas fehlt."

„Er war hingerissen von ihr. Sie ist ziemlich ... na ja, wenn du mit ihr sprichst, wirst du sehen, was ich meine."

„Was denkst du über seine Schwester und seinen Schwager?"

Nick schien von dieser Frage überrascht zu sein. „Anständige, ehrliche Leute. Alle beide."

„Was ist Royce Hamilton für einer?"

„Er ist Pferdetrainer. Einer der besten, nach allem, was ich gehört habe. Lizbeth ist schon ihr ganzes Leben lang verrückt nach Pferden. John meinte immer, sie und Royce seien ein Traumpaar."

„Gab es finanzielle Probleme?"

„Nicht dass ich wüsste – allerdings weiß ich auch nicht allzu viel über die beiden. Ich habe sie zu Weihnachten und manchmal bei Abendessen in Leesburg oder Spendenveranstaltungen hier und dort getroffen. Ansonsten haben wir eher nicht in den gleichen Kreisen verkehrt."

„In welchen Kreisen verkehren sie denn?"

„In den Reiterkreisen des Loudoun County. John liebte ihre Kinder, er sprach ständig von ihnen und hatte überall Fotos von ihnen."

„Was hielt Senator O'Connor davon, dass seine einzige Tochter einen Pferdetrainer geheiratet hat?"

„Royce ist ein intelligenter Bursche. Vor allem aber ist er ein Gentleman, was noch viel wichtiger ist. Der Senator weiß diese Qualitäten an einem potenziellen Schwiegersohn zu schätzen, selbst wenn der kein Doktor, Anwalt oder Politiker ist. Außerdem war Lizbeth ganz wild auf ihn. Ihr Vater war klug genug, zu wissen, dass es keinen Sinn gehabt hätte, sich dazwischen zu stellen."

„Was ist mit ihr? Könnte sie einen Streit mit John gehabt haben?"

Nick schüttelte den Kopf. „Sie war ihm bedingungslos treu ergeben. Sie war eine unserer besten Wahlkämpferinnen und eine tolle Spendensammlerin." Er lachte in sich hinein. „John nannte sie ‚Die Kraft'. Niemand konnte ihr etwas abschlagen, wenn sie

Wahlreden für ihren kleinen Bruder hielt. Sie ist auf keinen Fall in die Sache verwickelt." Mit Nachdruck wiederholte er: „Auf keinen Fall."

„Besaß sie einen Schlüssel zum Apartment im Watergate?"

„Höchstwahrscheinlich. Jeder in der Familie benutzte die Wohnung, wenn er in der Stadt war."

„Für diese Wohnung existieren mehr Schlüssel als für ein Stundenhotel."

„Es war ganz typisch für John, jedem, den er kannte, einen Schlüssel zu überlassen und sich überhaupt nichts dabei zu denken."

„Und doch war er der einzige Mensch, der einen Schlüssel zu deiner Wohnung hatte. Erkennst du, welche Ironie darin steckt?"

„Er führte ein vielschichtigeres Leben als ich."

„Erzähl mir von deinem Leben", bat sie ihn aus einem Impuls heraus.

Er warf ihr einen skeptischen Blick zu. „Wer will das wissen? Die Frau oder der Detective?"

Sam musste wieder einmal seine schnelle Auffassungsgabe anerkennen und erinnerte sich daran, wie anziehend sie das bei ihrer ersten Begegnung an ihm gefunden hatte. „Beide", gestand sie. Obwohl sie weiter geradeaus auf die Straße sah, spürte sie seinen Blick beinah körperlich.

„Ich arbeite", lautete seine Antwort. „Viel."

„Und wenn du nicht arbeitest?"

„Schlafe ich."

„Niemand, nicht mal ich, ist so langweilig."

Ein schiefes Grinsen erschien auf seinem Gesicht, das sie aus dem Augenwinkel sah. „Ich versuche ein paarmal pro Woche ins Fitnessstudio zu gehen."

Seinem durchtrainierten Körper nach zu urteilen, den sie am Abend zuvor bei der Umarmung gespürt hatte, trainierte er tatsächlich fleißig. „Und sonst? Keine Frauen, Freundinnen? Kein Privatleben?"

„Keine Frauen. Ich spiele sonntags mit ein paar Freunden Basketball, wenn ich es schaffe. Manchmal trinken wir hinterher ein Bier zusammen. Im letzten Sommer habe ich in der Softballliga des Parlaments gespielt, aber ich habe die meisten

Spiele verpasst. Ach ja, und etwa alle zwei Monate esse ich mit der Familie meines Vaters in Baltimore zu Abend. Das wäre auch schon alles."

„Warum hast du nie geheiratet?"

„Ich weiß es nicht. Es ist einfach nie passiert."

„Es muss doch eine gegeben haben, die du gern geheiratet hättest", ließ sie nicht locker.

„Da war dieses Mädchen ..."

„Was ist passiert?"

„Sie hat meine Anrufe nie beantwortet."

Geschockt und sprachlos starrte Sam ihn an.

„Du hast gefragt."

Sie wandte den Blick von ihm ab und gab vor der nächsten Ampel Gas, um gleich darauf in den Parkplatz einzubiegen. „Sag so etwas nicht zu mir", warnte sie ihn. „Du meinst es ja doch nicht ernst."

„Und ob ich das ernst meine."

Sie parkte und rammte den Automatikhebel in die Park-Stellung.

Bevor sie aussteigen konnte, hielt er sie am Arm fest. „Beruhige dich, Sam."

„Sag mir nicht, was ich tun soll." Sie befreite sich aus seinem Griff. „Und spar dir deine billigen Sprüche für jemanden, der sie dir abkauft. Ich glaube dir jedenfalls kein Wort."

„Wenn du mir nicht glauben würdest, wärst du jetzt nicht so gereizt."

„Willst du wissen, was mit deinem Freund passiert ist?"

Seine Miene wandelte sich innerhalb eines Augenblicks von amüsiert zu ernst. „Selbstverständlich will ich das."

„Dann musst du aufhören, so etwas mit mir zu machen. Du bringst mich völlig aus dem Konzept und sorgst dafür, dass meine Konzentration leidet. Ich muss mich aber konzentrieren, und zwar hundertprozentig – auf diesen Fall, nicht auf dich!"

„Und was ist nach Dienstschluss?" Das neckende Grinsen war wieder da, doch verschwand die Traurigkeit nicht aus seinen Augen. „Darf ich dich dann ein bisschen aus dem Konzept bringen?"

„Nick ..."

Den Blick auf das trist und düster aussehende öffentliche Gebäude gerichtet, seufzte er. „Wir gehen gleich da hinein und schauen uns gemeinsam mit Johns Eltern seinen Leichnam auf einem kalten Metalltisch an. Trotzdem kann ich in diesem Moment nur daran denken, wie gern ich dich küssen würde. Was sagt das über meine Freundschaft aus? Zu dir und zu ihm?“

In seiner Stimme schwang so viel Traurigkeit und Kummer mit, dass Sam ein wenig nachsichtiger wurde. „Du warst ihm ein großartiger Freund. Und in den vergangenen vierundzwanzig Stunden warst du mir auch eine große Hilfe – bis auf diese Geschichte mit dem Kuss. Können wir es denn nicht einfach dabei belassen?“

„Ich versuche es“, versicherte er ihr. „Ich versuche es wirklich. Aber ich kann nun einmal nichts dafür, dass ich mich unglaublich zu dir hingezogen fühle. Ich weiß, dass du ebenso empfindest. Du hast vor sechs Jahren so empfunden – genauso stark wie ich –, und du tust es immer noch, auch wenn du es nicht willst. Wären wir uns unter anderen Umständen wiederbegegnet, wäre es sicher genau wie damals zwischen uns.“

„Ich muss jetzt hineingehen.“ Ihr bestimmter Ton sollte das Auf und Ab ihrer Gefühle kaschieren. „Johns Eltern warten sicher schon auf mich, und ich will das Ganze nicht unnötig in die Länge ziehen. Also kommst du nun mit?“

„Ja.“ Er öffnete die Tür des Wagens. „Ich komme.“

Drinnen trafen sie Freddie. „Die O'Connors sind schon da.“ Er zeigte auf die geschlossene Tür eines Konferenzraumes. „Und die Demokraten aus Virginia, mit denen der Senator unmittelbar vor dem Mord essen war, befinden sich dort drin.“

Sam schaute von der einen zur anderen geschlossenen Tür. „Bringst du bitte Mr. Cappuano und die O'Connors zum Senator?“, wandte sie sich an Freddie.

„Kein Problem.“

Sie legte ihm die Hand auf den Arm. „Größtmögliche Sensibilität“, flüsterte sie.

„Absolut, Boss. Keine Sorge.“

Zu Nick gewandt sagte sie: „Ich komme nach.“

Er nickte und folgte Freddie in den Raum, in dem Graham und Laine O'Connor mit ihrer Tochter und einem Mann warteten, den Sam für Royce Hamilton hielt. Die beiden O'Connors schienen über Nacht um Jahre gealtert zu sein.

„Senator und Mrs. O'Connor, mein Partner, Detective Cruz, wird Sie zu Ihrem Sohn bringen. Ich werde in wenigen Minuten bei Ihnen sein."

„Danke", sagte Graham.

Sam holte tief Luft und zwang sich, nicht mehr an das intensive Gespräch zu denken, das sie eben mit Nick geführt hatte. Dann betrat sie den Raum, in dem zwei stämmige Männer saßen und auf sie warteten. Sie schätzte sie beide auf Ende sechzig oder Anfang siebzig.

Als sie eintrat, standen sie auf. „Gentlemen", begrüßte sie die beiden und schüttelte jedem die Hand. „Detective Sergeant Sam Holland. Ich bin Ihnen sehr dankbar, dass Sie gekommen sind."

„Wir sind völlig am Boden zerstört", erklärte Judson Knott, der sich als Vorsitzender der Demokratischen Partei Virginias vorgestellt hatte. „Senator O'Connor war uns und den Menschen im Staat Virginia ein lieber Freund."

„Ich bin nicht auf warme Worte aus, Mr. Knott, sondern auf eine Vorstellung davon, wie der Senator seine letzten Stunden verbracht hat", erwiderte Sam.

„Wir haben uns mit ihm im Old Ebbitt Grill getroffen", sagte Richard Manning, der stellvertretende Vorsitzende.

„Wie oft gingen Sie zusammen essen?"

Die beiden Männer tauschten einen Blick. „Vielleicht jeden zweiten Monat. An diesem Abend boten wir ihm an, den Termin zu verschieben, weil er am nächsten Tag die Abstimmung hatte. Aber er meinte, sein Stab hätte alles unter Kontrolle, sodass ihm Zeit für unser Abendessen bliebe."

„Welchen Eindruck machte er auf Sie?"

„Er wirkte müde", antwortete Manning, ohne zu zögern.

Knott nickte zustimmend. „Er meinte, er habe in den vergangenen zwei Wochen Zwölf- und Vierzehnstundentage gehabt."

„Worüber haben Sie während des Abendessens gesprochen?"

„Über die Pläne für den Wahlkampf", sagte Knott. „Er wollte

sich im nächsten Jahr der Wiederwahl stellen, und obwohl er ein sicherer Sieger war, nehmen wir nichts als selbstverständlich. Wir bereiten uns schon seit Monaten auf den Wahlkampf vor, doch jetzt …" Seine blauen Augen trübten sich, seine Stimme versagte. „Es ist eine solche Tragödie."

„Um welche Uhrzeit sind Sie nach dem Abendessen auseinandergegangen?"

„Ich würde sagen, so gegen zehn", antwortete Knott.

„Und wohin wollte er von dort aus?"

„Er sagte, er wolle gleich nach Hause ins Bett", sagte Knott.

„Wer wird seinen Platz im Senat einnehmen?"

„Diese Entscheidung trifft der Gouverneur", sagte Manning.

„Gibt es noch keinen Favoriten?"

Knott schüttelte den Kopf. „Um ehrlich zu sein, haben wir noch nicht einmal darüber gesprochen. Im Augenblick befinden wir uns alle im Schockzustand. Senator O'Connor war ein liebenswerter Mensch. Wir können uns nicht vorstellen, wie jemand ihm etwas Böses will."

„Gab es niemanden in der Partei, der eifersüchtig war auf seinen Erfolg oder es auf seinen Posten abgesehen hatte?"

„Nur sein Bruder", meinte Manning voller Verachtung. „Der hat sich als Riesenenttäuschung entpuppt."

„War seine Eifersucht groß genug, um den Senator umzubringen?"

„Terry?" Knott schaute nervös zur Tür, als befürchte er, die O'Connors könnten ihn hören. „Das bezweifle ich. Dazu müsste er in der Lage sein, den Kopf mal für mehr als fünf Minuten aus seinem Hintern zu ziehen."

„Die O'Connors hatten ihre Probleme wie jede andere Familie auch", fügte Manning hinzu. „Aber sie hielten zusammen. Terry mag auf John eifersüchtig gewesen sein, aber das hätte er seiner Mutter nicht angetan." Er schüttelte betroffen den Kopf. „Arme Laine."

„Wir haben sie draußen getroffen", sagte Knott. „Wir fühlen zutiefst mit ihnen."

„Nochmals danke, dass Sie gekommen sind." Sam gab jedem ihre Karte. „Falls Ihnen noch etwas einfällt, und sei es nur die kleinste Kleinigkeit, lassen Sie es mich wissen."

„Machen wir", versicherte Manning ihr. „Wir werden alles tun, was wir können, damit dieses Ungeheuer, das diese Tat begangen hat, gefasst wird."

„Ich danke Ihnen." Sam begleitete die beiden zur Tür und machte sich anschließend auf den Weg zur Leichenhalle.

11

———————

Während er den O'Connors in den kalten, nach Desinfektionsmitteln riechenden Raum folgte, dachte Nick, er sei auf alles vorbereitet. Nach dem, was er gestern zu sehen bekommen hatte, hätte er eigentlich mit allem fertig werden müssen.

Doch der Anblick von John, leblos, wächsern und so *tot*, nahm ihn mehr mit, als er geglaubt hatte. Das Gleiche galt für Laines Reaktion.

Nach einem Blick auf das Gesicht ihres Sohnes sackte Johns Mutter ohnmächtig in sich zusammen. Es ging alles so schnell, dass niemand rechtzeitig bei ihr war und den Aufprall ihres Kopfes auf den Zementboden verhindern konnte.

„Um Himmels willen!", schrie Graham und sank auf die Knie. „Laine! Liebes, ist alles in Ordnung mit dir?"

„Mom", sagte Lizbeth mit tränennassen Wangen. „Mom, mach doch die Augen auf."

Mehrere Minuten vergingen, ehe Laines Lider flatterten und sie die Augen wieder aufschlug. „Was ist passiert?"

„Du bist ohnmächtig geworden", antwortete Lizbeth. „Meinst du, du kannst dich aufsetzen?"

„Ich muss hier raus. Bring mich fort von hier, Lizzie."

Lizbeth und Royce halfen ihr auf. Ohne noch einmal zur Leiche auf dem Tisch zu sehen, führten sie Laine hinaus.

„Ist alles in Ordnung mit dir, Graham?", fragte Nick, als sie allein waren.

Grau im Gesicht und mit zitternden Händen starrte Graham O'Connor auf den weißen Verband, der die Halswunde verbarg, die das Leben seines Sohnes beendet hatte. „Es ist alles so falsch." Seine Stimme war ein heiseres Flüstern.

„Sir?"

„Vor der Leiche des eigenen Kindes zu stehen. Es ist nicht richtig."

Nicks Kehle war wie zugeschnürt. „Es tut mir leid. Ich wünschte, es gäbe etwas, was ich sagen könnte ..." Er sprach leise, damit Detective Cruz, der an der Tür stand, sie nicht hören konnte.

Graham streckte zögernd die Hand aus, um Johns volles blondes Haar zu berühren. „Wer kann getan haben? Wie ist es möglich, dass jemand meinen John so sehr gehasst hat?"

„Ich weiß es nicht." Nick schaute auf John herunter und wünschte, er hätte die Antworten, die sie so dringend brauchten.

„Hältst du es für möglich, dass Terry es gewesen ist?"

Geschockt flüsterte Nick: „Senator ..."

„Er ist nie über das hinweggekommen, was passiert ist. Er nahm es John übel, dass er seinen Platz eingenommen hat. Vielleicht hasste er ihn sogar. Jedenfalls war er der Ansicht, der Posten, den John bekleidete, stehe ihm zu."

„Aber deshalb hätte er ihn nicht umgebracht."

„Ich wünschte, ich wäre mir da so sicher." Graham sah Nick mit gebrochenen Augen an. „Wenn Terry es war ... wenn er das hier getan hat, wird es Laine umbringen."

Nick konnte nur ahnen, was es mit Graham machen würde.

„Ah, Verzeihung", sagte Sam hinter ihnen. „Tut mir leid, wenn ich störe."

Nick fragte sich, ob sie die Spekulationen über Terry gehört hatte.

„Kann ich Ihnen etwas bringen, Senator? Möchten Sie sich für einen Moment setzen? Ich kann Ihnen einen Stuhl bringen lassen ..."

Grahams Miene verhärtete sich, als er sich zu Sam umdrehte.

„Sie können mir sagen, dass Sie denjenigen gefunden haben, der meinem Sohn das angetan hat."

„Ich wünschte, ich könnte es", erklärte sie. „Aber ich kann Ihnen versichern, dass wir sehr intensiv an dem Fall arbeiten. Wenn Sie mit mir in den Konferenzraum kommen wollen, kann ich Sie und Ihre Frau auf den neuesten Stand bringen."

Der Senator drehte sich wieder zu seinem Sohn um und strich über Johns Haar. Tränen bildeten sich in Grahams ohnehin schon geröteten Augen. „Ich hab dich lieb, Johnny", flüsterte er und beugte sich herunter, um Johns Stirn zu küssen. Als er das Laken umklammerte, das Johns Brust bedeckte, zuckten seine Schultern.

Nie zuvor hatte Nick solch unverstellten Kummer gesehen. Nach einem kurzen Moment legte er Graham die Hand auf die Schulter. Der alte Mann blieb über seinen Sohn gebeugt stehen, bis Nick ihn sanft aufrichtete.

„O Gott, Nick", schluchzte er und presste sein Gesicht an Nicks Brust. „Was sollen wir nur ohne ihn machen?"

Nick legte die Arme um Graham. „Das weiß ich nicht. Wir werden sehen. Irgendwie überstehen wir das." Erst jetzt bemerkte er, dass Sam die Szene mit sichtlichem Unbehagen verfolgte. Verlegen wegen seiner eigenen Tränen, richtete er seine Aufmerksamkeit wieder auf den Senator. „Wollen wir uns von Sergeant Holland den aktuellen Stand der Ermittlungen berichten lassen?"

Graham nickte und löste sich aus Nicks Umarmung. Nach einem letzten verzweifelten Blick auf John ging er zur Tür.

Nick fuhr sich über das Gesicht und folgte ihm.

Sam führte sie zu dem Konferenzraum, in dem Lizbeth und Royce links und rechts neben der blass und abgespannt aussehenden Laine saßen. Irgendwer hatte ihr ein Glas Wasser geholt und einen Kühlpack für ihren Kopf.

Graham ging zu seiner Frau, ergriff ihre Hände und zog Laine hoch in seine Arme.

Nick konnte nicht hinschauen. Er ertrug es einfach nicht, Zeuge ihres unermesslichen Kummers zu werden. Er machte im Türrahmen kehrt und verließ den Raum.

„Ich ... ich werde Sie einen Moment allein lassen", hörte er Sam sagen, bevor sie ihm folgte.

In der Eingangshalle lehnte sie genau wie Nick den Kopf gegen die Wand aus Schlackenbeton. „Ist alles in Ordnung mit dir?"

„Es war alles in Ordnung", antwortete er seufzend. „Ich habe mir eingeredet, ich käme damit zurecht. Aber ihn da so liegen zu sehen ..."

„Man kann es nicht mehr verdrängen."

„Nein."

Leise Worte und Schluchzen drangen aus dem Konferenzraum.

„Ich hatte nie das Gefühl, nicht zu ihnen zu gehören, all die Jahre hindurch nicht. Bis zu diesem Moment ... bis vorhin." Er stockte und war überrascht, als sie ihm die Hand auf den Arm legte.

„Sie lieben dich, Nick. Das kann jeder sehen."

„John war meine Verbindung zu ihnen. Die ist jetzt weg." Sein Kopf schmerzte, seine Augen brannten. Dieser für ihn uncharakteristische Anfall von Selbstmitleid war ihm zuwider, doch brauchte er Sam jetzt mehr denn je. „Er ist weg, mein Job, einfach alles."

Sam drückte seinen Arm und zog ihre Hand abrupt wieder zurück, als Freddie um die Ecke kam.

Freddie schien zu spüren, dass er gerade etwas unterbrach, und blieb ein wenig ratlos stehen. Hilfe suchend sah er zu Sam.

„Die zwei haben einen Moment für sich gebraucht, nachdem sie ihn gesehen hatten", erklärte sie. „Könntest du mir einen Gefallen tun und für Mr. Cappuano Wasser holen?"

„Das ist nicht nötig", protestierte Nick.

Ein Kopfnicken von Sam veranlasste Freddie, trotzdem zu gehen.

„Du musst nicht ..."

„Es ist doch nur Wasser, Nick."

„Danke." Er sah sie an. „Wie geht es dir?"

„Ich bin müde."

„Und?"

„Was und?"

„Und sonst?"

Sie richtete den Blick zu Boden und stieß mit der Spitze ihres modischen schwarzen Stiefels gegen eine Fliese. „Ich bin aufgewühlt. Wenn ich sehe, wie solche Leute wie die O'Connors aus ihrem bisherigen Leben gerissen werden, nachdem ihnen so etwas widerfahren ist, geht mir das nahe. Sehr sogar."

„Weil es dich nicht kalt lässt, sondern berührt, bist du so eine gute Polizistin."

Er nahm ihre Hand und sah, dass er Sam mit dieser offen gezeigten Zuneigung erschreckt hatte. „Es gibt niemanden, dem ich Johns Fall lieber anvertrauen würde." Noch mehr überraschte er sie, als er ihren Handrücken küsste und die Hand dann wieder freigab.

Ehe Sam ihn wegen dieser riskanten Zuneigungsbekundung zurechtweisen konnte, kehrte Freddie mit einer Flasche kalten Wassers für Nick zurück.

„Danke."

„Darf ich dich kurz unter vier Augen sprechen?", wandte Freddie sich an Sam.

„Natürlich", erwiderte sie und sagte zu Nick: „Richte ihnen bitte aus, dass wir gleich wieder bei ihnen sind."

Sam folgte Freddie in das Konferenzzimmer auf der anderen Seite des Flurs und schloss die Tür hinter sich. „Ich weiß, was du sagen wirst. Aber es war nicht das, was du denkst."

„Schlechtes Gewissen, Sergeant?"

Da diese Bemerkung von einem Grinsen begleitet wurde, verzichtete sie darauf, ihn daran zu erinnern, dass sie die im Rang deutlich höher stehende Polizistin war und ein Tadel wegen unangemessenen Verhaltens sich bestimmt nicht gut in seiner Personalakte machen würde. „Absolut nicht."

„Die Finanzauskünfte über die Hauptakteure liegen vor", berichtete er.

„Und?"

„Royce Hamilton ist bis über den Hals verschuldet."

Sams Herzschlag beschleunigte sich infolge des Adrenalins, das sofort in ihre Adern gepumpt wurde. „Tatsächlich?"

„Es gibt ein Pfandrecht für das Haus, auf dem bis zum Anschlag Hypotheken lasten."

„Und seine Kinder sind vermutlich Johns Erben. Ja, das ist wirklich sehr interessant."

„Wir haben außerdem eine regelmäßige monatliche Zahlung

über dreitausend Dollar vom Privatkonto des Senators an eine Frau namens Patricia Donaldson entdeckt. Ich habe den Namen durch den Computer laufen lassen und Hunderte Treffer erhalten. Ich lasse sie gerade von ein paar Leuten überprüfen."

„Wir können Johns Eltern fragen, wer sie ist."

„Die dritte Sache ist, dass der toxikologische Befund des Senators sauber war, bis auf die kleine Alkoholmenge, von der wir schon wussten. Ansonsten keine Drogen oder Tabletten."

„Okay, das ist gut", sagte sie und wollte gehen. „Dann wäre das ja geklärt."

„Warte", sagte er. „Ich war noch nicht fertig."

Sie wedelte ungeduldig mit der Hand, damit er schnell fortfuhr.

„Man hat pornografisches Material auf seinem privaten Computer gefunden. Jede Menge."

„Kinder?"

„Bis jetzt nicht, aber es handelt sich um Hardcore-Pornos."

Sam strich sich über ihre Haare. „Jesus Christus. Ist es zu fassen, dass ein US-Senator ein solches Risiko eingeht?"

Freddie blickte tadelnd drein wegen ihres Gebrauchs des Namens des Herrn. „Was glaubst du, was das für den Fall bedeutet?"

„Ich weiß es nicht. Lass mich darüber nachdenken. Gibt es schon etwas wegen des Durchsuchungsbefehls für Christina Billings' Wagen und Wohnung?"

„Ich habe mich erkundigt, als ich das Wasser geholt habe, aber es lag noch keine Meldung vor."

„Warum dauert das so lange?", murrte sie. „Wenn wir die Bescheide nicht haben, nachdem wir mit den Eltern fertig sind, schalte ich den Chief ein."

„Was ist mit Hamilton?"

„Sobald wir seine Ehefrau und Schwiegereltern hier raus haben, nehmen wir ihn uns vor."

Freddies Augen leuchteten in freudiger Erwartung. „Spielen wir wieder guter Cop und böser Cop?"

„Wenn es nötig sein sollte."

„Darf ich diesmal der böse Cop sein? Bitte!"

Sie warf ihm einen vernichtenden Blick zu, der besagte: „Von wegen."

„Ach komm schon, ich darf nie den bösen Cop spielen", beschwerte er sich schmollend. „Das ist einfach nicht fair."

„Werd endlich erwachsen", sagte sie über die Schulter, während sie schon den Flur überquerte und zu dem Konferenzraum ging, in dem die O'Connors warteten. Bevor sie die Tür öffnete, nahm sie sich einen Moment Zeit, um sich zu sammeln und ihre Emotionen in den Griff zu bekommen. Sie war dankbar, dass Freddie ihre Stimmungen gut genug kannte, um weder ihr Handeln noch die Gründe dafür in Frage zu stellen. „Fertig?"

Er nickte.

Sam machte die Tür auf. „Verzeihen Sie bitte, dass ich Sie habe warten lassen." Sie tat ihr Bestes, um in keines der vier vom Kummer gezeichneten Gesichter zu schauen, während sie ihnen berichtete, was die Polizei bisher wusste. Sie ließ jedoch alles weg, was die Ermittlungen gefährden konnte.

„Mit anderen Worten, Sie haben auch nach zwei Tagen noch nichts in der Hand", stellte Graham fest.

„Wir haben mehrere Personen, die wir genauer unter die Lupe nehmen", erklärte Sam, im gleichen Augenblick, als der Chief leise hereinkam. Sie nickte ihm zu und richtete ihre Aufmerksamkeit gleich wieder auf die O'Connors. „Ich wünschte, ich könnte Ihnen mehr sagen. Wir arbeiten so hart und schnell wir können."

Graham wandte sich an den Chief. „Ich kenne Sie schon viele Jahre, Joe. Ich brauche jetzt Ihre besten Leute."

Chief Farnsworth sah zu Sam. „Die bekommen Sie. Ich habe vollstes Vertrauen in Sergeant Holland und Detective Cruz. Das Gleiche gilt für ihr Team."

„Ich auch", schloss Nick sich, an der Wand lehnend, an.

Senator und Mrs. O'Connor sahen zu ihm.

Den Blick auf Sam gerichtet, fuhr Nick fort: „Ich kenne Sergeant Holland seit sechs Jahren. Es gibt niemanden, der engagierter oder gründlicher ist."

Während Sam sich von dem Schock über die unerwartete Unterstützung zu erholen versuchte, schaute Senator O'Connor

Nick durchdringend an, ehe er aufstand und seiner Frau die Hand hinhielt. „In dem Fall sollten wir Sie alle wieder an die Arbeit gehen lassen. Wir erwarten, dass Sie uns ständig auf dem Laufenden halten."

„Sie haben mein Wort darauf, Senator", versprach Chief Farnsworth. „Ich werde Sie hinausbegleiten."

„Bevor Sie gehen", meldete Sam sich noch einmal zu Wort, „können Sie uns verraten, in welcher Beziehung Patricia Donaldson zu Ihrem Sohn stand?"

Graham und Laine tauschten einen Blick, doch ihre Gesichter blieben ausdruckslos.

„Sie war eine Freundin von John", antwortete Graham schließlich.

„Noch aus der Highschool", fügte Laine hinzu.

„Eine Freundin, der er dreitausend Dollar im Monat gezahlt hat?"

„John war erwachsen, Sergeant", sagte Graham, der sichtlich erstaunt zu sein schien über die Zahlungen. „Was er mit seinem Geld machte, war seine Sache. Er war uns keine Rechenschaft schuldig."

„Wo wohnt sie?", wollte Sam wissen.

„Ich glaube, in Chicago", antwortete Graham.

Interessant, dachte Sam, dass der Senator genau weiß, wo eine alte Freundin seines Sohnes wohnt. Immerhin reichte die Freundschaft achtzehn Jahre zurück, und der Senator hatte mit der Antwort keine Sekunde gezögert. Sie überlegte, ob sie ihn ein bisschen in die Enge treiben sollte, und wäre der Chief nicht mit im Raum gewesen, hätte sie es sicher probiert. Letztlich entschloss sie sich jedoch, die Sache anders anzugehen.

„Wenn es keine weiteren Fragen gibt, würde ich jetzt gern meine Frau nach Hause bringen", meinte Graham mit einem nachdrücklichen Blick Richtung Sam.

„Uns ist klar, dass dies eine sehr schwere Zeit für Sie ist", sagte sie. „Aber es könnte durchaus sein, dass wir noch mehr Fragen haben."

„Wir stehen Ihnen jederzeit zur Verfügung", versicherte Graham ihr und half seiner Frau aus dem Sessel.

Lizbeth und Royce standen ebenfalls auf, um den beiden zu folgen.

„Mr. Hamilton, wir würden gern noch eine Minute Ihrer Zeit in Anspruch nehmen", sagte Sam.

Royce sah zu seiner Frau.

„Geht ruhig schon mal, Daddy." Lizbeth gab ihren Eltern einen Kuss. „Bring Mom nach Hause. Wir kommen nach."

Nachdem Graham und Laine zusammen mit Chief Farnsworth den Raum verlassen hatte und Nick ihnen gefolgt war, wandte Sam sich an Lizbeth. „Wir würden gern allein mit Ihrem Mann sprechen, Mrs. Hamilton."

Royce, ein großer, auf ungeschliffene, hart arbeitende Art gut aussehender Mann mit blauen Augen, legte den Arm um Lizbeths Schultern. „Alles, was Sie mir zu sagen haben, kann auch im Beisein meiner Frau gesagt werden."

Sam sah zu Freddie, der ihr einen Ausdruck von Hamiltons Finanzsituation reichte. „Wie Sie wollen. In dem Fall können Sie uns vielleicht erklären, wie Sie Schulden in Höhe von fast einer Million Dollar anhäufen konnten." Nur weil sie so nah bei ihnen stand, bemerkte Sam, wie sich Hamiltons Griff um die Schultern seiner Frau verstärkte.

„Eine Reihe schlechter Investitionen", antwortete er mit zusammengebissenen Zähnen.

„Was für Investitionen?"

„Zwei Pferde, die ihrem Potenzial nicht gerecht wurden, und ein Landkauf, der wegen eines Rechtsstreits nicht zustande kam."

„Wir kommen schon zurecht", meldete Lizbeth sich zu Wort.

„Indem Sie Ihr Haus mit Hypotheken beleihen?"

„Unter anderem", sagte Lizbeth in eisigem Ton.

„Was heißt das genau?"

„Wir ziehen gerade verschiedene Optionen in Betracht", sagte Royce und fügte mit offensichtlichem Widerwillen hinzu: „Einschließlich dem Bankrott."

„Sie erwarten von uns, dass wir glauben, die Tochter eines Multimillionärs stehe kurz vor dem Bankrott?"

„Das hat nichts mit meinem Vater zu tun, Sergeant", erwiderte Lizbeth scharf. „Es ist ganz allein unser Problem, und wir werden damit fertig."

„Sind Ihre Kinder die Erben des Vermögens Ihres Bruders?"

Lizbeth erschrak. „Sie meinen ..." Röte schoss ihr in die Wangen, und ihre Augen füllten sich mit Tränen. „Wollen Sie etwa andeuten, dass wir etwas damit zu tun haben, was John passiert ist?"

„Ich möchte lediglich wissen, ob Ihre Kinder seine Erben sind", erklärte Sam.

„Ich habe keine Ahnung", lautete Lizbeths Antwort. „Wir sind mit den Einzelheiten seines Testaments nicht vertraut."

„Aber er stand Ihren Kindern nah?"

„Er liebte sie über alles, und sie liebten ihn. Sie sind untröstlich über seinen Tod. Und Sie glauben, wir könnten ihnen – ihm – so etwas antun, wegen des Geldes?"

Sam zuckte die Schultern. „Er hatte es, Sie brauchten es."

Zitternd vor Wut löste Lizbeth sich aus der Umarmung und machte einen Schritt auf Sam zu. Mit leiser, zornbebender Stimme sagte sie: „Ich hätte nur zu fragen brauchen, und er hätte mir alles gegeben. *Alles.* Es gab überhaupt keinen Grund für mich oder Royce, ihn wegen des Geldes umzubringen."

„Warum haben Sie es nicht getan? Warum haben Sie ihn nicht um Hilfe gebeten?"

„Weil es unser Problem war, unsere Angelegenheit. Abgesehen von meinem Mann und den Kindern gab es niemanden auf dieser Welt, den ich mehr geliebt habe als John. Wenn Sie glauben, ich oder mein Mann hätten ihn umgebracht, dann beweisen Sie es doch einfach. Sollte das jetzt alles gewesen sein, würde ich gern gehen. Ich muss mich um meine Eltern kümmern."

„Halten Sie sich bitte zur Verfügung", erklärte Sam, als die beiden ihr schon den Rücken zugekehrt hatten. Nachdem sie gegangen waren, sagte sie zu Freddie: „Dein Eindruck?"

„Hochmut kommt vor dem Fall."

„Genau das denke ich auch. Sie würden lieber bankrottgehen, als ihre Familie wissen zu lassen, dass sie in Schwierigkeiten stecken."

Die Tür ging auf, und der Chief trat ein. „Was war mit dem Schwiegersohn?"

„Nichts", antwortete Sam, denn momentan war es auch nicht mehr. „Wir haben nur ein paar offene Fragen geklärt."

„Sie kennen Nick Cappuano?", erkundigte der Chief sich.

Sam räusperte sich. „Technisch gesehen schon. Ich bin ihm einmal vor sechs Jahren begegnet. Gestern habe ich ihn zum ersten Mal wiedergesehen. Er war uns bei der Ermittlung bisher eine enorm große Hilfe."

„Das war eine ziemlich eindrucksvolle Solidaritätsbekundung vorhin von jemandem, den Sie kaum kennen."

Sam tat es mit einem Schulterzucken ab. „Es schien das zu sein, was der Senator hören wollte."

„Allerdings." Die klugen Augen des Chiefs verengten sich zu Schlitzen, als er sie prüfend musterte. „Gibt es da sonst noch etwas, was Sie mir sagen wollen, Sergeant?"

Er bot ihr die Chance, hier und jetzt mit der ganzen Wahrheit herauszurücken. Aber wenn sie ihm gestand, dass sie mit Nick geschlafen hatte und was sie für ihn empfand – damals wie heute –, wäre sie den Fall sofort los, möglicherweise sogar ihren Job bei der Polizei. Das Risiko war einfach zu groß. „Nein, Sir", antwortete sie daher, ohne mit der Wimper zu zucken.

„Kann ich Ihnen sonst irgendwie helfen?"

„Wir warten auf den Durchsuchungsbescheid für Billings' Wagen und Wohnung. Wenn Sie da ein bisschen Druck machen könnten, wären wir Ihnen sehr dankbar."

„Kein Problem." Er wandte sich zum Gehen, drehte sich jedoch noch einmal um. „Sorgen Sie für eine Verhaftung, Sergeant. Und zwar bald."

„Ich tue mein Bestes, Sir."

12

Sam verbrachte zwei Stunden damit, gemeinsam mit Freddie und den anderen mit dem Fall betrauten Detectives alles durchzugehen, was sie bisher hatten. Während sie mit den O'Connors gesprochen hatte, waren die Laborergebnisse von Johns Apartment hereingekommen. Man hatte weder etwas im Bettzeug noch in den Abflüssen oder sonst wo in der Wohnung gefunden, das nicht zum Opfer gehörte.

Mit einem zunehmenden Gefühl der Frustration teilte Sam die weiteren Aufgaben zu und trug Freddie auf, sich am nächsten Morgen um neun mit ihr im Büro von Senator Stenhouse zu treffen. Dann schickte sie ihn nach Hause. Fünfzehn Stunden, nachdem ihr Tag begonnen hatte, kehrte sie in ihr Büro zurück, wo sie Nick in ihrem Sessel vorfand, die Füße auf ihrem Schreibtisch.

„Bequem so?", fragte sie, sich an den Türrahmen lehnend.

Er ließ sein iPhone in die Jacketttasche gleiten. „Du wolltest mich zurückfahren."

„Oh, verdammt. Tut mir leid. Hast du die ganze Zeit gewartet? Du hättest dir ein Taxi nehmen können."

„Ich hatte gehofft, dich zu einem Abendessen überreden zu können."

„Ich kann nicht. Ich habe immer noch eine Million Sachen zu

erledigen." Sie stutzte und schaute genauer hin. „Hast du etwa meinen Schreibtisch aufgeräumt?"

„Ich habe nur ein bisschen Ordnung geschafft. Wie kannst du in diesem Chaos überhaupt arbeiten?"

„Ich habe ein System. Aber jetzt werde ich nichts mehr wiederfinden!"

„Du musst etwas essen, und du brauchst Schlaf. Was nützt es dir und anderen, wenn du vor Überarbeitung krank wirst?"

„Du tobst also nicht nur deine Pingeligkeit in meinem Büro aus, sondern bist plötzlich auch noch dafür zuständig, dass ich ordentlich esse und schlafe, ja?"

Auf seinem Gesicht erschien ein unwiderstehliches, sexy Grinsen. „Ich diene dir gern an beiden Fronten."

„Was das Essen angeht, meinetwegen. Aber das Schlafen? Auf keinen Fall!"

Er winkte ab, offensichtlich zufrieden mit dem halben Sieg. „Wer ist das?", fragte er und nahm ein Foto von ihrem Schreibtisch.

„Mein Vater." Auf dem Bild stand Sam neben ihrem Vater und hatte den Arm um seine Schultern gelegt. „Er wurde vor fast zwei Jahren im Job verwundet."

„Das tut mir leid. Was ist passiert?"

Sam betrat ihr winziges Büro, schob Nicks Füße vom Schreibtisch und setzte sich. „Er war in seinem Streifenwagen auf dem Heimweg und bemerkte einen wild im Verkehr ein- und ausscherenden Wagen. Er folgte ihm eine oder zwei Meilen, dann forderte er den Fahrer auf, rechts ranzufahren."

„Er war Verkehrspolizist?"

Sie schüttelte den Kopf. „Er war Deputy Chief und noch drei Monate vom Ruhestand entfernt. Wie dem auch sei, er näherte sich dem Fahrzeug, klopfte ans Fenster, und der Fahrer eröffnete das Feuer. Dad erinnert sich an nichts mehr, nachdem er den Wagen gestoppt hatte. Die Kugel ist zwischen dem dritten und vierten Halswirbel stecken geblieben. Er ist querschnittsgelähmt, kann aber wie durch ein Wunder selbstständig atmen, wenn er aufrecht sitzt ... Wir haben gelernt, für kleine Dinge dankbar zu sein."

„Ich erinnere mich, darüber gelesen zu haben. Nur war mir

nicht klar, dass es sich um deinen Vater handelte. Ist das in der G Street passiert?“

„Ja.“

„Hat man den Kerl gefasst?“

„Nein. Die Ermittlungen laufen noch. Ich arbeite daran, wann immer ich Zeit dazu habe, und das Gleiche gilt für jeden anderen Detective hier. Es ist uns allen ein persönliches Anliegen.“

„Das kann ich mir vorstellen. Tut mir leid, was passiert ist.“

Sie zuckte die Schultern. „Das Leben kann gemein sein.“

Er stand auf, ging an ihr vorbei, schloss die Tür und kehrte zurück, um Sam an sich zu ziehen.

Sie erschrak über den Kloß, der sich in ihrem Hals bildete, und versuchte sich sofort wieder von Nick loszumachen. „Wofür war das?“

Er gab sie nicht frei. „Du schienst es nötig zu haben.“

„Unsinn.“ Sie legte ihre Hände auf seine Brust, um etwas Abstand zwischen sich und ihn zu bekommen und ihr wie verrückt pochendes Herz zu beruhigen. „Es geht nicht, dass wir uns allein hier drinnen aufhalten. Die Leute werden reden, und das kann ich nicht gebrauchen.“

Er ging zur Tür und machte sie wieder auf. „Verzeih.“

Zu Sams Erleichterung entdeckte sie keine neugierigen Augen auf der anderen Seite der Tür. Aber sie ärgerte sich darüber, dass Nick recht hatte – die Umarmung tat ihr gut, Nicks Trost half ihr irgendwie. Eine beunruhigende Erkenntnis.

„Was?“, fragte er, sie mit seinen intensiven braunen Augen musternd, die sie einfach dahinschmelzen ließen. „Du siehst mich so seltsam an.“

„Ich habe nur nachgedacht ...“

Er neigte mit neugieriger Miene den Kopf. „Worüber?“

„Du hast dich gut gehalten. Wirklich gut.“

„Wow, danke.“

„Das war als ehrliches Kompliment gemeint.“ Sie verdrehte die Augen.

„Schön, dass wir das geklärt haben. Ich könnte natürlich dasselbe über dich sagen. Du bist noch attraktiver, als ich dich in Erinnerung hatte – und ich erinnere mich an alles ganz genau.“ Er trat wieder näher.

Mit klopfendem Herzen hob sie die Hand, um ihn aufzuhalten. „Komm mir nicht zu nahe."

„He, du hast mit den Komplimenten angefangen", sagte er mit einem Grinsen, das ihr viel lieber war als sein kummervoller Ausdruck.

„Das ging auf die vorübergehende Beeinträchtigung meines Urteilsvermögens infolge von Müdigkeit und Hunger zurück."

„Wie wäre es dann mit Abendessen?"

„Pizza, und du bezahlst."

„Das lässt sich arrangieren."

„Apropos arrangieren. Die Gerichtsmedizin gibt die Leiche des Senators morgen zur Beerdigung frei."

Nick wurde augenblicklich ernst, und Sam bereute, dass sie ihm diese Nachricht ausgerechnet in diesem Moment überbracht hatte. „Gut. Sobald das Bestattungsunternehmen so weit ist, wird die Virginia State Police ihn zum State Capitol in Richmond begleiten", erklärte er. „Ich wollte dich fragen, ob ich in seine Wohnung kann, um ein paar Sachen von ihm zu holen. Der Bestatter braucht sie."

„Nach dem Abendessen. Ich würde ohnehin gern noch einmal hinfahren und mich ein bisschen umsehen."

„Dann haben wir ein Date."

Sie schaltete ihren Computer und ihre Schreibtischlampe aus. „Es ist kein Date."

„Wortklauberei", meinte er und folgte ihr aus dem Büro.

„Es ist *kein* Date."

Bei vegetarischer Pizza mit extra dicker Kruste in einem Restaurant, in dem jeder Nick zu kennen schien, fragte Sam ihn nach Patricia Donaldson.

„Wer?"

„Laut Aussage seiner Eltern ist sie eine Freundin von John aus der Highschool, die heute in Chicago lebt."

Er machte ein verblüfftes Gesicht. „Ich habe nie von ihr gehört."

„Er hat ihr dreitausend Dollar jeden Monat überwiesen, seit

Jahren schon. Außerdem hat er sie mehrmals pro Woche angerufen und jeweils beinah eine Stunde mit ihr telefoniert."

Nick schüttelte den Kopf. „Ich weiß absolut nichts über sie." Er wirkte verwirrt, sogar ein wenig gequält. „Wie ist das möglich?"

„Wusstest du, dass er auf Pornos stand? Und zwar sehr."

Er hielt inne, legte das Pizzastück, in das er gerade hatte hineinbeißen wollen, zurück auf den Teller, und wischte sich den Mund ab. „Nein. Woher weißt du das?"

„Wir haben entsprechendes Material auf seinem privaten Computer gefunden."

Seine Miene wechselte von überrascht zu angewidert. Seine Atmung verlangsamte sich, während er einen Punkt hinter Sam fixierte. Eine ganze Weile schwieg er. „Ich wünschte, ich könnte jetzt einfach behaupten, ich sei vollkommen überrascht. Aber das stimmt nicht. Er hat seinen Ruf und seine Karriere immer wieder aufs Spiel gesetzt."

„Mit was denn noch?"

„Frauen. Unzähligen Frauen. Er schien auf der Suche nach etwas zu sein, was er nicht finden konnte. Wenn er nach einer verrückt war, hatte er sie eine Woche später schon wieder vergessen."

„Hatten diese Frauen irgendetwas gemeinsam?"

„Sie waren alle blond und gut gebaut. Jede von ihnen. Eine Barbiepuppe nach der anderen. Ich hab mir nicht einmal mehr die Mühe gemacht, mir ihre Namen zu merken."

Sam leerte ihr Bier mit einem letzten langen Schluck und musste zugeben, dass sie sich nach diesem Essen wieder gestärkt fühlte. „Christina Billings hat mir eine Liste der Frauen geschickt, mit denen er sich in den letzten sechs Monaten getroffen hat. Die arbeiten wir gerade durch. Ich wette, wir finden den Mörder unter seinen Barbiepuppen."

„Das bezweifle ich."

„Warum sagst du das?"

„Du meintest, es sei ein Verbrechen aus Leidenschaft gewesen, richtig?"

Sie nickte.

„Aber er war mit keiner dieser Frauen lange genug zusammen, dass die Art von Leidenschaft entstehen konnte, die eine Frau zu einer solchen Tat hinreißen könnte. Mit Ausnahme von Natalie, aber das war schon seit Jahren vorbei. Wenn sie ihn hätte umbringen wollen, hätte sie das vor Jahren getan."

„Wir werden uns morgen mit ihr unterhalten."

„Wie machst du das eigentlich?", wollte er wissen.

„Was denn?"

„Dieses Tempo aufrechterhalten? Es ist erbarmungslos."

„Du hast in dieser Woche eine Nacht in seinem Büro verbracht. Du tust auch, was nötig ist, um deine Arbeit zu erledigen. Mehr mache ich nicht. Für gewöhnlich ist es sogar noch schlimmer als das hier. Häufig arbeite ich an mehreren Fällen gleichzeitig, aber dank des Zwangsurlaubes war das Pensum in letzter Zeit noch nicht so hoch."

„Aber ständig mit Mördern und Opfern und Gerichtsmedizinern zu tun zu haben ... das muss einen doch auslaugen."

„Das kann es auch. Manchmal ist es aufregend. Es gibt nichts Besseres, als die Teile eines Puzzles zusammenzufügen und ein Bild zu erhalten, das dann für eine Verurteilung reicht."

„Wolltest du schon immer Polizistin werden?" Bei ihrer ersten Begegnung, als sie gerade Detective geworden war, hatte er ihr diese Frage nicht gestellt.

„Das ist ein kompliziertes Thema."

„Inwiefern?"

Sie spielte mit dem Henkel ihres Glases. „Ich war in meiner Familie das jüngste von drei Mädchen. Ich glaube, ich war zwölf, als mir allmählich dämmerte, dass ich nur deshalb gezeugt wurde, weil mein Vater sich sehnlichst einen Sohn wünschte."

„Das kannst du doch nicht mit Sicherheit wissen."

„O doch, das kann ich. Meine Mutter hat es mir erzählt."

„Sam ..."

Sie hasste das Mitgefühl, das in seinem Ton mitschwang. „Da ich also wusste, dass ich ihn allein schon durch meine Geburt enttäuscht hatte, setzte ich alles daran, irgendwie sein Wohlwollen zu gewinnen. Nenn mir einen Highschool-Sport – ich habe ihn ausgeübt. Ich ging mit ihm zu Spielen der Redskins und Orioles. Er hat mir sogar einen männlichen Spitznamen gegeben."

„Für mich wirst du von diesem Moment an nur noch Samantha sein", verkündete Nick.

Sie gab einen verächtlichen Laut von sich. „Niemand darf mich so nennen."

„Du wirst eine Ausnahme machen müssen, denn für mich hast du überhaupt nichts Jungenhaftes. Du bist eine Frau durch und durch, jeder wunderschöne, sexy Zentimeter von dir."

Die Art, wie er sie ansah, brachte ihre Wangen zum Glühen. „Ich werde dir ein gelegentliches ‚Samantha' gestatten. Aber übertreib es nicht. Und nenn mich nicht vor anderen so."

„Ich werde es mir für die intimen Momente mit dir aufsparen", erwiderte er mit einem Lächeln, das ihr ein sinnliches Kribbeln bescherte. „Also bist du auch Cop geworden, um ihn zufriedenzustellen."

„Was?", fragte sie, fasziniert von dem, was sie in seinen Augen las.

„Deinen Vater."

„Oh. Richtig. Ja, zuerst war das mein Antrieb, das kann ich nicht leugnen. Aber dann habe ich schnell festgestellt, dass ich Talent dazu habe. Zumindest habe ich das bis vor Kurzem geglaubt."

„Du besitzt tatsächlich Talent. Du darfst nicht zulassen, dass dein Selbstvertrauen durch ein einziges Ereignis erschüttert wird."

„Du klingst wie der Polizeipsychologe", bemerkte sie amüsiert. „Obwohl ich weiß, dass ihr beide recht habt, erschüttert ein totes Kind einen bis ins Mark, selbst wenn man alles richtig gemacht hat." Sam starrte an die Wand, als der Horror wieder in ihr hochkam. Nie würde sie Marquis Johnsons gequälte Schreie vergessen, nachdem sein Sohn von Schüssen getroffen worden war.

„Was geschah eigentlich in jener Nacht?"

Die Last der Erinnerung senkte sich schwer auf sie herab und bewirkte, dass sich ihr Magen trotz des eben erst genossenen Essens zusammenzog. Nach dem Vorfall hatte sie wochenlang Probleme gehabt, überhaupt etwas zu essen. „Ich darf nicht darüber sprechen, weil ich nächste Woche bei der Anhörung aussagen muss."

Nick ergriff unter dem Tisch ihre Hand, verschränkte seine

Finger mit ihren und widerstand ihrem Versuch, sich zu befreien. „Hör auf", sagte er leise. „Lass es einfach sein, ja?"

„Jemand könnte uns sehen", flüsterte sie.

„Niemand schaut zu uns her, und die Tischdecke verbirgt unsere Sünde. Es gibt nichts Besseres als eine gute Tischdecke."

Sam gelang es trotzdem, ihre Hand seiner zu entwinden. Sie verschränkte die Arme und tat, als bemerke sie seinen gekränkten Gesichtsausdruck nicht. „Ich wette, du kennst dich mit dieser Art von sündigen Handlungen in der Öffentlichkeit bestens aus."

„Das werde ich dir jedenfalls nicht auf die Nase binden", erwiderte er belustigt. „Fällt es dir so schwer?"

„Was?"

„Die Last zu teilen."

„Das ist unmöglich", gestand sie. „Meine Unfähigkeit in dieser Hinsicht hat mir schon große Probleme im Leben bereitet."

„Was für Probleme?"

„Zum Beispiel die Ehe." Sie wünschte, sie hätte noch etwas zu trinken, weil ihr Mund plötzlich so trocken war wie das Dessert. Nick beobachtete sie mit der Geduld eines Mannes, der nichts als Zeit hatte. Sie griff nach seinem halbleeren Glas Bier und trank einen großen Schluck.

„Warum hast du dich scheiden lassen?"

Sam dachte darüber nach und fragte sich, ob es vernünftig war, eine solche Unterhaltung mit einem Mann zu führen, zu dem sie sich heftig hingezogen fühlte, der jedoch tabu für sie war. Schließlich entschied sie, sich nicht darum zu scheren. „Mein Ex-Mann hat behauptet, ich brauche ihn nicht."

„Und? Hast du ihn gebraucht?"

„Nein", antwortete sie verächtlich. „Er hat sich als totaler Verlierer entpuppt."

„Da er dir ein paar wichtige Anrufe nicht ausgerichtet hat, muss ich dir zustimmen."

„Die Beziehung mit ihm war ein riesiger Fehler." Sie seufzte. „Ich hab sein wahres Gesicht erst erkannt, als es schon zu spät war. Auf die Leute, die mich vor ihm gewarnt haben, hatte ich nicht hören wollen."

Nick richtete sich aus seiner bequemen Haltung auf. „War er ... ich meine ... Er hat dich nicht geschlagen, oder?"

„Nein, aber es wäre wohl einfacher gewesen, wenn er es getan hätte. Dagegen hätte ich mich wenigstens zur Wehr setzen können. Sein Ding war passive Aggression. Er wollte die vollkommene Kontrolle über mich. Ich habe die Beziehung viel zu lange laufen lassen, weil ich mir meinen unfassbaren Irrtum nicht eingestehen wollte. Verdammter törichter irischer Stolz.“

Trotz ihres vorherigen Widerstandes rückte Nick näher. „Ich will genau jetzt meine Arme um dich legen“, flüsterte er ihr mit rauer Stimme ins Ohr, und sein warmer Atem an ihrer Haut verursachte ihr eine Gänsehaut. „Mir gefällt die Vorstellung gar nicht, dass jemand dir ein Gefühl von Unzulänglichkeit gibt.“

„Ich habe es ja zugelassen“, sagte Sam, und ihr Widerstand fiel in sich zusammen wie eine Reihe Dominosteine. Sie wollte, dass Nick seine Arme um sie legte, wollte den Kopf an diese starken Schultern lehnen. Zum ersten Mal seit langer Zeit sehnte sie sich nach dem Trost, den er ihr anbot. Nein, sie *brauchte* diesen Trost. Eigentlich hätte es beängstigend sein müssen, doch es war im Gegenteil ziemlich belebend. „Können wir gehen?“

„Sicher.“ Er legte ein paar Geldscheine auf den Tisch, stand auf und bot ihr die Hand.

„Wir haben die Sicherheit der Tischdecke verlassen“, erinnerte sie ihn, während sie um seinen ausgestreckten Arm herum- und zur Tür ging.

Grinsend folgte er ihr nach draußen.

Die Köpfe wegen der stürmischen Kälte eingezogen, gingen sie einen Block weit, bis dahin, wo sie Sams zivilen Streifenwagen stehen gelassen hatten. Ein kalter Schauer, der nichts mit den Außentemperaturen zu tun hatte, lief ihr über den Rücken, als sie die Wagentür in der dunklen Straße aufschloss. Sie schaute sich um und rechnete damit, jemanden zu entdecken, der sie beobachtete. Doch da war niemand. Wahrscheinlich liegt es an meiner hyperaktiven Fantasie, sagte sie sich und beugte sich quer über den Beifahrersitz, um Nicks Tür aufzumachen.

Er stieg ein. „Bevor wir zu Johns Wohnung fahren, muss ich noch meinen Wagen holen.“

„Okay.“ Sam startete den Motor, damit die Heizung lief, fuhr jedoch noch nicht los. Stattdessen saß sie da, die Hände auf dem Lenkrad.

„Was ist denn?"

Sie umfasste das Lenkrad fester. „Es tut mir leid, aber mehr kann ich dir im Augenblick nicht geben." Als sie den Kopf in seine Richtung drehte, stellte sie fest, wie intensiv er sie betrachtete. „Es liegt nicht daran, dass ich es nicht will."

Er berührte zärtlich ihr Gesicht. „Das weiß ich."

Seine Berührung entfachte ein heißes Verlangen in ihr, das sie jedoch im Zaum hielt. „Wirst du Geduld haben mit mir?"

„Ich habe Jahre damit zugebracht, auf eine zweite Chance mit dir zu hoffen. Da werde ich ganz sicher nicht aufgeben, nur weil es vielleicht schwierig wird."

Sie atmete erleichtert auf. „Gut."

„Aber wenn dieser Fall abgeschlossen ist …"

„Werde ich bei dir sein."

„Was vor sechs Jahren zwischen uns war, ist immer noch da", sagte er und sah ihr dabei in die Augen.

„Ja, es scheint so."

„Was immer es ist, ich habe so etwas noch nie mit jemandem erlebt."

„Ich auch nicht. Ich war so traurig, als du nicht anriefst. Ich konnte nicht glauben, dass ich mich so sehr in dir getäuscht haben sollte."

„Wow, das macht mich echt wütend. Wenn ich mir überlege, was wir hätten haben können, all diese Jahre …"

„Warte, bis ich diesen Fall abgeschlossen habe", sagte sie mit heiserer, angespannter Stimme. „Noch in derselben Minute, in der der Fall aufgeklärt ist …"

Nick schien dem Impuls zu widerstehen, sie einfach an sich zu ziehen. „Samantha?"

Überraschenderweise klang dieser Name gar nicht so schlimm aus seinem Mund. „Hm?"

„Die Scheiben sind schon beschlagen."

„Und dabei haben wir nicht einmal irgendetwas gemacht!"

„Noch nicht", ergänzte er in verheißungsvollem Ton.

Es fiel ihr mit jeder Minute schwerer, ihm zu widerstehen. Trotzdem legte sie den Gang ein und konzentrierte sich auf die Straße.

13

Sam ließ Nick auf dem Parkplatz vor dem Parlament zurück und stoppte die Zeit für ihre Fahrt quer durch die Stadt zum Watergate. Um diese Uhrzeit herrschte nicht viel Verkehr, doch ein Unfall auf der Independence Avenue machte ihr Timing zunichte. Sie würde morgen Abend einen neuen Versuch unternehmen müssen, um herauszufinden, ob Christina Billings es geschafft haben konnte, in achtundzwanzig Minuten durch die ganze Stadt zu fahren, einen Mord zu begehen und mit chinesischem Essen wieder ins Büro zurückzukehren.

Sie nahm ihr Handy, um sich nach der Durchsuchung von Billings' Wagen zu erkundigen.

„Ich wollte dich gerade anrufen", erklärte Detective „Gonzo" Gonzales. „Wir haben Blutspuren auf dem Vordersitz entdeckt."

„Ich wusste es!", rief Sam. „Ich wette, sie hat ihren Mantel zusammengewickelt und ihn auf dem Vordersitz liegen lassen."

„Warte", sagte Gonzo. „Freu dich lieber nicht zu früh, denn sie behauptet, sie hätte sich die Hand verletzt beim Eiskratzen vom Wagen vor zwei Wochen. Es musste mit drei Stichen genäht werden. Tatsächlich hat sie eine frisch aussehende, pinkfarbene Narbe an ihrer rechten Hand. Außerdem konnte sie ein Hinweisblatt für die Wundpflege der Unfallstation vorlegen. Wir untersuchen das Blut trotzdem, aber ich wette einen Monatslohn darauf, dass es ihres ist. Sie hat uns jedenfalls bereitwillig eine Probe gegeben."

„Verdammt! Wir kommen in dieser Sache einfach nicht weiter."

„Wir haben die Liste der Freundinnen des Senators, die Billings uns gegeben hat, inzwischen auf zwei reduziert. Die anderen vier konnten nachweisen, dass sie in jener Nacht nicht in der Stadt waren."

Sam setzte in Gedanken Besuche bei den beiden noch verbleibenden Barbies auf ihre immer länger werdende To-do-Liste. „Tu mir einen Gefallen und sorge für unauffällige Sicherheitsvorkehrungen bei der Trauerfeier für den Senator. Achte darauf, dass du mit der Virginia State Police und Richmond zusammenarbeitest."

„Natürlich. Willst du auch eine Videoüberwachung oder nur eine Überwachung?"

„Nehmen wir es ruhig auf. Sorg dafür, dass die Cops, die du hinschickst, Fotos der Familienmitglieder des Senators und der Freundinnen haben, damit sie wissen, nach wem sie Ausschau halten sollen."

„Mach ich."

„Danke für die gute Arbeit, Gonzo."

„Gern geschehen. Versuch heute Nacht ein wenig zu schlafen, Sam."

„Ja, klar."

Während sie in der Autoschlange festsaß, die sich wegen des Unfalls gebildet hatte, schlug Sam frustriert auf das Lenkrad. Ihr Unmut hatte verschiedene Gründe. Erstens konnte sie nicht aufhören, an Nick zu denken und daran, wie verständnisvoll er reagiert hatte, als sie ihre gerade erst wieder erblühende Beziehung auf Eis gelegt hatte. Wie oft hatte sie es sich gestattet, sich bei jemandem anzulehnen? Nie. Aber sie konnte sich nun mal nicht mit jemandem einlassen, der ein wichtiger Zeuge in einem Fall war, in dem sie ermittelte. So sehr sie es auch wollte, es ging nicht.

Stück für Stück rollte der Verkehr weiter, bis sie endlich die Unfallstelle passiert hatte. Als sie beim Watergate ankam, wartete Nick schon in seinem schwarzen BMW auf sie.

„Warum hast du so lange gebraucht?", fragte er beim Aussteigen.

„Unfall auf der Independence."

„Du hättest die Constitution nehmen sollen."

„Na, das weiß ich jetzt auch. Schickes Auto übrigens", sagte sie, den schwarzen Flitzer bewundernd. „Die Steuerzahler sorgen gut für dich."

„Ich habe verschiedene Laster", gestand er grinsend und legte den Arm um sie. „Autos sind eines davon."

Bevor sie die Lobby betraten, duckte sie sich unter seinem Arm heraus. „Keine öffentlichen Zuneigungsbekundungen", ermahnte sie ihn mürrisch. Sie hielt dem Officer am Tresen des Sicherheitspersonals ihre Polizeimarke vor die Nase und deutete zu den Fahrstühlen. „Wir werfen noch mal einen Blick in das Apartment des Senators."

Der Officer nickte und winkte sie durch.

Sie fuhren in den fünften Stock, wo die Wohnungstür des Senators mit gelbem Absperrband abgeklebt war. Sam gab den Code für das Polizeischloss ein und stieß die Tür auf. Sie hob das gelbe Absperrband an und signalisierte Nick, er solle ruhig vorgehen.

Er holte tief Luft, und sie sah, wie seine breiten Schultern nach unten sackten, als die Erinnerung zurückkam. Sam legte ihm die Hand auf den Arm, um ihn aufzuhalten. „Du musst da nicht reingehen. Ich kann die Sachen auch für dich holen."

„Nein, ich schaffe das schon."

„Nimm dir Zeit. Ich sehe mich inzwischen noch einmal um."

Sam ging durch das luxuriöse Apartment, in dem noch eine feine Schicht des Staubs zur Sicherung von Fingerabdrücken zu sehen war. Sie nahm Nippes in die Hand, öffnete Schubladen und hielt nach allem Möglichen Ausschau, was man beim ersten Durchsuchen des Apartments übersehen haben könnte. Für sie bestand kein Zweifel daran, dass die Wohnung von einem Innenarchitekten eingerichtet worden war – wahrscheinlich schon zu der Zeit, als Senator O'Connor senior hier gewohnt hatte. Es war seltsam, wie wenig Persönliches von John in der Wohnung zu finden war.

Im Schlafzimmer war das Bettzeug abgezogen und zur DNA-

Untersuchung ins Labor geschickt worden. Ein einziges Haar hätte sie in diesem Fall schon enorm weiterbringen können. Aber alle Fingerabdrücke, Fasern und DNA-Spuren gehörten zu John. Da die Wohnung noch nicht gereinigt worden war, sah man nach wie vor die Blutflecken an der Wand hinter dem Bett, auf dem beigen Teppich und in geronnenem Zustand auf dem Nachtschränkchen. Der Stich in die Halsschlagader musste eine ziemliche Sauerei gewesen sein. Das Blut war vermutlich wie aus einem Geysir aus der Wunde geschossen und musste die Kleidung des Mörders regelrecht getränkt haben.

Sam stand am Fußende des Bettes und ließ ihre Gedanken schweifen. War das Opfer im Sitzen eingeschlafen? Oder hatte es sich überrascht aufgesetzt, als der Mörder aufgetaucht war? Anscheinend war John nackt im Bett gewesen. Hatte er damit gerechnet, Sex mit der Frau zu haben, die sich in seinem Schlafzimmer aufhielt? War sie deshalb hereingelassen worden? Sam war absolut überzeugt davon, dass es sich um jemanden handelte, den der Senator gut gekannt hatte, weshalb er kaum überrascht gewesen war, sie in seiner Wohnung anzutreffen.

„Was geht dir so durch den Kopf, Sergeant?", erkundigte Nick sich hinter ihr.

„Er hat geschlafen", antwortete sie, den Blick auf das Kopfende des Bettes gerichtet, wo das klaffende Loch in der von beiger Seide umspannten Polsterung daran erinnerte, was vor knapp achtundvierzig Stunden hier geschehen war. „Er döste. Vermutlich lief der Fernseher."

„Als ich eintraf, lief er nicht."

„Sie kann ihn ausgeschaltet haben. Um wen auch immer es sich gehandelt haben mag, er war nicht überrascht, sie zu sehen."

„Sie?"

„Sie waren ein Liebespaar." Sam sprach mit monotoner Stimme, während sie die Szene in ihrer Fantasie entwickelte.

„Hat er sie hereingelassen?"

Sam schüttelte den Kopf. „Sie hat auf ihn gewartet und ihn überrascht. Das Messer hielt sie hinter dem Rücken versteckt. Möglicherweise war sie ebenfalls nackt, weshalb auf den Überwachungsbändern niemand mit blutbefleckter Kleidung zu sehen war. Er glaubte, ihm stünde etwas Angenehmes bevor, und deshalb konnte sie auch seinen Penis in die Hand bekommen. Als er das Messer bemerkte, hatte sie ihn schon abgeschnitten. Der Schmerz muss grauenhaft gewesen sein. Höchstwahrscheinlich verlor er das Bewusstsein. Falls er zu sich kam, bevor sie ihn umbrachte, wird er sie nach dem Grund gefragt haben. Vielleicht hat sie es ihm verraten, vielleicht hat sie ihn im Ungewissen gelassen."

„Aber war sie stark genug, um ihm mit einem einzigen Versuch die Kehle zu durchstechen?"

„Gute Frage. Du hast recht, es war ein ziemlicher Kraftaufwand nötig, um den Hals zu durchstechen, bis das Messer im Kopfteil des Bettes steckenblieb. Sie wird wegen irgendetwas, was er getan oder nicht getan hat, in Rage gewesen sein. Wut und Adrenalin verleihen Kraft. Vielleicht hat er ihr Versprechungen gemacht, die er nicht gehalten hat. Oder sie hat ihn mit einer anderen erwischt. Menschen haben schon wegen weniger gemordet. Als sie fertig war, hat sie einfach geduscht und sich das ganze Blut abgewaschen. Anschließend hat sie das Badezimmer gereinigt und es so gründlich geschrubbt, dass wir nicht einmal ein Haar auf dem Fußboden gefunden haben. Als man ihn fand, war die Badewanne trocken, also können wir nur spekulieren, ob jemand geduscht hat. Allerdings wurde keines der Handtücher benutzt. Falls sie eines benutzt hat, muss sie es mitgenommen haben. Bevor sie ging, hat sie vielleicht noch einen letzten Blick auf den Toten geworfen. Sie war voller Bedauern darüber, dass er nicht so hatte sein können, wie sie ihn wollte. Gleichzeitig war sie wütend auf ihn, weil er sie zu dieser Tat getrieben hat."

„Du bist gut, Sam", lobte Nick sie in bewunderndem Ton.

Sie sah ihn an, als wäre sie gerade aus einer Trance erwacht. „Was?"

„So, wie du den Tathergang beschrieben hast ... wenn ich einer der Geschworenen wäre, hättest du mich überzeugt."

„Tja, jetzt muss ich es nur noch beweisen und herausbekommen, wer es getan hat."

„Das wirst du." Er ging zum Kleiderschrank, öffnete ihn und betrachtete die Reihe von dunklen Anzügen und Hemden in Weiß und verschiedenen Blautönen, manche mit Nadelstreifen. Es mussten an die hundert Krawatten sein, die daneben zur Auswahl standen.

Sam warf einen Blick in die Kommodenschubladen und fragte: „Trug er jemals etwas anderes als einen Anzug? Wo sind die Jeans? Die Sweatshirts?"

„Viele solcher Kleidungsstücke hatte er hier nicht."

„Wo denn sonst?"

„In seinem Haus in Leesburg."

„Er hatte einen Zweitwohnsitz?"

„Ja", bestätigte Nick. „Ein Ferienhaus in der Nähe des Anwesens seiner Eltern. Wir benutzten es beide, um dem Wahnsinn in Washington zu entfliehen."

„Warum hast du mir nichts davon erzählt?"

„Um ehrlich zu sein, ich habe nicht daran gedacht. Tut mir leid. Ich konnte nicht klar denken, und es fällt mir immer noch schwer. Das, was mit John passiert ist, und dann unser Wiedersehen ..."

„Bring mich hin", unterbrach sie ihn unbeeindruckt.

„Jetzt?"

Sie nickte.

„Es ist fast Mitternacht. Du arbeitest seit achtzehn Stunden. Ich kann dich morgen hinfahren."

Sie winkte ab. „Morgen habe ich keine Zeit. Wenn du fährst, mache ich ein Nickerchen im Auto – das heißt, falls du dich wachhalten kannst."

„Mir geht es gut. Ich bin am besten zwischen Mitternacht und drei Uhr morgens."

Seine Bemerkung konnte auch zweideutig interpretiert werden, doch Sam ignorierte es. Trotzdem schoss ihr die Röte in die Wangen, während sie ihm half, einen dunkelblauen Anzug, ein hellblaues Hemd und einen mit kleinen amerikanischen Flaggen verzierten Schlips auszusuchen. Sie verpackten die Sachen in einem Kleidersack.

„Was ist mit Unterwäsche?", fragte Sam und zog den Reißverschluss des Sacks zu.

„Er trug nicht einmal welche zu Lebzeiten."

„Woher, um alles in der Welt, weißt du das?"

Nick lachte. „Wir waren vor etwa einem Jahr mit den ‚Töchtern der Amerikanischen Revolution' beim Lunch. Als alle schon im Aufbruch begriffen waren, kam eine dieser blauhaarigen alten Damen zu mir und meinte, der Senator brauche mich an seinem Tisch. Ich kehrte also um und fand ihn allein am Tisch sitzend."

„Wie kam es dazu?"

„Offenbar war seine Hose aufgeplatzt, sodass er irgendwie unauffällig aus dem Gebäude kommen musste."

Sam lachte über seine Schilderung. „Lass mich raten – er trug keine Unterwäsche?"

„Du hast es erfasst. Ich suchte ihm einen langen Mantel – keine leichte Aufgabe mitten im Juli, wie ich hinzufügen darf – und brachte ihn hinaus, ohne dass sein Stolz leiden musste."

„Wo stand das in deiner Arbeitsbeschreibung?"

„Unter ‚sonstige Pflichten'", antwortete er mit einem traurigen Lächeln, das sie rührte.

„Na schön. Keine Unterwäsche. Schuhe?"

„Würdest du mit Halbschuhen in die ewigen Jagdgründe eingehen wollen? Der Schlips ist schon schlimm genug. Ich bin sicher, dass ich mir deswegen im Jenseits einiges anhören muss von ihm." Er nahm ihre Hand und verschränkte seine Finger mit ihren. „Danke für deine Hilfe."

Verstört zog sie ihre Hand hastig zurück und schob sie in die Tasche. „Kein Problem."

„Gehört das Aussuchen von Kleidung für Verstorbene zu deiner Jobbeschreibung?"

„Das ist definitiv ein erstes Mal."

Als sie Johns Schlafzimmer verließen, sah Nick sie auf eine Weise an, die Sam daran erinnerte, was er von ihr wollte. Die plötzlich aufwallende Sehnsucht überraschte sie. Normalerweise war sie keine von Sehnsüchten geplagte Frau, schon gar nicht, was Männer anging. Sie war fokussiert, effizient und hingebungsvoll in ihrem Beruf und ihrer Familie, rücksichtslos, wenn es sein musste, und außerdem ein sehr unabhängiger Mensch. Daher hätte sie es äußerst beunruhigend finden müssen, dass sie einen Mann so sehr begehrte wie Nick.

Die Wahrheit aber war, dass sie seit Jahren von ihm fantasiert hatte, nach dieser Nacht, die sie miteinander verbracht hatten. Sie hatte Senator O'Connors Karriere verfolgt und sich stundenlange

Berichte aus dem Kongress im Fernsehen angesehen, in der Hoffnung, einen Blick auf die Vertrauten des Senators zu erhaschen. Aber sie bekam Nick nur selten zu sehen. Offenbar hielt er sich deutlich im Hintergrund, ganz im Gegensatz zu seinem berühmten Boss.

Auf dem Parkplatz hielt Nick ihr die Beifahrertür seines Wagens auf.

Sie setzte sich in den butterweichen Ledersitz und seufzte zufrieden. Als er den Wagen startete, stellte sie schnell fest, dass die Sitze beheizt waren. Das war himmlisch! „Dieser Wagen passt zu dir.“

„Findest du?“

„Ja. Er hat Klasse, ohne protzig zu sein.“

„Ist das etwa ein Kompliment, Samantha?“

Sie zuckte die Schultern.

Er nahm ihre Hand, sobald sie aus der Stadt heraus waren. Sam wollte die Hand gleich wieder zurückziehen, doch er gab sie nicht frei. „Es ist niemand außer uns da, Baby.“

„Wir haben keine Tischdecke, unter der wir uns verstecken können.“

Das unwiderstehliche Lächeln erschien auf seinem Gesicht, und er verschränkte seine Finger mit ihren. „Gönn mir wenigstens das, ja?“

Weil er so nett fragte und es wirklich nicht viel war, um das er bat, gab sie nach, auch wenn diese schlichte Berührung ihr schon heftiges Herzklopfen verursachte und ihre Hormone gefährlich in Wallung brachte. Auch Schuldgefühle meldeten sich, denn sie sollte nicht so viel Zeit mit ihm verbringen oder ihn so sehr begehren. Doch da die Dunkelheit sie umhüllte, sie müde war und niemand zusah, stieß sie ihn nicht weg, sondern drückte sogar seine Hand.

14

Sam hatte nicht damit gerechnet, schlafen zu können. Doch die ruhige Fahrt in dem luxuriösen Wagen, die beheizten Sitze und Nick, der ihre Hand in seiner hielt ...

„Wach auf, Dornröschen. Wir sind da."

Sam kam langsam zu sich, spähte hinaus in die Dunkelheit und erkannte die Umrisse eines Häuschens vor dem Wagen. „Na dann los."

Eisig kalte Luft schlug Sam ins Gesicht. Sie folgte Nick den gekiesten Pfad entlang zur Tür und blieb ein Stück hinter ihm, während er aufschloss.

Drinnen schaltete er das Licht ein.

Sam schaute sich blinzelnd in dem gemütlichen Wohnzimmer um. Große, einladende Sofas, ein Flachbildschirm an der Wand, überquellende Bücherregale zu beiden Seiten des gemauerten Kamins, außerdem gerahmte Familienfotos und ein paar Trophäen. Hier endlich war die Persönlichkeit von Senator John Thomas O'Connor spürbar.

Sie zog ihren Mantel aus, schob die Ärmel ihres Pullovers hoch, nahm die Klammer aus ihren Haaren und machte sich an die Arbeit. Zwei Stunden später wusste sie, dass John Hemingway geliebt hatte, ebenso Shakespeare, Patterson und Grisham. Sein Musikgeschmack reichte von Mellencamp und Springsteen bis zu Vivaldi und Bach. Sie hatte Fotoalben durchgeblättert, Jahrbücher und einen Aktenschrank durchstöbert, in dem eine nur für seinen Besitzer erkennbare Ordnung zu herrschen schien.

Als Nächstes überflog sie eine Reihe von Aufsätzen, die John in seinem letzten Studienjahr in Harvard geschrieben hatte, in denen er auf die Rolle der Regierung und der Regierten einging. Die Aufsätze waren zu einem kleinen dunkelblauen Bändchen mit eleganter Goldgravur gebunden.

„Darauf war er stolz", bemerkte Nick, der im Türrahmen zum Arbeitszimmer stand.

Erschrocken schaute sie auf. Sie hatte seine Anwesenheit fast vergessen. Aber nur fast.

„Sein Vater ließ das Buch binden und schenkte es jedem, der irgendeine Bedeutung hatte." Nick betrat den Raum und gab ihr einen dampfenden Becher.

„Oh, ist das etwa heiße Schokolade?", fragte sie, den köstlichen Duft einatmend.

„Ich fand es für Kaffee schon ein bisschen zu spät." Er hatte sein Jackett ausgezogen und die oberen Knöpfe seines Hemds geöffnet. Sam richtete den Blick unwillkürlich auf die in dem Ausschnitt sichtbaren dunklen Brusthaare.

„Da hast du recht. Ich hoffe, der Kakao ist fett- und kalorienfrei." Genüsslich kostete sie mit der Zungenspitze von dem oben schwimmenden Sahneklecks. Als sie Nick wieder ansah, stellte sie fest, dass er sie beinah anstarrte. „Was?", fragte sie, und ihre Stimme klang zittriger, als ihr lieb war.

„Ach ... es ist nur ... wenn ich dich mit der Schlagsahne sehe, komme ich auf Ideen."

Sie schluckte.

„Ich mag es übrigens, wenn du dein Haar offen trägst, so wie jetzt", fügte er hinzu.

Sie beschloss, seine Bemerkungen und den heißen Schauer, der ihren Körper durchflutete, zu ignorieren und sich stattdessen auf das Buch zu konzentrieren, das John seinem Vater gewidmet hatte. Ein Foto glitt zwischen den Seiten heraus und fiel zu Boden. Sam stellte ihren Becher auf den Schreibtisch und bückte sich, um das Bild aufzuheben. Ein ansehnlicher blonder Junge von etwa sechzehn Jahren im Footballtrikot war darauf zu sehen.

„Was hast du da?", wollte Nick wissen.

„Sieht aus wie ein Foto von John aus der Highschool." Sie drehte das Foto um und las die Initialen „TJO" und ein Datum von vor vier Jahren. „Oh, das ist er gar nicht. Wer ist TJO?"

Nick nahm ihr das Foto aus der Hand, betrachtete es genau und drehte es ebenfalls um. „Ich habe keine Ahnung, aber das könnte glatt John sein, als ich ihm zum ersten Mal begegnet bin."

„Hatte er einen Sohn?" Sie dachte unwillkürlich an Patricia Donaldson und die dreitausend Dollar, die John monatlich überwiesen hatte.

„Natürlich nicht."

„Bist du dir da sicher?"

„Absolut", sagte er mit Nachdruck. „Ich kenne ihn seit seinem achtzehnten Lebensjahr. Wenn er einen Sohn hätte, wüsste ich das."

„Tja, wenn das nicht sein Sohn ist, hat er jedenfalls eine verblüffende Ähnlichkeit mit John." Sam steckte das Foto in ihre Handtasche, in der Absicht, morgen früh Johns Eltern danach zu fragen. „Er hatte eine Schwäche für Spiderman, was?" Sie deutete auf die Regale in der einen Ecke, in denen sich Johns umfassende Sammlung von Spiderman-Sammlerstücken befand.

Nick grinste. „Er war besessen."

Sie nahm eine Tafel mit einem Relief des Spiderman-Namenszuges vom Schreibtisch, auf der stand: *Große Macht bringt große Verantwortung mit sich.* Sie betrachtete das Relief eine Weile, dann sagte sie: „Glaubte er daran?"

„Sehr. Trotz seiner manchmal etwas lustlosen Einstellung zu seinem Job nahm er die Verantwortung doch so ernst, wie es ihm möglich war."

„Aber nicht so ernst, wie du sie genommen hättest."

„Sagen wir so, ich an seiner Stelle hätte viele Dinge anders gemacht."

„Wolltest du jemals der sein mit dem Eckbüro?"

„Um Himmels willen, nein", sagte Nick, in Gelächter ausbrechend. Erst als ihm offenbar wieder einfiel, dass er seinen Freund verloren hatte, wurde seine Miene ernst.

„Wenn seine Eltern einverstanden sind, würde ich dieses Haus morgen gern von einem Spezialistenteam gründlich untersuchen lassen", erklärte Sam, streckte sich und stand auf. „Bei mir ist die Luft nach zwanzig Stunden raus."

„Ich nehme an, du wirst wegen dieses Fotos mit seinen Eltern sprechen wollen", vermutete Nick. „Wir könnten hier übernachten und sie gleich morgen früh aufsuchen."

Sie sah ihm ins Gesicht. „Ich schlafe nicht mit dir."

„Darum bitte ich dich auch gar nicht", erwiderte er mit einem sexy Grinsen. „Es gibt ein Gästezimmer, das ich normalerweise benutze, wenn ich hier bin. Ich werde in Johns Zimmer schlafen."

Sam überlegte hin und her, während sie ihre heiße Schokolade austrank. Technisch gesehen war das Ferienhaus kein Tatort, also gab es von der Seite schon mal kein Problem. Sie war erschöpft, und Nick sah auch nicht viel besser aus. Außerdem würde sie morgen ein paar Punkte von ihrer Liste streichen können, wenn sie in Leesburg blieb, einschließlich einer weiteren Unterhaltung mit Terry O'Connor, falls er verfügbar war.

„Na schön", sagte sie daher, obwohl ihr getrennte Hotelzimmer lieber gewesen wären. In dieser Gegend waren Hotels jedoch dünn gesät. Also folgte sie Nick den Flur entlang zu den Schlafzimmern.

„Das Badezimmer befindet sich hier", erklärte er und zeigte auf eine Tür. Im Gästezimmer kramte er in einer antiken Kommode und zog ein großes T-Shirt aus einer der Schubladen. „Das ist eines von meinen, wenn du Schlafkleidung brauchst. Es gibt extra Zahnbürsten und alles, was du benötigst, im Badezimmerschrank."

„Danke", sagte sie, plötzlich verlegen und schüchtern – zwei Emotionen, die sie nur selten plagten.

Nick legte ihr die Hand in den Nacken, um sie an sich zu ziehen. Lange atemlose Sekunden sah er sie nur an, ehe er sie auf die Stirn küsste. „Wir sehen uns morgen. Ruf mich, falls du etwas brauchst."

Benommen von diesem schlichten Kuss schaute sie ihm hinterher, wie er den Flur überquerte. Ihr Herz pochte, ihre Hände waren feucht. Sie hasste es, so aus dem Konzept gebracht zu werden, was zweifellos der Grund dafür war, dass er es getan hatte. Mit einem Gefühl von Trotz benutzte sie das Bad und ließ das T-Shirt, das Nick ihr herausgesucht hatte, auf dem Bett liegen, um nackt unter die kühle Decke zu kriechen.

Nicht einmal eine Minute später schlief sie tief und fest.

„Sam. Liebes, wach auf. Du träumst.“

Sie konnte Nick hören, aber es gelang ihr nicht, die Augen zu öffnen.

„He, Schatz.“

Endlich gingen flatternd ihre Lider auf, und sie entdeckte Nick auf dem Bett sitzend.

Als er ihr die Haare aus dem Gesicht strich, merkte sie, dass sie schwitzte und ihr Herz raste.

„Ist alles in Ordnung mit dir?“, erkundigte er sich.

„Ja, tut mir leid.“ Anscheinend war sie so laut gewesen, dass er davon aufgewacht war. Sie registrierte, dass er nur eine Jogginghose trug, und genoss den Anblick seines muskulösen Brustkorbs.

„Es war ein Albtraum, was?“

„Ich weiß es nicht. Ich erinnere mich nie an die Einzelheiten, nur an die Angst.“ Sie rieb sich müde die Wange und sehnte sich nach einem Glas Wasser. „Habe ich denn ... etwas gesagt?“

Er nahm ihre Hand von ihrem Gesicht und legte stattdessen seine darauf. „Du hast immer wieder gerufen: ‚Feuer einstellen! Hört auf zu feuern!‘“

„Verdammt“, sagte sie und seufzte tief.

Er legte sich neben sie, allerdings auf die Tagesdecke, und barg ihren Kopf an seiner Schulter. „Es war eine traumatische Sache, aber nicht deine Schuld.“

Seinen männlichen, würzigen Duft einatmend, schloss sie die Augen, und ließ sich in ihrer Aufgewühltheit von ihm trösten. Nur eine Minute. Sein Brusthaar streifte ihr Gesicht, was ihre Begierde von Neuem anfachte. „Wenn ich mir nur selbst so leicht verzeihen könnte, wie du mir verzeihst.“

Er zog sie näher an sich.

„Ähm, Nick?“

„Hm?“

„Ich bin nackt unter der Decke.“

„Ja, habe ich schon bemerkt."

All die Gründe, weswegen es eine schlechte Idee war, dass sie beide etwas miteinander anfingen, fielen ihr wieder ein. Entschlossen versuchte sie sich aus seiner Umarmung zu befreien. „Ich kann nicht", flüsterte sie. „Es geht nicht. Ich kann nichts mit dir anfangen."

„Doch, kannst du."

Das Gesicht nach wie vor an seine Brust geschmiegt, gönnte Sam sich einen weiteren Moment diesen Duft, den sie nie vergessen hatte. „Aber weder hier noch jetzt."

Er atmete schwer aus. „Du hast mir schrecklich gefehlt", gestand er. „Ich habe so oft an dich und an unsere gemeinsame Nacht gedacht."

„Ich auch", sagte sie und schloss die Augen, überwältigt von ihren Gefühlen, die sie nur ein einziges Mal zuvor so intensiv empfunden hatte.

„Ich habe nie jemanden so sehr begehrt wie dich. Sobald du dich im selben Zimmer befindest wie ich, will ich dich."

„Ich scheine das gleiche Problem zu haben."

„Bis zum Tagesanbruch bleiben uns noch ein paar Stunden. Wäre es okay für dich, wenn ich dich bis dahin wenigstens in den Armen halte?"

„Nichts wäre mir lieber. Aber die Verlockung ist zu groß. *Du* bist zu verlockend."

Seufzend ließ er sie los und setzte sich auf. Dann beugte er sich zu ihr herunter und küsste sie sanft auf die Lippen. „Also bis morgen früh."

Sam schaute ihm hinterher, in der Gewissheit, dass sie nicht mehr würde schlafen können, da jede Zelle ihres Körpers sich nach ihm verzehrte.

15

S am band ihre Haare zu einem Pferdeschwanz zusammen, legte ihr Schulterhalfter um und klemmte ihre Polizeimarke an den Gürtel, bevor sie ihre Jacke über der gleichen Bluse zurechtzupfte, die sie schon gestern getragen hatte. Als sie fertig war, sah sie sich noch einmal genau um. Sie wollte dem Team, das sie im Lauf des Tages hierherzuschicken beabsichtigte, keine Spuren ihrer Übernachtung hinterlassen. Zufrieden nach dieser kurzen Überprüfung, verließ sie das Zimmer und fand Nick bereits wartend im Wohnzimmer. Irgendwie gelang es ihm, in der Kleidung des gestrigen Tages adrett und frisch auszusehen. Sein Gesicht war glattrasiert, die Haare noch feucht von der Dusche.

„Fertig?", erkundigte er sich.

Sie nickte.

Er legte ihr den Mantel über die Schultern und seine Arme um sie, drückte sie von hinten an sich und küsste ihren Nacken, ehe er sie wieder losließ.

Sie war ein wenig überrumpelt von dieser spontanen Zuneigungsbekundung. Wenn es nicht um Sex ging, hatte Peter sich nie die Mühe gemacht, willkürlich Zärtlichkeiten zu verteilen, wie Nick es auf sehr natürlich wirkende Weise tat. Er schien sie geradezu berühren zu müssen, sobald sie nur in seiner Nähe war. Dass ihr genau das unglaublich gefiel, war ein weiterer Grund dafür, lieber Distanz zu wahren.

Das Haus der O'Connors lag zwei Meilen von Johns Ferienhaus entfernt. Erneut öffnete Carrie ihnen die Tür und war überrascht, sie so früh zu sehen.

„Sind sie schon wach?", erkundigte Nick sich.

„Sie frühstücken gerade. Kommt rein." Sie führte die beiden in eine gemütlich aussehende Küche im Landhausstil, in der Graham und Laine gedankenverloren am Tisch saßen. Keiner schien viel zu essen.

Die zwei hatten dunkle Ringe unter den Augen und strahlten Kummer und Müdigkeit aus.

„Nick?", sagte Graham. „Du bist früh unterwegs. Sergeant." Carrie verteilte Becher mit Kaffee an Sam und Nick. „Danke", sagte Nick.

„Tut mir leid, Sie so früh zu überfallen." Sam rührte Milch in ihren Kaffee und wünschte, es wäre eine Cola light. „Aber es gibt etwas, wonach ich Sie fragen muss."

„Selbstverständlich", sagte Laine. „Wir tun alles, um Ihnen zu helfen."

Sam nahm das Foto aus ihrer Handtasche. „Wer ist das?" Sie legte das Bild zwischen die beiden auf den Küchentisch.

Sie betrachteten das Foto, dann sahen sie einander an. „Woher haben Sie das?", wollte Graham wissen.

„Aus dem Ferienhaus", antwortete Nick an ihrer Stelle. „Das Foto lag zwischen den Seiten des Buchs mit den Aufsätzen, das du für John hast binden lassen."

„Das ist sein Cousin Thomas", erklärte Laine und sah Sam mit kühlen Patrizieraugen an. „Sein Vater ist Grahams Bruder Robert."

„Ich kann mich nicht erinnern, dass John je einen so jungen Cousin erwähnt hätte", meinte Nick.

Laine zuckte die Schultern. „Zwischen ihnen lagen fast zwanzig Jahre. Sie standen sich also kaum nahe."

„Er sieht Ihrem Sohn sehr ähnlich", sagte Sam, um die Reaktion der beiden zu testen.

„Ja, stimmt", räumte Graham ein, doch seine Miene blieb dabei vollkommen neutral. „Gibt es sonst noch etwas?"

„Wissen Sie, wo ich Terry finden kann?", fragte Sam. Diese Frage schien die O'Connors aufzuschrecken.

„Ich glaube, er arbeitet heute Morgen in der Stadt", meinte Graham schließlich.

„Und wo genau?"

Er nannte den Namen und die Adresse eines bekannten Lobbyunternehmens, die Sam sich in ihr kleines Notizbuch schrieb, das sie aus der Gesäßtasche ihrer Hose zog. „Wenn Sie nichts dagegen haben, würde ich heute gern ein Team in das Ferienhaus schicken, um sicherzugehen, dass wir nichts übersehen haben, was uns in dem Fall vielleicht weiterbringen könnte."

„Fremde Leute in Johns Haus?", sagte Laine, sichtlich beunruhigt von dieser Aussicht.

„Nur die Polizei", stellte Sam klar. „Sie werden so respektvoll wie möglich mit allem umgehen."

„Das ist in Ordnung", verkündete Graham, seiner Frau einen nachdrücklichen Blick zuwerfend. „Tun Sie es, wenn es die Ermittlungen voranbringt."

„Können Sie mir verraten, Senator, wer möglicherweise nach wie vor einen Schlüssel zu dem Apartment im Watergate hat, aus der Zeit, als Sie dort gewohnt haben?"

Graham überlegte. „Nur meine Familie."

„Keine Mitarbeiter oder Helfer?"

„Der Leiter meines Stabs hatte einen, aber ich meine mich daran zu erinnern, dass er ihn mir zurückgegeben hat, als wir das Büro geräumt haben."

„Halten Sie es für denkbar, dass er Schlüssel nachgemacht hat, um sie an andere weiterzugeben?"

„Nein. Er hat mein Privatleben wie ein Wachhund geschützt. Es war ihm sogar unangenehm, selbst einen Schlüssel zu haben."

„War ihnen beiden eigentlich bewusst, dass John mehrmals pro Woche mit Patricia Donaldson in Chicago telefonierte, immer mindestens eine Stunde?"

Erneut sahen die O'Connors sich an.

„Nein, aber es überrascht mich nicht", sagte Graham. „Sie waren schon als Kinder eng befreundet."

„Nur befreundet?"

„Ja", meldete sich Laine mit Nachdruck zu Wort, auf eine Art, die Sam aufhorchen ließ. Hinter dieser Geschichte verbarg sich ganz offenbar mehr. Sie würde so bald wie möglich mit dieser Patricia Donaldson in Chicago sprechen müssen.

„John soll heute nach Richmond überführt werden?", wandte Laine sich an Nick.

Er bestätigte es. „Die Wagenkolonne verlässt Washington um die Mittagszeit."

„Wir werden heute Nachmittag nach Richmond fahren", sagte Graham. „Die State Police begleitet uns und stellt sicher, dass wir ungehindert rein und wieder raus können, bevor es für die Öffentlichkeit zugänglich gemacht wird."

„Die Mitarbeiter werden am Morgen ungestört Abschied nehmen können", erklärte Nick.

„Hast du die Sachen, die der Bestatter brauchte?", fragte Laine.

„Ja. Ich fahre von hier aus direkt zum Bestattungsunternehmen. Ah, was die Beisetzung betrifft ... habt ihr euch schon entschieden, wer im Namen der Familie sprechen soll?"

„Du", antwortete Laine mit einem erschöpften Seufzer.

„Bist du dir sicher? Sollte es nicht lieber ein Familienmitglied sein?"

„Du *bist* ein Familienmitglied für uns, Nick", erwiderte Graham. „Du wirst ihm Ehre machen, das wissen wir."

„Ich werde mein Bestes geben", versprach er. „Und jetzt sollten wir euch in Ruhe weiter frühstücken lassen."

„Wir sehen uns Montag, wenn nicht schon früher", sagte Laine. Nick beugte sich herunter und gab ihr einen Kuss auf die Wange. „Wir bleiben in Kontakt."Sie drückte seine Hand, die auf ihrer Schulter ruhte. „Danke für alles, was du für uns tust. Es ist sicher auch für dich nicht leicht."

„Es ist mir eine Ehre und ein Privileg."

Nachdem sie noch einmal seine Hand getätschelt hatte, ließ sie ihn los.

Nick umarmte Graham und gab Carrie auf seinem Weg durch die Küche einen Kuss auf die Wange. Er legte Sam die Hand sanft auf den Rücken, während er mit ihr zur Tür ging. Draußen atmete er tief die kalte Luft ein.

Da sie wenig tun konnte, um ihn zu trösten, hielt sie auf dem ganzen Rückweg nach Washington seine Hand zwischen ihren Händen.

Nachdem sie sich durch den Verkehr der Rushhour gekämpft hatten, fuhr Nick fünfzehn Minuten vor Sams Termin mit Senator Stenhouse auf den Parkplatz des Watergate.

„Mich vorher umzuziehen kann ich mir jetzt abschminken", murrte sie. „Freddie wird sich prächtig amüsieren."

„Sag ihm doch einfach, du hättest die ganze Nacht gearbeitet. Ganz gelogen ist das schließlich nicht."

„Das ist ein guter Vorwand, um ihn daran zu erinnern, dass ich seine Vorgesetzte bin und ihm befehlen kann, den Mund zu halten. Das mag er."

Nick grinste, zog aus der Innentasche seines Jacketts ein kleines Lederetui und gab Sam seine Visitenkarte. „Rufst du mich an? Meine Handynummer steht da drauf."

Sie nahm die Karte, schob sie in die Tasche und wollte aussteigen.

Nick hielt sie zurück. „Melde dich vor Montag, damit wir zusammen zur Beerdigung gehen können. Vorausgesetzt, du willst immer noch, dass ich dir dabei helfe, die Gäste zu identifizieren."

„Mach ich. Bis dann."

„Vergiss nicht zu essen und zu schlafen, ja?"

„Klar, keine Sorge", versprach sie und stieg aus.

Nick wartete, vermutlich um sicherzugehen, dass ihr Wagen auch ansprang, denn das entsprach seiner höflichen Art. Erst danach fuhr er los und fädelte sich direkt vor ihr in den Verkehr ein.

Auf dem Weg nach Capitol Hill rief Sam Gonzo an und bat ihn, die Durchsuchung von Johns Hütte zu leiten.

„Es handelt sich nicht um einen Tatort, deshalb bin ich nicht an Fingerabdrücken oder DNA interessiert", erklärte sie. „Ich suche nur nach etwas, was wir noch nicht über ihn wissen."

„Verstanden. Wir haben übrigens die Bestätigung, dass das Blut in Christina Billings' Wagen ihr eigenes ist."

„Tja, damit ist diese Spur wohl erledigt", sagte Sam. „Sie kann es unmöglich quer durch die Stadt geschafft, John getötet, geduscht und das Badezimmer gereinigt haben und dann mit chinesischem Essen wieder zurückgefahren sein, noch dazu in achtundzwanzig Minuten. Bei dem Verkehr in dieser Stadt, selbst um Mitternacht, ist das nicht zu schaffen.“

„Stimmt“, meinte Gonzo. „Ich werde ein Team zusammenstellen und noch heute Morgen nach Leesburg rausfahren.“

„Du solltest lieber Loudoun County informieren, damit wir wegen der Zuständigkeiten keinen Ärger bekommen.“ Dann fügte sie hinzu: „Übrigens habe ich letzte Nacht in dem Gästezimmer dort übernachtet, weil ich gleich früh am Morgen die Eltern des Ermordeten aufsuchen wollte. Cappuano hat im Zimmer des Senators geschlafen.“

„Okay.“

„Es wäre nicht schlecht, wenn du diese kleine Information für dich behalten könntest. Ich wäre dir einen Gefallen schuldig.“

Er lachte. „Das gefällt mir, dich in meiner Schuld zu wissen. Sag mir Bescheid, wenn ich sonst noch etwas für dich tun kann.“

„Ja, eine Sache wäre da noch“, sagte sie, die Gelegenheit nutzend. „Überprüfe doch bitte Graham O'Connors Bruder Robert. Ich brauche Informationen über seine Familie, besonders über seine Kinder. Fotos wären sehr gut.“

„Mach ich“, versprach Gonzo. „Ich rufe dich an, sobald ich etwas herausgefunden habe. Ich, äh, nehme mal an, du hast die Zeitung heute Morgen schon gelesen?“

Sam verspürte ein flaues Gefühl im Magen, das sie daran erinnerte, dass sie heute Morgen noch nichts gegessen und nicht die zwei Cola light getrunken hatte, die sie normalerweise für den Start in den Tag brauchte. „Nein, warum fragst du?“

„Destiny Johnson nennt dich eine Kindermörderin.“

„Tatsächlich?“, sagte Sam finster. Das flaue Gefühl wurde von dem Schmerz verdrängt, den sie gelegentlich in Stressmomenten spürte. Zwei Ärzte waren bisher nicht in der Lage gewesen, die genaue Ursache zu lokalisieren. Der eine hatte gemeint, sie solle keine Cola mehr trinken, was einfach nicht infrage kam. Deshalb lebte sie eben mit der ärgerlichen Fähigkeit ihres Magens, ihren Stresslevel vorherzusagen.

„Nimm es dir nicht zu Herzen, Sam. Jeder weiß, dass ihr Kind nicht in einem Crackhaus herumgelungert hätte, wenn sie eine gute Mutter gewesen wäre."

„Trotzdem besitzt sie die Nerven, mich eine Kindermörderin zu nennen." Von allen Dingen, die diese Frau hätte sagen können, traf Sam das besonders.

„Ich weiß. Aber wir stehen alle hinter dir. Es war eine saubere Aktion."

„Danke, Gonzo." Die aufsteigenden Emotionen schnürten ihr die Kehle zu. Sie riss sich zusammen und sagte: „Ruf mich an, falls ihr im Ferienhaus auf etwas Brauchbares stoßt. Ich habe mich gestern Abend oberflächlich umgesehen, aber ich war total erschöpft, deshalb könnte ich etwas übersehen haben."

„Überlass das ruhig mir. Ich melde mich, wenn wir fertig sind."

Sie gab ihm die Nummer der O'Connors, damit er sich einen Schlüssel für das Ferienhaus abholen konnte, und beendete das Gespräch. Anschließend fuhr sie in halsbrecherischem Tempo nach Capitol Hill und schaffte es so knapp, dass ihr nur noch Minuten blieben, um zum Hart Senate Office Building zu rennen.

Freddie lief bereits ungeduldig im Flur vor Senator Stenhouse' Büro auf und ab. „Da bist du ja endlich! Ich wollte dich schon anrufen." Seinen wachsamen Augen entging nicht, dass sie ihr Kostüm von gestern anhatte und ein wenig ramponiert aussah.

„Ich habe die ganze Nacht gearbeitet und bin noch nicht dazu gekommen, mich umzuziehen", kam sie seinen Fragen zuvor. „Und ja, ich habe schon von Destiny Johnson gehört. Spar dir also jeglichen Kommentar."

„Wie stets wirkt eine Nacht ohne Schlaf wahre Wunder für deine Laune."

„Gib Ruhe, Freddie. Ich bin wirklich nicht in der Stimmung für so was."

„Woran hast du denn die ganze Nacht gearbeitet? Und warum hast du mich nicht angerufen? Ich hätte dir helfen können."

„Ich habe mir noch einmal O'Connors Wohnung angesehen und danach sein Haus in Leesburg."

Freddie hob skeptisch eine Braue. „Ganz allein?"

„Nick Cappuano war bei mir. Er hat mir von dem Haus in

Leesburg erzählt und mich hingefahren. Ich hätte es sonst wohl nie gefunden. Hast du etwa ein Problem damit?"

„Ich?" Freddie hob abwehrend die Hände. „Ich habe absolut kein Problem, Boss."

„Gut. Können wir uns dann an die Arbeit machen?"

„Ich folge dir."

„Nette Bude", murmelte sie leise vor sich hin, als Stenhouse' Sekretärin sie in ein beeindruckendes Eckbüro führte, das dreimal so groß war wie das des Junior Senators von Virginia.

Stenhouse, groß und schlank, mit silbergrauem Haar und scharfen, eisblauen Augen, erhob sich, als sie eintraten. Er entließ die Sekretärin mit der Aufforderung, die Tür hinter sich zu schließen. „Ich habe einen vollen Terminkalender, Detectives. Was kann ich für Sie tun?"

Oh, so willst du das Spiel spielen? dachte Sam. Fein, das kann ich auch. „Detective Cruz, bitte zeichnen Sie dieses Gespräch mit Senator William Stenhouse auf." Sie nannte Uhrzeit, Datum, Ort und die Namen der Anwesenden.

„Sie brauchen meine Zustimmung, um dieses Gespräch aufzuzeichnen", fuhr Stenhouse sie an.

„Wir können Sie auch gern vorladen. Sie haben die Wahl."

Er starrte sie feindselig an, dann bedeutete er ihr, fortzufahren.

„Wo waren Sie am Dienstagabend zwischen zehn Uhr abends und sieben Uhr morgens?"

„Das kann nicht Ihr Ernst sein."

Sam wandte sich an Freddie. „Ist das mein Ernst, Detective Cruz?"

„Jawohl, Ma'am. Ich glaube, es ist Ihnen todernst damit."

„Beantworten Sie meine Frage, Senator."

Stenhouse biss die Zähne zusammen. „Ich war bis um zehn, halb elf hier, danach bin ich zu meiner Wohnung gefahren."

„Die wo liegt?"

„Old Town Alexandria."

„Haben Sie jemanden getroffen oder mit jemandem gesprochen, nachdem Sie von hier weggefahren sind?"

„Meine Frau ist daheim in Missouri und mit der Vorbereitung auf die Feiertage beschäftigt."

„Ist das ein Nein?"

„Das ist ein Nein“, bestätigte er grimmig.

„Wie standen Sie zum Einwanderungsgesetz, das Senator O'Connor durchsetzen wollte?“

„Ich hielt es für kompletten Mist“, erwiderte Stenhouse. „Das Gesetz taugt nichts, und jeder weiß das.“

„Seltsam, wir haben etwas anderes gehört, nicht wahr, Detective Cruz?“

„Ganz recht, Ma'am.“ Freddie klappte sein Notizbuch auf und ratterte das Statement herunter, das der Präsident vor Tagen abgegeben hatte. Darin nannte er das Einwanderungsgesetz eines der wichtigsten Projekte seiner ersten Amtszeit.

Ein weniger selbstbewusster Cop hätte sich von Stenhouse’ finsterer Miene einschüchtern lassen, doch Sam registrierte seinen Zorn kaum. „Haben Sie sich eigentlich über den Erfolg von Graham O'Connors Sohn im Senat geärgert?“

„Wohl kaum“, antwortete er. „Er war mir gleichgültig.“

„Und sein Vater? War der Ihnen ebenfalls gleichgültig?“

„Er war ein Dreckskerl, der zu lange in seinem Amt klebte.“

„Was empfanden Sie, als Sie erfuhren, dass sein Sohn ermordet wurde?“

„Es ist eine Tragödie“, sagte er in dem erbärmlichen Versuch, aufrichtig zu klingen. „Er war Senator der Vereinigten Staaten von Amerika.“

„Und der Sohn Ihres langjährigen Rivalen.“

Jetzt dämmerte es ihm. „Hat er Ihnen das alles erzählt? Dieser Bastard!“ Er marschierte zum Fenster und sah einen Moment hinaus, ehe er sich wieder zu ihnen umdrehte. „Ich hasse diesen Mistkerl. Aber hasse ich ihn so sehr, dass ich imstande wäre, seinen Sohn zu töten? Nein, das tue ich nicht. Ich habe seit fünf Jahren keinen Gedanken mehr an Graham O'Connor verschwendet – seit ich ihn hier zum letzten Mal gesehen habe.“

„Ich bin mir sicher, dass Sie in diesen fünf Jahren dafür umso öfter an seinen Sohn gedacht haben.“

„Sein Sohn saß nur aus einem einzigen Grund im Senat, und zwar wegen seiner Herkunft. Die O'Connors haben die Menschen in Virginia getäuscht. John O'Connor war ein noch nutzloserer Kerl als sein Vater, und das ist nicht bloß meine Meinung. Sie können sich ja mal umhören.“

„Das werden wir", versicherte Sam ihm. „Bis dahin halten Sie sich bitte zur Verfügung."

„Was soll das heißen? Ab morgen geht der Kongress in die Weihnachtspause. Ich fahre heim nach Missouri."

„Nein, das werden Sie nicht. Sie bleiben hier, bis wir den Fall abgeschlossen haben."

„Aber es ist Weihnachten! Sie können mich hier nicht gegen meinen Willen festhalten."

„Detective Cruz, kann ich den Senator gegen seinen Willen hier festhalten?"

„Ich glaube, das können Sie, Ma'am."

„Und haben wir eine Gefängniszelle, an deren Tür sein Name steht, sollten wir erfahren, dass er die Hauptstadtregion verlässt?"

„Ja, Ma'am, die haben wir allerdings."

Stenhouse kochte während des kurzen Wortwechsels zwischen den Detectives.

Sam machte drei Schritte auf den Senator zu und musterte ihn ruhig und gleichgültig. „Weder Ihre politische noch Ihre gesellschaftliche Stellung bedeuten mir irgendetwas. Das hier ist eine Ermittlung in einem Mordfall, und wir werden ganz bestimmt nicht zögern, Sie einzusperren, wenn Sie nicht kooperieren. Also, halten Sie sich zur Verfügung."

Nach diesen Worten drehte sie sich um, nickte Freddie zu, damit er ihr folgte, und verließ den Raum.

Zufrieden hörte sie Stenhouse nach seiner Sekretärin brüllen: „Verbinden Sie mich mit Joe Farnsworth! Sofort!"

Terry O'Connor verbrachte die Tage, an denen er nüchtern war, in einem Büro von der Größe eines Schranks in der Independence Avenue. Seinem leeren Schreibtisch nach zu urteilen hatte er den Job nur zum Schein – wahrscheinlich eine Gefälligkeit an seinen berühmten Vater.

Terrys ohnehin schon blasses Gesicht wurde noch bleicher, als die Detectives vor seiner Tür erschienen.

„Guten Morgen, Mr. O'Connor", sagte Sam. „Wir bedauern es, Sie bei der Arbeit stören zu müssen, aber da wären noch ein paar offene Fragen, die zu klären sind."

„Äh, natürlich." Er deutete auf einen Sessel.

Sam setzte sich, während Freddie im Türrahmen stehen blieb.

„Ich muss aber bald los", erklärte Terry. „Wir fahren nach Richmond."

„Ja, ich weiß. Wir werden Sie nicht lange aufhalten. Haben Sie Fortschritte gemacht bei Ihrem Versuch, die Frau zu finden, mit der Sie in der Mordnacht zusammen waren?"

Terry schien tiefer in seinen Sessel zu sinken. „Nein."

„Haben Sie Ihren Bruder umgebracht, Terry?"

Seine gequälte Miene wich einem Ausdruck der Schockiertheit. „Nein!"

„Sie hatten aber gute Gründe, seinen Tod zu wünschen. Schließlich führte er das Leben, das eigentlich Ihnen zustand. Und mit dem Einwanderungsgesetz wäre er als Senator richtig erfolgreich geworden. Vielleicht war das einfach zu viel für Sie."

„Ich habe meinen Bruder geliebt, Sergeant. War ich eifersüchtig auf ihn? Worauf Sie sich verlassen können. Ja, ich wollte den Job. Und wie. Hier drinnen, verstehen Sie?" Er zeigte auf seinen Bauch. „Mein ganzes Leben habe ich mich darauf vorbereitet, und deshalb traf es mich natürlich, dass er ihn bekam, obwohl er ihn nicht einmal wollte. Aber ihn umzubringen hätte nicht das Geringste für mich geändert. Oder sehen Sie die Demokratische Partei Virginias vor meinem Büro Schlange stehen, damit ich seinen Platz einnehme?"

„Nein."

„Welches Motiv sollte ich also gehabt haben?"

„Vergnügen? Rache?"

„Sehe ich etwa aus, als brächte ich die Energie auf, mich für irgendetwas so sehr ins Zeug zu legen?" Er klang jetzt zutiefst resigniert und besiegt.

Sam stand auf. „Trotzdem würde ich gern den Namen der Frau wissen, mit der Sie angeblich diese Nacht verbracht haben."

Terry seufzte. „Ich auch, Sergeant. Glauben Sie mir, ich auch."

Draußen sagte Sam zu Freddie: „Was denkst du?"

„Ich möchte gar nicht, dass er es war. Denk nur mal an seine armen Eltern, falls er es wirklich getan hat."

Freddies grenzenloses Mitgefühl konnte abwechselnd tröstend und entnervend sein. „Er ist nicht einfach nur eifersüchtig auf seinen Bruder gewesen. Sieh dir doch sein lächerlich kleines Büro an. Meinst du, es hat ihn nicht unglaublich gewurmt, dass sein kleiner Bruder dieses tolle Büro im Hart Building hatte?"

„Aber hat er ihn genug gehasst, um ihn zu töten?"

„Das weiß ich nicht. Ich sehe nach wie vor eine Frau als Täterin, aber deswegen streiche ich den Bruder noch lange nicht von der Liste. Ich gebe ihm Zeit, bis die Beerdigung vorbei ist, um mir sein Alibi zu präsentieren. Dann werden er und ich uns ein bisschen formeller unterhalten." Nach einer kurzen Pause fügte sie hinzu: „Ich muss nach Hause und mich umziehen. Hast du etwas dagegen, wenn wir dort einen Stopp einlegen?"

„Nein. Du weißt, dass ich den Deputy Chief gern sehe."

„Er mag dich auch, aus mir völlig unerfindlichen Gründen."

„Das liegt an meinem Scharfsinn und meinem unwiderstehlichen Charme."

„Komisch, ich habe überhaupt kein Problem damit, dem zu widerstehen."

„Du bist ja auch ein sehr seltenes Exemplar Frau, Sergeant."

„Tja, das solltest du besser nicht vergessen."

Freddie lachte und folgte ihr zum Wagen.

16

Sam war nicht sehr überrascht, auf der Fahrt nach Hause einen Anruf von Chief Farnsworth zu erhalten.

„Guten Morgen, Chief. Ich nehme an, Sie haben von Senator Stenhouse gehört."

„Da liegen Sie ganz richtig. Ist es wirklich notwendig, ihn hier festzuhalten, Sergeant?"

„Ja, ich halte es für notwendig, Sir. Er hatte eine ganze Reihe politischer Gründe, John O'Connors Tod zu wünschen. Da wäre, zum Beispiel, nicht zuletzt sein Hass auf Johns Vater."

„Hass ist ein hartes Wort."

„Er hat es selbst benutzt." Sie schaute zu Freddie und fuhr fort: „Korrigieren Sie mich, wenn ich falsch liege, aber ich glaube, der exakte Wortlaut des Senators in Bezug auf Graham O'Connor lautete: ,Ich hasse diesen Mistkerl.'"

Freddie nickte.

„Detective Cruz hat es gerade bestätigt, Sir."

„Seien Sie vorsichtig an diesem Frontabschnitt, Sergeant. Stenhouse kann mir das Leben schwer machen, und wenn meines schwer ist, gilt das Gleiche auch für Ihres."

„Verstanden, Sir."

„Die Medien sitzen mir im Nacken und verlangen mehr Informationen. Wie nah sind wir dran, den Fall aufzuklären?"

„Nicht so nah, wie ich es gern hätte. Ich habe noch keinen

echten Verdächtigen, nur ein paar Leute mit Motiven und der Gelegenheit. Aber das war's auch schon."

„Ich würde Sie gern sehen, sobald Sie zurück im Hauptquartier sind."

„Wegen dem, was heute Morgen in der Zeitung stand?"

„Ja."

„Damit komme ich schon klar, Sir. Es besteht kein Grund ...“

„In meinem Büro, um vier Uhr", unterbrach der Chief sie und beendete das Gespräch.

„Mist", murmelte sie und schob ihr Handy wieder in die Manteltasche.

„Die müssen solche Drohungen gegen einen Officer ernst nehmen, Sam", erklärte Freddie. „Es bleibt ihnen gar keine andere Wahl."

„Sie ist eine trauernde Mutter, die einen Schuldigen sucht. Da komme ich ihr gerade recht."

„Dummerweise begreift sie nicht, dass ihr cracksüchtiger Mann die Schuld trägt und nicht du."

Sam parkte in der Ninth Street, ließ die Hände auf dem Lenkrad liegen und sah Freddie an. „Hör zu – wenn diese Frau nicht nur Staub aufwirbelt, könnte mir ziemlicher Ärger bevorstehen. Ich hätte also Verständnis dafür, wenn du dir lieber einen anderen Partner suchen willst, bis die Sache ausgestanden ist."

„Netter Versuch, Sergeant, aber mich hast du an der Backe."

„Ich könnte dich jemand anderem zuteilen lassen."

„Das könntest du", räumte er ein. „Aber lass mich dir diese Frage stellen – wenn jemand mich auf diese Weise ungerechtfertigt angreifen würde, würdest du dann kneifen?"

„Nein."

„Wieso glaubst du dann, ich würde das tun?"

Hinter seiner attraktiven, Junkfood liebenden Oberfläche verbarg sich jemand, den Sam sehr respektierte. „Na schön", gab sie nach, in der Hoffnung, wieder zur Normalität zurückkehren zu können. „Aber komm bloß nicht heulend angerannt, wenn sie dir deinen hübschen Kopf abreißen."

Er hob das Kinn ein wenig. „Findest du meinen Kopf wirklich hübsch? Das hast du mir noch nie gesagt."

„Ach, halt den Mund", stöhnte sie und legte die Hand auf den Türgriff. „Jesus."

„Ich habe dich doch gebeten, den Namen des Herrn nicht einfach so zu benutzen."

„Und ich habe dich gebeten, mich mit deinem religiösen Fanatismus zu verschonen."

Die Rampe, die zu Skip Hollands Haustür führte, war eine deutliche Erinnerung an die Veränderungen, die durch die Kugel eines Kriminellen herbeigeführt worden waren. Drinnen rief Sam seinen Namen und lächelte, als sie das Sirren seines Rollstuhls hörte.

„Da ist ja meine Tochter, die sich die ganze Nacht irgendwo dort draußen herumtreibt."

„Ich habe dir eine Nachricht hinterlassen und ich weiß, dass du sie bekommen hast." Sie beugte sich herunter und gab ihm einen Kuss auf die Stirn. „Also mach keinen Stress."

„Guten Morgen, Detective Cruz. Haben Sie schon gefrühstückt?"

„Ist eine Weile her." Freddie drückte Skips rechte Hand zur Begrüßung. „Aber Sie kennen mich ja – da ist immer noch Platz für mehr."

„Celia hat Eier gebraten. Ich glaube, da ist noch was übrig."

„Ich hoffe, du hast nichts dagegen." Freddie grinste Sam an und machte sich auf den Weg in die Küche.

Sie verdrehte die Augen. „Warum musst du ihn auch noch ermutigen?", fragte sie ihren Vater.

„Er wächst noch, da braucht er Proteine."

„Ich hoffe, ich bin dabei, wenn sein Stoffwechsel sich so verlangsamt wie meiner." Sie griff nach dem Poststapel auf dem Tisch. „Du siehst müde aus."

„Das Gleiche könnte ich auch von dir behaupten, Sergeant. Was hat dich die ganze Nacht davon abgehalten, nach Hause zu kommen?"

„Die Arbeit am Fall. Du weißt schon." Sie registrierte ein Aufflackern in seinen klugen Augen. „Was?"

„Ich kann immer noch lesen."

„Oh." Sie befreite ihre Haare aus dem Pferdeschwanz und fuhr mit den Fingern hindurch, um ein bisschen Ordnung hineinzubringen. „Du hast diese Sache in der Zeitung gelesen. Die Frau sucht jemanden, dem sie die Schuld geben kann."

„Was wird unternommen?"

Sie wusste, dass er die Abteilung meinte, und um seine Befürchtungen zu zerstreuen, erzählte sie ihm von dem Meeting, das Farnsworth einberufen hatte.

„Er wird dich von der Straße holen und von deinem Fall abziehen, bis du ausgesagt hast."

„Das wollen wir doch mal sehen. Da werde ich mich mit Händen und Füßen wehren. Ich kann nicht zulassen, dass eine erbärmlich schlechte Mutter wie Destiny Johnson meinem Job in die Quere kommt."

„Sie hat viele Freunde – wütende Freunde mit Waffen. Farnsworth wird gar keine andere Wahl bleiben, als dich unter Schutz zu stellen, nach den Drohungen, die diese Frau gegen dich ausgestoßen hat."

„Wenn ich untergehe, geht der Fall mit unter. Es würde mich schon sehr überraschen, wenn man sie inzwischen nicht längst wegen Bedrohung eines Polizisten festgenommen hätte."

„Das mag durchaus sein, aber nur, weil sie hinter Gittern sitzt, ist die Drohung nicht aus der Welt."

Sam beugte sich erneut herunter, um ihm noch einen Kuss auf die Stirn zu geben. „Mach dir keine Sorgen."

Ein wütender Ausdruck huschte über seine gesunde Gesichtshälfte. „Wie kannst du so etwas zu mir sagen, wenn ich hier in diesem Rollstuhl sitze und verdammt nochmal nichts tun kann, während das Leben meiner Tochter, *meines Kindes*, von jemandem bedroht wird, der nicht nur die Absicht hat, diese Drohung in die Tat umzusetzen, sondern auch über die entsprechenden Möglichkeiten verfügt? Und ob ich mir Sorgen mache. Was bleibt mir denn noch? Also lass sie mir und hör auf, mich zu bemuttern. Ich erwarte etwas Besseres von dir."

„Tut mir leid. Du hast recht." Sie atmete schwer aus, und ihre Magenbeschwerden kehrten mit neuer Heftigkeit zurück.

Auch nach zwei Jahren war der Umgang mit seiner neuen Lebenswirklichkeit noch heikel. „Du hast natürlich recht", wiederholte sie.

„Du sollst die Angelegenheit einfach ernst nehmen und tun,

was deine Vorgesetzten dir sagen. Ich vertraue Joe, dass er die richtigen Konsequenzen zieht, deshalb will ich dein Wort darauf, dass du ebenfalls das Richtige tust."

Sie nahm seine Hand und drückte den einen Finger, in dem er noch Gefühl hatte. „Du hast es."

„Dann zieh dich jetzt um und komm frühstücken."

Weil er ihr Dad war und das Gefühl brauchte, wenigstens noch ein bisschen Kontrolle zu haben, gehorchte sie und verzichtete darauf, ihn daran zu erinnern, dass sie vierunddreißig Jahre alt war und das eigentlich nicht mehr musste.

Bei Eiern und Toast gingen sie und Freddie den Fall mit Skip durch, während Celia Freddie Kaffee einschenkte.

„Ich stimme dir zu, dass es ganz nach einem Verbrechen aus Leidenschaft aussieht und daher eine Frau dahinterstecken könnte", sagte er.

„Leider haben wir bisher noch keine Frau finden können, die ausreichend Groll gegen O'Connor hegte, um zu so einer Tat fähig zu sein", meinte Freddie.

„Nach dem Frühstück werden wir uns mit einigen seiner Ex-Freundinnen unterhalten. Vielleicht haben wir ja Glück", sagte Sam.

„Ihr sucht nach jemandem, der äußerlich vollkommen beherrscht ist", erklärte Skip, schon wieder ganz in seinem Element. „Jemand, der eine enorme Wut unter Kontrolle hat und diese hinter einer tadellosen Fassade verbirgt. Ihr werdet herausfinden, dass die Täterin missbraucht wurde oder komplizierte Beziehungen zu den wichtigen Männern in ihrem Leben hatte – zum Vater, Ex-Mann, Ex-Liebhaber. Männer haben sie auf irgendeine Weise enttäuscht, weshalb das, was der Senator getan hat, das Fass nur zum Überlaufen gebracht hat."

„Verdammt", bemerkte Freddie ehrfürchtig. „Ihr seid mir vielleicht zwei. Sam sieht die Dinge ebenso klar wie Sie."

Celia lächelte ihm zu. „Es liegt in ihren Genen. Ich frage mich manchmal, ob ich eigentlich Angst haben sollte, weil ich so viel Zeit mit Leuten verbringe, die sich so mühelos in die Gedanken von Kriminellen hineinversetzen können."

„Genug von unseren Genen." Sam stand auf und trank ihren letzten Schluck Cola. „Danke, Celia, für das Essen, und danke,

Dad, für deinen Rat." Sie gab ihrem Vater einen Kuss auf die Wange. „Wir sehen uns heute Abend."

„Darauf verlasse ich mich lieber nicht", meinte er mit trockenem Humor. An Freddie gewandte fügte er hinzu: „Sie braucht mich nur, um irgendwo ihre beachtliche Garderobe aufzubewahren."

„Ich glaube eher, sie braucht Sie für viel mehr. Es war mir wie immer ein Vergnügen, Chief."

„Ganz meinerseits, Detective. Die Skins haben Sonntagabend ein Heimspiel, falls Sie Lust haben, sich das Spiel mit mir anzusehen. Celia wird uns Snacks machen, und wenn ich brav bin, gibt es sogar ein oder zwei Bier."

„Snacks, Bier *und* Football?" Freddie drückte Skips Hand. „Einem solchen Angebot kann ich kaum widerstehen. Ich werde versuchen, vorbeizukommen. Danke für das Frühstück, Celia. Es war wie immer fantastisch."

„Jederzeit, Detective", entgegnete Celia ein wenig errötend, wie es selbst den stärksten Frauen passierte, wenn Freddie seinen enormen Charme spielen ließ.

Bevor sie draußen in das Auto stiegen, sagte Sam: „Ich … na ja, ich wollte mich nur noch mal bedanken für das da drinnen."

Freddie sah sie über das Wagendach hinweg verwirrt an. „Wofür denn? Dafür, dass ich mich über euer Essen hergemacht habe, als hätte man mich gerade von einer einsamen Insel gerettet?"

„Nein." Sie suchte nach den richtigen Worten. „Dafür, dass du ihn wie einen normalen Menschen behandelt hast."

„Das ist er doch." Freddie gab sich nach wie vor völlig verblüfft. „Warum sollte ich ihn denn anders behandeln?"

„Du wärst überrascht, wie die Leute sich ihm gegenüber manchmal benehmen." Sie stiegen ein. „Ich werde es nur einmal sagen, und solltest du es jemals wiederholen, werde ich einfach abstreiten, es gesagt zu haben. Kapiert?"

„Wow, ich kann kaum erwarten, es zu hören. Ich warte atemlos vor Spannung."

„Mal abgesehen von deinem Sarkasmus und deinen schlechten Ernährungsgewohnheiten bist du wirklich ein ganz besonderer Mensch, Freddie Cruz. Ein guter Kerl, wie man ihn einmal unter einer Million trifft." Sie warf ihm einen Blick zu und stellte fest, dass er sie mit offenem Mund anstarrte. „So, und nachdem wir diesen Blödsinn geklärt haben, machen wir uns wieder an die Aufklärung des Mordes am Senator. Einverstanden?" Da Freddie nicht antwortete, sagte sie: „Herr im Himmel, hörst du jetzt bitte auf, mich anzustarren, als hätte ich dich mit dem Elektroschocker angeschossen?"

„Fühlt sich aber genauso an", murmelte er. „Fühlt sich genauso an."

Dass er keine Bemerkung darüber machte, dass sie wieder einmal den Namen des Herrn respektlos ins Spiel gebracht hatte, verriet ihr, wie sehr das Kompliment ihn geschockt haben musste. Immerhin war das ein zufriedenstellender Start in einen Tag, der nicht so toll zu werden versprach.

Sie trafen Natalie Jordan allein zu Hause in Belle Haven an, einem teuren Bauprojekt von stattlichen Häusern im Kolonialstil in Alexandria. Natalies Haus war aus rotem Backstein, mit weißen Säulen vor dem Eingang und einem schwarzen, schmiedeeisernen Tor. Es sah nach altem Geld und Virginia-Adel aus.

„Nette Hütte", bemerkte Freddie, sich auf dem gepflegten Grundstück umschauend.

„Anscheinend hat Natalie sich am Ende doch noch einen Sugardaddy geangelt", sagte Sam und drückte die Klingel. Drinnen läuteten Glocken.

Natalie öffnete die Tür in einer lachsfarbenen Seidenbluse, einer Hose aus weißer Winterwolle und hochhackigen Pumps. Um ihren anmutigen Hals trug sie eine Goldkette mit einem Diamanten, der die Größe von Sams Daumen hatte. Die Haare hatte sie zu einem eleganten Bob frisiert, der ihr schmales, kantiges Gesicht perfekt betonte. Die dunklen Ringe unter den scharfen blauen Augen verunzierten ihr ansonsten makelloses Gesicht ein wenig. Sam sah jetzt, was Nick gemeint hatte, als er zögerte, Natalie zu beschreiben.

Sam war, obwohl selbst kein Modemuffel, sofort eingeschüchtert. Ihr Magen zog sich zusammen, sodass sie tief durchatmen musste, damit der Schmerz verschwand. Dann hielt sie der Frau ihre Polizeimarke vor die Nase. „Detective Sergeant Holland und Detective Cruz, Metro Police.“

„Kommen Sie herein“, forderte Natalie die beiden in weichem Südstaatenakzent auf. „Ich habe Sie schon erwartet.“

„Tatsächlich?“, fragte Sam, während sie ihr in ein Wohnzimmer folgten, das glatt aus der Weihnachtsausgabe von „Town & Country“ hätte stammen können.

„Senator O'Connor und ich waren einige Jahre zusammen. Ich dachte mir, dass Sie irgendwann mit mir würden sprechen wollen. Darf ich Ihnen etwas anbieten? Kaffee oder etwas Kaltes?“

Bevor Freddie das Angebot annehmen konnte, sagte Sam: „Nein danke. Haben Sie etwas dagegen, dass wir dieses Gespräch aufzeichnen?“

Natalie schüttelte den Kopf, und Sam gab Freddie ein Zeichen, das Aufnahmegerät einzuschalten.

Sam begann, indem sie die Anwesenden nannte sowie den Ort des Gesprächs. „Können Sie mir sagen, wo Sie sich Dienstag zwischen zehn Uhr abends und sieben Uhr morgens aufgehalten haben?“

Natalie mochte sie zwar erwartet haben, aber damit hatte sie ganz offensichtlich nicht gerechnet. „Bin ich etwa eine Verdächtige?“

„Bis wir das Gegenteil bewiesen haben, ist jeder verdächtig. Also, wo waren Sie in der fraglichen Zeit?“

„Ich war hier“, stammelte sie. „Mit meinem Mann.“

„Sein Name?“

„Noel Jordan.“

„Und wo finden wir ihn, um uns diese Aussage bestätigen zu lassen?“

„Er ist der stellvertretende Justizminister.“ Sie ratterte eine Adresse in der Stadt herunter. „Momentan ist er bei der Arbeit.“

Mit einer den Raum umfassenden Geste sagte Sam: „Schicke Bude für einen Mann mit Regierungsgehalt.“

„Seine Familie hat ... sie sind reich.“

„Können Sie mir erklären, welcher Natur Ihre Beziehung zu Senator O'Connor war?“

Die Hände im Schoß knetend, antwortete Natalie: „Wir hatten etwa drei Jahre lang eine Liebesbeziehung.“

„Und die endete wann?"

„Vor ungefähr vier Jahren", sagte sie mit einem Seufzer. „Etwa ein Jahr nach seiner Wahl."

„Haben Sie ihn geliebt?"

„Sehr sogar", gestand sie mit einer wehmütigen Miene, die Sam vermuten ließ, dass sich an diesen Gefühlen für den Senator nicht viel geändert hatte.

„Warum endete die Beziehung?"

„Ich wollte heiraten, er nicht." Sie zuckte die Schultern. „Wir stritten darüber. Mehrmals. Nach einer besonders hässlichen Auseinandersetzung meinte er, unsere Beziehung habe ihr Ende erreicht, und wir sollten darüber nachdenken, ob wir uns nicht jeder einen anderen Partner suchen."

„Wie fühlten Sie sich da?"

„Ich war geschockt und am Boden zerstört. Ich liebte ihn. Ich wollte mein Leben mit ihm verbringen. Ich hatte keine Ahnung, dass er unglücklich war."

„Hat er Sie geliebt?"

„Er behauptete es, aber da war stets dieses ... es kam mir nicht ganz echt vor, würde ich sagen. Ich war nie wirklich überzeugt davon, dass er mich ebenso sehr liebt wie ich ihn."

„Es muss Sie außerdem auch ziemlich wütend gemacht haben, von dem Mann fallen gelassen zu werden, den sie heiraten wollten."

In ihren blauen Augen war ein wildes Flackern zu sehen. „Ich war viel zu fertig, um wütend zu sein, Sergeant. Und falls Sie sich fragen, ob ich ihn umgebracht habe, kann ich Ihnen getrost versichern, dass ich es nicht war. Tatsächlich habe ich gedacht, ich sei längst über ihn hinweg. Bis ich von seinem Tod erfuhr." Plötzlich liefen Tränen über ihre porzellanhellen Wangen. Sie wischte sie mit einer geübten Geste fort, die darauf schließen ließ, dass sie in den vergangenen Tagen häufig geweint hatte. „Ich kann seitdem überhaupt nicht mehr aufhören zu weinen." Sie machte eine kurze Pause, ehe sie hinzufügte: „Ich führe ein angenehmes Leben, mit einem Mann, den ich verehre und der gut zu mir ist. Ich hätte nichts davon gehabt, John etwas anzutun."

„Sind Sie noch im Besitz eines Schlüssels zur Wohnung des Senators im Watergate?"

„Hm, das weiß ich gar nicht." Sie schien aufrichtig perplex zu sein. „Es könnte sein."

„Dann hatten sie auf jeden Fall einen in der Zeit, als Sie mit ihm zusammen waren?"

„Ich habe dort im letzten Jahr unserer Beziehung mit ihm zusammengewohnt." Rote Flecken bildeten sich auf ihren Wangen. „Ich erinnere mich nicht, ihm den Schlüssel bei meinem Auszug zurückgegeben zu haben."

„Ich muss Ihnen eine sehr persönliche Frage stellen und entschuldige mich im Voraus, falls ich Ihnen damit zu nahe treten sollte."

„Alles an dieser Geschichte geht mir nahe, Sergeant. Ein guter Mann, ein Mann, den ich geliebt habe, wurde ermordet. Das geht mir sehr nahe und trifft mich tief."

„Ich verstehe. Dennoch ist es meine Aufgabe, herauszufinden, wer ihn umgebracht hat. Und dazu muss ich Sie über seine sexuellen Präferenzen befragen."

Natalie wirkte ein wenig aus der Fassung gebracht. „Was meinen Sie?"

„Stand er auf irgendwelche bizarren Sachen?"

Ihre fleckigen Wangen wurden knallrot. „Wir hatten ein befriedigendes Sexleben, falls es das ist, was Sie wissen wollen."

„Hat er Sie gefesselt?", hakte Sam nach, einem vagen Verdacht folgend, der sich zwangsläufig aus der Art von Pornomaterial ergab, das man auf seinem Computer gefunden hatte. „Wurde er grob? Wollte er mehr als das Übliche?"

„Darauf muss ich nicht antworten", stieß Natalie empört hervor. „Das geht nur mich allein etwas an. Und ihn."

„Da haben Sie natürlich recht, nur gab es Aspekte an diesem Mord, die meine Fragen an Sie nahelegen. Ich wäre Ihnen also dankbar, wenn Sie sie beantworten würden."

Natalie atmete tief ein und wieder aus, während sie ihren Verlobungsring mit dem großen Diamanten an ihrem Finger drehte. „Er war ein sehr kreativer Liebhaber."

Sam setzte ihren bewährten kühlen, ausdruckslosen Blick ein, um Natalie wissen zu lassen, dass ihre Antwort ein bisschen genauer ausfallen sollte.

„Ja!", schrie sie plötzlich. „Er hat mich gefesselt, er konnte grob sein, und er wollte mehr als das Übliche." In Schluchzen ausbrechend sagte sie: „Sind Sie jetzt zufrieden?"

„Waren *Sie* zufrieden? Oder haben Sie nur mitgemacht, weil Sie sich dazu verpflichtet fühlten?"

„Ich habe ihn geliebt", flüsterte sie auf eine niedergeschlagene Art, die Sams ohnehin schon angegriffene Nerven weiter strapazierte. „Ich habe ihn geliebt."

„Brachte er jemals andere Leute mit in die Beziehung? Männer oder Frauen?"

„Selbstverständlich nicht", entgegnete Natalie erneut aufgebracht. „Nein!"

„Mrs. Jordan, ich muss Sie bitten, sich zur Verfügung zu halten, bis wir diesen Fall abgeschlossen haben."

„Mein Mann und ich wollten in einigen Tagen nach Arizona, um die Weihnachtsfeiertage mit seinen Eltern zu verbringen."

„Sie werden Ihre Pläne ändern müssen."

Sie wischte sich das Gesicht ab. „Brauche ich einen Anwalt, Sergeant?"

„Momentan nicht. Wir bleiben in Kontakt."

17

Na los, sag es", forderte Sam ihren Kollegen auf, als sie wieder im Wagen saßen.

„Was denn?"

„Dass ich zu hart mit ihr umgesprungen bin. Ich bin ein fieses, unsensibles Miststück, sag's ruhig."

„Sie hat mir leidgetan."

Damit hatte sie nicht gerechnet. „Warum? Mal abgesehen vom Offensichtlichen."

„Hast du bemerkt, was sie *nicht* gesagt hat?"

„Wie wäre es, wenn wir das Frage-und-Antwort-Spiel überspringen und du mir einfach sagst, was dir aufgefallen ist, Detective?"

„Sie sagte, sie verehre ihren Mann. Von Liebe sprach sie nicht. Aber wie oft erwähnte sie, dass sie O'Connor geliebt habe? Vier-, fünfmal?"

Sam starrte ihn verblüfft an.

„Was?", fragte er, sich windend.

„Vielleicht machen wir doch noch einen richtigen Detective aus dir."

Freddie ließ sein charmantes Cover-Model-Lächeln aufblitzen, das selbst bei ihr seine Wirkung nicht ganz verfehlte. Er war wirklich ein hübscher Bursche.

Sam startete den Motor. „Du kannst dich gern jederzeit zu Wort melden, wenn wir Leute verhören."

„Und deinen Rhythmus stören? Nicht mal im Traum. Außerdem ist es das reinste Vergnügen, dich bei der Arbeit zu beobachten, Sergeant Holland. Schande über mich, wenn ich einen Tag mit dir verbringe und nichts dabei lerne."

„Schleimst du dich gerade ein?" Sie warf ihm einen misstrauischen Blick zu, während sie durch Belle Haven fuhr. „Was willst du?"

„Abgesehen von einem Lunch könnte ich nicht mehr verlangen als das, was ich habe. Wohin geht's jetzt?"

„Wir müssen uns noch zwei weitere Ex-Freundinnen von der Liste vornehmen, und danach würde ich mich gern mal mit Noel Jordan unterhalten."

„Werden wir diese Ex-Freundinnen auch über ihr Sexleben befragen?"

„Worauf du dich verlassen kannst."

Tara Davenport, vierundzwanzig, arbeitete in der Mittagsschicht in einem Luxusrestaurant, in dem die Klientel aus Capitol Hill verkehrte. Sam hielt dem Oberkellner ihre Polizeimarke hin. „Wir müssen uns kurz mit Tara Davenport unterhalten."

„Sie arbeitet. Können Sie nicht am Ende der Schicht wiederkommen? Gegen fünf?"

„Hier geht es nicht um ein nettes Geplauder unter Freunden. Ich kann mich mit ihr an einem ungestörten Plätzchen unterhalten, das Sie uns zur Verfügung stellen, oder sie in Handschellen hier herausschleifen. Und Sie nehme ich auch gleich mit wegen Behinderung einer polizeilichen Ermittlung. Also, wie hätten Sie's denn gern?"

Er blickte sie hochnäsig an und erwiderte: „Warten Sie hier und senken Sie bitte Ihre Stimme, ja?"

„Gemein und Furcht einflößend", murmelte Freddie, was Sam ein Lachen entlockte.

„Danke."

„Klar, dass das für dich ein Kompliment ist."

„Was denn sonst?"

Sie beobachteten, wie der Oberkellner einer schlanken, aber

gut gebauten jungen Blonden auf die Schulter tippte und auf Sam und Freddie zeigte. Dann winkte er ihnen zu, und sie folgten Tara in den hinteren Teil des Restaurants, in dem reichlich Betrieb herrschte. Auf dem Weg nahmen einige Gäste sie durchaus wahr. Aus irgendeinem Grund gefiel Sam das so sehr, dass sie die Hände in die Taschen schob, wodurch ihre Polizeimarke sowie die Waffe für alle sichtbar wurden.

„Toll gemacht", schäumte der Oberkellner.

„Wenn ich oder Kollegen von mir hier das nächste Mal auftauchen, überlegen Sie sich vielleicht, doch ein bisschen kooperativer zu sein."

„Sie haben fünfzehn Minuten. Danach brauchen Sie einen Durchsuchungsbefehl, sollten Sie jemals wieder einen Fuß hier hereinsetzen wollen."

„Brauche ich einen Durchsuchungsbefehl, wenn ich wiederkommen will, Detective Cruz?"

„Nein, Ma'am. In den meisten Fällen erfordert ein informelles Gespräch mit einem potenziellen Verdächtigen in einem Mordfall keine richterliche Genehmigung."

Der Kellner wurde blass. „Mord?"

„Treten Sie zur Seite und lassen Sie mich meine Arbeit tun", knurrte Sam. „Und wenn Sie mir noch mal auf den Geist gehen, schleife ich Ihren mageren Arsch ins Gefängnis und werfe Sie in eine Zelle mit ein paar Typen, die Sie liebend gern zu ihrem Flittchen machen werden."

Er schluckte hart und trat zur Seite, um sie und Freddie vorbeizulassen.

„Gemein *und* Furcht einflößend", murmelte Freddie erneut.

Sam unterdrückte ein Lachen und öffnete die Tür zum Pausenraum, in dem Tara Davenport bereits wartete, bleich und zitternd. Während Sam sich und Freddie vorstellte, fragte sie sich, ob diese Frau überhaupt die physische Kraft besaß, John O'Connor ein Fleischermesser durch den Hals zu rammen.

„Geht es um John?", fragte sie mit leiser Stimme, nachdem sie der Aufzeichnung dieses Gesprächs zugestimmt hatte.

„Ja. Können Sie mir Ihren Aufenthaltsort in der Mordnacht nennen? Dienstag zwischen zehn Uhr abends und sieben Uhr morgens?"

Aufgewühlt, aber bestimmt antwortete Tara: „Ich war mit Freunden unterwegs, früh am Abend, und gegen zehn schon wieder zu Hause."

„Ich muss Sie bitten, Detective Cruz die Namen der Leute zu nennen, mit denen Sie zusammen waren. Leben Sie allein?"

Sie nickte.

„Dann kann also niemand Ihren Aufenthaltsort nach zweiundzwanzig Uhr bestätigen?"

„Nein."

„Niemand hat Sie nach Hause kommen sehen? Nachbarn vielleicht?"

„Soweit ich mich erinnere, nicht."

„Wie und wann haben Sie Senator O'Connor kennengelernt?"

„Ich habe ihn vor etwa sechs Monaten kennengelernt. Er war als Gast hier. Er und sein Stabschef Nick kamen mehrmals pro Woche zum Lunch, wenn der Senat tagte."

Sams Magen zog sich bei der Erwähnung von Nicks Namen zusammen, da sie ihn schon den ganzen Tag aus ihren Gedanken zu verbannen versuchte. Bei der Erinnerung an seine muskulöse Brust und die zärtliche Art, mit der er sich nach ihrem Albtraum um sie gekümmert hatte, durchströmte sie ein warmes, sinnliches Gefühl. Sie zog ihre Jacke aus und hängte sie über einen Stuhl.

„John hat stets um einen Tisch in meinem Bereich des Restaurants gebeten. Er flirtete gern. Nachdem das ein paar Monate lang so gegangen war, fragte er mich, ob ich mit ihm Essen gehen wollte."

„Hat Sie das überrascht?"

„Ja, allerdings. Ich meine, er ist immerhin US-Senator. Was will der von einer gewöhnlichen Kellnerin?"

„Und *was* wollte er letztlich?"

„Anfangs dachte ich, er sei einsam", berichtete sie, während ihre grünen Augen sich mit Tränen füllten. „Die ersten Male, als wir ausgingen, haben wir stundenlang geredet. Er hat mich in schicke Restaurants ausgeführt."

„Da müssen Sie sich wie Aschenputtel gefühlt haben", bemerkte Freddie.

„In gewisser Hinsicht schon, ja. Er war der perfekte Gentleman und so unglaublich gut aussehend."

„Haben Sie sich in ihn verliebt?", wollte Sam wissen.

„Ja", gestand Tara flüsternd. „Wenn Sie John gekannt hätten, wüssten Sie, dass es schwer gewesen wäre, sich nicht in ihn zu verlieben."

„Was ist passiert?"

Tara spielte nervös mit ihren Fingern. „Wir gingen schon eine Weile miteinander aus, als er mich bat, die Nacht mit ihm zu verbringen."

„Und? Haben Sie?"

Sie senkte den Blick und nickte. „Es war wundervoll. *Er* war wundervoll." Sie wischte sich die Tränen weg. „Wir konnten nicht genug bekommen voneinander."

„Haben Sie einen Schlüssel zu seiner Wohnung?"

„Er gab mir einmal seinen, als ich mich mit ihm dort traf, aber ich habe ihm den Schlüssel noch am selben Abend wieder zurückgegeben."

„Warum endete die Beziehung?", fragte Freddie.

„Er ... wollte mehr, als ich bereit war zu geben."

„In der Beziehung?" Sam kannte die Antwort, noch ehe sie die Frage gestellt hatte.

Tara schüttelte den Kopf und errötete. „Im Bett."

„Was wurde aus dem wundervollen Liebhaber?"

„Ich wünschte, ich wüsste es. Nachdem wir einige Male miteinander geschlafen hatten, änderte sich alles. Er wurde grob, beinah aggressiv. Und er wollte ... Dinge ... die ich nicht wollte."

„Was für Dinge?"

„Ist das wirklich notwendig?"

„Ich fürchte, ja. Tut mir leid."

„Er ..."

„Ich weiß, das ist schrecklich schwierig für Sie, Miss Davenport, aber wir sind auf der Suche nach einem Mörder. Alles, was Sie uns erzählen können, hilft uns bei den Ermittlungen möglicherweise weiter."

Tara brauchte noch einen Moment, um sich zu sammeln. „Er verlangte Fesselspiele und ... Analverkehr."

„Hatten Sie Analsex mit dem Senator, Miss Davenport?"

„Nein! Ich habe Nein gesagt! Das mache ich nicht. Ich stehe nicht auf so etwas."

„Wie reagierte er auf Ihre Ablehnung?"

„Er war wütend, aber er versuchte nicht, mich dazu zu zwingen."

„Wie ehrenvoll", murmelte Freddie. „Haben Sie ihn nach Ihrer Weigerung weiterhin gesehen?"

Tara verneinte. „Danach habe ich nie wieder etwas von ihm gehört."

„Wie fühlten Sie sich da?", wollte Sam wissen.

„Ich war traurig und niedergeschlagen. Ich dachte, unsere Beziehung sei etwas ganz Besonderes. Und dann war sie einfach so vorbei. Wie Sie schon sagten, ein paar Wochen lang fühlte ich mich wie Aschenputtel. Wie im Märchen."

„Nur dass er nicht der Märchenprinz war", meldete Freddie sich wieder zu Wort.

„Nein."

„Hat er jemals vorgeschlagen, noch andere Leute an Ihrer sexuellen Beziehung zu beteiligen?", fragte Sam.

Taras Wangen röteten sich von Neuem. Treffer.

„Miss Davenport?"

„Einmal", antwortete sie leise. „Er meinte, es wäre eine tolle Erfahrung für mich, mit zwei Männern gleichzeitig zu schlafen." Ein Schauer überlief Taras zierliche Gestalt.

„Hatten Sie den Eindruck, dass er bereits Erfahrung darin besaß?"

„Ja."

„Und wie reagierten Sie auf seinen Vorschlag?"

„Ich sagte, ich sei vollkommen zufrieden mit ihm. Er schien verärgert zu sein über meine Ablehnung."

„Für Sie muss das enttäuschend gewesen sein", sagte Sam.

„Das war es auch."

„War Ihre Enttäuschung groß genug, um ihn umzubringen, Miss Davenport?"

Sie erbleichte. „Ihn umbringen? Sie glauben, *ich* hätte ihn umgebracht?" Ihr Entsetzen war so echt, dass sie dadurch von der Liste der möglichen Verdächtigen so gut wie gestrichen werden konnte.

„Wenn Sie bitte die Frage beantworten könnten."

„Nein, ich war nicht so enttäuscht, dass ich ihn hätte

umbringen können. Und ich habe ihn auch nicht umgebracht.“

„Haben Sie irgendwem davon erzählt, weshalb Ihre Beziehung mit dem Senator endete?“

„Nein. Das ist etwas, worüber ich nicht einmal mit meinen engsten Freunden gesprochen habe. Um ehrlich zu sein, ich finde es peinlich.“

„Wie fühlten Sie sich, als Sie von seinem Tod erfuhren?“

„Ich war traurig. Überwältigt von Trauer. Aber offen gestanden war ich nicht allzu überrascht von der Tatsache, dass jemand ihn umgebracht hat. Wenn man Leute so behandelt, wie er mich behandelt hat, rächt sich das eines Tages.“

„Ich muss Sie bitten, sich zur Verfügung zu halten und vorläufig die Stadt nicht zu verlassen.“

„Ich arbeite über die Feiertage“, sagte sie mit tonloser, resignierter Stimme. „Ich bin also ohnehin hier.“

„Es fällt mir schwer, zu verstehen, was für ein Typ er war“, gestand Freddie, als sie das Restaurant verließen.

„Das glaube ich dir gern. Meinst du, er war schwul?“

„Heimlich? Und hat es an Frauen ausgelebt?“

„Zumindest stand er auf einen ganz bestimmten Typ Frau. Die Blonde mit einer Haut wie Porzellan. Aber Tara ist nie und nimmer stark genug, ihn mit dem Messer beim ersten Versuch zu durchbohren.“

„Ja, das habe ich auch gedacht.“ Freddie schien über etwas nachzudenken. „Du weißt doch, dass wir immer darüber scherzen, wir würden mehr Zeit miteinander verbringen als mit unseren Familien.“

„Du machst die Scherze. Ich bin der Polizeiprofi.“

„Ja, wie auch immer.“

„Worauf willst du hinaus?“

„Ich kenne dich jetzt schon eine lange Zeit, und seit über einem Jahr sind wir Partner.“

„Verrätst du mir irgendwann noch, worauf du hinauswillst? Es wäre nicht schlecht, wenn du es in diesem Jahrzehnt noch schaffst, dann könnten wir uns nämlich wieder der Arbeit widmen.“

„Keine Sorge, hier kommt es schon“, erklärte er pikiert. „Als sie

Cappuano erwähnte, bist du knallrot geworden und hast deine Jacke ausziehen müssen."

„Mir war warm! Na und?"

„Du warst nervös. Und das passiert dir sonst nie."

Ihr Magen wählte diesen Moment, um sich bemerkbar zu machen. Sie und nie nervös? Ha! Ihr halbes Leben lang war sie nervös gewesen – offenbar hatte sie es nur gut verbergen können.

Freddie blieb stehen und sah sie an. „Sag mir die Wahrheit, Sam. Stehst du auf ihn?"

Sie wählte ihre Worte sorgsam. „Der Job nimmt fast alles, was ich zu geben habe, in Anspruch. Ich arbeite, ich kümmere mich um meinen Vater, ich helfe meinen Schwestern mit den Kindern, wann immer ich es schaffe. So sieht mein Leben aus."

„Glaubst du, ich würde es dir übelnehmen, wenn du mehr vom Leben verlangst?" Seine freundlichen braunen Augen funkelten vor Emotionen. „Glaubst du das?"

„Er ist tabu. Es hat also gar keinen Sinn, über etwas zu sprechen, was ich ohnehin nicht haben kann."

„Warum kannst du ihn nicht haben?"

„Er ist ein Zeuge! Er hat O'Connor gefunden. Deshalb wird er bis zur Urteilsverkündung in den Fall verwickelt sein."

„Aber er hat niemanden umgebracht. Er ist auf unserer Seite."

Sie schüttelte den Kopf. „Es bliebe trotzdem ein schaler Beigeschmack, das weißt du genau."

„Stimmt, so ganz sauber wäre es nicht. Das trifft aber auf die wenigsten Dinge im Leben zu. Aber er will genau wie wir, dass dieser Fall gelöst wird. Und er macht dich nun mal nervös. Ich finde das bemerkenswert."

„Er beunruhigt mich, das trifft es eher. Du wirst darüber hoffentlich nichts im Hauptquartier verlauten lassen?", fragte sie.

„Na komm schon. Was soll's, du könntest deinen Freund fragen, ob der Senator vielleicht schwul war."

„Er wird Nein sagen."

„Mach's trotzdem. Und bevor du mich dazu nötigst, an weiteren Befragungen über bestimmte sexuelle Vorlieben teilzunehmen, müssen wir uns um meinen Appetit kümmern."

Sie sah ihn erstaunt an. „Deinen sexuellen Appetit?"

„Nein." Lachend rieb er sich den Bauch. „Den anderen."

. . .

Sam spielte ihre Autorität aus und bestand darauf, dass sie in einem vegetarischen Sandwichshop zu Mittag aßen, was ihr lautstarke Beschwerden über fehlendes Fett von Freddies Seite einbrachte.

„Hier in diesem Laden kriegt man ja nicht mal eine verdammte Fritte", murmelte er, während Sam ihr kleines vegetarisches Sandwich aß und sich fragte, ob es tatsächlich weniger als sechs Gramm Fett hatte. Und doch würde jedes einzelne Gramm seinen Weg zu ihrem Hintern finden.

„Wenn du mit deinem Gejammere fertig bist, müssen wir zu Total Fitness in der Sixteenth."

Er stutzte. „Machst du zusätzlich zu deiner Diät auch noch Fitnesstraining?"

„Nur weil ich gesund esse, heißt das noch lange nicht, dass ich eine Diät mache. Eine weitere Ex des Senators arbeitet dort als Personal Trainer." Sie schaute in ihr Notizbuch. „Elin Svendsen."

Freddie horchte auf. „Eine Schwedin?"

„Hört sich ganz so an."

„Blond, üppig und auch noch Schwedin? Dieser Tag wird auf einmal richtig gut."

„Ich dachte, du wärst über solche menschlichen Dinge wie Lust inzwischen erhaben, Freddie."

„Nur weil ich wählerisch bin, heißt das noch lange nicht, dass ich mir nicht gern auch mal eine attraktive Frau ansehe."

„Diese Einsicht in die männliche Psyche ist wirklich faszinierend", bemerkte sie.

„Jederzeit zu Diensten."

Elin Svendsen war nicht nur gut gebaut, sondern sah auch noch so aus, als könnte sie einem ganz schön Ärger machen, wenn man sie provozierte. Sie war gut einen Meter achtzig groß, hatte hellblonde Haare, eisblaue Augen und eine Statur, die einen Zug zum Stillstand bringen konnte. Sam wollte Elin lieber nicht in einer dunklen Gasse begegnen.

Sie erwischten sie zwischen zwei Kunden und folgten ihr in die Saftbar des Clubs, die erst in einer Stunde aufmachen würde. Ihr Angebot, ihnen Fruchtsmoothies zu servieren, lehnten sie ab.

„Haben Sie etwas dagegen, wenn ich mir einen zubereite? Meine Energie geht langsam zu Ende. Es war schon ein langer Vormittag."

„Überhaupt nicht", sagte Sam. „Haben *Sie* etwas dagegen, wenn wir das Gespräch aufzeichnen?"

„Nein."

Sam registrierte, dass Freddie jede Bewegung von Elin genau verfolgte. Sie stieß ihn an, damit er sich auf die Arbeit konzentrierte.

Er reagierte mit einem reumütigen Grinsen.

Elin setzte sich mit einem Erdbeersmoothie zu ihnen an den Tisch. „Wenn Sie hier sind, um mich zu fragen, ob ich John O'Connor umgebracht habe, lautet die Antwort: Ich war's nicht."

„Wo waren Sie in der Mordnacht zwischen zehn Uhr abends und sieben Uhr morgens?"

„Ich hatte ein Date und war gegen zwei zu Hause."

„Allein?"

Sie nickte.

„Der Name des Mannes, mit dem Sie ein Date hatten?"

„Jimmy Chen. Er ist hier Mitglied. Wir gehen manchmal zusammen aus. Es ist nichts Ernstes."

„Nachdem Sie wieder zu Hause waren, sind Sie nicht mehr weggegangen?"

„Erst wieder am nächsten Morgen, als ich zur Arbeit musste."

„Wo haben Sie den Senator kennengelernt?"

„Hier. Er engagierte mich, um mit ihm zu trainieren. Wir verstanden uns von Anfang an gut, dann führte eines zum anderen ..."

„Und wie lange ist das her?"

„Drei oder vier Monate."

Sam rechnete im Kopf nach und kam zu dem Schluss, dass er mit Elin und Tara zur gleichen Zeit zusammen gewesen war.

„Haben Sie einen Schlüssel für seine Wohnung?"

„Ich habe ihm einen Heimtrainer besorgt, und er hat mir einen Schlüssel gegeben, damit ich hinein konnte, um das Gerät aufzubauen, während er bei der Arbeit war."

„Haben Sie ihm den Schlüssel zurückgegeben?"

Darüber musste sie erst nachdenken. „Hm, jetzt wo Sie es erwähnen … es könnte sein, dass ich den Schlüssel noch habe."

Mit einem kurzen Blick spielte Sam Freddie den Ball zu.

„Oh, äh, welche Art von Beziehung unterhielten Sie zum Senator, Miss Svendsen?", fragte er.

Sam hatte ihn in der Gegenwart einer Frau noch nie so befangen und um Worte verlegen erlebt. Sie nahm sich vor, ihn darauf anzusprechen, sobald sie gegangen waren.

„Es ging hauptsächlich um Sex."

Freddie errötete.

Sam lehnte sich zurück, um die Show zu genießen. Sie verschränkte die Arme, um ihm zu signalisieren, dass er aus dieser Situation allein wieder herauskommen musste.

„Können Sie uns … würde es Ihnen etwas ausmachen, wenn ich Sie bitte, mir etwas genauer den … Sex mit dem Senator zu schildern?" Sams Worte benutzend, fügte Freddie hinzu: „Wollte er sozusagen das Übliche oder mehr?"

Elin schien Freddies Unbehagen auszukosten und beugte sich lächelnd zu ihm herüber. „Er wollte mehr, Detective. Viel mehr. In sexueller Hinsicht passten wir sehr gut zusammen."

Freddie räusperte sich.

„Haben Sie noch das Bett mit dem Senator geteilt, als er umgebracht wurde?", fragte Sam, weil es andernfalls noch den ganzen Tag dauern würde, wenn sie darauf wartete, dass Freddie endlich zur Sache kam.

„Nein, wir haben vor ungefähr einem Monat Schluss gemacht."

„Von wem ging es aus?"

„Von mir." Sie zuckte die Schultern. „Ich fing an, mich zu langweilen. Es wurde Zeit, etwas Neues zu probieren."

„Wie nahm er es auf, als Sie die Beziehung beendeten?"

„Er hatte kein Problem damit. Es war ja keine Liebesbeziehung, Sergeant. Es war eine rein körperliche Affäre."

„Hat er je versucht, andere Leute in die Affäre mit einzubeziehen?"

„Er hat es nicht nur versucht." Elin genoss auch diesmal die Wirkung, die ihre Antwort auf Freddie hatte. „Wir hatten ein paar denkwürdige Dreier."

Sam sah zu Freddie, dem der Mund halb offen stand. Am liebsten hätte sie ihm eine kleine Ohrfeige verpasst, damit er ihn wieder zumachte.

„Mit Männern oder Frauen?", fragte Sam.

„Jeweils das eine und das andere, bei zwei verschiedenen Gelegenheiten."

„Wer suchte die zusätzlichen Partner aus?", wollte Sam wissen.

„Ich. Durch meine Arbeit hier kenne ich viele Leute, und für mich war es in Anbetracht seiner Prominenz einfacher."

„Was machte er mit dem anderen Mann?"

„Gar nichts. Der war für mich, nicht für John."

„Dann vollzog John also keine sexuellen Handlungen mit ihm?"

Elin dachte einen Moment darüber nach. „Ich glaube, der Typ lutschte Johns Schwanz, aber John machte nichts mit ihm."

„Wussten diese zusätzlichen Sexpartner, wer er war?"

„Nein. Er stellte sich nur als ‚John' vor. Und wir erzählten uns gegenseitig nicht unsere Lebensgeschichte."

Sam sagte ihren Spruch auf bezüglich der Verfügbarkeit.

„Detectives?", sagte Elin, als sie schon auf dem Weg zur Tür waren. Sie drehten sich zu ihr um. „Er war nicht meine große Liebe, aber er war ein guter Mann. Er verdiente es nicht, umgebracht zu werden."

Sam nickte, stieß die Tür auf und dachte, dass die Definition „ein guter Mann" letztlich eine Frage der Perspektive war.

„Hat dir das Spaß gemacht?", fuhr Freddie sie an, sobald sie draußen an der kalten Luft waren.

„Was denn?"

„Mich dazu zu bringen, ihr solche Fragen zu stellen."

Sam blieb stehen. „Wenn du nicht *jede* Frage stellen kannst, und zwar *jederzeit*, solltest du keine Polizeimarke tragen, Detective."

„Du hast recht." Er sackte ein wenig in sich zusammen, als seine Aufgebrachtheit verflog. „Ich weiß ja, du hast recht, aber es ist so verdammt peinlich, eine Frau, die ich überhaupt nicht kenne, danach zu befragen, was für Sex sie mit einem toten Senator hatte."

„Meinst du etwa, mir macht das mehr Spaß? Es gehört zum

Job. Wenn wir herausfinden wollen, wer ihn umgebracht hat, sollten wir uns ein genaues Bild davon machen, wer und was er war."

„Ja, stimmt, und ich entschuldige mich dafür, dass ich dich angefahren habe. Das wird nicht wieder vorkommen."

„Doch, wird es", widersprach sie seufzend. „An dem Tag, an dem es dir nichts mehr ausmacht, derartige Fragen zu stellen, wirst du aufhören, Freddie Cruz zu sein. Es sollte dir auch etwas ausmachen. Nur darf es dich nicht davon abhalten, das zu tun, was getan werden muss."

„Keine Sorge, das passiert nicht", versicherte er ihr. „Begreifst du jetzt, was ich gemeint hab, als ich sagte, ich lerne von dir?"

„Du kannst mich mal, Cruz."

„Das ist ein verlockendes Angebot, aber es wäre für unsere berufliche Beziehung nicht unbedingt förderlich. Du weißt schon, da du doch der ranghöhere Officer bist und so."

Sie warf ihm einen vernichtenden Blick zu. „Wenn du fertig bist mit diesem Unsinn, wollen wir uns dann mal anhören, was Noel Jordan über den Ex seiner Frau zu sagen hat?"

„Bei Elin Svendsen können wir jedenfalls mit Sicherheit davon ausgehen, dass sie in der Lage gewesen wäre, John das Messer beim ersten Versuch durch den Hals zu rammen."

„Ohne Frage. Und sie besaß einen Schlüssel zu seiner Wohnung."

„Das, was sie über das Ende ihrer Beziehung sagte, passt bloß nicht. Ich kann mir gut vorstellen, wie wütend sie reagiert hätte, wenn John sie wie die Davenport abserviert hätte. Aber wenn sie diejenige war, die Schluss gemacht hat, welches Mordmotiv soll sie dann noch gehabt haben?"

„Das ist nur ihre Version der Geschichte. Wer weiß, wie es sich in Wirklichkeit abgespielt hat? Sie kann uns erzählen, dass sie Schluss gemacht hat, weil er nicht mehr in der Lage ist, das Gegenteil zu behaupten."

„Und wieder stelle ich fest, dass ich von dir lerne."

„Wenn du so weitermachst, bringst du mich langsam, aber sicher auf die Palme. Mir gefällt sie als Mörderin gut. Von allen bisher am besten."

„Mir gefällt sie auch", scherzte er.

„Das sehe ich an deiner Zunge, die dir aus dem Hals hängt. Aber für einen unschuldigen Jungen wie dich ist sie viel zu einschüchternd und erfahren. Die vernascht dich zum Frühstück."

„Was, bitte, sollte daran schlecht sein?", konterte er.

„Du verzeihst mir hoffentlich, wenn ich darauf verzichte, mir das bildlich vorzustellen."

18

Gonzo rief an, als sie auf der Pennsylvania Avenue waren, auf dem Weg zum Justizministerium.

„Was hast du für uns?", fragte Sam.

„Im Ferienhaus bisher nichts. Aber ich habe Robert O'Connor überprüft. Er ist fünfundsechzig Jahre alt, lebt in Mechanicsville mit seiner Frau Sally, dreiundsechzig. Sie haben drei erwachsene Kinder – Sarah, vierzig, Thomas, sechsunddreißig, und Michael, vierunddreißig. Insgesamt fünf Enkel."

„Verdammt noch mal", meinte Sam. „Die haben mich angelogen."

„Soll ich weitere Nachforschungen anstellen?"

„Nein, das reicht. Konntest du Fotos der Kinder beschaffen?"

„Ja, ich habe sie dir schon per E-Mail geschickt."

„Danke, Gonzo. Melde dich, falls du im Ferienhaus doch noch auf etwas stößt."

„Es geht nur langsam voran. Ich sage dir Bescheid, wenn wir fertig sind."

„Wer hat dich belogen?", wollte Freddie wissen, nachdem sie das Telefonat beendet hatte.

„Johns Eltern." Sie berichtete ihm von dem Foto, das sie in dem Ferienhaus gefunden hatte. „Ich glaube, John hatte einen Sohn, den man verschwiegen hat. Ich fliege morgen nach Chicago, um der Sache auf den Grund zu gehen."

„Soll ich mitkommen?"

„Nein, das kann ich allein. Du musst die Informationen von Davenport und Svendsen über die Leute, mit denen sie in der Mordnacht zusammen waren, überprüfen. Außerdem wäre es ganz gut, wenn du die Sicherheitsleute ihrer Häuser befragst. Vielleicht erfährst du, wann sie in jener Nacht nach Hause gekommen sind, oder, noch wichtiger, ob sie wieder nach draußen gegangen sind."

„Verstanden", sagte er und machte sich Notizen. „Ich hätte die Aufgaben erledigt, die du Gonzo gegeben hast."

„Schmoll nicht, Freddie. Eine Ermittlung von dieser Bedeutung erfordert, dass wir alle verfügbaren Kräfte mobilisieren."

Nachdem sie den Sicherheitscheck absolviert und ihre Waffen abgegeben hatten – etwas, was Sam immer wieder nervös machte –, wurden Sam und Freddie zu Jordans Büro geführt. Als stellvertretender Justizminister befand sich sein Büro Tür an Tür mit dem des Justizministers. Jordan war groß und athletisch. Er hatte kurzes blondes Haar, das aussah, als würde es sich wild kringeln, wenn man es wachsen ließ. Seinen blauen Augen entging nichts. Er trug einen dunklen Nadelstreifenanzug, der sichtlich extra für ihn geschneidert worden war. Dieser Typ trägt keine Anzüge von der Stange, dachte Sam, während sie die erstaunliche Ähnlichkeit mit John O'Connor registrierte. Anscheinend stand nicht nur der verstorbene Senator auf einen ganz bestimmten „Typ".

„Detectives", begrüßte er sie und erhob sich hinter seinem Schreibtisch, um ihnen die Hände zu schütteln. Er bedeutete ihnen, in den Sesseln vor seinem Schreibtisch Platz zu nehmen. „Was kann ich für Sie tun?"

„Sie sind sich dessen bewusst, dass Ihre Frau eine lange Beziehung mit Senator O'Connor hatte?"

„Ja, das bin ich."

„Hat sie jemals mit Ihnen über ihn gesprochen?"

„Manchmal, aber es hat sich meistens um einen eher beiläufigen Kommentar gehandelt. Sie respektiert mich viel zu sehr, um ihn mir unter die Nase zu reiben. Meine Frau und ich sind glücklich verheiratet, und keine unserer früheren Beziehungen hat einen Einfluss auf unsere Ehe."

„Haben Sie den Senator je kennengelernt?"

„Ich bin ihm ein paarmal begegnet. Ich bin in der Demokratischen Partei Virginias aktiv, was ja auch auf ihn zutraf."

„Mochten Sie ihn?"

„Er war mir nicht unsympathisch, aber wir waren bestenfalls flüchtige Bekannte. Er war mit meiner Frau zusammen, na und? Sie ist eine wunderschöne Frau, die vor mir schon einige Beziehungen hatte. Ich kann schlecht erwarten, dass ihr Leben – oder meines – erst mit unserem Kennenlernen seinen Anfang genommen hat. Obwohl meines", fügte er mit sanfterer Stimme hinzu, „in vielerlei Hinsicht erst mit ihr begonnen hat."

„Können Sie mir Ihren Aufenthaltsort in der Mordnacht nennen? Dienstag zwischen zehn Uhr abends und sieben Uhr morgens?"

Er schaute in ein in braunes Leder gebundenes Buch. „Dienstagabend haben wir die jährliche Weihnachts-Spendengala für die hiesige Niederlassung der Jugendhilfsorganisation Big Brothers und Big Sisters besucht. Gegen zehn waren wir zu Hause, im Bett um halb elf. Wir haben uns geliebt und sind eingeschlafen. Genügt Ihnen das an Information?"

„Erwähnte Ihre Frau jemals irgendetwas aus der Beziehung mit dem Senator, das ihr Unbehagen verursacht hat?"

Zum ersten Mal bekam Jordans kühle, gelassene Fassade Risse. „Unbehagen in welcher Hinsicht?"

„In jeder Hinsicht."

„Nein, aber wie ich schon erwähnte, wir hatten nie das Bedürfnis, uns gegenseitig intime Details aus früheren Beziehungen mitzuteilen."

Als Sam sich erhob, folgte Freddie ihrem Beispiel. „Ich weiß, dass Sie Pläne hatten, über die Feiertage zu verreisen", sagte sie, „aber Sie müssen leider in der Gegend bleiben."

„Ich wollte am dritten Januar nach Europa fliegen. Eine Geschäftsreise."

„Hoffentlich haben wir den Fall bis dahin aufgeklärt. Solange die Ermittlungen noch laufen, muss ich Sie und Ihre Frau bitten, in der Gegend zu bleiben."

Nachdem sie ihre Waffen zurückbekommen hatten, fragte sie Freddie: „Und? Was denkst du?" Sam war froh, ihre Pistole wiederzuhaben, und ließ sie in ihr Hüftholster gleiten.

„Erstens, er wusste, dass wir kommen. Er hatte seinen Terminkalender gleich parat."

„Zweifellos hat seine Frau ihn gewarnt. Aber weißt du was? In einem Punkt hat er gelogen."

„In welchem?"

„Bei dieser Spendengala."

Freddie nickte. „Aha."

„Die fand nämlich am Dienstag davor statt. Das weiß ich genau, weil ich dort war."

Freddie stieß einen leisen Pfiff aus.

„Das heißt ja nicht gleich, dass einer der beiden den Senator umgebracht hat. Es bedeutet nur, dass es etwas gibt, was wir nicht wissen sollen. Oder dass sein Terminkalender schlampig und chaotisch geführt wird. Wir können keinen der beiden mit dem Watergate in Zusammenhang bringen."

„Also behalten wir diese Kleinigkeit im Hinterkopf und arbeiten weiter an dem Fall."

„Genau. Die Affäre zwischen dem Senator und Natalie liegt Jahre zurück. Wo sollte das Motiv sein?"

„Du hast recht", gab Freddie zu.

„Ich tippe eher darauf, dass er seine Frau abgöttisch liebt. Er staunt immer noch darüber, wie es ihm gelingen konnte, sie zu gewinnen, und deshalb ist er froh, dass O'Connor tot ist. Er hat ihn nicht umgebracht, betrachtet den Tod des Senators jedoch als einen Gefallen, den irgendwer ihm getan hat."

„Du glaubst also, der Senator stellte für ihn eine Bedrohung dar?"

„Und wie", antwortete Freddie. „Er weiß, dass er selbst nicht Natalies große Liebe ist."

„Gut. Das ist gut. Verrückt, wie ähnlich er O'Connor sieht, was?"

„Geradezu unheimlich."

„Stimmt. Ich möchte, dass du diese ehemaligen Beziehungen seiner Frau, von denen er sprach, genauer unter die Lupe nimmst. Finde heraus, ob es unter den Männern in ihrem Leben frühe

Todesfälle gab. Und wenn du schon dabei bist, recherchiere mal ungelöste Fälle, bei denen das Opfer entmannt wurde. Möglicherweise war der Senator nicht der Erste."

„In der Gegend oder landesweit?"

„Fang hier an und schau mal, ob du auf irgendetwas stößt. Ich werde uns beiden Überstunden genehmigen, also bring mir alles, was du findest über die drei Frauen, mit denen wir heute gesprochen haben. Kein Detail ist zu groß oder zu klein. Wenn sie ein Tattoo haben, will ich wissen, um welches Motiv es sich handelt und wo sie es haben."

„Arschgeweihe", murmelte er, während er es sich notierte, was Sam zum Lachen brachte. „Verstanden. Du bist nach wie vor davon überzeugt, dass es eine Frau war?"

„Ich spüre einfach, dass es mit einer verkorksten Beziehung zusammenhängt."

„Möglicherweise will uns genau das jemand glauben machen."

„Das können wir nicht ausschließen", räumte sie ein.

„In Anbetracht dessen, was wir heute erfahren haben, können wir ebenso wenig ausschließen, dass es sich um eine unglückliche Affäre mit einem Mann gehandelt hat."

„Auch da muss ich dir recht geben", sagte sie. „Leider ist nie irgendetwas so klar und eindeutig, wie wir es gern hätten."

„Tja."

„Du hattest doch schon ein paar Freundinnen."

„Na und?", fragte er misstrauisch.

„Tauschst du dich da nicht mal über deine Erfahrungen aus?"

Er errötete leicht. „Kommt drauf an, wie ernst es mit der Neuen ist und ob sie danach fragt."

„Ist es denn nicht eigenartig, dass Natalie Jordan ihrem Mann nie davon erzählt hat, welche ausgefallenen Sexpraktiken der Senator bevorzugt hat?"

„Na, ich weiß nicht, Sam. Das fällt in eine Grauzone. Welcher Mann will denn wissen, was genau seine Frau mit dem Ex getrieben hat?"

„Hm. Ich finde es eben komisch, dass sie absolut nichts erzählt haben soll. Immerhin sind sie verheiratet. Und du hast sein Gesicht gesehen. Er hatte absolut keine Ahnung, wovon ich gesprochen habe."

„Hast du Peter denn solche Dinge erzählt?"

„Schlechtes Beispiel. Wir waren nicht gerade das typische verheiratete Paar."

„Tut mir leid, dass ich die Vergangenheit wieder aufgewühlt habe, aber ich denke, du könntest dir deine Fragen leichter beantworten als ich, der ich nie verheiratet war."

„Da mag etwas dran sein, nur habe ich keine Ehe geführt, in der man sich gegenseitig wichtige Dinge anvertraut hat."

„Was machen wir als Nächstes?", fragte er, offenbar darauf bedacht, möglichst rasch das Thema zu wechseln.

„Ich muss zurück ins Hauptquartier und aufschreiben, was wir bis jetzt haben. Außerdem muss ich mich noch mit den Vorgesetzten wegen der Johnson-Sache herumplagen."

„Was wirst du tun, wenn sie dich aus der Schusslinie nehmen?"

„Sollte das passieren, dann höchstens für ein paar Tage – und einen davon verbringe ich schon mal in Chicago. Einen weiteren nehmen wir uns frei, weil wir unbedingt die Batterien aufladen müssen. Und Montag ist die Beerdigung des Senators. Bei dem Aufgebot an örtlicher Polizei und Secret Service kann ich mir nicht vorstellen, dass man mich daran hindern wird, hinzugehen. Ich kann aus dem Hintergrund die Fäden ziehen, aber ich werde auf keinen Fall lockerlassen."

„Nicht mal, wenn sie es dir befehlen?"

„Dann schon gar nicht."

„Recht so."

Zurück am Schreibtisch leerte Sam eine Dose Cola, öffnete die E-Mail, die Gonzo geschickt hatte, und fand bestätigt, dass der echte Thomas O'Connor ein Mann von sechsunddreißig Jahren mit dunklen Haaren und dunklen Augen war. Sie nahm sich vor, Nick zu fragen, ob John jemals einen Cousin in seinem Alter erwähnt hatte. Wie dem auch sei, der Mann auf ihrem Bildschirm war nicht der Junge auf dem gerahmten Foto. Jetzt hatte sie also den Beweis, dass Graham und Laine O'Connor sie wegen dieses Jungen belogen hatten. Aber warum? Warum sollten sie ihr eigenes Enkelkind verleugnen? Sam hatte nicht die leiseste Ahnung, aber die feste Absicht, es herauszufinden.

Ihr Magen zog sich schmerzhaft zusammen, als sie die E-Mail von der Sekretärin des Chiefs las – und dann gleich noch mal –, in der sie den Vier-Uhr-Termin bestätigte. Sam schaute auf ihre Uhr und stellte fest, dass sie noch einige Minuten Zeit hatte, um pünktlich dort zu sein. Sie wollte aufstehen, doch die Schmerzen hinderten sie daran. Sie ließ sich wieder in den Sessel sinken, senkte den Kopf und wartete gleichmäßig atmend, bis es überstanden war. Ein Schweißtropfen lief ihr den Rücken hinunter.

Diesmal war es heftig, allerdings war es in den vergangenen Monaten nach und nach schlimmer geworden, so sehr sie sich auch bemühte, es zu ignorieren. Früher oder später würde sie etwas gegen ihren „nervösen" Magen unternehmen müssen. Wahrscheinlich würde sie in Zukunft die Cola light aufgeben müssen, wie man es ihr schon geraten hatte. Aber nicht jetzt. Dafür war jetzt nicht der richtige Zeitpunkt.

Als der schlimmste Schmerz vorbei war, testete sie ihre wackligen Beine, atmete noch einmal tief durch und machte sich auf den Weg zum Büro des Chiefs.

Sie wurde gleich hereingewinkt, blieb jedoch an der Tür stehen. Wenn Farnsworth die hohen Tiere zusammenrief, dann aber richtig. In einem weiten Halbkreis vor seinem Schreibtisch saßen Deputy Chief Conklin, Detective Captain Malone, Lieutenant Stahl und die stellvertretende Generalbundesanwältin Miller. Sam schaute auf Millers Schuhe, registrierte die Stilettopumps und wusste, dass es sich um Charity Miller handelte, einen der eineiigen Drillinge, die für den Generalbundesanwalt arbeiteten. Weder Faith noch Hope würde man in Stilettos erwischen.

„Nun", begann Sam, während der Schmerz mit neuer Heftigkeit zurückkehrte. Sie war jedoch entschlossen, sich nichts anmerken zu lassen, deshalb atmete sie ruhig und setzte sich in den einzigen noch freien Sessel. „Sie haben mir verschwiegen, dass wir eine Party feiern, Chief. Sonst hätte ich Snacks mitgebracht."

„Sergeant", sagte Farnsworth, dessen attraktives Gesicht

gestresst wirkte, was wiederum Sams Stresslevel zusätzlich erhöhte. „Bevor wir uns mit der Johnson-Sache befassen, bringen Sie uns doch bitte auf den neuesten Stand bei den Ermittlungen im Fall O'Connor."

Sam faltete ihre Hände im Schoß und berichtete, wobei sie die Details über die sonderbaren sexuellen Vorlieben des Senators ausließ. Sie hatte beschlossen, das aus Rücksicht auf seine Familie möglichst aus dem Spiel zu lassen.

„Also haben wir auch nach fast zweiundsiebzig Stunden noch immer keinen Verdächtigen?", fragte Stahl.

Sam gab sich Mühe, ihn nicht merken zu lassen, dass sie ihn für einen Idioten hielt. „Wir haben mehrere Personen, die wir uns genauer ansehen. Hinzu kommt, dass der Senator meiner Überzeugung nach einen Sohn hat, der vor der Öffentlichkeit versteckt gehalten wird. Ich bitte daher um die Erlaubnis, nach Chicago reisen zu dürfen, um dieser Spur nachzugehen."

„Inwiefern ist sie wichtig?", verlangte Stahl zu erfahren. Angewidert von seinem fetten Bauch und dem riesigen Doppelkinn, das beim Sprechen wabbelte, erwiderte Sam: „Wenn diese Annahme stimmt, könnte die Beziehung des Senators zur Mutter dieses Jungen von größter Bedeutung sein."

„Ich genehmige diese Dienstreise", meldete Malone sich zu Wort, seine Autorität gegenüber Stahl ausspielend, der vor Wut innerlich kochte.

„Danke, Captain", sagte Sam.

„Das FBI schnüffelt herum", berichtete Farnsworth. „Bis jetzt habe ich sie abwimmeln können, aber das wird mit jedem weiteren Tag schwieriger."

„Wir tun unser Bestes."

„Ihnen stehen alle verfügbaren Kräfte zur Seite, Sergeant", setzte Farnsworth hinzu. „Sie bekommen, was immer Sie brauchen."

„Ja, Sir. Danke."

„Und nun zu der anderen Sache. Wir haben Mrs. Johnson für zweiundsiebzig Stunden in Gewahrsam genommen."

„Sie wollen sie nicht vor Gericht stellen, oder?", fragte Sam.

„Assistant U.S. Attorney Miller erwägt eine Anzeige."

„Wenn ich mir die Bemerkung erlauben darf, Sir", sagte Sam.

„Sicher würde niemand Destiny Johnson zur Mutter des Jahres wählen, doch ich habe keinen Zweifel daran, dass sie wirklich trauert."

„Das gibt ihr noch lange nicht das Recht, das Leben einer Polizistin zu bedrohen", meinte Farnsworth.

„Sie hat gute Gründe, auf Sergeant Holland und die Polizei nicht gut zu sprechen zu sein", bemerkte Stahl.

„Lieutenant, ich finde Ihre Haltung kontraproduktiv", erklärte Farnsworth. „Sie können wieder an die Arbeit gehen."

„Aber ..."

Captain Malone deutete mit dem Daumen zur Tür. Mit wütendem Blick auf Sam erhob Stahl sich aus dem Sessel und watschelte zur Tür. Nachdem er sie hinter sich geschlossen hatte, richtete Farnsworth seine Aufmerksamkeit wieder auf Sam. „Wir müssen die Drohungen dieser Dame ernst nehmen, Sergeant. Sie sind dort draußen extrem verwundbar, deshalb werden wir Sie bis zu Ihrer Aussage am Dienstag aus dem Verkehr ziehen. Sie dürfen von zu Hause aus arbeiten, aber vorläufig nicht mehr im Außendienst."

„Da ich morgen ohnehin nach Chicago fliege, Sonntag freinehme und Montag bei der Beerdigung des Senators bin, dürfte das eigentlich kein Problem für mich darstellen."

„Was die Beerdigung betrifft ...", meldete sich Deputy Chief Conklin zu Wort.

„Ich glaube doch, die für den Präsidenten zuständigen Sicherheitskräfte werden in der Lage sein, einen kleinen District Sergeant zu beschützen", unterbrach Sam ihn mit einem, wie sie hoffte, zuversichtlichen Lächeln.

„Der Secret Service wird über die Drohung gegen Sie und Ihre geplante Teilnahme an der Beisetzung in Kenntnis gesetzt werden müssen", meinte Conklin. „Ich werde mich darum kümmern."

„Danke", sagte Farnsworth und beugte sich, zu Sam gewandt, vor. „Ich will, dass Sie diese Sache ernst nehmen. Johnson hat viele Freunde, die alle Ihnen die Schuld für das geben, was in diesem Haus passiert ist. Denen ist es egal, dass Sie den Schuss gar nicht abgegeben haben. Die interessiert nur, dass Sie den Feuerbefehl gegeben haben."

„Ja, Sir." Da sie sich selbst die Schuld gab, konnte sie die Anschuldigungen der anderen durchaus nachvollziehen.

„AUSA Miller, ist Sergeant Holland entsprechend vorbereitet für ihr Erscheinen vor Gericht am Dienstag?"

„Ja, das ist sie, Chief. Wir sind die Sache mehrmals durchgegangen, und sie ist kein einziges Mal von ihrer ursprünglichen Aussage abgewichen."

„Nun, dann lasse ich Sie alle wieder an Ihre Arbeit gehen", verkündete Farnsworth. „Danke, dass Sie gekommen sind."

„Kein Problem." Mit einem aufmunternden Lächeln für Sam stand Charity auf und verließ den Raum.

„Wenn das alles war, würde ich gern noch einigen Spuren nachgehen, ehe ich Feierabend mache", sagte Sam.

„Da wäre nur noch eine Sache", erklärte Farnsworth und griff nach einer Akte auf seinem Schreibtisch.

Sam ignorierte den Stich, den sie im Magen verspürte. „Sir?"

„Ich war Anfang der Woche mit Ihrem Vater beim Lunch."

„Ja, Sir, das erwähnte er. Ich weiß, wie dankbar er Ihnen für Ihre Besuche ist." An die anderen gewandt fügte sie hinzu: „Ihnen allen."

„Und ich weiß, dass Sie alles tun, um Ihre Familientradition in dieser Abteilung herunterzuspielen."

„Ich will und erwarte keine Sonderbehandlung aufgrund der Position, die mein Vater vor seiner Verwundung innehatte."

Die Andeutung eines Lächelns erschien auf Farnsworths Gesicht. „Dessen ungeachtet war er neugierig, ob ich schon die Ergebnisse des Lieutenant-Examens habe."

Allein diese Worte genügten, und der Schmerz in ihrem Magen ließ sich nicht länger ignorieren. Jetzt breitete er sich mit ungeahnter Heftigkeit in ihr aus und raubte ihr regelrecht den Atem. Als sie wieder in der Lage war, zu sprechen, sagte sie: „Mir ist durchaus bewusst, dass es meinem Vater peinlich ist, ebenso Ihnen allen als meine Vorgesetzten, dass ich das Examen schon zweimal nicht bestanden habe."

„Was ich gerne wissen möchte, ist, weshalb Ihre Legasthenie nirgendwo in Ihrer Personalakte erwähnt wird."

Sam brachte zunächst vor Verblüffung kein Wort heraus.

„Ich habe mal ein bisschen über diese Rechtschreib- und

Leseschwäche recherchiert und dabei entdeckt, dass standardisierte Tests eines der größten Probleme für Legastheniker darstellen."

„Das ist richtig, Sir ..."

„Erlauben Sie mir, meinen Gedanken zu Ende zu führen, Sergeant. Ich muss gestehen, dass mich diese Information sehr erleichtert hat." Er deutete auf den Deputy Chief und den Captain. „Uns alle. Es war uns allen ein absolutes Rätsel, wie der beste Detective dieser Abteilung an einer Beförderung scheitert, die er schon seit einiger Zeit verdient hat."

„Ich ... äh ..."

„Diesmal haben Sie bestanden", erklärte Farnsworth. „Knapp zwar, aber Sie haben bestanden."

Sam starrte ihn an und fragte sich, ob sie ihn richtig verstanden hatte.

Er kramte in einigen anderen Papieren, bis er fand, wonach er suchte. „Mit Ausnahme von Lt. Stahl erhielten Sie hervorragende Beurteilungen Ihrer Vorgesetzten. Wir haben zusätzlich Ihr Studium der Strafjustiz an der George Washington University berücksichtigt. Alles in allem sind Sie eine ideale Kandidatin für die Beförderung." Er sah sie an. „In meiner Funktion als Polizeipräsident habe ich das Vergnügen, Sie darüber zu informieren, dass Ihr Name unter der nächsten Gruppe Lieutenants sein wird."

„Aber, Sir", stammelte Sam, „die Leute werden reden. Sie werden denken, es sei das Ergebnis von Vetternwirtschaft."

„Sie haben die Kriterien erfüllt. Die beim Test erreichte Punktezahl ist nur ein Element, und niemand außer den Personen in diesem Raum wird je erfahren, dass diese Punktezahl eher niedrig war."

„Ich weiß es", sagte sie leise.

„Sergeant, glauben Sie, dass Sie den Rang eines Lieutenant verdient haben?"

„Würde ich das nicht glauben, wäre ich gar nicht erst zur Prüfung angetreten. Aber ..."

„Dann sollten Sie auch nicht gegen die Beförderung protestieren, die Sie verdient haben. Sie bekommen das Kommando über das Kommissariat im Hauptquartier."

Sam starrte ihn benommen an. „Aber dessen Vorgesetzter ist Lieutenant Stahl."

„Er wird zu Interne Ermittlungen versetzt."

Die Rattentruppe, dachte Sam unwillkürlich, während ihr Magen unter der Faust mahlte, die sie fest dagegenpresste. „Damit bescheren Sie mir einen mächtigen Feind."

„Lieutenant Stahl bewegt sich in letzter Zeit auf sehr dünnem Eis", bemerkte Captain Malone. „Ich glaube kaum, dass er Ihnen Ärger machen wird. Falls doch, bekommt er es mit uns zu tun. Im Übrigen darf ich Ihnen meine Glückwünsche aussprechen, Sergeant, zu dieser hochverdienten Beförderung. Ich freue mich auf unsere neue Zusammenarbeit."

„Danke, Sir", sagte Sam, noch immer ein wenig geschockt, während sie erst Malones und dann Conklins Hand schüttelte.

„Ich schließe mich an", sagte Conklin und folgte Malone, der den Raum verließ. „Sie haben es verdient."

„Danke, Sir."

Als sie allein waren, drehte Sam sich zum Chief um. „Fragen Sie mich bloß nicht, ob es damit zu tun hat, dass ich Ihr Chief bin oder Onkel Joe", warnte er sie mit einem freundlichen Unterton.

„Ich wollte mich bloß bedanken", sagte Sam mit einem Lächeln, das rasch wieder erstarb. „Wird die ... Dyslexie in meiner Personalakte vermerkt?"

„Das bleibt Ihre Privatangelegenheit, vorausgesetzt, sie hat weiterhin keinerlei Auswirkungen auf die Fähigkeit, Ihren Job auszuüben."

„Das wird nicht passieren."

Farnsworth lehnte sich in seinem großen Bürosessel zurück und musterte sie. „Ich muss Sie trotzdem fragen, wie Sie es geschafft haben, mit Dyslexie zwei Abschlüsse zu bekommen."

„Ich hatte Glück mit meinen Professoren. Aber ich habe für alles doppelt so lange gebraucht wie die anderen. Und bei Standardtests bin ich regelmäßig durchgefallen, weil ich sie einfach nicht in der vorgegebenen Zeit geschafft habe."

„Ich kann nur ahnen, wie viel mehr Sie arbeiten mussten, um das zu kompensieren. Das nötigt mir nur umso mehr Respekt für Ihre Arbeit ab." Er stand auf, kam hinter seinem großen

Schreibtisch hervor und bot ihr die Hand. „Herzlichen Glückwunsch."

Sams Kehle war wie zugeschnürt, als er seine Hände um ihre Hand schloss. „Danke, Sir. Ich werde mein Bestes geben, um mich dem würdig zu erweisen."

„Daran habe ich nicht den geringsten Zweifel. Berichten Sie mir beizeiten, was Sie in Chicago herausgefunden haben."

„Mach ich, Sir. Nochmals danke. Für alles." Sie schloss die Tür hinter sich, nickte der Sekretärin des Chiefs zu und ging auf die nächste Damentoilette. Sie war so überwältigt und erleichtert, dass sie schwankte. Zehn Minuten gönnte sie sich, in denen sie sich gehen ließ. Dann nahm sie sich wieder zusammen, wischte sich das Gesicht ab und schnäuzte sich.

Sich im Spiegel betrachtend, flüsterte sie „Lieutenant", als müsse sie die Bezeichnung erst einmal ausprobieren. Ihr Magen machte dazu ausnahmsweise mal keine Bemerkung. Das deutete sie als gutes Zeichen. Sie spritzte sich kaltes Wasser ins Gesicht und beschloss, rechtzeitig zu gehen, um sich noch umzuziehen. Den Bericht konnte sie auch zu Hause schreiben und versenden. Außerdem musste sie dem einzigen Menschen auf der Welt, dem es genauso viel bedeutete wie ihr, davon erzählen, dass sie bald Lieutenant Holland sein würde.

19

Noch ehe Sam nach ihm rufen konnte, hörte sie seinen Rollstuhl.

„Was ist denn mit dir los? Um diese Uhrzeit schon zu Hause?"

Sie ging zu ihm, legte ihm die Hände auf die Schultern und erschrak darüber, dass sie spitze Knochen dort fühlte, wo früher dicke Muskeln gewesen waren. Irritiert von dieser Entdeckung beugte sie sich herunter, um ihm einen Kuss auf die Stirn zu geben. Auf Augenhöhe sagte sie zu ihm: „Ich sollte eigentlich wütend auf dich sein."

„Warum?"

„Ach, spiel nicht den Ahnungslosen."

„Es hätte in deiner Personalakte stehen sollen, von Anfang an. Das habe ich immer gesagt."

„Es gibt einen Grund dafür, dass es nicht drinstand. Ich wollte nicht, dass irgendwer Mitleid mit mir hat oder mich deswegen anders behandelt. Du kennst meine Einstellung dazu."

„Dieser Stolz bringt dich aber nicht weiter."

„Das übernimmt mein Daddy, ja?"

„Ich habe ihm lediglich eine simple Information gegeben, die er nicht hatte. Was er damit anfängt oder nicht anfängt, blieb ihm überlassen."

„Nein, Dad, es wäre meine Entscheidung gewesen. Ich will

nicht, dass du dich in meinen Job einmischst. Wie oft muss ich es noch sagen, bis du es endlich begreifst?"

„Na schön, du hast mich hinreichend dafür getadelt. Wirst du mir nun endlich verraten, was er mit dieser Information gemacht hat?"

„Ich werde dich erst mal ein bisschen zappeln lassen. Was gibt es zum Abendessen?"

Er folgte ihr in die Küche. „Das ist gemein, Sam."

„Bist du mal wieder gemein zu deinem Vater?", fragte Celia.

„Glaub mir, er hat es verdient. Oh, wow, ist das etwa Roastbeef?"

„Na klar. Bist du hungrig?"

„Und wie. Ich habe gar nicht gemerkt, wie sehr – bis zu diesem Augenblick." Sie spähte in einen Topf und stöhnte. „Kartoffelbrei? Himmel, mein Hintern wird schon allein bei dem Geruch größer."

„Jetzt hör aber mal auf", meinte Celia tadelnd, während sie das Essen servierte. „Du hast eine wunderbare Figur, um die ich dich beneide. Wie war dein Tag?"

„Das übliche Chaos."

„Nichts Besonderes?", wollte Skip wissen. „Alles wie sonst?"

Sam tat, als müsste sie erst gründlich darüber nachdenken. „Ja, eigentlich schon. Freddie und ich arbeiten an dem Fall und gehen allen Spuren nach. Wir haben ein paar gute Hinweise, denen wir nachspüren."

„Was unternehmen sie wegen Johnson?", erkundigte Skip sich.

Celia lauschte aufmerksam und fütterte ihn mit geübter Hand.

„Man hat mir befohlen, mich sehr zurückzuhalten, bis ich am Dienstag ausgesagt habe."

„Wie hast du darauf reagiert?"

Sie zuckte die Schultern. „Ich habe kein Problem damit. Morgen muss ich ohnehin nach Chicago. Sonntag habe ich fast den ganzen Tag frei, und Montag ist die Beerdigung. Ich sollte also einigermaßen aus der Schusslinie heraus sein."

„Einigermaßen reicht aber nicht." Skip schluckte, räusperte sich und richtete seine stahlblauen Augen auf seine Tochter. „Gab es sonst noch etwas bei deinem Meeting mit Farnsworth?"

Sam entschied, dass sie ihn lange genug auf die Folter gespannt hatte. „Oh, meinst du vielleicht die Beförderung?"

Er knurrte.

„Ich hab sie bekommen." Sie schob sich eine weitere Gabel voll Kartoffelpüree in den Mund und versuchte, nicht an die Kalorien zu denken. „Du kannst mich jedenfalls bald ‚Lieutenant' nennen, Chief."

„Ja", flüsterte er. „Ja, allerdings."

„Oh, das ist wunderbar, Sam!" Celia sprang auf, um sie zu umarmen und zu küssen. „Das ist einfach wundervoll, oder, Skip?"

Er ließ seine Tochter nicht aus den Augen. „Und ob. Komm, drück deinen alten Herrn mal."

Sam stand auf und ging zu ihm. Es reute sie, dass er erst darum bitten musste. Gleichzeitig war sie wegen Celias Überschwänglichkeit ein wenig verlegen. Sie umarmte ihn und flüsterte ihm ins Ohr: „Danke."

„Wofür?"

Sam sah ihn lächelnd an. „Hab dich lieb."

„Ich dich auch, wenn du nicht gerade bösartig zu mir bist."

Zwei Stunden später arbeitete Sam sich auf dem Laptop durch ihren Tagesbericht, als Celia anklopfte.

„Tut mir leid, wenn ich störe, aber ich dachte, du magst vielleicht ein Stück warmen Apfelkuchen. Draußen ist es so schrecklich kalt."

Sam stöhnte. „Sag mir, dass er fett- und kalorienfrei ist und auf keinen Fall ansetzt."

Celia überreichte ihr kichernd den Teller. „Natürlich, ich schwöre."

„Falls es als Haushälterin und Pflegerin mal nicht mehr klappt, solltest du eine kriminelle Karriere in Betracht ziehen. Eine überzeugende Lügnerin bist du schon."

„Du hast deinen Vater heute Abend sehr stolz gemacht, Sam. Er ist immer stolz auf dich, aber er hat sich diese Beförderung so sehr für dich gewünscht. Ich glaube, mehr, als du sie dir selbst gewünscht hast."

„Das bezweifle ich nicht." Sam naschte mit dem Zeigefinger einen Klecks Sahne von dem Kuchen. „Manchmal fühle ich mich seinetwegen selbstsüchtig."

Celia setzte sich auf Sams Bettkante. „Wie meinst du das? Du bist jeden Tag hier, trotz deines sehr anstrengenden, fordernden Jobs."

„Für ihn wäre es besser gewesen, wenn der Schuss tödlich gewesen wäre. Ich kann mir nicht vorstellen, wie er sein jetziges Leben aushält, beschränkt auf vier kleine Zimmer und die Orte, an die er mit dem Van fahren kann, den die Gewerkschaft ihm gekauft hat. Aber ich war nicht bereit, ihn zu verlieren, Celia. Das war ich damals nicht, und das bin ich nach wie vor nicht. Ich danke dem Herrn jeden Tag, dass die Kugel ihn nicht umgebracht hat. So sehr ich seine derzeitigen Lebensumstände bedaure, ich bin froh, dass ich ihn noch habe."

„Auf seine Art hat er es akzeptiert und sich damit abgefunden."

„Ich wünschte, du hättest ihn damals schon gekannt." Sam seufzte.

„Ich kannte ihn", erwiderte Celia, und ihr hübsches Gesicht wurde ein wenig rot. Ein übermütiges Leuchten lag in ihren grünen Augen.

„Das hast du mir nie erzählt! Keiner von euch beiden!"

„Ich habe ihn im Supermarkt getroffen, ungefähr zwei Jahre, bevor er verwundet wurde. Ich half ihm beim Auswählen von Tomaten in der Gemüseabteilung, und er lud mich auf einen Kaffee ein. Tja, das war der Beginn einer reizenden Freundschaft."

Sam kniff die Augen zu schmalen Schlitzen zusammen, jetzt ganz Detective. „Nur Freundschaft?"

Lachend erwiderte Celia: „Das werde ich nie verraten."

„Ihr Gauner! Wie habt ihr das vor mir geheim halten können? Vor aller Welt?"

„Du hast nicht hingesehen", erklärte Celia triumphierend. „Was glaubst du wohl, wieso ich seine Pflegerin werden wollte?"

„Du liebst ihn", stellte Sam ungläubig fest.

„Sehr sogar. Ehrlich gesagt haben wir schon darüber gesprochen, eventuell ... zu heiraten."

Sam war perplex. „Im Ernst? Du hast erwähnt, er sei in letzter Zeit niedergeschlagen gewesen und mache sich über irgendetwas Sorgen. War es das?"

„Das ist eines von mehreren Dingen. Er war fürchterlich

aufgebracht über das, was dir im Fall Johnson widerfahren ist. Außerdem hat er sich um deine Sicherheit Sorgen gemacht und wegen der Beförderung, die du seiner Ansicht nach längst verdient hattest.“

„Ich wünschte, er würde sich nicht ständig irgendwelche Sorgen um mich machen.“

„Sam“, sagte Celia lächelnd. „Du bist sein Leben. Sein Herz hängt an dir. Er liebt deine Schwestern und ihre Kinder sehr, aber du ...“

„Ich weiß. Das habe ich immer gewusst.“

„Und du hast stets versucht, dem gerecht zu werden.“

Auch mit dieser Aussage verblüffte Celia sie. „Du warst jedenfalls nicht nur damit beschäftigt, ihn zu pflegen, was?“

„Ich hoffe, ich habe keine Grenze überschritten.“

„Natürlich nicht. Du gehörst doch längst zur Familie, Celia. Ich weiß nicht, was wir in den letzten zwei Jahren ohne dich gemacht hätten.“

„Du hättest also nichts dagegen, wenn wir tatsächlich heiraten?“

Sam stellte ihren Teller hin und ergriff die Hand der älteren Frau. „Wenn du ihn glücklich machen kannst und ein wenig Freude in den Rest seines Lebens bringst, kann ich dir dafür nur dankbar sein.“

„Nein, ich habe dir zu danken“, erwiderte Celia sichtlich gerührt. „Es ist ihm wichtig, uns beiden, dass wir deinen Segen haben.“

„Tja, dann werde ich mich wohl nach einem anderen Ort umsehen müssen, an dem ich meine Sachen unterstellen kann.“

„Warum?“

„Na, ihr zwei Verrückten wollt mich doch wohl nicht ständig auf der Pelle haben.“

„Er will, dass du bleibst. Wir beide wollen es. Es gibt überhaupt keinen Grund für dich, auszuziehen. Ich werde eines der Schlafzimmer hier oben beziehen. Wir werden uns schon etwas einfallen lassen. Ich bin ohnehin die meiste Zeit hier, deshalb erwarte ich gar nicht, dass sich allzu viel ändern wird.“

„Für ihn wird sich alles ändern, Celia. Es wird ein Grund für ihn sein, weiterzukämpfen.“

„Mag sein. Ich werde dankbar sein für die Zeit, die uns noch bleibt."

„Hat er dich dazu gedrängt, es mir zu sagen?"

„Er hat befürchtet, du könntest dich aufregen, deshalb habe ich es ihm angeboten."

„Du kannst ihm ausrichten, dass es mir nicht nur recht ist, sondern dass ich mich riesig für ihn freue. Für euch beide."

„Das wird ihm viel bedeuten. Und langsam bin ich es auch leid, es geheim zu halten. Er ist der erstaunlichste Mann, den ich je kennengelernt habe, und der beste Freund, den ich je hatte."

„Das kann ich nur unterschreiben", pflichtete Sam ihr bei und fügte hinzu, als Celia aufstand: „Danke für den Kuchen."

„Gern geschehen. Arbeite nicht mehr so hart."

Als sie wieder allein war, musste Sam dem Impuls widerstehen, ihre Schwestern anzurufen, um ihnen die verblüffende Neuigkeit mitzuteilen, die sie gerade erfahren hatte. „Es ist nicht meine Aufgabe", murmelte sie und fand es wieder einmal schwer, die Vernünftige zu sein.

Sam fand, Celias Nachricht hätte sie gar nicht so sehr überraschen dürfen. Im Nachhinein sah sie, dass die Beziehung zwischen ihrem Vater und dieser hingebungsvollen Pflegerin etwas Besonderes war. Ihr Geplänkel, Celias ungezwungen liebevolle Art im Umgang mit ihm, obwohl er ihre Berührungen gar nicht spüren konnte, die offene Zuneigung.

Nach Celias ermutigender Auskunft aß Sam ihren Apfelkuchen auf und widmete sich wieder ihrem Bericht. Sie ging ihn noch zweimal durch, ehe sie ihn an Freddie abschickte, der wie immer für Sam Korrektur las, bevor sie ihn abgab. Falls er sich je über zufällige Fehler, seltsame Formulierungen oder verdrehte Wörter wunderte, behielt er es für sich. Stattdessen korrigierte er die Fehler und schickte ihr die Berichte ohne Kommentar zurück.

Vielleicht sollte ich ihn langsam mal einweihen, dachte Sam. Dyslexie betraf schließlich jeden Aspekt ihres Lebens, und vor der Diagnose in der sechsten Klasse hatte sie geglaubt, sie sei so dumm, wie die ahnungslosen Lehrer ihr ebenso einredeten wie die Eltern, die frustriert waren von ihren äußerst mäßigen schulischen Leistungen.

Dass das Problem einen Namen bekam, hatte in gewisser

Weise geholfen, doch die damit verbundenen täglichen Kämpfe waren manchmal sehr ermüdend.

Als der Bericht fertig war, gestattete sie es sich, an Nick zu denken. Sofort wurde sie überwältigt von ihren Gefühlen und Sehnsüchten, denen sie den ganzen Tag widerstanden hatte, als seien Schleusentore geöffnet worden. Sie hatte eine Liste an Fragen, die sie ihm stellen wollte, und das war ein guter Grund, die Karte zu benutzen, die er ihr gegeben hatte. Schließlich ging es bei ihrem Anruf um den Fall, oder? Gegen einen strikt offiziellen Anruf war nichts einzuwenden. Und wenn sie ihm bei dieser Gelegenheit auch von ihrer Beförderung und den Heiratsplänen ihres Vaters berichtete, war daran nichts auszusetzen.

Sie drehte die Karte eine Weile zwischen ihren Fingern hin und her, bis ihr Magen anfing, sich mit den gefürchteten Schmerzen bemerkbar zu machen. Während sie einfach nur an den Fall dachte, wählte sie seine Handynummer.

Er klang groggy, als er sich meldete. „Du liebe Zeit, habe ich dich aufgeweckt?"

„Nein, nein." Ein herzhaftes Gähnen strafte seine Worte Lügen. „Ich hatte gehofft, dass du anrufst."

Weiterhin entschlossen, das Telefonat rein beruflich zu halten, sagte sie: „Ich habe ein paar Fragen an dich. In Bezug auf den Fall."

„Oh."

Die Enttäuschung, die sie aus seinem Ton heraushörte, ließ sie innerlich zusammenzucken. „Du klingst ... ich weiß nicht ... du hörst dich nicht so gut an."

„Es war ein grässlicher Tag, mal abgesehen vom Anfang, als ich mit dir zusammen war."

Ohne viele Worte zu machen, hatte er es fertiggebracht, alles zu sagen. Und plötzlich wusste sie, dass sie ihm das, was sie ihm zu berichten hatte, nicht am Telefon sagen konnte. „Bist du zu Hause?"

„Ja."

„Hast du etwas dagegen, wenn ich vorbeikomme? Nur auf einen Sprung?"

„Bist du denn zu Hause?"

„Im Moment schon."

„Du willst den ganzen Weg nach Arlington fahren, um ‚auf einen Sprung' vorbeizukommen?"

„Ich muss mit dir reden, Nick. Ich muss … ach, verdammt, ich weiß selbst nicht, was ich muss."

„Komm vorbei. Ich warte. Und Liebes? Du brauchst mich nie, niemals vorher zu fragen. Verstanden?"

Sie zerfloss vor Verlangen und Sehnsucht und Begierde. „Ja", brachte sie mühsam heraus. „Ich werde kommen. Gleich." Mit pochendem Herzen schnappte Sam sich ihre Waffe, die Polizeimarke und die Handschellen. Sie löste ihr Haarband und bürstete ihr Haar, bevor sie nach unten ging, um ihrem Vater zu sagen, dass sie für eine Weile an die Arbeit gehen würde. Von Celia erfuhr sie, dass er schon schlief.

„Heute Abend war er sehr müde." Celia hielt Sam den Mantel hin. „Sei vorsichtig, ja?"

„Immer." Ehe sie zur Tür ging, gab sie Celia einen Kuss auf die Wange. „Bis später."

Er hatte die Außenlampe für sie eingeschaltet. Ein schlichtes Detail, aber es gab Sam das intensive Gefühl, nach Hause zu kommen, sodass sie noch einige Minuten im Wagen sitzen bleiben musste, um sich an den Grund ihres Besuchs zu erinnern. „Mit dir darf es einfach nichts zu tun haben", flüsterte sie. „Momentan jedenfalls nicht. Hier geht es einzig und allein darum, John O'Connor Gerechtigkeit widerfahren zu lassen. Mehr nicht."

Doch als Nick an die Tür kam und so … nun, „verloren aussah" war die beste Umschreibung, die ihr dazu einfiel … zählte für sie nichts anderes mehr als er.

„Nick." Sie schloss die Tür hinter sich, ließ den Mantel zu Boden fallen und schmiegte sich in Nicks Arme.

Eng umschlungen standen sie da, und die tröstliche Wärme vertrieb die Kälte, die sie mit hereingebracht hatte.

Sie umfasste sein Gesicht mit beiden Händen und sah ihn an. „Was ist los?"

„Alles Mögliche", meinte er vage und legte seine Stirn an ihre. „Ich fürchte, ich habe einfach zu viel Zeit zum Nachdenken. Auf einmal ist nicht mehr jede Minute meines Tages durchgeplant, sodass ich gar nichts mehr mit mir anzufangen weiß."

Selbst nach dem, was sie heute über John O'Connor erfahren hatte, konnte sie Nicks Trauer über den Verlust seines Freundes und Chefs nachvollziehen. An sein früher stets tadellos gekleidetes Auftreten gewöhnt, war sie wenig bestürzt, ihn jetzt in einem zerschlissenen Harvard-T-Shirt und einer alten Jogginghose zu sehen. Irgendwann im Lauf des langen Tages musste der Schock nachgelassen und der Kummer eingesetzt haben.

„Ich bin froh, dass du da bist." Er drängte sie sanft gegen die geschlossene Tür. „Ich habe mir Sorgen um dich gemacht. Was in der Zeitung stand ..."

„Wir haben das im Griff."

„Mir gefällt die Vorstellung nicht, dass du gefährdet bist." Seine zärtliche Liebkosung ihrer Wange verursachte ihr Herzklopfen. Als sein Gesicht sich ihrem näherte, atmete sie seinen würzigen Duft ein.

„Nick, warte ..."

Doch dann lagen seine Lippen auf ihren. Er küsste sie stürmisch und unnachgiebig. Es war ein Kuss, der ihr den Atem nahm und die Anspannung. Hätte Nick sie nicht gegen die Tür gedrängt, wäre sie womöglich in sich zusammengesunken. Irgendwie gelang es ihm sogar, sie anzuheben und sich ihre Beine um seine Hüften zu legen. Sanft massierte er ihre vollen Brüste, während er mit seiner Zunge ein erotisches Necken begann – und das alles innerhalb von nur dreißig Sekunden.

In dem Augenblick, als sie sein kummervolles Gesicht gesehen hatte, hatte Sam alles vergessen, was sie sich vorhin noch im Auto vorgenommen hatte. Sie fuhr ihm durch die feuchten, seidigen Haare und presste sich fest gegen seine Erektion. Dann bewegten sie sich, fielen. Sie gab ein kurzes Aufstöhnen von sich und klammerte sich an ihn, während er sie auf das Sofa legte.

In dem verzweifelten Verlangen, endlich die nackte Haut des anderen zu spüren, zerrten sie an ihrer Kleidung und kämpften sich durch die Schichten, bis alle Barrieren gefallen waren und es nur noch die Begierde zwischen ihnen gab.

„Du bist noch genauso wie in meiner Erinnerung." Mit der

Zunge umspielte er eine ihrer harten Brustwarzen, und seine Hände schienen überall gleichzeitig zu sein. „Groß und kurvig und stark ... und weich an all den richtigen Stellen." Mit Ehrfurcht betrachtete er ihre Brüste, die ihr immer zu groß vorgekommen waren. Er schien jedoch zu mögen, was er sah.

Heißes Verlangen durchströmte sie. Das Atmen fiel ihr schwer. „Nick ..." Sehnsüchtig zog sie ihn an sich, um ihn für das, was sie beide am meisten wollten, in die richtige Position zu bringen. „Jetzt."

„Kondom", stieß er mit zusammengebissenen Zähnen hervor. „Warte eine Sekunde."

Sie hielt ihn zurück. „Ich nehme die Pille. Außerdem werden wir getestet ...."

„Ja, wir auch." Er schob einen Arm unter ihre Schultern, während er mit der anderen Hand ihren Po umfasste, um sie in eine Stellung zu bringen, in der er in sie eindringen konnte.

Überwältigt von Begierde, spreizte sie die Beine, um ihn in sich aufzunehmen.

Er sah ihr in die Augen und drang geschmeidig in sie ein.

Als sie zum Orgasmus gelangte, heftiger und intensiver als jemals zuvor, stieß sie einen Schrei aus.

Nick hielt inne. „Um Himmels willen, habe ich dir wehgetan?"

„Nein! Hör nicht auf. Bitte!"

Sie sah ihn an und spürte ihn, und es gab keinen Platz mehr für Gedanken an etwas anderes, als er anfing, sich zu bewegen, langsam zunächst und dann schneller, während seine sorgsam aufrechterhaltene Selbstbeherrschung ihn verließ. Daran erinnerte Sam sich noch vom letzten Mal – wie er losließ bei ihr, auf eine Art, die den Schluss nahelegte, dass er sich das nicht oft gestattete.

Die Arme fest um sie geschlungen, bewegte er sich in einem unerbittlichen Rhythmus. Neben dem wilden Hämmern ihres Herzens war das Aufeinanderklatschen ihrer Körper, wieder und wieder, das einzige Geräusch, das Sam noch wahrnahm.

Sam passte sich voller Hingabe seinem Tempo an, und als Nick erneut an ihrer Brustwarze saugte, gelangte sie, vor Lust aufschreiend, ein weiteres Mal zum Höhepunkt, diesmal gemeinsam mit ihm.

„Wow", flüsterte er, nachdem er sich wieder ein wenig erholt hatte. „Heiliger Strohsack. Ich habe dir nicht einmal etwas zu trinken angeboten."

Sie lachte, drückte ihn an sich und fuhr ihm durch die weichen, vom Duschen noch ein wenig feuchten Haare. „Was bist du nur für ein Gastgeber."

„Ein miserabler, fürchte ich", sagte er und drehte sich mit ihr zusammen in einer einzigen fließenden Bewegung um.

Ohne die Verbindung zwischen ihnen zu unterbrechen, streckte sie sich auf ihm aus, atmete seinen männlichen Duft ein und genoss es, von Nicks starken Armen gehalten zu werden. Es war beinah beunruhigend, dass sie nie zuvor etwas Annäherndes erlebt hatte, mit Ausnahme von jener Nacht, die sie vor vielen Jahren mit Nick verbracht hatte. Wie dumm war sie gewesen, anzunehmen, dass sie das, was sie mit Nick gehabt hatte, auch mit einem anderen haben konnte. Inzwischen war sie klüger und wusste es besser.

Doch noch während sie als Frau das allmählich nachlassende sinnliche Kribbeln und Prickeln genoss, erwachte die Polizistin in ihr – und die war angewidert und bestürzt. „Das war eine sehr schlechte Idee", murmelte sie, das Gesicht noch an seine Brust geschmiegt.

Er wickelte sich eine Strähne ihres Haars um seinen Finger. „Das hängt ganz von der Betrachtungsweise ab. Von meinem Standpunkt aus war es die beste Idee, die ich seit sechs Jahren hatte."

Sam betrachtete ihn. „Das muss der Politiker in dir sein."

Verwirrt fragte er: „Was?"

„Dass du immer die richtigen Worte findest."

Er hielt ihr Gesicht zwischen seinen großen Händen. „Aber es sind keine leeren Phrasen."

Seine Aufrichtigkeit weckte ein sehnsüchtiges Gefühl in ihr, das sie nicht wahrhaben wollte. „Ich weiß." Ihre Emotionen waren so überwältigend und neu, dass sie dem ersten Impuls nachgab: sie versuchte zu fliehen.

Nicks Arme schlossen sich wie ein Schraubstock um sie. „Noch nicht." Er küsste sie so zärtlich, dass ihr Herz stillzustehen schien.

Ihre Augen füllten sich mit Tränen, gegen die sie verzweifelt anblinzelte.

„Was?"

Sam schüttelte den Kopf.

„Sam."

Sie hob den Blick und sagte: „Ich mag es. Ich weiß, dass ich es nicht sollte, wegen allem ... aber ich mag es."

„Sex auf dem Sofa?"

„Das." Sie konnte ihm nicht länger in die Augen sehen. Es war einfach zu viel. „Das zwischen uns."

„Geht mir genauso." Erneut küsste er sie sanft. „Heißt das, wir sind jetzt zusammen?"

Die Furcht meldete sich zurück. Sie war noch nicht bereit für das Ausmaß an Bedeutung, die diese Geschichte zwischen ihnen annehmen konnte. „Warum müssen wir es irgendwie nennen? Warum kann es nicht einfach das sein, was es ist?"

Und wieder war sie wegen des schmerzlichen Ausdrucks auf seinem Gesicht besorgter, als sie sein sollte. „Und was genau ist es, Sam? Ich jedenfalls will viel mehr als nur eine Sexpartnerin."

„Möglicherweise ist das aber alles, was ich dir momentan bieten kann."

Er seufzte. „Tja, dann nehme ich wohl mal lieber, was ich kriegen kann." Seine zarten Küsse an ihrem Hals ließen sie erschauern. „Wir könnten uns etwas Bequemeres suchen. Nebenan steht ein großes, weiches Bett."

Prompt meldete sich schmerzhaft ihr Magen und erinnerte sie daran, weshalb sie ursprünglich hergekommen war. „Es gibt da ein paar Dinge, über die wir reden müssen. Es geht um den Fall."

„Dazu kommen wir schon noch. Können wir das hier nicht noch ein paar Minuten genießen?"

Da es ihm anscheinend ein solches Bedürfnis war, gab sie nach. „Okay."

20

Das Bett war tatsächlich groß und weich. Wie Nick es geschafft hatte, sie hineinzulocken, würde sie später analysieren, sobald ihr Verstand wieder normal arbeitete. Es wäre so leicht, sich einfach eng an ihn zu schmiegen und wie eine Tote zu schlafen. Doch das Brennen in ihrem Magen erinnerte Sam permanent an die Unterhaltung, die sie mit Nick noch führen musste.

„Was ist denn los?", fragte er und massierte mit seiner geschickten Hand ihren verspannten Nacken.

„Nichts. Wieso?"

„Ich hatte dich schon so weit, dass du langsam locker wirst, und jetzt spüre ich deine Anspannung wieder."

„Wir müssen reden."

„Das sagtest du bereits. Ich höre."

„Ich kann nackt keine Polizeiarbeit machen."

Lachend erwiderte er: „Steht das in den Vorschriften?"

„Falls nicht, sollte es drinstehen."

Er setzte sich auf und griff nach dem Kleiderstapel, den er ans Fußende des Bettes gelegt hatte. Er fand das T-Shirt, das er bei Sams Ankunft getragen hatte, und half ihr, es überzuziehen. „Besser?"

Eingehüllt in das Kleidungsstück, das seinen sexy männlichen

Duft verströmte, war sie vom Anblick seiner muskulösen Brust gebannt. „Aber du bist nach wie vor nackt."

„Ich bin nicht der Cop." Er nahm ihre Hand und hob sie an die Lippen. „Rede schon, Sam."

Der dumpfe Schmerz verstärkte sich innerhalb von Sekunden.

„Irgendetwas stimmt doch nicht", stellte er alarmiert fest. „Du bist leichenblass geworden."

„Es ist nichts." Sie versuchte, tief einzuatmen. Es gelang ihr nicht. „Nur diese Magengeschichte."

„Was denn für eine Magengeschichte?"

„Die macht mir von Zeit zu Zeit zu schaffen. Es ist nichts weiter."

„Hast du das mal untersuchen lassen?"

„Schon ein paarmal", antwortete sie stöhnend.

„Liebes, um Himmels willen, du hast ernsthafte Schmerzen! Was kann ich tun?"

„Ich muss nur atmen", stieß sie gepresst hervor, während der Schmerz sich in ihr ausbreitete, sodass sie sich elend und klamm fühlte. „Tut mir leid."

„Das muss es nicht." Er schloss sie behutsam in die Arme und flüsterte ihr tröstende, beruhigende Worte ins Ohr.

Sie schloss die Augen, konzentrierte sich auf seine Stimme und trieb davon. Der Schmerz ließ nach, doch diesmal war es schlimmer gewesen als sonst. Sam war anschließend erschöpft und verlegen. „Es tut mir wirklich leid."

„Ich habe dir schon gesagt, du sollst dich nicht entschuldigen. Du musst etwas dagegen unternehmen. Vielleicht hast du ein Magengeschwür oder so etwas. Ich kann dich an einen Freund vermitteln. Der ist fantastisch."

„Es scheint immer dann aufzutreten, wenn ich wegen irgendetwas nervös bin – was ziemlich oft vorkommt, wie ich finde."

„Bist du nervös wegen dem, was du mir zu sagen hast?"

Sie legte den Kopf schief und stellte fest, dass er sie mit seinen braunen Augen genau betrachtete. „Ja, ich glaube schon."

Er setzte sich wieder auf, lehnte sich gegen die Kissen in seinem Rücken und zog Sam an seine Brust. „Dann sollten wir es endlich hinter uns bringen."

„Cops kuscheln nicht.“

„Mach halt eine Ausnahme.“

„Ich habe schon ein paar gemacht“, bemerkte sie trocken.

„Dann mach eben noch eine.“

Ehe der Schmerz zurückkommen konnte, um sie daran zu erinnern, wie machtlos sie dagegen war, legte sie los. „Ich muss dich etwas fragen. Wahrscheinlich wirst du deswegen aufgebracht sein. Das will ich nicht, aber fragen muss ich trotzdem.“

„Okay.“

„Besteht die Möglichkeit, dass John schwul war? Oder vielleicht bisexuell?“ Nun war sie diejenige, die seine Anspannung spürte, doch nur für einen kurzen Moment, dann verschwand sie wieder völlig.

Er lachte. Tatsächlich, er lachte. „Nein. Auf keinen Fall.“

„Wie kannst du dir da so sicher sein? Manche Männer verheimlichen es vor ihren Freunden, ihren Familien …“

„Ich hätte es gewusst, Sam. Glaub mir, ich hätte es gewusst.“

„Du hast auch nicht gewusst, dass er einen Sohn hat.“

Und im Nu war die Anspannung wieder da. „Das weißt du auch nicht mit Sicherheit.“

„Ich bin mir sehr sicher. Das Foto?“

„Was ist damit?“

„Seine Eltern haben gelogen. Sein Cousin Thomas, der Sohn von Robert O'Connor, ist sechsunddreißig, hat dunkles Haar und dunkle Augen.“ Sie nahm sitzend eine noch aufrechtere Haltung ein und bewegte den Oberkörper ein wenig, damit sie sein Gesicht sehen konnte. „Er muss dir gegenüber doch mal von einem Cousin gesprochen haben, der in seinem Alter war.“

Nick überlegte. „Ich habe ihn nie davon reden gehört. Vielleicht standen sie sich nicht nahe. Das tun Graham und sein Bruder wohl auch nicht.“

„Wie dem auch sei, der Junge auf dem Foto ist nicht sein Cousin. Seine Mutter hat mich heute angelogen, und sein Vater hat es nicht richtiggestellt. Die monatlichen Zahlungen – über einen Zeitraum von zwanzig Jahren –, die wöchentlichen Anrufe, die dicke fette Lüge, die seine Eltern mir aufgetischt habe, die erstaunliche Ähnlichkeit mit dem Senator … man muss kein Detektiv sein, um aus all dem die richtigen Schlüsse zu ziehen.“

„Aber wieso ... warte mal." Er stutzte. „Ein Wochenende im Monat."

Verblüfft fragte sie: „Was?"

„Er verlangte ein Wochenende pro Monat ohne jede Verpflichtung. Für gewöhnlich das dritte Wochenende. Er wollte mir nie sagen, was er in der Zeit machte. Jetzt, wo ich darüber nachdenke, muss ich zugeben, dass er sich sogar ein wenig geheimniskrämerisch deswegen verhielt."

„Und das fällt dir erst jetzt ein? Was soll das?"

„Tut mir leid. Es war einfach so sehr ein Teil unserer Routine, dass ich mir bis gerade eben nichts mehr dabei gedacht habe."

„Wenn ich mal nachforsche, werde ich sicher auch feststellen, dass er regelmäßig nach Chicago geflogen ist."

Nick schien die ganze Luft aus seinen Lungen mit einem Mal auszuatmen. „Warum hat er mir nichts gesagt? Warum sollte er so etwas vor mir geheim halten? Vor jedem?"

„Das weiß ich nicht, aber ich werde morgen nach Chicago fliegen, um es herauszufinden."

„Im Ernst?"

„Ich nehme einen Flug morgen Vormittag um elf."

„Weiß sie, dass du kommst?"

Sam schüttelte den Kopf. „Ich brauche das Überraschungsmoment. Sie soll keine Zeit haben, um Fotos verschwinden zu lassen oder den Jungen wegzuschicken."

„Und du glaubst, die Geschichte hat etwas mit dem Mord zu tun?"

„Das kann ich erst mit Sicherheit sagen, wenn ich mit der Mutter gesprochen habe. Aber aus irgendeinem Grund haben die beiden den Jungen zwanzig Jahre versteckt. Ich will wissen, warum."

„Politik, keine Frage."

„Wie meinst du das?"

„Ein Sohn im Teenageralter mit einem Baby hätte den Senator politisch verwundbar gemacht. Gerade ich sollte das wissen. Als Spross von Teenager-Eltern kann ich bestätigen, wie peinlich die Situation sein kann. Und wir standen nicht in der Öffentlichkeit."

Der Schmerz, den sie aus seiner Stimme heraushörte, ging ihr nahe. „Graham O'Connor hätte diese Sache unbedingt unter Verschluss halten wollen", schloss er.

„Sein eigenes Enkelkind?"

„Das hätte wohl keine Rolle gespielt. Der Name O'Connor war nicht immer so machtvoll wie heute. In der Mitte seiner Karriere gab es einige umstrittene Kampagnen. Wären diese Dinge zusammengekommen, wäre er am Ende gewesen. Er hätte entsprechend reagiert, ganz sicher."

„Auf Kosten der eigenen Familie?"

„Macht stellt seltsame Dinge an mit den Menschen", erklärte Nick. „Sie kann süchtig machen. Sobald man davon gekostet hat, kann man nur schwer wieder von ihr lassen. Ich habe Graham immer als netten und liebevollen, wenn auch fordernden Vater erlebt. Doch er ist letztlich auch nur ein Mensch. Er wäre empfänglich gewesen für die Verführungen der Macht." Nick hielt inne, als fiele ihm noch etwas anderes ein.

„Woran denkst du?"

„Ich frage mich, wieso du darauf kommst, John könnte schwul gewesen sein – wo du dir so sicher zu sein scheinst, dass er einen Sohn hat."

„Das ist nur so eine Ahnung, die mir im Lauf der Ermittlungen gekommen ist. Nichts Konkretes. Ich habe dir erzählt, dass mein Instinkt mir sagt, es war eine Frau, die er gekränkt hat. Nur hat Freddie diese Theorie zunichte gemacht, indem er behauptet hat, es könnte ebenso gut eine unglücklich verlaufene Affäre mit einem Mann gewesen sein."

Nick schüttelte den Kopf. „Das kann ich mir nicht vorstellen. Es gab in den zwanzig Jahren enger Freundschaft zwischen uns keine einzige Situation, die mich an seiner Orientierung hätte zweifeln lassen. Absolut nichts, Sam. Er war ein verdammter Schürzenjäger."

„Das ist auch das Bild, das ich von ihm gewonnen habe. Nur wäre er nicht der erste Kerl, der das als Fassade benutzt, um sein wahres Leben zu verbergen."

„Das glaube ich gern."

„Du bist aufgebracht. Das tut mir leid."

Er zuckte die Schultern. „Es ist nur ... da glaubt man, jemanden zu kennen, wirklich zu kennen, nur um dann herauszufinden, dass derjenige all diese Geheimnisse hatte. John hatte einen Sohn. Ein Kind. Und in zwanzig Jahren verliert er seinem engsten Freund gegenüber kein Wort darüber? Das ist mindestens enttäuschend."

Man konnte es ebenso gut als Verrat empfinden, dachte sie. Dass die Familie, die er als seine betrachtete, etwas von solcher Bedeutung vor ihm geheim hielt.

Als könnte er ihre Gedanken lesen, sagte er: „Ob sie geglaubt haben, ich könnte es nicht für mich behalten?"

„Du solltest es nicht persönlich nehmen, Nick."

„Wie soll ich es denn sonst nehmen?"

Sie legte den Arm um ihn und beugte sich herunter, um ihn auf die Brust zu küssen. Dabei spürte sie seinen kräftigen Herzschlag. „Es tut mir leid, dass dich das verletzt. Ich hasse das."

Er schloss sie in die Arme. „Dass ich es durch dich erfahre, macht es etwas erträglicher." Er hob ihr Kinn und presste seine Lippen sanft auf ihre.

„Ich sollte gehen", sagte sie, als der Kuss endete.

„Bleib bei mir. Schlaf mit mir. Ich brauche dich, Samantha." Er bedeckte ihr Gesicht und ihren Hals mit kleinen, feuchten Küssen. „Ich brauche dich."

„Du spielst nicht fair."

„Ich spiele überhaupt nicht."

Etwas anderes als Schmerz machte sich in ihrem Inneren bemerkbar, ein warmes und wundervolles Gefühl. Das war eine völlig neue Art von Machtlosigkeit, die sie empfand – und es fühlte sich gut an! Sehr gut sogar. Sie ließ ihre Hand über Nicks muskulöse Brust gleiten, über die sich leicht wölbenden Bauchmuskeln und weiter hinunter. Als sie feststellte, dass er hart und bereit für sie war, folgte sie mit den Lippen dem Pfad, den ihre Hand zuvor hinuntergewandert war. Nicks lustvolle Laute, seine vollkommene Kapitulation, verrieten ihr, dass es ihr gelungen war, ihn von seinem Schmerz und Kummer vorübergehend abzulenken. Dadurch fühlte sich das, was sie taten, nicht mehr falsch an, sondern im Gegenteil sehr richtig.

. . .

Sie begannen den nächsten Tag so, wie sie den vorherigen beendet hatten.

Sam küsste Nicks Schulter, während sanfte Nachbeben ihren Körper durchliefen. „Das gerät allmählich außer Kontrolle."

„Wir müssen sechs Jahre nachholen." Er küsste sie auf den Hals, was sie erschauern ließ.

„Trotzdem muss ich bald los", sagte sie. „Ich muss duschen und mich umziehen und dann zum Flughafen."

„Ich fahre mit den Mitarbeitern heute nach Richmond, wo sie John sehen können", erklärte er mit einem tiefen Seufzer. „Viel lieber würde ich dich begleiten."

„Ich wünschte, das könntest du." Sie streichelte sein Gesicht und fand seine frischen Bartstoppeln sehr sexy. Seine Wange küssend, flüsterte sie: „Ich habe ganz vergessen, dir meine Neuigkeit mitzuteilen."

„Was für eine Neuigkeit?"

„Ich werde zum Lieutenant befördert."

Seine Miene hellte sich auf vor Freude. „Das ist ja toll! Herzlichen Glückwunsch."

„Es ist erst in einer Woche oder so offiziell." Einen Moment lang überlegte sie, ob sie ihm erzählen sollte, wie das zustande gekommen war, entschied sich jedoch dagegen. „Und mein Dad heiratet eine seiner Pflegerinnen."

„Wow. Magst du sie?"

„Ja, sehr."

„Wo ist deine Mutter?"

„Sie lebt in Florida mit einem Typen, mit dem sie zusammengekommen ist, als ich noch auf der Highschool war. Sie sind an dem Tag nach meinem Abschluss durchgebrannt. Meinen Dad hätte das fast umgebracht. Er hatte keine Ahnung."

„Autsch. Das ist übel. Tut mir leid."

„Vermutlich sollte ich froh sein, dass sie immerhin lange genug geblieben ist, bis ich die Schule beendet hatte. Allerdings kann ich nicht gerade behaupten, dass sie auf irgendeine Weise großartig für mich da gewesen wäre."

„Ich habe meine Mutter genau dreimal gesehen, als ich auf der Highschool war." Sofort verfluchte Sam sich im Stillen für ihre mangelnde Sensibilität. „Das tut mir leid. Ich wollte mich nicht beklagen."

Er winkte ab. „Was soll's, es ist abgehakt."

„Wenigstens hattest du deine Großmutter."

„Und die war wirklich ein Geschenk", sagte er mit einem bitteren Lachen.

Neugierig geworden, drehte sie sich so, dass sie ihn ansehen konnte. „War sie nicht gut zu dir?"

„Sie hat getan, was sie konnte, aber sie hat mir auch klargemacht, dass ich ihr eine Last sei und sie davon abhalte, zu reisen und ihren Ruhestand zu genießen." Er machte eine Pause und schaute auf ihre Finger. „Als ich ungefähr zehn war, habe ich sie mit meinem Dad sprechen gehört, also ihrem Sohn. Sie meinte, sie habe genug getan, und nun sei es Zeit, dass er einspringe und meine Erziehung übernehme. Er sei jetzt schließlich erwachsen, und es gebe keinen Grund, warum er sich nicht um sein eigenes Kind kümmern sollte. Er sagte, das würde er ab sofort tun, und ich war schon ganz aufgeregt, weil ich dachte, er würde mich gleich mitnehmen."

Ihr Magen machte sich bemerkbar, so sehr fieberte sie mit dem zehnjährigen Jungen mit. „Und was ist dann passiert?"

„Ich hab ihn erst mal ein Jahr lang nicht wiedergesehen."

„Nick … das tut mir leid."

„Er hat Geld geschickt – genug, damit ich Hockey spielen konnte, was ich sehr liebte. Ich habe meine ganze Energie da hineingesteckt und in die Schule. Am Ende habe ich ein Harvard-Stipendium bekommen und auch dort Hockey gespielt. Das war meine Flucht."

Während sie ihm zuhörte, erwachte der Wunsch in ihr, ihm all das zu geben, was ihm als Kind vorenthalten worden war.

„Wie dem auch sei", sagte er und fuhr sich durch die Haare. „Eines Tages werde ich hoffentlich meine eigene Familie haben, und das alles wird keine Rolle mehr spielen."

Das, dachte Sam, ist mein Stichwort, zu gehen. Sie setzte sich auf und griff nach ihren Sachen am Fußende des Bettes.

„Es ist erst sieben, du hast noch Zeit." Seine Hand glitt von ihrer Schulter und landete auf ihrer Hüfte. „Ich könnte dir Frühstück machen."

„Danke, aber ich muss nach Hause, duschen, mich umziehen und im Hauptquartier vorbeischauen", erklärte sie, während sie die Arme in die Ärmel ihres T-Shirts schob und es über den Kopf zog. Ich brauche unbedingt ein bisschen Abstand, dachte sie. Abstand, Luft zum Atmen, eine Perspektive.

Nick wedelte mit ihrem BH am Zeigefinger, ein Lächeln auf den sinnlichen sexy Lippen. „Hast du nicht etwas vergessen?"

Sie schnappte ihm das Kleidungsstück weg und stopfte es in ihre Hosentasche.

Lachend lehnte er sich auf den Kissenstapel zurück.

Sam spürte seinen glutvollen Blick, als sie sich ins Badezimmer begab. Als sie wenige Minuten später wieder herauskam, war er aufgestanden und trug die Jogginghose vom Vorabend. Die Hose saß tief auf seinen schmalen Hüften, und seine Brust ... sie sollte die Cover erotischer Romane zieren, statt in gestärkten Hemden mit Seidenkrawatten versteckt zu werden. Das war eine geradezu tragische Verschwendung einer aufregenden Männerbrust.

„Du starrst mich übrigens an."

„Du siehst ja auch ziemlich aufregend aus. Echt heiß."

„Hm, danke."

Seine verdutzte Reaktion amüsierte sie, bis ihr wieder einfiel, dass sie ja eigentlich verschwinden wollte. Plötzlich setzte die Verlegenheit am Morgen danach ein. Sie wusste nicht mehr, was sie sagen sollte und wurde unsicher, als sie ihren Pullover anzog. „Viel Glück mit deinen Mitarbeitern heute in Richmond."

„Danke." Er nahm ihre Hand und hob sie an die Lippen. „Wirst du mir berichten, wie es in Chicago war?"

„Wenn ich es schaffe, werde ich es tun. Mehr kann ich nicht versprechen."

„Mehr kann ich wohl auch nicht verlangen." Er ließ ihre Hand los und streichelte ihre Wange. „Wann werde ich dich wiedersehen?"

Ehe sie richtig nachdenken konnte, kamen die Worte aus ihr heraus, als sei ihr Mund auf Autopilot geschaltet. „Morgen gibt es ein Familienessen bei meinem Dad. Wenn du kommen möchtest ..." Über sich selbst erstaunt, fügte sie hastig hinzu: „Ich verstehe natürlich, wenn du lieber nicht kommen willst, weil wir so viele sind ...“

Er brachte sie zum Schweigen, indem er ihr den Finger auf die Lippen legte. „Um wie viel Uhr?“

„Das Essen ist um drei.“ Ihre Wangen wurden vor Verlegenheit warm. „Aber wenn du früher kommen möchtest, könnten wir noch einen Spaziergang unternehmen. Vielleicht über den Markt gehen. Nur wenn du willst.“

„Ich will.“ Er legte ihr den Arm um die Taille und drückte sie an sich. „Sehr gern sogar.“

Eigentlich hätte sie inzwischen darauf vorbereitet sein müssen, dass sie weiche Knie bekam, wenn er sie auf diese ganz spezielle Weise küsste. Doch das Spiel seiner Zunge, seine Hände auf ihrem Po, während er sie an seine Erektion drückte ... nichts hätte sie darauf vorbereiten können.

„Und?“, fragte er, ihr Gesicht mit zärtlichen Küssen bedeckend. „Heißt das nun, wir sind zusammen? Immerhin bist *du* diejenige, die *mich* zu irgendwelchen Sachen einlädt.“ Sein neckendes Grinsen änderte nichts an dem ernsten Ausdruck in seinen Augen.

Sam stemmte die Hände gegen Nicks Brust, um sich aus seiner Umarmung zu befreien. An der Schlafzimmertür blieb sie noch einmal stehen und drehte sich zu ihm um. „Ich habe hier jede Grenze überschritten, die ich überschreiten konnte.“

„Das weiß ich“, erwiderte er mit einem schmerzlichen Ausdruck.

„Wenn es der Job erfordert, werde ich nicht zögern, die Grenze auch wieder zur anderen Seite zu überqueren, Nick.“

„Etwas anderes würde ich gar nicht erwarten.“

Zufrieden darüber, dass er verstanden hatte, verließ sie ihn lächelnd und mit einem kurzen Nicken.

Er folgte ihr nach unten. „Sam?“

Sie öffnete die innere Tür. „Hm?“

Er umfasste ihr Gesicht mit beiden Händen. „Flieg vorsichtig.“

Sie zuckte zusammen.

„Was ist?“

„Ich hasse es, zu fliegen. Zutiefst. Ich habe versucht, nicht daran zu denken.“

Grinsend legte er die Stirn an ihre. „Schließ im Flugzeug dann einfach die Augen und versuche, nicht daran zu denken."

„Ja, klar." Sie stöhnte. „Na schön, ich gehe jetzt."

„Gut, ich werde dich gehen lassen." Nur tat er es dann doch nicht sofort. „Pass auf dich auf. Diese Sache mit dieser Johnson ... gib einfach auf dich acht." Er küsste sie. „Bitte."

„Mache ich immer."

„Weißt du was?"

„Was?"

Seine Lippen lagen für einen weiteren, die Sinne vernebelnden Kuss auf ihren. „Du bist selbst ziemlich heiß."

Sie gab sich noch eine Minute dem Kuss hin.

Mit offenbar allergrößtem Widerwillen ließ er sie schließlich los.

21

Nick blieb an der Tür stehen und schaute Sam hinterher, während sie zu ihrem Wagen ging. Verdammt, diese Frau machte ihm den Mund wässrig mit ihren Kurven und langen Beinen. Sie war ungeheuer sexy und aufregend. Ihm war bewusst, dass sie sich auf einem schmalen Grat bewegten, der sie in einen moralischen Konflikt brachte. Trotzdem war Nick vor allem dankbar dafür, dass sie eine zweite Chance bekommen hatten. Auch wenn Sam nur äußerst widerwillig zugab, dass das zwischen ihnen eine Beziehung war, hatte er nicht die Absicht, es diesmal zu versauen.

Statt loszufahren, saß sie noch eine ganze Weile einfach im Wagen. Er fragte sich, ob sie vielleicht telefonierte. Er neigte den Kopf zur Seite, um ihr Gesicht besser sehen zu können, und stellte fest, dass sie angespannt und frustriert aussah. Er machte die Tür einen Spaltbreit auf, hörte das unverkennbare Klicken einer leeren Batterie und winkte Sam zu, sie solle wieder hereinkommen.

Wütend stieg sie aus, knallte die Wagentür zu und marschierte den Kiesweg entlang zu seiner Haustür. Sie hatte gerade den halben Weg zurückgelegt, als der Wagen explodierte.

Die Druckwelle war so stark, dass die Außentür zersplitterte und Nick zu Boden geschleudert wurde. Er schlug mit dem Kopf hart auf den Fliesen auf, versuchte jedoch, trotz Benommenheit bei Bewusstsein zu bleiben, um zu Sam zu gelangen.

Barfuß, mit nacktem Oberkörper und von Panik erfüllt, kroch er durch die Glassplitter und rief nach ihr. Die ruhige Wohngegend hatte sich in ein Tollhaus verwandelt. Er hörte Leute schreien und roch den beißenden Qualm, der von Sams Wagen aufstieg. „Sam! *Sam!*"

Blut rann aus einer Schnittwunde an seiner Stirn. Er wischte es weg und lief die Eingangsstufen hinunter, den Schmerz, den die Glassplitter an seinen nackten Füßen verursachten, vollständig ignorierend. „Samantha!" Hektisch suchte er in dem kleinen Vorgarten, auf der Straße und in den Nachbargärten.

Im Gebüsch hinter ihm war ein Stöhnen zu hören. „Sam!" Er stürzte zu der zusammengekauerten Gestalt in seinem Garten und erkannte trotz des Schocks, dass die kleinen immergrünen Pflanzen, die er im letzten Sommer dort gesetzt hatte, ihr vermutlich das Leben gerettet hatten. „Sam! Sam, sieh mich an." Behutsam drehte er ihren Kopf. In der Ferne waren Sirenen zu hören. Abgesehen von einer Beule an der Stirn und einem verstörten Ausdruck in den Augen konnte er keine Verletzungen sehen.

„Blut", flüsterte sie. „Du blutest."

„Mir fehlt nichts." Er zupfte die Zweige aus ihrem Haar und wischte ihr Erde von der Wange. „Tut dir irgendetwas weh?" Schwindel erfasste ihn, als er schwer ausatmete. „Um Himmels willen, Liebes." Er saß mit ihr im Garten und versuchte das Blut zu stoppen, das aus seiner Stirnwunde sickerte. Gleichzeitig hielt er Sam, die am ganzen Leib zitterte, fest im Arm und flüsterte ihr beruhigende Worte ins Ohr.

„Ich muss die Polizei anrufen und den Vorfall melden."

„Ich bin sicher, jemand hat bereits die Polizei verständigt. Beweg dich einfach nicht, bis du untersucht worden bist."

„Mir klingeln die Ohren."

„Mir auch. Bist du irgendwo verletzt?"

„Meine Brust schmerzt." Sie schüttelte sich. „Himmel, Nick!" Sie hielt sich den Magen und wiegte sich in seinen Armen hin und her.

Er drückte sie fester an sich. „Schscht, Liebes." Das Blut schien inzwischen wenigstens langsamer aus seiner Stirnwunde zu sickern. „Atme tief durch."

Ein Arlington-Polizist kam auf sie zu. „Ist bei Ihnen so weit alles klar?"

„Ich bin im Dienst." Sie zeigte ihm ihre Polizeimarke, die sie aus ihrer zerfetzten Manteltasche zog. „Detective Sergeant Holland. Metro."

„Sind Sie verletzt, Sergeant?"

„Ich glaube nicht, aber das war mein Wagen, der da in die Luft geflogen ist. Ich muss dringend Kontakt zu meinen Vorgesetzten aufnehmen."

„Ich werde sie benachrichtigen." Erst als der Cop Nick eine Decke reichte, fiel ihm wieder auf, dass er lediglich mit einer – jetzt zerrissenen – Jogginghose bekleidet war. „Außerdem schicke ich Ihnen sofort Sanitäter."

„Danke, Officer ..."

„Severson."

„Danke", wiederholte Sam. Als sie wieder allein waren, sah sie Nick an. „Es tut mir leid."

„Was, zur Hölle?"

„Dass ich das zu dir nach Hause getragen habe." Sie schniefte und wischte sich die Nase ab. „Ich hätte nie gedacht, dass die tatsächlich versuchen würden, mich umzubringen. Dass sie den Mumm dazu besitzen."

„Wage es bloß nicht, dich bei mir zu entschuldigen, Samantha. Du bist hier schließlich das Opfer."

„Deine Fenster sind zerbrochen. Die deiner Nachbarn auch."

„Vergiss es. Das ist doch nur Glas, man kann es ersetzen. Aber dich ..." Seine Stimme versagte, weil es ihm die Kehle zuschnürte. Er küsste die Beule an ihrer Stirn und holte tief Luft. „Für dich gibt es keinen Ersatz. Das weiß ich, denn ich habe es sechs Jahre lang versucht."

„Nick", begann sie zögernd. „Ich sollte mich zusammenreißen und professionell bleiben, aber das hier ..." Sie schaute zu den Feuerwehrmännern, die löschten, was von ihrem Wagen noch übrig war.

„Dir wird nichts passieren. Das werde ich nicht zulassen."

Lächelnd, aber noch immer benommen, wischte sie ihm das

trocknende Blut von der Augenbraue. „Und wie willst du das anstellen?"

„Indem ich dich einfach nicht mehr aus den Augen lasse."

„Nick ..."

„Sergeant Holland?", sagte Officer Severson. „Die Sanitäter sind bereit für Sie."

„Wir sind noch nicht fertig", wandte sie sich an Nick, ehe sie die Sanitäter heranwinkte. „Wir reden später weiter darüber."

„Darauf kannst du deinen süßen Hintern verwetten."

Erstaunlicherweise waren Nicks Verletzungen schlimmer als Sams. Die Wunde über seiner linken Augenbraue musste mit fünf Stichen genäht werden, außerdem ein Schnitt im rechten Fuß, nachdem die Ärzte mehrere Glassplitter entfernt hatten. Hinzu kam bei ihm eine leichte Gehirnerschütterung sowie eine leichte Unterkühlung infolge der halben Stunde, die er spärlich bekleidet in der Kälte verbracht hatte.

Sam dagegen hatte nur eine Beule am Kopf und eine hässliche Prellung am Brustbein vom Sturz in die Büsche. Sie beschloss, dass es vermutlich besser war, nicht zu viel über das zu grübeln, was passiert war, solange es nicht unbedingt nötig war. Sie stand an Nicks Bett, schaute zu, wie der Chirurg seine Stirn nähte und bekam beim Anblick der Nadel, die in sein Fleisch stach, weiche Knie. Nichts fürchtete sie mehr als Nadeln, nicht einmal Flugzeuge.

Im Fernseher lief Johns öffentliche Beisetzung in Richmond, mit einem Sonderbericht über den ergreifenden Besuch der Familie O'Connor am Tag zuvor. Nick verfolgte gebannt die Berichterstattung, während Sam ebenso gebannt den Weg der Nadel beobachtete.

„Du wirst eine Narbe bekommen", bemerkte sie leise.

„Auf keinen Fall", protestierte der Arzt. „Er wird so gut wie neu sein hinterher."

„Verdammt", sagte Nick grinsend. „Ich hatte auf eine gezackte Narbe gehofft."

„Das ist nicht witzig", meinte Sam tadelnd.

„He." Er drückte ihre Hand. „Warum wartest du nicht draußen? Du bist leichenblass."

„Ich bleibe lieber hier bei den Nadeln, als mich dem zu stellen, was mich draußen erwartet."

„Und das wäre?"

„Ich habe gehört, der Lieutenant und der Captain sind da, die Medien werden zweifellos auch vertreten sein. Es wird überall in den Nachrichten verbreitet werden, dass ich die Nacht bei dir verbracht habe."

„Damit werden wir schon irgendwie fertig, Liebes."

„*Ich* werde damit fertig. *Du* wirst überhaupt kein Wort darüber verlieren. Verstanden?"

„Ich werde nicht zulassen, dass man dich allein für etwas verantwortlich macht, womit wir beide zu tun haben."

„Du bist Zivilist. Du würdest mir kaum helfen, wenn du versuchst, meine Kämpfe für mich auszutragen, Nick. Versprich mir, dass du dem Drang zu reden widerstehen wirst."

„Sonst?"

„Sonst lasse ich dich von Freddie in eine Zelle sperren, bis sich der Staub gelegt hat."

„Das würdest du nicht wagen."

„Ach nein?" Sie näherte sich seinem geschundenen Gesicht, achtete jedoch darauf, der Nadel nicht zu nah zu kommen. „Lass es doch drauf ankommen."

Der Arzt grinste. „Ich glaube, ich würde lieber auf die Lady hören – sonst landen Sie bald wieder hier und müssen genäht werden."

„Die *Lady*", konterte Nick, ohne den Blickkontakt mit Sam zu unterbrechen, „irrt sich gewaltig, wenn sie denkt, sie könnte mich herumkommandieren wie einen ihrer Untergebenen."

„Oh, hört euch nur an, er will hart wie ein Cop klingen." Sie hakte ihre Handschellen vom Gürtel und ließ sie so schnell erst um sein Handgelenk und dann um das Bettgestell einrasten, dass er nicht wusste, wie ihm geschah.

„Was zur Hölle ..." Er zerrte an den Handschellen, die gegen den Metallrahmen klirrten. „Das gibt's doch gar nicht!"

„Wenn Sie nicht wollen, dass ich Ihnen mit der Nadel ins Hirn steche, sollten Sie lieber stillhalten", warnte der Arzt ihn.

„Ich hole ihn nachher ab, wenn ich mit meinen Chefs gesprochen habe", wandte Sam sich an den Arzt. „Bis dahin halten Sie ihn bitte ruhig."

„Ja, Ma'am", versprach der Doktor, sichtlich beeindruckt von ihrer Dreistigkeit.

„Das wirst du mir büßen, Samantha", knurrte Nick.

Sie gab ihm einen Kuss auf die unverletzte Seite seiner Stirn. „Bin bald zurück." Über die Schulter rief sie ihm zu: „Und benimm dich schön." Im Davongehen musste sie über das wütende Klirren der Handschellen lächeln. „Das wird dir eine Lehre sein, dich mit mir anzulegen."

Ihr Lächeln erstarb, als sie Lieutenant Stahls zornige Miene im Wartezimmer erblickte. Erst da fiel ihr ein, dass sie nach wie vor keinen BH trug, deshalb zog sie ihren zerrissenen Mantel zu und verschränkte die Arme vor der Brust.

Stahl winkte sie zu einer stillen Ecke. Captain Malone folgte ihnen.

„Sergeant", begann Stahl. „Ich hätte gern eine Erklärung dafür, was Sie im Haus eines wichtigen Zeugen gemacht haben – über Nacht."

„Ja, Sir, Lieutenant, es geht mir gut. Danke der Nachfrage."

„Was halten Sie davon, wenn wir Ihrer langen Liste an Problemen noch eine Abmahnung wegen Ungehorsam hinzufügen?", entgegnete Stahl.

„Lieutenant", meldete Malone sich in deutlich warnendem Ton zu Wort. Zu Sam gewandt meinte er: „Sie haben nur geringfügige Verletzungen davongetragen?"

„Ja, Sir. Beule am Kopf, geprellter Brustkorb."

„Und Ihr Freund?"

Sam zählte ihm Nicks Verletzungen auf.

„Wurde sonst noch jemand verletzt?"

„Nein. Die Straße war leer. Zum Glück ist Wochenende." Ja, zum Glück, dachte Sam und erschauerte, als ihr erneut klar wurde, wie knapp sie und Nick davongekommen waren. „Haben die Sprengstoffexperten etwas am Wagen gefunden?"

„Die sind noch vor Ort. Unsere Leute stecken die Köpfe mit denen aus Arlington zusammen. Als ich mich auf den Weg gemacht habe, hat der Chief gerade mit deren Chief telefoniert und um Handlungsfreiheit gebeten."

„Es tut mir leid, Ihnen all den Ärger verursacht zu haben, Sir."

„Fangen Sie bloß nicht so an, das regt mich auf."

„Was hatten Sie mit Cappuano zu tun?", wollte Stahl wissen. Diesmal sprang Malone ihr nicht bei. Stattdessen beobachtete er sie mit seinen klugen grauen Augen, denen, wie sie aus Erfahrung wusste, nichts entging.

„Wir sind befreundet", antwortete sie zögernd. „Wir haben uns vor sechs Jahren auf einer Party kennengelernt. Bis zu dem Mord am Senator hatte ich ihn seitdem nicht mehr gesehen. Cappuano steht nicht unter Verdacht und war überdies sehr hilfreich bei den Ermittlungen, Sir."

„Ich ziehe Sie von dem Fall O'Connor ab, und zwar mit sofortiger Wirkung", erklärte Stahl, sich mit seiner eigenen Wichtigkeit aufplusternd.

„Aber ..."

„Nicht so voreilig, Lieutenant", mischte Malone sich wieder ein.

„Das ist meine Sache", fuhr Stahl ihn an. „Sie ist *mein* Detective."

„Und ich bin *Ihr* Captain." Malone kehrte ihm demonstrativ den Rücken zu.

Der böse Blick, mit dem Stahl Sam bedachte, hätte eine weniger selbstbewusste Frau vielleicht in Tränen ausbrechen lassen. Glücklicherweise besaß Sam genug Selbstbewusstsein, daher konzentrierte sie sich ausschließlich auf den vernünftigeren Captain.

„Sergeant, ich bin enttäuscht von dem schlechten Urteilsvermögen, das Sie gezeigt haben, indem Sie sich mit einem Zeugen eingelassen haben", sagte Malone.

„Ganz recht ...", platzte Stahl dazwischen.

„Lieutenant!", dröhnte der Captain. „Gehen Sie zurück zu Ihrer Einheit." Als Stahl sich nicht rührte, fügte Malone ein wütendes „Sofort!" hinzu.

Mit einem letzten hasserfüllten Blick auf Sam marschierte Stahl aus dem Wartezimmer der Unfallstation.

„Wie ich schon sagte, haben Sie mit dieser Beziehung kein gutes Urteilsvermögen gezeigt", fuhr Malone fort. „Aber in den über zwölf Jahren, die Sie meinem Kommando unterstehen, hatte ich niemals einen Grund, Ihr Urteil infrage zu stellen. Ich kenne Sie, Holland. Ich weiß, wie Sie denken, wie Sie arbeiten, und im Lauf der Jahre gab es zahlreiche Gelegenheiten, Ihre hohen ethischen Ansprüche anzuerkennen. So wie ich es sehe, kann es also nur eine einzige Erklärung dafür geben, dass Sie sich mitten im wichtigsten Fall Ihrer Karriere mit einem Zeugen einlassen: Es ist etwas Ernstes."

Sam war für einen Moment sprachlos. „Sir?", krächzte sie schließlich.

„Lieben Sie diesen Typen? Cappuano?"

„Ich ... äh ... ich ..."

„Es ist eine simple Ja-Nein-Frage, Sergeant."

„Das ist albern. Natürlich liebe ich ihn nicht", stammelte Sam, aber es klang selbst in ihren Ohren nicht sehr glaubwürdig. Und in denen des Captains offensichtlich auch nicht.

Zufrieden musterte er sie, lange und eindringlich. „Ich werde die Zweifel zu Ihren Gunsten auslegen und einfach davon ausgehen, dass Sie nichts getan haben, was diese Ermittlung gefährden könnte. Und dass Sie mir gegenüber ehrlich sind, wenn Sie behaupten, Cappuano sei von unschätzbarem Wert für Sie."

„Das bin ich, Sir."

„In dem Fall werden Sie sich der Presse gegenüber zu Ihrer Beziehung mit ihm nicht äußern. Darum werden sich unsere Medienexperten kümmern. Ich werde dafür sorgen." Er setzte sich und forderte sie mit einer Geste auf, sich neben ihn zu setzen. „Was die Bombe angeht ..."

„Wenn Sie mich von dem Fall O'Connor abziehen wollen, müssen Sie mir schon meine Polizeimarke abnehmen."

„Sergeant, es besteht kein Grund, irgendwelche Ultimaten zu stellen. Sie haben ein traumatisches Erlebnis hinter sich."

„Ja, stimmt, und morgen früh wird jeder in der Stadt wissen, mit wem ich schlafe. Sie werden wissen, dass Destiny Johnson es ernst gemeint hat, als sie angekündigt hat, sich an mir zu rächen für das, was mit ihrem Kind passiert ist. Sie werden wissen, dass ich jetzt genauso wenig einen Verdächtigen habe wie zu Beginn der Ermittlungen. All das wird die Öffentlichkeit wissen, und dann werden die Leute noch hören, dass meine Abteilung nicht genug Vertrauen in mich gesetzt hat, um mich diesen Fall zu Ende bringen zu lassen. Wie stehe ich dann da?"

„Sie sind ein ausgezeichneter Detective, demnächst Lieutenant. Das ist ein kleiner Rückschlag, mehr nicht."

„Ein zusätzlicher zu einer ganzen Reihe von Rückschlägen. Sie wollen, dass ich das Kommando über das Kommissariat übernehme. Ich werde nicht über die nötige Autorität verfügen, wenn Sie mir diesen Fall wegnehmen."

„Wir müssen an Ihre Sicherheit denken. Es gab bereits einen Anschlag auf Sie. Und die werden es wieder versuchen."

„Nächstes Mal werde ich vorbereitet sein. Diesmal konnten sie mich überraschen, weil ich Johnson nicht ernst genommen habe. Jetzt bin ich klüger."

„Ich muss wegen dieser Sache mit dem Chief sprechen. Der kriegt einen Anfall. Gonzo und Arnold verhören Destiny Johnson gerade. Da wir sie seit gestern in Gewahrsam haben, spielt sie die Ahnungslose und behauptet, mit dem Bombenattentat nichts zu tun zu haben."

Freddie kam in das Wartezimmer der Unfallstation gestürmt, blass und panisch. „Oh, dem Herrn sei Dank", stieß er hervor, als er Sam im Gespräch mit Malone erblickte. „Danke, Jesus."

„Wenn du mich umarmst, lasse ich dich verhaften", warnte Sam ihn.

Freddie, der tatsächlich schon dazu ansetzte, sie zu umarmen, hielt abrupt inne, beugte den Oberkörper nach vorn und stützte die Hände auf die Knie. „Ich hab's im Radio gehört", meinte er keuchend. „Hat mir eine Scheißangst eingejagt."

„Er flucht", wandte Sam sich an Malone. „Das macht er nur unter extremen Umständen. Also fühle ich mich geehrt."

Freddie legte den Kopf schief. „Du wärst um ein Haar in die Luft gesprengt worden! Tut mir ehrlich leid, dass ich das nicht witzig finde."

„Es geht mir gut, Cruz", sagte sie, gerührt von seiner Besorgnis. „Du kannst dich entspannen."

„Was machen wir?", fragte er Malone mit einem wütenden, leidenschaftlichen Funkeln in den Augen. „Was kann ich tun?"

„Gonzo verhört Destiny", informierte Sam ihn.

„Auf dem Weg hierher habe ich nachgedacht", sagte Freddie, noch immer außer Atem. „Was, wenn es nicht Johnson war?"

„Wie meinen Sie das?", wollte Malone wissen.

Freddie richtete sich auf. „Destiny hat gestern ihre Drohungen über die Medien verbreitet, richtig?"

Sam und der Captain nickten.

„Wenn jemand die Ermittlungen im Fall O'Connor sabotieren will, wie kann er das am schnellsten erreichen?" Bevor die beiden antworten konnten, fuhr er fort: „Indem man Sergeant Holland aus dem Spiel nimmt und sich die gesamte Aufmerksamkeit des Department auf Johnson richtet. Presto. O'Connor liegt auf Eis. Senator oder nicht, ein toter Cop verdrängt alles."

„Das ist eine interessante Theorie, Detective", gab Malone sichtlich beeindruckt zu.

Sam war stolz. Der junge Freddie machte sich allmählich gut. Sehr gut sogar.

„Halten Sie das für möglich?", fragte Freddie voll jugendlichem Überschwang.

„Es ist absolut denkbar", antwortete Sam für Malone. „Gut gedacht." Sie überlegte einen Moment und entschied sich dann. „Ich möchte, dass du nach Chicago fliegst und mit Patricia Donaldson sprichst. Ich will wissen, ob ihr Kind John O'Connors Sohn ist. Ich will die ganze Geschichte. Sag ihr, entweder sie erzählt dir alles, oder wir nehmen per richterlichem Beschluss eine DNA-Probe. Komm bloß nicht zurück, bevor du nicht jedes Detail ihrer Beziehung zu O'Connor kennst. Er ist an jedem dritten Wochenende im Monat hingeflogen. Ich will wissen, ob er mit ihr geschlafen hat. Und wenn ja, wie. Verstanden?"

„Ohne dich?" Seine normalerweise kräftige Gesichtsfarbe wich einer Blässe.

„Eine Bombe hat gerade deine Stützräder weggesprengt." Sam zuckte angesichts des Schmerzes in der Brust zusammen, als sie aufstand. „Sieh zu, dass du nach Chicago kommst." Sie packte das Revers seines Trenchcoats, den er stets trug, und zog ihn zu sich heran, sodass sein Gesicht nur noch wenige Zentimeter von ihrem entfernt war. „Und wehe, dir stößt was zu. Dann bringe ich dich um. Kapiert?"

„Ma'am." Er schluckte hart. „Ja, Ma'am."

Sie nahm die Papiere mit ihren Ticketinformationen aus ihrer Handtasche. „Nimm den Flug um elf und komm so schnell wie möglich wieder zurück. Heute Abend will ich einen Bericht."

„Passen Sie auf sich auf, Cruz", sagte Malone. „Wenn die es auf Sergeant Holland abgesehen haben, dann vielleicht auch auf Sie."

„Ja, Sir." Freddie stand da und strahlte.

„Warum stehst du noch immer hier und grinst wie ein Honigkuchenpferd?", fragte Sam.

„Ich gehe ja schon. Ich werde dich nicht enttäuschen. Sobald ich etwas herausgefunden habe, rufe ich dich an."

„Nun geh schon!" Nachdem er hinausgestürmt war, wandte sie sich an Malone: „Wow, war ich jemals so unerfahren?"

„Nein", antwortete er, ohne zu zögern. „Sie kamen zu uns mit dem Gespür eines Captain. Was glauben Sie, weshalb ich seit Jahren auf der Hut bin?"

Perplex wegen des unerwarteten Kompliments sah sie ihn an. „Tut mir leid, dass ich Sie enttäuscht habe."

„Ich wette, Ihr Freund fragt sich schon, wo Sie bleiben. Warum gehen Sie nicht und schauen nach ihm? Ich nehme Sie beide mit, wenn er will."

Sie legte ihre Hand auf seinen Arm. „Lass Sie nicht zu, dass man mir den Fall O'Connor wegnimmt, Captain. Lassen Sie es nicht zu."

„Ich werde tun, was ich kann."

22

Sam ging durch den langen Flur zurück und blieb vor der Tür, hinter der Nick war, einen Moment an die Wand gelehnt stehen, um sich zu sammeln. Sie konnte nicht aufhören, an das zu denken, was Malone gesagt hatte. Liebte sie Nick? Hatte sie deshalb zugelassen, dass sich die Dinge zwischen ihm und ihr entwickelten, obwohl sie wusste, dass es falsch war und ihr eine Menge Ärger einbringen konnte? Hatte sie ihn möglicherweise schon immer geliebt? Schon damals in ihrer ersten Nacht?

Mit einem leisen Stöhnen lehnte sie den schmerzenden Kopf zurück. Peter hatte sie nicht geliebt, nur war ihr das leider erst viel zu spät klar geworden. Als Nick sie nach der gemeinsam verbrachten Nacht nicht angerufen hatte – zumindest hatte sie das geglaubt –, war sie ernsthaft deprimiert gewesen. Peter war da gerade richtig gekommen. Er war ihr Trost, bei ihm konnte sie sich ausweinen und anlehnen. Es war leicht gewesen – zu leicht, wie ihr später aufging –, von ihm hin und weg zu sein.

Zu all dem, was sie inzwischen über ihn wusste, kam auch noch die Tatsache, dass er Nicks Anrufe verschwiegen hatte, unter dem Vorwand, sie trösten zu wollen. Damit bewies er nachträglich, dass er ein noch größeres Arschloch war, als sie bisher geglaubt hatte. Ohnehin hatte er ihr nicht bloß vier Jahre ihres Lebens gestohlen. Er hatte ihr Selbstbewusstsein genommen und sie dazu gebracht, ihr Urteilsvermögen infrage zu stellen. Am

Ende hatte sie weder Selbstachtung noch Selbstbewusstsein besessen.

Eine kluge Frau wäre nach einem Flop wie Peter darauf bedacht, den gleichen Fehler kein zweites Mal zu begehen. Eine kluge Frau würde es mit Nick langsam angehen lassen, um sicher zu sein, dass sie das Richtige tat.

Als das Klirren von Metall auf Metall sie daran erinnerte, dass sie gleich einem sehr wütenden Mann gegenübertreten würde, musste sie sich eingestehen, dass sie nicht annähernd so klug war, wie sie immer geglaubt hatte.

Sie setzte ein strahlendes Lächeln auf und betrat mit vor Anspannung schmerzendem Magen das Zimmer. „Großartig! Du bist fertig.“

Nick kochte. „Mach diese Dinger ab, Sam. Sofort!“

„Gern.“ Sie zog den Schlüssel aus der Tasche und ließ ihn vor seinem Gesicht baumeln. „Aber vorher wollen wir eine Sache klären. Du musst dich aus meinem Job heraushalten. Wenn du das akzeptierst, kommst du frei.“

„Woher willst du wissen, dass ich *dich* nicht freigebe, sobald du mich losgemacht hast?“

Diese Frage löste eine überraschende Angst in ihr aus. „Tja, das liegt wohl ganz allein bei dir, nicht wahr?“, erwiderte sie tapferer, als sie sich fühlte.

„Mach mich los. Sofort.“

„Erst wenn du dich einverstanden erklärst.“

„Ich erkläre mich mit überhaupt nichts einverstanden, solange ich an ein Bett gekettet bin. Aber du kannst mich gern losbinden, dann unterhalten wir uns wie zwei vernünftige Erwachsene.“

Sie betrachtete sein wütendes, attraktives Gesicht. „Du bist äußerst sexy, wenn du sauer bist.“ Sie beugte sich herunter und küsste den Verband über seinem linken Auge.

Der Kuss schien ihn zu besänftigen, aber nur ein wenig. „Tut mir leid, dass ich dich gefesselt habe.“ Als sie seine skeptische Miene bemerkte, fügte sie hinzu: „Es tut mir wirklich leid. Aber du hast keine Ahnung, wie schwer es ist als Frau in diesem Beruf, oder als Tochter eines gefallenen Helden. Das Letzte, was ich brauche, ist ein Kerl auf einem Schimmel, der zu meiner Rettung angeritten kommt, als käme ich allein nicht mehr zurecht. So, wie die Dinge stehen, rechne ich ständig damit, dass mir alles um die Ohren fliegt.“

„Wie heute?“

„Soll das ein Witz sein?“, fragte sie fassungslos. „Machst du Witze über eine Bombe?“

„Entschuldigung“, meinte er zerknirscht. „Es hat sich einfach angeboten. Natürlich finde ich das nicht witzig. Ganz im Gegenteil.“ Mit seiner freien Hand griff er nach ihrer Hand und führte sie an die Lippen. „Mach mich los. Ich verspreche dir, dich nicht umzubringen.“

Da sie wusste, dass sie vorerst auf eine versöhnlichere Zusage nicht hoffen durfte, und ermutigt durch die zärtliche Geste, schloss sie die Handschellen auf.

Er machte eine große Show daraus, sein wundes Handgelenk zu reiben, ehe er aufstand und seine Jeans sowie seinen Pullover nahm.

Sam war nach wie vor leicht verunsichert, wie wütend er tatsächlich war, daher blieb sie auf der anderen Seite des Bettes stehen, während er sich anzog. Sie fühlte mit, als er das Gesicht beim Anziehen des alten Joggingschuhs, den die Cops ihm von zu Hause gebracht hatten, vor Schmerz verzog.

„Übrigens fährt Captain Malone uns zu, na ja, zu mir, falls du nichts dagegen hast.“

„Nein, ich habe nichts dagegen“, sagte er und klang gereizt.

Sie schluckte den Kloß in ihrem Hals herunter und sagte: „Ich wäre dir dankbar, wenn du mit ihm nicht über das sprechen würdest, was zwischen uns gewesen ist.“

„Was? Ich soll nicht erwähnen, dass meine Freundin oder Sexpartnerin, oder was auch immer, beinahe in meinem Vorgarten von einer Bombe zerfetzt wurde?“

Sie rieb sich die müden Augen. Nach einer fast schlaflosen Nacht mit ihm hatte sie eigentlich im Flugzeug schlafen wollen, falls ihre Nerven das zugelassen hätten. „Ich bitte dich, es für mich zu tun. Er war viel gefasster, dass man mich bei dir ertappt hat, als ich erwartet hatte. Es wäre einfach besser, wenn du dich aus der Sache heraushältst.“

Er kam um das Bett herum und drängte sie mit sanfter Gewalt gegen die Wand. „Ich soll mich heraushalten?“

„Ja, das wäre hilfreich." Mit beiden Händen hielt sie ihn knapp auf Abstand.

„Lass uns eines klarstellen, Samantha. Meine ganze Karriere bestand darin, in der zweiten Reihe zu stehen hinter dem Senator, und damit habe ich auch kein Problem. Aber wenn du auch nur eine Sekunde lang glaubst, ich würde in meinem Privatleben die zweite Geige spielen, dann hast du das falsche Schoßhündchen an der Leine."

Eigentlich hätte sie sich über eine solche Bemerkung ärgern müssen, aber zu ihrer Überraschung erregten seine Worte sie. Sie legte ihm eine Hand in den Nacken und zog ihn zu einem Kuss an sich, damit er endgültig seinen Ärger auf sie vergaß.

Er legte ihr die Hände auf die Hüften und zog sie unvermittelt an sich.

„Ich will kein Schoßhündchen", erklärte sie, als sie endlich wieder Luft holen konnte. „Ich bitte dich nicht, diese Rolle für mich zu spielen."

„Was soll ich denn für dich sein?"

„Müssen wir das unbedingt jetzt entscheiden? Es ist schon schlimm genug, dass die ganze Stadt erfahren wird, dass wir miteinander schlafen."

„Tja, der Schaden ist nun mal angerichtet", meinte er mit einem bitteren Lachen, das an ihren ohnehin angegriffenen Nerven zehrte.

„Du hast leicht reden. Dein Job steht nicht auf dem Spiel."

„Stimmt, denn ich habe meinen Job verloren, als mein Boss sich umbringen ließ. Schon vergessen?"

„Ich will das nicht. Ich will mich nicht mit dir streiten, wo es viel wichtigere Dinge gibt, mit denen wir uns auseinandersetzen müssen."

„Hörst du, was du gerade gesagt hast? *Wir* müssen uns mit wichtigeren Dingen auseinandersetzen. Genau das meine ich."

Sie senkte den Blick für einen Moment, ehe sie wieder die Kraft fand, ihm in die Augen zu sehen. „Ich bin ein *Wir* nicht gewohnt."

Er lachte, aber wenigstens schien der Ärger verflogen zu sein. „Denkst du etwa, ich? Für mich ist das auch alles Neuland, Babe."

„Tut mir leid, dass es bekannt wird, ehe wir bereit sind."

„Irgendetwas sagt mir, dass nichts, was uns betrifft, leicht oder einfach sein wird. Wir können uns ebenso gut daran gewöhnen. Immerhin sprichst du jetzt von ‚wir‘, wenn du dich und mich meinst. Das ist ein Fortschritt."

Seine Worte ignorierend sagte sie: „Du wirst dem Captain gegenüber also ruhig bleiben?"

„Absolut."

Sie küsste ihn sanft. „Du bist wirklich unglaublich sexy, wenn du wütend bist."

„Tatsächlich?"

Sie liebte es, wie verlegen er wurde, wenn sie solche Dinge sagte. „O ja." Nachdem sie seine Wange getätschelt hatte, ging sie zur Tür.

„Samantha?"

Sie drehte sich um.

„Du schuldest mir sechsundzwanzig Minuten in Handschellen, und ich habe die Absicht, diese Schuld einzutreiben."

Dieser verdammte Kerl! Ausgerechnet dann, wenn sie ihre ganze Konzentration für den Captain brauchte und für alles, was sie zu Hause erwartete, musste Sam ständig daran denken, von Nick mit Handschellen gefesselt zu werden und sechsundzwanzig Minuten seiner Gnade ausgeliefert zu sein. Ihr ganzer Körper kribbelte vor sinnlicher Vorfreude.

Sie sah ihn zornig an, doch er grinste nur. Er wusste genau, dass er sie auf die Palme gebracht hatte.

„Du siehst supersexy aus, wenn du sauer bist", flüsterte er, was ihm einen weiteren zornigen Blick einbrachte. Als er versuchte, ihre Hand zu halten, zog sie sie zurück und schob sie in die Manteltasche, wo sich schon ihre Handschellen und ihr BH befanden. Ihr Kopf hämmerte und sie fing an zu glauben, dass einem der Kopf wirklich wegfliegen konnte. Als sie sich dem Wartezimmer näherten, zog sich ihr Magen schmerzhaft zusammen.

„Was ist los?", wollte Nick wissen und hielt sie am Arm fest.

„Mein Magen."

„Wieso befragen wir dazu nicht mal einen Arzt, wenn wir schon hier sind?"

Sie befreite ihren Arm aus seinem Griff. „Es ist schon untersucht worden."

„Offenbar muss es noch mal untersucht werden", erklärte er, zärtlich ihre Arme reibend.

„Es ist schon wieder besser." Sie wich zurück. „Keine Zuneigungsbekundungen vor dem Captain oder sonst wem."

„Du gibst mir keine Befehle. Schon vergessen?"

„Nick …"

„Sam."

Mit einem frustrierten Laut marschierte sie einige Schritte vor ihm in den Warteraum.

Captain Malone legte das *Time Magazine,* in dem er geblättert hatte, aus der Hand und stand auf. „Fertig?"

„Ja, Sir. Ah, das ist übrigens Nick. Nick Cappuano." Auf ihn deutend, ohne ihn anzusehen, erklärte sie: „Captain Malone."

Während Sams Magen ihr zu schaffen machte, taxierten die beiden Männer einander, schüttelten sich die Hand und brummten ein „Freut mich, Sie kennenzulernen."

„Im Namen der Polizei entschuldige ich mich für Ihre Verletzungen und den Schaden an Ihrem Zuhause", sagte Malone.

„Es war ja nicht Ihre Schuld", entgegnete Nick. „Trotzdem würde ich gern erfahren, was unternommen wird, um die Person zu fassen, die versucht hat, Sam umzubringen."

Sam starrte ihn fassungslos an. War das etwa seine Art, sich aus ihrem Job herauszuhalten?

„Wir sollten Sie beide erst einmal hier herausbringen, dann unterhalten wir uns unterwegs." Er winkte, und zwei uniformierte Polizisten erschienen. „Vor der Unfallstation lauert die Presse, deshalb werden die Officer Butler und O'Brien euch oben durch den Haupteingang begleiten. Ich hole meinen Wagen und treffe euch dort."

„Danke, Sir", sagte Sam. Sobald der Captain außer Hörweite war, fuhr sie Nick an: „Das nennst du *dich heraushalten?*"

„Was denn? Er weiß, dass wir miteinander schlafen. Würde ich nicht wie ein Idiot dastehen, wenn ich nicht mal frage? Wäre es für dich nicht leichter, wenn er mich mag? Wenn er versteht, weshalb du momentan so viel riskierst, um mit mir zusammen zu sein?“

„Ah!“ Sie marschierte an den uniformierten Polizisten vorbei und tat so, als höre sie sein Lachen hinter ihr nicht.

Als sie vor dem Haus ihres Vaters in Capitol Hill hielten, war Nick der neue beste Freund des Captains. Es verband sie die Sorge um Sams Sicherheit ebenso wie ihre Leidenschaft für die Redskins, Politik und importiertes Bier. Wäre Sam nicht ohnehin schon übel gewesen, wäre das spätestens jetzt der Fall gewesen.

Sie vermutete, dass die beiden mit ihrem Smalltalk die unterschwellige Anspannung überspielten, während ihnen durch den Kopf ging, was alles heute Morgen hätte passieren können. Ganz zu schweigen von den Konsequenzen, mit denen sie sich nun auseinandersetzen mussten. Nur aus diesem Grund beschloss sie, Nick keine Vorwürfe zu machen, weil er sich über ihre Bedingungen hinweggesetzt hatte.

Ihr Magen meldete sich erneut schmerzhaft, als sie den Wagen des Chiefs in der Ninth Street geparkt sah. Zweifellos entwarfen der Chief und ihr Vater einen Plan, sie irgendwo wegzuschließen, bis sie ausgesagt hatte.

Auf dem Weg zum Haus wandte Sam sich an Captain Malone. „Sir, dürften wir uns eine Minute unter vier Augen unterhalten?“

„Natürlich. Wir sehen uns im Haus.“

Nachdem Malone drinnen verschwunden war, wandte Nick sich an sie: „Ich weiß, was du sagen willst, aber ich habe doch bloß versucht, ein bisschen Konversation zu machen …“

Sie stellte sich auf die Zehenspitzen und gab ihm einen Kuss.

Erschrocken sagte er: „Wofür war der?“

„Mir war einfach danach.“

„Versuchst du absichtlich, mich aus der Fassung zu bringen?“

„Nicht absichtlich, aber wenn es funktioniert …“

„Und ich dachte, ich kriege mal wieder deine böse Zunge zu spüren – allerdings nicht auf diese Art.“

Sie lächelte. „Ich wollte dir nur sagen, dass mein Dad ein wenig Gefühl in der rechten Hand hat. Wenn ich dich also vorstelle …" Sie zuckte die Schultern. „Wenn du seine Hand drücken willst, es würde ihm etwas bedeuten. Und mir auch."

Nick legte den Arm um sie, drückte sie an sich und gab ihr einen Kuss auf die Haare. „Danke, dass du mir das gesagt hast."

„Er wird fürchterlich aufgewühlt sein wegen der Bombe, deshalb nimmt er dich vielleicht anfangs gar nicht richtig wahr. Sei deswegen nicht beleidigt."

„Werde ich nicht."

„Ich hoffe, du hast deinen ganzen Charme nicht bereits an den Captain verpulvert", erklärte sie und rieb sich den Bauch. „Denn mein Dad ist derjenige, bei dem es drauf ankommt. Das ist dir klar, oder?"

„Selbstverständlich ist mir das klar. Es wird alles gut gehen. Mach dir keine Sorgen, sonst bekommst du wieder Magenschmerzen."

Amüsiert erwiderte sie: „Begreifst du allmählich das Muster?"

„Ja. Bringen wir es hinter uns, bevor es wieder richtig losgeht."

„Dafür könnte es schon zu spät sein", murmelte sie, holte ein letztes Mal tief Luft und ging mit Nick zur Rollstuhlrampe vor der Haustür.

Drinnen wimmelte es von Polizisten.

Celia kam auf sie zugestürmt. „Um Himmels willen, Sam!" Ihre Tränen benetzten Sams Wangen, und sie berührte Sam, als müsste sie sich vergewissern, dass sie es wirklich war. „Geht es dir gut?"

„Mit mir ist alles in Ordnung." Sie vollführte eine kleine Drehung. „Siehst du? Alles noch dran und intakt."

Celia hob eine Braue. „Du hast mich gestern Abend angelogen, als du gesagt hast, du fährst zur Arbeit."

Sam wand sich unter dem strengen Blick ihrer zukünftigen Stiefmutter. „Na ja, ab und zu kommt das vor. Dass ich lüge, meine ich. Meinst du, das wird ein Problem für dich werden?"

Celia warf einen anerkennenden Blick über Sams Schulter auf Nick und lächelte. „Wenn er der Grund ist, dann kann ich dir verzeihen. Jedenfalls dieses Mal."

Sam stellte ihr Nick vor, und als sie es nicht länger vermeiden konnte, sah sie endlich ihren Vater an, der sie mit versteinerter Miene von der anderen Seite des Raumes musterte. Sie ging zu ihm und beugte sich herunter, um ihn auf die Wange zu küssen. „Tut mir leid, dass du dir Sorgen machen musstest.“

„Seit etwa drei Stunden bin ich über das Stadium des Besorgtseins hinaus, aber dazu kommen wir später. Wen hast du da bei dir?“

Sam war sich im Klaren darüber, dass ihr Vater längst wusste, wer Nick war. Trotzdem deutete sie auf ihn und sagte: „Dad, das ist Nick Cappuano.“

Wie zuvor besprochen drückte Nick Skips rechte Hand. „Freut mich, Sie kennenzulernen, Deputy Chief Holland.“

„Ausgezeichnetes Ranschleimen. Ich schätze, jemand hat Sie gut auf Sams alten Herrn vorbereitet.“

„Ich habe nicht die leiseste Ahnung, was Sie meinen, Sir.“

Skip wirkte belustigt. „Stammt das von heute Morgen?“, erkundigte er sich, auf das Pflaster über Nicks Auge deutend.

„Ja, aber es ist nicht so schlimm.“

Sam machte Nick zum wiederholten Mal mit Chief Farnsworth bekannt. „Detective Higgins, Ma’am“, stellte sich der andere Cop Sam vor. „Sprengstoffexperte.“

„Wir sind uns schon begegnet“, erklärte Sam, obwohl sie nicht glauben konnte, dass er Detective war. Mit seinem blonden Bürstenhaarschnitt passend zum Kindergesicht sah er gerade alt genug aus, um die Ausbildung absolviert zu haben. „Was haben Sie gefunden?“

„Zwei Sprengsätze an Ihrem Wagen“, erklärte er. „Einer war mit der Zündung verbunden, der andere war zur Verstärkung der Sprengkraft. Nur einer ist explodiert. Wären alle beide hochgegangen, würden wir diese Unterhaltung hier jetzt nicht führen.“

Sam schluckte und protestierte nicht, als sie Nicks Hand auf ihrem Rücken spürte.

„Das ist noch nicht alles“, fuhr Higgins fort. „Bei der Überprüfung der anderen Fahrzeuge in der Gegend fanden wir zwei weitere Bomben an einem schwarzen BMW.“

Nick und Sam holten hörbar Luft.

„Der auf Sie zugelassen ist, Mr. Cappuano.“

Sam sank benommen aufs Sofa, als hätten ihre Knochen sich

plötzlich in Gummi verwandelt. „Warum?", flüsterte sie. „Warum sollten sie es auf ihn abgesehen haben?"

„Darüber haben wir gerade diskutiert, als Sie hereinkamen", meldete Chief Farnsworth sich zu Wort. „Wenn es Johnson oder ihre Kumpane waren, kann nur Rache das Motiv sein, nach dem biblischen Motto: Auge um Auge, Zahn um Zahn. Johnson wollte Sie entweder tot oder geschwächt sehen. Aber woher kennen die seinen Wagen?"

„Ich habe drin gesessen", gestand Sam. „Vor Kurzem erst. Und ich hatte ein paarmal das Gefühl, beobachtet zu werden."

„Detective Cruz deutete eher einen Zusammenhang mit O'Connor an statt mit Johnson", meldete Malone sich zu Wort. „Es lohnt sich vielleicht, der Sache nachzugehen, besonders da Nick mittlerweile auch das Ziel zu sein scheint."

Farnsworth wandte sich an Nick. „War Senator O'Connor in irgendeiner Form mit Terroristen oder Terrorismus beschäftigt?"

„Er war im Heimatschutz-Komitee, arbeitete jedoch hauptsächlich am Einwanderungsgesetz. Allerdings wurde er über Antiterror-Initiativen unterrichtet. Wir beide."

„Ich will das Gesetz, das er durchzubringen versuchte, genau unter die Lupe nehmen, Zeile für Zeile", erklärte Sam. „Möglicherweise habe ich darin etwas Entscheidendes übersehen. Bisher bin ich von einer verschmähten Geliebten ausgegangen, aber die greifen für gewöhnlich nicht auf Bomben zurück."

„Nein", stimmte Malone ihm zu. „Die neigen eher dazu, ihre Opfer zu entmannen."

„Deshalb habe ich mich ja hauptsächlich auf sein Liebesleben konzentriert." Sam erhob sich, um auf und ab zu gehen. „Wir sind auf einige Ex-Geliebte gestoßen. Einige haben sich beklagt über seine, hm, erotischen Vorlieben." Sie sah mitfühlend zu Nick, der das zum ersten Mal hörte. „Aber möglicherweise hat Cruz recht, und die Entmannung war nur ein Ablenkungsmanöver."

„Er wurde entmannt?", wiederholte Higgins entsetzt, und sein Kindergesicht wurde blass.

„Ein Detail, das wir der Presse bis jetzt vorenthalten konnten", erklärte Farnsworth mit einem eindringlichen Blick in Richtung seines Detectives.

„Ja, Sir." Higgins wandte sich zum Gehen. „Ich muss zurück ins Labor, wo es sicher ist."

Sam verdrehte die Augen. „Laufen Sie nur schnell zurück in Ihre Höhle, Higgins, und überlassen Sie uns die Drecksarbeit auf der Straße."

„Die könnt ihr wirklich gern allein machen. Ich schicke euch alle Informationen über die Sprengkörper, sobald ich mehr weiß. Was ich aber jetzt schon sagen kann, ist, dass sie primitiv waren und Sie ziemliches Glück gehabt haben, Sergeant."

„Ja", sagte Sam. „Ich weiß." Sie brachte ihn zur Tür, und als sie sich umdrehte, stellte sie fest, dass alle Männer im Raum auf sie blickten.

Die kommende Auseinandersetzung zweifellos vorausahnend, zog Celia sich schleunigst in die Küche zurück.

„Bevor ihr alle verschwindet, habe ich euch noch etwas zu sagen", kündigte Sam an. „Und ich möchte, dass ihr mir zuhört, ohne mich zu unterbrechen."

Das Schweigen der Männer signalisierte Einverständnis, und Sam drückte die Faust in ihren schmerzenden Magen. Sie nahm sich einen Moment Zeit, um jedem der Anwesenden ins Gesicht zu sehen – ihrem Dad, dem Helden und Fels in der Brandung; Chief Farnsworth, geschätzter Freund und respektierter Vorgesetzter; Captain Malone, Boss und Mentor; und schließlich Nick, der ihr so schnell wichtiger geworden war als alle anderen. Aber ihnen allen lag sie am Herzen, daran zweifelte sie nicht, ebenso wenig daran, dass diese Männer alles unternehmen würden, um für ihre Sicherheit zu sorgen.

„Ich bin überzeugt, dass ihr zwei schon einen Plan ausgeheckt habt, um mich über das Wochenende in einem geheimen Unterschlupf zu verstecken", wandte sie sich an ihren Vater und den Chief. „Aber das könnt ihr vergessen." Bevor die anderen protestieren konnten, hob sie die Hand. „Ich werde an diesem Fall so lange arbeiten, bis er gelöst ist. Und ich werde mich nicht von irgendwelchen Kriminellen oder Terroristen, oder wer immer sonst Sprengkörper an meinem Wagen befestigt hat, davon abhalten lassen. Wenn die nämlich glauben, sie hätten so viel Macht über mich, bin ich in diesem Job erledigt. Das wisst ihr genau."

Erneut stellte sie zu jedem Einzelnen Blickkontakt her. „Ich weiß, ihr macht euch nur Sorgen. Aber wenn ich euch wirklich am Herzen liege, dürft ihr von mir nicht verlangen, dass ich mich zum Feigling mache. Ich will gar nicht verhehlen, dass die Bombe mir eine Heidenangst eingejagt hat." Sie richtete den Blick auf Nick. „Als ich das Blut in deinem Gesicht gesehen habe, ist mir fast das Herz stehen geblieben. Also werde ich sie mir schnappen, und sei es nur aus dem Grund, dass sie dich verletzt haben. Denn das werde ich nicht hinnehmen."

Auf Nicks angespanntem Gesicht erschien ein sanftes Lächeln, das seine Augen erreichte und Empfindungen in ihr weckte, die sie in dieser Stärke nie zuvor gekannt hatte.

Zu Farnsworth sagte sie: „Lassen Sie mich meinen Job machen. Ich werde jede nur erdenkliche Vorsichtsmaßnahme ergreifen. Ich werde alles von hier aus koordinieren und so nah an zu Hause bleiben, wie ich kann. Aber ich werde mich nicht verstecken. Ich möchte denjenigen von euch sehen, der nicht lieber draufgeht, als vor Abschaum davonzulaufen, der glaubt, uns wie Müll entsorgen zu können."

Eine volle Minute des Schweigens folgte diesen Worten. Sam registrierte, dass Farnsworth und Malone ihren Dad beobachteten. Offenbar bekamen sie ihre Stichworte von ihm.

„Ich würde mir gern dieses Einwanderungsgesetz ansehen", erklärte Skip schließlich und sah zu Nick. „In meiner Freizeit interessiere ich mich brennend für Politik. Vielleicht entdecke ich darin etwas, das uns weiterhilft."

„Ich werde es Ihnen beschaffen." Nick schaute auf seine Uhr. „Meine Mitarbeiter müssten inzwischen aus Richmond zurück sein, ich werde sie anrufen. Welches Format wünschen Sie?"

„Ein Fax würde genügen. Das könnte ich in mein elektronisches Lesegerät laden. Auf diese Weise sehe ich zwei Seiten gleichzeitig." Skip ratterte die Nummer herunter und folgte Nick in die Küche.

„Ich werde im Labor Druck machen, dass sie sich mit der Analyse der Bomben ein bisschen beeilen", versprach Malone und zog seinen Mantel an.

Sam blieb mit dem Chief allein zurück. „Ich weiß, was Sie sagen werden."

„Wirklich?"

Sein strenger Blick war ihr unangenehm, deshalb plapperte sie regelrecht drauflos. „Es tut mir leid, dass ich wegen Nick gelogen habe. Aber ich hatte solche Angst, dass Sie mich von dem Fall abziehen würden, denn nach der Johnson-Geschichte habe ich ihn dringend gebraucht. Das wissen Sie. Ich habe versucht, gegen die Anziehung zwischen uns anzukämpfen. Er war einfach da für mich, die ganze Zeit, und ich ... wieso grinsen Sie so?"

„In gewisser Hinsicht sind Sie noch immer genauso, wie Sie als Zwölfjährige waren. Wissen Sie das?" Er trat einen Schritt näher. Sein Lächeln erstarb. „Doch sollten Sie mich jemals wieder belügen, Sergeant, kassiere ich Ihre Dienstmarke. Haben wir uns verstanden?"

„Vollkommen", erwiderte sie und schluckte hart. „Sir."

„Klären Sie den Fall O'Connor auf – und zwar schnell. Ich will keine weitere schlechte Presse für Sie oder die Abteilung."

„Ja, Sir."

Er rief Skip und Celia ein „Auf Wiedersehen" zu, bevor er seinen Mantel anzog.

„Chief? Danke, dass Sie verstehen, weshalb ich das tun muss."

„Ich würde genauso handeln. Tatsächlich hat Ihr Dad uns Ihre kleine Ansprache fast wörtlich prophezeit. Wir waren also darauf gefasst."

„Na so was! Da dachte ich, ich hätte euch alle im Griff, und dabei war es genau umgekehrt!"

„Da müssen Sie schon deutlich früher aufstehen, um uns alten Veteranen voraus zu sein. Ehrlich gesagt, wir wären enttäuscht gewesen, wenn Sie es anders gesehen hätten. Sie sind noch aus altem Holz geschnitzt, Holland."

„Danke, Sir. Ein schöneres Kompliment hätten Sie mir nicht machen können."

„Ich weiß." Er sah zur Küche. „Aber bedenken Sie, was Sie ihm damit antun würden, falls Ihnen etwas zustößt. Das wäre sein Ende. Vergessen Sie das nicht."

„Nein, Sir", versprach sie leise, während sie ihm hinterherschaute, wie er die Rampe hinunterging.

23

Da Nick draußen telefonierte, ging Sam in die Küche, wo ihr Dad den Gesetzestext studierte.

Sie beugte sich herunter, um ihm einen Kuss auf die Wange zu geben. „Danke für die Hilfe. Ich hasse das Gefühl, den springenden Punkt in dieser Geschichte womöglich übersehen zu haben."

„Da bin ich mir nicht einmal sicher. Nur weil es ein paar unvorhergesehene Wendungen gegeben hat, bedeutet das nicht, dass du nicht auf der richtigen Spur bist."

„Stimmt auch wieder."

„Scheint ein netter Junge zu sein."

„Wer? Higgins?"

„Nein", meinte er grinsend. „Nick."

„Oh, ach so." Allerdings war sie noch nicht bereit, mit ihm darüber zu sprechen. „Apropos, wie ich hörte, hattest du auch so deine Geheimnisse."

„Das musst du gerade sagen. Was für Geheimnisse meinst du?"

Sam bedachte ihn mit einem tadelnden Blick und setzte sich auf einen Küchenstuhl.

„Oh, Celia."

„Ganz recht." Zufrieden sah sie, wie er ein wenig errötete.

„Na ja, ich hatte noch vor, es dir zu sagen."

„Nur warst du dann doch zu feige und hast sie vorgeschickt."

„So ähnlich."

Sam lachte. „Ich freue mich für dich."

„Wirklich?" Seine Erleichterung war beinahe so komisch wie seine Verlegenheit.

„Natürlich tue ich das. Sie ist wunderbar. Was hätten wir in den vergangenen Jahren ohne sie gemacht?"

„Ja, wirklich. Bloß kann ich nicht verstehen, warum sie sich das antun will." Er deutete mit einem Blick an, dass er seinen gelähmten Körper, den Rollstuhl, die ganze Situation meinte.

„Sie liebt dich. Ich glaube, so einfach ist das."

„Jedenfalls hat sie es nicht auf das Haus oder meine Pension abgesehen."

„Das habe ich auch nicht angenommen."

„Klar hast du, denn ich habe dich dazu erzogen, genauso zynisch zu sein wie ich."

„Na gut, vielleicht ist es mir durch den Kopf geschossen. Aber als ich sie von dir reden gehört habe ... ihre Gefühle sind aufrichtig."

„Ja, das glaube ich auch", räumte er ein und schien verblüfft darüber zu sein. „Tatsache ist, dass sie einen Wisch aufsetzen will, in dem festgelegt wird, dass sie überhaupt nichts bekommt nach meinem ... du weißt schon."

„Was mir zeigt, dass sie es erst recht bekommen sollte."

„Siehst du? Das denke ich nämlich auch. Es würde dir oder deinen Schwestern nichts ausmachen, wenn sie einen Teil erbt?"

Sam stand auf, legte ihm die Hände auf die Schultern und brachte ihr Gesicht dicht vor seines. „Ich will dich vor allen Dingen noch so lange wie möglich behalten. So lange, wie du bei uns bleiben willst."

„Du hast unsere Abmachung nicht vergessen?"

Sam dachte an das Medizinfläschchen, das sie in einem Tresorfach aufbewahrte. „Nein."

„Und du bist nach wie vor bereit. Wenn der Zeitpunkt kommt ..."

Sie kämpfte gegen den Schmerz in ihrem Magen und ihrem Herzen an und erwiderte mit fester Stimme: „Wenn der Zeitpunkt kommt."

Er atmete vor Erleichterung aus. „Gut. Na schön. Dann werde

ich jetzt diesen Gesetzestext weiterlesen und dir Bescheid sagen, falls mir etwas auffällt, Sergeant – oder sollte ich Lieutenant sagen?"

„Noch nicht." Sie küsste ihn auf die Stirn. „Danke für deine Hilfe."

„Ist mir ein Vergnügen."

Das konnte sie sehen. Er wirkte in diesem Moment so lebendig wie lange nicht mehr. Sie hätte ihn ruhig schon früher in ihre Fälle miteinbeziehen sollen und nahm sich vor, das in Zukunft zu tun. Sein Verstand war scharf wie eh und je, und wenn es seiner Motivation diente, würde sie seine Hilfe in Anspruch nehmen und sicher davon profitieren.

Nick beendete das Telefonat mit Christina und schob das Handy, das er sich von Sam geliehen hatte, in die Tasche. Er lehnte sich gegen das Verandageländer und schaute die ruhige Straße entlang. Einige der Reihenhäuser waren in verschiedenen bunten Farben gestrichen, andere hatten eine Backstein- oder Steinfassade. Die Gehsteige aus rotem Backstein wölbten sich hier und da über Baumwurzeln. Schwarze, gusseiserne Tore trugen zur vornehmen Atmosphäre der Gegend in Capitol Hill bei.

War jemand dort draußen und beobachtete ihn? In der Hoffnung, einen weiteren Anschlag auf Sam verüben zu können? Oder auf ihn? Die Vorstellung jagte ihm einen Schauer über den Rücken, während er gleichzeitig über die plötzlichen Veränderungen in seinem Leben nachdachte. Letzten Samstag hatte er den Vormittag im Büro verbracht und anschließend Basketball in der Turnhalle gespielt. Anschließend hatte er mit den Männern, mit denen er gespielt hatte, ein paar Bier getrunken und war allein nach Hause gefahren.

Und jetzt, eine Woche später, war John tot und er verliebt in Samantha Holland. Außerdem hatte jemand versucht, sie beide umzubringen. Jeder Zweifel, ob er in sie verliebt war, war während des endlos langen Weges durch zersplittertes Glas verflogen, als er sie nach der Bombenexplosion gesucht hatte. Das war gerade genug Zeit gewesen, um sich auszumalen, wie leer sein Leben ohne sie wieder sein würde, und um zu erkennen, dass er sie liebte.

Drei Türen weiter die Ninth Street hinauf fiel ihm ein Metallschild mit der Aufschrift „Zu verkaufen" auf, das scheppernd gegen die Backsteinfront eines Reihenhauses schlug. Das unheimliche Geräusch erinnerte Nick an Geisterstädte und Italo-Western. Ein weiterer Schauer überlief ihn, als er ein weiteres Mal die verlassene Straße entlangblickte.

„Was machst du hier draußen in der Kälte?", fragte Sam, die zu ihm hinaus auf die Veranda kam.

„Nichts Besonderes." Er streckte die Hand nach ihr aus. „Wo ist dein Mantel?"

„Ich teile mir deinen mit dir." Sie legte ihm die Arme um die Taille und kuschelte sich in seinen Mantel. „Hm, schön warm."

Während Nick sie an sich gedrückt hielt, fragte er sich, wie er es all die Jahre ohne sie ausgehalten hatte. Er schloss die Augen und schmiegte die Wange an ihr Haar.

„Worüber denkst du nach?"

Er konnte ihr nicht sagen, dass er sie liebte. Nicht jetzt, während der Ermittlungen in einem Mordfall und inmitten all des Chaos. Und schon gar nicht, wenn sie noch nicht bereit war, es zu hören. Später, entschied er. Die Zeit würde kommen, dafür würde er schon sorgen. „Dass du vorhin sehr viel Rückgrat gezeigt hast, indem du dir den Fall nicht hast wegnehmen lassen."

„Ja, aber anscheinend wussten sie genau, wie ich reagieren würde, und waren entsprechend darauf gefasst." Sie sah ihm ins Gesicht. „Ich habe mein ganzes in den zwölf Jahren bei der Polizei erworbenes Urteilsvermögen für dich in die Waagschale geworfen." Mit einem beinah schüchternen Lächeln fügte sie hinzu: „Ich hoffe, du bist es wert."

Er begriff, was für einen großen Schritt sie da wagte. Er legte ihr die Hände an die Wangen und küsste sie. „Keine Sorge, das bin ich. Versprochen."

„Das hab ich nicht ernst gemeint."

„Ich schon."

Sie zog ihn an sich und raubte ihm mit einem leidenschaftlichen Kuss den Atem.

„Sam", flüsterte er nach Luft schnappend und schmiegte sein Gesicht an ihren anmutigen Hals. „Himmel."

„Was? Was ist denn?"

„Wenn ich mir vorstelle, was hätte passieren können." Er hob den Kopf und sah in ihre funkelnden blauen Augen. Ein Gefühl tiefer Dankbarkeit erfüllte ihn. „Ich weiß, das ist alles noch so frisch ... aber der Gedanke, dass ich dich hätte verlieren können ... noch einmal ... Ich will dich nicht verlieren."

„Das wirst du auch nicht. Mir wird nichts passieren."

„Man könnte genau in diesem Moment auf dich schießen. Wir bieten hier draußen ein gutes Ziel."

Sie streichelte sein Gesicht. „Du darfst das nicht. Falls du mit mir zusammen sein willst ..."

„Falls?"

Sie lächelte. „Gelegentlich werde ich verletzt werden oder nur knapp davonkommen. Es muss nicht gleich so schlimm sein wie heute, aber Dinge passieren eben. Man darf sich nicht von seiner Angst beherrschen lassen. Das ist kein Leben für dich – oder für mich." Sie zögerte, als wollte sie noch etwas sagen.

„Was?" Er ahnte ihre Anspannung, bevor er sie fühlte. „Liebes, was ist denn?"

„Als ich verheiratet war ...", begann sie stockend. „Peter war besessen von meiner Sicherheit, meinen Aufenthaltsorten, meinen Fällen. Es war nicht normal, und obwohl das nicht unser einziges Problem war, machte es die Situation noch schlimmer. Es war erdrückend."

„Das verstehe ich. Ich verstehe es wirklich. Ich werde mein Bestes tun, um dir Luft zum Atmen zu lassen. Aber du musst mir auch etwas Zeit geben, um mich daran zu gewöhnen. Ich bin es nicht gewohnt, dass die Frau, die mir etwas bedeutet, in meinem Vorgarten beinahe in die Luft gesprengt wird. Ich werde eine Weile brauchen, um mich an die mit deinem Job verbundenen Gefahren zu gewöhnen."

„Einverstanden."

Er fuhr mit den Daumen über die dunklen Ringe unter ihren Augen und küsste sanft die Beule an ihrer Stirn. „Du bist erschöpft. Meinst du, du kannst ein wenig schlafen?"

„Ich könnte es wenigstens versuchen. Allerdings geht mir

immer noch alles ständig durch den Kopf. Später will ich jedenfalls alle hier versammeln, wenn Freddie wieder zurück ist, um von vorn anzufangen. Irgendetwas entgeht uns da. Ich weiß es einfach."

„Du wirst niemandem nützen, wenn du zusammenklappst. Wie wäre es mit einem Nickerchen, um die Batterien wenigstens ein bisschen aufzuladen?"

Das schüchterne Lächeln, das er inzwischen so liebte, erschien wieder auf ihrem Gesicht. „Nur, wenn du mir Gesellschaft leistest."

„Hier? Mit deinem Dad im Haus?"

„Er kann dich nicht erschießen."

„Das ist nicht lustig. Er könnte mich umbringen lassen, ohne Probleme."

„Ich war schon mal verheiratet, Nick. Er weiß, dass ich Sex hatte."

„Nicht mit mir."

„Ich wette, er geht nicht davon aus, dass wir letzte Nacht zusammen Kekse gebacken haben."

„Aber genau das haben wir getan. Wenn er fragt, haben wir ganz genau das gemacht. Wir haben Kekse gebacken, die ganze Nacht."

Lachend nahm sie seine Hand und führte ihn ins Haus. „Wir legen uns für eine Weile hin", sagte Sam drinnen zu Celia. „Freddie kommt irgendwann am Abend zurück. Wenn wir zu lange schlafen, weckst du uns dann, falls er schon da ist?"

„Klar, mach ich, Schätzchen. Soll ich euch beiden etwas zu essen machen?"

„Ich glaube nicht, dass ich schon etwas essen kann", antwortete Sam und strich sich über den Bauch.

„Ich auch nicht", sagte Nick. „Trotzdem danke." Er schaute zur Küche, wo Skip noch immer in das Einwanderungsgesetz vertieft war. „Es wäre auch nicht schlecht, wenn Sie Chief Holland verschweigen würden, dass ich mit oben bin. Dafür würde ich Ihnen sogar Geld bieten."

Celia kicherte und wedelte mit der Hand, sie sollten nach oben verschwinden. „Mal sehen, was ich tun kann."

Nick fühlte sich wie ein Teenager, der sich ins Zimmer seiner

Freundin schleicht – was ihm damals nie gelungen war –, als er Sam die Treppe hinauffolgte.

Sie schloss die Schlafzimmertür und zog ihren Pullover aus.

Beim Anblick der üblen, inzwischen violett verfärbten Prellung auf ihrem Brustbein verzog er das Gesicht. Hätte ihm das nicht den Atem genommen, hätte er es genossen, ihr beim Ausziehen zuzusehen. „Ich war einverstanden mit einem Nickerchen, aber nicht, dass wir uns ausziehen."

„Du willst doch, dass ich schlafe, oder?"

„Ja."

Sie zog ihre Jeans und ihren Slip aus und kam mit einem absichtsvollen Funkeln in den Augen auf ihn zu. „Ich schlafe nackt am besten."

Er wich einen Schritt zurück, bis er an die Wand stieß. „Er wird es mitbekommen. Wenn ich eine scharfe Tochter wie dich hätte, würde ich dein Zimmer verwanzen, um zu verhindern, dass Typen wie ich reinkommen." Ohne den Blick auch nur für eine Sekunde von ihr abzuwenden, fügte er hinzu: „Er wird also wissen, dass ich hier oben bei seiner Tochter bin – seiner wunderschönen, sexy, *nackten* Tochter –, und dann wird er ein paar seiner Polizeifreunde anrufen. Die werden mich in eine dunkle Gasse schleifen, mir Arme und Beine ausreißen und den Rest in den Potomac River schmeißen."

Sam schob lachend die Hände unter seinen Pullover und zog ihn ihm aus. Dann überrumpelte sie Nick, indem sie an einer seiner flachen Brustwarzen saugte. Mehr brauchte es nicht, damit er eine Erektion bekam.

„Bei deiner Fantasie solltest du dir mal überlegen, Romanschriftsteller zu werden."

Er hütete sich, sie anzufassen. Vielleicht würde er mit dem Leben davonkommen, wenn er keine Fingerabdrücke auf ihr hinterließ.

„Glaubst du denn wirklich, du könntest mir widerstehen?", fragte sie, kleine feuchte Küsse von seiner Wange bis hinunter zu seinem Schlüsselbein verteilend, wobei ihre Brüste sich an seiner Brust rieben.

„Mein Leben hängt davon ab."

Ihre Lippen glitten von seiner Brust abwärts zu seinem Bauch.

„All das mutige Gerede vorher ..." Sie knöpfte seine Jeans auf, schob sie herunter und sank vor ihm auf die Knie. „Ich glaube, du wirst mir noch aus der Hand fressen."

Als er begriff, worauf das Ganze hinauslief, versuchte er zu entkommen.

Mit einer Bewegung, die sie beide überraschte, drückte sie ihn gegen die Wand, sodass er sich nicht mehr rühren konnte.

Er stöhnte und ballte die Fäuste, als ihr heißer Mund sich um ihn schloss. „Sam ... bitte. Ich dachte, du magst mich."

„Das tue ich auch", erwiderte sie und ließ ihre Zunge kreisen auf eine Art, bei der Nick schwindelig wurde. „Das tue ich wirklich."

Ein Schweißtropfen rann ihm zwischen den Schulterblättern herunter, direkt auf der Wirbelsäule. „Er wird es mitbekommen, und dann wird er mich umbringen."

Sie lachte, während sie an ihm saugte. Hart.

„Wow, Himmel." Er atmete schwer und hielt die Wärme ihres Mundes nicht mehr länger aus. „Sam, Liebes, komm her."

„Spielst du jetzt endlich mit?"

„Ja." Er half ihr hoch, hob sie an und drang mit einer einzigen geschmeidigen Bewegung in sie ein. „Was soll's, man lebt schließlich nur einmal."

Sam schnappte nach Luft.

„Alles in Ordnung?", erkundigte er sich.

Sie schlang die Arme um ihn. Nick musste ein Stöhnen unterdrücken, als sie seine Beule am Hinterkopf berührte.

„Ja", flüsterte sie seufzend. „Und bei dir?"

Wenn er schon ersticken musste, dann am besten zwischen Samantha Hollands spektakulären Brüsten, umgeben von ihrem Duft nach Jasmin und Vanille. Er küsste sachte die Prellung auf ihrem Brustbein und trug Sam – vorsichtig, denn seine Jeans hingen um seine Knöchel – zum Bett.

„Nick?"

„Was, Liebes?"

„Schnell." Sie klammerte sich an ihn. „Ich will es hart und schnell."

Sein Herzschlag schien einen Moment auszusetzen, und er musste sich auf die Lippe beißen, um nicht auf der Stelle die

Beherrschung zu verlieren. Da er wusste, dass Sam laut sein konnte, küsste er sie stürmisch, während er ihr gab, was sie wollte. War jemals etwas so gut gewesen? Nein, nichts. Niemals. Sam war tough und mutig im Job, doch hier mit ihm war sie sehr feminin – warm, weich und zerbrechlich. Ihr Stöhnen durchdrang ihn in dem Augenblick, ehe sie abhob.

Er erstickte ihre Schreie, zumindest hoffte er das inständig. Dann drang er ein letztes Mal tief in sie ein und gab seine Selbstbeherrschung auf.

24

Freddie saß ziemlich lange vor Patricia Donaldsons zweistöckigem Haus. Er konnte sich nicht vorstellen, ihr die Fragen zu stellen, die er ihr stellen musste. Doch ihm war klar, dass er dieses Unbehagen überwinden musste, das ihn immer dann befiel, wenn er Menschen persönliche Fragen zu stellen hatte – besonders über ihr Sexleben.

Wenn er selbst ein Sexleben hätte, würde es ihn vielleicht nicht so abschrecken, die Leute zu fragen, was sie in ihren Schlafzimmern trieben. Er war im christlichen Glauben erzogen worden, hatte seine Religion stets ernst genommen und sich für die Ehe aufgespart. Deshalb war er als Neunundzwanzigjähriger noch Jungfrau. Eine Tatsache, die er wohlweislich für sich behielt, damit seine Kollegen sich nicht über ihn lustig machten.

Er hatte zahlreiche Freundinnen gehabt und auch Petting mit ihnen praktiziert, war aber nie bis zum Äußersten gegangen. In letzter Zeit allerdings dachte er zu oft darüber nach, was ihm da wohl entgehen mochte. Und da für ihn keine Ehe in Aussicht war, fragte er sich unweigerlich, wie lange er das noch aushalten würde.

Seit er und Sam mit der Fitnesstrainerin Elin Svendsen gesprochen hatten, fantasierte er geradezu obsessiv von ihr. Die Art, wie sie all die wilden Dinge andeutete, die sie mit Senator O'Connor getrieben hatte ... Was würde Freddie für eine Nacht mit ihr geben! Vielleicht konnte er ja ein paar ganz spezielle Trainingsstunden von ihr erhalten, sobald der Fall aufgeklärt war.

Bis es so weit war, musste er erst einmal in dieses Haus und Patricia Donaldson fragen, ob ihr Sohn auch John O'Connors Sohn war, ob sie weiterhin eine sexuelle Beziehung zum Senator unterhalten hatte und wenn ja, welche Art von Sex sie miteinander gehabt hatten. Die Vorstellung, derartige Fragen einer Frau zu stellen, der er nie zuvor begegnet war, machte ihn regelrecht krank.

Selbst wenn er die ganze Nacht hier sitzen würde, würde das nie reichen, um ihn darauf vorzubereiten. Und da Sam darauf wartete, dass er diese Informationen beschaffte und ihr überbrachte, stieg Freddie schließlich aus dem Mietwagen und ging den Plattenweg entlang zum Eingang des Hauses. Er holte ein letztes Mal tief Luft, um seine Nerven zu beruhigen, und klingelte. Glockentöne hallten durch das Haus. Er wartete eine volle Minute, bis eine zierlich aussehende blonde Frau die Tür öffnete. Ihre blauen Augen waren rot gerändert, ihr hübsches Gesicht war von Erschöpfung gezeichnet. Freddie hätte seine Dienstmarke darauf verwettet, dass diese Frau kürzlich einen geliebten Menschen verloren hatte.

„Patricia Donaldson?"

„Ja?"

„Verzeihen Sie die Störung, Ma'am. Ich bin Detective Freddie Cruz, Metro Police, Washington, D.C." Er zeigte ihr seine Marke.

Sie nahm die Dienstmarke in die Hand, betrachtete sie und gab sie ihm zurück. „Es geht um John."

„Ja, Ma'am. Dürfte ich Sie wohl um ein paar Minuten Ihrer Zeit bitten?"

Mit müder Geste trat sie zur Seite, um ihn hereinzulassen. Freddie folgte ihr in ein gemütliches Wohnzimmer, wo er die überall platzierten Fotos eines gut aussehenden blonden Jungen bemerkte. Das Haus schien von einem Innenarchitekten eingerichtet worden zu sein und besaß trotzdem eine heimelige Atmosphäre.

Als Freddie ihr gegenübersaß, fragte er: „Sie waren mit Senator O'Connor bekannt?"

„Wir waren seit vielen Jahren befreundet", antwortete sie mit leiser Stimme.

„Ich möchte Ihnen mein Beileid aussprechen."

Ihre ohnehin schon geröteten Augen füllten sich mit Tränen. „Danke." Sie wischte sich die Tränen von den Wangen.

„Sie waren nur befreundet?"

„Ja", antwortete sie, ohne zu zögern.

Freddie nahm ein gerahmtes Foto von einem der Beistelltische. „Ihr Sohn?"

„Ja."

„Gut aussehender Junge."

„Danke."

„Ich kann mir nicht helfen, aber ich bemerke da eine erstaunliche Ähnlichkeit mit dem Senator."

Sie zuckte die Schultern. „Ein bisschen vielleicht."

Freddie stellte das Foto wieder an seinen Platz. „Ist Ihr Sohn zu Hause?"

„Er hatte im College noch was zu erledigen. Er ist im vorletzten Jahr auf der Loyola University."

Erleichtert darüber, dass der Sohn nicht im Haus war, setzte Freddie die Befragung fort. „Im Zuge unserer Ermittlungen haben wir festgestellt, dass O'Connor Ihnen in den letzten zwanzig Jahren regelmäßig Geld überwiesen hat." Obwohl er die Fakten auswendig kannte, schaute er in sein Notizbuch. „Dreitausend Dollar, per Scheck, am Ersten jeden Monats."

Ihre Hand zitterte leicht, als sie das Goldmedaillon berührte, das sie an einer Halskette trug. „Und?"

„Können Sie mir sagen, warum er Ihnen dieses Geld gezahlt hat?"

„Es war ein Geschenk."

„Das ist aber ein ziemlich großes Geschenk – sechsunddreißigtausend Dollar pro Jahr. Das sind über siebenhunderttausend in zwanzig Jahren."

„Er war ein großzügiger Mann."

„Miss Donaldson, mir ist klar, dass Sie gerade eine schwere Zeit durchmachen, aber wenn Sie mit ihm befreundet waren ..."

„Ich war seine beste Freundin!", schrie sie und ballte die Faust über ihrem Herzen. „Und er war mein bester Freund."

„Wenn das der Fall ist, wollen Sie doch sicher die Person finden, die ihn umgebracht hat."

„Natürlich will ich das. Ich weiß nur nicht, was Sie eigentlich von mir wollen."

„Ich brauche die Bestätigung von Ihnen, dass Ihr Sohn Thomas auch John O'Connors Sohn ist."

„Wirklich?", fragte sie, wieder mit leiser Stimme. „Brauchen Sie wirklich meine Bestätigung dafür?"

Ihre sofortige Kapitulation brachte Freddie aus dem Konzept. Er hatte erwartet, dafür hart arbeiten zu müssen. „Ich wäre Ihnen dankbar, wenn Sie mir etwas über Ihre Beziehung zum Senator erzählen könnten. Vom Tag Ihrer allerersten Begegnung bis zu seinem Tod."

Sie brauchte eine ganze Weile, als ringe sie mit sich um eine Entscheidung. Dann

begann sie mit so leiser Stimme zu erzählen, dass Freddie Mühe hatte, sie zu verstehen. „Meine Familie zog nach Leesburg in dem Sommer, bevor ich in die achte Klasse kam. Ich lernte ihn an meinem ersten Schultag kennen. Er war nett zu mir, als niemand sonst etwas mit mir zu tun haben wollte. Aber so war John. Es war typisch für ihn, das neue Mädchen auf der Schule willkommen zu heißen." Sie schien in ihren Erinnerungen zu schwelgen und vergessen zu haben, dass Freddie da war.

Unterdessen machte er sich Notizen, da er wusste, dass Sam jedes kleine Detail würde hören wollen.

„Wir wurden Freunde – sehr ungleiche Freunde."

„Warum ungleich?"

„Sein Vater war US-Senator, ein millionenschwerer Geschäftsmann. Meiner arbeitete bei der Post. Wir kamen nicht mal aus dem gleichen Universum, aber John war der am wenigsten statusbewusste Mensch, den ich je kennengelernt habe. Die Position seines Vaters hätte ihm kaum gleichgültiger sein können, was den natürlich auf die Palme brachte.

Über die Jahre wurde unsere Freundschaft enger und erblühte zur Liebe. Seine Eltern konnten mich nie leiden und hießen mich weder in ihrem Haus noch in ihrer Familie willkommen. Das machte John traurig, trennte uns jedoch nicht. Er war meine große Liebe und ich seine. Das wussten wir, obwohl wir erst fünfzehn waren. Können Sie sich das vorstellen?"

„Nein, Ma'am." Er konnte sich das nicht einmal mit neunundzwanzig vorstellen.

„Wir waren überwältigt von unseren Gefühlen und entschlossen, für immer zusammenzubleiben, komme, was da wolle." Sie senkte den Blick auf ihren Schoß, wo sie ihre Finger nervös knetete. „Mit sechzehn wurde ich schwanger. Meine Eltern waren am Boden zerstört, doch seine waren völlig außer sich. Sein Vater befand sich mitten in einer hässlichen Kampagne für seine Wiederwahl, und alles, was seine Eltern interessierte, war der potenzielle Skandal. Sie boten mir hunderttausend Dollar für eine Abtreibung."

Freddies Miene blieb neutral.

„Ich weigerte mich, auch nur darüber nachzudenken. Ich gab mich der Illusion hin, dass John und ich einen Weg finden würden, um zusammen zu sein und unser Kind gemeinsam großzuziehen. Ich hatte keine Ahnung, wie weit Leute mit Macht und Geld gehen würden, um ihren Willen zu bekommen. Innerhalb einer Woche wurde mein Vater in eine Postfiliale in Illinois versetzt."

„Was sagte John dazu?"

„Was konnte er schon sagen? Er war im Abschlussjahr der Highschool und stand unter der Kontrolle seiner Eltern."

„Hat er das Baby gesehen?"

Sie nickte. „Er kam mit seinen Eltern für einen Tag, als Thomas geboren wurde. Der Senator kriegte einen Anfall, weil ich ihn Thomas John O'Connor nannte. Aber sie hatten mir John weggenommen, da wollte ich meinem Sohn nicht auch noch den Namen des Vaters nehmen lassen. Auch für mich gibt es Grenzen."

„Wie entwickelte sich Ihre Beziehung zu John nach der Geburt des Babys?"

„Wir telefonierten, so oft wir konnten, und schmiedeten Pläne." Ihre Hände im Schoß zitterten. „Nach seinem Highschool-Abschluss besorgte sein Vater ihm für den Sommer ein Praktikum im Kongress, und anschließend schickten sie ihn nach Harvard. Es dauerte über ein Jahr, ehe wir uns wiedersahen."

„Aber er war inzwischen doch volljährig geworden. Warum lehnte er sich nicht gegen seine Eltern auf?"

„Sie kontrollierten das Geld, Detective. Das Geld, mit dem er seinen Sohn unterstützte, während er das College besuchte. Also tat er, was man von ihm verlangte."

„Und nach dem College?"

„Sein Vater drohte, ihn zu verstoßen, falls er mich heiratet. Denn wenn er das getan hätte, hätten die Leute auch von ‚dem Kind' erfahren, wie Graham den Jungen nannte, und es hätte einen Skandal gegeben." Ihre Stimme wurde ton- und kraftlos. „So sehr John mich auch liebte, er hätte es nicht verkraftet, von seinem Vater verstoßen zu werden." Sie lehnte sich nach vorn. „Verstehen Sie mich nicht falsch, Detective. Ich hasse Graham O'Connor für das, was er mir angetan und Thomas vorenthalten hat, vor allem John. Aber John liebte seinen Vater und, was noch wichtiger ist, er respektierte ihn trotz allem, was er uns angetan hatte. John war ein guter Mann, der beste, den ich je kennengelernt habe, doch er schaffte es nicht, sich von seinem Vater abzuwenden. Das habe ich vor langer Zeit akzeptiert und gelernt, mich mit dem zufriedenzugeben, was ich hatte."

„Und was genau war das?"

„Wir hatten ein Wochenende pro Monat als Familie und das nutzten wir, so gut es irgendwie ging. John war Thomas ein wundervoller Vater. Bei seinen Besuchen war John ganz für ihn da, und sie redeten viel. Mein Sohn ist durch den Tod seines Vaters am Boden zerstört."

„Hat denn nie jemand die Ähnlichkeit des Jungen mit dem Senator stutzig gemacht, zumal der seinen Namen trägt?"

„Nein", lautete ihre Antwort. „Erstaunlicherweise kamen wir damit durch. Die O'Connors schafften es, uns hier mit Mittleren Westen regelrecht zu verstecken. Während Johns Wahlkampf und der ersten Monate nach seiner Wahl in den Senat verhielten wir uns unauffällig und sahen uns nicht oft. Sobald die Aufmerksamkeit für John nachließ, konnten wir die Beziehung wieder aufnehmen. Die Medien bekamen nichts mit."

„Ich frage mich allerdings, warum er Ihnen eine monatliche Summe schickte, statt Ihnen einen Batzen Geld zu geben. Seine

Eltern hatten Geld, und mit dem Verkauf seines Unternehmens ist er selber reich geworden."

„Er hat sich gut um uns gekümmert, aber es gefiel ihm, monatlich Geld zu überweisen. Er meinte, das gebe ihm das Gefühl, mit mir und Thomas verbunden zu sein."

„Ich entschuldige mich schon mal im Voraus für die Fragen, die ich als Nächstes stellen werde ... Aber ich muss wissen, wo der Senator geschlafen hat, wenn er hier war."

In ihren Augen flackerten Zorn und Verlegenheit auf. „Was glauben Sie denn, wo er geschlafen hat?"

„Hatte er noch etwas mit anderen Frauen?" Freddie tat es leid, ihr mit dieser Frage offenbar wehzutun.

„Ja", antwortete sie mit zusammengebissenen Zähnen. „Aber mein Sohn wusste nichts davon, und ich möchte, dass es dabei bleibt."

„Hat es Ihnen denn nichts ausgemacht, dass er mit anderen Frauen zusammen war?"

„Natürlich hat es mir etwas ausgemacht, aber ich habe von ihm nicht erwartet, dass er die übrigen siebenundzwanzig Tage im Monat enthaltsam lebt."

„Haben Sie mit ihm über die anderen Frauen in seinem Leben gesprochen?"

„Nein, darüber haben wir nicht gesprochen."

„Nicht einmal, als er drei Jahre lang mit Natalie zusammen war?"

„Er führte sein Leben und ich meines", blaffte sie. „Ein Wochenende pro Monat gehörten wir einander."

„Waren Sie jemals verheiratet?"

Sie lachte. „Was glauben Sie denn, wo ich meinen Mann gelassen hätte an jedem dritten Wochenende im Monat, wenn mein Langzeitgeliebter zu Besuch kommt?"

„Das ist also ein Nein?"

„Ich war nie verheiratet."

„Wenn er hier war", sagte Freddie und versuchte dabei, nicht über die Worte zu stolpern, „hatten Sie dann Sex mit ihm?"

„Ich sehe nicht, inwieweit das für den Fall von Bedeutung ist."

„Es ist von Bedeutung, und ich brauche eine Antwort auf diese Frage."

„Ja, ich hatte Sex mit ihm! So viel und so oft ich konnte! Sind Sie jetzt zufrieden?"

„Kam es zu, äh, ungewöhnlichen Praktiken, wenn Sie Sex mit ihm hatten?"

Sie stand auf. „Wir sind fertig. Ich werde Ihnen nicht gestatten, in mein Haus zu kommen und die wichtigste Beziehung in meinem Leben herabzuwürdigen."

Freddie blieb sitzen, um ihr den gefühlten Vorteil zu lassen, ehe er die letzte Bombe platzen ließ. „Hat er je versucht, Sie zu brutalem Sex oder Analsex zu drängen?"

Sie starrte ihn perplex an. „Ich will, dass Sie gehen. Auf der Stelle."

„Es tut mir leid, Ma'am, aber entweder, Sie beantworten die Frage gleich hier, oder ich nehme Sie mit nach Washington, damit Sie sie dort beantworten. Die Entscheidung liegt bei Ihnen."

Die Hände auf den Hüften, sah sie ihn mit vernichtendem Blick an. „John O'Connor hat sich mir gegenüber stets wie der perfekte Gentleman verhalten. Jede Frau sollte einen so sanften und liebevollen Mann haben. Wenn das jetzt alles war, möchte ich Sie auffordern, mein Haus zu verlassen."

„Werden Sie zur Beerdigung in Washington kommen?"

„Da es keinen O'Connor mehr im Senat gibt, sehe ich auch keinen Grund mehr, weshalb mein Sohn und ich uns weiter verstecken sollten. Ja, wir beabsichtigen zu kommen. Johns Anwalt hat mich heute angerufen, um mir mitzuteilen, dass wir am Tag nach der Beerdigung zur Testamentseröffnung erscheinen sollen. Ich bin sicher, Graham und Laine sind ganz entzückt deswegen."

„Hatten die beiden je Kontakt zu Thomas?"

„Seit dem Tag seiner Geburt nicht mehr."

„Die Medien werden sich auf Sie stürzen."

Freddie bewunderte, wie sie mutig das Kinn hob. „John hat unter der Tatsache gelitten, dass er nicht offen zu seinem Sohn stehen konnte. Das Mindeste, was ich jetzt nach seinem Tod tun kann, ist, für ein wenig Wiedergutmachung zu sorgen."

„Nochmals mein Beileid zu diesem Verlust, Miss Donaldson. Und ich bitte Sie um Verzeihung dafür, dass ich Sie mit meinen Fragen aufgewühlt habe."

Sie tat seine Entschuldigung mit einem Schulterzucken ab. „Wenn es bei den Ermittlungen hilft, musste es wohl sein."

„Sie waren mir eine große Hilfe."

An der Tür sagte sie. „Detective? Fassen Sie denjenigen, der meinem John das angetan hat." Ihre Augen füllten sich mit neuen Tränen. „Bitte."

„Wir tun alles, was wir können."

25

Die Lobby des Watergate war voller Menschen, doch als Nick hereinkam, verstummten sämtliche Gespräche. Die Menge teilte sich und ließ ihn zum Fahrstuhl gehen. Einige der Gesichter kannte er – seine Großmutter, seinen Vater, Mr. Pacheno aus dem Sachkundeunterricht in der siebten Klasse, Lucy Jenkins von nebenan und Graham O'Connor. Warum war er hier? Wegen der Abstimmung am Nachmittag würde John keine Zeit haben für eines ihrer regelmäßigen gemeinsamen Essen.

Nick versuchte ihm zu erklären, dass John zu tun hatte, aber Graham wollte es nicht hören. Er grinste nur, als wüsste er etwas, was Nick nicht wusste. Hinter ihm stand ... war das Sam? Sam Holland? Sie hatte auf Nicks Anrufe nicht reagiert, doch das war schon lange her. Er hatte sich immer gewünscht, sie eines Tages wiederzusehen. Er streckte die Hand nach ihr aus und versuchte, sie zu erreichen.

Sie lächelte nur und entwischte ihm.

„Nein! Nicht schon wieder. Komm zurück. Sam!"

Johns Schwester Lizbeth weinte und klammerte sich an ihn. Ihr Gesicht war rot und verweint. „John ist verletzt! Hilf ihm, Nick! Hilf ihm!"

Nick rannte zum Fahrstuhl, drückte wie wild auf den Knopf, aber die Türen wollten sich einfach nicht öffnen. Er hämmerte gegen die Metalltüren, bis seine Hände schmerzten. Schließlich stürmte er zum Treppenhaus und rannte die sechs Stockwerke nach oben. Außer Atem gelangte er in den Flur. Eine Frau stürzte aus Johns Apartment, mit einem blutigen Messer in der Hand. Ihr Gesicht war hinter einem Wollschal verborgen.

„John!" Nick rannte in das Apartment.

„He, Cappy", begrüßte ihn John, der gerade aus dem Badezimmer kam. Aus der klaffenden Halswunde lief Blut. „Was ist los?"

„John ..." Nick presste die Hand auf die Wunde in seinem Hals, um die Blutung zu stoppen. Wie war es möglich, dass John so viel Blut verlor und trotzdem bei Bewusstsein bleiben? „Hilfe! Jemand muss uns helfen!"

„Ist schon in Ordnung, Cappy." Johns Hand landete auf Nicks Schulter. „Es wird alles gut."

Zu Nicks Entsetzen verwandelte sich Johns Gesicht in einen grinsenden Totenschädel. Nick schrie.

„Nick", sagte Sam. „Wach auf, Schatz. Wach auf!"

Sein Kopf schmerzte, sein Mund war trocken, die Augen brannten. „Was?"

Sam strich ihm die Haare aus der Stirn und küsste ihn auf die Wange. „Du hast geträumt."

Nick legte die Hand auf sein pochendes Herz. „John war hier. Er lebte. Da war so viel Blut. Ich habe versucht, die Blutung zu stoppen." Seine Kehle war plötzlich wie zugeschnürt, und er musste die Augen für einen Moment schließen. „Es ist mir nicht gelungen."

Sam hielt ihn fest in den Armen und strich ihm durch die Haare. „Du hättest die Blutung nicht stoppen können", flüsterte sie.

„Was ich über ihn herausgefunden habe, seit es passiert ist ... Nichts davon spielt eine Rolle. Er war mein Freund."

„Ja." Sie presste ihre Lippen sanft auf seine Stirn. „Das wird sich auch nie ändern."

„Er war für mich wie ein Bruder. Wir hatten diese gemeinsame Sprache. Sie gehörte uns ganz allein. Die Mitarbeiter schüttelten nur die Köpfe, wenn wir loslegten. Die hatten absolut keine Ahnung, worüber wir sprachen. Wir schon. Wir wussten es immer."

Sam drückte ihn.

„Ich vermisse ihn", gestand er. „Ich vermisse ihn sehr. Ich kann es nicht fassen, dass ich ihn nie wiedersehen werde."

„Ich fühle mit dir. Ich wünschte, es gäbe etwas, was ich sagen könnte."

„Du hilfst mir schon." Er hob den Kopf und sah ihr in die Augen.

Sie gab ihm einen Kuss. „Ich will denjenigen, der das getan hat, erwischen. Für Johns Eltern und seine Familie. Vor allem aber um deinetwegen."

„Ich werde in nächster Zeit noch ein wenig neben der Spur sein."

„Das macht nichts."

Er legte die Hand auf die schlimme Prellung auf ihrem Brustbein. „Dies ist nicht gerade die günstigste Zeit für uns, um eine Beziehung anzufangen. Das ist dir klar, oder?"

„Der absolut schlechteste Zeitpunkt."

„Immerhin bedeutet es, dass wir wahrscheinlich mit allem fertig werden, wenn wir das hier überstehen."

„Wir werden es erfahren, denke ich." Sie lächelte und streichelte seine Wange. „Und jetzt muss ich wieder an die Arbeit."

„Ich weiß. Hast du geschlafen?"

„Und wie. Ich hätte nicht gedacht, dass ich es kann."

„Du hast den Schlaf dringend gebraucht. Wir beide." Er küsste sie noch einmal. „Macht es dir oder deinem Dad etwas aus, dass ich hierzubleiben beabsichtige, bis die Sache vorbei ist?"

„Nein. Ich habe dich gern hier, und ihm ist es egal, auch wenn er dich vielleicht ein bisschen triezen wird."

„Irgendwann muss ich nach Hause, um mir ein paar Sachen zum Anziehen zu holen und sicherzustellen, dass die Hausverwaltung die Fenster reparieren lässt."

„Das können wir arrangieren." Sie setzte sich auf und streckte sich. „Ich gehe duschen. Hast du Lust, mir Gesellschaft zu leisten?"

„Das würde ich liebend gern, aber ich will mein Glück nicht noch mehr herausfordern. Ich dusche nach dir."

„Feigling."

„Ja."

Lachend schlüpfte sie in ihren Bademantel, und das Geräusch empfand er als angenehm. Zu seinem Erstaunen stellte er fest, dass er sich durch sie besser fühlte, obwohl die Bilder aus dem Traum nur langsam verblassten. Nachdem Sam im Badezimmer verschwunden war, setzte er sich auf und fasste sich an den hämmernden Kopf. Angeblich hatte er nur eine leichte Gehirnerschütterung davongetragen, aber sie machte sich bemerkbar wie eine ausgewachsene. Und die Betäubung über dem Auge ließ auch nach, sodass dort ein dumpfer, pochender Schmerz entstand.

Er kam sich ein wenig töricht vor, weil er Sam sein Herz ausgeschüttet hatte, doch ihr hatte es anscheinend nichts ausgemacht. Inzwischen war er so weit, dass er sich daran gewöhnen könnte, jemanden zu haben, mit dem man die Höhen und Tiefen des Lebens teilte – solange Sam diejenige war.

Er stand auf und stöhnte, als sein verletzter Fuß protestierte. Er zog seine Jeans an und schaute sich gründlich in dem unaufgeräumten Zimmer um. Sam hatte eine Art, sich wüst in einem Raum auszubreiten, die in krassem Gegensatz zu seiner Ordnungsliebe stand. Mit den überall auf dem Fußboden herumliegenden Kleidungsstücken beginnend machte er sich daran, das Chaos zu beseitigen. Als sie fünfzehn Minuten später aus dem Badezimmer herauskam, war das Zimmer beinah wieder wohnlich.

Sam traten fast die Augen aus dem Kopf. „Das ist ja schlimm! Zwanghaft, oder?"

„Ich hab doch bloß ein bisschen aufgeräumt."

„Ich werde nichts mehr wiederfinden!", beklagte sie sich.

„Du konntest vorher nichts wiederfinden."

„Ich wusste ganz genau, wo alles war."

„Nie und nimmer", meinte er spöttisch. „Du bist chaotisch, Samantha." Er packte das Handtuch, in das sie sich gewickelt hatte, und zog sie für einen Kuss an sich. „Äußerst sexy und aufregend, aber leider auch chaotisch."

Schmollend versuchte sie sich von ihm zu befreien. „Nur weil ich nicht so extrem pingelig bin wie du, heißt das noch lange nicht, dass ich chaotisch bin."

„Pingelig? Jetzt bin ich aber gekränkt." Nach einem weiteren, diesmal stürmischeren Kuss ließ er sie los, damit sie sich anziehen konnte. „Das wird ein Problem werden zwischen uns, wenn wir zusammenleben."

„Zusammenleben?", wiederholte sie verblüfft und verschluckte sich beinah an den Worten. „Woher zur Hölle kommt das denn auf einmal?"

„Du musst nicht so tun, als sei diese Idee vollkommen abwegig."

Sie schob eines ihrer langen Beine in die Jeans. „Wir sind nicht mal eine Woche zusammen. Also komm schon ..."

Da sie nicht sehen sollte, dass sie ihn mit ihren Worten verletzte, wandte er sich ab und schaute aus dem Fenster. Er rang innerlich mit all den Dingen, die er ihr gern gesagt hätte, nur dass sie einfach noch nicht bereit war, sie zu hören. Während er in die Dunkelheit hinaussah, weckte ein Schatten auf der anderen Straßenseite seine Aufmerksamkeit. Er schaute genauer hin und stellte fest, dass jemand das Haus beobachtete. Den stechenden Schmerz in seinem Fuß und die pochende Kopfwunde ignorierend, stürzte er zur Tür und rannte die Treppe hinunter.

„Nick!", rief Sam ihm hinterher.

Nick stürmte zur Tür hinaus und die Rollstuhlrampe hinunter und wurde beinah von einem Wagen erfasst, als er auf die Straße lief. Die Hupe erschreckte ihn und lenkte ihn für einen kurzen Moment von dem Schatten ab. Mehr war nicht nötig.

„Pass doch auf, Arschloch!", brüllte der Fahrer aus dem Seitenfenster.

Als Nick sich gefasst hatte, war die Gestalt längst verschwunden.

„Verdammt! Mistkerl!"

„Was machst du denn?", rief Sam von der Veranda.

„Jemand war hier", erwiderte er, und kleine Atemwölkchen stiegen in der kalten Luft aus seinem Mund auf. „Ich habe ihn gesehen. Er hat das Haus beobachtet."

„Und deshalb bist du halbnackt und ohne zu überlegen aus dem Haus gerannt?"

„Was hätte ich denn sonst tun sollen?"

Sie stemmte die Hände in die Hüften, auf eine ihm inzwischen sehr vertraute Art, die verriet, dass sie schwer genervt war. „Tja, mal überlegen. Vielleicht es der Polizistin sagen, die sich im gleichen Zimmer wie du befand?"

Er humpelte zurück zur Rampe und ging zu Sam hinauf. „Daran habe ich nicht gedacht. Ich konnte plötzlich nur mehr daran denken, diesen Kerl zu fassen."

„Und was hättest du mit ihm gemacht, wenn du ihn erwischt hättest?"

Der strenge Ausdruck in ihren blauen Augen war ihm unangenehm. Er zuckte die Schultern. „Da wäre mir schon etwas eingefallen."

„Genau auf diese Art kommen jedes Jahr hunderte Zivilisten ums Leben, weil sie glauben, Sie könnten das Gesetz in die eigenen Hände nehmen."

„Ich brauche keine Lektion von dir, und ich will auch nicht ständig hören, wie du ‚Zivilist' sagst, als handle es sich um ein schreckliches Insekt."

„Insekten sind für gewöhnlich schlauer, als du es gerade warst."

„Aber ich hatte ihn fast!"

„Du wärst fast von einem Auto überfahren worden", konterte sie trocken.

Sie standen sich aufgebracht gegenüber. „'tschuldigung, ich, äh, bin wieder da", sagte Freddie, der auf dem Gehsteig stand. „Du hast gesagt, ich soll herkommen und ..."

„Komm schon rauf", schnitt Sam ihm das Wort ab, ohne den Blickkontakt mit Nick zu unterbrechen. „Geh rein. Ich komme gleich nach."

„Verstanden, Boss", meinte Freddie und lächelte Nick mitfühlend zu, als er an ihnen vorbeiging. „Freut mich, Sie wiederzusehen, Mr. Cappuano."

„Gleichfalls", sagte Nick, ohne den Blick von Sam abzuwenden. „Sie können mich Nick nennen."

„Du hättest mir deine Beobachtung mitteilen sollen", sagte Sam, nachdem Freddie die Tür hinter sich geschlossen hatte. „Dann hätte ich Verstärkung gerufen, und wir hätten ihn möglicherweise gefasst. Stattdessen stürmst du los wie Rambo auf einer Mission."

Nick dachte darüber nach. „Vielleicht hast du recht."

„Vielleicht? Ach ja? Wow, danke."

„Es tut mir leid, okay?" Frustriert fuhr er sich durch die Haare. „Ich habe einfach reagiert. Erschieß mich doch dafür, dass ich denjenigen erwischen wollte, der es auf dich abgesehen hat."

„Woher willst du wissen, dass die es nicht auf dich abgesehen haben?"

„Weil ich viel uninteressanter bin als du."

„Du bist nicht uninteressant. Manchmal dumm, das schon, aber uninteressant bestimmt nicht."

„Danke."

„Konntest du ihn erkennen?"

Er schüttelte den Kopf. „Ich habe nur einen Schatten gesehen. Aber wer immer es war, er hat eindeutig dieses Haus beobachtet."

„Falls du ihn noch einmal sehen solltest, sag mir Bescheid." Sie zupfte an seinem Brusthaar, gerade fest genug, dass ihm die Tränen in die Augen traten und er sich auf Zehenspitzen stellen musste. „Und wage es nicht, noch einmal auf diese Weise dein Leben aufs Spiel zu setzen. Verstanden?"

„Verstanden", antwortete er mit zusammengebissenen Zähnen. Nachdem sie ihn losgelassen hatte, rieb er sich die Brust. „Ich lasse dich mit diesem Blödsinn nur deshalb davonkommen, weil ich dazu erzogen wurde, dass man eine Frau nicht schlägt. Selbst wenn sie es verdient hat."

„Mir doch egal", entgegnete sie, schon auf dem Weg ins Haus, wo Skip, Celia und Freddie sie erwarteten.

Skips scharfe Augen registrierten sofort Nicks nackte Füße und Brust.

„Ich ... ich gehe mal schnell nach oben und ziehe mir was über", erklärte Nick und lief die Treppe hinauf.

„Keine schlechte Idee", brummte Skip.

„Lass ihn in Ruhe, Dad", sagte Sam. „Er glaubt eh schon, dass du ihn umbringen lassen wirst."

„Ebenfalls keine schlechte Idee. Wieso bin ich nicht selbst darauf gekommen?"

„Dad, wirklich ..."

„Entspann dich und lass mich ein bisschen Spaß haben mit dem Jungen. Viel zu lachen habe ich in letzter Zeit ja nicht."

Freddie grinste.

„Was gibt's da zu grinsen, Cruz?"

Das Lächeln erstarb. „Nichts, Ma'am. Absolut gar nichts."

„Ich nehme an, du bist nicht bloß hier, um dir eine weitere Mahlzeit zu schnorren. Also, was hast du für mich?"

„Ein paar aus dem Hauptquartier sind auf dem Weg", erklärte er. „Soll ich warten, damit alle es hören können?"

„Gib mir schon mal die Highlights."

Als er seinen kurzen Bericht beendete, hatte Sam einen Pfad in den Wohnzimmerteppich gelaufen.

„Auf dem Rückflug habe ich nachgedacht", sagte Freddie. „Die anderen Frauen, mit denen der Senator zusammen war, könnten ein Ersatz gewesen sein für die, die er nicht haben konnte. Alle ähnelten ihr mehr oder weniger. Ich bin zwar kein Psychologe, aber vielleicht hat er diese perversen Spiele mit ihnen aus Frust getrieben, weil er nicht mit der einen, die er wollte, zusammen sein konnte."

„Deshalb bekam er wahrscheinlich auch Panik, als Natalie auf eine Heirat drängte. Aus seiner verdrehten Sicht war er nämlich längst verheiratet, auch wenn er seiner Frau untreu war. Wie sollte er jemanden anderen heiraten, wenn seine Frau sein Kind in der Verbannung großzieht?"

Nick kam die Treppe herunter, die Haare noch nass von der Dusche.

„Hast du das alles mitbekommen?", erkundigte Sam sich, alarmiert durch sein blasses Gesicht und die ausdruckslosen Augen.

„Das Wesentliche schon."

„Es tut mir leid", sagte sie, doch zu ihrem Erstaunen schüttelte er ihr Mitgefühl ab.

„Du musst mich nicht schonen. Mach einfach deinen Job und finde heraus, wer es getan hat."

„Okay." Sie verstand, dass er mit diesen Informationen auf seine Weise fertig werden musste. Als sie sich wieder an Freddie wandte, wurde sie unterbrochen, weil die Haustür aufflog. Herein kamen die meisten Detectives aus dem Hauptquartier, mit Platten voller Essen, Sixpacks Bier und Cola sowie tütenweise Chips. Auf dem Weg in die Küche, wo sie das Essen abluden, blieb jeder stehen und drückte Skips Hand.

„Was ist denn hier los?", wollte Sam von Gonzo wissen.

„Wenn sie einen von uns angreifen, greifen sie uns alle an", erklärte er mit einem wütenden Funkeln in den braunen Augen. „Jeder ist in seiner Freizeit hier. Gib uns was zu tun."

Sam war beinahe zu Tränen gerührt. „Danke."

„Man hat heute die Lieutenant-Liste ausgehängt. Herzlichen Glückwunsch."

„Du bist auch bald an der Reihe", versicherte sie ihm, ein wenig von Schuldgefühlen geplagt wegen des Zustandekommens ihrer Beförderung. Aber da Gonzo ein paar Jahre nach ihr Detective geworden war, hatte sie ihm zumindest keinen Platz weggeschnappt. „Ganz bestimmt."

Er tat es mit einem Schulterzucken ab. „Wir werden sehen."

„Draußen war übrigens jemand." Sie deutete zur Tür. „Nick hat eine Gestalt gesehen, die das Haus beobachtet hat. Er hat sich zur Bürgerwehr aufgeschwungen und sie verscheucht."

„Ich werde es durchgeben und draußen einen Mann postieren."

„Wenn es nur um mich ginge, würde ich ablehnen. Aber mein Dad ist da, und Celia auch …"

„Kein Wort mehr. Wir kümmern uns darum." Er sah zu Nick. „So, du und der Zeuge, was?"

Sie verzog das Gesicht. „Hör auf."

Gonzos gut aussehendes Gesicht hellte sich vor Belustigung auf. „Ich sage nichts, aber die anderen werden es tun. Das solltest du lieber wissen."

„Hoffentlich legt sich der Tratsch, sobald jemand anderes irgendeinen Bockmist baut."

„Ohne Blessuren wirst du nicht davonkommen."

„Damit werde ich schon fertig."

„Sam?", wandte Nick sich an sie. „Willst du nicht kommen und etwas essen?"

„Er füttert mich gern", flüsterte sie Gonzo zu. „Dagegen ist nichts einzuwenden."

Dreißig Minuten später, als alle gegessen hatten, rief Sam sie ins Wohnzimmer. „Lasst uns wieder an die Arbeit gehen."

„Vorher aber stoßen wir auf meine Partnerin an", verkündete Freddie und hob seine Colaflasche. „Den baldigen Lieutenant Holland."

Während Sam ihm einen vernichtenden Blick zuwarf, brachen die anderen in Jubel aus und pfiffen anerkennend. Sam bemerkte, dass ihr Vater sie beobachtete. Seine Augen verrieten, wie bewegt er war.

Er nickte ihr anerkennend zu und sah dabei so glücklich aus, wie sie es seit zwei Jahren nicht mehr erlebt hatte.

„Na schön", sagte sie und stoppte die fröhliche Stimmung, bevor sie vergessen konnten, dass sie an einem Mordfall arbeiteten. „Danke für das Essen, den Toast und die Hilfe. Ich weiß es zu schätzen. Ehe wir weitermachen, muss ich fragen, ob irgendwer ein Problem damit hat, dass Nick dabei ist. Er hat uns bei den Ermittlungen bisher sehr geholfen …"

„Entscheidend geholfen", meldete Freddie sich zu Wort.

Sam schenkte ihm ein dankbares Lächeln. „Sollte sich dennoch jemand unbehaglich fühlen …"

„Für mich ist das kein Problem", unterbrach Gonzo sie, und die anderen murmelten ihre Zustimmung.

Sam atmete erleichtert auf und wandte sich an Freddie. „Dann lass uns mal hören, was du in Chicago herausgefunden hast."

„Geht klar, Boss."

26

Ich habe außerdem Erkundigungen über die Freundinnen eingezogen, wie du es mir aufgetragen hattest", berichtete Freddie, in seine Notizen schauend. „Tara Davenport hat keine Tätowierungen oder ungewöhnlichen Piercings. Die Leute, von denen sie behauptet, mit ihnen am Abend des Mordes zusammen gewesen zu sein, bestätigen ihre Geschichte. Das Überwachungsvideo zeigt, wie sie um achtzehn Minuten nach zehn nach Hause kommt und am nächsten Morgen um neun Uhr dreiunddreißig ihre Wohnung wieder verlässt. Elin Svendsens Date, Jimmy Chen, ein ziemlicher Muskelprotz, hat bestätigt, dass sie zusammen zu Abend gegessen haben und anschließend für einige Stunden in einen Club gefahren sind. Er hat sie um kurz nach zwei Uhr morgens nach Hause gebracht. Das Gebäude ist nur minimal bewacht und es gibt keine Kameras, daher habe ich keine Bestätigung dafür gefunden, dass sie den Rest der Nacht auch wirklich zu Hause geblieben ist. Auf der linken Brust hat sie ein Tattoo, ein Herz mit dem Pfeil eines Amors, und beide Nippel sind gepierct."

„Ich möchte lieber nicht wissen, *wie* du das herausgefunden hast", sagte Sam, was die anderen Detectives zum Lachen brachte.

„Nicht so, wie ich es gern herausgefunden hätte, so viel ist mal sicher."

„Nur zu, Cruz!", rief Detective Arnold lachend.

„Ach, unser Kleiner wird erwachsen", bemerkte Gonzo und tat, als müsste er sich eine Träne abtupfen.

„Du kannst mich mal, Gonzo."

Aus Respekt vor ihrem Partner verkniff Sam sich ein Lachen. „War's das?"

„Du hast es mir nicht aufgetragen", fuhr Freddie fort, „aber ich habe ein bisschen gründlicher über Natalie Jordan nachgeforscht. St. Clair war ihr Mädchenname, und damit hab ich einen Treffer erzielt. Offenbar verlor die junge Natalie ihren College-Freund bei einem mysteriösen Feuer in Maui vor ungefähr fünfzehn Jahren."

„Was du nicht sagst." Sam spürte das Blut durch ihre Adern rauschen, während sich die Puzzleteile allmählich zusammenfügten. Ob es die richtigen Teile waren, würde sie bald herausfinden.

„Sie und der Senator waren schon seit Jahren nicht mehr zusammen", warf Skip ein. „Kann man also kaum vergleichen."

„Stimmt", sagte Sam. „Erzähl uns die Einzelheiten über das Feuer, Cruz."

„Brad Foster, einundzwanzig, umgekommen bei einem mysteriösen Hausbrand während eines zweiwöchigen Ferienaufenthaltes in Maui mit Natalie St. Clair."

„Zwei Wochen in Maui für ein Studentenpärchen?", bemerkte Gonzo und stieß einen leisen Pfiff aus.

„Offenbar war Fosters Familie reich. Seinen Eltern gehörte das Strandhaus. Wie dem auch sei, in den Zeitungsberichten heißt es, Natalie sei zu einem Morgenspaziergang unterwegs gewesen, und in der Zeit sei das Haus abgebrannt. Die Polizei vermutete Brandstiftung, konnte jedoch nichts beweisen. Natalies Alibi für den Zeitpunkt des Feuers war eher dünn. Man hat sie genau unter die Lupe genommen, aber sie wurde nie angeklagt."

„Gute Arbeit, Cruz", lobte Sam ihn. „Wir werden uns morgen noch einmal mit Mrs. Jordan unterhalten."

„Ich sollte vielleicht noch hinzufügen, dass ich weder im District noch in Virginia oder Maryland auf einen ungelösten Fall gestoßen bin, bei dem das Opfer entmannt wurde", erklärte Freddie. „Aber wenn du glaubst, es lohnt sich, kann ich die Suche ausweiten."

„Vorerst nicht. Gonzo, was hat die Durchsuchung des Ferienhauses der O'Connors erbracht?"

„Nichts, außer weiteren Hinweisen auf den Jungen, Thomas – Karten, Briefe, Basteleien aus der Zeit, als er noch kleiner war. Aber das hast du schon alles."

„Was ist mit dem Einwanderungsgesetz, Dad?"

Skip erläuterte ihnen den Gesetzesentwurf. „Bei diesem Thema ist auf beiden Seiten viel Leidenschaft im Spiel. Da sind einmal diejenigen, die meinen, es habe den Charakter unserer Nation stets ausgemacht, dass wir die Grenzen für diejenigen in Not offen halten. ‚Gebt mir eure Müden, eure Armen, Eure geknechteten Massen …'" Als die anderen ihn nur ratlos ansahen, erklärte er: „Emma Lazarus? Das Gedicht, das in den Sockel der Freiheitsstatue gemeißelt ist? Seid ihr nicht zur Schule gegangen?" Er verdrehte die Augen und fuhr fort: „Die Gegner des Gesetzesentwurfs argumentieren, dass Einwanderer zu viel kosten und Wohltätigkeit zu Hause beginnen sollte, und dass es schon schwer genug ist, sich um die Menschen zu kümmern, die hier sind."

„Wird der Mord am Senator das Gesetz verhindern?", fragte Sam Nick.

„Genau das ist jetzt passiert. Wir hatten den Antrag mit einer Stimme Mehrheit durchgebracht. Die Senatspause dauert noch bis Januar. Ob wir das Gesetz auf den Weg bringen, hängt davon ab, wer Johns Platz einnimmt und ob er ein Befürworter des Gesetzes ist oder nicht. Vielleicht kommt es dann irgendwann nächstes Jahr zur Abstimmung. In jedem Fall jedoch müssen die Unterstützer von vorn beginnen und um Stimmen kämpfen. In der Politik ist ein Monat eine lange Zeit – genug Zeit für einige Leute, um ihre Meinung komplett zu ändern."

„Wenn also irgendwer das Gesetz zu Fall bringen wollte, hätte er dieses Ziel mit der Ermordung des Senators erreicht", stellte Sam fest.

„Zumindest tritt eine Verzögerung auf unbestimmte Zeit ein. Ein Gesetz durch den Ausschuss und zur Abstimmung zu bringen, ist kein leichter Prozess. Es dauert über ein Jahr, den Text zu formulieren und zu überarbeiten und Kompromisse zu finden. Außerdem sind Meetings mit verschiedenen Interessengruppen nötig, was weitere Kompromisse nach sich zieht. Wirklich keine einfache Sache."

Während Sam ihm zuhörte, begriff sie erst so richtig, welche Auswirkungen Johns Tod für Nicks Job hatte. Dass das Einwanderungsgesetz nun nicht durchkommen würde, war eine zusätzliche Niederlage zu dem persönlichen Verlust. „In dem Fall scheint mir der Mord an ihm gutes Timing zu sein und kein Zufall."

„Jemand konnte es nicht ertragen, dass er vor dem Triumph stand, meinst du?", fragte Freddie.

„Was uns direkt zu seinem Bruder Terry zurückbringt", sagte Sam.

Nick schüttelte den Kopf.

„Rede", forderte Sam ihn auf.

„Ich habe es schon einmal gesagt – Terry hat nicht den Mumm, um seinen Bruder umzubringen. Er ist ein großer Junge, der in einer Männerwelt zu überleben versucht. Dieser Mord erforderte Planung und Voraussicht. Terrys Vorstellung von einem Plan ist es, zu entscheiden, welche Bar er am Abend frequentieren soll."

„Trotzdem", widersprach Sam. „Er hatte das Motiv, die Gelegenheit, einen Schlüssel. Und er kann kein Alibi vorweisen. Ich möchte ihn morgen zum Verhör vorladen."

„Kann das nicht bis nach der Beerdigung warten?", fragte Nick und sah sie mit seinen haselnussbraunen Augen bittend an.

„Nein, tut mir leid. Ich wünschte, ich könnte den O'Connors weiteren Kummer ersparen, aber da sie mich wegen Thomas angelogen haben, kann ich ihnen gegenüber nicht nachsichtig sein. Um ehrlich zu sein, ich könnte sie sogar wegen Behinderung der Justiz belangen."

„Aber das wirst du nicht tun", sagte Nick.

„Ich bin mir noch nicht sicher."

„Mir ist aufgefallen, dass Terry nach seinem Führerscheinentzug nicht zur gerichtlich angeordneten Nachschulung erschienen ist", sagte Freddie.

Sam wandte sich grinsend an Gonzo und Arnold. „Holt ihr Terry O'Connor morgen ab? Und während er bei uns zu Gast ist, werden wir uns noch einmal mit ihm über sein Alibi unterhalten. Stimmt das mit Loudoun County ab."

„Machen wir", versprach Arnold.

„Du bist auf der falschen Spur", erklärte Nick, und die Frustration war ihm deutlich anzumerken.

„Ich hab's zur Kenntnis genommen." An die anderen gewandt meinte sie: „Was gibt es Neues über den Bombenanschlag?"

Higgins erläuterte ihnen den Aufbau der vier selbst gebastelten Sprengkörper, die man an Sams und Nicks Wagen gefunden hatte. „Wir haben einen Teil eines Fingerabdrucks auf einem der Sprengkörper an Mr. Cappuanos Wagen nehmen können. Den untersuchen wir gerade per automatischem Abgleichsystem."

„Die Johnson-Familie haben wir durchgearbeitet und die meisten ihrer Bekannten", berichtete Detective Jeannie McBride. „Die meisten hatten nicht viel Mitleid, als sie erfuhren, dass du beinah in die Luft gesprengt worden wärst. Doch behaupteten alle steif und fest, nichts damit zu tun zu haben." Zerknirscht setzte sie hinzu: „Ein paar meinten allerdings, sie wünschten, selber auf die Idee gekommen zu sein."

„Wie nett", murmelte Nick.

„Wir hatten tatsächlich nicht den Eindruck, als sei ein direkter Befehl von den Johnsons gekommen", meldete McBride sich wieder zu Wort.

„Und den hätte es mit Sicherheit gegeben", erklärte Sam. „Nachdem ich sechs Monate undercover bei dem Clan zugebracht habe, kann ich nur bestätigen, dass nichts ohne deren Befehl geschieht."

„Da stimme ich dir zu", sagte McBride.

Sam fuhr sich durch die Haare, die sie offen trug, wie Nick es mochte. „Mir schwirrt lauter Mist durch den Kopf, deshalb würde ich gern alles noch einmal durchgehen, wenn ihr nichts dagegen habt."

Als die anderen nickten, begann sie damit, wie Nick die Leiche des Senators in dessen Wohnung gefunden hatte. „Er wird ermordet am Vorabend einer Abstimmung über ein brisantes Thema, die seinen Stand im Senat enorm gefestigt hätte. Der

Mord scheint auf den ersten Blick eine rein persönliche Sache gewesen zu sein. Es gibt Hinweise auf eine unglücklich verlaufene Affäre. Wie Detective Cruz jedoch schon dargelegt hat, kann die Entmannung des Opfers auch dazu gedient haben, uns auf eine falsche Fährte zu locken. Bedenkt bitte, dass es kein gewaltsames Eindringen und keine Kampfspuren gab. Das führte uns zu der Annahme, dass der Mörder jemand war, den das Opfer gekannt hat. Jemand, mit dem er vertraut war, und dessen Auftauchen ihn nicht überrascht hat."

„Jemand, der außerdem einen der zahlreichen Schlüssel besaß, die er verteilt hat", erinnerte Freddie sie.

„Ganz recht. Wir haben mit drei seiner ehemaligen Geliebten gesprochen und dabei erfahren, dass das Opfer einige sexuelle Vorlieben hatte und einen Sohn, den die Familie zwanzig Jahre lang vor der Öffentlichkeit verborgen hat. So wie es aussieht, war die Mutter dieses Jungen die Liebe seines Lebens und aus irgendeinem Grund die Einzige, die seine wildere Seite nicht zu spüren bekam. Es ist sehr wahrscheinlich, dass sein oft rücksichtsloses Verhalten anderen Frauen gegenüber und seine Fixiertheit auf Internetpornografie in direktem Zusammenhang stand mit der Tatsache, dass er die meiste Zeit auf die wichtigste sexuelle Beziehung in seinem Leben verzichten musste. Dass ihm diese Beziehung vorenthalten geblieben ist, muss für psychische Probleme bei ihm gesorgt haben, die er sorgfältig vor den ihm nahestehenden Menschen verbarg." Sie sah zu Nick und stellte fest, dass er mit ausdrucksloser Miene auf die Wand starrte.

„Die Beziehung des Senators zu seiner Familie, besonders zu seinem Vater, wurde durch die Teenagerschwangerschaft seiner damaligen Freundin schwer belastet und kompliziert. Aus dieser Schwangerschaft ging ein Kind hervor. Als John erwachsen war, drohte sein Vater ihm damit, ihn zu verstoßen, falls er Patricia Donaldson heiraten oder seinen Sohn anerkennen würde. Wenn man Miss Donaldson Glauben schenken kann, war es Graham wichtiger, seine politische Karriere und seinen Ruf zu schützen, als sein eigenes Enkelkind." Sie sah Bestätigung suchend zu Freddie. Als er nickte, fuhr sie fort: „Am Abend des Tages, an dem er die Leiche des Senators gefunden hatte, berichtete Mr.

Cappuano, jemand sei in sein Haus eingedrungen. Diesen Einbruch untersucht die Polizei von Arlington. Dazu kommt noch Destiny Johnsons Drohung in der gestrigen Zeitung und der Bombenanschlag heute. Ist es das in etwa?" Sie sah wieder zu Freddie. „Habe ich irgendetwas vergessen?"

„Stenhouse."

„Richtig – der erbitterte politische Rivale der O'Connors. Sein Motiv wäre die Verhinderung des Gesetzes und der damit verbundene Glanz, in dem John sich gesonnt hätte, der Sohn des Mannes, den er, wie er uns gegenüber zugegeben hat, hasste."

„Aber er wäre nicht in O'Connors Apartment gekommen", gab Freddie zu bedenken. „Zumindest hatte er keinen Schlüssel."

„Deshalb bleibt er vorerst auch ganz unten auf der Liste der Verdächtigen. Wir behalten ihn im Auge", sagte Sam. „Ein Mann in seiner Position könnte sich wahrscheinlich jederzeit einen Schlüssel beschaffen, wenn er will. Also, wie hängt das alles zusammen? Welche Verbindung gibt es zwischen unserem toten Senator und dem Einbruch bei seinem Stabschef? Wenn wir Johnson ausschließen, welchen Zusammenhang gibt es dann zu dem Bombenattentat?"

„Vielleicht gar keinen", gab Skip zu bedenken.

Alle Blicke richteten sich auf ihn.

„Was meinst du damit, Dad?", wollte Sam einigermaßen verwirrt wissen.

„Ich spiele auf das Timing an. Was ist denn sonst noch passiert in dieser Woche?" Bevor Sam antworten konnte, fuhr er fort: „Im Zuge der Ermittlungen hast du eine alte Flamme wieder auflodern lassen." Er sah zu Nick. „Wen könntest du damit vor den Kopf gestoßen haben?"

„Wir sind beide Single. Außer meinen Vorgesetzten fällt mir deshalb niemand ein", sagte sie und fragte sich, worauf genau er eigentlich hinauswollte.

„Bist du dir sicher?"

Plötzlich wusste sie, was er meinte. „Peter", flüsterte sie. „Um Himmels willen." Sie presste die geballte Faust auf ihren Bauch und musste sich setzen, da ihre Beine nachzugeben drohten.

Im Zimmer herrschte gespannte Stille. Sams bittere

Scheidung, inklusive richterlicher Verfügung und dem Vorwurf seelischer Grausamkeit und Misshandlung, war für keinen der Anwesenden ein Geheimnis.

Nick saß neben ihr, und Sam protestierte nicht, als er ihr den Arm um die Schultern legte.

„Er war das, draußen vor dem Haus", sagte sie leise. „Diese Gestalt vorhin. Er hat uns auch neulich abends beobachtet, nach dem Pizzaessen. Ich habe etwas gespürt, es aber abgetan und auf meine Nerven geschoben. Ich wette, er war auch in deinem Haus."

„Was sollte er da gewollt haben?"

„Erste Kampfregel: Kenne deinen Feind", erklärte sie.

Nick wandte sich an Skip. „Was machen wir jetzt?"

Skip richtete seinen zornigen Blick auf Gonzo. „Ruf Malone an. Berichte ihm alles, und dann hol Gibson ab."

„Ja, Sir." Gonzo gab seinem Partner Arnold ein Zeichen, und gemeinsam gingen sie.

„Ich komme mit", rief Freddie und folgte ihnen.

Sam stand auf und nahm ihren Mantel von einem Haken neben der Tür. „Ich brauche mal etwas frische Luft." Sie eilte zur Tür hinaus.

Nick war direkt hinter ihr.

Sie wehrte seinen Versuch ab, sie zu umarmen. „Lass mich einfach in Ruhe, ja?"

„Von wegen." Er schloss die Arme um sie und zog sie fest an sich. „Stoß mich nicht weg, Samantha."

„Er hat uns beobachtet! Er war in deinem Haus! Meinetwegen!"

„Es ist nicht deine Schuld, also fühl dich auch nicht schuldig."

„Wie sollte ich nicht? Er ist besessen." Auf einmal kam ihr noch ein anderer Gedanke.

„Was?"

„Die Sprengkörper", flüsterte sie, benommen angesichts der beinah unfassbaren Tragweite und Zusammenhänge.

„Du glaubst doch nicht ..."

Sie sah ihn an. „Dass er mich eher umbringen würde, als mich mit dir zusammen sehen zu müssen? Doch, das glaube ich. Und wenn er mich nicht ausschalten kann, dann versucht er eben, dich loszuwerden."

„Heiliger Strohsack.“

„Nach unserer gemeinsamen Nacht habe ich ihm alles über dich erzählt. Als du nicht angerufen hast, habe ich ihm von unserer tiefen Verbindung erzählt und dass ich so etwas noch nie vorher mit jemandem erlebt hätte. Ich hielt ihn ja für einen Freund.“ Sie atmete tief ein, um den Schmerz in ihrem Magen zu dämpfen. „Daran wird er sich erinnert haben. Er wird dich als Bedrohung empfunden haben. Die erste echte Bedrohung seit unserer Trennung.“

„Du hältst seine Eifersucht für so groß, dass er uns beide umbringen will?“

„Destiny Johnson hat ihm die perfekte Gelegenheit geliefert mit ihrer Tirade gestern in der Zeitung“, erklärte Sam und sah alles jetzt mit solcher Klarheit vor sich, dass sie sich im Nachhinein fragte, wie ihr etwas so Offensichtliches hatte entgehen können. „Wenn es funktioniert hätte, hätte die Polizei Johnson und ihren Freunden die Schuld gegeben. Niemand wäre auf den Gedanken gekommen, sich Peter mal näher anzuschauen. Es war so einfach, da hätte er gar nicht widerstehen können.“ Der Schmerz nagte so heftig in ihr, dass sie sich krank und schwach fühlte.

„Aber würde er wissen, wie man eine Bombe baut?“

„Man bekommt heutzutage Bauanleitungen für fast alles im Internet.“ Die Krallen, die sich in ihren Magen bohrten, ließen sie zusammenzucken. „Higgins meinte, die Bomben seien primitiv gewesen. Wir haben wahrscheinlich Glück gehabt, dass Peter versagt hat.“

„Du hast Schmerzen.“

„Ich muss nur tief durchatmen“, erwiderte sie keuchend.

Er ließ sie los. „Was kann ich tun? Du machst mir Angst, Sam.“

Die Hände auf den Magen gepresst, sah sie ihn an. „Ich habe dich in einen Albtraum mit hineingezogen.“

„Ich bin genau dort, wo ich sein will – wo ich seit jenem Abend, an dem wir uns zum ersten Mal begegnet sind, sein wollte. Und wenn ich deinen Ex-Mann vor dir in die Hände bekomme, werde ich ihm schon klarmachen, dass wir ihm zwar einen langen Umweg verdanken, am Ende aber doch wieder zueinander gefunden haben.“ Er küsste sie, zärtlich zuerst, dann mit mehr

Leidenschaft, als sie den Kuss erwiderte. „Wir haben trotzdem zueinander gefunden, und diesmal wird uns nichts mehr auseinanderbringen. Nichts und niemand.“

„Ein paar Bomben schon gar nicht“, pflichtete sie ihm mit einem schwachen Lächeln bei.

„Ganz genau.“ Er erwiderte ihr Lächeln. „Wie geht es deinem Bauch?“

„Besser“, antwortete sie und stellte zu ihrer Überraschung fest, dass das stimmte. „Wir werden etwas dagegen unternehmen. Sobald dieser Fall abgeschlossen ist, wirst du zu meinem Arzt und Freund Harry gehen.“

„Ach, und welche Armee wirst du aufbieten, um mich dazu zu bringen?“

„Das wirst du schon noch herausfinden, wenn du nicht freiwillig gehst.“

Ihr Herz pochte in ihrer Brust, während sie ihn betrachtete. „Es gibt Dinge über mich ... die ich dir sagen muss ... Sachen, die du wissen solltest, bevor du irgendeine Entscheidung triffst.“

Er hielt ihr Gesicht in Händen und sah ihr liebevoll in die Augen. „Nichts, was du mir sagen könntest, würde mich davon abhalten, mit dir zusammen sein zu wollen. Nichts.“

„Das weißt du nicht ...“

Er presste seine Lippen hart auf ihre, raubte ihr die Worte, die Gedanken, den Atem und jeden Rest Vernunft.

Nachdem er mit seinem Kuss auf wundervolle Weise ihre Kapitulation erzwungen hatte, sagte er: „Doch, das weiß ich.“

„Aber ...“

„Ich liebe dich, Samantha. Ich habe dich vom allerersten Augenblick an geliebt, als ich dich vor vielen Jahren auf dieser Terrasse voller Menschen bei der Party gesehen habe. Dass du jetzt wieder in meinem Leben aufgetaucht bist, ist das Beste, was mir je passiert ist. Und deshalb wird nichts, was du mir erzählst, etwas an meinen Gefühlen ändern und an dem, was ich von dir will.“

Sam war nur höchst selten sprachlos, doch als sie in sein attraktives, ernstes Gesicht sah – das Gesicht, von dem sie während ihrer schrecklichen Ehe geträumt hatte –, fand sie keine Worte.

Ohne den Blickkontakt zu unterbrechen, küsste er sie so zärtlich und frei von jeder Forderung, dass sie weiche Knie bekam.

„Später", flüsterte er. „Wir werden alle Zeit der Welt haben. Das verspreche ich dir."

27

Sie liehen sich Celias Wagen, um nach Arlington zurückzufahren. Nach einem aufwühlenden Tag war wieder Ruhe in der Nachbarschaft eingekehrt, und die Medien hatten sich glücklicherweise auf die nächste Story gestürzt. Die Fenster in Nicks Haus waren schon repariert worden, trotzdem knirschte zerbrochenes Glas unter ihren Schuhen im Eingangsflur und auf der Treppe nach oben in sein Schlafzimmer. „Ich werde wohl noch das ganze nächste Jahr Glas zusammenfegen müssen", scherzte er, weil er Sams Unbehagen spürte und ihr zeigen wollte, dass er die Sache auf die leichte Schulter nahm.

„Es tut mir leid."

„Fang nicht damit an, Samantha." Er warf Jeans, Pullover, Unterwäsche, T-Shirts und Socken in eine große Reisetasche. Da die Beerdigung am Montag stattfinden sollte, packte er einen dunklen Anzug, ein weißes Hemd und eine Krawatte in einen Kleiderbeutel und legte ein paar Halbschuhe in die Reisetasche. Im Badezimmer packte er so schnell er konnte alles Nötige zusammen, da er sich nach dem, was passiert war, nicht länger als notwendig hier aufhalten wollte.

Er hatte Sam gesagt, dass er sie liebte. Er war einfach damit herausgeplatzt, weil er das Gefühl gehabt hatte, sie müsse genau das in diesem Augenblick hören. Er redete sich ein, es spiele keine Rolle, dass sie es nicht auch gesagt hatte. Irgendwann würde sie es sagen. Und wenn nicht? Was, wenn sie sich nur durch die aufreibende Ermittlung hatte hinreißen lassen und er ihr Verhalten ganz falsch gedeutet hatte? Nein. Das war nicht möglich. Es konnte nicht sein.

„Nick?“

„Was denn, Liebes?“

„Du hast plötzlich innegehalten. Woran hast du gedacht?“

Er räusperte sich, da ihm Angst und Emotionen den Hals zuschnürten. „Ich habe mich gefragt, ob sie Peter schon gefunden haben.“

„Dann hätte man mich benachrichtigt. Die wissen, dass er mir gehört, sobald sie ihn haben.“

„Du wirst ihn zur Rede stellen?“

„Ich werde ihn festnageln.“

„Warum lässt du das nicht jemand anderen machen? Warum musst du das tun?“

„Darum.“

„Das ist alles?“

Sie zuckte die Schultern. „Ja.“

„Und wenn ich dich bitte, es nicht zu tun?“

„Tu’s nicht.“

„Würde es etwas ändern? Wenn ich dich tatsächlich darum bitten würde?“

„Ja, es würde etwas ändern. Ich hätte es im Kopf, und es würde mich beeinträchtigen. Aber ich will mich hundertprozentig konzentrieren können, wenn ich diese Kreatur mit den Anschuldigungen konfrontiere. Also schick mich nicht mit Ballast in dieses Verhör. Tu mir das nicht an.“

„Bin ich das für dich? Ballast?“

„Was, zur Hölle, ist eigentlich auf der Fahrt hierher passiert?“

Er zog den Reißverschluss der Reisetasche zu. „Nichts. Absolut gar nichts, verdammt noch mal.“

Sie hielt ihn am Arm fest und drehte ihn zu sich herum. „Bist du vielleicht wütend, weil ich es nicht zu dir gesagt habe?“

„Wovon redest du?“, fragte er, doch sein Herz war voller Sehnsucht.

„Das weißt du ganz genau.“ Ihr Ton wurde sanfter, als sie ihre Hände an seine Wangen legte. „Alles ist so verrückt – die

Ermittlung, mein psychopathischer Ex-Mann, dein Verlust und deine Job-Situation, dazu noch mein Magen ... sogar die Feiertage liegen mir auf der Seele. Nach dem, was ich mit Peter durchgemacht habe, bin ich nicht mehr, wie ich einmal war. Ich bin vorsichtiger. Bei dir war ich allerdings nicht vorsichtig, und das macht mir ein bisschen Angst." Sie lachte. „Nein, nicht nur ein bisschen, ehrlich gesagt."

„Von mir hast du nichts zu befürchten."

„Das weiß ich, aber ich habe es in der Vergangenheit schrecklich vermasselt. Ich brauche Zeit, wenn ich nicht gerade tausend Dinge im Kopf habe, um nachdenken und die Ereignisse dieser Woche verarbeiten zu können. Momentan geht das nicht. Aber wenn es dir hilft, kann ich dir sagen, dass ich mich in dieselbe Richtung bewege wie du."

„Ja, es hilft, das zu wissen." Er nahm ihre Hände und führte sie an seine Lippen. „Wirst du mir eines versprechen?"

„Wenn ich kann."

„Wirst du Heiligabend hier mit mir verbringen? Ganz gleich, was in den nächsten Tagen noch passieren wird – hältst du dir diesen Abend für mich frei?"

„Normalerweise sind wir bei meiner Schwester ..."

„Am ersten Weihnachtstag machen wir, was du willst."

„Einverstanden."

„Versprochen?"

„Versprochen." Sie stellte sich auf Zehenspitzen, um ihn zu küssen. „Ich kann gar nicht glauben, dass Mittwoch schon Heiligabend ist und ich noch kein einziges Geschenk besorgt habe. Was ist mit dir?"

„Auf meiner Liste stehen nicht allzu viele Leute. Für gewöhnlich besorge ich etwas für Christina, die O'Connors, die Zwillinge meines Dads, John ..."

„Entschuldige. Ich habe nicht nachgedacht. Über deine Familiensituation."

„Keine Panik." Er knipste das Licht aus im Schlafzimmer und führte Sam nach unten.

Sie stand im Wohnzimmer, die Hände in den Manteltaschen vergraben. „Noch mal zu deinem Vorschlag, wir sollten zusammenwohnen."

„Zu viel, zu früh. Hab schon verstanden."

„Ich wollte dir nur sagen, dass ich, sollten wir an diesen Punkt kommen, nicht hier wohnen kann. Es ist zu weit weg von der Innenstadt und meinem Dad."

„Okay."

„So einfach?"

„Es ist doch nur ein Haus."

Sie musterte ihn. „Wann wirst du dich in einen Idioten verwandeln?"

„Jeden Augenblick. Dazu wollte ich noch kommen." Ihr Handy klingelte, und sie zog es aus der Tasche.

„Es ist Freddie." Sie schaltete auf „Mithören", damit Nick das Gespräch verfolgen konnte. „Was hast du?"

„Bei ihm zu Hause keine Spur von ihm. Aber wir haben Drähte gefunden, Plastik und Düngemittel, direkt auf dem Tisch. Gonzo hat einen Durchsuchungsbefehl beantragt, und auf den warten wir gerade."

Sam setzte sich. „Ich hatte gehofft, dass er es nicht war. Ich habe es wirklich gehofft ..."

„Tut mir leid. Wir haben eine Großfahndung veranlasst. Jeder Cop in der Stadt sucht nach ihm. Wir werden ihn kriegen, Sam."

„Danke. Fahr nach Hause und schlaf ein bisschen. Um acht treffen wir uns im Hauptquartier. Wir werden den halben Tag dafür aufwenden."

„Ich werde da sein. Ist alles in Ordnung mit dir?"

„Ich habe schon bessere Tage erlebt, aber ich komme klar. Bis morgen."

Nick warf die Reisetasche und den Kleiderbeutel neben die Haustür und leistete Sam auf dem Sofa Gesellschaft.

„Ich hatte so sehr gehofft, dass er mir bloß nachstellt und es zwischen ihm und den Bomben keinerlei Zusammenhang gibt. Ich wollte nicht, dass er es war."

Nick legte den Arm um sie und drückte sie sanft an sich. „Ich weiß, Liebes."

„Die Zeitungen werden morgen voll von mir sein – die Bombe, meine Beziehung mit dir, mein Psycho-Ex-Mann. Sie werden die Sache mit Johnson wieder aufwärmen und den ungelösten Fall im Zusammenhang mit meinem Dad zum Thema machen." Sie rieb sich das Gesicht. „Ich hasse es, wenn die Zeitungen über mich berichten. In letzter Zeit kam das leider viel zu oft vor.“

„Du bist schrecklich müde“, bemerkte er und gab ihr einen Kuss auf die Braue. „Möchtest du heute Nacht hier schlafen?“

„Bis Peter gefasst ist, würde ich lieber in der Nähe meines Zuhauses sein. Er weiß, dass Dad meine Achillesferse ist.“

Nick stand auf und hielt ihr die Hand hin, um ihr aufzuhelfen.

Zu seiner Überraschung schlang sie die Arme um ihn. „Können wir das bitte für eine Minute tun?“

Er küsste die Beule an ihrer Stirn. „So lange du willst.“

Einige Minuten später wurden sie durch ein Klopfen an der Tür unterbrochen.

„Ich frage mich, wer das um diese Uhrzeit ist.“ Nick machte auf und sah zu seinem Erstaunen Natalie Jordan vor sich. „Natalie? Was machst du denn hier?“ Er hätte nicht gedacht, dass sie wusste, wo er wohnte.

Ihre Augen waren rot gerändert. „Darf ich kurz reinkommen?“

Nick sah zu Sam, die nickte. Er führte Natalie ins Wohnzimmer.

„Ich hatte gehofft, dass Sie hier sind“, sagte Natalie zu Sam. Ihr Gesicht war fleckig, als hätte sie stundenlang geweint.

„Was kann ich für Sie tun?“, erkundigte Sam sich.

Natalie fragte Nick: „Könnte ich wohl ein Glas Wasser bekommen?“

Nick stellte kurz Blickkontakt zu Sam her. „Natürlich.“ Als er mit dem Wasser zurückkam, saß Natalie auf dem Sofa, den Blick auf die im Schoß ruhenden Hände gerichtet.

Sam sah zu Nick und zuckte die Schultern.

„Bitte sehr“, sagte Nick und reichte Natalie das Glas Wasser.

„Danke.“

„Es ist schon ziemlich spät“, bemerkte Nick. „Willst du uns nicht verraten, warum du hier bist?“

„Es ist so unwirklich“, meinte sie mit leiser Stimme. „Ich kann es immer noch nicht glauben ...“

„Mrs. Jordan, wir können Ihnen nicht helfen, wenn wir nicht wissen, wovon Sie überhaupt reden“, meldete Sam sich zu Wort.

Natalie sah sie beide erschüttert an. „Noel. Ich glaube, er ...“

„Was hat Noel getan?“, hakte Nick nach. Sein Herz schlug

plötzlich schneller. Am liebsten hätte er Natalie bei den Schultern gepackt und es aus ihr herausgeschüttelt. „Was hat er getan?"

„Möglicherweise hat er John getötet."

„Warum sagen Sie das?", fragte Sam.

Nick bemerkte, dass sie in ihre Cop-Routine verfiel und die Betroffenheit wegen Peter verschwunden war.

„Er hat sich seltsam benommen, hat das Haus zu den komischsten Zeiten verlassen, ist schweigsam geworden. Er scheint sehr wütend zu sein, will mir aber nicht sagen, warum."

„Als ich im Zuge unserer Ermittlungen mit Ihnen sprach, haben Sie davon nichts erwähnt."

„Da hatte ich mir auch noch keinen Reim darauf gemacht."

„Erklären Sie mir das mal genauer."

„An jenem Abend", begann Natalie zögernd, „in der Mordnacht, da gingen wir gemeinsam schlafen. Doch als ich mitten in der Nacht aufwachte, war Noel nicht da."

„Davon haben Sie uns nichts erzählt."

„Er ist mein Mann, Detective." Natalies Augen füllten sich mit Tränen. „Ich hielt es einfach nicht für möglich."

„Was hat sich denn geändert?", wollte Nick wissen. „Warum bist du hergekommen?"

„Du warst Johns Freund", antwortete Natalie. „Ich dachte, du wolltest helfen, denjenigen zu finden, der ihm das angetan hat."

„Selbstverständlich will ich das! Aber ich will die Wahrheit herausfinden."

„Ich auch! Ich habe ihn geliebt! Das weißt du. Noel war eifersüchtig auf John. Ich konnte Johns Namen nicht einmal erwähnen, ohne dass Noel ausflippte."

„Was könnte ihn so wütend gemacht haben, dass er ihn töten wollte?", fragte Sam.

„Zwei Wochen vor seinem Tod haben wir John gesehen. Es war bei einer Cocktailparty bei den Demokraten Virginias in Richard Mannings Haus." Natalie wischte sich neue Tränen von den Wangen. „John ist zu mir gekommen, hat mir einen freundschaftlichen Kuss gegeben und mich umarmt. Wir haben uns lange unterhalten, einfach darüber geplaudert, wie es uns so ging. Es hatte keinerlei Bedeutung. Aber irgendwann habe ich gesehen, dass Noel uns beobachtet. Er sah aus, als hätte er Lust, uns beide auf der Stelle umzubringen.“

„Warum haben Sie uns neulich nichts davon erzählt?“, fragte Sam.

„Weil ich es nicht glauben wollte.“

„Sie haben immer noch nicht gesagt, was Sie dazu veranlasst hat, Ihre Meinung zu ändern.“

„Ich habe ihn gefragt.“ Natalie fuhr sich mit zitternder Hand durch die unordentlichen Haare. „Es ihm direkt auf den Kopf zugesagt. ‚Hast du John getötet?‘ Natürlich hat er alles abgestritten, aber ich habe ihm nicht geglaubt.“ Zu Nick gewandt sagte sie: „Ich wusste nicht, was ich tun soll, deshalb bin ich hierhergekommen. Ich hatte gehofft, du würdest mich mit Detective Holland zusammenbringen.“

„Können Sie irgendwohin, wo Sie sicher sind?“, erkundigte Sam sich.

Natalie bejahte. „Zu meinen Eltern nach Springfield.“

„Geben Sie mir ein wenig Zeit, um der Sache nachzugehen“, bat Sam.

„Er ist mächtig“, warnte Natalie sie. „Sie werden ihm niemals etwas nachweisen können.“

„Wenn er es getan hat, werde ich ihn auch überführen“, versicherte Sam ihr.

Natalie stand auf, um zu gehen. „Tut mir leid, dass ich so hereingeplatzt bin. Ich habe gehört, was Ihnen passiert ist und bin froh, dass Sie nicht ernsthaft verletzt worden sind.“

Sam und Nick brachten Natalie zur Tür. „Morgen will ich das alles zu Protokoll nehmen.“ Sam zückte ihr stets präsentes Notizbuch. „Schreiben Sie mir die Adresse Ihrer Eltern auf und eine Telefonnummer, unter der ich Sie erreichen kann.“

Natalie kam ihrer Bitte nach. „Danke fürs Zuhören.“ An Nick gewandt fügte sie hinzu: „Ich weiß, dass du mich nicht besonders mochtest ...“

„Das tut nichts zur Sache.“

„Wie dem auch sei, vielen Dank.“

Sie schauten ihr hinterher, wie sie zu ihrem Wagen ging.

„Die erzählt Blödsinn“, bemerkte Nick, den davonfahrenden Wagen im Auge behaltend. „Ich glaube ihr kein Wort.“

„Was glaubst du nicht? Dass ihr eifersüchtiger Gatte den Mann getötet hat, den seine Frau nie aufgehört hat zu lieben? Das ist nicht unbedingt das schlechteste Motiv, das ich bis jetzt gehört habe."

„Ich kenne Noel Jordan. Der ist dazu nicht fähig. Sie schon eher, wenn du mich fragst. Ich kann mir sehr gut vorstellen, wie mit ihr die Nerven durchgehen und sie John umbringt, weil er sie nicht genug liebt. Nach allem, was wir über ihren Ex-Freund gehört haben, der bei einem mysteriösen Brand umgekommen ist, hältst du das auch für möglich."

„Warum sollte sie hierherkommen und ausgerechnet den mit dem Fall betrauten Detective aufsuchen, wenn sie es getan hat? Denk mal darüber nach."

„Warum hast du sie nicht gefragt, was mit ihrem Freund auf Hawaii passiert ist?"

„Ich will mich lieber noch nicht festlegen. Solange Sie glaubt, dass wir davon nichts wissen, ist sie möglicherweise entgegenkommender."

„Ich mag sie nicht. Ich mochte sie von Anfang an nicht, und egal was du sagst, ich halte sie für eine Lügnerin. Sie tut alles für ihren Vorteil, selbst wenn sie dafür ihren Mann opfert."

Sam sah auf ihre Uhr. „Ich frage mich, wann Noel zu Bett geht."

„Willst du diesem Unfug, den sie uns eben aufgetischt hat, etwa tatsächlich nachgehen?"

„Natürlich. Das könnte der Durchbruch sein, auf den wir die ganze Zeit warten."

Er schob sie sanft aus dem Haus und schloss die Tür ab. „Du verschwendest deine Zeit."

„Immerhin ist es meine Zeit, die ich verschwende."

„Es ist fast Mitternacht."

„Ich weiß, wie spät es ist. Wenn du lieber hierbleiben möchtest, kann ich auch allein hinfahren."

„Solange dein Ex-Mann da draußen herumläuft und auf seine nächste Chance wartet, dich umzubringen, wirst du nirgendwo allein hinfahren."

„Du musst mich nicht beschützen", protestierte sie. „Ich kann sehr gut auf mich selbst aufpassen."

Schweigend drängte er sie, in den Wagen zu steigen. Einige Minuten später nahm er die Ausfahrt zum George Washington Parkway Richtung Alexandria. „Glaubst du allen Ernstes, ich könnte nach Hause fahren und mich ins Bett legen, wenn du unterwegs bist, um einen potenziellen Mörder zur Rede zu stellen, während gleichzeitig dein Ex auf seine nächste Gelegenheit lauert?"

„Ich hab schon heiklere Sachen erlebt."

„Das war vorher."

„Vor was?"

„Vor mir."

„Ich gehöre nicht zu den Frauen, die dieses Alpha-Männchen-Getue sexy finden. Im Gegenteil, es schreckt mich eher ab."

„Mir doch egal."

Sie fuhren in eisigem Schweigen nach Belle Haven. Sam sprach erst wieder, als sie ihn zu dem dunklen Haus lotsen musste. Sie nahm ihre Waffe und die Polizeimarke aus der Handtasche und schob beides in ihre Manteltaschen. „Warte hier."

Als hätte er sie gar nicht gehört, stieg Nick aus dem Wagen und folgte ihr den Weg zum Haus entlang.

„Ich habe dir gesagt, du sollst warten!"

„Du wirst da nicht allein hineingehen, Sam. Entweder komme ich mit, oder ich rufe die Polizei an." Er hielt trotzig sein Handy hoch. „Was ist dir lieber?"

Sie standen sich in unnachgiebigem Schweigen gegenüber, bis Sam schließlich sagte: „Kein Wort von dir, verstanden? Du sagst gar nichts." Damit machte sie auf dem Absatz kehrt und marschierte die Eingangsstufen hinauf, um zu klingeln. Die Klingel hallte durch das große Haus. Sie mussten einige Minuten warten, bis oben ein Licht anging. Durch die Fenster aus geschliffenem Glas neben der Tür sah Sam, wie Noel die Treppe herunterkam.

Er spähte durch eines der Fenster, bevor er aufmachte. „Sergeant Holland?" Er stutzte, als er Nick bemerkte.

„Ja", sagte Sam. „Tut mir leid, dass wir so spät noch auftauchen." Widerstrebend fügte sie hinzu: „Ich glaube, Sie kennen Nick Cappuano."

„Natürlich. Kommen Sie herein." Noels blondes Haar war vom

Schlaf zerwühlt. Er trug ein T-Shirt von einem Straßenrennen, dazu eine Pyjamahose aus Flanell. In diesem Aufzug besaß er nicht mehr die geringste Ähnlichkeit mit dem stellvertretenden Justizminister, den sie neulich kennengelernt hatte.

Nick und Noel schüttelten einander die Hand, und Noel winkte die beiden herein.

„Was kann ich für Sie tun?“

„Ist Natalie da?“, erkundigte Sam sich, um sich langsam vorzutasten. Der freundliche Ausdruck auf Noels Gesicht verschwand schlagartig. „Sie ist nach einem Streit wütend weggefahren. Vermutlich hält sie sich bei ihren Eltern auf.“

„Passiert so etwas öfter?“, wollte Sam wissen. „Dass sie wütend wird?“

„Es war nicht das erste Mal, aber ich glaube, das letzte Mal. Ich kann noch immer nicht so ganz fassen, was sie mir vorgeworfen hat. Sie glaubt allen Ernstes, ich sei in der Lage gewesen, John O'Connor zu töten. Können Sie sich das vorstellen?“

„Morde aus Eifersucht kommen vor.“

„Ich sehe, sie hat Ihnen von ihrem Verdacht erzählt.“ Noel fuhr sich durch die Haare. „Was wollen Sie, Detective?“

„Warum haben Sie uns gesagt, dass Sie in der Nacht, in der John ermordet wurde, die ‚Big Brothers and Big Sisters‘-Gala besucht haben?“

„Weil es in meinem Terminkalender stand.“

„Der lag damit eine ganze Woche daneben.“

Noel schien überrascht zu sein, das zu hören. „Meine Sekretärin führt meinen Terminkalender.“ Er dachte einen Moment nach. „Ich glaube, Sie haben recht. Es war zwei Wochen her. Tut mir wirklich leid. In letzter Zeit habe ich entsetzlich viel um die Ohren, bei der Arbeit und zu Hause ...“

„Was war denn zu Hause los?“, fragte Nick.

Sam warf ihm einen finsteren Blick zu. „Ich stelle hier die Fragen.“ Sie wandte sich wieder an Noel. „Die Beziehung zwischen Ihnen und Natalie ist angespannt?“

„Mehr als sonst, seit wir John vor einigen Wochen auf einer Wohltätigkeitsgala getroffen haben. Sie weiß, was ich davon halte, dass sie in aller Öffentlichkeit mit ihm redet und flirtet. Aber was macht sie? Stellt ihre ‚Freundschaft‘ mit ihm direkt vor meinen

Augen zur Schau. Jeder im Saal hat über die zwei geredet. Was glauben Sie, wie ich mich da gefühlt habe?"

„Respektlos behandelt?", schlug Nick vor.

„Sagte ich nicht, du sollst still sein?", fuhr Sam ihn an.

Noel gab an Nicks Adresse ein ironisches Lachen von sich, das Sam wütend machte.

„Das können Sie bestimmt nachvollziehen, oder?", sagte Noel zu Nick. Sie folgten Noel ins Wohnzimmer, wo er sich einen Drink aus einer Kristallkaraffe einschenkte.

Sam schüttelte den Kopf, als er ihnen beiden ebenfalls einen Drink anbot.

„Ich gönne mir einen", sagte Nick, was ihm einen weiteren strengen Blick von Sam einbrachte.

„Waren Sie eifersüchtig auf John?", wollte Sam wissen, um zu verhindern, dass es zu einer Verbrüderung unter Männern kam.

Noel reichte Nick einen Drink und setzte sich aufs Sofa. „Ich hatte die Nase voll von ihm. Ich hatte die Nase voll davon, ständig von ihm zu hören oder ihm über den Weg zu laufen. Vor allem aber hatte ich es satt, nur ihr Trostpreis zu sein."

„Warum haben Sie mir das nicht schon neulich erzählt?", sagte Sam.

Noel schwenkte die bernsteinfarbene Flüssigkeit in seinem Glas. „Weil ich sie liebe." Ein Lächeln erschien auf seinem Gesicht, das jedoch nicht seine Augen erreichte. „Ganz schön erbärmlich, was? Ihr sind meine Gefühle ziemlich egal, und trotzdem liebe ich sie."

„War Ihnen John O'Connor so sehr zuwider, dass Sie ihn umgebracht haben, Mr. Jordan?"

„Nein! Selbstverständlich nicht. Ich habe ihn nicht umgebracht."

„Ich würde Sie gern morgen einem Lügendetektortest unterziehen", erklärte Sam.

„Meinetwegen. Ich habe nichts zu verbergen."

„Natalie sagte, sie sei in der Nacht, als John getötet wurde, aufgewacht, und Sie seien fort gewesen."

„Ich war joggen. Das mache ich, wenn ich nicht schlafen kann."

„Glauben Sie, Natalie hat John weiterhin getroffen, nachdem Sie verheiratet waren?"

„Wir sind ihm gelegentlich begegnet. Das habe ich Ihnen schon gesagt."

„Ich meine nicht öffentlich."

Sam beobachtete ihn, während ihm die Bedeutung ihrer Worte dämmerte. „Sie wollen damit doch nicht andeuten ..."

„Ich deute gar nichts an. Ich frage bloß."

„Wenn sie sich mit ihm getroffen hat, dann ganz sicher ohne mein Wissen." Er trank einen langen Schluck Whiskey, und Sam sah, dass seine Hand dabei leicht zitterte.

„Halten Sie es für möglich, dass sie ihn umgebracht hat?"

„Ich würde gern antworten können, das sei ausgeschlossen. Aber ehrlich gesagt bin ich mir nicht mehr sicher, wozu sie fähig ist. Früher habe ich geglaubt, sie zu kennen. Ich kann nur sagen, dass sie wirklich verstört ist, seit wir von seinem Tod erfahren haben. Tatsache ist, dass ihre Trauer über Johns Tod größer ist, als wenn sie mich verloren hätte. Dabei war ich derjenige, der sie geheiratet hat."

„Wissen Sie von ihrem Ex-Freund, der auf Hawaii ums Leben gekommen ist?"

Er nickte. „Brad. Ja, das hat ihr das Herz gebrochen, so viel ist klar."

Sam stand auf. „Tut mir leid, dass ich Sie gestört habe. Ich bedanke mich für Ihre Offenheit. Morgen früh wird jemand von unseren Leuten Kontakt zu Ihnen aufnehmen wegen des Lügendetektortests."

Als sie an der Tür waren, sagte Noel: „Ich habe ihn nicht umgebracht, Sergeant. Aber es bricht mir auch nicht das Herz, dass es irgendjemand anderes getan hat."

„Ich weiß, du willst mir unbedingt sagen, was du denkst", bemerkte Sam, als sie und Nick die 14th Street Bridge auf dem Rückweg nach Capitol Hill überquerten.

„Du hast gesagt, ich soll still sein."

„Ich will mich nicht mit dir streiten, Nick. Das ist das Letzte, was ich im Augenblick brauche."

„Ich will das auch nicht. Aber du verlangst ganz schön viel von mir, wenn du erwartest, dass ich mir deinetwegen keine Sorgen mache. Immerhin hat dein Ex-Mann versucht, dich in die Luft zu jagen."

„Bei uns beiden liegen die Nerven heute ein wenig blank", meinte sie und ergriff seine Hand. „Ich will wirklich hören, welchen Eindruck du von Noel hattest."

„Du schätzt meine Meinung also?"

„Natürlich!"

Lachend verschränkte er seine Finger mit ihren.

Sofort fühlte Sam sich besser.

„Er hat es nicht getan", sagte Nick. „Aber er ist sich nicht hundertprozentig sicher, dass sie es nicht war."

„Genau so habe ich es auch empfunden."

„Ich tippe nach wie vor auf sie. Sie wollte John, er wies sie zurück, und sie kam nie darüber hinweg."

„Aber warum jetzt? Was war der Auslöser?"

„Vielleicht wollte sie ihn nicht mit dem Einwanderungsgesetz triumphieren sehen."

„Warum sollte sie das überhaupt interessieren? Ich frage mich ständig, was der Zeitpunkt des Mordes zu bedeuten hat. Warum in der Nacht vor der Abstimmung?"

„Ich verstehe nicht, inwiefern Natalie von diesem Gesetz betroffen wäre", sagte Nick.

„Möglicherweise hat das Gesetz mit dem Mord überhaupt nichts zu tun."

„Das kann ich nur schwer glauben."

„Ja", räumte Sam ein, den Blick geradeaus auf die Straße gerichtet. „Ich auch."

28

Sam warf sich hin und her. Sie träumte von Peter, Quentin Johnson und Natalie Jordan. Zum ersten Mal erinnerte sie sich an ihre Träume, als sie mit pochendem Herzen aus dem Schlaf hochschreckte. Sie sah zum Wecker. Es war erst kurz nach drei, und Nick lag nicht neben ihr im Bett. Sie schaute sich in dem dunklen Zimmer um und entdeckte ihn am Fenster. Seine hohe Gestalt war in den sanften Lichtschein einer Straßenlaterne getaucht.

Sam gönnte sich in Ruhe den Anblick seines muskulösen Rückens und erinnerte sich daran, dass er ihr seine Liebe gestanden hatte. Ein warmes Gefühl von Zufriedenheit und Geborgenheit, das neu für sie war, durchströmte sie. Dann aber dachte sie an die Auseinandersetzung mit ihm wegen Nocl und Natalie, und ihr Magen zog sich zusammen. Die berauschenden Höhen und grausamen Tiefen waren nur ein Grund, weshalb sie sich von Männern ferngehalten hatte nach der Trennung von Peter, der sich während eines Streits nie so zivilisiert verhalten hätte wie Nick. Selbst wenn sie unterschiedlicher Ansicht waren, zweifelte Sam keine Sekunde an Nicks Liebe. Das war der grundlegende Unterschied zwischen ihm und Peter.

Sie stand auf und ging zu ihm, legte die Arme von hinten um ihn und küsste seinen Rücken. „Warum bist du auf?"

Er legte seine Hände auf ihre. „Konnte nicht schlafen."

„Er ist nicht so dumm, hierher zurückzukommen. Inzwischen weiß er, dass wir ihn suchen."

„Ich glaube, ich könnte ihn umbringen, wenn ich ihn erwische. Ich traue mir das wirklich zu. Nicht nur wegen der Bomben, sondern auch für das, was er damals getan hat. Wenn ich an die Jahre denke, die wir zusammen hätten haben können."

„Er ist die Schlaflosigkeit nicht wert, Nick." Sie drehte ihn zu sich um und erschauerte vor Begierde, als er seine Hände über sie gleiten ließ und sie mit einem lodernden Blick von oben bis unten betrachtete. Sie schlang ihm die Arme um den Nacken und sog scharf die Luft ein, als er sie auf die Arme hob und zum Bett zurücktrug. „Ich dachte, du bist wütend auf mich."

„Bin ich auch", antwortete er nicht sehr überzeugend, während er sich an sie schmiegte und die Decke über sie beide zog. „Und jetzt versuche ein wenig zu schlafen."

Träge ließ sie ihren Zeigefinger von seiner Brust hinunter zu seinem Bauch gleiten und lächelte, als ihre Berührung ihn erzittern ließ.

„Schlaf, Samantha."

„Und wenn ich nicht schlafen will, Nick?", fragte sie und schloss die Finger um seine Erektion.

„Ich schlafe jedenfalls", verkündete er mit einem übertriebenen Gähnen. „Und ich bin sauer auf dich."

Lachend biss sie ihn zärtlich in eine seiner flachen Brustwarzen.

„Au! Das tut weh!"

„Dafür schläfst du nicht mehr", stellte sie triumphierend fest und richtete sich auf, um eine Reihe heißer, feuchter Küsse auf seinem flachen Bauch zu platzieren, während sie ihn weiter massierte.

Nick strich ihr durch die Haare. „Morgen wirst du wieder müde sein."

„Dann sollte ich wohl besser dafür sorgen, dass es sich lohnt." Sie setzte sich rittlings auf ihn und neckte ihn, indem sie mit ihrer feuchten Hitze über seine Erektion glitt und dabei mit ihren Nägeln über seine muskulöse Brust fuhr.

Unwillkürlich bog er den Rücken durch, sie suchend.

„Vielleicht hast du recht", sagte sie und hielt inne. „Wir sollten lieber schlafen."

Knurrend hob er das Becken und drang mit einem harten Stoß in sie ein. Für einen kurzen Moment nahm es ihr den Atem.

„Hm." Sie seufzte, schloss die Augen und legte genüsslich den Kopf in den Nacken. „Na schön, wenn du darauf bestehst."

„Ja, ich bestehe darauf. Schlaf wird überbewertet." Er zog sie zu sich herunter und küsste sie leidenschaftlich, wobei er mit seiner Zunge ein erotisches Necken begann.

Als Sam Atem schöpfen musste, unterbrach sie den Kuss und bewegte sich in einem quälend langsamen Rhythmus auf Nick. Dabei erhob sie sich, bis sie nur noch gerade so verbunden waren, um ihn gleich darauf wieder tief in sich aufzunehmen. Wenn sein scharfes Luftholen ein Hinweis war, dann gefiel es ihm offenbar. Sehr sogar. Und deshalb hörte sie auf. „Bist du immer noch wütend auf mich?"

„Ja." Seine Hände lagen auf ihren Hüften, denn er versuchte, ihr Tempo zu kontrollieren. Nur wollte sie das nicht zulassen. „Sam …", stöhnte er mit vor Anspannung verzerrtem Gesicht. „Liebes …" Da er stärker war, musste sie nachgeben, sodass er von Neuem in sie eindringen konnte. „Komm. Für mich. Jetzt."

Sie bewegte die Hüften kreisend, doch der Orgasmus blieb außer Reichweite. „Ich kann nicht", wimmerte sie leise.

Ohne die Verbindung zu unterbrechen, drehte er sich mit ihr um und machte schnell und hart weiter, genau so, wie sie es mochte. Dabei saugte er an einer ihrer harten Brustwarzen und ließ seine Zunge hin und her schnellen.

Mit einem Schrei gelangte Sam doch noch zum Höhepunkt.

Ihren Namen rufend, folgte Nick ihr.

Sachte fuhr Sam ihm mit den Fingerspitzen über den schweißfeuchten Rücken. „Du hättest das nicht tun müssen."

Er hob den Kopf und suchte in der trüben Dunkelheit ihre Augen. „Was denn?"

„Auf mich warten." Ihren Wangen glühten vor Verlegenheit, weshalb sie für die Dunkelheit dankbar war.

Er küsste sie. „Ich werde immer auf dich warten."

„Das passiert ja nicht immer."

„Mit mir schon. Es sei denn, du hast sie vorgetäuscht."

Sie gab ihm einen Klaps auf die Schulter. „Habe ich nicht!"

„Ich weiß", sagte er lachend und rollte sich mit ihr auf die Seite.

„Es war allerdings ein Problem ... in der Vergangenheit."

„Jetzt ist es keines mehr."

Sie streichelte sein Gesicht, küsste seinen Hals und atmete seinen würzigen Duft ein, nach dem sie sich inzwischen sehnte. „Der richtige Partner ist eben entscheidend, selbst wenn er gerade wütend auf einen ist."

„Besonders dann." Er ließ die Finger über ihre Hüfte gleiten, was Sam erneut vor sanfter Begierde erschauern ließ. „Willst du gleich noch mal?"

„Das schaffst du nicht."

Er rollte sie wieder auf den Rücken und arbeitete sich, ihren Körper mit Küssen bedeckend, abwärts. „Baby, ich liebe die Herausforderung."

Sam absolvierte ihre Morgenroutine mit weit mehr Energie, als sie eigentlich hätte haben sollen. Vielfache Orgasmen hatten offenbar vielfache Vorteile. Wer hätte das gedacht? Nach einem letzten Blick auf Nick, der auf dem Bauch schlief, ging sie nach unten, weil sie dringend eine Cola brauchte. Als der erste Schluck langsam seine Wirkung entfaltete, fiel ihr ein, dass sie gar nicht wusste, wie sie zum Hauptquartier kommen sollte.

Leise lachend rief sie Freddie an und bat ihn, sie abzuholen. Da ihr Dad noch nicht auf war, beschloss sie, draußen auf der Veranda auf Freddie zu warten. Sie beobachtete die stille Straße und fragte sich, ob Peter dort irgendwo war und sie im Auge behielt, während er auf seine nächste Chance lauerte.

„Komm und hol mich, du Dreckskerl. Ein zweites Mal erwischst du mich nicht unvorbereitet."

Gerade als sie einen weiteren großen Schluck Cola trank, kam Freddies zerbeulter Mustang mit einer lauten Fehlzündung um die Ecke.

„Du weckst noch die ganze Nachbarschaft auf", grummelte sie.

Er hielt vor dem Haus und lehnte sich über den Sitz, um die Beifahrertür für sie zu öffnen.

„Brauche ich eine Tetanusspritze, bevor ich in dem Ding mitfahre?"

„Einem geschenkten Gaul schaut man nicht ins Maul", erwiderte er trocken.

Sie kämpfte mit dem Sicherheitsgurt. „Ich muss einen neuen Wagen für mich anfordern."

„Ich werde mich darum kümmern, Boss." Er bot ihr aus der Schachtel auf seinem Schoß einen Donut mit Puderzucker an.

Mit finsterer Miene nahm sie einen und setzte sich so, dass sie Freddie ansehen konnte. „Du hast wirklich gute Arbeit in diesem Fall geleistet. Verdammt gut."

Er strahlte vor Freude. „Danke. Als ich gestern Nacht nach Hause gekommen bin, war ich so aufgekratzt, dass ich nicht schlafen konnte. Verstehst du?"

„Klar." Bei der Erinnerung daran, wie sie die Anspannung gelöst hatte, errötete sie.

„Und wie ich so grüble, kam mir der Gedanke, dass es möglicherweise noch ein nicht sexuell motiviertes Verhältnis zu einer Person gab, der wir bisher keine Beachtung geschenkt haben."

„Was für ein Verhältnis meinst du?"

„Ein Angestelltenverhältnis – zum Beispiel eine Köchin, eine Reinigungskraft, ein Caterer oder Gärtner."

„Ja und? Worauf willst du hinaus?"

„Ich weiß, es klingt weit hergeholt. Aber was, wenn einer dieser Angestellten die Wahrheit über Thomas herausgefunden hat und es jemandem erzählt hat, den das wütend gemacht hat?"

„Könnte sich lohnen, in dieser Richtung zu forschen."

„Meinst du?"

„Wann wirst du endlich anfangen, Vertrauen in deine Fähigkeiten und deinen Instinkt zu haben?"

„Ich weiß nicht. Bald hoffentlich."

„Das hoffe ich allerdings auch, denn langsam nervst du mich damit."

„Weißt du, was mich nervt?" Er richtete den Blick von der Straße auf sie. „Dein nichtsnutziger Ex-Mann. Der geht mir gehörig auf die Nerven."

„Ja", pflichtete sie ihm seufzend bei. „Mir auch."

„Die Zeitungen sind voll davon.“

„Das war mir klar.“

„Ich habe eine hier. Sie liegt auf dem Rücksitz, wenn du willst ...“

Sams Magen rebellierte. „Nein danke.“

„Er hatte überall in seiner Wohnung Fotos von dir hängen. Das war richtig unheimlich. Es gab Aufnahmen aus der Ferne, wo du an Tatorten zu sehen bist. Er besitzt sogar einen Polizeiscanner.“

Sams Magen zog sich angesichts dieser Neuigkeiten zusammen. „Ich hätte wissen müssen, dass er nicht einfach aufgibt und verschwindet.“

„Es ist nicht deine Schuld“, versicherte Freddie ihr.

„Natalie Jordan hat uns gestern spät abends noch einen Besuch abgestattet“, berichtete Sam, um schnell das Thema zu wechseln. Sie erzählte ihrem Kollegen, was Natalie gesagt hatte, und berichtete anschließend von ihrem Besuch bei Noel. „Ich glaube nicht, dass er es getan hat. Trotzdem will ich ihn heute einen Lügendetektortest machen lassen. Kümmerst du dich darum?“

„Klar. Ich sehe Noel auch nicht als Täter. Er kommt mir nicht wie ein Mörder vor. Natalie hingegen wirkt ziemlich abgebrüht.“

„Nick meinte, sie habe gelogen, was Noel angeht. Aber er konnte sie von Anfang an nicht leiden.“

„Er besitzt einen guten Instinkt“, bemerkte Freddie.

„Tu mir einen Gefallen, wenn wir da sind, und bitte Gonzo und Arnold, diese Adresse zu überprüfen.“ Sie gab ihm den Zettel mit der Adresse von Natalies Eltern. „Außerdem sollen sie bei Noel Jordans Haus in Belle Haven vorbeifahren. Observiert ihn ein paar Stunden, bevor ihr ihn herbringt.“

„Geht klar.“ An der letzten Kreuzung vor dem öffentlichen Gebäude sagte Freddie plötzlich: „Shit.“ Er deutete auf die Straße, die zum Hauptquartier führte und vollgeparkt war mit Übertragungswagen verschiedener Fernsehsender, erkennbar an den Satellitenschüsseln auf dem Dach.

„Gottverdammt.“

Ihre Wortwahl brachte ihr einen strengen Blick von ihm ein. „Gehen wir durch das Leichenschauhaus rein.“

„Guter Plan.“

Sie parkten auf der anderen Seite des Gebäudes, betraten es durch die Kellertür und nahmen einen Umweg zum Kommissariat, wo Gonzo und Arnold sie bereits erwarteten.

„Wir haben Terry O'Connor verhaftet. Er hat schon seinen Anwalt kontaktiert."

„Sieht ihm ähnlich."

„Die haben uns gefilmt, als wir ihn herbrachten", berichtete Arnold. „Das wird die Topstory heute Vormittag."

Captain Malone kam hereingestürmt. „Der Chief hatte gerade einen sehr wütenden Senator O'Connor am Telefon. Der droht, den Präsidenten anzurufen."

„Er kann anrufen, wen er will", sagte Sam. „Sein Sohn hatte ein Motiv, einen Schlüssel und kein Alibi. Wäre er jemand anderes, hätten wir ihn schon vor Tagen eingebuchtet. Das wissen Sie genau. Ich muss jetzt ausschließen können, dass er es war."

Sie starrten einander einen langen Moment an, ehe Malone blinzelte. „Verhören Sie ihn, und dann lassen Sie entweder Anklage gegen ihn erheben, oder er kommt frei. Und machen Sie schnell."

„Ja, Sir." Zu Gonzo sagte sie: „Bring ihn rauf."

29

Als Sam und Freddie das kleine Verhörzimmer betraten, sprang Terry O'Connor auf. „Ich habe meinen Bruder nicht umgebracht! Wie oft soll ich Ihnen das noch sagen?"

Sam tat, als studiere sie aufmerksam die Akte, die sie mitgebracht hatte. „Sie sind hier, weil Sie nicht zur Führerscheinnachschulung erschienen sind."

„Das ist nicht Ihr Ernst."

Sam sah zu Freddie.

„Es ist ihr Ernst", sagte Freddie.

„Ich wollte hingehen", stammelte Terry.

„Warum reden wir nicht über den wahren Grund, weshalb wir hier sind?", meldete sich Terrys Anwalt zu Wort.

„Gebt mir einen Lügendetektor."

Der Anwalt zerrte Terry am Hemd zurück auf den Stuhl. „Kein Wort."

„Mr. O'Connor, sind Sie über Ihre Rechte belehrt worden?", erkundigte Sam sich.

„Die Cops, die Sie geschickt haben, um mich im Morgengrauen aus dem Haus meiner Eltern zu schleppen, sind das mit mir bereits durchgegangen", entgegnete er voller Abscheu.

„Haben wir Ihre Erlaubnis, das Gespräch aufzuzeichnen?"

„Auf Anraten seines Anwalts wird Mr. O'Connor bei dieser

Farce kooperieren", erklärte der Anwalt mit breitem Südstaatenakzent. „Innerhalb vernünftiger Grenzen."

„Ist das nicht nett von ihm?", wandte Sam sich an Freddie.

„Sehr nett", stimmte Freddie zu, schaltete das Aufnahmegerät ein und nannte die Namen der Anwesenden sowie den Grund für das Treffen.

„Es ist jetzt sechsundneunzig Stunden her, dass die Leiche Ihres Bruders in seinem Apartment gefunden wurde", sagte Sam. „Sie behaupten, Sie hätten die Mordnacht mit einer Frau verbracht, die Sie in einer Bar in Loudoun County kennengelernt haben. Können Sie mir ihren Namen verraten?"

„Nein", antwortete Terry betrübt.

„Haben Sie irgendjemanden gefunden, der bestätigen kann, dass Sie das Etablissement mit dieser erfundenen Dame verlassen haben?"

„Sie ist nicht erfunden!", schrie er und schlug mit der flachen Hand auf den Tisch.

„Zeugen?"

Er sank zurück auf seinen Platz. „Nein."

„Das bringt Sie in eine schwierige Situation, nicht wahr?", sagte Sam, während ihr Nicks Worte durch den Kopf gingen: *Du bist auf der falschen Spur.* Sie musste zugeben, dass das Kribbeln fehlte, das sie sonst immer verspürte, wenn sie drauf und dran war, einen Verdächtigen zu überführen und die Schlinge um seinen Hals zuzuziehen.

„Kommen irgendwann auch noch relevante Fragen?", maulte der Anwalt.

Sam nahm Terry ganze neunzig Minuten in die Mangel, bis er ein wimmerndes, schniefendes Häufchen Elend war. Von seiner ursprünglichen Aussage rückte er jedoch keinen Millimeter ab. Um sich zu sammeln, bat sie Freddie schließlich auf ein Wort hinaus auf den Gang.

Malone wartete vor der Tür des Verhörraumes auf sie. „Lasst ihn laufen."

Sam war frustriert. „Sag ihm, er soll in der Gegend bleiben", wandte sie sich an Freddie. „Und er soll innerhalb von dreißig Tagen diese Führerscheinnachschulung machen."

„Verstanden."

Sobald sie allein waren, sah sie Malone an. „Ich musste sichergehen, dass er es nicht war."

„Und davon dürfen Sie jetzt mit ziemlich hoher Wahrscheinlichkeit ausgehen." Er senkte die Stimme. „Peter wurde vor einer halben Stunde verhaftet."

„Er gehört mir."

„Niemand will etwas anderes. Aber Sie wissen, dass wir uns um ihn kümmern können, wenn Sie sich der Sache nicht gewachsen fühlen ...“

„Und ob ich mich gewachsen fühle. Vorher soll er ruhig noch ein bisschen schmoren."

„Ich werde Skip informieren, dass wir ihn haben."

„Danke."

„Der unvollständige Fingerabdruck, den wir auf dem Sprengsatz an Cappuanos Wagen gesichert haben, weist Ähnlichkeiten mit Peters Abdrücken auf. Eine eindeutige Identifizierung war jedoch nicht möglich."

„Ich werde ihn schon dazu bringen, zu bestätigen, dass der Abdruck von ihm ist", sagte sie, mehr zu sich selbst als zu Malone.

„Mit dem, was wir in seiner Wohnung gefunden haben, ist er mehr oder weniger überführt." Er gab ihr eine Zusammenfassung dessen, was die Durchsuchung erbracht hatte, außerdem eine Mappe mit Fotos, bei denen ihr übel wurde.

„Aber das weiß er nicht", sagte sie.

„Nein."

„Ich glaube, es wird mir Spaß machen. Bin ich deshalb ein schlechter Cop?"

„Nein, es macht Sie menschlich. Arlington wird ihn haben wollen, wenn wir mit ihm fertig sind."

Sam verließ den Captain, um sich noch eine Cola zu holen, mit der sie in ihr Büro ging. Sie schloss die Tür und ließ sich in ihren Sessel fallen, plötzlich erschöpft und geschafft. Sie hatte Peter seit fast zwei Jahren nicht mehr gesehen, abgesehen von den Gerichtsterminen. Ihr letzter heftiger Streit um die Zeit, die sie mit ihrem gerade erst verwundeten und nun gelähmten Vater verbracht hatte, war der Schlusspunkt unter vier schrecklichen Jahren gewesen. Am nächsten Tag hatte sie ihre nötigsten Sachen in das Haus ihres Vaters geschafft und den Rest in ein Lager gebracht, wo er sich noch immer befand.

In den folgenden Monaten war Peter mit solch ärgerlicher Beharrlichkeit immer wieder aufgetaucht, dass sie gezwungen gewesen war, sich eine richterliche Verfügung zu besorgen, damit er sie in Ruhe ließ. Seitdem hatte Sam oft das Gefühl gehabt, beobachtet oder verfolgt zu werden. Ein leichtes Kribbeln im Nacken, doch tatsächlich begegnet war sie ihm nie. Sie hatte auch nicht geglaubt, dass sie ihn noch so sehr beschäftigte. Sie hätte es besser wissen müssen. Was sie wirklich krank machte, war die Tatsache, dass sie Nick in Gefahr gebracht hatte, nur weil sie mit ihm zusammen gewesen war.

Bei dem Gedanken daran, dass Peter in eine Zelle gesperrt im Keller saß, lächelte sie. „Soll er ruhig noch eine Weile dort bleiben und sich fragen, wie viel wir inzwischen wissen." Zufrieden mit sich leerte sie die Cola und widmete sich wieder dem Fall O'Connor.

Nick wachte allein in Sams Bett auf und drehte sich auf ihr Kissen, um ihren Duft einzuatmen, den sie zurückgelassen hatte. Er überlegte, ob er bleiben sollte, bis sie zurückkam, oder ob er aufstehen und ihrem Vater gegenübertreten sollte. Den ganzen Tag im Bett zu bleiben war eindeutig die verlockendere Option. Doch da Sam ihn nicht für einen kompletten Feigling halten sollte, stand er auf, um zu duschen.

Er ließ sich Zeit beim Anziehen der Jeans und eines langärmeligen Poloshirts. Wie albern war es, dass er Angst davor hatte, nach unten zu gehen und einem Mann im Rollstuhl zu begegnen?

„Du bist ein Idiot", sagte er zu seinem von der Bombe noch immer leicht gezeichneten Spiegelbild. Trotzdem nahm er sich weitere zehn Minuten Zeit, um das Bett zu machen und das Zimmer aufzuräumen, wobei er darüber staunte, dass eine einzelne Frau so viele Schuhe besitzen konnte. Als es schließlich nichts mehr zu tun gab, ging er die Treppe hinunter und hätte fast aufgestöhnt, als er Skip allein in der Küche traf. Nicht mal Celia war als Puffer da.

„Guten Morgen", begrüßte er ihn.

„Morgen", brummte Skip. „Gibt Kaffee."

„Danke." Während Nick Kaffee in einen Becher schenkte, der neben der Kanne stand, spürte er den Blick des anderen im Rücken. „Sam ist früh los."

„Ich hab gehört, wie sie gegen halb acht das Haus verlassen hat. Celia ist unten im Keller und kümmert sich um die Wäsche. Sie hat Eier und Speck gemacht. Teller befinden sich dort oben im Schrank."

„Das klingt gut." Nick fragte sich allerdings, ob er in der Lage sein würde, unter den wachsamen Blicken von Sams Dad zu essen. Er stellte Becher und Teller auf den Tisch. Mehrere Minuten lang saßen sie sich in verlegenem Schweigen gegenüber, bis Nick die Gabel aus der Hand legte und den Mut aufbrachte, Skip ins Gesicht zu sehen. „Ich liebe sie."

„Hätte ich etwas anderes angenommen, hätten Sie letzte Nacht nicht in ihrem Bett geschlafen. Ist mir egal, wie alt sie ist."

Nick starrte ihn perplex an. „Ich wollte sie heute begleiten."

„Das hätte sie nicht zugelassen."

„Wenigstens bis diese Geschichte mit Peter geklärt ist ..."

„Sie haben ihn heute Morgen an der Union Station geschnappt, als er sich eine einfache Fahrkarte nach New York gekauft hat."

„Wirklich?"

„Jap."

„Nun, das ist gut."

„Sie wird ihn sich vornehmen. Ich weiß nicht, wie's mit Ihnen steht, aber ich würde mir das gern ansehen."

„Was halten Sie davon, wenn ich Sie hinfahre?"

Sam atmete mehrmals tief ein und wieder aus, um ihren brennenden Magen zu beruhigen, ehe sie sich die Mappe mit dem in Peters Wohnung sichergestellten Material schnappte, ihre Bürotür öffnete, Freddie ein Zeichen gab und sich auf den Weg zum Verhörraum machte, in den man Peter gebracht hatte. Die Stille in den ansonsten lärmenden Büroabteilen der Detectives verriet ihr, dass sie ein nicht geringes Publikum im Beobachtungszimmer haben würde.

„Er ist fähig, auf mich loszugehen", sagte sie zu Freddie, bevor sie hineingingen. „Halte ihn nicht auf."

„Hast du den Verstand verloren?"

„Lass es mich auf meine Art machen, Cruz."

„Na schön, aber wenn ich den Eindruck habe, dass er dich umzubringen versucht, wirst du mir meine Einmischung bitte nachsehen."

„Einverstanden." Mit einem kurzen Lächeln für Freddie betrat sie den Raum.

Peter war seit ihrer letzten Begegnung gealtert. Sein sandfarbenes Haar hatte silbrige Strähnen, und das Gesicht, das sie einst attraktiv gefunden hatte, wies harte Züge auf, die von Bitterkeit zeugten.

Sam entließ mit einem Kopfnicken den Officer, der ihn bewacht hatte, und trat an den Tisch.

„Ich will jemand anderen", erklärte Peter, ohne sie anzusehen.

„Vergiss es."

„Hier besteht ein Interessenkonflikt."

„Wir sind nicht mehr verheiratet, also trifft das nicht zu. Detective Cruz, bitte zeichnen Sie dieses Verhör mit Peter Gibson auf."

Freddie schaltete das Aufnahmegerät ein und bezog wieder seinen Posten an der Tür, um zu signalisieren, dass dies ganz allein Sams Angelegenheit war.

„Man hat dich über deine Rechte aufgeklärt, einschließlich deines Rechts, einen Anwalt hinzuzuziehen?"

„Ich brauche keinen. Du hast nichts gegen mich in der Hand." Peter hob seine mit Handschellen gefesselten Hände. „Ist das wirklich notwendig?"

„Detective Cruz, bitte nehmen Sie Mr. Gibson die Handschellen ab." Als Freddie nicht gleich gehorchte, sagte sie: „Detective."

Freddie ging an ihr vorbei und nahm Peter die Handschellen ab. Auf dem Rückweg zur Tür warf er Sam einen düsteren Blick zu.

Peter rieb sich die Handgelenke. „Ganz schöner Aufwand für

nichts und wieder nichts", meinte er in gönnerhaftem Ton, den er ihr gegenüber oft benutzt hatte.

„Wegen nichts?" Sie legte jedes einzelne Foto von ihr, das man in seiner Wohnung gefunden hatte, auf den Tisch. Und diesmal spürte sie jenes Kribbeln, das bei Terry O'Connors Verhör gefehlt hatte. „Und wie nennst du das hier?"

„Amateurfotos. Ist das inzwischen ein Verbrechen?"

„Nein. Stalking schon."

Er zuckte die Schultern. „Ein kleines Vergehen. Verklag mich doch."

„Keine Sorge, das kommt noch. Ist es nicht selbst für deine Verhältnisse ziemlich erbärmlich, vor meinem Haus zu lauern?"

Ein harter Ausdruck trat in seine blauen Augen. „Ich habe nicht vor deinem Haus gelauert."

„Doch, hast du. Es ist ziemlich traurig, dass du die Frau verfolgst, die sich von dir hat scheiden lassen, statt dir eine andere zu suchen, über die du Kontrolle ausüben kannst. Armselig, oder, Cruz?"

„Mindestens", pflichtete Freddie ihr bei. „Ich würde sagen, es ist krank *und* erbärmlich, so auf Ihre Ex fixiert zu sein. Besonders da sie sehr deutlich zum Ausdruck gebracht hat, dass sie mit Ihnen nichts mehr zu tun haben will."

Wenn Blicke töten könnten, wäre Freddie in diesem Moment erledigt gewesen.

Sam ging um den Tisch und blieb hinter Peter stehen. „Es hat dich wütend gemacht, dass ich dich nicht mehr wollte, stimmt's?"

„Ich wollte dich ja auch nicht mehr. Du warst eine beschissene Ehefrau und lausig im Bett." Er schaute zu der dunklen Glasscheibe, hinter der das Beobachtungszimmer lag. „Habt ihr das gehört?", schrie er. „Sie ist eine Versagerin in der Kiste!"

„Nick findet das nicht."

Peter versuchte aufzuspringen, doch sie drückte ihn wieder auf seinen Platz.

„Ich nehme an, dir ist inzwischen aufgegangen, dass wir herausgefunden haben, dass du vor sechs Jahren seine Nachrichten an mich nicht weitergegeben hast, als du angeblich mein Freund warst."

„Das ist doch kein Verbrechen."

„Nein, aber erbärmlich. Es muss dir ganz schön gestunken haben, mich in dieser Woche mit ihm zusammen zu sehen."

„Als ob mich das interessieren würde."

„Oh, ich denke schon." Sie beugte sich herunter, um ihm ins Ohr zu flüstern. „Ich glaube, es interessiert dich sehr."

Er schüttelte sie mit einer heftigen Bewegung ab. „Du bildest dir ganz schön was ein."

Sam kehrte auf die andere Seite des Tisches zurück und legte ein Foto des Materials zum Bombenbauen vor ihn.

„Was ist das?", wollte er wissen.

„Warum verrätst du es mir nicht?"

Ein Schweißtropfen bildete sich auf seiner Oberlippe. „Ich habe keine Ahnung."

„Ich glaube doch." Sam stützte sich mit den Händen auf den Tisch und lehnte sich zu Peter herüber. „Du enttäuschst mich. Vier Jahre lebst du mit einer Polizistin zusammen und lernst nichts dabei. Wenn du deine Ex-Frau und ihren Freund umbringen willst, solltest du lieber keine Fingerabdrücke auf dem Sprengsatz hinterlassen."

„Ich habe keine Fingerabdrücke hinterlassen!"

Sie grinste. Bingo!

Sein Gesicht lief vor Zorn rot an. „Du verdammte Schlampe! Machst die Beine breit für dieses Arschloch, zehn Minuten nach eurem Wiedersehen!"

Sam beugte sich mit brennendem Magen zu ihm herunter. „Ganz recht. Und weißt du was?" Sie senkte die Stimme, sodass nur Peter – und vielleicht Freddie – sie hören konnte. „Wenn ich mit ihm schlafe, komme ich jedes Mal – manchmal sogar öfter als einmal. Im Gegensatz zu dem, was du mir ständig einzureden versucht hast, bist also offenbar du der Versager im Bett."

Blitzschnell packte er ihre Kehle und drückte so fest zu, dass sie innerhalb von Sekunden Sterne sah.

Sie hörte Freddie, doch da erwischte sie Peters Nase schon mit der Handkante, sodass er rückwärts taumelte und ihm das Blut übers Gesicht lief.

„Du Drecksstück! Du verdammte frigide Hure! Du hast mir meine Scheißnase gebrochen!"

„Abführen, Cruz." Mit zitternder Hand berührte Sam ihren

Hals. „Zweifacher versuchter Mord, Angriff auf eine Polizistin, Verfolgung einer Polizistin, Einbruch, Zuwiderhandlung gegen eine richterliche Verfügung und was dir sonst noch einfällt."

Freddie zerrte Peter vom Boden hoch und ließ die Handschellen um seine Handgelenke zuschnappen. „Mit Vergnügen."

„Weiß er, dass du nur eine halbe Frau bist?", kreischte Peter. „Hast du ihm gesagt, dass du unfruchtbar bist?"

Sams Herz fing an zu rasen, als ein Schmerz ihre Eingeweide durchfuhr. „Bring ihn endlich hier raus."

Noch lange, nachdem Freddie den kreischenden Peter hinausgeschleppt hatte, stand Sam da und versuchte, ihre zitternden Hände unter Kontrolle zu bekommen. Als sie den Raum endlich verlassen wollte, erwarteten ihre Kollegen sie.

Captain Malone trat aus der Menge vor. „Gut gemacht, Sergeant."

„Danke", sagte Sam mit unsicherer Stimme. Dann hörte sie das Sirren des Rollstuhls, bevor sie ihn sah. Um Himmels willen, dachte sie bei der Vorstellung, was ihr Vater alles mitgehört hatte. Die Menge teilte sich, um ihn durchzulassen. Als sie Nick entdeckte, blieb ihr fast das Herz stehen.

„Du hast also alles gehört?", fragte sie ihren Dad, nachdem die anderen sich zurückgezogen hatten.

„Ja."

„Das tut mir leid." Ihre Wangen glühten. „Es muss ziemlich peinlich für dich gewesen sein …"

„Das waren die unterhaltsamsten fünfzehn Minuten meines Lebens – natürlich nur bis zu dem Moment, als er auf dich losging. Du solltest deinen Hals mit Eis kühlen. Diese Prellungen werden noch wehtun."

„Mach ich." Sie beugte sich zu ihm herunter und gab ihm einen Kuss auf die Wange.

„Ich bin stolz auf dich, mein Mädchen", flüsterte er.

Sie legte ihren Kopf auf seine Schulter. Wie sehr sie sich wünschte, er könnte sie noch wie früher in seine starken Arme nehmen. „Ich glaube, es ist endlich ausgestanden."

„Da hast du vermutlich recht. Da ich schon mal hier bin, werde ich ein paar Besuche machen. Bin bald wieder da, Nick."

„Ich werde da sein", erwiderte dieser.

„Na klar." Skip wendete seinen Rollstuhl und fuhr den langen Korridor entlang, zweifellos auf dem Weg zu Chief Farnsworths Büro.

Nick bot Sam die Hand. Diese simple Geste gab für sie den Ausschlag. Indem sie ihre Finger mit seinen verschränkte, verliebte sie sich endgültig in ihn.

30

Tut mir leid", sagte Sam, als sie in ihrem Büro waren.

„Was denn?", wollte Nick wissen.

„Dass ich dich und unsere Beziehung benutzt habe, um ihn auf die Palme zu bringen. Ich hatte ja keine Ahnung, dass du da bist. Tut mir leid, dass du das hören musstest."

„Du glaubst, das macht mir etwas aus?" Seine haselnussbraunen Augen leuchteten vor Emotionen. „Du hast ihn überführt. Das ist alles, was zählt. Was genau hat ihn denn auf die Palme gebracht?"

„Das spielt keine Rolle."

„Für mich schon."

Widerstrebend erzählte Sam ihm, was sie gesagt hatte. „Ich will nicht, dass du denkst ..."

Als könnte er nicht länger widerstehen, schloss er sie in seine Arme. „Was?"

Erneut glühten ihre Wangen vor Verlegenheit und Unbehagen, doch es musste gesagt werden. „Ich wollte das, was ich mit dir tue, nicht mit so ordinären Worten ausdrücken. Für mich ist das nichts Ordinäres."

„Ach komm schon, Liebes. Das weiß ich doch."

„Es ist viel mehr." Sie sah ihm ins Gesicht.

„Ja." Er küsste sie zärtlich. „Das ist es."

„Ich liebe dich auch."

Er hielt inne. „Ja?“

Zufrieden, dass sie ihn überrumpelt hatte, nickte sie. „Seit jener Party damals. Ich hätte Peter aus vielen Gründen nicht heiraten sollen. Vor allem aber, weil ich dich immer geliebt habe. Immer.“

„Samantha“, flüsterte er und küsste sie leidenschaftlich.

„Keine öffentlichen Zuneigungsbekundungen im Dienst oder zu jeder anderen Zeit“, murmelte sie, als sie wieder zu sich kam und sich daran erinnerte, wo sie sich befanden.

„Das ist ein ganz besonderer Anlass.“ Er ließ die Hände nach unten gleiten und umfasste ihren Po, um sie fest an seine Erektion zu drücken. „Kann man diese Tür abschließen?“

Sie stemmte sich mit beiden Händen gegen seine Brust, um ihn wegzuschieben. „Denk nicht mal daran.“

„Ich kann längst nicht mehr denken.“

Sie stellte sich auf Zehenspitzen und biss ihn sanft in die Unterlippe. „Ich werde es wiedergutmachen. Versprochen.“

Stöhnend ließ er sie los. „Ich werde dich daran erinnern.“

„Übrigens ... was er am Schluss gesagt hat ... darüber sollten wir vielleicht noch reden.“

Nick legte ihr den Zeigefinger auf die Lippen. „Später.“

Dankbar für den Aufschub, holte sie tief Luft. „Und wie läuft es zwischen dir und meinem Dad?“, erkundigte sie sich und nahm eine halb leere Dose Cola von ihrem Schreibtisch.

„Wir haben eine Art Übereinkommen getroffen.“

Sie musterte ihn misstrauisch. „Was denn für ein Übereinkommen?“

„Das ist eine Sache zwischen ihm und mir.“

„Mir gefällt nicht, wie sich das anhört.“

Er zwickte sie in die Nase. „Muss es auch nicht.“

Ein Klopfen an der Tür erschreckte sie beide.

„Herein“, rief Sam.

Gonzo öffnete die Tür. „Äh, verzeiht die Störung ...“

„Du störst nicht“, versicherte sie und warf Nick einen vielsagenden Blick zu. „Was gibt es denn?“

„Da ist eine Frau, die dich sprechen will. Wollte ihren Namen nicht nennen, besteht aber darauf, mit dir zu sprechen. Und nur mit dir. Macht einen aufgewühlten Eindruck.“

„Na schön, bring sie rein." Zu Nick sagte sie: „Macht es dir etwas aus, meinen Dad nach Hause zu fahren? Ich komme bald nach."

„Natürlich nicht." Er gab ihr einen Kuss zum Abschied.

„Und sprich nicht mit ihm über mich."

„Träum weiter", sagte er und verließ lachend das Zimmer. „Denk dran, deinen Hals mit Eis zu kühlen."

Sam genoss den Anblick seines knackigen Pos in der Jeans und seufzte verzückt. Dass Nick ihr gehörte, ihr allein, konnte sie immer noch nicht ganz fassen. Sie wünschte, sie könnte dem Impuls nachgeben, einen kleinen Freudentanz aufzuführen.

Gonzo führte eine verstört wirkende Frau in ihr Büro. „Das ist Sergeant Holland."

„Setzen Sie sich." Sam deutete auf den Sessel und entließ Gonzo mit einem dankbaren Nicken. „Wie heißen Sie?"

Die Frau nestelte an ihrer Designerhandtasche herum. Dabei bemerkte Sam ihre manikürten Nägel. Sie sah Sam mit einem Ausdruck des Entsetzens in den dunklen Augen an. „Andrea Daly."

„Was kann ich für Sie tun, Miss Daly?"

„Mrs. Daly", korrigierte sie Sam und schaute auf den Flur. Ihre zierliche Gestalt wurde von Schluchzern geschüttelt. „Ich habe etwas Schreckliches getan."

Sam kam hinter ihrem Schreibtisch hervor und lehnte sich an ihn. „Wenn Sie mir von dieser schrecklichen Sache erzählen, kann ich Ihnen vielleicht helfen."

Andrea wischte sich die Tränen aus dem Gesicht. „In der Nacht, als der Senator ermordet wurde ..."

Sams Nackenhärchen richteten sich auf. „Kannten Sie ihn? Senator O'Connor?"

Andrea schüttelte den Kopf. „Ich habe so etwas noch nie vorher getan. Meine Familie bedeutet mir alles. Ich habe Kinder."

„Mrs. Daly, ich kann Ihnen nicht helfen, wenn Sie mir nicht erzählen, was Sie Ihrer Ansicht nach Schreckliches getan haben."

„Ich war mit Terry O'Connor zusammen", gestand sie mit kaum hörbarer Stimme. „Ich habe die ganze Nacht mit ihm im Day's Inn in Leesburg verbracht." Sie wischte sich die laufende Nase. „Als ich heute Morgen in den Nachrichten sah, dass er verhaftet worden ist ... Das konnte ich nicht zulassen. Er hat es nicht getan."

„Ich weiß."

Andrea war völlig perplex. „Ich setze meine Ehe und meine Familie aufs Spiel, und Sie wissen es längst?"

Sie berührte sie tröstend. „Es war sehr mutig von Ihnen, hierherzukommen. Sie haben das Richtige getan."

„Das wird mir nicht viel nützen, wenn mein Mann darüber in der Zeitung liest."

„Es wird nicht in den Zeitungen stehen. Wenn Ihr Mann es erfährt, dann nur, weil Sie es ihm sagen."

„Glauben Sie?"

„Terry O'Connor erinnert sich nicht an Sie. Er war so betrunken, dass er die Frau, mit der er zusammen war, nicht einmal beschreiben konnte. Tut mir leid, wenn Sie das kränkt, aber so ist es nun mal. Die einzigen Menschen, die wissen, dass Sie mit ihm in der fraglichen Nacht zusammen waren, befinden sich also in diesem Raum. Ich weiß, was ich mit der Information anfange. Was Sie mit Ihrem Wissen machen, ist ganz allein Ihre Angelegenheit."

Von Erleichterung überwältigt, ließ Andrea den Kopf hängen. „Ich war meinem Mann noch nie untreu. In den neunzehn Jahren, die wir zusammen sind, habe ich kaum einen anderen Mann angesehen. Aber er ist viel auf Reisen, weshalb wir uns in den letzten Jahren auseinandergelebt haben. Ich habe mich einsam gefühlt."

„Das Gefühl kenne ich – besser, als Sie es sich vorstellen können." Sam berührte die Prellungen an ihrem Hals, die anfingen, wehzutun. „Wenn Sie Ihren Mann lieben und Ihre Ehe wieder in Ordnung bringen wollen, halten Sie sich von Bars fern. Gehen Sie stattdessen nach Hause und kümmern Sie sich um Ihre Beziehung. Sie können von Glück reden, dass das das Schlimmste war, was Ihnen passiert ist."

„Glauben Sie mir, das weiß ich." Andrea stand auf und schüttelte Sam die Hand. „Danke."

Sam hielt die Hand der Frau zwischen ihren Händen. „Danke, dass Sie gekommen sind. Sie haben das Richtige getan. Ich war mir schon ziemlich sicher, dass er es nicht gewesen ist. Sie haben mir die letzte Bestätigung geliefert."

„Tja, in dem Fall hat es sich wohl gelohnt."

„Ich wünsche Ihnen viel Glück, Mrs. Daly."

„Und ich Ihnen auch, Sergeant. Senator O'Connor war ein guter Mann. Ich hoffe, Sie finden denjenigen, der ihm das angetan hat."

„Oh, das werde ich. Darauf können Sie sich verlassen." Sam stand im Türrahmen und schaute Andrea hinterher.

„Um was ging es?", wollte Freddie wissen.

„Terry O'Connors Alibi."

Freddies Augen leuchteten. „Im Ernst?"

„Jap."

„Hast du eine schriftliche Aussage von ihr?"

„Nein."

„Warum nicht?"

„Weil ich nichts zu gewinnen hatte, sie aber alles zu verlieren. Sie hat mir geliefert, was ich gebraucht habe. Das war genug."

„Ich habe weiter große Ehrfurcht, nicht nur vor deinem Instinkt, sondern auch vor deiner Menschlichkeit."

„Du kannst mich, Cruz", entgegnete sie und verdrehte die Augen. „Hast du Peter auf Eis gelegt?"

„Ja. Ich habe die Sanitäter zu ihm geschickt, damit sie sich seine zermatschte Nase ansehen. Er wirft uns Polizeibrutalität vor."

„Das war Notwehr." Dass sie Peter zu diesem Angriff provoziert hatte, würde den Staatsanwalt angesichts der Beweislast, die Peter mit dem Bombenattentat in Verbindung brachte, kaum interessieren.

„Und ob das Notwehr war."

„Was gibt's Neues von Gonzo und Arnold?"

„Natalies Mutter hat ihnen gesagt, Natalie habe sich ganz zurückgezogen und könne nicht an die Tür kommen. Sie haben sie nicht gedrängt, weil du ja nur wissen wolltest, ob sie da ist. Außerdem haben sie gesehen, wie sie aus einem der oberen Fenster geschaut hat. Noel hat den ganzen Tag im Garten gearbeitet und seinen Wagen gewaschen. Von ihr war dort nichts zu sehen. Gonzo hat ihn vorhin zum Lügendetektortest hergebracht.“

„Bereitet einen Test mit ihr für morgen vor, nach der Beerdigung.“

„Geht klar.“

„Wo stehen wir jetzt?“ Sam löste die Klammern aus ihren Haaren und fuhr mit den Fingern hindurch. „Unsere zwei Hauptverdächtigen, die beide ein Motiv und die Gelegenheit hatten, beschuldigen sich gegenseitig. Nur kriegen wir keinen von beiden zu fassen.“

„Da wäre allerdings noch Natalies toter Freund. Der sollte uns schon stutzig machen.“

„Wenn Sie etwas damit zu tun hatte, würde ihr Mann das nicht wissen? Hätte Sie ihm nicht alles über ihren Freund erzählt, der tragischerweise bei einem Feuer ums Leben gekommen ist?“

„Schwer zu sagen. Mörder können ziemlich überheblich sein. Oft wollen sie, dass man weiß, was sie getan haben, damit sie die Anerkennung dafür bekommen.“

„Diesen Eindruck hat Noel aber nicht vermittelt. Auf ihn schien sie den Eindruck gemacht zu haben, dass der Vorfall ihr das Herz gebrochen hat.“ Sam schaute auf ihre Uhr. Es war nach eins. „Ich wollte mich noch einmal mit ihr unterhalten, aber ich warte lieber, bis sie den Lügendetektortest absolviert hat, um zu sehen, ob ich meine Karten auf den Tisch legen und ihr sagen muss, was ich über ihren toten Freund weiß. Gonzo soll sie dazu bringen, sich misstrauisch gegenüber ihrem Mann zu äußern. Als Verdächtigen habe ich ihn nicht mehr auf der Rechnung, aber ich will es in der Akte stehen haben.“

„Klingt nach einem guten Plan. Hältst du es für möglich, dass keiner der beiden etwas damit zu tun hat und Natalie lediglich versucht, ihren Ehemann loszuwerden, den sie niemals hätte heiraten sollen?“

„An diesem Punkt der Ermittlungen halte ich alles für möglich. Dummerweise habe ich auch nach drei Tagen immer noch keinen Hauptverdächtigen. Das wird den Chief nicht gerade freuen.“

„Soll ich die Berichte für diesen Vormittag schreiben?“

„Da wäre ich dir sehr dankbar.“ Sie überlegte einen Moment

und entschied, dass dies eine günstige Gelegenheit war. „Kannst du eine Minute mit reinkommen?"

„Klar." Er schloss die Bürotür hinter sich. „Was gibt's denn?"

„Du weißt, dass ich dir für deine Hilfe bei den Berichten dankbar bin, nicht wahr?"

„Kein Problem."

„Tja, für mich ist das schon ein Problem." Sie rieb ihren Bauch und stieß die nächsten Worte beinah hastig hervor. „Ich bin Legasthenikerin. Ich habe schon mein ganzes Leben lang damit zu kämpfen. Meistens habe ich es ganz gut im Griff, aber ich weiß, dass du dich bestimmt schon wegen der komischen Rechtschreibfehler und solchen Dingen gewundert hast."

„Warum hast du mir das nicht schon früher gesagt? Dann hätte ich immer die Berichte schreiben können."

„Das will ich gar nicht. Es genügt, dass du mir in dem Umfang hilfst, wie du es bisher getan hast."

„Ich finde trotzdem, du hättest es mir sagen sollen. Schließlich sind wir Partner."

„Weiß ich denn alles über dich?"

Er schien sich unter ihrem prüfenden Blick unbehaglich zu fühlen. „Fast alles."

„Wir alle haben unsere Geheimnisse, Cruz, und ich will auf keinen Fall eine Sonderbehandlung. Ich erwarte nicht, dass sich irgendetwas ändert, nur weil du es jetzt weißt."

„Um Hilfe zu bitten ist kein Zeichen von Schwäche, Sam. Es macht dich nur menschlich."

„Das ist das zweite Mal heute, dass mir jemand erklärt, was einen menschlich macht. Erzähl niemandem von meiner Dyslexie, ja?"

„Wem sollte ich davon erzählen?", entgegnete er eingeschnappt. „Wenn du immer noch nicht weißt, dass du mir vertrauen kannst ..."

„Wenn ich dir nicht vertrauen würde, hätte ich dir gar nicht davon erzählt." Sie machte eine kurze Pause. „Es tut mir leid, dass du das hören musstest, was ich zu Peter gesagt habe. Ich weiß, dass es dir peinlich war."

„Du hast ihn dazu gebracht, sich selbst zu belasten und in

Widersprüche zu verstricken. Und das ist das Ziel eines jeden Verhörs."

„Trotzdem ..."

„Ich bin erwachsen, Sergeant, also werde ich wohl damit fertig."

Sie sah ihn mit neuer Dankbarkeit an. „Lass mir eine Kopie der Berichte zukommen, dann kannst du vormittags deiner Angestellten-Theorie nachgehen, während ich auf der Beerdigung bin."

„Verstanden."

„Und wenn du mit dem Papierkram fertig bist, geh nach Hause."

Er hielt einen Schlüsselbund in die Höhe. „Ihr neuer fahrbarer Untersatz, Madam."

„Oh, was hast du mir besorgt? Einen von den neuen Ford Taurus?"

„Ja. Dunkelblau." Er nannte ihr die Parkplatznummer.

„Toll. Danke."

„Vielleicht komme ich später vorbei, um mir das Spiel anzusehen. Falls du nichts dagegen hast."

„Mein Dad hat dich eingeladen, oder?"

„Ja, schon, aber ..."

„Aber was?"

Er grinste. „Ach nichts."

Sie zog ihren Mantel an. „Dann bis später. Oh, und danke, dass du mir mit diesem Dreckskerl geholfen hast."

„Gern geschehen." Er folgte ihr aus dem Büro und machte die Tür hinter sich zu. „Sergeant Holland?"

Sie drehte sich um, überrascht von seiner formellen Anrede.

„Es ist mir eine echte Freude, mit Ihnen zusammenzuarbeiten."

„Das beruht auf Gegenseitigkeit, Detective."

Auf ihrem Weg hinaus aus dem Kommissariat warf Sam einen Blick in das Büro, das bald ihres sein würde. Seit dem Tag, an dem sie Detective geworden war, hatte sie ein Auge auf das geräumige

Eckbüro des Lieutenants geworfen. Doch wegen ihrer Legasthenie hatte sie sich keine allzu großen Hoffnungen gemacht.

Als sie sich umdrehte und weitergehen wollte, stieß sie mit Lieutenant Stahl zusammen.

„Haben Sie es so eilig, mein Büro zu übernehmen, Sergeant?"

Überrumpelt von seinem plötzlichen Auftauchen trat Sam zur Seite, um ihn vorbeizulassen. Dabei bemerkte sie, dass er einen Karton trug.

„Sie müssen ziemlich zufrieden sein." Er schaltete das Licht ein und stellte den Karton auf den Schreibtisch. „Sie vögeln einen Zeugen, bringen es zum Lieutenant, übernehmen mein Kommando – und das alles in nur einer Woche."

Sam lehnte sich gegen den Türrahmen und ertrug seine abfälligen Äußerungen, fasziniert von seinem fetten Doppelkinn, das bei jedem seiner boshaften Worte wabbelte.

„Glauben Sie denn wirklich, Sie wären damit durchgekommen, dass Sie es mit einem Zeugen treiben, wenn Ihr Daddy nicht der Kumpel vom Chief wäre?" Er warf gerahmte Fotos und Erinnerungsstücke in den Karton. „Sie können darauf wetten, dass die von Interne Ermittlungen sich das genauer ansehen werden. Könnte sogar sein, dass Sie Gegenstand meiner ersten Amtshandlung werden."

Sam tat, als höre sie ihm aufmerksam zu, während sie in Gedanken schon sein Büro mit ihren Sachen einrichtete.

„Diese Geschichte ist noch nicht ausgestanden, Sergeant. Ich werde jedenfalls über diese unverfrorene Missachtung der Grundregeln nicht einfach hinwegsehen. Schon gar nicht bei jemandem, der seinen Posten nur durch Beziehungen bekommen hat."

Sie ballte unwillkürlich die Fäuste und hätte Stahl am liebsten in sein fettes Gesicht geschlagen. Doch diese Genugtuung wollte sie ihm nicht verschaffen. Stattdessen zückte sie ihr Notizbuch und einen Stift.

Stahl kniff die Augen zusammen. „Was schreiben Sie da?"

„Nur eine Notiz für den Hausmeister. Man muss etwas gegen den Geruch hier drin unternehmen." Während auf seinem Gesicht rötliche Flecken erschienen, steckte sie ihr Notizbuch wieder ein. „Viel Glück bei der Ratten-Einheit, Lieutenant. Ich bin sicher, da passen Sie hin.“ Sie wandte sich zum Gehen.

„Nehmen Sie sich lieber in Acht, Sergeant“, rief er ihr hinterher. „Daddy wird nicht ewig da sein, um Ihren Bockmist auszubügeln.“

Sie drehte sich um. „Sollten Sie meinen Vater auch nur schief ansehen, breche ich Ihnen Ihren fetten Hals. Kapiert?“

Er hob eine Braue. „Soll das eine Drohung sein, Sergeant?“

„Nein, Lieutenant, das ist ein Versprechen.“

31

Nach dieser Konfrontation mit Stahl brannte Sams Magen. Sie befand sich auf dem Weg zum Ausgang des Leichenschauhauses, um der Presse zu entgehen und möglichst schnell zu Nick zu gelangen. Die Aussicht auf ein ausgelassenes Sonntagsessen mit ihren Schwestern und deren Familien gefiel ihr immer besser. Bevor sie jedoch unbemerkt entkommen konnte, hielt Chief Farnsworth sie in der Lobby auf.

„Ich bin froh, Sie noch erwischt zu haben, Sergeant. Sie müssen den Medien zehn Minuten gewähren."

Sie stöhnte.

„Nach dem Sprengstoffanschlag müssen Sie der Öffentlichkeit zeigen, dass Sie noch leben und mit ungebremster Energie an dem Fall O'Connor arbeiten. Außerdem müssen Sie erklären, dass Sie Terry O'Connor nicht mehr verdächtigen, bevor der Präsident persönlich meinen Kopf in der Schlinge sehen will."

„Ja, Sir."

„Die Medien werden auch nach Nick fragen."

Sam rieb sich den Magen und sah hinaus zur Medienmeute, die den Platz draußen bevölkerte. „Das schaffe ich schon."

„Ich bin bei Ihnen."

„Danke", sagte sie. Seine Anwesenheit würde signalisieren, dass die gesamte Abteilung fest hinter ihr stand.

„Sie sehen blass aus. Brauchen Sie eine kurze Pause?"

„Nein." Sie atmete unter Schmerzen und knöpfte ihren Mantel zu. „Bringen wir es hinter uns." Der Chief folgte ihr hinaus ins Getümmel.

Die Reporter gerieten sofort außer Rand und Band und schrien Sam Fragen zu.

Chief Farnsworth hob die Hand, um alle zum Schweigen zu bringen. „Sergeant Holland wird Ihre Fragen beantworten, wenn Sie ihr die Chance dazu geben."

Als Sam vor das Mikrofon trat, wurde die Menge still. „Heute konnten wir Terry O'Connor aus dem Kreis der Verdächtigen für den Mord an seinem Bruder ausschließen. Wir haben allerdings noch einige andere Personen im Visier, die wir genauer unter die Lupe nehmen werden." Sie wünschte aufrichtig, das entspräche den Tatsachen. Nur konnte sie den Medien schlecht auf die Nase binden, dass sie bei den Ermittlungen in einer Sackgasse steckten.

„Können Sie uns Namen nennen?"

„Das würde die Ermittlungen gefährden. Sobald wir Ihnen mehr Informationen geben können, werden wir das tun."

„Können Sie uns sonst noch irgendetwas über den Fall O'Connor sagen?"

„Nicht zum jetzigen Zeitpunkt."

„Wie nah sind Sie an einer Verhaftung?"

„Nicht so nah, wie ich es gern wäre. Aber viel wichtiger ist es, Fakten zu sammeln, die vor Gericht bestehen können, statt vorschnell zu handeln."

„Warum war Detective Cruz in Chicago?"

„Kein Kommentar." Unter gar keinen Umständen würde sie Thomas O'Connor den Medien ausliefern. Den mussten die schon selbst aufspüren.

„Spielten die Johnsons eine Rolle beim gestrigen Sprengstoffanschlag?"

„Nein. Wir haben jemanden verhaftet, der nicht mit den Johnsons in Verbindung steht." Sie senkte den Blick und sammelte ihre ganze Kraft, um das Nachfolgende durchzustehen. „Gegen meinen Ex-Mann Peter Gibson wurde unter anderem Anklage erhoben wegen zweifachen versuchten Mordes."

„Warum hat er es getan?", rief einer der Reporter.

„Wir glauben, dass er wütend war wegen meiner Beziehung zu Mr. Cappuano."

„Kannten Sie Mr. Cappuano schon vor dieser Woche?"

Sie biss die Zähne zusammen und zwang sich, ruhig zu bleiben und denen nicht die Genugtuung zu geben, aus der Haut zu fahren. „Wir haben uns vor Jahren kennengelernt und hatten eine kurze Beziehung."

„Haben Sie Ihre Vorgesetzten darüber in Kenntnis gesetzt, dass Sie eine frühere Beziehung zu einem der Hauptzeugen hatten?", wollte Darren Tabor vom *Washington Star* wissen. Er war in seinen Berichten zum Johnson-Desaster besonders hart mit ihr ins Gericht gegangen.

Sam klammerte sich unwillkürlich an der Kante des Rednerpults fest. „Nein, das habe ich nicht."

„Warum nicht?"

„Ich war entschlossen, den Fall O'Connor abzuschließen, und hielt Mr. Cappuanos Hilfe von Anfang an für äußerst wertvoll, was sie letztlich auch ist. Dank seiner Hilfe bin ich viel weiter, als ich ohne ihn gekommen wäre."

„Bewegen Sie sich da moralisch nicht trotzdem auf dünnem Eis, besonders angesichts der Berichterstattung über Sie nach dem Fall Johnson?", meinte Tabor mit sichtlicher Selbstzufriedenheit.

„Wenn Sie mal einen Blick in meine Personalakte der letzten zwölf Jahre werfen, werden Sie feststellen, dass mein Verhalten nie Anlass zur Beschwerde gegeben hat."

„Bis vor Kurzem."

„Das ist Ihre Sicht der Dinge", konterte Sam und beherrschte sich weiter, während sie sich vornahm, mal nach seinen unbezahlten Strafen für Falschparken zu forschen. Was für einen Genuss würde es ihr bereiten, einen Haftbefehl gegen ihn zu erwirken!

„Stimmt es, dass Mr. Cappuano von einer beachtlichen Lebensversicherung profitiert, die der Senator abgeschlossen hat?", fragte Tabor.

Sie nahm sich zusammen. Wie, um alles in der Welt, war das durchgesickert? „Ja, das ist richtig."

„Liefert Ihnen das kein Motiv?"

„Vielleicht wenn er davon gewusst hätte."

„Sie glauben, er wusste es nicht?"

„Er war genauso überrascht wie wir. Mr. Cappuano ist frei von jedem Verdacht, mit dem Mord am Senator irgendetwas zu tun zu haben."

„Ist das etwas Ernstes zwischen Ihnen und Cappuano?"

Sam hätte am liebsten laut gestöhnt, als sie die Klatschreporterin mit den blond gefärbten Haaren erkannte.

„Wir sind seit einer Woche zusammen", ging Sam lachend über die Frage hinweg.

„Ja, aber ist es ernst?"

Was wird das? wollte Sam erwidern. Highschool-Niveau? „Hätte ich mich auf etwas eingelassen, wenn es nicht ernst wäre? Nächste Frage." Sie wandte sich von der zufrieden grinsenden Reporterin ab und hoffte, durch ihre Haltung klar zu signalisieren, dass damit für sie der Abstecher in ihr Privatleben beendet war.

„Sind Sie besorgt wegen Destiny Johnsons Drohungen?", fragte eine andere Reporterin.

Sam war froh, dass es weiterging, und richtete den Blick auf die Frau, die sie von einem der Nachrichtensender kannte. „Mrs. Johnson ist eine trauernde Mutter. Ich fühle mit ihr."

„Wie steht's mit Marquis Johnson?"

„Da ich in diesem Fall am Dienstag aussagen muss, habe ich dazu nichts zu sagen."

„Sergeant, in der nächsten Woche ist es zwei Jahre her, dass Ihr Vater angeschossen wurde. Gibt es in diesem Fall neue Spuren?"

„Leider nein. Aber wir ermitteln weiter. Jeder, der über Informationen verfügt, wird dringend gebeten, Kontakt zu uns aufzunehmen."

„Wie geht es Ihrem Vater?"

„Sehr gut. Danke der Nachfrage."

Chief Farnsworth trat vor, um sie zu erlösen.

Sam hob die Hand, um ihn aufzuhalten. „Eines möchte ich noch sagen ..." Sie räusperte sich, da die Emotionen in ihr aufstiegen. „Es ist mir eine Ehre, den Bürgern dieser Stadt zu dienen. Und auch wenn ihr euch in letzter Zeit ein bisschen auf mich eingeschossen habt, gibt es nichts, was ich nicht tun würde, kein Risiko, das ich nicht eingehen würde, um unsere Bürger zu schützen. Sollte euch das nicht genügen, macht mich ruhig weiter zur Story, statt euch auf die wichtigen Nachrichten zu konzentrieren. Das wäre alles."

Während man ihr weitere Fragen zurief, bahnte sie sich ihren Weg durch die Menge zum Angestelltenparkplatz, wo ihr glänzender neuer Wagen sie erwartete. Erst als sie sicher im Inneren des Wagens saß, konnte sie durch ihre Atmung versuchen, die Magenschmerzen zu lindern.

Sam rief Nick aus dem Wagen an.

„Hallo, Liebes", sagte er.

Sie genoss einen Moment die neue, selbstverständliche Vertrautheit, die zwischen ihnen entstanden war. Als wären sie schon Jahre zusammen, nicht erst Tage.

„Sam?"

„Ich bin hier."

„Ist alles in Ordnung?"

„Jetzt, wo ich mit dir rede, ja. Was machst du gerade?"

„Ich sitze auf deinem Bett und versuche meine Beerdigungsrede für morgen zu schreiben. Mir ist gerade klar geworden, dass ich vor dem Präsidenten und dem Großteil der Kongressabgeordneten sprechen werde."

Sam stieß einen leisen Pfiff aus. „Ich glaube, das könnte ich nicht."

„Klar könntest du das. Du hast es eben erst mit der Pressemeute Washingtons aufgenommen."

„Das hast du gesehen, ja?"

„Jap. Ich habe gehört, das mit uns ist ernst. Hast du das gewusst?"

Lachend erwiderte sie: „Ja, das Gerücht ist mir auch zu Ohren gekommen."

„Sag es noch einmal, Sam", forderte er sie mit rauer sexy Stimme auf.

Ihr Herz klopfte. „Was denn?", fragte sie, obwohl sie genau wusste, was er von ihr wollte.

„Tu nicht so. Sag es."

„Erst wenn ich dich sehe."

„Und wann wird das sein?"

„Ich bin fast zu Hause. Wollen wir uns draußen treffen und einen Spaziergang machen? Ich habe dir doch versprochen, dir den Markt zu zeigen.“

„Stimmt, das hast du. War das erst gestern?“

„Ja, war es. Treffen wir uns in fünf Minuten an der Ecke? Wenn ich erst reinkomme, werde ich mich nicht mehr aufraffen können. Aber ich brauche noch ein wenig frische Luft.“

„Ich bin gleich da.“

Er wartete schon auf sie, als sie vor dem Haus parkte und sich auf den Weg zur Straßenecke machte.

Als sie ihn sah, in Jeans und schwarzer Lederjacke, beschleunigte sie unbewusst ihre Schritte, um schneller bei ihm zu sein. Sam warf sich regelrecht in Nicks ausgebreitete Arme und kreischte, als er sie hochhob und herumwirbelte.

Ihre Lippen fanden sich zu einem heißen, stürmischen Kuss.

„Hm“, murmelte sie. „Du hast mir gefehlt.“

„Wir haben uns doch erst vor zwei Stunden zuletzt gesehen.“

„Das ist lange her.“ Sie schmiegte ihr Gesicht an seine warme Halsbeuge.

Ein Schauer überlief ihn, und er drückte sie fester an sich. „Was ist aus deinem Verbot öffentlicher Zuneigungsbekundungen geworden?“

„Vorübergehend aufgehoben.“

„Das gefällt mir.“ Er stellte sie wieder auf festen Boden und legte ihr den Finger unters Kinn. „Du wolltest mit etwas sagen?“

Sie überlegte, ob sie wieder die Ahnungslose spielen sollte, doch als sie in sein attraktives Gesicht sah, war ihr klar, dass sie das nicht konnte. „Ich liebe dich. Sehr.“

Seine Augen leuchteten vor Freude. „Sehr?“

„Beängstigend.“

„Nein, daran ist nichts beängstigend.“ Er drückte sie. „Denn ich liebe dich noch viel mehr.“

„Unmöglich.“

„Wollen wir wetten?“ Er lachte über das Gesicht, das sie machte, und legte ihr für den Spaziergang zum Markt den Arm um die Schultern.

Der Eastern Market war ein Schmelztiegel aus Kunsthandwerk, Farben, Nationalitäten, Gerüchen und Stoffen. Leute, die auf den letzten Drücker ihre Weihnachtseinkäufe erledigten, trotzten der feuchten Kälte, um mit dick eingepackten Verkäufern zu feilschen.

„Du wirst es nicht glauben, aber ich war wirklich noch nie hier", gestand er, als sie an einer Reihe duftender Weihnachtsbäume vorbeikamen.

„Im Ernst?", fragte sie. „Wie lange hast du nur ein paar Straßen weiter gearbeitet?"

„Na ja, ich habe vor John für einen Kongressabgeordneten gearbeitet, also insgesamt wohl schon vierzehn Jahre."

„Das ist aber traurig, Nick. Der Flohmarkt findet an jedem Wochenende statt, das ganze Jahr hindurch."

„Davon habe ich gehört", räumte er ein wenig verlegen ein. „Ich dachte, ein Flohmarkt, da wird doch nur Schrott verhökert. So viel Kunsthandwerk habe ich nicht erwartet."

„Man bekommt hier alles, und für gewöhnlich ist es besser als das, was man in einem Laden kaufen kann."

„Das sehe ich."

„He, Sam", rief einer der Verkäufer.

„Wie läuft das Geschäft, Rico?"

„Es brummt, zum Glück. Hab gestern Abend von dir in den Nachrichten gehört. Alles klar bei dir?"

„Alles okay. Kein Problem."

„Freut mich zu hören. Bring deinen Dad mal wieder mit."

„Mach ich."

Nach weiteren ähnlichen kurzen Plaudereien meinte Nick: „Kennst du eigentlich alle hier oder kommt es mir nur so vor?"

Sie zuckte die Schultern, während sie auf einem Tisch mit weichen Wollschals wühlte. „Das hier ist eben meine Gegend. Ich bin Stammkunde." Sie wickelte sich einen pinkfarbenen Schal um den Hals und vollführte eine Drehung vor Nick. „Was meinst du?"

Er hob die Nase. „Nicht deine Farbe, Süße."

„Meine Nichte Brooke glaubt fest daran, dass niemand, der älter ist als vier, Pink tragen sollte."

„Das ist lustig. Wie alt ist sie?"

„Fünfzehn, fühlt sich aber wie dreißig. Du wirst sie noch

kennenlernen." Sie legte den Schal zurück auf den Verkaufstisch und schaute zum nächsten Stand, wo sie ein wunderschönes gerahmtes Gemälde des Capitols entdeckte, das sie unbedingt für Nick haben musste. Ungeduldig, weil sie sich das Bild unbedingt näher ansehen wollte, rieb sie sich die Hände und blies hinein. „Hast du Lust auf eine heiße Schokolade?"

„Gern."

„Die gibt es dort drüben."

Nick sah sie misstrauisch an und schaute dann in die Richtung, in die sie zeigte. „Na schön."

Sam strahlte und gab ihm einen Kuss. „Danke, Schatz."

„Was hast du vor?"

„Nichts." Sie schubste ihn ein wenig. „Na geh schon."

Kaum hatte er die Straße überquert, wirbelte sie herum und stürzte sich auf den ahnungslosen Künstler am Nachbarstand. „Das da. Da vorne. Wie viel?"

„Dreihundertfünfzig."

„Gekauft. Nehmen Sie einen Scheck?"

„Mit Personalausweis."

„Beeilen Sie sich."

Sie wickelten die Transaktion in Rekordzeit ab, und Sam nahm das in braunes Packpapier gewickelte Bild von dem Verkäufer genau in dem Moment entgegen, als Nick mit zwei Bechern dampfender Schokolade zurückkam.

„Was hast du gekauft?"

„Etwas für meinen Dad."

„Du bist eine schlechte Lügnerin, Samantha. Heißt das, ich muss dir auch etwas kaufen?"

„Nur wenn du im neuen Jahr Glück haben willst", erwiderte sie mit einem frechen Grinsen.

„In dem Fall frage ich: Was steht dir gut? Geld spielt keine Rolle."

Lachend und einander neckend bewegten sie sich durch die Menge auf dem Weg zur Halle, in dem der Lebensmittelmarkt stattfand. Plötzlich registrierte Sam ein Aufblitzen von Metall, und dann lief alles wie in Zeitlupe ab, nachdem sie erkannt hatte, dass es sich um eine Pistole handelte. Im Bruchteil einer Sekunde stieß sie Nick zur Seite, ließ das Bild sowie ihre heiße Schokolade fallen, zog ihre Waffe und zielte auf die Schützin.

„Kindermörderin!", kreischte die Frau und feuerte wild einen Schuss ab.

Menschen schrien und suchten Deckung, während Sam die übergewichtige Frau zu Boden rang und zu entwaffnen versuchte. Aus dem Augenwinkel sah sie Nicks schwarzen Schuh.

„Zurück!", schrie sie und bekam den Ellbogen der Frau ins Gesicht.

Nick trat der Frau auf das Handgelenk, sodass sie die Pistole losließ, die klappernd auf das Kopfsteinpflaster fiel.

„Nicht anfassen!", warnte Sam ihn, während sie der Frau Handschellen anlegte.

„Sie haben Quentin umgebracht! Sie haben unseren Jungen getötet!" Die Stimme kam Sam vage bekannt vor.

„Marquis hat Quentin auf dem Gewissen", knurrte Sam der Frau ins Ohr und drückte die Handschellen fest zu. Dann rollte sie die Frau herum und war nicht allzu überrascht, Destiny Johnsons Schwester Dawn zu erkennen. „Ist jemand getroffen worden?", fragte Sam Nick.

„Ich glaube nicht." Er sah blass aus und geschockt. „Ich habe gehört, wie jemand die Polizei angerufen hat."

„Danke für deine Hilfe."

„Kein Problem."

Allmählich normalisierte sich das Marktgeschehen um sie herum wieder. Sam setzte sich mit Dawn auf den Bordstein, bis zwei Uniformierte auftauchten, um Aussagen aufzunehmen und Dawn abzutransportieren. Sam versprach, einen Bericht zu schreiben und ihnen später zukommen zu lassen.

„Gute Arbeit, Sam", rief einer der Verkäufer ihr zu.

„Danke", entgegnete sie und ließ sich von Nick aufhelfen.

Kaum stand sie, kehrte der Schmerz, den sie während der Auseinandersetzung mit Dawn hatte ignorieren können, mit solcher Heftigkeit zurück, dass es sie ganz benommen machte.

„Heiliger Strohsack", murmelte Nick.

„Ist schon okay", versicherte sie ihm, musste sich jedoch krümmen und mehrmals tief durchatmen. „Ich brauche nur einen Moment." Es dauerte mehrere Minuten, bis sie sich wieder aufrichten konnte. Da sie Nicks bestürzte Miene bemerkte, sagte sie: „Es geht mir gut."

„Es geht dir überhaupt nicht gut." Er umfasste ihren Arm und schlug mit ihr den Weg nach Hause ein. „Und schubs mich nie wieder zur Seite, damit du dich auf eine Waffe stürzen kannst. Hast du mich verstanden? Mach das nie wieder."

Erschrocken über seinen Ton blieb sie stehen. „Das ist Instinkt und Training. Dafür kannst du mir keine Vorwürfe machen."

„Wie würdest du dich denn fühlen, wenn du ein Mann wärst und die Frau, die du liebst, dich zur Seite schubst, um sich der Gefahr in den Weg zu werfen?"

„Keine Ahnung", antwortete sie aufrichtig.

„Gut, dann lass dir von mir gesagt sein, dass ich mir wie ein Idiot und Schwächling vorkomme."

„Ich bin nicht der Typ Frau, die einen großen starken Kerl braucht, der sie beschützt. Wenn du so eine willst, hast du leider die falsche erwischt."

„Ach, aber denkst du vielleicht, ich sei ein Mann, den seine Frau beschützen muss? Ist es das, was *du* willst?"

„Warum streiten wir?", fragte sie verblüfft. „Ich habe jemanden mit einer Waffe gesehen und die Person zu Boden geworfen. Was habe ich denn falsch gemacht, bitte schön?"

„Du hast mich zur Seite gestoßen!"

„Na, verzeih mir bitte, dass ich dich retten wollte. Nächstes Mal kann sie dir ruhig den Schädel wegpusten. Würde dir das besser gefallen?"

„Du benimmst dich idiotisch."

Perplex starrte sie ihn an und dankte Dawn im Stillen dafür, dass sie ihren romantischen Nachmittag ruiniert hatte. „Ich benehme mich idiotisch? Na ja, wenn du meinst." Damit wandte sie sich ab und marschierte nach Hause, ohne sich darum zu kümmern, ob er ihr folgte oder nicht. Zu Hause angekommen, hörte sie Stimmen in der Küche und nahm an, dass ihre Schwester Tracy samt Familie eingetroffen war.

Doch statt hineinzugehen und sie zu begrüßen, lief Sam gleich nach oben. Sie brauchte ein paar Minuten für sich, um sich zu fangen.

Was ist denn eigentlich das Problem? fragte sie sich und zog wütend ihren Mantel aus. Sie warf ihn über ihren Schreibtischsessel und ließ sich aufs Bett fallen. Was habe ich denn getan, außer den Versuch zu unternehmen, ihm das Leben zu retten? Der Schmerz in ihrem Magen war nichts im Vergleich zu dem in ihrem Herzen. Genau aus diesem Grund hatte sie nach der Trennung von Peter keine Beziehung mehr gewollt. Sie hatte sich einfach nie mehr so elend fühlen wollen.

Nick kam ein paar Minuten später mit dem Paket, das sie in dem Chaos hatte fallen lassen. „Ich glaube, das hier gehört dir", sagte er, legte es auf ihren Schreibtisch und zog seinen Mantel aus.

Sam war einigermaßen fassungslos, dass sie das Bild hatte vergessen können. „Danke."

Er setzte sich auf die Bettkante und strich über Sams geprellte Wange.

Sie zuckte zusammen, als er die Stelle berührte, an der Dawns Ellbogen sie getroffen hatte.

„Du solltest etwas Eis drauftun." Er verschränkte seine Finger mit ihren. „Mit der Beule auf deinem Kopf, den Prellungen an Brustbein und Hals und jetzt dieser hier wirst du ziemlich bunt aussehen."

„Normalerweise ist es nicht so, ehrlich. So verrückt geht es sonst nie zu."

„Das ist gut zu wissen, denn so viel Drama könnte ich nicht jeden Tag ertragen." Er hob ihre Hand an seine Lippen und küsste jeden einzelnen ihrer Finger. „Tut mir leid, dass ich überreagiert habe."

Sam stutzte. „Hast du dich etwa gerade entschuldigt?"

„Ja", maulte er. „Na und?"

„Ich dachte, Männer tun so etwas nicht. Das erlebe ich jedenfalls zum ersten Mal. Du musst mir deshalb nachsehen, dass ich mir einen Moment Zeit nehme, um es zu genießen."

Er kniff die Augen zusammen. „Gleich nehme ich es zurück."

Sie lachte. „Bitte nicht." Sam berührte seine Haare, die sich über seinem Ohr lockten, und betrachtete sein Gesicht, das sie innerhalb so weniger Tage lieben gelernt hatte. „Ich versuche zu verstehen, warum du so aufgebracht bist."

„Du hast getan, wozu man dich ausgebildet hat. Und nur weil es mir nicht gefallen hat, heißt das nicht, dass es falsch war."

„Wow, das ist wirklich ein besonderer Moment für mich."

„Samantha ..."

„Ich werde dich in einer solchen Situation immer zur Seite schubsen, Nick. Wenn du damit nicht klarkommst, haben wir ein Problem."

„Probleme werden wir ohnehin haben. Warum machen wir es nicht einfach so? Wenn ich Unrecht habe, sage ich es. Und wenn du Unrecht hast, gibst du es zu."

„Ich soll es zugeben?"

„Ja, so läuft das. Und *nur* so."

„Kommt da vielleicht deine unsägliche Pingeligkeit wieder durch?"

„Bitte, wenn du es so sehen willst."

„Na schön", gab sie schließlich nach. „Sollte der äußerst seltene Fall eintreten, dass ich mal Unrecht habe, werde ich mich bemühen, es auch einzugestehen. Bist du nun glücklich?"

„Ja", antwortete er und neigte den Kopf, um sie zu küssen. „Aus unerfindlichen Gründen bin ich es."

Sie fuhr ihm mit gespreizten Fingern durch die Haare. „Ich auch."

32

Nach dem Abendessen gesellte Sam sich zu ihren Schwestern auf die Veranda, um mit ihnen eine Zigarette zu teilen. Sie hielt mit ihrem Körper den Wind ab, damit Tracy die Zigarette anzünden konnte, während Angela den Wind von der anderen Seite abhielt. Jede von ihnen tat einen Zug, ehe sie die Zigarette weitergab.

„Oh, das habe ich jetzt gebraucht", sagte Tracy, mit vierzig die Älteste, während sie den Rauch ausatmete. Sie war genauso groß wie Sam, hatte nach jedem ihrer drei Kinder aber fünf Kilo Gewicht behalten.

Angela, sechsunddreißig, hatte ihre schlanke Figur gleich nach der Geburt ihres Sohnes Jack vor fünf Jahren wieder gehabt.

Die Tür schwang auf, und Angela versteckte die Zigarette hinter ihrem Rücken.

„Mom, Jack läuft ständig vor dem Fernseher hin und her und hört einfach nicht auf damit", beschwerte sich die fünfzehnjährige Brooke voller Empörung. Ihr langes dunkles Haar, die hellblauen Augen und die porzellanhelle Haut verliehen ihr eine anmutige Schönheit, sehr zur Bestürzung ihrer Eltern, da die Jungen allmählich ein lebhaftes Interesse an ihr entwickelten.

„Sorry", sagte Angela. „Ich hole ihn."

Tracy hielt ihre Schwester zurück und wandte sich an ihre Tochter. „Mach den Fernseher aus und verbring mal ein bisschen

Zeit mit deinem Cousin. Alles, was er will, ist deine Aufmerksamkeit.“

Beleidigt stampfte Brooke zurück ins Haus.

„Tut mir leid“, sagte Angela. „Er liebt es, mit den anderen Kindern zusammen zu sein.“

„Mach dir keine Gedanken“, erwiderte Tracy. „Die gucken zu Hause schon genug Fernsehen, da müssen sie das hier nicht auch.“

Die Tür ging erneut auf, und diesmal war Sam diejenige, die die Zigarette hinter dem Rücken versteckte, denn Nick kam heraus.

„Ich habe mich gewundert, wo ihr alle geblieben seid. Dein Vater meinte, ich sollte mal vorn auf der Veranda nachsehen, wo ihr euch wahrscheinlich eine Zigarette teilt und glaubt, niemand wisse davon. Und ich habe zu ihm gesagt: ‚Was soll das denn heißen, Skip? Samantha raucht nicht.‘“

Sam reichte die Zigarette hinter ihrem Rücken an Angela weiter. Das hatten sie im Lauf der Jahre geradezu perfektioniert. Sie lächelte Nick an. „Natürlich rauche ich nicht. Was wolltest du denn?“

„Ich wollte dich fragen, ob du etwas dagegen hast, wenn wir heute bei mir übernachten.“

„Nein, habe ich nicht. Ich komme gleich, dann können wir los.“

„Okay.“

Kaum hatte sich die Tür hinter ihm geschlossen, zog Angela an der kürzer werdenden Zigarette. „Hm, sabber, sabber.“

Ihre Schwestern starrten sie an.

„Hast du im Ernst ‚sabber sabber‘ gesagt?“, fragte Tracy.

„Ach kommt schon. Er sieht toll aus. Hat er dich tatsächlich Samantha genannt?“

Sam zuckte die Schultern, errötete jedoch gleichzeitig. „Er nennt mich gern so.“

„Du musst ihn wirklich mögen, wenn du das erträgst“, sagte Angela. „Wie ist der Sex?“

„Angela!“, rief Tracy.

„Was? Behaupte bloß nicht, dass du das nicht wissen willst.“

Beide sahen Sam erwartungsvoll an.

„Es ist ... na ja ... fantastisch.“

„Ich erinnere mich daran, wie es ist, fantastischen Sex zu haben“, meinte Tracy seufzend. „Glaube ich jedenfalls.“

„Hör auf“, sagte Angela und stieß Tracy mit der Hüfte an. „Mike ist immer noch scharf auf dich.“

„Ja, kann sein. Hör mal, Sam, ich wollte dich das nicht vor den Kindern fragen, aber dieser Irrsinn mit Peter ... geht es dir gut?“

„Es ist etwas erschütternd, zu wissen, dass er mich so sehr gehasst hat, dass er mich umbringen wollte.“

„Auf seine kranke Art hat er dich gar nicht gehasst, sondern so sehr geliebt, dass er deinen Tod wollte.“

Angela nickte zustimmend.

Sam schilderte ihnen die Begegnung mit Nick vor sechs Jahren und was Peter getan hatte, damit sie nicht zusammenkamen.

„Scheißkerl“, murmelte Angela.

Sam drückte lachend die Zigarette aus. Die Übelkeit und der schlechte Geschmack erinnerten sie daran, warum sie schon vor Jahren das Rauchen aufgegeben hatte. „Verrate mir, wie du wirklich fühlst, Angela.“

„Ich hasse den Bastard.“

„Ich auch“, stimmte Tracy ihr zu. „Die Scheidung von ihm war das Beste, was du je gemacht hast. Ich fand es unerträglich, dass er ständig wissen wollte, wo du bist und was du machst. Der wäre nie einfach wieder ins Haus gegangen wie Nick eben. Peter hätte genau wissen wollen, worüber wir gesprochen haben.“

„Ich weiß“, sagte Sam. „Wenn ich daran denke, dass er mir die Anrufe verschwiegen hat ... Dabei wollte ich wirklich nach dieser Nacht etwas von Nick hören.“

„Die ganze Peter-Geschichte wäre dir erspart geblieben“, bemerkte Tracy.

„Vielleicht wäre all das, was mit Peter passiert ist, die Babys und so, mit Nick genauso gekommen und hätte unsere Beziehung zerstört.“

Die Schwestern legten jede einen Arm um Sam.

„Es hat keinen Sinn, wieder davon anzufangen“, sagte Tracy.

„Ich hatte noch gar keine Gelegenheit, Nick die ganze Geschichte zu erzählen.“

„Es wird ihm nichts ausmachen“, versicherte Angela ihr. „Er ist verrückt nach dir. Er lässt dich nicht aus den Augen, aber nicht auf diese krankhaft kontrollierende Art wie Peter. Nick sieht dich voller Liebe an."

„Er hatte als Kind keine Familie, und ich weiß, dass er sich eine wünscht."

„Es gibt noch andere Möglichkeiten", meinte Tracy tröstend. „Das weißt du. Mach dir deswegen jetzt keine Sorgen. Genieß die Zeit mit ihm. Du hast es verdient, glücklich zu sein, nach allem, was du durchgemacht hast."

„Danke", sagte Sam und umarmte die beiden. „Ich bin froh, dass ihr ihn mögt."

„Sabber, sabber", meinte Angela, was alle drei zum Lachen brachte.

„Was sagt ihr zu Dad und Celia?", fragte Sam.

Gerade als Sam und Nick sich bereit machten, Skips Haus zu verlassen, rief Freddie an. „Wir haben eine weitere Leiche, Sergeant."

Ein Adrenalinstoß durchfuhr sie. „Wer ist es?"

„Tara Davenport."

„Oh, verdammt." Sam seufzte und erinnerte sich an die schüchterne Kellnerin vom Capitol Hill, mit der sie gesprochen hatten. „Wo?"

„In ihrer Wohnung." Freddie nannte die Adresse. „Es ist schlimm. Wer immer das war, er hat dafür gesorgt, dass sie leidet."

„Ich bin unterwegs."

Nick bestand darauf, sie zum Tatort zu fahren. Unterwegs horchte Sam ihn über Tara aus.

„Sie war ein freundliches Mädchen", berichtete er. „Wir haben immer um einen Tisch in ihrem Bereich des Restaurants gebeten, wenn wir dort gegessen haben. Schwer vorstellbar, dass jemand ihr etwas antun wollte."

„Das ist jedenfalls kein Zufall. Es muss etwas mit O'Connor zu tun haben. Hat er dir gesagt, dass er sich mit ihr getroffen hat?"

„Er hat nie so direkt mit mir darüber gesprochen, aber ich wusste es. Er war viel älter als sie, deshalb dachte er vermutlich, ich wäre dagegen."

„Warst du?"

„Ja, eigentlich schon. Aber die beiden waren erwachsen, deshalb behielt ich meine Meinung für mich."

Da vor Taras Wohnung überall Polizei- und Rettungswagen standen, ließ Sam ihn in zweiter Reihe parken.

Freddie kam ihnen an der Tür zu Taras Wohnung entgegen. Seine Miene war grimmig. „Geschlagen, gefesselt, vergewaltigt und erdrosselt."

Sam machte sich auf den Anblick gefasst und folgte ihm ins Schlafzimmer. „Grundgütiger Himmel", flüsterte sie angesichts des Blutbades.

Hinter ihr schnappte Nick hörbar nach Luft.

Sam drehte sich abrupt um. „Du musst zurückbleiben." Da sie merkte, dass er kurz davor war, ohnmächtig zu werden, führte sie ihn rasch zu einem Sessel und drückte seinen Kopf zwischen seine Knie. „Atme."

„Ich bin okay", murmelte er und sah zu ihr auf. In seinen Augen las sie den Schock. „Wer kann so etwas tun? Wer?"

„Ich weiß es nicht, aber ich werde es herausfinden."

„Mach weiter. Tut mir leid, dass ich hier zusammenklappe."

Sam ließ ihn im Wohnzimmer zurück und ging wieder ins Schlafzimmer, wo Freddie Fotos vom Tatort machte. Tara war gefesselt, erdrosselt und, der Blutlache zwischen ihren Beinen nach zu urteilen, mehrfach vergewaltigt worden.

„Wer hat sie gefunden?", fragte Sam ihren Partner.

„Eine ihrer Kolleginnen hat den Hausmeister geholt, um in die Wohnung zu gelangen, nachdem Tara zwei Tage nicht zur Arbeit erschienen war."

Dr. Lindsey McNamara, die Gerichtsmedizinerin, betrat den Raum. „Verdammt. Wenn man denkt, man hat schon alles gesehen …"

„Was Sie nicht sagen", meinte Sam.

Einer von der Spurensicherung hob einen Baseballschläger vom Fußboden auf. Blut klebte am dicken Ende. „Sieht aus, als sei der zum Schlagen benutzt worden, unter anderem …"

Die Frauen im Raum zuckten zusammen.

Sam betrachtete die junge Kellnerin, die wegen des Endes

ihrer Beziehung zu John O'Connor so verzweifelt gewesen war. „Wie lange ist sie schon tot?"

Lindsey zog sich Latexhandschuhe an und schloss Taras Augen. „Sieht nach zwanzig bis dreißig Stunden aus, aber das kann ich erst genau sagen, wenn ich sie im Labor habe."

„Ich brauche den Todeszeitpunkt so schnell wie möglich, damit ich einen zeitlichen Ablauf rekonstruieren kann."

Lindsey nickte. „Wer hat dir das angetan, Süße?", flüsterte die mitfühlende Ärztin. „Keine Sorge, wir werden ihn kriegen." Lindsey richtete ihre grünen Augen auf Sam. „Werden wir doch, oder?"

„Darauf können Sie wetten."

„Hol Elin Svendsen", wies Sam auf eine dunkle Vorahnung hin Freddie an.

„Im Ernst?" Die unterschwellige Aufgeregtheit ihres Partners entging ihr nicht. „Bekomme ich dafür eine Erschwerniszulage?"

„Bring sie in ein Hotel und sorg dafür, dass sie rund um die Uhr bewacht wird."

„Verstanden – bring die Göttin ins Hotel und pass auf sie auf. Ich denke, das kriege ich hin."

Sam war froh, ihn nach den zwei schrecklichen Stunden in Taras Wohnung scherzen zu hören. „Ich schicke Gonzo nach Belle Haven, damit er die Jordans abholt. Ich will auch sie unter Polizeischutz stellen."

„Noel hat den Lügendetektortest bestanden."

„Ja, die Information habe ich vor einer Stunde bekommen."

„Was denkst du, Boss?"

„Hat Patricia Donaldson dir gesagt, wo sie in der Stadt wohnen wird, wenn sie wegen O'Connors Beerdigung kommt?"

Mit skeptischer Miene sagte er: „Nein, aber ich kann versuchen, es herauszufinden."

„Mach das. Vielleicht liege ich falsch, aber ich werde mir ihre Kreditkartenauszüge ansehen, um herauszufinden, ob sie kürzlich ein Flugticket nach Washington gebucht hat."

„Komm schon, Sam, du glaubst doch nicht ernsthaft, dass sie es war. Die Frau war verrückt nach ihm."

„Und er hat sich quer durch die Stadt gevögelt, während sie weit weg den gemeinsamen Sohn großzog." Und in diesem Moment verspürte Sam jenes Kribbeln, das immer dann einsetzte, wenn sich die Teile des großen Puzzles zusammenzufügen begannen. „Ich kümmere mich um die Auszüge, du suchst Elin."

Ernster werdend sagte Freddie: „Du kannst dich darauf verlassen, dass ich mich sehr gut um sie kümmern werde."

Sam verdrehte die Augen. „Übertreib's nicht. Du zerrst dir sonst noch was."

Als sie aus dem Gebäude trat, in dem sich Taras Apartment befand, lehnte Nick an ihrem Wagen. „Frierst du nicht?"

„Die Kälte tut gut." Sein Gesicht war blass, die Augen mit Tränen gefüllt, entweder aufgrund der Kälte oder der Emotionen.

„Du hättest mir nicht dort hineinfolgen dürfen. Ich habe dir doch gesagt, du sollst hierbleiben."

„Ich verstehe nicht, wie du das machst", erwiderte er mit leiser Stimme. „Wie du es erträgst, Tag für Tag solche Sachen zu sehen. Ich jedenfalls werde nie mehr vergessen, was ich da drin gesehen habe."

„Ich wünschte, ich könnte sagen, es sei das erste Mal gewesen, dass ich so etwas gesehen habe."

Er wollte sie in den Arm nehmen, doch Sam wies ihn zurück. „Keine Zuneigungsbekundungen, wenn es hier von Cops nur so wimmelt", warnte sie ihn.

Er schob die Hände tief in die Taschen und schien sich einen Kommentar zu verkneifen.

Sam löste die Klammer aus ihren Haaren und fuhr mit den Fingern hindurch. „Ich muss mich an den Computer setzen. Macht es dir etwas aus, mich am Hauptquartier abzusetzen?"

„Musst du dort arbeiten? Online kannst du auch bei mir zu Hause sein."

Sie schaute auf ihre Uhr. Zwanzig vor elf. „Ja, das geht."

Nick bot ihr an, ihren Wagen nach Arlington zu fahren, und Sam war nach diesem langen, erschöpfenden Tag müde genug, um es ihm zu gestatten.

„Das ist genau die richtige Zeit, um mit dem Wagen unterwegs zu sein." Sie deutete auf die leere I-395, als sie auf dem Weg über die 14^(th) Street Bridge am Jefferson Memorial vorbeikamen.

„Wenn es nur morgens auch so wäre."

Sam betrachtete sein Profil im orangen Schein der Straßenbeleuchtung. Um sich und ihn möglichst schnell von dem Horror in Taras Wohnung abzulenken, sagte sie: „Du hast mir noch gar nicht erzählt, wie du meine Familie fandest. Das war ein bisschen viel, oder?"

„Was? Nein, überhaupt nicht. Alle waren sehr nett."

„Sie mochten dich jedenfalls."

„Was hat es mit deinem Schwager Spencer auf sich?"

Sam lächelte. „Der ist nicht ohne, was?"

„Tja, er ist ziemlich überzeugt von sich."

„Wir kommen nur deshalb einigermaßen mit ihm zurecht, weil er Angela anbetet. Es gibt nichts, was er nicht für sie tun würde."

„Mike ist da schon normaler."

„Ich mag ihn sehr."

Nick warf ihr einen vielsagenden Blick zu.

„Doch nicht so", sagte Sam lachend. „Er hat bei mir nur ein Stein im Brett, weil er Brooke wie seine eigene Tochter großzieht …"

„Das ist sie gar nicht?"

Sam schüttelte den Kopf. „Tracy war nur kurz mit ihrem Vater liiert. Als sie schwanger wurde, hat er das Weite gesucht. Seither hat sie nichts mehr von ihm gehört. Zwei Jahre später lernte sie Mike kennen. Nach der Heirat hat er Brooke adoptiert."

„Man wäre nicht drauf gekommen, dass sie nicht seine Tochter ist."

„Deshalb mag ich ihn ja so sehr. Wir alle. Er behandelt sie nicht anders als Abby oder Ethan."

„Ja, stimmt", sagte Nick. „Jetzt, wo ich das weiß, mag ich ihn noch mehr."

„Er ist für mich so etwas wie der große Bruder, den ich nie hatte."

„Deshalb hat er mich praktisch verhört über meine Herkunft, meine Pläne und meine Absichten, was dich angeht."

Sam war verblüfft. „Das hat er nicht."

„Doch, hat er. Und er hat dafür gesorgt, dass dein Vater das

Verhör mitverfolgen konnte. Ehrlich gesagt bin ich mir fast sicher, dass Skip ihn dazu angestiftet hat."

„Das würde ich ihm glatt zutrauen." Sam lehnte sich zu Nick herüber und gab ihm einen feuchten Kuss auf die Wange. „Danke, dass du das Spiel mitgespielt hast." Und weil er es verdiente, nachdem er ihre Familie überstanden hatte, setzte sie noch ein bisschen ihre Zunge ein.

Der Wagen geriet ins Schlingern. „Hallo? Ich fahre hier fast hundertvierzig!"

Sie schob ihre Hand seinen Schenkel hinauf. „Willst du nicht noch ein wenig schneller fahren?"

Er stoppte ihre Hand kurz vor ihrem Ziel. „Benimm dich."

„Und? Was hast du Mike so erzählt?", wollte sie wissen und lehnte den Kopf an seine Schulter.

Er hob ihre Hand an seine Lippen und küsste sie auf den Handrücken. „Dass ich dich immer geliebt habe und immer lieben werde."

Sam seufzte zufrieden. „Das höre ich gern."

„Weißt du, warum ich heute Abend nach Hause wollte?"

„Nein."

„Ich habe heute erfahren, dass du mich auch liebst. Da wollte ich die Nacht allein mit dir verbringen."

Ein Schauer sinnlicher Vorfreude überlief sie. „Du wusstest es doch schon vorher."

„Ich hatte es vermutet und gehofft, aber ich wusste es nicht sicher. Ich habe mir Sorgen gemacht, dass das zwischen uns nur auf die Ereignisse der letzten Tage zurückzuführen ist."

Sie hob den Kopf. „Hast du das wirklich für möglich gehalten?"

Er zuckte die Schultern. „Ich habe befürchtet, dich zu sehr zu wollen und es deshalb irgendwie zu vermasseln. Ein paarmal wäre mir das ja auch fast gelungen."

„Mir ist nicht wohl dabei, dass du es so empfunden hast." Sie lehnte sich wieder an seine Schulter und war betroffen davon, wie einsam er war. Sie wollte ihm all die Liebe geben, die ihm als Kind ohne Familie gefehlt hatte. Ihre Kehle schnürte sich zu bei dem Gedanken an den einzigen Wunsch, den sie ihm nicht erfüllen konnte.

Die restliche Fahrt legten sie schweigend zurück und hingen ihren Gedanken nach.

Sie betraten sein Haus durch die Eingangstür. Nick nahm Sams Mantel und hängte ihn in den Flurschrank.

„Was ist mit all dem Glas passiert?", erkundigte sie sich.

„Ich habe meiner Reinigungskraft doppelten Lohn bezahlt, damit sie heute kommt und sauber macht. Trotzdem sollten wir vorsichtshalber eine Weile nicht barfuß hier laufen."

„Wie geht es eigentlich deinem Fuß?"

„Tut weh."

Sie verzog das Gesicht. „Und meinetwegen musstest du laufen. Daran habe ich nicht mehr gedacht. Verzeih mir."

Er gab ihr einen Kuss. „Kein Problem, Liebes. Der Computer steht im Arbeitszimmer. Ich bringe unsere Sachen nach oben."

„Danke. Ich beeile mich."

„Lass dir Zeit. Ich muss meine Grabrede noch zu Ende schreiben."

Sie stellte sich auf Zehenspitzen, um ihm einen Kuss zu geben, und wünschte, etwas Tröstendes sagen zu können. Doch da sie wusste, dass nur die Zeit seine Trauer lindern würde, ließ sie ihn gehen und machte sich auf den Weg zu seinem Arbeitszimmer. Sie kickte ihre Schuhe fort und setzte sich, um den Computer zu starten. Bevor sie mit ihrer geplanten Recherche begann, tippte sie den Bericht über den Vorfall auf dem Eastern Market und speicherte ihn auf Nicks Computer.

Während sie darauf wartete, in das Netzwerk der Polizei eingeloggt zu werden, bemerkte sie die penible Ordnung auf Nicks Schreibtisch aus dunklem Kirschholz. Übermütig verschob sie den Bücherstapel und den Behälter mit Büroklammern, drehte alle schwarzen Stifte im Stiftebecher um und malte ein Herz mit einem Pfeil, der durch das „Sam liebt Nick" ging, das sie auf seine Schreibunterlage gemalt hatte.

Zufrieden mit ihrem Werk, konzentrierte sie sich auf die Kreditkartenauszüge von Patricia Donaldson. Sie überflog die Seiten und merkte, dass infolge ihrer Müdigkeit alles vor ihren Augen verschwamm, bis sie plötzlich auf die Abrechnung für einen Flug stieß, zwei Tage vor Johns Tod. „Na sieh mal an, Miss

Patricia“, murmelte Sam leise und verspürte einen Adrenalinkick, der ihren Herzschlag beschleunigte. „Erwischt!“

Sie nahm sich noch einen Moment Zeit, die Frau online durchzuchecken, um einen Eindruck zu bekommen, ehe sie Freddie anrief. „Hast du Elin?“

„Wir sind unterwegs.“ Er nannte den Namen eines der besten Hotels der Stadt.

„Mann, spar bloß keine Kosten und Mühen“, sagte sie und dachte an den Ärger, den es geben würde, wenn die Spesenabrechnung auf Malones Schreibtisch landete.

„Ich befolge nur Ihre Anordnung, Sergeant.“

„Patricia Donaldson hatte für den Tag vor John O'Connors Ermordung einen Flug von Chicago nach Washington gebucht.“

Freddie atmete hörbar aus. „Wow. Das habe ich vollkommen übersehen. Tut mir leid.“

„Wir alle haben es übersehen.“

„Aber ich habe mit ihr gesprochen. Ich hätte etwas merken müssen ...“

„Vergiss es, Cruz.“

„Ich kann mir trotzdem nicht vorstellen, wie sie die nötige Kraft aufgebracht haben soll, mit dem Messer O'Connors Hals zu durchstoßen. Sie wirkte viel zu zierlich, beinah zerbrechlich.“

„Wut kann Menschen mehr Kraft verleihen, als sie eigentlich besitzen.“

„Ja, vermutlich. Hatte sie einen Schlüssel für seine Wohnung?“

„Vielleicht ist sie ab und zu für die Erfüllung ehelicher Pflichten vorbeigekommen. Es würde mich nicht wundern, wenn sie einen Schlüssel hätte. Ich meine, wer hatte keinen für die Wohnung?“

„Stimmt auch wieder. Und vergiss nicht, er könnte den Mörder hereingelassen haben, als er zu Hause war.“

„Ich tippe nach wie vor eher darauf, dass er überrascht wurde, weil man ihn im Bett ermordet hat. Wie dem auch sei, lass Elin auf keinen Fall aus den Augen, verstanden?“

„Das ist ein harter Job, aber irgendwer muss ihn ja machen.“

33

Sam beendete das Gespräch und lehnte sich in dem großen Ledersessel zurück. Sie schloss die Augen, ging in Gedanken noch einmal sämtliche Teile des Puzzles durch und hoffte, dass sich irgendetwas zusammenfügte. Es war langsam frustrierend, dass Tag für Tag ohne den großen Durchbruch verging, den sie so dringend brauchte. Irgendetwas übersehe ich, dachte sie. Etwas Wichtiges. Aber was?

„Ist alles in Ordnung, Liebes?", erkundigte Nick sich vom Türrahmen.

Sie streckte die Arme nach ihm aus, damit er zu ihr kam. „Möglicherweise kommen wir weiter. Patricia Donaldson hat einen Flug nach Washington genommen am Tag, bevor John ermordet wurde. Momentan versuchen wir herauszubekommen, wo sie gewohnt hat. Auf ihren Kreditkartenbuchungen taucht nirgends ein Hotel auf."

„Du wirst schon noch dahinterkommen." Er kniete sich vor sie und lehnte sich in ihre Umarmung. „Was hat diese spontane Zuneigungsbekundung ausgelöst?"

„Ich brauche es einfach", sagte sie und schmiegte ihre Wange an seine Schulter. „Ich bin frustriert und genervt, weil ich so lange gebraucht habe, um Patricia Donaldson genauer unter die Lupe zu nehmen, und dass noch jemand sterben musste ..."

„Nun, ich tröste dich gern, wann immer du es nötig hast." Plötzlich erstarrte er.

„Was ist denn los?", fragte sie und sah ihn an.

„Was hast du mit meinem Schreibtisch gemacht?"

„Nichts", antwortete sie ganz unschuldig.

„Doch, hast du. Du hast Sachen bewegt. Wahrscheinlich absichtlich, um mich zu ärgern."

Sam musste lachen. „Du bist echt schräg." Als er die alte Ordnung wiederherstellen wollte, hielt sie ihn auf. „Lass es. Versuch es auszuhalten." Sie ergriff seine Hände. „Lass es einfach so, wie es ist. Sei stark."

„Warum stört es dich so, dass ich Ordnung brauche?"

„Du brauchst nicht bloß Ordnung, du hast einen Fimmel."

„Meinetwegen. Wenn du gern Chaos verbreitest, ist das deine Sache. Mir ist das egal."

„Ist es nicht", widersprach sie und lachte über seine Definition von Chaos. Er hatte ja nicht die leiseste Ahnung, wozu sie auf diesem Gebiet fähig war. „Ich wette, du schleichst dich hier herein, wenn ich schlafe, um alles wieder geradezurücken."

„Nein, das werde ich nicht tun", sagte er mit einem Funkeln in den Augen, das die Grenze zur Verärgerung signalisierte.

„Es ist okay, wenn du das machst", gurrte sie. „Ich liebe dich und deine extreme Pingeligkeit trotzdem."

Ihre Liebeserklärung ließ ihn weich werden, aber nur ein bisschen. Sie fuhr ihm durch die Haare und gab ihm einen Kuss. „Tust du mir einen Gefallen?"

„Welchen?", fragte er in angespanntem Ton.

„Liest du meinen Bericht über die Schießerei auf dem Eastern Market und korrigierst die Fehler?"

Er betrachtete sie mit einem etwas seltsamen Blick und stand auf, um ihren Platz am Schreibtisch einzunehmen.

Sam stellte sich hinter ihn und schaute ihm über die Schulter, während er den Text durchging und gelegentlich etwas verbesserte. Zu ihrer Erleichterung fand er keine gravierenden Fehler.

Als er fertig war, drehte er sich zu ihr um. „Möchtest du mir vielleicht erzählen, was das zu bedeuten hat?"

Sie verspürte das Bedürfnis, sich ihm anzuvertrauen, fühlte

sich zugleich aber unsicher. „Na ja, du warst dabei. Ich wollte nur sichergehen, dass ich nichts vergessen habe."

Er nahm ihre Hand und zog Sam auf seinen Schoß. „Dafür brauchst du mich nicht. Also, was ist los?"

„Ich bin Legasthenikerin", erklärte sie zum zweiten Mal an diesem Tag. „Normalerweise korrigiert Freddie meine Berichte. Aber da er bei dieser Geschichte nicht dabei war, wollte ich ihn nicht darum bitten. Außerdem spielt er gerade für eine von Johns Freundinnen den Babysitter."

„Ich bin froh, dass du mich darum gebeten hast, und ich helfe dir jederzeit."

Sie hängte die Datei an eine E-Mail an den Officer, der die Verhaftung vorgenommen hatte. Dann richtete sie ihre Aufmerksamkeit wieder auf Nick. „Danke", sagte sie und wollte ihm einen kurzen Kuss geben.

„Gern geschehen", flüsterte er und fuhr mit der Zunge über ihre Unterlippe, ehe er den Kopf neigte, um sie leidenschaftlicher zu küssen. Während er sie küsste, dirigierte er sie so, dass sie sich rittlings auf seinen Schoß setzte. Dann überraschte er sie damit, dass er ihr den Pullover auszog.

Als die kühle Luft über ihre erhitzte Haut strich, erschauerte Sam. „Nick ... ich arbeite ... ich kann jetzt nicht." Noch während sie diese Worte aussprach, griff sie nach seinem Hemdsaum. Doch er hielt sie auf. Frustriert stöhnend fand sie seinen Mund für einen weiteren stürmischen Kuss und sog scharf die Luft ein, als er ihren BH öffnete. „Muss arbeiten ..."

„Schscht", sagte er und widmete sich auf sehr erotische Weise erst der einen, dann der anderen Brust.

Sam kapitulierte vor diesem sinnlichen Anschlag, hielt sich an seinen Schultern fest und versuchte sich einzureden, dass sie nicht gleich eine schlechte Polizistin war, wenn sie sich zehn aufregende Minuten gönnte.

„Du hast wunderschöne Brüste", flüsterte er und umspielte eine ihrer aufgerichteten Brustwarzen mit der Zunge.

„Sie sind zu groß."

„Nein", widersprach er lachend. „Sind sie nicht. Sie sind absolut perfekt. Ich könnte die ganze Nacht nur dasitzen und nichts anderes tun als das, was ich gerade tue, bis die Sonne aufgeht."

Sie presste ihr Becken gegen seine pochende Erektion. „Im Ernst? Nichts anderes? Die ganze Nacht?"

Er stöhnte. „Na ja, vielleicht könnten wir es schon ein bisschen abwechslungsreicher gestalten." Er half ihr auf die Füße, knöpfte ihre Jeans auf und zog sie ihr zusammen mit dem Slip aus, bevor er Sam wieder auf seinen Schoß setzte.

„Jetzt bist du ein wenig overdressed", stellte sie, an seinem Hemd zerrend, fest.

„Geduld, Babe." Er bedeckte ihren Hals mit heißen kleinen Küssen und ließ seine Hände über ihren Rücken gleiten, sodass sie vor Verlangen erschauerte.

„Ich habe keine Geduld. Hast du das inzwischen noch nicht begriffen?"

Er brachte ihre Schenkel auf seinen Beinen in Position und stellte die Füße etwas auseinander, damit sie sich für ihn öffnete.

„Was machst du denn da?", fragte sie, und in ihre Worte schlich sich ein Stammeln.

„Ich berühre dich."

„Aber ich will dich auch berühren."

„Du kommst schon noch an die Reihe." Er umfasste ihre Brüste und fuhr mit den Daumen über die Brustwarzen, die noch von der vorangegangenen sinnlichen Liebkosung empfindlich waren. „Es hat mich wütend gemacht, als dieser Dreckskerl dich heute frigide genannt hat." Nick ließ die Hände sachte über ihre Rippen gleiten. Er legte den einen Arm um sie, während er die andere Hand zwischen ihre Schenkel schob und die Feuchtigkeit dort ertastete. „Spürst du das?", flüsterte er. „Das ist alles andere als frigide."

„Ich bin fast nie gekommen, wenn ich Sex mit ihm hatte", brachte Sam mühsam heraus. „Das hat ihn wütend gemacht."

„Wir beide wissen, dass du nicht das Problem warst, oder?", sagte er und drang mit zwei Fingern in sie ein.

Sam schrie auf.

„Hast du meinen Schreibtisch absichtlich unordentlich gemacht?", fragte er und hielt mit den Fingern tief in ihr inne.

Lachend antwortete sie: „Kann sein!" Sie bewegte die Hüften, damit er weitermachte.

„Gestehe es, oder du bekommst nicht, was du willst."

„Ja! Hab ich!"

„Das war einfach", stellte er amüsiert fest. „Und jetzt muss ich dich bestrafen."

Sie stöhnte, als er jenen Punkt fand, der sich am meisten nach seiner Berührung sehnte.

Er packte mit der einen Hand ihren Po, damit sie für seine hinein- und hinausgleitenden Finger stillhielt. Als er auch noch sacht in ihre Brustwarze biss, gelangte sie zu einem Orgasmus, der ihr den Atem nahm und Tränen in die Augen trieb.

„Du bist so aufregend", flüsterte er und brachte seine Lippen nah an ihre. „So wahnsinnig aufregend." Er hörte nicht auf, ihren intimsten Punkt zu streicheln, sodass Sam sich rasch auf den nächsten Höhepunkt zubewegte. Irgendwie brachte sie die Kraft auf, an seinem Hemd zu zerren und es ihm schließlich über den Kopf zu ziehen. Sie ließ ihre Hand von seiner muskulösen Brust hinunter zu seinem flachen Bauch gleiten, und von dort aus noch tiefer, bis ihre Finger über sein hartes Glied strichen.

Nick sog scharf die Luft ein.

„Nick, bitte! Ich will dich."

„Du hast mich, Samantha. Ich gehöre dir allein, für immer und ewig." Er küsste sie, als wäre es das erste Mal, und erforschte ihren Mund mit wilden Zungenschlägen.

Als Sam die brennende Begierde nicht mehr länger aushielt, rutschte sie von seinem Schoß, zog ihn hoch und half ihm in Rekordzeit aus seiner restlichen Kleidung. Ehe er wusste, wie ihm geschah, sank sie auf die Knie und nahm ihn in den Mund.

„Sam ..." Er vergrub seine Finger in ihren Haaren. „Liebes, warte. Es sollte um dich gehen. Komm wieder hoch."

„Du hast mir versprochen, ich würde noch an die Reihe kommen", erwiderte sie im Scherz schmollend und fuhr mit der Zunge an seinem Glied entlang, wobei sie keck zu ihm aufschaute.

„Das wirst du auch noch." Er half ihr hoch, kehrte mit ihr zum Sessel zurück und zog sie erneut auf seinen Schoß. „Ich liebe dich."

Sie neigte die Hüften, nahm ihn in sich auf und beugte sich vor, um ihn zu küssen. „Ich liebe dich auch."

„Ich werde nie müde werden, das zu hören."

„Ich werde nie müde werden, es zu sagen."

„Versprochen?"

Sie nickte und vollführte eine kreisende Beckenbewegung, um ihn noch tiefer aufzunehmen. Er atmete schwer aus und schloss die Augen.

Sam küsste das Pflaster über seinem Auge und ritt ihn langsam. Jeder einzelne Moment brachte sie einander näher ... so nah.

Plötzlich schloss er die Arme fest um sie, stand auf und trug sie zum Sofa, ohne die Verbindung zu unterbrechen.

Er legte ihr die Hände unter die Knie und hielt auf diese Weise ihre Schenkel gespreizt, um sie wild zu nehmen. Sam gab sich ganz der Ekstase hin und kam mit einem Aufschrei zum Orgasmus. Nick gab seine Selbstbeherrschung nur Sekunden später auf und folgte ihr.

„Verdammt", stieß er eine Minute später schwer atmend hervor. „Immer wenn ich denke, besser kann es nicht werden ...“

Sie strich ihm die feuchten Haare aus der Stirn. „Doch, das wird es."

„Wenn es noch besser wird, bringen wir beide uns gegenseitig um."

Sam lachte. „So schnell geht das nicht."

Er sah ihr in die Augen und küsste sie zärtlich.

„Es gibt etwas, was ich dir sagen muss", erklärte sie mit einem mulmigen Gefühl.

„Jetzt?"

Erfüllt von einer Angst, wie sie sie nur sehr selten erlebte, biss sie sich auf die Unterlippe und nickte.

„Werden Sie mir jetzt endlich erklären, was ich hier eigentlich mache?", meinte Elin Svendsen, während sie in dem luxuriösen Hotelzimmer auf und ab lief.

„Das habe ich bereits getan", erinnerte Freddie sie, seine Lust beim Zuschauen ihres Hin- und Herlaufens streng im Zaum haltend. „Es dient Ihrem Schutz."

„Sind Sie da *sicher*?" Ihr neckendes Lächeln sandte einen Schauer durch seinen Körper. Er war froh, dass er seinen Trenchcoat anbehalten hatte. „Ich frage mich nämlich allmählich, ob Sie sich das alles nur ausgedacht haben, um mich allein in ein Hotelzimmer zu schleppen." Sie kam auf ihn zu stolziert und blieb vor ihm stehen, sodass sich ihre Brüste auf seiner Augenhöhe befanden.

Verzweifelt sagte er: „Eine von John O'Connors Ex-Freundinnen wurde ermordet."

Elin schnappte erschrocken nach Luft. „Im Ernst?"

„Würde ich bei einem Mord lügen?"

„Ich weiß nicht. Würden Sie?"

„Ich lüge nie, wenn es um einen Mord geht."

„Ich verstehe es nicht. Er war nicht verheiratet oder so was."

„Na ja, in gewisser Hinsicht schon."

Elin stutzte. „Wie meinen Sie das?"

Freddie berichtete ihr von der Frau und dem Kind, die vor zwanzig Jahren in den mittleren Westen verbannt worden waren.

„Dann glauben Sie also, diese Frau hat es getan?"

„Wir halten es für möglich. Und wir wollen, dass Sie in Sicherheit sind, bis wir sie gefunden haben."

Elin verschränkte die Arme in einer schützenden Geste, die ihn rührte. „Ich kann nicht glauben, dass er dieses zweite geheime Leben geführt hat."

„Offenbar wusste niemand davon. Nicht einmal sein engster Freund."

„Ich schlafe nicht mit verheirateten Männern. Ich weiß, dass Sie glauben, ich sei leicht zu haben. Aber ich habe meine moralischen Ansprüche."

„Ich habe nie etwas anderes angenommen."

Sie legte den Kopf schräg und musterte ihn. „Sie sind ziemlich hübsch, wissen Sie das eigentlich?"

Freddies Wangen glühten vor Verlegenheit. „Na ja, danke."

Lächelnd fügte sie hinzu: „Wenn Sie wollen, können wir Ihre ‚Schutzmission' ruhig ein bisschen angenehmer gestalten."

Er schluckte hart. „Wie meinen Sie das?"

Sie beugte sich vor, sodass ihre spektakulären Brüste im Ausschnitt ihres Tops voll zur Geltung kamen. Ein Stückchen einer Amor-Tätowierung wurde oberhalb ihres tief ausgeschnittenen BHs sichtbar. „Sex, Detective", hauchte sie. „Schmutziger, heißer Sex."

Freddie kam sich vor, als würde er auf die Probe gestellt. Er veränderte seine Sitzposition, um den wachsenden Druck in seinem Schritt zu entlasten. „Ich bin im Dienst."

„Wer würde denn davon wissen?"

„Ich." Und Sam würde es auch wissen. Irgendwie würde sie es herausfinden, und dann wäre er dran.

Elin warf ihm einen fassungslosen Blick zu, tat seine Reaktion dann mit einem Schulterzucken ab und schnappte sich ihre Handtasche. „Ich gehe mich umziehen."

Sobald er hörte, dass die Badezimmertür hinter ihr zuging, schloss Freddie die Augen und zählte bis zehn. Gott möge ihm beistehen, aber er hätte diese Frau am liebsten gepackt, aufs Bett geworfen und genommen. Indem er sich daran erinnerte, dass er *arbeitete,* schaffte er es, seine beinah schmerzende Erektion in Schach zu halten.

Elin kam in einem violetten Seidennachthemd aus dem Bad zurück, das kaum ihren wohlgeformten Po bedeckte.

Freddie unterdrückte ein Stöhnen, als sie an ihm vorbeiging, eine Duftwolke hinter sich herziehend.

„Sind Sie sicher, dass Sie nicht ein bisschen Spaß haben wollen?", fragte sie, während sie es sich im Bett gemütlich machte.

„Absolut", bestätigte er mit zusammengebissenen Zähnen.

Sie schaltete das Licht aus. „Selbst schuld."

Freddie ließ sich auf das zweite Bett fallen und atmete gequält aus. Er wurde hier definitiv auf die Probe gestellt.

Nick nahm eine Decke von der Sofalehne und breitete sie über sich und Sam aus. Sie lagen so, dass sie einander ins Gesicht sehen konnten. Er strich über ihre strenge Stirnfalte. „Ich weiß nicht, weshalb du so besorgt dreinblickst, aber was immer es ist, wir werden es gemeinsam bewältigen."

Sie legte ihre Hand auf seine Brust.

Nicks Herzschlag beschleunigte sich angesichts ihrer Berührung schon wieder, während er darauf wartete, dass sie ihre Gedanken ordnete.

„Als ich mit Peter zusammen war", begann sie zögernd, „haben wir lange versucht, ein Baby zu bekommen. Wir waren schon so weit, uns um eine Unfruchtbarkeitsbehandlung zu kümmern, als ich schwanger wurde."

Nick fühlte mit ihr, denn er ahnte bereits, worauf ihr Bericht hinauslief.

„Ich war so aufgeregt, obwohl Peter und ich schon eine Menge Probleme hatten. Ich weiß, es ist töricht zu glauben, ein Baby könnte Beziehungsprobleme lösen. Trotzdem habe ich damals genau diese Hoffnung gehegt."

Mitfühlend wischte Nick ihr eine Träne fort, die ihre Wange hinunterlief.

„In der zwölften Woche habe ich eine Fehlgeburt erlitten."

„Sam, das tut mir so leid."

„Es war eine Fehlgeburt mit Komplikationen. Ich verlor viel Blut, und ich brauchte sehr lange, um mich davon zu erholen. Peter war am Boden zerstört und zog sich in gewisser Weise in sich zurück."

„Du musstest es also allein durchstehen."

Sie zuckte die Schultern, setzte sich auf und löste sich aus seiner Umarmung. „Ich hatte meine Schwestern, meine Familie. Angela bekam kurze Zeit später Jack, und das rettete mich in vielerlei Hinsicht. Er ist ebenso ihr Baby wie meines, das sagt sie sogar selbst."

„Ja, er ist toll."

„Er ist mein kleiner Mann." Sie wischte mit einer ungeduldigen Geste über ihr Gesicht, als ärgere sie sich über ihre Tränen. „Ein paar Monate später gab mir der Arzt für einen weiteren Versuch grünes Licht. Inzwischen hatten sich die Dinge mit Peter eher zum Schlechten entwickelt. Aber wir wollten beide immer noch ein Baby, also versuchten wir unsere Probleme zu lösen, obwohl mir längst klar war, dass es keine Lösung mehr gab für unsere Probleme. Trotzdem wurde das Verhältnis eine Zeitlang tatsächlich besser. Ein Jahr nach der Fehlgeburt wurde ich erneut schwanger, allerdings ohne es zu wissen. Es war eine ektopische Schwangerschaft. Weißt du, was das ist?“

Nick setzte sich auf, ergriff ihre Hand und versuchte, nicht gekränkt zu sein, als sie ihn abschüttelte. „Ich habe schon davon gehört.“

„Der Embryo nistet sich außerhalb der Gebärmutter ein. In meinem Fall in einem der Eileiter. Als der Eileiter platzte, war ich allein zu Hause. Ich war schon fast verblutet, als Angela mich fand.“

„Gütiger Himmel.“

„Ich musste über eine Woche im Krankenhaus bleiben. Es war die schmerzvollste Erfahrung, die ich je gemacht habe – körperlich und seelisch. Ich verlor den Eileiter und einen meiner Eierstöcke. Wegen einiger anderer Probleme, die ich zuvor mit Gebärmutterentzündungen gehabt hatte, erklärte der Arzt mir, es sei unwahrscheinlich, dass ich je wieder schwanger werden würde.“

Auf einmal verstand Nick ihre große Besorgnis. „Es ist nicht wichtig, Sam. Nicht für mich. Falls du dir deswegen Sorgen machen solltest, kann ich dich beruhigen.“

„Aber du willst eine Familie, und du verdienst eine, weil du ohne aufgewachsen bist.“

„Wir werden eine haben. Wir können Kinder adoptieren. Es gibt Millionen von Kindern, die bedürftig sind und ein Zuhause brauchen. Wie wir Kinder bekommen, ist mir letztlich egal.“

„Aber …“

Er küsste sie, leidenschaftlich. „Kein Aber. Du bist der Schlüssel zu allem. Das wusste ich schon damals bei unserer ersten Begegnung, und heute bin ich mir dessen noch sicherer, nachdem ich so lange ohne dich gelebt habe. Du bist der Mensch, den ich am meisten brauche. Alles andere findet sich.“ Ihre Wange streichelnd fügte er hinzu: „Du hast mir jetzt schon so viel von dem gegeben, was ich nie zuvor hatte. Und ich will nicht, dass du dir weiter Sorgen über das eine machst, was du mir nicht geben kannst.“

„Ich habe dir gesagt, dass ich die Pille nehme, aber das stimmt nicht. Ich muss sie nicht nehmen, doch konnte ich dir die ganze Geschichte schlecht erzählen, als wir neulich drauf und dran waren, miteinander zu schlafen. Tut mir leid, dass ich dich angelogen habe."

„Das zählt nicht mal als Lüge, Liebes. Wenn die Zeit gekommen ist und wir bereit sind, eine Familie zu haben, werden wir uns schon etwas einfallen lassen."

„Du solltest trotzdem darüber nachdenken. Du solltest dir in Ruhe Gedanken darüber machen, um sicherzugehen ..."

Er stoppte sie, indem er ihr den Zeigefinger auf die Lippen legte. „Ich muss nicht mehr darüber nachdenken."

Die Anspannung schien mit einem langen Ausatmen von ihr zu weichen, und als er diesmal die Hände nach ihr ausstreckte, kam sie bereitwillig zurück in seine Arme.

„Fühlst du dich besser?"

Sie nickte. „Ich habe mich gefühlt, als hätte ich dich hintergangen, indem ich mich mit dir eingelassen und dir nichts davon erzählt habe."

„Damit hast du mich nicht hintergangen. Es ist ein Teil deiner Geschichte, Sam, und es hat dich geprägt. Ich liebe jeden Aspekt an dir."

Sie strich mit dem Finger über die frischen Bartstoppeln an seinem Kinn. „Während meiner Ehe habe ich von dir geträumt. Ich habe mich gefragt, wo du bist, was du tust und ob du glücklich bist. Wir hatten nur diese eine Nacht zusammen, doch ich hab all die Jahre an dich gedacht."

Die Erinnerung an das, was ihnen vorenthalten worden war, machte ihn erneut traurig. „Ich habe auch an dich gedacht. Ich habe wie besessen die Zeitung gelesen, auf der Suche nach der kleinsten Erwähnung deines Namens."

„Das habe ich auch gemacht! Ich wusste, dass du für O'Connor arbeitest. Ich hab mir sogar stundenlang Berichte aus dem Kongress angesehen, in der Hoffnung, einen Blick auf dich erhaschen zu können. Aber du hast dich stets im Hintergrund gehalten. Ich bekam dich kaum jemals zu sehen."

„Wahrscheinlich werde ich nun noch weiter in den Hintergrund treten."

„Wie meinst du das?"

„Ich habe heute im Büro meine Voicemail abgehört. Es waren ein paar Jobangebote dabei."

„Was denn so?"

„Legislative Angelegenheiten für den Junior Senator aus Hawaii, Nachrichtensachen für den Senior Senator aus Florida. Oh, und Leiter des Büros des Senators aus Ohio in Columbus." Mit einem neckenden Grinsen fügte er hinzu: „Was hältst du davon, in Columbus zu wohnen?"

Sie rümpfte die Nase. „Gibt es denn gar nichts, was keinen großen Schritt die Karriereleiter nach unten bedeutet?"

„Nein. Aber so läuft das nun mal in der Politik. Dein Glück als Mitarbeiter hängt davon ab, für wen du tätig bist. Wenn derjenige aufsteigt, steigst du mit auf. Sind sie erledigt, bist du es auch."

„Oder wenn sie sterben ..."

„Ganz genau."

„Was wirst du jetzt machen?"

„Ich habe ein bisschen Geld zur Seite gelegt. Außerdem kommt noch das Geld von John, also werde ich nichts überstürzen. Vielleicht ist es Zeit für eine Veränderung."

„Was für eine Veränderung?"

„Früher habe ich mit der Idee gespielt, Jura zu studieren. Wahrscheinlich ist es mittlerweile zu spät dafür, aber ich denke trotzdem noch daran."

„Wenn es das ist, was du willst, solltest du es tun."

Nick lachte leise und zwickte sie in die Nase. „Du würdest dich also für ein paar Jahre mit einem Studenten abgeben?"

„Was dich glücklich macht, macht auch mich glücklich."

Er rollte sich auf sie. „*Du* machst mich glücklich."

Sam schlang ihm die Arme um den Nacken, um ihn zu einem Kuss voller Liebe und Verheißung zu sich herunterzuziehen. Sie legte ihre langen Beine um seine Hüften und bog sich ihm entgegen.

Als Nick geschmeidig in sie eindrang, war er so überwältigt von seiner Liebe für sie, dass es ihm den Atem raubte. Er versuchte seine Emotionen unter Kontrolle zu halten und hielt einen Moment ganz still, bis sie anfing, sich unter ihm zu winden und ihn auf diese Weise anzuspornen. Hatten sie zuvor noch wild und stürmisch miteinander geschlafen, war das Liebesspiel diesmal langsam und verträumt. Nick küsste sie, und es gelang ihm, sich zu beherrschen, bis Sam ihre Finger in seinen Po krallte, um ihn tief in sich zu halten, während sie zum Orgasmus gelangte.

„Sam", flüsterte er keuchend und drang ein letztes Mal ungestüm in sie ein, überwältigt davon, dass es ihnen gelungen war, Vollkommenheit zu übertreffen.

34

Sam versuchte die schläfrige Benommenheit nach dem Sex abzuschütteln und machte die Augen auf, um sich wieder der Arbeit zu widmen, als ihr Telefon klingelte. Auf dem Display erschien Gonzos Nummer. „Was gibt es Neues?"

„Ein Blutbad", sagte er. „Sie sind beide tot."

Sam brauchte einen Moment, um diese Information zu verdauen. „Wie?"

„Noel wurde zweimal aus kurzer Distanz in den Kopf geschossen. Und sie ist, wie die andere, ans Bett gefesselt und gefoltert worden."

„Ich bin unterwegs." Sam setzte sich auf und begann, sich anzuziehen.

„Was ist denn los?", murmelte Nick noch halb im Schlaf.

„Noel und Natalie Jordan wurden in ihrem Haus ermordet."

„Um Himmels willen!", rief er erschrocken.

„Ich muss hinfahren."

Er griff nach seiner Jeans. „Ich komme mit."

„Nein! Dazu besteht kein Grund. Peter ist eingesperrt, und ich muss arbeiten."

„Ich verspreche dir, mich aus allem herauszuhalten."

„Du hältst dich *nie* heraus."

„Ich kenne diese Leute, Sam. Zwing mich nicht, zu Hause zu bleiben."

Er wirkte auf eine für ihn sehr untypische Weise verletzlich, und das rührte sie. Auf einmal verstand sie, dass er vor allen Dingen nicht allein sein wollte. „Na schön, aber du hältst dich wirklich aus allem heraus."

„Ich verspreche es."

Auf dem Weg nach Belle Haven organisierte Sam telefonisch eine Observierung des Apartmentgebäudes, in dem sich Elins Wohnung befand, für den Fall, dass Patricia dort auftauchte, um Elin zu ihrem nächsten Opfer zu machen. Zu Nick sagte sie: „Kannst du Christina anrufen? Ich brauche die vollständige Liste aller Frauen, mit denen John etwas hatte in den Jahren, in denen sie für ihn gearbeitet hat."

„Von allen?"

„Jede einzelne. Ich will die Namen, Adressen und Telefonnummern. Patricia verfügt über die gleichen Informationen wie wir. Sie hat jemanden in O'Connors Vergangenheit graben lassen. Also will ich erfahren, was sie noch alles herausgefunden hat und vor allem, auf welche Frauen sie dabei gestoßen ist."

„Christina verfügt möglicherweise nicht über alle Namen."

Sam warf ihm einen trockenen Blick zu. „Sie hat ihn geliebt. Glaubst du etwa, sie kennt nicht sämtliche Fakten über jede einzelne Frau, mit der er etwas hatte? Komm schon, wahrscheinlich weiß sie jedes Detail bis hin zur BH-Größe. Sag ihr, dass sie mir die Liste per E-Mail schicken soll."

Während Nick den Anruf erledigte, beorderte Sam die erste Schicht früher zum Dienst. Sich um sämtliche von Johns Barbies zu kümmern, würde einen ziemlichen Aufwand erfordern. Ihr Handy klingelte, und Sam nahm den Anruf von Detective Jeannie McBride entgegen.

„Wir haben jedes Hotel in der Stadt überprüft", berichtete Jeannie. „Keine Patricia Donaldson. Soll ich die Vororte abklappern?"

Sam überlegte einen Moment. „Versuche es mal mit dem Namen Patricia O'Connor und setz zusätzliche Leute ein. Ich brauche diese Information dringend."

„Wird gemacht, Sergeant."

Sam beendete das Gespräch, behielt das Telefon jedoch in der

Hand, während sie zu den Jordans rasten. „Ich kann es nicht fassen, dass ich nicht schon früher auf sie gekommen bin."

„Sie war die Liebe seines Lebens. Warum hättest du annehmen sollen, dass sie es getan hat?"

„Er war die Liebe *ihres* Lebens, nicht andersherum. Wenn ein Mann eine Frau auf die Weise liebt, wie sie es uns geschildert hat, dann vögelt er nicht wild herum, sobald er nicht bei ihr ist. Ich glaube, sie hing immer noch ihrer Teenagerromanze nach, während er längst darüber hinweggekommen war. Ich würde mich jedenfalls gern mit ihrem gemeinsamen Kind unterhalten. Thomas."

„Der muss doch wegen der Beerdigung morgen auch irgendwo in der Gegend sein."

„Wenn das der Fall ist, werden wir ihn finden – und seine Mutter auch. Ich hoffe nur, wir kriegen sie, bevor sie die nächste von Johns Freundinnen erwischt."

Als sie ankamen, wimmelte es in Belle Haven, wo die Jordans wohnten, von Einsatzfahrzeugen.

Gonzo empfing Sam und Nick. Seine für gewöhnlich ruhige Ausstrahlung war gänzlich verschwunden. „Ich bin so schnell es ging hergekommen, nachdem Cruz mir ausgerichtet hatte, dass ich sie holen soll. Die Tür stand offen. Ich hab ihn im Flur liegen gesehen und sofort Meldung gemacht. Die Kollegen aus Alexandria stellen sich quer, also wirst du mit ihnen sprechen müssen."

Indem sie ihre ganze Geduld aufbrachte, erläuterte Sam der Alexandria Police, dass der Mord an den Jordans vermutlich mit dem an Senator O'Connor zusammenhing. Nach einigem Zuständigkeitsgerangel und gerade, als Sam wirklich sauer wurde, lenkten sie ein und ließen sie den Tatort begutachten. Nick musste allerdings draußen warten.

Noel war direkt im Flur erschossen worden. Sam vermutete, dass er die Tür geöffnet hatte und getötet worden war, noch ehe er Zeit für ein Hallo gehabt hatte.

„Er ist die Nummer Zwei im Justizministerium", erklärte sie selbstzufrieden dem arroganten Detective von der Polizei in Alexandria, der sich ihr am vehementesten in den Weg gestellt hatte. „Sie sollten lieber den Justizminister informieren, dass sein Stellvertreter ermordet wurde."

Nervös meinte der junge Detective: „Ja, natürlich."

Sam war zufrieden, ihm etwas von seiner Arroganz genommen zu haben, und ging nach oben, um zu sehen, was man Natalie angetan hatte. Sie war auf fast dieselbe Art gefesselt worden wie Tara. Und genau wie bei Tara deutete das Blut zwischen ihren gespreizten Beinen auf sadistische sexuelle Quälereien hin. „Ist das da etwa eine Haarbürste?", fragte Sam, auf das in der Vagina des Opfers steckende Objekt deutend.

„Ich glaube schon", antwortete der Gerichtsmediziner.

Sam verzog das Gesicht. Den Würgemalen an Natalies Hals nach zu urteilen war auch sie nach längerer Folter erdrosselt worden. Patricia übte Rache und nahm sich eine Frau nach der anderen vor.

Der Gerichtsmediziner aus Alexandria schätzte, dass der Tod vor ungefähr drei Stunden eingetreten war. Sam war unwohl bei dem Gedanken, dass Noel gerade erst vom Lügendetektortest zurückgekommen sein musste, als sie angegriffen wurden. Wäre sie früher darauf gekommen, wer hinter dem Mord steckte, hätte Sam sie vielleicht retten können.

Da dies nicht ihr Tatort war, verließ sie das Haus, nachdem sie die zuständigen Detectives um eine Kopie ihres Berichts gebeten hatte.

Und wieder lehnte Nick draußen am Wagen, während er auf Sam wartete.

„Das Gleiche wie bei Tara."

„Himmel", flüsterte er. „Ich mochte Natalie nicht, aber die Vorstellung, was sie durchgemacht haben muss ..."

Sam fuhr sich durch die langen Haare und kämpfte gegen das Gefühl der Erschöpfung an, das wie eine schwere Decke auf ihr lastete. „Ich weiß."

„Ich habe mir überlegt ..."

Sie schaute ihn an und stellte fest, dass er angespannt und elend aussah. „Ja?"

„Was ist mit Graham und Laine?"

Die Worte schienen zwischen ihnen in der Luft zu hängen, so unglaublich war ihre Bedeutung.

Sam warf ihm den Schlüssel zu. „Du fährst, damit ich arbeiten kann."

Auf der rasanten Fahrt durch das nördliche Virginia wich Nicks Anspannung keine Sekunde von ihm. „Du glaubst nicht wirklich, dass ..."

„Dass sie es auf die Leute abgesehen hat, denen sie vorwirft, ihr Leben ruiniert zu haben? Doch, das glaube ich."

„Um Himmels willen, wenn sie ihnen etwas antut ..." Seine Stimme brach.

Sie ergriff seine Hand. „Vielleicht liegen wir diesmal ja auch daneben." Doch nur für den Fall, dass sie richtig lagen, informierte sie die Loudoun County Police über die Probleme, die sich möglicherweise im Haus des Senators O'Connor anbahnten. Sie gab außerdem die Liste der Ex-Freundinnen weiter, die Christina zerknirscht an das Hauptquartier gesandt hatte. Sam erteilte den Befehl, vor jedem Haus Polizisten zu postieren, denen man Fotos von Patricia Donaldson und Thomas O'Connor mitgab – für den Fall, dass Patricia nicht allein handelte. Nachdem Sam eine Großfahndung nach den beiden veranlasst hatte, konnte sie nur noch beten, dass die Polizisten bei den Frauen eintrafen, ehe es weitere Opfer gab.

„Ich hätte es sehen sollen", sagte sie und haderte erneut mit sich, dass sie so lange gebraucht hatte, um die Puzzleteile zusammenzufügen. „Es war so verdammt offensichtlich."

„Mach dir keine Vorwürfe, Liebes."

„Das ist schwer, wenn die Leichen sich um einen herum stapeln."

„Ich wette, ich weiß inzwischen, warum er in der Nacht vor der Abstimmung ermordet wurde", sagte Nick.

Sam sah ihn überrascht an. „Warum?"

„Er hat in der Woche, bevor er umgebracht wurde, beschlossen, dass er sich definitiv zur Wiederwahl stellen wird. Wahrscheinlich hat er das auch Patricia mitgeteilt. Vielleicht hat er ihr versprochen, nur eine Amtszeit zu absolvieren, um seinen Vater zufriedenzustellen, und anschließend Zeit für sie zu haben. Und wenn ich mit meiner Vermutung richtig liege, hätte sie ganz bestimmt nicht gewollt, dass er noch die Gelegenheit bekommt, sich im Glanz seines großen Sieges nach der Abstimmung über das Gesetz zu sonnen. Sie fühlte sich betrogen von ihm, und das nicht nur in einer Hinsicht."

„Das klingt schlüssig", räumte Sam ein und spürte das Adrenalin, als sich endlich jedes Puzzleteil zum anderen fügte. Da sie nun überzeugt war, auf dem richtigen Weg zur Lösung des Falls zu sein, rief sie Captain Malone und Chief Farnsworth zu Hause an, um sie über die neuesten Entwicklungen zu informieren.

„Nehmen Sie endlich jemanden fest, Sergeant", forderte der Chief sie auf, noch groggy vom Schlaf.

„Ich mache, so schnell ich kann, Sir."

Nachdem sie das Telefonat beendet hatte, ergriff Nick ihre Hand. „Warum machst du deine Augen nicht für ein paar Minuten zu?"

Sie winkte ab. „Ich warte lieber, bis ich ein paar Stunden schlafen kann. Wie steht's mit dir? Kannst du fahren?"

„Mir geht es gut. Mach dir meinetwegen keine Sorgen."

„Zu spät." Sie legte den Kopf an seine Schulter und ging in Gedanken den ganzen Fall noch einmal Schritt für Schritt durch. Die ganze Zeit über hatte sie den Verdacht gehabt, dass es sich bei dem Täter um eine Frau handelte. Eine, der John O'Connor nahegestanden hatte, die einen Schlüssel zu seiner Wohnung besaß, und die dort anzutreffen ihn nicht allzu sehr überrascht hatte.

Sams Handy klingelte. „Was hast du herausgefunden, Jeannie?"

„Leider nichts. Wir können sie nirgendwo in der Stadt finden."

„Verdammt. Sie müssen unter einem anderen Namen eingecheckt haben."

„Das vermuten wir auch. Wir weiten die Suche ins nördliche Virginia und bis nach Maryland aus. Ich halte dich auf dem Laufenden."

„Danke."

Ein Streifenwagen der Loudoun County Police stand vor der Auffahrt der O'Connors, als Sam und Nick dort eintrafen. Nick ließ das Fenster herunter.

„Scheint alles in Ordnung zu sein", berichtete der junge Polizist. „Das Haus ist dunkel, die schlafen schon alle. Ich bin einmal außen herum gegangen, konnte aber nichts Besorgniserregendes entdecken."

„Danke", sagte Nick. „Wir werfen nur schnell einen Blick auf das Haus und machen uns wieder auf den Weg."

„Kein Problem. Schönen Abend noch."

Während Nick den Wagen langsam die Auffahrt entlangrollen ließ, betrachtete Sam ihn mit neuer Anerkennung. Er war dem jungen Cop mit Souveränität begegnet, indem er ihm für die Überprüfung dankte, ihn jedoch wissen ließ, dass sie beide selbst noch einmal nachsehen würden. Und das alles, ohne den Polizisten vor den Kopf zu stoßen. „Nicht schlecht", bemerkte sie.

„Was?"

„Du. Gerade eben."

„Das klingt, als fändest du es erstaunlich, dass ich diplomatisch sein kann, wenn die Situation es erfordert."

Sie lachte.

„Was ist denn so komisch?"

„Du, wenn du entrüstet bist."

„Ich bin überhaupt nicht entrüstet."

„Tja, wenn du es sagst."

Sie hielten vor dem dunklen Haus, und Nick stellte den Motor ab. „Ich will selbst einen Rundgang machen."

Sam nahm die Taschenlampe aus dem Handschuhfach und legte die Hand auf den Türgriff.

„Warum bleibst du nicht einfach hier und lässt mich gehen?", meinte Nick. „Ich bin gleich wieder da."

„Du meinst, so wie du dich ruhig verhältst, wenn ich es dir sage?" Sie schaltete die Taschenlampe ein und sah den kritischen Blick, den er ihr zuwarf. „Gehen wir."

Sie gingen um das Haus, fanden jedoch nichts, was ihnen ungewöhnlich vorkam. Hinten im Garten ließ Sam den Blick über das Grundstück schweifen. „Scheint alles in Ordnung zu sein."

„Ich will sie sehen, um ganz sicherzugehen."

„Nick, es ist halb drei morgens, und heute ist die Beerdigung ihres Sohnes."

Mit düsterer Miene erwiderte er: „Glaubst du denn wirklich, dass sie schlafen?"

Da sie seine Entschlossenheit bemerkte, folgte sie ihm zur

Eingangstür und zuckte ein wenig zusammen, als die Glocke durch das stille Haus hallte.

Etwa eine Minute später erschien Graham in einem rot karierten Bademantel an der Tür. Sein Gesicht war abgehärmt vor Kummer, und Sam schloss aus seinem Anblick, dass er seit Tagen nicht mehr richtig geschlafen hatte.

„Was ist denn los?", wollte er wissen.

„Nichts", antwortete Nick und klang plötzlich nervös. „Es tut mir leid, dich zu stören, aber es gab Ärger heute Nacht. Ich wollte nur mal nach dir und Laine sehen."

Graham ließ sie beide eintreten. „Was für Ärger?"

Nick berichtete ihm von Tara und den Jordans.

„Grundgütiger", flüsterte Graham. „Nicht auch noch Natalie. Und Noel ..."

„Wir glauben, es war Patricia", sagte Sam und beobachtete genau seine Reaktion.

Grahams müde Augen sahen unvermittelt in ihre. „Nein ... sie kann es nicht getan haben. Sie hat John geliebt. Sie hat ihn ihr ganzes Leben lang geliebt."

„Und sie hat auf ihn gewartet, ihr ganzes Erwachsenenleben hindurch, vergeblich", fügte Sam hinzu.

„Wir glauben, dass er ihr gesagt hat, er wolle erneut kandidieren", meinte Nick.

„Und da nahm sie an, seine Karriere sei ihm wichtiger als sie und Thomas", vermutete Graham.

„Das ist unsere Theorie", bestätigte Sam. „Wir glauben außerdem, dass sie erst kürzlich von den anderen Frauen in seinem Leben erfahren hat."

„Und warum seid ihr unseretwegen besorgt?", wandte Graham sich an Nick. „Wir haben Thomas seit seiner Geburt nicht mehr gesehen."

„Weil sie, wenn sie alte Rechnungen begleicht, auch ein Hühnchen mit euch zu rupfen hat", erklärte Nick.

Graham fuhr sich mit zitternder Hand durchs weiße Haar. „Ja, das hat sie wohl."

„Ich würde gern eine Bewachung für Sie und Ihre Frau organisieren, bis die Sache vorbei ist", sagte Sam.

„Wenn Sie das für notwendig halten."

Angesichts dessen, was Tara, Natalie und Noel angetan worden war, antwortete Sam überzeugt: „Ja, das tue ich."

Nick umarmte Graham. „Leg dich wieder hin und versuche zu schlafen."

„Ich wache immer wieder auf, und mir wird klar, dass John tot ist … Ich durchlebe es wieder und wieder. Da ist es leichter, wach zu bleiben."

Nick umarmte den alten Mann noch einmal, und als er ihn endlich losließ, sah Sam Tränen in Nicks Augen. „Ich weiß, was du meinst."

„Ja, bestimmt."

„Wir sehen uns morgen früh. Zögert nicht, mich anzurufen, falls ihr irgendetwas benötigt."

Graham tätschelte Nick die Wange. „Ich liebe dich wie meinen Sohn. Ich hoffe, du weißt das."

Sichtlich gerührt nickte Nick.

„Da ist etwas, worüber ich nach der Beerdigung mit dir reden muss", sagte Graham. „Gibst du mir ein paar Minuten?"

„Selbstverständlich."

„Fahrt vorsichtig", meinte Graham zum Abschied, als er sie zur Tür brachte.

Sam hakte sich bei Nick unter, als sie sich vom Haus entfernten, und nahm ihm auf dem Weg zum Wagen den Autoschlüssel aus der Manteltasche. „Alles in Ordnung mit dir?", erkundigte sie sich, sobald sie im Auto saßen.

Nach einem langen Moment des Schweigens sah Nick sie an. „Das hat er noch nie zu mir gesagt. Ich habe es immer irgendwie gewusst, aber ausgesprochen hat er es noch nie."

„Du bist ja auch ein liebenswerter Kerl – meistens jedenfalls."

Auf seinem Gesicht erschien das Lächeln, das sie so liebte. „Na vielen Dank."

„Trotzdem müssen wir etwas gegen deine Unfähigkeit, Anweisungen zu befolgen, unternehmen."

„Viel Glück dabei." Er verschränkte seine Finger mit ihren, während sie die lange Auffahrt entlangfuhren. „Danke übrigens."

„Wofür?"

„Für dein Verständnis, dass ich mich mit eigenen Augen vergewissern musste, ob es ihnen gutgeht."

„Sie sind deine Familie."

„Ja, sie sind wirklich alles, was ich habe."

Sie drückte seine Hand. „Nicht mehr."

35

Auf der Rückfahrt zu Nicks Haus organisierte Sam die Bewachung der O'Connors und nahm an einer Telefonkonferenz mit den anderen Detectives teil, in der es um Sicherheitsfragen bei der Beerdigung am Morgen ging. Wenn Patricia oder Thomas in der Kirche auftauchten, würde man sie gleich vor dem Eingang abfangen. Sam wollte sich verkabeln lassen, um notfalls aus der Kirche heraus kommunizieren zu können. Da sie wusste, dass Nick ihren Beistand brauchte, hoffte sie natürlich, an der Beisetzung teilnehmen zu können, ohne beruflich aktiv werden zu müssen. Andererseits war ihr auch klar, dass er Verständnis haben würde, wenn sie gehen musste. Schließlich wollte er genauso sehr wie sie, dass Johns Mörder endlich gefasst wurde.

Während sie Nick ins Haus folgte, schaute sie zu den Büschen im Vorgarten und erinnerte sich an das Gefühl, von der Druckwelle der Explosion durch die Luft geschleudert zu werden. Sie erschauerte.

„Was ist los, Liebes?"

„Nichts", sagte sie und versuchte diese Gefühle abzuschütteln, die durch den Schlafmangel noch verstärkt wurden.

„Es wird eine Weile dauern, bevor wir mein Haus wieder betreten können, ohne daran zu denken."

„Mir geht's gut", versicherte sie ihm, wieder einmal erstaunt von seinem Einfühlungsvermögen. „Allerdings brauche ich noch ein bisschen Zeit am Computer."

Er hängte ihre Mäntel in den Flurschrank. Dann trat er hinter Sam und begann, ihre Schultern zu massieren. „Was du brauchst, ist Schlaf."

„Aber ..."

„Kein Aber." Er bugsierte sie sanft zur Treppe, die hinauf zu seinem Schlafzimmer führte.

Sam wünschte, sie besäße noch die Energie, sich ihm zu widersetzen. Doch da war er schon dabei, sie auszuziehen und ins Bett zu stecken.

„Was ist mit dir?", wollte sie wissen, ein Gähnen unterdrückend.

„Ich gehe duschen und bin gleich bei dir."

„Okay", sagte sie, und dann fielen ihr auch schon die Augen zu.

Während sie auf ihn wartete, rekapitulierte sie noch einmal die Ereignisse dieser langen Nacht. Um sich wach zu halten, bis Nick bei ihr war, rief sie sich die Tatorte ins Gedächtnis. Plötzlich schreckte sie hoch und stellte fest, dass schon fast eine halbe Stunde vergangen war, seit Nick in der Dusche verschwunden war.

Sie stand auf und ging ins Badezimmer, in dem die Luft von Dampf erfüllt war. Sie öffnete die Tür der Duschkabine und fand ihn an der Wand lehnend, tief in Gedanken versunken. Leise stieg sie zu ihm in die Dusche und schlang von hinten die Arme um ihn.

Er erschrak zuerst, dann entspannte er sich. „Du solltest doch schlafen."

„Ohne dich kann ich nicht schlafen. Du hast mich verdorben." Sie presste eine Reihe von Küssen auf seinen warmen Rücken. „Komm mit."

Er stellte das Wasser ab.

Sam nahm sein Handtuch und trocknete sich und ihn damit ab. Dann nahm sie seine Hand und führte ihn zum Bett, wo sie in seine Arme geschmiegt endlich Schlaf fand.

. . .

Am Morgen dieses Tages betrat Sam zum ersten Mal in ihrem Leben die National Cathedral und sah wie ein staunender Tourist zu den aufragenden Türmen hinauf.

Unwillkürlich fragte sie sich, ob sie als knallharter Cop den Präsidenten der Vereinigten Staaten und seine reizende Gattin wie ein ehrfürchtiger Fan anstarren durfte. In all den Jahren in ihrem Job und in dieser Stadt hatte sie schon einige Präsidenten zu Gesicht bekommen. Aber noch nie war sie einem so nah gekommen, dass sie ihn berühren konnte – nicht, dass sie das tun würde, denn das wäre natürlich äußerst befremdlich. Ganz zu schweigen davon, dass es dem Secret Service ganz bestimmt nicht gefallen würde.

Doch als Präsident Nelson und seine Frau Nick kondolierten, stand Sam voller Ehrfurcht neben ihm, während er ihnen die Hände schüttelte.

„Wir fühlen zutiefst mit Ihnen", sagte Gloria.

„Danke, Mrs. Nelson. John wäre überwältigt von so viel Anteilnahme." Er deutete auf all die Reihen der Anwesenden: ehemalige Präsidenten, aktuelle und frühere Kongressmitglieder, Richter und Richterinnen des Obersten Gesichtshofes, Vorsitzende der Stabschefverbindung, Staatssekretäre, Außen-, Verteidigungs-, Heimatschutz- und Arbeitsminister und noch viele andere. „Das ist übrigens Detective Sergeant Sam Holland von der Metro Police."

Sam fühlte sich völlig überrumpelt, weshalb es einen Moment dauerte, bis ihr klar wurde, dass sie ihm die Hand schütteln musste. Dem Präsidenten. Der Vereinigten Staaten. Und der First Lady. *Heiliger Strohsack.* „Es ist mir eine Ehre", sagte Sam.

„Wir haben Sie in den Nachrichten gesehen", bemerkte der Präsident. Am liebsten hätte Sam laut gestöhnt, doch sie zwang sich zu einem Lächeln. „Ja, es war ein ganz besonderer Monat."

Gloria lachte in sich hinein. „Das würde ich auch sagen."

Da sowohl der Präsident als auch Nick Redner waren, wurden ihnen Plätze in der ersten Reihe zugewiesen, direkt neben den O'Connors. Während Nick sie begrüßte, ließ Sam ihren Blick über die Menge schweifen. Doch von Patricia und Thomas keine Spur. Hinter den O'Connors saßen die meisten Mitarbeiter aus Johns

Stab sowie enge Freunde, über die Nick Sam aufklärte, nachdem er sich neben sie gesetzt hatte.

Er sah blass aus und fixierte den Mahagonisarg am Fuß des riesigen Altars. An diesem Morgen hatte er nichts gegessen und nicht einmal Kaffee gewollt. Angesichts der zahlreichen Würdenträger konnte Sam höchstens ahnen, wie schwer es für ihn sein würde, zu ihnen allen über seinen ermordeten Freund zu sprechen. Ihre Regel brechend, keine öffentlichen Zuneigungsbekundungen zuzulassen, nahm sie seine Hand und hielt sie zwischen ihren Händen.

Ein kurzes Lächeln erschien auf seinem Gesicht, und in seinen Augen las sie die Dankbarkeit für ihre Unterstützung.

Als schließlich die Messe begann, stellte Sam erstaunt fest, dass Nick offenbar viel Zeit in der Kirche verbracht hatte. Da sie nicht sehr religiös erzogen worden war, hatte diese Entdeckung etwas Verblüffendes.

Johns Schwester Lizbeth und sein Bruder Terry lasen Bibelpassagen, und seine Nichte und sein Neffe zündeten Kerzen an. Als die beiden auf dem Rückweg zu ihren Plätzen liebevoll über den Sarg ihres Onkels strichen, brannten Sam Tränen in den Augen. Das Geraschel von Taschentüchern überall um sie herum ließ vermuten, dass sie damit nicht allein war.

Präsident Nelson redete von seiner langen Freundschaft zu den O'Connors und davon, wie er John aufwachsen gesehen hatte und wie stolz er gewesen sei, diesen talentierten jungen Mann den Eid als US-Senator ablegen zu sehen. Als der Präsident die Kanzel verließ, umarmte er Johns in Tränen aufgelöste Eltern.

Einer der Saaldiener tippte Nick auf die Schulter. Er drückte noch einmal Sams Hand und stand auf, um sich vom Saaldiener zur Kanzel führen zu lassen.

Sam verfolgte seinen Weg zum Mikrofon und war überwältigt von Liebe, Mitgefühl und einem Durcheinander sonstiger Emotionen. In Gedanken sandte sie ihm ihre ganze Kraft.

„Im Namen der Familie O'Connor möchte ich Ihnen allen dafür danken, dass Sie heute gekommen sind, und natürlich für die enorme Unterstützung während der vergangenen schweren Woche. Senator und Mrs. O'Connor möchten außerdem all den Menschen ihren Dank zum Ausdruck bringen, die zu Tausenden in der Kälte ausgeharrt haben, um John die letzte Ehre zu erweisen. Er war sehr stolz auf ‚Old Dominion‘, und die fünf Jahre, in denen er die Bürger Virginias vertreten hat, waren die fruchtbarsten, herausforderndsten und erfüllendsten Jahre seines Lebens.“

Nick sprach gewandt von seinen bescheidenen Anfängen in einem Ein-Zimmer-Apartment in Lowell, Massachusetts, von der Begegnung mit dem Sohn des Senators in Harvard, von seinem ersten Wochenende in Washington bei den O'Connors und wie der Kontakt zu ihnen sein Leben verändert hatte.

Sam bemerkte, dass die O'Connors sich die Tränen abwischten. Hinter ihnen legte Christina Billings, Nicks Stellvertreterin und die Frau, die an ihrer unerwiderten Liebe zu John litt, ihren Kopf an die Schulter des Nachrichtenchefs.

Nicks Stimme brach, und er senkte für einen Moment den Blick, um sich zu sammeln. „Es war mir eine Ehre“, fuhr er schließlich mit sanfter Stimme fort, „John als Stabschef zu dienen und ihn meinen besten Freund nennen zu dürfen. Und es wird mir eine Ehre sein, dafür zu sorgen, dass sein Erbe, das Streben nach Integration und sozialer Verantwortung, noch lange über den heutigen Tag hinaus andauert.“

Wie schon der Präsident vor ihm, umarmte Nick auf seinem Rückweg von der Kanzel Graham und Laine.

Sam legte den Arm um ihn und zog seinen Kopf auf ihre Schulter herunter. In diesem Augenblick war es ihr vollkommen egal, wer es sah und wer später darüber tratschen würde. Jetzt zählte nur Nick für sie.

Die Messe endete mit der Interpretation eines Soprans von „Amazing Grace“, und dann folgte die Familie den Sargträgern den Mittelgang hinunter und aus der Kirche hinaus.

Würdenträger liefen umher und sprachen mit gedämpften Stimmen, während sich die Kirche leerte. Sam beobachtete sie und begriff, dass dies ebenso ein offizielles Ereignis des politischen Washington war wie eine Beerdigung.

Nick führte Sam durch die Menge. Plötzlich blieb er stehen, und Sam schaute sich suchend nach der- oder demjenigen um, den er entdeckt hatte.

„Du bist gekommen“, sagte Nick, sichtlich erstaunt, den

jugendlich wirkenden Mann mit den braunen Haaren und Augen und der olivfarbenen Haut, die Sam an Nick erinnerte, hier anzutreffen.

„Natürlich bin ich hier", entgegnete der andere und fügte nach einer längeren Pause hinzu: „Du hast eine gute Figur da oben gemacht, Nicky. Echt gut."

Ein Moment der Verlegenheit entstand, ehe Nick sich an seine Manieren erinnerte. „Das ist übrigens Sam Holland. Sam, das ist mein Vater, Leo Cappuano."

„Oh." Sam sah zu Nick, um seine Miene deuten zu können, ehe sie Leo die Hand schüttelte. Er sah viel zu jung aus, um Nicks Vater zu sein, aber ihr fiel ein, dass er nur fünfzehn Jahre älter war als sein Sohn. „Freut mich, Sie kennenzulernen."

„Ganz meinerseits", sagte Leo. „Ich habe über euch beide in der Zeitung gelesen."

Nick verzog das Gesicht. „Ich wollte dich anrufen, aber es war ziemlich turbulent hier ..."

„Mach dir deswegen keine Gedanken."

„Ich weiß es zu schätzen, dass du gekommen bist. Wirklich."

„Es tut mir schrecklich leid, was mit deinem Freund passiert ist, Nicky. Er war ein guter Mann."

„Ja, das war er."

Keiner von beiden schien zu wissen, was er als Nächstes sagen sollte. Sam fühlte mit ihnen.

„Tja", begann Nick. „Die Familie kommt im Willard zusammen. Bist du auch da?"

„Ich muss wieder an die Arbeit", sagte Leo. „Ich habe mir nur den Vormittag freigenommen."

Nick schüttelte ihm die Hand. „Grüß Stacy und die Kinder von mir."

„Mach ich." Mit einem Lächeln, das Sam galt, fügte Leo hinzu: „Bring deine hübsche Freundin mal mit zum Abendessen nach Baltimore."

„Mach ich. Ich habe Weihnachtsgeschenke für die Jungs."

„Die werden sich freuen, dich zu sehen. Jederzeit. Pass auf dich auf, Nicky." Und damit wandte Leo sich zum Gehen.

„Dad?"

Er drehte sich um.

„Noch mal danke, dass du gekommen bist."

Leo nickte und ging zum Ausgang

Nick atmete schwer aus. „Das war eine Überraschung."

„Eine gute?"

„Ja, doch."

Aber Sam merkte, dass ihn die Begegnung aufgewühlt hatte. Wie musste es sein, so wenig vom eigenen Vater zu erwarten, dass man sogar überrascht war, wenn der auf der Beerdigung des besten Freundes auftauchte? Sam konnte sich das nicht vorstellen.

Auf dem Weg hinaus aus der Kirche hielten etliche Leute Nick auf, um ihm zu seiner bewegenden Grabrede zu gratulieren. Er nahm jede dieser Bemerkungen mit einem höflichen Lächeln zur Kenntnis, doch Sam konnte seine Anspannung deutlich daran ablesen, wie fest er ihre Hand drückte. Als sie endlich draußen waren, atmete er tief durch.

Gonzo trat zu ihnen. „Keine Spur von den beiden."

Sam zog den Minikopfhörer aus dem Ohr, den sie während der Beerdigungszeremonie getragen hatte, und nahm die Menschenmenge genauer in Augenschein. „Ich dachte wirklich, sie würden kommen, und sei es nur, um den O'Connors zusätzlichen Schmerz zu bereiten. Schließlich hat sie Cruz gesagt, dass sie kommen würde."

„Wir halten weiter Ausschau", versicherte Gonzo.

„Hat die Autopsie von Tara oder Natalie Neues erbracht?"

„Bis jetzt noch nichts."

„Schnapp dir Lindsey und mach ein bisschen Druck wegen Taras Autopsie. Wegen Natalie müssen wir der Polizei von Alexandria im Nacken sitzen." Sam sah zu Nick, der mit den Gedanken irgendwo anders war. Sie senkte die Stimme und sagte zu Gonzo: „Ich muss eine Weile bei ihm bleiben. Ruf mich an, wenn sich etwas tut."

„Geht klar."

„Danke." Sie nahm Nicks Arm und führte ihn zu der langen Reihe Taxis, die am Bordstein parkten.

„Es war eine gute Idee von dir, heute Morgen die U-Bahn zu nehmen", bemerkte er, sobald sie in einem der Taxis saßen.

„Ich wusste, es würde wegen der Sicherheitsvorkehrungen schwierig werden, in der Nähe der Kirche einen Parkplatz zu finden." Sie schmiegte sich an ihn und legte ihm den Arm um die Taille. „Wie geht es dir?"

„Es ging mir schon besser."

„Du warst wirklich großartig, Nick. Ich bin fast geplatzt vor Stolz."

Er drückte sie fest an sich und gab ihr einen Kuss auf die Stirn. „Danke, dass du gekommen bist. Ich weiß, du hast noch jede Menge anderer Dinge zu tun ..."

Sie neigte den Kopf, um ihn zu küssen. „Ich war genau dort, wo ich sein musste. Und wo ich sein wollte." Sie stellte fest, dass er aus dem Fenster sah. „Darf ich dich mal was fragen?", begann sie zögernd, nicht sicher, ob dies der geeignete Zeitpunkt war. Aber sie musste es wissen. Aus irgendeinem Grund musste sie einfach noch mehr erfahren.

„Klar darfst du."

„Was du mir erzählt hast über deine Kindheit in Lowell bei deiner Großmutter ..."

„Was ist damit?"

„Wenn du in einem Ein-Zimmer-Apartment gelebt hast, wo hast du dann geschlafen?"

„Auf einem Schlafsofa."

Sie biss sich auf die Lippe, weil sie das plötzliche Bedürfnis zu weinen verspürte. Anscheinend war sie im Augenblick nah am Wasser gebaut. „Und wo hast du deine Sachen aufbewahrt?"

„Ich habe nicht viel besessen, und die paar Sachen, die ich hatte, habe ich im Flurschrank aufbewahrt."

Es brach ihr glatt das Herz. „Deshalb bist du heute so pingelig mit den Dingen, die du besitzt, nicht wahr? Und ich habe mich auch noch darüber lustig gemacht. Bitte verzeih mir."

„Du brauchst dich nicht zu entschuldigen, Liebes. Du hattest recht, mich damit aufzuziehen. Das hat mich aufgemuntert, und genau das brauchte ich."

„Ich hatte keine Ahnung ..."

„Wie solltest du auch? Jedenfalls hat es mich kein bisschen gestört, dass du mich wegen meiner Pingeligkeit geneckt hast. Tut es nach wie vor nicht, also mach bitte ruhig weiter." Er legte ihr den Zeigefinger unters Kinn und schenkte ihr sein unwiderstehliches Lächeln. „Ja?"

Sie erwiderte sein Lächeln, zog aber einen Schmollmund. „Ach, wenn es dir gar nichts ausmacht, macht es keinen Spaß mehr."

Er lachte. „Ich liebe dich, Samantha Holland. Und deine ganze verdrehte Logik."

Sam wollte ihm all das geben, was ihm in der Kindheit vorenthalten worden war. Doch fürs Erste begnügte sie sich damit, ihn lachen zu hören. Sie schloss die Augen und presste ihre Lippen sachte auf seinen Hals. „Ich liebe dich auch."

36

Das Taxi hielt vor dem Willard Intercontinental Hotel, zwei Blocks vom Weißen Haus in der Pennsylvania Avenue entfernt.

„Die O'Connors haben den Saal reserviert. Das Essen hier ist fantastisch", erklärte Nick in der Hoffnung, Sam noch eine Weile zum Bleiben überreden zu können.

„Ich muss wirklich wieder an die Arbeit."

„Ich weiß. Es ist selbstsüchtig von mir, dich an meiner Seite haben zu wollen."

Sam musterte ihn. „Lass mich nur schnell im Hauptquartier anrufen. Vielleicht kann ich ja doch noch ein bisschen bleiben."

Nick beobachtete, wie sie telefonierte, und wünschte, er könnte mit ihr nach Hause fahren, um den Weihnachtsbaum zu dekorieren, den er kaufen wollte. Er hatte sich noch nie etwas aus einem Weihnachtsbaum gemacht, doch in diesem Jahr wollte er einen. Denn dieses Jahr war alles anders.

„Ich komme bald", erklärte Sam am Ende des Telefonats. „Ich bin bloß ein paar Blocks entfernt im Willard."

„Du kannst also mit reinkommen?", fragte Nick, nachdem sie ihr Handy wieder eingesteckt hatte.

Sie zögerte, aber nur kurz. „Klar. Momentan kann ich ohnehin nicht viel tun, solange wir noch keinen von den beiden irgendwo gesichtet haben."

Bevor sie das Hotel betraten, legte Sam ihm jedoch die Hand auf den Arm, damit er stehen blieb. „Du weißt hoffentlich, dass es immer so sein wird, oder?“

„Wie sein wird?“

„Ich werde mit dir zusammen sein wollen, besonders an einem Tag wie diesem. Aber oft werde ich eben auch woanders sein müssen.“

Nick lächelte, gerührt von einer Verletzlichkeit, die sich hier zumindest für einen Augenblick zeigte. „Keine Sorge, ich weiß, worauf ich mich einlasse.“

„Im Ernst? Weißt du das wirklich?“

Etwas an ihrem Ton und dem Ausdruck auf ihrem Gesicht sagte ihm, dass auch dies ein Problem in ihrer Ehe gewesen war. Er küsste sie. „Ja, ich weiß es. Es ist schade, dass du nicht den Tag mit mir verbringen kannst, aber ich verstehe selbstverständlich, dass du einen Job zu machen hast. Außerdem habe ich in diesem Fall ein persönliches Interesse daran, dass du deine Arbeit erfolgreich machst.“

„Okay“, sagte sie mit einem erleichterten Seufzer.

„Ich werde dir wegen deiner Arbeit nie Vorwürfe machen“, versicherte er ihr, legte ihr den Arm um die Schultern und führte sie hinein.

„Sag niemals nie, denn das bringt Unglück. Damit ruinierst du dir deine Pläne, den Urlaub, Mahlzeiten, den Schlaf …“

„Ich werde mein Bestes tun, um Verständnis aufzubringen. Aber es wird mir immer leid tun, dich gehen zu sehen.“

Ein zaghaftes Lächeln erschien auf ihrem wunderschönen Gesicht. „Ich möchte heute mit dir zusammen sein.“

„Ich weiß, und das allein zählt.“

Sie gaben ihre Mäntel ab und betraten den eleganten Ballsaal, in dem Graham und Laine jeden ankommenden Gast begrüßten.

Nick umarmte die beiden. „Das hast du wunderbar gemacht, Nick“, sagte Laine, seine Hände haltend.

„Danke.“ Nick bewunderte die würdevolle Haltung der älteren Frau selbst in den dunkelsten Stunden ihres Lebens.

„Nein, wir haben *dir* zu danken, für alles in dieser Woche. Ich weiß nicht, was wir ohne dich gemacht hätten.“

„Gern geschehen.“

Laine schüttelte Sam die Hand. „Danke, dass Sie heute gekommen sind."

„Es war eine bewegende Feier", sagte Sam.

„Ja", pflichtete Laine ihr bei. „Das fand ich auch."

„Irgendwelche neuen Entwicklungen?", erkundigte Graham sich.

„Ein paar", antwortete Sam. „Ich mache mich bald wieder an die Arbeit und hoffe, am Ende des Tages mehr zu wissen. Ich werde Sie auf dem Laufenden halten."

„Dafür wären wir Ihnen sehr dankbar", sagte Graham. „Nick, kann ich dich in ungefähr einer halben Stunde sprechen?"

„Ja." Den Arm um Sam gelegt, führte Nick sie durch die Menge zu einem der Tresen in der Ecke. „Ich weiß, du hast Probleme mit ihnen, deshalb danke für das ... gerade eben."

„Dies ist weder der richtige Ort noch der geeignete Zeitpunkt."

„Hast du vor, etwas gegen sie zu unternehmen, weil sie dich belogen haben?"

„Was würde es nützen? Wenn sie mir die Wahrheit gesagt hätten, hätte ich ein wenig Zeit gespart. Es bringt mir nichts, wenn ich die Sache verfolge." Sie sah zu den O'Connors, die den dienstältesten Senator von Virginia und dessen Frau begrüßten. „Ehrlich gesagt tun sie mir leid."

„Wegen John?"

„Deswegen auch. Vor allem aber wegen der Zeit, die sie nicht mit Thomas hatten. Und wozu das alles?"

„Ich frage mich, ob sie bereuen, was sie getan haben", meinte Nick und nahm seinen Kaffee und Sams Cola entgegen.

„Das werden sie sicher, wenn wir beweisen können, dass Thomas' Mutter John getötet hat."

Nick schüttelte den Kopf. „Was für eine verwickelte Geschichte."

„Es erstaunt mich, dass Leute glauben, auf Dauer ein Baby verheimlichen zu können. Ein solches Geheimnis gleicht einer Zeitbombe, die nur auf den richtigen Moment wartet, um zu explodieren."

„Stimmt. Das erlebe ich in der Politik ständig. Dinge, die man am liebsten unter Verschluss halten würde, fliegen einem während des Wahlkampfes um die Ohren."

Sam schaute sich im Saal um. „Ich frage mich, wo die Cops sind, die für die Sicherheit der O'Connors zuständig sind. Ich sehe keinen.“

„Vermutlich sind sie getarnt.“

„Wenn hier in diesem Saal ein Cop wäre, wüsste ich es.“

Lucien Haverfield, der Anwalt der O'Connors, gesellte sich zu ihnen.

„Da bist du ja, Nick. Ich habe dich schon überall gesucht.“

„Lucien.“ Nick schüttelte dem distinguierten älteren Mann die Hand und machte ihn mit Sam bekannt. „Freut mich, dich zu sehen.“

„Du hast deine Sache heute auf der Beerdigung gut gemacht.“

„Danke.“

„Morgen um zwei findet im Haus der O'Connors die Testamentseröffnung statt. Da brauche ich dich.“

„Warum?“, wollte Nick erstaunt wissen.

„Du bist einer der Begünstigten.“

„Aber er hat mir Geld hinterlassen“, stammelte Nick. „Versicherungsgeld, noch dazu viel.“

„Kannst du um zwei da sein?“, fragte Lucien, offenbar nicht gewillt, vor der offiziellen Testamentseröffnung mehr preiszugeben.

„Ja, natürlich.“

„Großartig.“ Lucien klopfte Nick auf die Schulter. „Also bis dann.“

„Ich frage mich, was das nun wieder sollte“, wandte Nick sich an Sam.

„Ich schätze, das wirst du morgen erfahren.“

„Ja.“ Er sah, dass Graham ihn zu sich winkte, und führte Sam zu einem Tisch, an dem Graham mit den Vertretern der Demokratischen Partei Virginias saß.

„Wir würden uns gern oben mit Ihnen unterhalten, wenn Sie ein paar Minuten für uns erübrigen könnten“, sagte Judson Knott, der Parteivorsitzende, zu Nick.

„Sicher“, erwiderte Nick und warf Sam einen ratlosen Blick zu.

„Ich werde hier unten auf dich warten“, versprach sie.

„Sie dürfen uns gern Gesellschaft leisten“, sagte Graham. „Letztlich betrifft es Sie auch.“

Sam sah Nick an, der nur mit den Schultern zuckte. „Na schön", sagte sie.

Sie folgten den Männern zum Fahrstuhl und anschließend in die Abraham-Lincoln-Suite. Nick sah sich in der in blau und gold gehaltenen Suite um und dachte, dass er mit Sam gern einmal allein Zeit hier drinnen verbringen würde. Er nahm ein kleines Glas Bourbon von Judson entgegen. Sam lehnte einen Drink ab. Richard Manning, der stellvertretende Parteivorsitzende, war ebenfalls zu ihnen gestoßen.

„Um was geht es hier eigentlich, Gentlemen?", wollte Nick wissen.

Sie forderten ihn und Sam auf, am Esszimmertisch Platz zu nehmen.

„Wir möchten Ihnen einen Vorschlag unterbreiten, Nick", begann Judson.

Nick sah zu Graham, dann zu Sam. „Und welchen?"

„Wir wollen, dass du Johns Amtszeit an seiner Stelle beendest", erklärte Graham.

Nick verschluckte sich beinah an seinem Bourbon. „Wie bitte? Ich?" Unter dem Tisch ergriff Sam seinen Arm.

„Ja, Sie", bestätigte Judson.

„Aber es gibt genug Leute, die besser geeignet sind. Was ist mit Cooper?"

„Bei seiner Frau wurde vor Kurzem Brustkrebs der Stufe drei diagnostiziert. Er wird seinen Rücktritt übermorgen bekanntgeben."

„Tut mir leid, das zu hören", sagte Nick aufrichtig. „Was ist mit Main?"

„Der hat seit Jahren eine Affäre mit der Grundschullehrerin seines Sohnes. Seine Frau hat gestern die Scheidung eingereicht. Es wird in den nächsten Tagen in den Zeitungen stehen."

„Die Partei hat ein paar Probleme, Nick", erklärte Manning. „Wir brauchen jemanden von Ihrem Kaliber, der für uns bis zur nächsten Wahl einspringt. Wir hoffen, dass Coopers Frau sich bis dahin erholt hat und er kandidieren kann."

Nick konnte kaum glauben, dass sie es ernst meinten. Er war nicht der Mann im Scheinwerferlicht, sondern der im Hintergrund. Er nannte noch zehn weitere Demokraten aus

Virginia, die er für besser geeignet hielt. Zur Antwort bekam er die verschiedensten Details zu hören, die sie für den Job disqualifizierten und auf deren Kenntnis er liebend gern verzichtet hätte. Die eine erwartete Zwillinge, der andere war schwul und hatte sich noch nicht geoutet, ein anderer hatte finanzielle Probleme, und die Nächste pflegte ihre an Alzheimer erkrankte Mutter. Und so weiter und so fort.

„Hört mal, Leute", sagte Nick, als ihm keine Namen mehr einfielen. „Ich weiß es ja wirklich zu schätzen, dass ihr an mich gedacht habt ..."

„Sie haben heute Morgen etwas ausgelöst", unterbrach Judson ihn. „Mit Ihrer Rede über bescheidene Anfänge. Die Zahlen sehen ziemlich gut aus ..."

„Sie haben schon Umfragen über mich gestartet?", fragte Nick fassungslos.

„Selbstverständlich." Richard schien beinahe gekränkt zu sein, dass Nick das noch fragen musste. „Der Großteil der Bevölkerung Virginias und die nicht teilnehmenden Offiziellen Washingtons haben die Beerdigung im Fernsehen gesehen. Sie haben einen starken Eindruck hinterlassen." Richard sandte ein charmantes Lächeln in Sams Richtung. „Das und Ihre sehr öffentliche Beziehung mit dem Sergeant ..."

„Halten Sie Sam da heraus", fuhr Nick ihn an. „Sie ist tabu."

Graham legte die Unterarme auf den Tisch und beugte sich ein wenig zu Nick herüber. „Du weißt doch, wie das läuft. Nichts ist tabu, schon gar nicht dein Privatleben. Aber die Partei ist darauf vorbereitet, dich zu unterstützen, wenn du es willst. Du könntest morgen um diese Uhrzeit Senator der Vereinigten Staaten von Amerika sein. Dazu musst du uns nur sagen, dass du es willst, und wir machen es möglich."

„Momentan ist Ihr Bekanntheitsgrad noch sehr gering", fügte Richard hinzu. „Mit Ihrer jugendlichen Ausstrahlung, der offenkundigen politischen Intelligenz und der allseits bekannten Verbindung zu den O'Connors sind Sie ein sehr attraktiver Kandidat, Nick. Gouverneur Zorn hält das für eine brillante Idee."

Ein Senator der Vereinigten Staaten. Das haute ihn glatt um. „Ich weiß nicht, was ich sagen soll ..."

„Sagen Sie einfach Ja", drängte Judson ihn.

„So einfach ist das nicht", gab Nick zu bedenken, denn da war schließlich auch noch seine ganz junge Beziehung zu Sam. Würde diese Beziehung den Druck aushalten, den eine solche Aufgabe mit sich brachte, zusätzlich zu Sams Job? „Ich muss darüber nachdenken."

„Wie lange?", wollte Judson sofort wissen. „Der Gouverneur will möglichst rasch handeln."

„Ich brauche ein paar Tage."

„Zwei", meinte Judson. „Ich kann Ihnen über Weihnachten Zeit geben, aber dann müssen wir es wissen."

„Warum treten Sie nicht an?", fragte Nick und machte sich allmählich Sorgen, weil Sam beharrlich schwieg und auf einmal sehr blass aussah.

„Ich bin verdammt noch mal zu alt für ein solches Pensum", antwortete Judson. „Das Gleiche gilt für Richard. Wir verbringen unsere Freizeit lieber golfend und mit unseren Enkeln. Wir brauchen jemanden wie Sie, der uns in dieser Übergangszeit hilft. Wir bitten Sie um ein Jahr. Geben Sie uns das, und man wird Sie für den Rest Ihres Lebens als Senator Cappuano kennen."

Der Titel klang so absurd, dass Nick lachen musste.

Judson und Richard standen auf, um zu gehen. Beide schüttelten Graham die Hand.

„Nochmals unser herzliches Beileid, Senator", sagte Judson. An Nick gewandt fügte er hinzu: „Teilen Sie uns Ihre Entscheidung am Sechsundzwanzigsten mit."

Nick versprach es und schüttelte beiden die Hand. Als die Tür hinter ihnen ins Schloss fiel, wandte er sich an Graham und Sam.

„Nun, was denkst du?", wollte Graham wissen.

„Ich würde gern wissen, was Sam denkt."

„Ich ... ich habe keine Ahnung, was ich sagen soll."

Der wilde Ausdruck in ihren blauen Augen verriet ihm, dass sie ziemlich verstört war und in Ruhe mit ihm darüber reden wollte, sobald sie allein waren.

„Glaubst du wirklich, ich könnte das?", fragte er Graham.

„Hätte ich Zweifel, wäre ich nicht hier."

Nick betrachtete den anderen einen langen Moment. „Das war alles deine Idee, stimmt's?"

Graham zuckte die Schultern. „Kann sein, dass ich angedeutet habe, der beste Mann für den Job sei derjenige, der John am besten kannte."

„Ich kannte ihn jedenfalls nicht so gut, wie ich geglaubt habe."

„Du kanntest ihn besser als jeder andere."

Nick sah zu Sam und wünschte, er wüsste, was sie dachte. Zweifellos war sie von dem Angebot ebenso geschockt wie er. Er stand auf und bot Graham die Hand. „Danke für diese Chance."

Graham hielt Nicks Hand zwischen seinen Händen. „Ich habe vollstes Vertrauen in dich, Nick Cappuano aus Lowell, Massachusetts. Ich war heute sehr stolz auf dich, als du deine Rede gehalten hast. Du hast dich zu einem beeindruckenden Mann entwickelt."

„Danke. Es bedeutet mir viel, das aus deinem Mund zu hören."

Ein Klopfen an der Tür beendete diesen Moment zwischen den beiden Männern.

37

Ich gehe", sagte Nick, ging zur Tür und erschrak, als er das Gesicht vor sich sah. Es war Johns Gesicht. Sprachlos starrte er den jungen Mann an, dessen aufgewühlter, fahriger Blick Nick sofort alarmierte.

„Ich bin Thomas O'Connor. Ich habe gehört, dass mein, äh, Großvater hier ist."

Nick erholte sich rasch. „Ja. Bitte. Kommen Sie herein."

Als er den jungen Mann hereinwinkte, verspürte er das Kribbeln der Angst im Nacken, das er bisher nur einmal verspürt hatte – als er Johns Apartment betreten und ihn tot aufgefunden hatte. Er registrierte, dass Sam aufgestanden war und jede Bewegung des Mannes verfolgte, als dieser sich Graham näherte.

„Wer sind Sie?", wollte Thomas von Nick wissen.

Erstaunt, dass Thomas weder ihn noch Sam zu kennen schien, antwortete er: „Ich bin Nick Cappuano, der Stabschef Ihres Vaters. Und das da ist meine Freundin Sam." Nick versuchte ihr mit einem Blick zu verstehen zu geben, dass sie mitspielen sollte. Bevor sie nicht wussten, was Thomas von Graham wollte, brauchte der junge Mann nicht zu wissen, dass sie ein Cop war.

„Ich fühle mich ein wenig überrumpelt", brachte Graham endlich heraus und musterte den Enkel, den er seit seiner Geburt vor zwanzig Jahren nicht mehr gesehen hatte.

„Kann ich mir vorstellen."

„Ich dachte, wir würden dich und deine Mutter auf der Beerdigung deines Vaters sehen", sagte Graham.

„Sie wurde in Chicago aufgehalten und hat es deshalb nicht geschafft", erklärte Thomas.

Sam und Nick tauschten einen Blick, und da wusste Nick, dass sie das gleiche Unbehagen verspürte wie er.

Thomas wandte sich an sie beide. „Ihr zwei könnt verschwinden. Ich bin gekommen, um meinen Großvater zu sehen."

„Ist schon in Ordnung", erwiderte Nick. Das Kribbeln in seinem Nacken wurde mit jeder Minute intensiver. „Wir werden nirgendwo erwartet."

Thomas zog eine Waffe aus der Innentasche seines Wintermantels, die er abwechselnd auf Nick und Sam richtete. „Dann setzt euch eben und haltet den Mund." Er deutete zum Sofa.

„Thomas", begann Nick und machte einen Schritt auf ihn zu. „Sie wollen das doch gar nicht. Was für einen Unterschied macht das jetzt noch?"

Der junge Mann starrte ihn an, und der Ausdruck in seinen Augen war noch wilder und fahriger als bei seiner Ankunft. „Ist das Ihr Ernst? Sie wollen wissen, was das für einen Unterschied macht? Mein Großvater hat das Leben meiner Mutter zerstört. Er hat sie weggeschickt wie lästigen Müll, damit sein politisches Ansehen keinen Schaden nimmt!"

Sam legte Nick die Hand auf den Arm, um ihm zurückzuhalten, und gab ihm mit einem kurzen Kopfnicken zu verstehen, dass er sich zusammen mit ihr auf das Sofa setzen sollte.

Sobald sie saßen, drehte Thomas sich wieder zu Graham um. „Du hast dich nur für dich selbst interessiert."

„Das ist nicht wahr. Ich habe mich auch für dich und deinen Vater interessiert. Ich habe Geld geschickt, jahrelang. Ich habe dafür gesorgt, dass du alles hast, was du brauchst."

„Alles bis auf meinen Vater und meine Familie! Du hast uns alles genommen. Wir hatten ihn ein lausiges Wochenende im

Monat. Und weißt du, was er die restliche Zeit über gemacht hat? Er hat sich durch Washington gevögelt, mit einer stumpfsinnigen Schlampe nach der anderen."

Besorgt verfolgte Nick, wie Thomas mit der Waffe wedelte.

Sam stupste ihn gegen das Bein, um seine Aufmerksamkeit zu bekommen.

Nick sah, wie sie ihr Hosenbein hochzog und eine kleine Tasche löste, die sie um ihre Wade gebunden hatte.

Sie drückte ihm das Holster in die Hand und zog ihre Hauptwaffe aus dem Schulterhalfter, das sie während der Beerdigung unter ihrer Kostümjacke getragen hatte, für den Fall, dass Thomas auftauchte. Sie formte mit den Lippen das Wort „warte" und machte ihm ein Zeichen, dass er nach rechts gehen sollte, während sie die linke Seite übernahm.

Nick gab ihr per Kopfnicken zu verstehen, dass die Botschaft angekommen war.

„Weißt du, was er vor ein paar Wochen zu mir gesagt hat, als ich ihm meine Freundin vorgestellt habe? Er riet mir, mich nicht fest an eine Frau zu binden, weil ein Mann die Abwechslung brauche, denn die verleihe dem Leben erst die richtige Würze. Das war ein echt rührender Moment zwischen Vater und Sohn. Da kam mir zum ersten Mal in den Sinn, dass er meiner Mutter untreu gewesen sein könnte. Sie hat ihr ganzes Leben lang auf ihn gewartet. Seit du sie in die Verbannung geschickt hast, hat sie gewartet und sich mit dem bisschen zufriedengegeben, das sie bekam. Und dann kommt er daher und eröffnet uns, dass er sich zur Wiederwahl aufstellen lässt! Er hat tatsächlich erwartet, dass wir uns mit ihm über diese Neuigkeit freuen. Er hatte uns versprochen, den Job nur eine Legislaturperiode lang zu machen. Für dich, seinen Vater. Danach sollten wir an der Reihe sein. Aber er hat gelogen. Es war *alles* eine Lüge!"

„Er hat dich geliebt."

„Nein, er hat *dich* geliebt! Du warst der Einzige, der ihm etwas bedeutet hat."

„Du hast ihn getötet", stellte Graham fest. Seine Stimme war ein Flüstern. „Du hast meinen Sohn umgebracht."

„Er hatte es nicht besser verdient! Er war ein Lügner, der es mit jeder getrieben hat! Ich habe den Bericht eines Privatdetektivs, um es zu beweisen. Du solltest sehen, was er in nur zwei Wochen gemacht hat. Es war abartig!"

„Das heißt noch lange nicht, dass er den Tod verdient hat", wandte Graham ein. „Und Natalie hat auch nicht verdient, was du ihr angetan hast."

Thomas bewegte sich so schnell, dass weder Sam noch Nick ihn davon abhalten konnten, mit der Pistole auf Graham einzuschlagen.

Graham ging hart zu Boden. Blut floss aus einer Platzwunde an der Stirn.

„Steh auf!", schrie Thomas. „Steh auf und stell dich wie ein Mann!"

„Das musst du gerade sagen", brüllte Graham zurück. „Was bist du denn für ein Mann, der Frauen vergewaltigt und ermordet?"

Sam hielt Nick zurück und gab ihm ein Zeichen, noch eine Minute zu warten.

„Ich habe sie bezahlen lassen für das, was sie meiner Mutter angetan haben. Sie haben genau das bekommen, was sie verdient haben."

„Du bist ein Ungeheuer", flüsterte Graham, bereits geschwächt durch den Blutverlust.

Thomas richtete die Waffe auf die Brust seines Großvaters. Sam zeigte Nick den erhobenen Daumen.

Sie stürzten sich von hinten auf Thomas und hielten ihm ihre Waffen links und rechts an die Schläfe.

„Keine Bewegung mehr!", sagten sie gleichzeitig.

Sam warf Nick einen strengen Blick zu. „Ab jetzt übernehme ich." Sie entwaffnete Thomas und legte ihm Handschellen an. Mit der freien Hand zog sie ihr Funkgerät vom Gürtel und rief Verstärkung.

„Was zur Hölle!", schrie Thomas, an den Fesseln zerrend. „Sie sind ein Scheißbulle?"

„Überraschung", sagte Nick und konnte sich ein Lächeln nicht verkneifen, während er noch das Adrenalin in seinen Adern spürte. Sam bei der Arbeit zuzuschauen begeisterte ihn immer wieder aufs Neue. „Darf ich dir meine Freundin, Detective Sergeant Sam Holland, Metro Police Department, vorstellen? Du solltest wirklich ab und zu mal die Zeitung lesen."

„Arschloch."

„Vorsicht." Sam verstärkte ihren Griff bei Thomas. „Ich verhafte Sie wegen des Mordes an John O'Connor, Tara Davenport, Natalie Jordan und Noel Jordan. Sie haben das Recht zu schweigen."

Nick blieb bei Graham, während Sam den Verhafteten aus der Suite schleppte, um ihn Gonzo zu übergeben, der ihn ins Hauptquartier brachte. Nick presste ein Taschentuch auf die Wunde an Grahams Kopf.

Tränen liefen dem alten Mann über die Wangen. „Das ist alles meine Schuld. Ich habe das in Gang gesetzt. Ich habe John dazu gezwungen, ein Doppelleben zu führen."

„Du hast getan, was du damals für richtig gehalten hast. Und mehr können wir nie tun."

„Suchst du Laine für mich? Ich muss sie sehen."

„Sobald die Sanitäter hier sind, fahre ich sie zum Krankenhaus."

„Ruf Lucien an", sagte Graham. „Er soll jemanden schicken, der Thomas vertritt."

Nick war einigermaßen fassungslos. „Das kann nicht dein Ernst sein."

„Er ist mein Enkel. Was ich ihm und seiner Mutter angetan habe, hat ihn zu diesen Taten getrieben." Graham schloss die Augen und atmete tief ein. „Erledige den Anruf."

Obwohl Nick nicht seiner Meinung war, erwiderte er: „Ich werde mich darum kümmern." Er legte seine Hand auf Grahams. „Und jetzt versuch dir keine Gedanken mehr zu machen."

„Du wirst einen hervorragenden Senator abgeben."

„Noch habe ich nicht Ja gesagt."

„Das wirst du aber." Graham hielt Nicks Hand, bis die Sanitäter eintrafen und ihn wegbrachten.

Als sie mit Graham gegangen waren, kam Sam in die Suite zurück.

„Puh", meinte Nick. „Das war vielleicht was."

Ein freches Grinsen erschien auf ihrem wunderschönen Gesicht. „Nichts Besonderes im Leben einer Polizistin. Du hast dich übrigens gut geschlagen – für einen Anfänger."

„Na vielen Dank." Er wischte sich den Schweiß von der Stirn und hatte noch immer weiche Knie. „Hast du Chicago angerufen wegen Patricia?"

„Die Polizei ist unterwegs zu ihrem Haus. Thomas hatte ihre Kreditkarten bei sich."

„Sie tut mir leid", sagte Nick. „Jetzt hat sie alle beide verloren."

„Die ganze Situation ist traurig, aber sein Anwalt wird wahrscheinlich auf Unzurechnungsfähigkeit plädieren."

„Er wollte uns alle umbringen, nicht wahr? Deshalb hat er all diese Dinge in unserem Beisein gesagt."

„Ich vermute, dass er diesen Plan gefasst hat, als wir darauf bestanden, hierzubleiben. Mir ist nach wie vor schleierhaft, warum ich das alles nicht sofort durchschaut habe. Ich war mir so sicher, dass eine unglückliche Liebesaffäre zum Mord geführt hat."

„Na ja, in gewisser Hinsicht trifft das auch zu, wenn man es einmal genau bedenkt."

„Hm, wahrscheinlich hast du recht."

„Ich bin nur froh, dass wir da waren, als Thomas auf Graham getroffen ist." Nick schüttelte sich. „Ich will mir lieber nicht ausmalen, was sonst passiert wäre."

„Es ist bestimmt besser, wenn du nicht darüber nachdenkst."

Nick legte Sam den Arm um die Schultern. „Wir müssen über das sprechen, was sich vor Thomas' Auftauchen ereignet hat."

„Später." Sie stieß ihn mit der Hüfte an. „Und keine Zuneigungsbekundungen vor den Kollegen."

Er gab ihr einen Klaps auf den Po. „Vergiss es."

Sam versuchte, ihm einen tadelnden Blick zuzuwerfen – vergeblich.

„Wir sind ein gutes Team, weißt du das?", bemerkte er.

„Solange du nicht vergisst, wer das Kommando hat."

Nick genoss es sehr, den Arm um sie gelegt, gemeinsam mit ihr den Flur entlangzugehen, vorbei an den johlenden Polizisten. Nicht einmal der Ellbogen, den sie ihm in die Rippen rammte, konnte seine Begeisterung darüber dämpfen, sie an seiner Seite und Johns Mörder im Gefängnis zu wissen.

Im Fahrstuhl sah sie ihn mit einem liebevollen Ausdruck in den blauen Augen an. „Danke für deine Unterstützung da drin."

Er drückte sie an sich und küsste erst ihre Wange, dann ihre Lippen. „Samantha, ich werde dich immer unterstützen."

EPILOG

Nick kam nach der Testamentseröffnung um kurz nach fünf am Heiligabend nach Hause und ging auf direktem Weg in die Küche, um sich die Flasche Whiskey zu holen, die er dort immer für John aufbewahrt hatte. Er schenkte sich ein halbes Glas voll und leerte es in einem Schluck, der ganz bis hinunter brannte. Dann schenkte er sich nach und nahm das Glas mit ins Wohnzimmer, wo ein zwei Meter hoher Weihnachtsbaum darauf wartete, geschmückt zu werden. Unter dem Baum lagen sechs weihnachtlich verpackte Geschenke für Sam.

Er hatte den ganzen Tag noch nichts von ihr gehört, und nach ihrer Weigerung, über das Angebot der Demokratischen Partei Virginias zu sprechen, als sie spät letzte Nacht nach Hause gekommen war, hatte er guten Grund, sich zu fragen, ob sie ihr Versprechen halten und diesen Abend mit ihm verbringen würde. Sie hatte nicht einmal angerufen, um ihm mitzuteilen, dass man Marquis Johnson aus dem Untersuchungsgefängnis zur Verhandlung gebracht hatte – ohne Zwischenfall. Nick hatte es erst aus den Nachrichten erfahren.

Dennoch voller Hoffnung, dass Sam ihre Versprechen halten und diesen Abend mit ihm verbringen würde, ging Nick zurück in die Küche, um das Abendessen zuzubereiten, für das er eingekauft hatte. Gegen neun waren die Nudeln Gummi und Nicks Hoffnung zunichte. Konnte sein Jobangebot sie wirklich so sehr verschreckt haben? War ihr denn nicht klar, dass er es ohne ihre Zustimmung ablehnen würde? Unglauben mischte sich in seine Enttäuschung. Dass sie ihn einfach so hängen lassen würde ... und sich selbst auch ...

Er streckte sich mit einem weiteren Whiskey auf dem Sofa aus. Der ungeschmückte Baum erinnerte ihn schmerzlich an das Scheitern seiner Pläne für diesen Abend. Was für einen Sinn hatte dieser Baum ohne Sam? Welchen Sinn hatte ohne sie überhaupt etwas?

Er musste eingedöst sein, denn das Klingeln an der Haustür weckte ihn eine Stunde später auf. Hoffnungsvoll ging er, um zu öffnen. Und tatsächlich, da stand sie vor ihm.

„Hey", sagte er.

„Hey."

„Ich dachte schon, du kommst nicht."

„Fast wäre ich auch nicht gekommen."

Nick ließ sie eintreten und nahm ihr den Mantel ab.

„Was rieche ich da?", erkundigte sie sich überrascht. „Hast du gekocht?"

Er tat es mit einem Schulterzucken ab. „Nichts Besonderes."

„Hast du mir etwas übrig gelassen?"

„Es ist alles noch da."

„Du hast noch gar nicht gegessen?"

„Ich habe auf dich gewartet."

Sie schmiegte sich an ihn. „Es tut mir leid. Ich war verstört und habe das alles ganz falsch angepackt."

Nick drückte sie, beinahe überwältigt vor Erleichterung, sie nach einem Tag voller Ungewissheit in den Armen zu halten. Er küsste sie zärtlich. „Verrate mir, was du denkst, Samantha. Sag mir die Wahrheit."

Sie sah ihn mit diesen blauen Augen an, die er so sehr liebte. „Ich denke, ich wäre für dich nur eine Belastung. Ich bin chaotisch und laut, ich fluche und flüchte mich sogar manchmal in Notlügen. Ich will das gar nicht, aber sie entschlüpfen mir einfach. Außerdem bin ich Legasthenikerin, unfruchtbar, und mein Magen bestimmt mein Leben. Tja, und dann wären da noch die netten Mitmenschen, mit denen ich täglich zu tun habe – Drogendealer, Prostituierte, Mörder, Vergewaltiger. Da ist dieses Fiasko mit den

Johnsons, und mein Ex-Mann, der auf dem Weg ins Gefängnis ist
…“

Obwohl ihre kleine Ansprache ihn amüsierte, wusste er doch, dass es ihr todernst damit war. Deshalb hütete er sich, zu lächeln. „Das ist doch nicht deine Schuld. Er hat versucht, uns beide umzubringen.“

„Was die Leute zu der Überlegung führen wird, welche Frau einen solchen Typen heiratet. Man wird mein Urteilsvermögen infrage stellen, und deines auch, weil du dich mit mir einlässt. Man wird die Johnson-Geschichte aufwärmen und jeden anderen Fall, der in die Hose ging – und das waren nicht wenige. Das wird ein schlechtes Licht auf dich werfen.“

„Ich werde nicht kandidieren, Sam. Mir wird das Amt für ein Jahr übertragen, und damit hat es sich.“

Sam nagte an ihrer Unterlippe, während sie nachdachte. „Wir haben durch die Ereignisse dieser Woche ziemlich viel Aufmerksamkeit der Medien auf uns gezogen.“

„Damit komme ich klar, wenn du damit klarkommst.“

„Ich will nicht, dass du meinetwegen Ärger hast. Das fände ich schrecklich.“

„Auch damit komme ich klar.“

Sie legte ihm die Hände auf die Schulter. „Du willst es, oder?“

„Mein Leben war vorher ganz in Ordnung. Wenn ich Nein sage, wird sich daran nichts ändern.“

„Das beantwortet meine Frage nicht.“

„Es ist etwas, was ich mir nie hätte träumen lassen. Bis gestern habe ich nie auch nur einen Gedanken daran verschwendet.“

„Mein Dad und Freddie finden es cool“, sagte sie mit einem kleinen Lächeln. „Sie meinen, wir würden das schon hinbekommen. Mein Dad findet sogar, es könnte ein ‚großes Abenteuer‘ werden.“

Ihre skeptische Miene amüsierte Nick. „Sehr kluge Männer. Du solltest auf sie hören.“

Sie sah ihn an. „Können wir essen? Ich habe den ganzen Tag noch nichts gegessen, und ich komme langsam um vor Hunger.“

Nick beschloss, sein Glück lieber nicht zu strapazieren, da sie auf ihre ganz eigene Weise zu einer Entscheidung zu kommen schien. „Klar.“

„Oh!", rief sie auf dem Weg in die Küche. „Du hast einen Baum besorgt!"

„Habe ich dir doch gesagt."

„Wann hast du denn dafür die Zeit gefunden?"

„Ich habe ihn heute Morgen gekauft, zusammen mit ein paar anderen Sachen."

„Was für Sachen?"

„Ich habe ein paar Weihnachtseinkäufe gemacht", erklärte er mit einem geheimnisvollen Lächeln und schenkte ihr ein Glas Wein ein. „Und Immobilienkäufe habe ich außerdem getätigt."

Sie machte ein verwirrtes Gesicht.

Er servierte ihr die aufgewärmte Fettuccine Alfredo und stellte einen gemischten Salat auf den Tisch. „Du hast gesagt, du könntest nicht hier draußen in Virginia leben. Stimmt's?"

„Ja." Sie machte sich über das Essen her, als sei sie wirklich am Verhungern. „Du hast mir nie gesagt, dass du so gut kochen kannst! Es ist fantastisch!"

„Du hast nie gefragt. Aber ich bin froh, dass du es magst." Nachdem er die Kerzen auf dem Tisch angezündet hatte, setzte er sich ihr gegenüber. „Wie dem auch sei, da du hier nicht leben kannst, habe ich ein Haus in der Stadt gekauft."

„Was für ein Haus?", fragte sie verblüfft.

„Eines, das bei deinem Dad in der Straße zum Verkauf stand. Ich habe es mir am Sonntag angesehen, als du arbeiten musstest. Heute Morgen habe ich ein Angebot gemacht, und sie haben angenommen. Ich treffe mich nach Weihnachten mit einem Makler wegen diesem Haus hier."

Sie lehnte sich perplex zurück. „Einfach so?"

„Ich wusste doch, dass du in der Nähe deines Vaters und deines Jobs bleiben willst."

„Musst du denn nicht einen Wohnsitz in Virginia haben?" Vorausgesetzt, er würde Senator werden.

„John hat sich darum gekümmert, indem er mir das Strandhaus hinterlassen hat. Deshalb sollte ich auch heute unbedingt zur Testamentseröffnung."

Sams Blick wurde sanft vor Rührung. „Nick ... das ist wundervoll. Du liebst das Strandhaus."

„Ich war überrascht und froh." Er nahm ihre Hand und hob sie an die Lippen.

„Wie geht es Graham?"

„Besser. Sie lassen ihn heute nach Hause gehen, wenn sein Blutdruck wieder normal ist."

„Das ist gut."

„Ich bedaure die beiden. Vor ihnen liegt ein langer Weg, um mit allem fertig zu werden. Und die Medien lechzen nach Neuigkeiten über Johns unehelichen Sohn."

„Sie sollten jetzt der Öffentlichkeit reinen Wein einschenken."

„Ich glaube, das haben sie auch vor. Laine wollte, dass ich dir ausrichte, wie sehr sie es bedauert, dich wegen Thomas angelogen zu haben. Sie hat gemeint, als sie sah, dass du sein Foto hast, sei sie in Panik geraten."

„Das gehört der Vergangenheit an. Ich bin darüber hinweg."

Als sie fertig waren mit essen, nahm Nick die Weingläser und führte Sam zum Sofa. „John hatte so viele Geheimnisse. Ich hatte bis heute keine Ahnung, wie unfassbar reich ihn der Verkauf seines Unternehmens gemacht hat. Das wurde mir erst klar, als der Notar heute seine Millionen verteilt hat. Es gab viele Geheimnisse, aber er hat seinen Vater geliebt. Sehr. Trotz allem. Er hat ihn geliebt."

„Das verstehe ich. Es gibt nicht viel, was mein Vater tun könnte, um etwas an meinen Gefühlen für ihn zu ändern."

„Du kannst dich glücklich schätzen, ihn zu haben."

„Das weiß ich."

Er betrachtete das Gesicht des Menschen, der ihm so wichtig geworden war. „Was machen wir nun, Sam?"

„Na ja, heute Abend werden wir erst mal den Baum schmücken." Sie sah zum Baum und dann auf die Geschenke darunter. „Was ist das alles?"

„Eines für jedes Jahr, das uns entgangen ist."

Lächelnd setzte sie sich rittlings auf seinen Schoß. „Das ist unglaublich süß von dir."

Er drückte sie an sich.

„Und morgen", fuhr sie fort, ihn zärtlich küssend, „fahren wir zum Abendessen zu Tracy. Übermorgen verkündest du der

Demokratischen Partei Virginias, dass du ihr nächster Senator wirst.“

Er umfasste ihr Gesicht mit beiden Händen. „Werde ich?“

„Es ist doch nur für ein Jahr, oder?“

„Ein Jahr.“

„Es wird chaotisch werden, das ist dir hoffentlich klar.“

„Ich liebe ein gutes Chaos“, erwiderte er mit einem neckenden Grinsen. „Um ehrlich zu sein, dafür lebe ich.“

Sie grinste. „Wir werden es wirklich tun.“

„Wir machen es.“

„Ich liebe dich, Senator Cappuano.“

„Ich liebe dich, Lieutenant Holland. Fröhliche Weihnachten.“

„Dir auch fröhliche Weihnachten.“ Sie legte ihre Stirn an seine und sah ihm in die Augen. „Das wird ein unglaubliches neues Jahr.“

„Ich kann es kaum erwarten.“

Ende

ONE NIGHT WITH YOU

WIE ALLES BEGANN

1

Sam Holland betrat die feuchte Spelunke, die sich O'Leary's Bar nannte, und wartete einen Moment, um ihre Augen an das schummrige Licht zu gewöhnen. Nach Stunden in der heißen Sonne war diese muffige Kühle genau das Richtige. Na ja, das und ein kaltes Bier mit ihrem geliebten alten Dad.

Skip winkte ihr vom anderen Ende des Tresens zu, und als sie zu ihm ging, sprang er auf, um sie zu umarmen und zu küssen. „He, mein kleines Mädchen. Du bist spät dran."

„Ooooch", meinte Captain Malone, „Daddys kleines Mädchen ist da."

Da sie Malone schon fast ihr ganzes Leben kannte, hatte sie überhaupt kein Problem damit, ihrem Vorgesetzten den Finger zu zeigen. Er lachte laut.

„Sie kommt ganz nach dir, Skip." Malone warf einen Zwanziger auf den Tresen. „Gott steh dir bei."

Skip verstärkte den Druck seines Armes um Sams Schultern. „Würde es gar nicht anders haben wollen."

„Wir sehen uns morgen, Leute", sagte Malone auf dem Weg hinaus.

Sam setzte sich auf den Barhocker, den Malone frei gemacht hatte, und warf sich eine Handvoll Erdnüsse in den Mund, während sie dem Bartender ein Zeichen gab, dass sie dasselbe wollte wie ihr Vater. „Muss das wirklich sein?"

„Was denn?" Skip tat ganz unschuldig, obwohl er genau wusste, was sie meinte.

„Dieser ‚Mein kleines Mädchen'-Schmus vor anderen Cops."

Skip hob die Brauen. „Was, verdammt noch mal, soll denn bitte sehr *Schmus* sein?"

„Die Umarmungen und die Küsse." Sam wedelte mit der Hand, um die gesamte Ausführlichkeit seiner Begrüßung anzudeuten. Sie bereute diese Unterhaltung schon, da sie sehr wohl wusste, was er gleich sagen würde.

„Du bist meine Tochter."

„Ich bin außerdem eine deiner Untergebenen."

„Aber zuerst bist du meine Tochter."

„Dad! Im Ernst. Es ist schwer genug für mich, dass mein Dad der Deputy Chief ist, auch ohne dass du dich bei jeder Gelegenheit wie mein Dad benimmst."

„Also ehrlich, Sam, ich *bin* dein Dad, und so werde ich mich auch verhalten, bis ich eines Tages unter der Erde liege."

Sie wollte nicht an seine Beerdigung denken, niemals, und nickte dem Bartender kurz zu, als er ihr das Bier brachte sowie ein neues für Skip. „Du machst es mir nicht leicht."

„Ist es nicht das, was du wolltest? Wenn ich mich recht entsinne, lauteten deine exakten Worte: ‚Hände weg. Lass mich mein eigenes Ding machen'."

„Ja! Hände weg. Keinen Schmus!"

„Sorry, aber das wird nicht passieren." Er trank einen großen Schluck aus seinem Glas. „Wie ich sehe, nimmst du dir wieder einen halben Tag frei."

Während er über seinen eigenen Witz lachte, verdrehte sie die Augen über diese fast tägliche Bemerkung. „Ein weiterer halber Elf-Stunden-Tag."

„Faulenzerin. Du weißt, ich erwarte mehr von dir."

„Ja, ja."

„Redet man etwa so mit einem Vorgesetzten?"

„Das ist die einzige Art, mit meinem alten Herrn zu reden."

„Wen nennst du hier alt?" Er schob die Erdnüsse näher zu ihr. „Möchtest du zum Essen kommen heute Abend?"

„Würde ich gern, aber Angela hat mich überredet, zu einer blöden Party zu gehen. Eigentlich will ich gar nicht hin, aber jetzt muss ich. Ich hoffe noch, dass ich irgendwie drumherum komme."

„Was ist denn so Besonderes an der Party?", erkundigte Skip sich.

„Offenbar ein Mann, der sie interessiert."

„Tatsächlich? Na, dem Himmel sei Dank. Ich dachte schon, sie würde für den Rest ihres Lebens diesem Idioten Johnny nachtrauern."

„Freu dich lieber nicht zu früh."

„Ich erwarte morgen einen vollständigen Bericht. Sehen wir uns auf einen Kaffee?"

„Machen wir doch seit drei Jahren jeden Tag, also musst du wohl kaum fragen."

„Ist der beste Moment des Tages, mein kleines Mädchen. Der allerbeste."

„Meiner auch." Sam lächelte über seine ungenierte Zuneigung. Sie wusste, dass sie ihn sehr stolz gemacht hatte, indem sie zum Police Department gestoßen war. Und ihn weiterhin stolz zu machen, war ihr einziges Ziel als Police Officer. Das und Lieutenant Stahl aus seinem Eckbüro bei der Mordkommission zu vertreiben. Das war ihr anderes vorrangiges Ziel. Eines Tages ...

„Angela hat also tatsächlich Interesse an einem Mann, der nicht Johnny der Idiot ist?", erkundigte Skip sich.

„Ja."

„Du wirst zu dieser Party gehen."

„Du kannst mich nicht zwingen."

„Doch, kann ich." Sein Blick rief ihr die vielen Male ins Gedächtnis, bei denen sie als Heranwachsende seine Autorität infrage gestellt hatte. Skip Holland konnte mit dem Hochziehen einer Braue schon viel erreichen.

„Ich will aber nicht hingehen." Frisch befördert zum Detective beim Metropolitan Police Department in Washington, D.C., hatte Sam nach einem langen Tag plus zusätzlichen drei Stunden Verkehrsregelung auf einer Baustelle im Anschluss an ihre reguläre Schicht wunde Füße und einen Sonnenbrand. Jetzt wollte sie nur noch ein kühles Bad, ein weiteres kaltes Bier und ein weiches Bett – in der Reihenfolge.

Ihre Schwester hatte sie während der Arbeit angerufen, um ihr Anliegen vorzutragen.

„Bitte, Sam", hatte Angela gesagt. „Wann habe ich dich zum letzten Mal um etwas gebeten?"

„Hm, gestern, als ich deinen Wagen aus der Werkstatt abgeholt habe – und noch dazu die Reparatur bezahlt habe."

„Ich zahle es dir zurück, und du weißt, wie dankbar ich dir für deine Hilfe war."

„Dann wären wir quitt. Ich muss nicht zu dieser Party gehen heute Abend."

„Doch, musst du. Spencer wird da sein und will sich mit mir treffen. Ich kann nicht allein hingehen. Das wäre so was von peinlich. Du sollst einfach nur mitkommen, damit ich nicht allein da reingehen muss, und sobald ich ihn gefunden habe, kannst du wieder gehen."

„So einfach ist das auch wieder nicht. Ich müsste vorher duschen, mir die Haare föhnen, mich schminken und Folterschuhe anziehen, in die ich meine geschwollenen Füße wahrscheinlich gar nicht hineinbekomme."

„*Sam* ..."

„*Angela* ..."

„Ich flehe dich an. Ich habe schon alle angerufen, die ich kenne, und die haben alle was vor. Ich brauche dich."

Sam war selbst heute kurz davor gewesen, zu betteln, als Lieutenant Stahl an ihrem Büroabteil vorbeiging und ihr einen strengen Blick zuwarf, weil sie, die Füße auf den Schreibtisch gelegt, telefonierte. Obwohl sie offiziell schon Feierabend hatte, stellte sie dennoch rasch die Füße wieder auf den Boden, setzte sich gerade hin und zeigte seinem Rücken den Mittelfinger.

„Ich mag ihn wirklich, wirklich, *wirklich*, Sam. Echt. Weißt du noch, wie ich mich eine Weile mit ihm getroffen habe, als ich mit Johnny auseinander war? Ich habe ihn seitdem nicht vergessen können und es bedauert, dass ich zu Johnny zurückgekehrt bin, nachdem ich Spencer kennengelernt hatte."

Da Angela seit dem schmerzlichen Ende ihrer Beziehung zu ihrem Highschool-Freund im letzten Jahr wegen keinem Mann mehr derartig aus dem Häuschen gewesen war, geriet Sam ins Wanken. „Wie lange müsste ich bleiben?"

„Nicht länger als eine Stunde. Das verspreche ich."

„Na schön", gab Sam mit einem langen Seufzer nach.

„Dafür bin ich dir einen dicken Gefallen schuldig."

„Den schuldest du mir bereits."

„Dann eben einen noch größeren."

„Ja, klar. Wart's ab, bis ich die mal einfordere."

„Alles, was du willst", sagte Angela mit einer Begeisterung in der Stimme, die Sam schon lange nicht mehr bei ihr gehört hatte. Wenn es Angelas Lächeln zurückbrachte, lohnte sich das Opfer, ihre schmerzenden Füße in Highheels zu quetschen. Sie war nicht mehr sie selbst gewesen, seit Johnny sie zum wiederholten Mal betrogen hatte. Er konnte nicht ans Heiraten denken, bevor er sich nicht die Hörner abgestoßen hatte. Unglücklicherweise benutzte er genau diese Worte, als er seine langjährige Beziehung zu Angela beendete.

Im Lauf des vergangenen Jahres hatten Sam und der Rest der Familie sich manchmal gefragt, ob Angelas gebrochenes Herz wohl jemals heilen würde. Wenn also eine Stunde dafür sorgte, dass Angela sich besser fühlte, würde Sam bereitwillig auf ihr Bad verzichten.

„Holst du mich ab?"

„Ich bin um acht da." Dann war die Leitung tot. Angela wollte Sam auf keinen Fall die Chance geben, ihre Meinung noch zu ändern. „Verdammt", murmelte Sam und erhob sich, um ihre Sachen zusammenzusuchen. Nach elf Stunden Arbeit hatte sie nicht mehr viele Energiereserven. Aber da es nichts gab, was sie nicht für ihre Schwester tun würde, trottete sie aus dem Polizeihauptquartier hinaus in einen weiteren schwülen Sommertag in der Hauptstadt.

Erst da war ihr eingefallen, dass sie sich auf dem Heimweg auf einen Drink mit ihrem Dad treffen wollte. Dieser Tag wurde immer besser.

„Wo bist du mit deinen Gedanken?", fragte Skip und trank einen Schluck Bier.

„Ich habe nur über Angela und diese lahme Party nachgedacht, zu der ich mich habe überreden lassen. Da wird ein Haufen Typen rumhängen, die bei den Frauen zu landen versuchen."

„Willst du dir meinen Taser leihen?“

„Ja, vielleicht mache ich das wirklich.“

Skip lachte aus tiefster Brust und brachte Sam damit zum Lächeln. Sein Lachen war einfach ansteckend und sie liebte es, ihn dazu zu bringen. Sie trank ihr Bier aus. „Ich muss mich hübsch machen. Darf ich diese Runde bezahlen?“

„Auf keinen Fall.“ Er ließ sie nie bezahlen. „Dass bloß keiner von diesen Typen mein kleines Mädchen anfasst.“

„Keine Sorge. Denen trete ich in den Hintern, falls sie es versuchen.“

„Das ist mein Mädchen. Pass auf Ang auf. Die ist nicht aus dem gleichen Holz geschnitzt wie du. Sie ist viel weicher.“

„Ich weiß“, sagte Sam seufzend. „Ich werde ein Auge auf sie haben. Mach dir keine Sorgen.“

„Da könntest du mir gleich raten, nicht mehr zu atmen.“ Er deutete auf seine Wange.

Sam schaute sich um, ob kein anderer Cop am Tresen saß, bevor sie ihm einen hastigen Kuss auf die Wange gab.

„Hab dich lieb, mein kleines Mädchen.“

„Ich dich auch, Skippy. Wir sehen uns morgen früh.“

„Ich werde da sein.“

Nachdem sie die Bar verlassen hatte, fuhr sie zu ihrem alles andere als eleganten Reihenhaus, das sie sich mit drei Mitbewohnern in Capitol Hill teilte, wo sie auch aufgewachsen war. Sam mochte es, in der Nähe ihres Vaters und ihrer Schwestern zu sein, hatte sich aber bewusst dafür entschieden, nach der Ausbildung nicht mit Angela zusammenzuziehen. Es war an der Zeit, dass sie erwachsen und selbstständig wurde, und Angela hätte ihre „kleine Schwester“ nur wieder unter Kontrolle haben wollen.

Sam wollte sich endlich befreien, nach Jahren des Kampfes mit Dyslexie während der Ausbildung. Das Letzte, was sie wollte, war jemand, der sie kontrollierte. Deshalb meldete sie sich auf eine Suchanzeige für eine Wohngemeinschaft und zog mit zwei jungen Männern zusammen, Peter Gibson und Dave Maxwell. Außerdem war da noch Daves Bruder John, der sich öfter bei ihnen aufhielt als Dave selbst. Natürlich hatte ihr Dad, der Deputy

Police Chief, alle drei überprüft, bevor er Sam den Mietvertrag unterschreiben ließ.

Sie hatte gelernt, dass es sinnlos war, ihn daran zu erinnern, dass sie inzwischen erwachsen war und seine Zustimmung gar nicht mehr benötigte.

Peter schaute SportsCenter, als sie die Wohnung betrat, ihren Rucksack abstellte und auf dem Weg zum Kühlschrank ihre Schuhe wegkickte.

„Harter Tag im Büro, Schatz?", erkundigte er sich.

„Langer Tag im Büro, noch verlängert durch Verkehrsregelung in der glühenden Sonne." Sam öffnete eine Flasche Wasser, leerte sie und nahm sich gleich eine zweite. Wenn sie heute Abend noch Alkohol trinken sollte, musste sie unbedingt viel Wasser trinken.

„Möchtest du eine Pizza?"

„Würde ich gern, aber Angela hat mich überredet, mit ihr auszugehen, also muss ich mich fertig machen."

„Wohin geht ihr?"

„Zu irgendeiner Party, zu der sie eingeladen ist. Anscheinend hat es mit einem Typen zu tun."

„Ah, verstehe. Wo findet die Party statt?"

Sam zuckte die Schultern. „Keine Ahnung. Ich gehe nur mit. Und jetzt dusche ich lieber schnell, denn sie wird bald hier sein." Auf dem Weg die Treppe hinauf dachte sie darüber nach, wie interessiert Peter stets an allem war, was sie machte. Sie war sich nicht sicher, ob er an ihr interessiert war oder einfach nur neugierig. Er war ganz süß, auf eine jungenhafte Art, mit strohblonden Haaren und blauen Augen, die leuchteten, sobald er lachte.

Da ihr anderer Mitbewohner Dave in einer Anwaltskanzlei beschäftigt war, deren Partner er zu werden hoffte, und daher kaum zu Hause war, verbrachte sie viele Abende mit einer Pizza und Peter vor dem Fernseher. Deshalb betrachtete sie ihn als Freund.

Sam blieb länger, als sie sollte, unter der kalten Dusche und musste sich deswegen beim Haaretrocknen und Schminken beeilen. Sie hasste es, gehetzt zu sein, und sah nicht so gut aus, wie sie hätte aussehen können, aber was sollte es. Dies war Angelas großer Auftritt. Wen kümmerte es da, wie Sam aussah?

Und weil es ihr egal war, schaltete sie das Glätteisen aus und beschloss, dass ihr Haar heute Abend ruhig wild und gelockt sein durfte. Normalerweise hasste sie ihre wilden Locken, aber sie konnte sich nicht mehr damit aufhalten, sie zu bändigen. Die Sommersonne hatte für helle Strähnen in ihren hellbraunen Haaren gesorgt, das sie so lang trug wie seit Jahren nicht. Wer hatte schon Zeit für den Frisör, wenn man sich neben dem regulären Dienst noch ständig freiwillig zum Verkehrsregeln meldete, um das Ausbildungsdarlehen zurückzuzahlen?

Sie schaffte es gerade so, fünf Stunden Schlaf pro Nacht zu bekommen. Sams Philosophie lautete: Man ist nur einmal jung, und die Schulden aus der Ausbildung zu begleichen, hatte bei ihr oberste Priorität. Natürlich schadete es auch nicht, dass sie mit den vielen Überstunden die Gunst ihrer Vorgesetzten gewann. Sie war ein Jahr früher zum Detective befördert worden, als sie selbst es erwartet hatte. Ihr nächstes Ziel war der Rang eines Detective Sergeant in einigen Jahren.

Nachdem sie das goldene Abzeichen erhalten hatte, war von Begünstigung geredet worden, doch auf solchen Mist gab sie nichts. Klar, ihr Vater war der Deputy Chief. Na und? Sie wusste, und er auch, dass sie sich für diese Beförderung ein Bein ausgerissen hatte. Niemand hatte ihr etwas gegeben, was sie nicht auch verdient hätte. Auch wenn sie ihren Vater mehr als irgendwen sonst respektierte, war es doch nicht immer leicht, im Police Department Skip Hollands Tochter zu sein. Er genoss hohes Ansehen und hatte ebenso hohe Erwartungen an seine Tochter. Es war nicht einfach, dem gerecht zu werden, doch Sam zeigte sich der Herausforderung gewachsen.

Im kurzen Sommerkleid und leichten Top sowie auf endlos hohen Absätzen, die ihre Füße um Gnade wimmern ließen, schaute Sam noch einmal zum Bett und wünschte, sie wäre eine weniger loyale Schwester. Zu gern wäre sie nackt ins Bett gekrochen und hätte in den nächsten acht Stunden die Klimaanlage laufen lassen. Aber es sollte nicht sein.

Ein Hupen draußen informierte sie darüber, dass Angela eingetroffen war. „Augen zu und durch." Sie schnappte sich ihre Handtasche und lief nach unten. Ihre Füße protestierten bei jedem Schritt. „Bis später", rief sie Peter auf dem Weg hinaus zu.

„Amüsier dich gut. Und tu nichts, was ich nicht auch tun würde."

„Sehr witzig. Bevor das passieren kann, werde ich schon wieder zu Hause sein."

„Ich halte dir deinen Platz auf dem Sofa warm."

„Ausgezeichnet." Sam ging hinaus in die drückende Schwüle und merkte, wie ihr Haar sich in den wenigen Sekunden kräuselte, die sie brauchte, um in Angelas Wagen zu steigen.

Das würde ein langer Abend werden.

2

„Warum schaut dir dieser komische Typ hinterher?", fragte Angela, die misstrauisch zum Haus sah.

„Was?"

„Peter. Der steht am Fenster und beobachtet dich. Der ist mir unheimlich."

„Du bist albern. Er ist ein Freund."

Angela gab Gas. „Ein Freund, der ganz verrückt nach dir ist, wenn du mich fragst."

„Ist er nicht. Er ist bloß ein guter Kumpel, mehr nicht. Er hat eine Freundin."

„Kennst du sie?"

„Noch nicht."

„Du hast nicht mitbekommen, wie er dich ansieht, wenn du nicht hinschaust. Das ist beängstigend. Tracy findet das auch."

„Ihr zwei habt also über mich und meinen Mitbewohner geredet?"

Angela wechselte unvermittelt die Spur, was den Fahrer hinter ihnen dazu veranlasste, wütend zu hupen. „Ja klar, sicher haben wir das."

„Wie wäre es, wenn du fährst, ohne uns umzubringen?", sagte Sam und hielt sich dabei am Haltegriff über der Tür fest.

„Sei nicht so melodramatisch."

„Du hast doch bloß Cop-Mut."

„Was zur Hölle heißt das denn?"

„Du fährst nur deshalb wie eine Irre, weil du meinen Namen oder den von Dad fallen lassen kannst, um keinen Strafzettel zu bekommen."

„Wie du meinst. Ich würde auch wie eine Irre fahren, wenn ihr keine Cops wärt."

„Reizend. Wo findet die Party überhaupt statt?"

„Irgendwo in Georgetown. Ich habe die Adresse in meiner Handtasche. Und jetzt zurück zu Peter, dem Widerling. Ich finde, du solltest da ausziehen. Tracy meint das auch."

„Bitte sag mir, dass du dich nicht mit Dad darüber unterhalten hast."

„Bis jetzt noch nicht."

„Tu's nicht. Ich kann es nicht gebrauchen, dass er mir deswegen im Nacken sitzt. Es war schlimm genug, dass er darauf bestanden hat, alle Mitbewohner zu überprüfen, bevor ich dort eingezogen bin. Du meine Güte, ich bin achtundzwanzig und noch dazu Polizistin. Wieso muss ich meinen Dad meine Mitbewohner überprüfen lassen?"

„Weil du immer sein kleines Mädchen sein wirst, egal wie alt du bist."

Sie dachte an ihre Unterhaltung vorhin und wusste, dass Angela recht hatte. „Warum behandelt er dich und Tracy nicht so? Es ist bizarr."

„Ach komm schon, Sam. Du weißt, dass du schon immer etwas Besonderes für ihn warst."

„Ihr doch auch."

„Ja, sicher, aber wir haben mehr zu Mom gehört. Du warst immer schon *seine*."

Das konnte Sam nicht bestreiten. Zwischen ihr und ihrem Dad gab es schon ihr Leben lang eine besondere Bindung, und sie hatte alles darangesetzt, dass er stolz auf sie war. Nie würde sie die Tränen in seinen Augen vergessen, an dem Tag, als sie als Mitglied des Metropolitan Police Department vereidigt wurde. „Das gibt ihm nicht das Recht, sich dauernd in mein Leben einzumischen."

„Versuch mal, ihm das zu erklären."

„Das habe ich. Tausend Mal. Er grinst dann nur und kümmert sich weiter um meine Angelegenheiten. Also erzähl ihm um

Himmels willen nicht, dass ihr zwei, du und Tracy, Peter unheimlich findet. Erstens ist er nicht unheimlich, und zweitens kann ich den Ärger mit Dad nicht gebrauchen."

„Wir werden ihm nichts sagen, aber du solltest Peter lieber im Auge behalten. Irgendwas an dem Typen kommt mir nicht geheuer vor."

„Dann sei doch froh, dass du nicht mit ihm zusammenwohnen musst."

„Ich verstehe immer noch nicht, warum du das Zimmer bei mir nicht wolltest. Es wäre wie früher gewesen."

„Genau. Dann würde sich heute nicht nur Dad in mein Leben einmischen, sondern auch du. Und das brauche ich nicht."

„Das stimmt doch gar nicht! Ich hätte mich nicht eingemischt."

Sam warf ihr nur einen vernichtenden Blick zu. Angela und Tracy hatten sie seit ihrer Geburt bemuttert.

„Hätte ich wirklich nicht! Du solltest bei mir einziehen. Es gefällt mir nicht, dass du mit diesem Typen zusammenwohnst."

„Dieser Typ war stets nett zu mir, und ich werde da nicht ausziehen. Ich habe den Mietvertrag für ein Jahr unterschrieben, und den halte ich ein."

„Wie du willst. Aber wenn sich herausstellt, dass er tatsächlich ein Widerling ist, behaupte nicht, ich hätte dich nicht gewarnt."

„Werde ich nicht." Sam sah ihre Stadt vorbeirauschen, während Angela in dem für Hauptstadtverhältnisse ungewöhnlich geringen Verkehr die Spuren wechselte wie ein erfahrener Stockcar-Rennfahrer. Eine Polizistin auf dem Beifahrersitz gab ihr definitiv die Erlaubnis, wie eine Verrückte zu rasen. Da hatte Sam auf alle Fälle ins Schwarze getroffen. „Wann hast du von Spencer gehört?"

„Das ist vielleicht lustig! Ich habe heute gearbeitet, und er tauchte auf wegen eines Termins mit einem der Partner. Ich hatte schon ganz vergessen, wie toll er aussieht und wie viel Spaß wir zusammen hatten, als Johnny und ich getrennt waren. Ich habe mir einen guten Mann entgehen lassen, als ich zu Johnny zurückgekehrt bin. Als er mich also fragte, ob wir uns sehen können, sagte ich ja, liebend gern. Und weil heute Abend diese Party seiner Collegefreunde ist, fragte er mich, ob wir uns dort nicht treffen wollen."

„Und deshalb haben sich meine Pläne für den Abend ebenfalls geändert."

„Ach, hör auf zu jammern. Du hattest eh nichts vor."

„Stimmt. Nur baden und acht Stunden schlafen."

„Wie langweilig."

„Für mich klang es himmlisch. Ich habe in letzter Zeit wie eine Besessene gearbeitet und bin deshalb dauernd erschöpft."

„Du musst deine Darlehen nicht alle auf einmal bezahlen."

„Ich will aber nicht dauernd dran denken müssen."

„Wenn du dich bei dem Versuch, deine Schulden loszuwerden, umbringst, wem ist damit gedient?"

„Ich bringe mich dabei nicht um, aber ich habe mich eben auf einen Abend zu Hause gefreut."

„Ich hab schon begriffen, dass ich bis an mein Lebensende in deiner Schuld stehen werde, weil du mich heute Abend begleitest. Aber wollen wir wetten, dass du mir morgen dankbar sein wirst, weil du dich fantastisch amüsiert und jede Menge interessanter Leute kennengelernt hast?"

„Können wir gern machen. Um einen Zwanziger?"

Angela hielt die Hand hin. „Mach fünfzig draus."

Sam schlug ein. „Abgemacht. Stell dich schon mal darauf ein, dass du dieses Mal bezahlen wirst."

„Ja, ja. Warum auch mit der Tradition brechen?"

Die Party war genauso schrecklich, wie Sam es erwartet hatte, voller alberner Frauen und Männern auf der Suche nach Sex, sich betrinkend und auf wahllose Bettbekanntschaften aus. Es erinnerte sie an die beiden Partys von Studentenverbindungen, zu denen sie sich auf dem College hatte überreden lassen. Beide waren scheußliche Erfahrungen gewesen, die sie anschließend nur noch zu vergessen versucht hatte.

Jetzt war es ihr nahezu unmöglich, derartige Veranstaltungen zu besuchen und sie nicht mit den Augen einer Polizistin zu sehen. Aber sie sagte sich, es sei nicht ihre Sache, die beiden in der Küche Gras rauchenden Typen zu verhaften oder das weiße Pulver genauer zu untersuchen, das sie an der Nase eines anderen Losers bemerkte.

Wenn sie eine echte Spielverderberin hätte sein wollen, hätte sie ihre Kollegen benachrichtigen und eine Razzia veranlassen können. Das hätte den Vorteil, dass sie rasch verschwinden und ins Bett könnte. Aber das durfte sie Angela nicht antun, die so aufgeregt wegen Spencer gewesen war. Das hatte Sam von einem Anruf abgehalten – was nicht hieß, dass sie den Potqualm aus der Küche ertrug.

Sie trat durch die Glasschiebetür hinaus auf einen großen Balkon, auf dem sich noch mehr Leute aufhielten. Hält der überhaupt so viele Menschen aus?, fragte Sam sich; vermutlich war sie die Einzige, die die Tragfähigkeit des Balkons infrage stellte. Alle anderen waren damit beschäftigt, zu trinken und dummes Zeug zu reden, um bei irgendwem zu landen.

Wie war es ihr nur gelungen, diese Phase des Heranwachsens zu überspringen? Nach der Highschool war sie rasend schnell erwachsen geworden, als ihre Mom ihren Dad wegen eines anderen verließ. Sam als ihr jüngstes Kind hatte da gerade die Schule beendet. Solche Dinge bewirkten, dass man ziemlich rasch erwachsen wurde. Abgesehen davon ertrug Sam Idioten einfach nicht, und hier wimmelte es von ihnen.

Einige sahen allerdings gut aus, das musste sie ihnen lassen. Etliche waren außerdem gut gekleidet, da sie direkt von der Arbeit kamen. Doch das Äußere allein machte sie nicht anziehender, sondern ließ ihr Benehmen nur noch geistloser erscheinen. Immerhin waren einige sicher schon berufstätig und hatten etwas zu verlieren, indem sie sich nach Feierabend wie wild gewordene Studenten aufführten.

Sam fand eine freie Ecke, während sie Angela im Auge behielt, die sich auf der anderen Seite des Balkons mit einigen jungen Männern unterhielt. Sam glaubte nicht, dass einer von ihnen Spencer war, aber ganz sicher war sie sich nicht, da sie die Gesichter nicht erkennen konnte. Sie war ihm erst einmal begegnet, nahm jedoch an, dass sie ihn wiedererkennen würde. Angela lächelte und lachte, ganz in die Unterhaltung vertieft, deshalb ließ Sam sie in Ruhe.

Dummerweise entspannte sie sich gerade ein wenig, als ein Idiot einen anderen Idioten schubste, sodass der zweite das Bier aus seinem roten Plastikbecher über sie schüttete. Diese Volltrottel.

„Ach du Schande", sagte er. „Das tut mir wahnsinnig leid. Warte, ich helfe dir."

„Finger weg", knurrte Sam ihn an.

Sofort wich er mit erhobenen Händen zurück. „Ich entschuldige mich. Was kann ich tun? Servietten holen? Papiertücher? Was hättest du gern?"

„Ein paar Küchentücher wären nicht schlecht", erwiderte Sam und hielt ihr durchweichtes Kleid vom Körper weg.

„Kommen sofort."

Da sie damit rechnete, ihn nie wiederzusehen, wrang sie das Bier aus dem Stoff und verzog das Gesicht wegen des Geruchs ihrer jetzt klebrigen Hände. Jetzt wollte sie wirklich nur noch von dort verschwinden.

Ein gebügeltes weißes Taschentuch erschien vor ihrem Blickfeld. Sie schaute den Besitzer an und sofort verschwand jeder Gedanke, der nicht sein fantastisches Aussehen betraf, aus ihrem Kopf. Er war groß, sicher über einen Meter neunzig, hatte olivfarbene Haut, braune Augen und volles dunkelbraunes Haar, das sich an den Enden ringelte. Sein Mund erinnerte sie daran, wie lange sie schon keinen Sex mehr gehabt hatte.

„Ich habe gesehen, wie du einen Volltreffer abbekommen hast", meinte er mit tiefer Stimme, die Sam veranlasste, sich näher zu ihm hinüberzubeugen, damit ihr ja kein Wort entging. „Deshalb dachte ich, das hier könnte vielleicht ganz nützlich sein."

Da erst wurde ihr klar, dass er ihr sein Taschentuch anbot und darauf wartete, dass sie es nahm. „Oh, ach, das ist nett von dir, aber ich möchte es ungern ruinieren. Sieht edel aus."

Er tat es mit einem Schulterzucken ab. „Ich hab noch mehr davon."

Ein wenig aus dem Konzept gebracht durch seine Gegenwart und die Art, wie er sie ansah, nahm sie das Taschentuch und tupfte damit die Flüssigkeit auf, die noch immer von ihrem Kleid tropfte. „NDC", las sie laut die in Dunkelblau aufgestickten Initialen vor. Der Mann trug einen blauen Nadelstreifenanzug und ein weißes Hemd ohne Krawatte.

„Nicholas Domenic Cappuano, zu Ihren Diensten. Aber man nennt mich Nick."

„Du bist also Ire, was?"

Selbst sein Lachen war sexy. „Vollblut-Ire."

„Ich auch. Sam Holland."

„Freut mich, dich kennenzulernen, Sam Holland."

War es möglich, zu kommen durch die Art, wie ein aufregender Mann ihren Namen aussprach? Sam hätte das nicht für möglich gehalten. „Ganz meinerseits. Danke für die Hilfe."

„War mir ein Vergnügen."

Schrie alles, was er von sich gab, „Sex", oder hatte er nur auf sie diese Wirkung? Dieser Gedanke ließ sie beinah laut loslachen. Wem wollte sie etwas vormachen? Es gab bestimmt keine Frau, die sich nicht gern auf ihn gestürzt hätte. Wahrscheinlich musste er die Frauen wegscheuchen.

„Besser kriege ich es wahrscheinlich nicht mehr hin", sagte Sam, auf ihr fleckiges Kleid deutend. „Ausgerechnet eines von meinen Lieblingskleidern."

„Kann ich verstehen. Was treibt dich hierher?"

Dankbar für das angenehme Kompliment antwortete sie: „Meine Schwester." Sam deutete mit dem Kopf Richtung Angela, die anscheinend Spencer getroffen hatte, als Sam gerade mit Bier geduscht worden war. Angela strahlte glücklich, während sie sich mit einem gutaussehenden Mann unterhielt, der an ihren Lippen hing. „Ich bin als moralischer Beistand mitgekommen. Und du?"

„Ein paar Jungs aus dem Fitnessstudio haben mich überredet, obwohl ich viel lieber ein Steak, ein Glas Roten und ein Bett gehabt hätte – in der Reihenfolge."

Sie staunte, wie ähnlich diese Vorstellung ihrer Vorstellung von einem Traumabend war – obwohl bei ihrem eher Pizza und ein Bier vorgekommen wären statt Steak und Rotwein. „Klingt deutlich besser als dieser Fleischmarkt hier."

Er lachte leise über diesen Begriff. „Du bist anscheinend auch nur widerstrebend mitgekommen?"

„Kann man wohl sagen. Ich habe elf Stunden gearbeitet, davon drei in der prallen Sonne, und wollte nur noch kalt duschen und acht Stunden durchschlafen."

„Was machst du beruflich?"

„Ich bin Cop beim Metro PD. Gerade erst zum Detective befördert."

„Meinen Glückwunsch. Das ist fantastisch. Aber bist du nicht ein bisschen jung für einen solchen Rang?"

„Nicht du auch noch", stöhnte Sam. „Mein Dad ist ein hohes Tier im Department, deshalb muss ich mir dauernd was von Bevorzugung anhören. Keiner kann sich vorstellen, dass ich mir die Beförderung auf die gute alte Weise verdient habe, nämlich indem ich mir den Arsch aufgerissen habe – und das weiterhin jeden Tag tue."

„Ich zweifle gar nicht daran, dass du es dir verdient hast. Dein Dad muss stolz auf dich sein."

„Kann man wohl sagen." Sams Lächeln deutete an, dass das schwer untertrieben war.

„Wer ist der Typ, der sich mit deiner Schwester unterhält?"

„Er ist der Grund, weshalb wir hier sind."

Nick musterte Spencer, der intensiv Angelas Worten lauschte, genauer. „Scheint nicht wie die anderen Idioten zu sein."

„Nicht ganz", erwiderte Sam, jetzt mit einem breiteren Grinsen. Sie mochte ihn mit jeder Minute mehr. Jemanden wie ihn auf dieser Party zu treffen, hatte sie nicht erwartet. „Die meisten dieser Typen ... das sind alles notorische Fremdgänger. Meinen die tatsächlich, wir würden ihren Mist nicht durchschauen?"

„Willst du die Wahrheit hören?"

„Selbstverständlich."

„Die meisten von denen wissen gar nicht, wie dämlich sie sind."

Sam lachte wie schon lange nicht mehr. Das Bier auf ihrem Kleid war vergessen, der üble Geruch und das Klebrige auch sowie alles andere, was nicht mit diesem Mann, seinem fantastischen Aussehen und seinem Charme zu tun hatte.

„Willst du von hier verschwinden?", fragte er.

„Mehr, als ich je etwas gewollt habe."

Er deutete auf Angela. „Bist du ihre Mitfahrgelegenheit?"

„Sie war meine."

„Noch besser." Er zog einen Schlüssel aus seiner Hosentasche und hielt ihn hoch. „Wollen wir?"

„Du bist kein Serienkiller, der sich als erfolgreicher Hauptstadt-Yuppie ausgibt, oder?"

„Und wenn doch?"

Sie schaute sich unauffällig um, ob irgendwer ihnen gerade Beachtung schenkte. Dann hob sie rasch ihren Rock so weit, dass er ihre am Oberschenkel befestigte Dienstwaffe sehen konnte.

Zuerst schien er verblüfft zu sein, dann flackerte Interesse in seinen Augen auf.

„Warte, da ist noch mehr." Sie nahm aus der Handtasche die glänzende goldene Marke, ihre bisher stolzeste Leistung. „Noch Fragen?"

„Nur eine."

Sie hob eine Braue.

„Glaubst du an Sex auf den ersten Blick? Denn das war das Heißeste, was ich in meinem ganzen bisherigen Leben gesehen habe."

Nervös, aber auch erfreut über seine Reaktion auf ihre kleine Demonstration, spielte sie mit. „Echt?"

„Ja, echt." Er kam näher und flüsterte ihr ins Ohr: „Und jetzt sag deiner Schwester Bescheid, dass du verschwindest."

Sam ging zu ihrer Schwester auf der anderen Seite des Balkons, noch leicht benommen vor Freude über die Begegnung mit Nick. Angela kicherte gerade ausgelassen über etwas, was Spencer gesagt hatte. Dann entdeckte sie Sam, packte ihren Arm und zog sie in den kleinen Kreis hinein.

„Du erinnerst dich doch noch an meine jüngere Schwester Sam, oder?", fragte sie Spencer.

Er schüttelte Sam die Hand. „Natürlich. Freut mich, dich wiederzusehen, Sam."

„Mich auch."

Angela zog die Nase kraus. „Hast du in Bier gebadet?"

„Irgendein Arschloch hat einen Becher auf mir ausgekippt." Sam beugte sich zu ihrer Schwester herüber. „Hör mal, Ang ... ich werde verschwinden. Es scheint ja, dass du hier alles unter Kontrolle hast."

„Du kannst nicht allein los! Warte auf uns."

„Angela, um Himmels willen. Ich bin ein Cop. Ich werde es schon schaffen, nach Hause zu kommen. Außerdem ... habe ich jemanden kennengelernt. Ich werde mir mit ihm zusammen etwas zu essen besorgen."

„Wen hast du kennengelernt?"

„Einen Mann. Niemand, den du kennst."

„Wo ist er?" Angela reckte den Hals und schaute sich auf dem Balkon um, als könnte sie den Mann, den Sam getroffen hatte, in der Menge entdecken.

„Würdest du bitte aufhören, Ausschau zu halten? Es handelt sich um einen Mann, der sich nett verhalten hat, nachdem ein Idiot Bier auf mein Kleid geschüttet hat. Wir werden uns etwas zu essen besorgen, und dann fahre ich auf direktem Weg nach Hause, weil ich morgen den nächsten Zwölf-Stunden-Tag vor mir habe. Ich habe meinen Teil erfüllt, indem ich dich begleitet habe. Und jetzt haue ich ab."

„Ich will ihn wenigstens kennenlernen."

„Du wirst ihn nicht kennenlernen, und ich kann auf mich selbst aufpassen."

„Alte Gewohnheit, du weißt schon."

„Immer die große, dominante Schwester." Sie gab Angela einen Kuss auf die Wange. „Kannst du noch nach Hause fahren?"

„Ich bringe sie", meinte Spencer.

Sam stand nahe genug bei ihrer Schwester, um zu merken, wie diese erschauerte. Ja, Angela befand sich in guten Händen. „Wir hören morgen voneinander."

„Sam ... bist du dir da sicher, was diesen Typen angeht, mit dem du wegfährst?"

Sam dachte an das Taschentuch mit dem Monogramm, das er für sie geopfert hatte, an sein Lächeln, den Charme, die Sex-auf den-ersten-Blick-Bemerkung, und nickte. „Ja, da bin ich mir sicher." Sie hätte den Rang eines Detectives nicht erreicht ohne ein gutes Gespür für Menschen. „Ruf mich morgen früh an."

„Oh, ganz bestimmt. Und Sam ... danke hierfür." Angela umarmte sie und flüsterte ihr ins Ohr: „Ich bin so glücklich, ihn zu sehen."

„Gut." Sie verabschiedete sich von Spencer und bahnte sich ihren Weg erneut durch die Menge, das ein oder andere Mal benutzte sie dabei den Ellbogen. Halb rechnete sie damit, dass supersexy Nick Cappuano während ihrer Abwesenheit von einer anderen Frau weggeschnappt worden war. Doch er stand noch in ihrer kleinen Ecke des Balkons, in der sie ihn zurückgelassen hatte, und keine andere Frau war in Sicht.

Die enorme Erleichterung, die Sam empfand, hätte sie eigentlich beunruhigen sollen. Sie mochte ihn und wollte ihn besser kennenlernen. Um mehr ging es nicht, und um mehr würde es nie gehen. Mit ihrem Job war sie völlig ausgelastet. An den allermeisten Tagen blieb gar keine Zeit mehr für einen Freund oder auch nur einen Bettgenossen.

Schlaf war dieser Tage ihr Liebhaber. Aber wie traurig war das?

Nick bot ihr die Hand. „Fertig?"

„Fertig." Sie nahm seine Hand, denn er war viel größer als sie und konnte ihnen beiden besser den Weg durch die Menge bahnen. Na ja, sie nahm seine Hand auch, weil sie ihn unbedingt berühren wollte.

3

―――

Er war sehr gut darin, sich den Weg zu bahnen. Die Leute wichen ihm einfach aus und machten Platz. Zum ersten Mal in ihrem Leben war Sam froh, jemandem zu folgen. Sie war nach diesem langen Tag zu erschöpft für weitere Kämpfe.

„Anscheinend werde ich alt", meinte er, nachdem sie die Wohnung verlassen hatten und die zwei Treppen hinuntergingen.

„Warum glaubst du das?" Sam fragte sich, ob sie seine Hand jetzt loslassen sollte, da sie ja aus dem Gedränge heraus waren. Aus irgendeinem Grund ließ sie jedoch nicht los, und er auch nicht.

„Partys wie diese sind auch nicht mehr so lustig, wie sie es früher einmal waren. Momentane Gesellschaft natürlich ausgeschlossen."

„Natürlich", sagte sie trocken.

„Ich meine nur, so viele Leute, der Alkohol ..."

„Die alberne Anbaggerei?"

„Das auch, ja. Und wieder: momentane Gesellschaft ausgenommen."

„Ha! Du bist ein Schmeichler."

„Ich gebe mir Mühe. Und bist du gut weggekommen? Von deiner Schwester, meine ich?"

„Mehr oder weniger. Sie hat mich in die Mangel genommen

und wollte wissen, wohin ich fahre und mit wem. Typisch große Schwester halt. Sie kann nicht anders."

„Ist doch nett, diese Fürsorglichkeit."

„Ich wünschte, sie wäre einen kleinen Tick weniger fürsorglich. Was ist mit dir? Hast du Geschwister?"

„Nein, ich bin Einzelkind."

„Da hast du aber Glück."

Er reagierte darauf mit einem kurzen Lächeln, in dem jedoch noch mehr lag.

Nein, fang nicht damit an. Ich werde ihn schließlich nie mehr wiedersehen. Sam beschloss, die Unterhaltung auf sichere Themen zu lenken. „Was machst du eigentlich beruflich?"

„Ich arbeite für den Kongressabgeordneten Delehanty aus Kentucky."

„Oh, das ist sicher cool."

Ihre Worte brachten ihn zum Lachen, sinnlich und tief und mit entsprechender Wirkung – auch körperlicher – auf Sam.

Wow.

„Du willst eher sagen, dass es sich beängstigend langweilig anhört, oder?"

„Das habe ich nie gesagt. Nicht mal gedacht." *Nein, ich war zu sehr damit beschäftigt, daran zu denken, dass meine Nippel sich langweilen.* Sam wünschte, sie fände den Schalter, um die ständigen gedanklichen Kommentare auszublenden.

„Ob du es glaubst oder nicht, es macht tatsächlich Spaß. An den meisten Tagen. Wir lösen eine Menge Probleme für Leute, die sich an sonst niemanden wenden können. Das gefällt mir besonders gut daran. Aber sicher ist es nicht annähernd so aufregend, wie ein Cop zu sein."

„Gibt es überhaupt etwas so Aufregendes?", scherzte sie mit einem frechen Lächeln.

„Du hast irgendwas mit drei Stunden in der prallen Sonne erwähnt ..."

Sie winkte ab. „Das zählt nicht. Es war ein Sonderdienst."

„Und was beinhaltet der?"

„Verkehrsregelung an einer Baustelle. Das machen wir für zusätzliches Geld. In meinem Fall, um ein enormes

Studiendarlehen abzubezahlen, was bei diesem Tempo noch eine Ewigkeit dauern wird."

„Ah ja, die Lasten der Mittzwanziger."

„Du auch?"

„Nein, nicht direkt. Ich hatte ein Stipendium, allerdings nur für die Studiengebühr, also gibt es noch geringe Schulden. Nicht so hohe, wie manche Leute sie haben. In der Hinsicht hatte ich Glück."

„Kann man wohl sagen." Sie stieß ihn mit der Schulter an. „Streber- oder Sportstipendium?"

„Was für eine Fangfrage!"

„Also, welches war es?"

„Die Universität, die ich besucht habe, vergibt keine Sportstipendien."

„Streber! Wusste ich's doch. Du machst auch diesen superschlauen Eindruck. Aber was für eine Uni vergibt denn keine Sportstipendien?"

„Tja, wie soll ich sagen ..."

Sie blieb unvermittelt stehen. „Die altehrwürdigen, mit Efeu an den Wänden, stimmt's?"

„Schon möglich."

Sie legte den Kopf schief und betrachtete ihn genauer. „Also, welche?"

„Gibt es denn mehr als eine?"

Sie warf den Kopf in den Nacken und meinte lachend: „Ach du meine Güte. Sag mir, dass das nicht wahr ist."

„Ist es aber. Macht das unseren Deal zunichte?"

„Wir hatten einen Deal?"

Nick legte den Arm um sie. „Und ob wir einen hatten. Wonach steht dir der Sinn?"

Sam befürchtete, er würde sie für eine Schlampe halten, wenn sie ihm darauf eine ehrliche Antwort gab. „Die Wahrheit? Oder soll ich gesellschaftlich korrekt antworten?"

„Unbedingt die Wahrheit."

Sie sah in seine braunen Augen. „Zu dir oder zu mir?"

Einen kurzen Moment wirkte er perplex, dann fing er sich. „Mitbewohner?"

„Zwei. Und der Bruder des einen, der ständig da ist. Und bei dir?“

„Niemand.“

„Du gewinnst.“

Ein Lächeln erschien auf seinem attraktiven Gesicht. „Ich hatte schon in dem Moment gewonnen, als ich sah, wie dieser Idiot sein Bier über dich verschüttet hat.“

„Wir müssen etwas zu essen organisieren.“

„Kann ich machen.“

„Und Verhütungsmittel. Ich mache nichts ungeschützt.“

„Nein, das habe ich auch nicht erwartet.“

„Ist das ein Problem?“

„Ich habe absolut kein Problem, aber ich muss unterwegs anhalten.“

„Ist gut. Was nun also, Harvard oder Yale?“

Lachend antwortete er: „Harvard.“ Er ließ den Arm um sie gelegt auf dem Weg zum Wagen, den er einige Blocks weit weg geparkt hatte.

„Damit kann ich leben.“

Der Wagen war ein silberner Acura mit schwarzen Ledersitzen und so sauber, dass man vom Teppich hätte essen können. Angesichts dessen, was sie und Nick vorhatten, wollte sie bei diesem Gedanken am liebsten loskichern.

„Ich mache so was eigentlich nicht.“ Die Worte waren ihr unbedacht schnell über die Lippen gekommen.

„Was?“

„Männer auf Partys aufgabeln und mit ihnen nach Hause fahren.“

„Oh, na ja … gut. Ich nämlich auch nicht.“

„Du gabelst keine Männer auf Partys auf?“

Sein Lachen war so sexy wie der Rest von ihm. „Du weißt schon, was ich meine, Klugscheißer.“

„Dann treibst du dich nicht jedes Wochenende auf Yuppie-Partys herum? Jede Woche eine neue Freundin?“

Er verdrehte die Augen. „Wohl kaum. Ich bin vom Fleischmarkt herunter, seit ich vor acht Jahren das College abgeschlossen habe.“

One Night With You 399

Damit musste er um die Dreißig sein, was sie auch geschätzt hatte. Vielleicht zwei Jahre älter als sie. Ein erwachsener Mann. Aber das Äußere konnte täuschen, wie sie nach jahrelangem Dating wusste.

„Du solltest inzwischen eine nette kleine Frau und zweikommafünf Kinder haben."

„Sagt wer?"

„Der Yuppie-Zeitplan. Ist gut dokumentiert."

„Du bist witzig, Sam Holland. Hat dir das schon mal jemand gesagt?"

„Klar doch, ich bin ja leicht zu haben."

„Hast du nicht eben gesagt, genau das seist du nicht?"

Eine schnelle Auffassungsgabe besaß er auch noch. Das, gemischt mit tollem Aussehen, war beinahe zu wunderbar, um wahr zu sein. „Was stimmt denn dann nicht mit dir? Dreißig Jahre alt, noch immer Single, vermutlich momentan solo, da du mich mit zu dir nimmst ..."

„Du bist unglaublich charmant, was?", konterte er und lachte dabei erneut. „Nur zu deiner Information, Detective – mit mir ist alles in Ordnung. Und nein, es gibt keine Freundin, sonst würde ich dich nicht zu mir nach Hause mitnehmen."

„Typen wie du, die noch Single sind, haben immer irgendeinen Haken."

„Tatsächlich? Und woher nimmst du dein Wissen zu diesem Thema?"

„Das ist ein Projekt, an dem meine Freundinnen und ich seit Jahren arbeiten. Die Beweise sind unwiderlegbar. Dreißig und einigermaßen gutaussehend, anständiger Job, aber trotzdem unverheiratet oder beziehungslos ... entweder lebst du noch bei deiner Mutter oder du hast eine eklige Angewohnheit. Zum Beispiel könntest du alle Bauchnabelfusseln, die du je bei dir gesammelt hast, in einer Tüte aufbewahren." Während sie vor einer Ampel darauf warteten, dass es Grün wurde, sah sie ihn an und stellte fest, dass er sie verblüfft anschaute. „Wie nah bin ich dran?"

„Du liegst völlig daneben. Erstens wohne ich definitiv nicht mit meiner Mutter zusammen, und zweitens: Bauchnabelfusseln sind eklig."

Sam verschränkte die Arme. „Dann ist es eben etwas anderes.“

„Versuchst du mir gerade auszureden, dich mit zu mir zu nehmen?“ In seinen schönen Augen lag nicht nur Belustigung, sondern auch etwas, das Sam als Verlangen deutete.

„Absolut nicht. Ich dachte, wir machen bloß ein bisschen Konversation.“

„Ist es das, was wir tun?“

„Wie würdest du es denn nennen?“

„Verhör?“

„Ach was, nicht mal annähernd. Du solltest mich mal erleben, wenn ich einen Täter wirklich in die Mangel nehme.“

„Ich glaube, das würde ich gerne mal.“

„Vielleicht lasse ich dich eines Tages zuschauen.“

„Vielleicht nehme ich dich beim Wort.“

Wie war das möglich, dass sie bereits über mehr als einen One-Night-Stand sprachen? Sam hatte es plötzlich eilig, alles wieder auf die Nur-Sex-Schiene zu bringen. „Wohin fahren wir eigentlich?“

„Wir suchen einen Laden, der das hat, was wir brauchen.“

„Oh.“

Einige Minuten später fuhr er auf einen Parkplatz vor einem kleinen Supermarkt. „Benötigst du noch etwas?“

„Nichts außer dem Naheliegenden.“

Er grinste. „Bin gleich wieder da.“

Während sie auf ihn wartete, erwachte Nervosität in ihr. *Was tue ich da? Das bin doch nicht ich. Ich mache solche Sachen nicht. Nicht mehr, jedenfalls ...* Ihr kam in den Sinn, dass sie einfach aus dem Wagen aussteigen und verschwinden konnte, bevor er zurückkam. Ihr blieb noch Zeit, die Sache zu beenden. Andererseits wäre das bei ihm sicher an jedem Punkt möglich. Sie wusste bereits, dass er nicht zu den Männern gehörte, die ein Nein nicht akzeptierten.

Doch er hatte einfach etwas an sich, das sie fesselte und veranlasste, zu bleiben und nicht zu türmen, obwohl sie die Hand schon auf den Türgriff gelegt hatte. In diesem Moment kam er aus dem Laden, sichtlich frustriert – und mit leeren Händen.

„Die haben keine?“, fragte sie, sobald er wieder im Wagen saß.

„Die haben nicht die richtigen. Ich kenne noch einen anderen Laden, der sie hat.“

Es gab richtige und falsche? Seit wann? „Aha."

Nachdem sich das Gleiche bei zwei weiteren Läden wiederholt hatte, begann Sam sich zu fragen, ob das womöglich eine Masche war. „Hör mal, wenn du lieber nicht möchtest ..."

Der Satz war vergessen, als er sie an sich zog für den wirkungsvollsten einzelnen Kuss, den sie je bekommen hatte. Es gab kein zaghaftes Beginnen, kein zärtliches Necken oder Andeutungen für bevorstehende Leidenschaft. Nein, in diesem Kuss lagen sofort Feuer und verrückte Begierde, weshalb sie ihn niemals vergessen würde.

„Noch Fragen zu meinem Interesse?", fragte er, als sie etliche Minuten später durch das Hupen eines Wagens wieder aus dem sinnlichen Nebel auftauchten.

Sie war ein Cop, um Himmels willen, und knutschte auf dem Parkplatz einer Drogerie wie ein lüsterner Teenager. Sam fuhr mit dem Finger über ihre kribbelnden Lippen und schüttelte den Kopf. „Nein, keine weiteren Fragen mehr."

„Gut. Wenn es im nächsten Laden nicht das gibt, was ich will, nehme ich eben etwas anderes."

„Okay." Sein Kuss hatte ihr jeglichen Übermut ausgetrieben, und nun nahm sie nur noch das aufregende Pulsieren zwischen ihren Beinen wahr. Sam fiel nichts mehr ein, was sie noch sagen könnte.

Beim nächsten Laden hatte er anscheinend Erfolg, denn er kam mit einer Tüte und einem Lächeln auf dem Gesicht wieder heraus. Er stieg ein und warf ihr die Tüte zu. „Das, meine Liebe, ist der Cadillac unter den Kondomen. Das Allerbeste. Der Hammer."

Sam gab einen verächtlichen Laut von sich. „Der Hammer? Ist das metaphorisch gesprochen?"

„Du weißt, was ich meine."

Für sie sahen sie nach ganz normalen Kondomen aus, nur dass sie extra groß waren, wie es auf der Packung stand. Sam schluckte hart, da sich das Kribbeln zwischen ihren Beinen verstärkte. „Wie weit ist es noch bis zu dir?"

„Zehn Minuten. Fünfzehn bei dichtem Verkehr. Wie stehst du zu Fast Food?"

„Ganz allgemein oder als rasche Lösung für unser Bedürfnis nach Energie?"

„Letzteres.“

„Ich bin ganz dafür.“

„Ausgezeichnet.“ Sie hielten bei einem McDonald's-Drive-Thru und aßen während der Fahrt Burger und Fritten. „Ich habe seit zehn Jahren kein Fast Food mehr gegessen.“

„Im Ernst?“, fragte sie.

„Ja. Ist eben eine verzweifelte Maßnahme ...“

Sie war absolut entzückt davon, dass er es dermaßen eilig hatte, mit ihr nach Hause zu fahren, dass er einen zehn Jahre andauernden Fast-Food-Bann brach. Erstaunt stellte sie fest, dass sie aus der Stadt herausfuhren und die 14th Street Bridge überquerten. „He, wohin bringst du mich?“

„Zu einem Außenposten, bekannt als Northern Virginia“, sagte er mit vollem Mund.

„Du wohnst nicht in der Hauptstadt?“

„Du sagst das, als sei etwas nicht in Ordnung mit mir, weil ich nicht dort wohne.“

„Wir waren uns doch schon einig darin, dass irgendetwas mit dir nicht in Ordnung ist. Dies könnte das Zeichen sein, nach dem ich gesucht habe.“

„Du bist mir vielleicht eine“, erwiderte er lachend. „Hast du viele zweite Dates?“

Das brachte wiederum sie zum Lachen. „Ein paar, hier und da.“

„Das schockiert mich. Ehrlich.“

Du liebe Zeit, ich mag diesen Kerl. Er sah toll aus und besaß auch noch denselben Sinn für Humor. Solche Männer waren wirklich selten. Die Tatsache, dass ihr Höschen schmolz, sobald er sie ansah oder dieses Lächeln erschien, machte ihn nur noch anziehender. *Such weiter den Makel. Dreißig und ledig. Da muss es einen Haken geben ...*

Als sie nach Arlington hineinfuhren, warf Sam einen Blick über die Schulter. „Ich habe das Gefühl, ich hätte Brotkrumen fallen lassen sollen auf dem Weg. Ich werde nie mehr zurückfinden.“

„Ich werde dich nach Hause bringen, wann immer du willst.“

Da sie das Haus nie unbewaffnet verließ, war sie durchaus in der Lage, sich zu verteidigen, falls es nötig wurde. Aber das hieß nicht, dass sie nicht auf der Hut war, besonders bei Männern. Allerdings schien es denkbar zu sein, dass er anders war. Sie sprach auf alle seine Eigenschaften an – er war klug, sexy, witzig, attraktiv, erfolgreich, gebildet und selbstbewusst. Bis jetzt hatte sie noch nichts an ihm gefunden, was ihr nicht gefiel, bis auf die Tatsache vielleicht, dass er außerhalb ihrer geliebten Hauptstadt lebte.

Endlich erreichten sie einen Reihenhauskomplex, wo er auf einen Parkplatz fuhr. In einem plötzlichen Anfall von Nervosität zögerte Sam, ehe sie die Hand auf den Türgriff legte.

Offenbar bemerkte er ihr Zögern. „Willst du immer noch Zeit mit mir verbringen?", fragte er.

„Ist es das, was wir tun werden?"

Er strich ihr übers Haar. „Wir können tun – oder nicht tun –, was immer du willst. Ich hatte auf der Fahrt hierher schon mehr Spaß als in den vergangenen Jahren. Von meinem Standpunkt aus betrachtet ist der Abend bereits jetzt ein Riesenerfolg."

„Du bist gut", sagte sie widerstrebend. „Das muss ich dir lassen."

Er zwinkerte ihr zu und küsste sie auf die Wange. „Das ist noch gar nichts."

Ihre Nervosität wurde verdrängt durch die wieder erwachende Lust, die ihre ganze Aufmerksamkeit in Anspruch nahm.

„Möchtest du lieber nach Hause?", fragte er. „Ich bringe dich."

„Nein, ich glaube nicht."

„Exzellente Entscheidung." Er umfasste ihr Kinn, um sie erneut zu küssen, diesmal sanfter und geduldiger als zuvor. Die Wirkung war dennoch dieselbe.

Sam legte ihm die Hand in den Nacken, um ihn näher zu sich heranzuziehen, als ihre Zungen ein aufregendes Spiel miteinander begannen. Dann biss er zärtlich auf ihre, und Sam stand in Flammen. Sie griff in seine Haare, in dem Versuch, ihm noch näher zu sein, und ließ erst los, als er zusammenzuckte.

„Tut mir leid."

„Mir überhaupt nicht. Was hältst du davon, wenn wir diese Unterhaltung drinnen fortführen?"

„Das ist eine großartige Idee."

4

———

Sam gefiel es, dass er nicht um den Wagen ging, um ihr beim Aussteigen zu helfen, sondern einfach auf sie wartete und ihre Hand nahm. Das Stadthaus, zu dem er sie führte, hatte eine weiße Schindelfassade, schwarze Fensterrahmen und eine schwarze Eingangstür.

Kaum hatte sich die Tür hinter ihnen geschlossen, ließ Nick seine Arbeitstasche und die Drogerietüte fallen und zog Sam an sich.

Sie ließ es bereitwillig geschehen und schlang ihm die Arme um die Taille.

Er presste seinen Mund auf ihren und hob sie mit einer Leichtigkeit an, die sie erstaunte und zugleich erregte. Das übertraf er noch, indem er sie gegen die Wand des Flurs drückte und sie küsste, als wollte er sie verschlingen.

Auf diese Weise war Sam noch nie geküsst worden – als hinge seine schiere Existenz davon ab. Sie schlang ihm die Arme um den Nacken und klammerte sich an ihn, während er sie auf einen wilden Ritt mitnahm. Von seinem muskulösen, kraftvollen Körper an die Wand gedrückt vergaß sie völlig, wie müde sie nach diesem langen Tag gewesen war und wie gern sie eigentlich zu Hause geblieben wäre. Jetzt dankte sie Angela im Stillen dafür, dass sie sie mitgeschleppt hatte. Und der Kerl, der sein Bier auf ihr verschüttet hatte, verdiente ebenfalls ihren Dank.

Ihre Bluse verschwand, ihr BH wurde geöffnet und ihr Rock hochgeschoben. Nick entledigte sie geschickt und effizient ihrer Kleidungsstücke, ehe er sein Hemd aufknöpfte. Und das alles, ohne den Kuss zu unterbrechen.

„Ist das dein Revolver oder freust du dich nur, mich zu sehen?", zitierte er leicht abgewandelt die berühmten Worte der Hollywood-Diva Mae West und biss sie sachte ins Ohrläppchen, was sie fast schon zum Höhepunkt gebracht hätte.

Benommen erwiderte Sam: „Lass mich runter. Nur für einen Moment."

„Wirklich nur für einen Moment."

Sie nutzte die Zeit, um die Waffe von ihrem Oberschenkel zu entfernen und in ihrer Handtasche zu verstauen.

Er zerrte an ihrem Rock, um ihr zu signalisieren, dass sie den ausziehen sollte. „Den Slip auch."

Sam bemerkte ein leichtes Zittern ihrer Hände, während sie seiner Aufforderung folgte. Als sie in der trüben Dunkelheit nackt vor ihm stand, griff sie nach seiner Gürtelschnalle, um seinen Gürtel zu öffnen. Noch bevor seine Hose den Boden erreichte, hatte er ein Kondom aus der Tasche gezogen. „Irgendeiner hat vorausgeplant."

„Ich hatte beim Schlangestehen an der Kasse ein bisschen Zeit zum Nachdenken."

„Was für ein kleiner Pfadfinder."

„So klein nun auch wieder nicht."

Normalerweise hätte sie sich über eine dreiste Bemerkung wie diese geärgert, doch als sein aufgerichtetes Glied sich in ihre Hand schmiegte – lang, mächtig und dick –, konnte sie diese Wahrheit nicht leugnen. Sie streichelte ihn, und er wurde sogar noch härter. Bei der Vorstellung, wie er in sie eindringen würde, wieder und wieder, bekam sie weiche Knie.

Mit einem Aufstöhnen nahm er ihre Hand weg, streifte sich rasch das Kondom über, umfasste mit beiden Händen ihren Po und hob sie von Neuem an. „Hier oder im Bett?", fragte er in rauem Ton, der ihr signalisierte, dass er mit seiner Selbstbeherrschung rang.

Da sie fand, bis zum Bett würde es zu lange dauern, und sie keine Zeit verlieren wollte, erwiderte sie: „Hier. Genau hier."

„Wäre auch meine Entscheidung gewesen." Er schob seine Finger zwischen ihre Beine, um ihre Bereitschaft zu prüfen. „Beim nächsten Mal werde ich dich zuerst dort küssen. Ich will dich überall küssen, aber jetzt ..."

„Ja, *jetzt!*"

Geschmeidig drang er in sie ein und raubte ihr damit den Atem und die Fähigkeit zu denken. Alles schien reduziert zu sein auf die sinnliche Wahrnehmung, von Nick genommen zu werden. Er presste die Finger in ihren Po und hielt sie fest, während er sich aus ihr zurückzog, um gleich darauf wieder tief in sie einzudringen, härter diesmal.

Sam erwischte eine Handvoll seiner seidigen dunklen Haare. Sie musste sich einfach irgendwo festhalten. In dieser Position hatte er alle Kontrolle, und Sam ergab sich ihm bereitwillig, denn er wusste genau, was er tat. Er brachte sie schneller bis kurz vor den Orgasmus, als sie es jemals in der Vergangenheit mit jemandem erlebt hatte, und er ließ nicht nach, sondern behielt seinen kraftvollen Rhythmus bei, indem er immer wieder tief in sie eindrang.

Ihre Zungen fanden sich erneut, und er schob die Hand nach unten, dorthin, wo sie miteinander vereinigt waren, um ihr den letzten kleinen Anstoß zu geben. Der Orgasmus war überwältigender als alles, was sie je mit einem Mann geteilt hatte.

Er löste seine Lippen von ihren, nach Atem ringend, und gelangte zusammen mit ihr zum Höhepunkt. Ein letztes Mal drang er in sie ein, dann sank er erschöpft gegen sie, nach wie vor in ihr pulsierend. Eine ganze Weile waren sie still, nur ihr Atem war zu hören.

Nick brach das Schweigen mit einem einzigen Wort: „Wow."

Sam lachte. „Das trifft es wohl ganz gut."

„Ich hatte noch nie an eine Wand gelehnt Sex."

„Ich auch nicht."

„Ich werde diese Wand nie wieder ansehen können wie vorher." Er küsste Sam sanft und liebevoll. „Das war sehr aufregend."

„Hm ja, sehr."

„Der heißeste Sex, den ich je hatte."

„Ja?"

„Ohne Zweifel." Er knabberte an ihrem Hals und weckte in ihr den Wunsch nach einer Wiederholung, obwohl sie normalerweise nach dem ersten Mal danke und adieu sagte. Diesmal jedoch war einmal nicht genug. Womöglich würde sechsmal mit ihm nicht genug sein.

„Geht mir genauso."

„Warte." Die Hände weiterhin unter ihrem Po, trug Nick sie von der Wand fort in ein Schlafzimmer, in das lediglich gedämpft das Licht der Straßenlaternen hineinfiel. Er legte Sam auf das Bett und küsste sie. „Einen Moment." Er nahm ein Kondom und ließ sie los. „Bin gleich wieder da."

Sam wollte das Licht anschalten, um sein Zimmer betrachten zu können – und ihn, wenn er zurückkam. Doch sie blieb, wo sie war. Ihre Schenkelmuskeln vibrierten, und sie verspürte das Pulsieren ihres intimsten Punktes. Nick hatte sie schwer beeindruckt, was für gewöhnlich nicht leicht war. Ihre Freunde zogen sie damit auf, dass sie in jeder Beziehung der Mann sei. Nach dem Sex fuhr sie jedes Mal nach Hause, da sie keine Notwendigkeit für Gekuschel oder solchen Unsinn sah. Beim Sex ging es um den Höhepunkt und sonst nichts.

Nick jedoch weckte in ihr die Neugier, ob Runde zwei mit Runde eins mithalten konnte. Als er ins Zimmer zurückkam, die Tüte aus der Drogerie in der Hand, kribbelte ihr ganzer Körper vor sinnlicher Vorfreude. Im Dämmerlicht sah sie, dass seine Erektion fast bis zu seinem Bauchnabel hinaufreichte. Offenbar hatte er das Gleiche im Sinn wie sie.

„Möchtest du etwas zu trinken?" Er hielt ihr ein Glas Eiswasser hin.

Sie setzte sich auf, um es von ihm entgegenzunehmen. „Danke." Sie trank einige Schlucke. Die kühle Flüssigkeit benetzte ihre Kehle. „Habe ich geschrien? Vorhin?"

„Ein bisschen."

„Das muss der Grund dafür sein, dass mein Hals wehtut."

„Du wirst mich nicht klagen hören."

„Eigentlich bin ich keine Schreierin."

„Du bist ja auch sonst nie mit mir zusammen."

Sie gab ihm das Glas zurück, das er auf den Nachtschrank stellte. „Du bist ziemlich zufrieden mit dir, was?"

„Du nicht? Zufrieden, meine ich?"

„Ich bin mit uns beiden zufrieden", erklärte sie. „Zusammen haben wir gute Arbeit geleistet."

Lachend legte er sich neben sie auf das Bett und seine Hand auf ihren Bauch. „Ja, haben wir. Aber Arbeit würde ich das nicht nennen."

„Dann betrachte es als Metapher."

„Ist dir kalt?"

„Nein, die Klimaanlage ist sehr angenehm, nachdem ich den ganzen Nachmittag geschwitzt habe."

„Du hast einen Sonnenbrand", stellte er fest, indem er mit dem Zeigefinger über das V strich, das der Ausschnitt ihrer Uniform hinterlassen hatte, nachdem sie einige Stunden der heißen Sonne ausgesetzt gewesen war.

„Ein bisschen vielleicht."

„Ich wette, du siehst sexy aus in deiner Uniform. Das würde ich gern einmal sehen."

„Vielleicht."

„Komm her. Du bist zu weit weg."

„Höchstens fünf Zentimeter."

„Zu weit."

Oh, sie mochte diesen Mann. Sie mochte ihn sehr. Auch das passierte ihr für gewöhnlich nicht, weil sie es zur Regel erhoben hatte, niemanden zu mögen. Sie geriet ständig an Männer, die nur redeten, aber nicht handelten. Bei diesem hier hielten seine Taten mit seinen Worten mit. Außerdem war er süß und sexy und witzig. Dadurch, dass er ihr angeboten hatte, sie jederzeit nach Hause zu fahren, wann immer sie wollte, hatte er schon reichlich Punkte verbucht. Und das war, bevor er sie im Stehen, gegen eine Wand gedrückt, um den Verstand gevögelt hatte.

Sam rollte auf die Seite, sodass sie an ihn geschmiegt lag. „Besser?"

„Wir kommen der Sache näher." Er legte den Arm um sie und schob ein Bein zwischen ihre Beine. Sein harter Penis wurde dabei gegen ihren Bauch gedrückt. „Das ist schon besser."

Sie schmiegte das Gesicht in seine Brusthaare und fuhr mit

der Zunge über eine seiner Brustwarzen, was ein scharfes Einatmen seinerseits zur Folge hatte.

„Ich will das bei dir tun."

„Du bekommst schon noch die Gelegenheit." Sam ergriff die Initiative und bewegte sich, seinen Oberkörper mit heißen kleinen Küssen bedeckend, abwärts, wobei sie sich für seine Bauchmuskeln extra viel Zeit nahm. Nick besaß den schlanken muskulösen Körper eines Mannes, der zwar trainierte, aber nicht sinnlos Gewichte pumpte.

Mit ihrer Zunge fuhr sie durch jedes kleine Tal und jede Erhebung dieser beeindruckenden Landschaft aus Bauchmuskeln. Entzückt registrierte sie, wie seine Bauchdecke bei jeder Liebkosung vibrierte. Natürlich musste sie das gleich wiederholen.

„Sam ..."

Er klang angespannt, am Rande der Selbstbeherrschung ... Sie mochte ihn so, daher setzte sie diese süße Folter noch eine Weile fort, ehe sie sich weiter abwärts bewegte, zu den sexy v-förmigen Muskeln, die seine Hüften einklammerten. Und während der ganzen Zeit tat sie, als bemerke sie nicht, wie seine Erektion mit jeder Minute stärker wurde.

Blowjobs waren nie ihr Ding gewesen, doch hatte sie das Gefühl, als könnte sie in diesem Punkt ihre Meinung bald ändern. Sie hatte es noch nie so gern tun wollen wie jetzt. Sie beschloss, ihn zu erlösen, und umfasste seinen Penis an der Wurzel, um ihn zunächst sanft zu massieren.

Das gequälte Stöhnen von Nick bestärkte sie nur in ihrem Entschluss, es zu tun. Was soll's, dies war eine Nacht der Ausschweifung, und sie hatte ohnehin schon eine ganze Reihe von Grenzen überschritten, die sie seit Jahren nicht überschritten hatte. Was bedeutete an diesem Punkt schon eine mehr? Langsam nahm sie ihn in den Mund, auf maximale Wirkung aus, als sie an der breiten Spitze zu saugen begann.

„Ah, verdammt", flüsterte er heiser. Er fuhr mit seinen Fingern in ihre Haare, ballte die Faust und zog sachte, während sie ihn tiefer in den Mund nahm.

Eigenartigerweise wurde sie umso erregter, je mehr sie ihn verwöhnte. Das war ihr noch nie passiert. Sie war sich ihrer eigenen Erregtheit, der Feuchtigkeit zwischen ihren Schenkeln, voll bewusst, während sie ihn noch tiefer in den Mund nahm, langsam und mit der Zunge umspielend.

„O verdammt, verdammt!"

Sie fragte sich, ob er überhaupt merkte, dass er inzwischen an ihren Haaren zerrte – und zwar fest. Der stechende Schmerz an ihrer Kopfhaut schien in direkter Verbindung mit ihrem Kitzler zu stehen, der eindringlich pulsierte.

In diesem Moment zog er sich aus ihrem Mund zurück, und dann lag sie plötzlich auf dem Rücken. Dass er sie so mühelos bewegen konnte, als würde sie nichts wiegen, empfand sie als sehr erregend – denn als leicht würde sie sich selbst nicht bezeichnen. Auf keinen Fall fett, das nicht, aber spindeldürr nun auch wieder nicht.

Über ihr liegend, stützte er sich auf den Ellbogen und streifte sich ein neues Kondom über. Dabei betrachtete er sie unverwandt mit diesen wundervollen braunen Augen. Er schien in sie hineinsehen zu können. Die Vorstellung, auf diese Weise „gesehen" zu werden, hätte ihr normalerweise Angst eingejagt und sie zur Flucht veranlasst. Doch an den momentanen Umständen war nichts normal, deshalb blieb sie; der Wunsch, herauszufinden, was als Nächstes geschehen würde, war stärker als der Fluchtinstinkt.

Und oh, was als Nächstes passierte ...

War das erste Mal, an der Wand, hart und schnell gewesen, vollzog sich der Liebesakt diesmal sehr langsam und sinnlich. Nick nahm sich Zeit, begann bei ihren Lippen, liebkoste diese mit den Zähnen und der Zunge auf eine Weise, dass Sam ihn sofort schmerzlich vermisste, als er den Kuss unterbrach. Er schien es nicht besonders eilig zu haben, als er damit begann, ihren Hals und den Ansatz ihrer Brüste zu küssen.

Nie zuvor hatte Sam ihre Brustwarzen auf diese Art gespürt wie in diesem Moment, als sie sich in sinnlicher Erwartung aufrichteten und hart wurden. Diesmal war sie es, die in Nicks Haare griff und zupackte, um ihn dorthin zu dirigieren. Er ließ sich jedoch nicht drängen. Das brachte sie fast um den Verstand.

„Nick ..."

„Was?"

„Ich ...“

„Sprich mit mir. Sag mir, was du willst.“

Sie hob ihre Brüste mit beiden Händen an und bot sie ihm dar. Die Art, wie seine Augen sich erst weiteten vor Überraschung, ehe ein Ausdruck glühender Begierde darin aufflackerte, würde sie nicht mehr vergessen. Und dann gab er ihr, was sie ersehnte, indem er an ihren Nippeln saugte und sanft hineinbiss ... Die zärtlichen Bisse waren neu und genügten beinahe, um sie zum Höhepunkt zu bringen.

Ihre Brüste waren noch nie so empfindsam gewesen. Heiße Wellen breiteten sich von ihren Brüsten bis in jede Zelle ihres Körpers aus. Gerade als sie glaubte, diese süße Folter keine weitere Sekunde mehr aushalten zu können, bewegte er sich abwärts und machte sich daran, ihrem Bauch die gleiche Qual in Form erotischer Aufmerksamkeit zuteilwerden zu lassen wie ihren Brüsten.

So wie Blowjobs nie ihre Vorliebe gewesen waren – zumindest bis zum heutigen Abend –, hatte sie in der Vergangenheit auch nicht viel von oraler Stimulation gehabt. Meistens waren das lahme, unbeholfene und übermäßig begeisterte Bemühungen gewesen, die bei ihr nichts auslösten außer einem Gefühl der Enttäuschung und Wundheit an der schlimmstmöglichen Stelle.

Während Nick sich weiter hinunter vorarbeitete, ahnte Sam bereits, dass sie auch diesbezüglich ihre Meinung noch ändern würde. Das erste Anzeichen dafür, dass sie möglicherweise einen Mann gefunden hatte, der sich mit den weiblichen Genitalien auskannte, war, als er ihre Beine auf seine breiten Schultern legte und ihre Schenkel weit spreizte. Sie widerstand dem Impuls, ihre Blöße mit den Händen zu bedecken, da sie wusste, dass er sie ohnehin wegschieben würde. Stattdessen krallte sie die Finger in die Tagesdecke und wartete ab, was er tun würde.

Sie bebte bereits vor erregter Anspannung, als er endlich den Kopf senkte, um sich dieser Aufgabe zu widmen.

Du lieber Himmel ... er übersprang jede Einleitung, saugte sofort an ihrem Kitzler und bescherte ihr einen Orgasmus, der sie vor Erstaunen und beinah unerträglicher Lust aufschreien ließ. Nie zuvor war sie so leicht gekommen. Nach diesen

Ganzkörperorgasmen, die er ihr verschaffte, könnte sie glatt süchtig werden.

Langsam und behutsam brachte er sie wieder herunter, ehe er sie zu neuen Höhen führte, indem er mit den Fingern in sie eindrang, während er gleichzeitig mit der Zunge ihren sensibelsten Punkt reizte. Innerhalb von Sekunden kam sie erneut, was noch nie zweimal hintereinander in so kurzen Abständen passiert war. Noch ehe sie die Chance bekam, sich von diesen machtvollen Höhepunkten zu erholen, drang er in sie ein. Das langsame Tempo beibehaltend, mit dem er dieses Liebesspiel begonnen hatte, bereitete er ihr süße Qualen, indem er erst vollständig in sie eindrang, um sich dann komplett wieder aus ihr zurückzuziehen.

Das tat er immer wieder, bis Sam fürchtete, den Verstand zu verlieren. „Bitte ...“

„Was willst du?“, fragte er, sich über ihr abstützend und höllisch sexy aussehend. Dieser Mann war aufregend muskulös, und jeder einzelne dieser Muskeln war an dem beteiligt, was er mit ihr tat.

„Das weißt du genau!“

„Sag es mir trotzdem.“

Sam hielt nichts vom Reden beim Sex. Sie zog es vor, ihren Körper sprechen zu lassen.

Er blieb über ihr, die Spitze seines Glieds befand sich knapp in ihr, während er darauf wartete, dass Sam ihm verriet, was sie wollte.

Sie hob die Hüften, um ihn zum Weitermachen zu zwingen, doch er ließ sich zu nichts zwingen.

Sein tiefes Lachen hätte sie wütend gemacht, wenn nicht jede einzelne ihrer Gehirnzellen auf das konzentriert gewesen wäre, was gerade zwischen ihren Beinen geschah – besser gesagt, was nicht geschah. „In deinen Worten.“

„Bist du immer so?“, brachte sie mühsam heraus.

„Ich bin nie so.“

Sie wollte ihn fragen, was er damit meinte, doch diese Frage zu formulieren, hätte mehr Kraft gekostet, als sie momentan aufzubringen vermochte – eine Geisel seines muskulösen Körpers inklusive des Drucks seines Penis.

„Worte", erinnerte er sie. „Sag sie, dann gebe ich dir, was du willst."

„Fick mich. Tu es einfach, ja?"

„Wie hart war das?"

„Hart. Ja, hart wäre gut."

Lachend begann er, sie hart und schnell zu lieben. So schnell und hart, dass das Bett gegen die Wand krachte, während Nick immer wieder in Sam eindrang. Es war so wundervoll ... so verdammt vollkommen. Solchen Sex hatte Sam nie zuvor gehabt – die Art von Sex, die sie jede Entscheidung hinsichtlich der Männer, die sie in der Vergangenheit getroffen hatte, infrage stellen ließ.

Dieser Mann war von Anfang an anders gewesen, und er bewies mit jedem Stoß seines großen Schwanzes, wie anders er war. Dann griff er nach unten, dorthin, wo sie vereinigt waren, und verhalf ihr zu einem weiteren dieser den gesamten Körper packenden Orgasmen, diesmal zusammen mit ihm.

Sam sah regelrecht Sterne – tatsächlich! –, als sie kam, während er tief in ihr war. Er hielt sie fest gepackt und kam mit einem lustvollen Stöhnen, das sie zu durchdringen schien.

Als er auf sie herabsank, noch in ihr pulsierend, schlang sie die Arme um ihn, damit er bei ihr blieb. Auch das war neu. Für gewöhnlich war sie diejenige, die sich hinterher abwandte, weil sie es kaum erwarten konnte, wieder ihren Freiraum zu haben und sich vom Mann des Augenblicks zu trennen.

Doch dieser Mann ... sie wollte ihn festhalten, ihn und die Gefühle, die er in ihr weckte, für die Dauer dieser perfekten Nacht.

Er hob den Kopf von ihrer Brust und schaute ihr ins Gesicht, als wollte er sich den Anblick unauslöschlich einprägen. „Das war ..." Er schüttelte den Kopf. „Unglaublich."

Sie nickte zustimmend. Es war für sie absolut ungewohnt, vom Sex derartig überwältigt zu sein. Für sie war es ein physischer Akt, eine Möglichkeit, Stress abzubauen und Dampf abzulassen. Sie hatte schon einige Männer damit gekränkt, dass sie hinterher einfach aufstand, um sich anzuziehen und nach Hause zu fahren. Sie sah keinen Sinn darin, länger zu bleiben, nachdem sie bekommen hatte, was sie wollte.

Nick küsste sie noch einmal, ehe er sich aus ihr zurückzog. „Bleib schön, wo du bist", sagte er und verließ das Bett.

Eigentlich war dies die perfekte Gelegenheit, um aufzustehen, ihre Sachen zusammenzusuchen und ihn zu bitten, sie nach Hause zu fahren. Sie musste morgen früh raus, und auch wenn das hier Spaß gemacht hatte, wurde es Zeit, wieder in die Realität zurückzukehren. Nur schien sie weder Arme noch Beine bewegen zu können, und sie brachte die nötige Entschlossenheit zur Flucht nicht auf.

Also blieb sie in seinem großen, bequemen Bett, bis er mit einem weiteren Glas Eiswasser zurückkam. Wundervoll anzuschauen in seiner Nacktheit, setzte er sich auf die Bettkante und hielt ihr das Glas hin.

Sam stützte sich auf den Ellbogen und ließ sich von ihm kaltes Wasser einflößen, das sich himmlisch anfühlte in ihrer ausgetrockneten Kehle.

„Möchtest du nach Hause?", erkundigte er sich.

„Nicht wirklich."

War das Erleichterung, was sie in seinem Gesicht las? Was immer es war, es verschwand so rasch, wie es aufgetaucht war.

„Musst du morgen früh irgendwohin?"

„Äh, ja, arbeiten."

„Es ist Samstag."

„Ich bin ein Cop. In meiner Welt gibt es keine Wochenenden."

„Das ist schrecklich."

„Glaub mir, das weiß ich."

Er stellte das Glas auf einen Untersetzer auf dem Nachtschränkchen und nahm den Wecker. „Um wie viel Uhr musst du aufstehen?"

„Wie lange dauert es von hier bis in die wirkliche Welt?"

Er verdrehte die Augen über die kleine Stichelei gegen Northern Virginia und antwortete: „An einem Samstagmorgen ungefähr fünfzehn Minuten."

„Dann stell den Wecker auf halb sechs."

Halb verblüfft, halb im Scherz fragte er: „Du meinst halb sechs morgens?"

Sam lachte über sein gespieltes Entsetzen. „Du hast mich richtig verstanden."

„Das ist verdammt früh."

„Du hast mich schmutzig gemacht. Ich muss erst nach Hause und duschen, bevor ich mit meinem Vater, dem stellvertretenden Polizeichef, Kaffee trinken gehe."

Seinen auf und ab hüpfenden Adamsapfel bildete sie sich nicht bloß ein. „Dein Dad ist der stellvertretende ... Polizeichef?"

„Der unvergleichliche."

„Tja, das ist ja ... nett."

Sam lachte, bis ihr die Tränen in den Augen standen. „Das hat noch keiner gesagt, der je mit einer der Holland-Töchter ausgegangen ist."

„Dann ist er ein harter Typ, was?"

„Knallhart. Er trägt einen Revolver, einen Elektroschocker *und* einen Schlagstock – und er scheut sich nicht, irgendwas davon auch zu benutzen."

„Gut zu wissen."

Sam grinste. Er war wirklich hinreißend und der sexyste Mann, mit dem sie je geschlafen hatte.

Nick wählte die Weckzeit, stellte den Wecker zurück auf den Nachtschrank und legte sich zu Sam ins Bett.

Bevor sie sich fragen konnte, ob ihm nur nach kuscheln war, legte er die Arme um sie und ihren Kopf an seine Brust, damit sie bequem lag. Er streichelte ihren Rücken mit sanften, kreisenden Bewegungen, die entspannend auf sie wirkten.

„Ich kann das nicht", sagte sie und brach damit das lange Schweigen.

„Was denn?"

„Kuscheln. Übernachten." Eigentlich hatte sie das nicht sagen wollen, aber die Worte waren heraus, bevor sie darüber nachdenken konnte, ob sie ihm das anvertrauen sollte. Die üblichen Ablenkungsmanöver funktionierten bei diesem Mann nicht, der so nett zu sein schien, wie er sexy war.

Er nahm sie fester in die Arme. „Ich bin froh, dass du beschlossen hast, eine Ausnahme zu machen."

„Ich habe heute Abend schon einige Ausnahmen gemacht."

„Ich weiß, dass es eine ziemlich große Sache für dich war, die 14th Street Bridge zu überqueren ..."

Sam lachte. „Ja, das war die größte Ausnahme."

„Tut mir leid, dass ich dich aus deiner Stadt geschleppt habe. Ich hoffe, es hat sich gelohnt."

Sie schob ihr Bein zwischen seine und legte die Hand auf seinen Bauch. „Es hat sich definitiv gelohnt, und ich würde gern gelegentlich meinen Pass stempeln lassen."

„Ich will dich wiedersehen."

5

─────────

„Wirklich?"

Er nickte und sah dabei hinreißend unsicher aus.

„Du meinst, du möchtest mich wieder nackt sehen?" Damit hätte sie keine Probleme.

„Nein ... ich meine, ja, natürlich will ich das. Aber das ist nicht alles, was ich will. Aus irgendeinem seltsamen Grund mag ich dich." Er sagte das mit einem amüsierten Funkeln in seinen sexy braunen Augen.

„Ha! Was ist los mit dir? Niemand mag mich, und genau das gefällt mir."

„Tja, deine Kratzbürstigkeit macht mich eben an. Was soll ich sagen? Ich bin anscheinend Masochist."

„Bist du ganz sicher."

„Willst du mich auch wiedersehen?"

„Schon möglich."

„Autsch."

„Oh, tut mir leid. Habe ich dein stolzes männliches Ego verletzt, indem ich unverbindlich war? Ich wette, das passiert dir nicht oft."

„Du hast mich getroffen, Sam, ehrlich."

„Ich versuche nur dafür zu sorgen, dass du hübsch demütig bleibst." Sie zögerte und stellte fest, dass er sie eingehend betrachtete. „Du bist ein netter Typ. Ein richtig netter."

Er verzog das Gesicht. „Doppel-Autsch.“

„Nein, im Ernst“, sagte sie lachend. „Ich meinte das aufrichtig. Und lass dir gesagt sein, dass ‚nett‘ sehr, sehr gut ist im Vergleich zu den Gestalten, mit denen ich es im Job zu tun bekomme.“

„Tja, ich nehme an, ich sollte einfach für jedes Kompliment dankbar sein, das ich von dir kriegen kann. Irgendetwas sagt mir, dass du die nicht gerade großzügig verteilst.“

Hätte er sie nicht fest in den Armen gehalten, hätte sie sich vermutlich gewunden, weil er sie so genau durchschaute. „Die Sache ist die … ich stehe nicht auf das Freund-Freundin-Ding. Ich habe keine Zeit für eine Beziehung. Ich arbeite ständig.“

„Immer nur arbeiten, das ist doch langweilig.“

„Ja, stimmt.“

„Ich habe auch ziemlich viel um die Ohren. Übermorgen – ich sollte wohl besser sagen: morgen – reise ich zusammen mit dem Kongressabgeordneten für vier Wochen nach Europa.“

„Vier Wochen in Europa“, wiederholte Sam seufzend. „Klingt schrecklich.“

„Für jemanden, der Northern Virginia als Ausland betrachtet, ist es das wohl.“

„Na ja, wir haben dabei den Potomac überquert, das ist sozusagen Übersee. Aber da du DC in deinen Initialen hast, werde ich dir die Northern-Virginia-Sache nicht vorhalten.“

Als er lachte, stellte Sam fest, dass sie seine außergewöhnliche Sexyness bisher nur oberflächlich kannte. Dieses tiefe Lachen eröffnete eine ganz neue Dimension.

„Das ist sehr nett von dir. Die Wahrheit lautet: Ich hatte mich einigermaßen auf die Reise gefreut, bis jemand Bier auf diese unglaublich aufregende Frau geschüttet hat und mir keine andere Wahl blieb, als zu ihrer Rettung zu eilen. Jetzt kommen mir vier Wochen in Europa ziemlich … langweilig vor.“

„Du bist gut im Komplimentemachen.“

„Danke.“

„Du bist gut in allem.“

„Wirklich?“ Er schmiegte das Gesicht an ihren Hals, während er ihre Brüste mit den Händen umschloss. Sofort erwachte Sams Verlangen nach ihm von Neuem. Doch trotz dieser Begierde – als wäre sie nicht eben erst, und zwar mehrfach, befriedigt worden –

besaß sie noch genug Verstand, um einzusehen, dass der morgige Tag das reinste Desaster werden würde, wenn sie jetzt nicht ein wenig Schlaf bekam.

„Ich sage es wirklich nur ungern, aber ich muss schlafen, sonst tanzen die kriminellen Elemente der Hauptstadt mir morgen auf der Nase herum."

Sein dramatisches Seufzen brachte sie zum Lächeln. „Na, wenn das deine Einstellung ist ..."

„Tut mir leid."

„Muss es nicht. Diese Nacht war fantastisch. Die beste, die ich seit ... hm, überhaupt je hatte."

„Geht mir genauso."

Er strich sanft über ihr Haar, eine Geste, die auch etwas Beschützendes hatte. Sam hätte vor Wonne am liebsten geseufzt. „Schlaf. Ich werde dich rechtzeitig wecken."

„Du solltest aber auch schlafen."

„Mit mir und dem Schlaf ist das so eine Sache."

„Wirklich?" Ihr fielen noch viele Fragen ein zu diesem kleinen Einblick, den er ihr gerade gewährt hatte.

„Schsch, schlaf. Davon erzähle ich dir ein anderes Mal."

Die Gewissheit, dass es ein anderes Mal geben würde, vielleicht auch mehr als ein weiteres Mal, erfüllte sie mit einer ausgelassenen Vorfreude, die sie bei keinem Mann zuvor empfunden hatte. Sie wollte definitiv mehr von diesem Mann, und plötzlich war die Vorstellung, ihn vier Wochen lang nicht zu sehen, nur noch deprimierend.

Ihr letzter Gedanke, bevor sie einschlief, war, dass sie wenigstens während der Hundstage in der Hauptstadt etwas haben würde, worauf sie sich freuen konnte.

Einige Zeit später wurde Sam langsam wieder wach – es hätten Stunden gewesen sein können oder Minuten –, geweckt von Lippen auf ihrem Rücken und Händen, die ihren Po umfassten. Sofort kam die Erinnerung an alles zurück. Sie befand sich in Nicks Bett, irgendwo in Northern Virginia, nach dem besten Sex ihres Lebens. Von dem sie anscheinend noch mehr bekommen würde.

Sie öffnete die Augen nur für die eine Sekunde, die sie brauchte, um sich zu vergewissern, dass sie nicht verschlafen hatte. Da es jedoch nur noch wenige Minuten bis zum Klingeln des Weckers waren, schloss sie die Augen wieder und überließ sich dem sinnlichen Sturm, den Nick hinter ihr entfachte.

Wow, der Mann wusste wirklich, was er tat. Als sei er darauf trainiert, ihr Lust zu bereiten, und nur ihr. War das nicht ein beängstigender Gedanke? Eigentlich sollte dies ein One-Night-Stand sein, doch jetzt fragte sie sich, ob er der Mann war, den sie nach all den Dates mit den falschen Männern hatte finden sollen.

Wenn er der Falsche war, dann war falsch für sie in Ordnung.

Er bewegte sie mühelos, bis sie eine Haltung auf Händen und Knien eingenommen hatte, die Beine gespreizt, den Po in die Höhe gereckt durch die zwei Kissen, die er unter sie schob. Er berührte sie überall, angefangen bei ihren Waden, von wo aus er sich hinauf zu ihren Oberschenkeln arbeitete. Als er mit der Zunge die Partie zwischen ihren Beinen erkundete, erschrak Sam und sog scharf die Luft ein, ehe sie stöhnte.

Eigentlich nahm sie nie die passive Rolle beim Sex ein, doch mit dieser Stellung hatte er ihr keine Wahl gelassen.

Sie stand kurz vor dem Höhepunkt, als er sich zurückzog, um sich ein Kondom überzustreifen. Dann war er wieder zurück, legte ihr die Hände auf die Hüften und drang tief in sie ein, so hart und schnell, dass der Orgasmus ihr einen Schrei entlockte. Sie spürte die Wirkung dieses Höhepunktes bis in jeden Winkel, in jede kleinste Zelle ihres Körpers.

„Wow, das war heiß", flüsterte er und biss sie zärtlich in die Halsbeuge. „Damit hättest du mich fast dazu gebracht, mit dir zu kommen."

Erst da merkte sie, dass er noch voll erregt in ihr war.

„Pass auf, Baby, jetzt wird es schnell."

Er hielt ihre Hüften gepackt, und seine Finger gruben sich in ihr Fleisch, während er sie in wildem Rhythmus nahm, sodass sie jeden wundervollen Zentimeter von ihm spürte. „Hast du noch einen für mich?"

„Auf keinen Fall."

„Wollen wir wetten?" Seine Finger fanden ihren Kitzler, und

diese Kombination war so erotisch, so intensiv, dass sie bereits kam, noch ehe sie einen Protest formulieren konnte.

Diesmal kam er mit ihr zusammen, und es wurde ein Moment vollkommener Harmonie, den sie noch lange, nachdem diese außergewöhnliche Nacht zur Erinnerung geworden war, im Herzen tragen würde.

Das Klingeln des Weckers durchbrach die Stille und hieß sie unvermittelt in der Realität willkommen.

Noch immer tief in ihr, streckte Nick den Arm aus, um den Wecker auszuschalten.

„Im Wecken bist du auch ganz gut", murmelte Sam unter ihm.

„Du aber auch." Er küsste sie zwischen die Schulterblätter, dann zog er sich zurück, wobei er ihren Po ein letztes Mal drückte. „Zeit zum Aufstehen."

Sie stöhnte laut. Jeder Quadratzentimeter ihres Körpers fühlte sich benutzt und geschändet an – im schönsten Sinne. Dennoch tat ihr alles weh. Sie bewegte sich langsam und saß gerade auf der Bettkante, ihren nächsten Schritt überdenkend, als Nick mit ihren Sachen hereinkam, die sie gleich neben der Wohnungstür zurückgelassen hatte. War das wirklich erst in der vergangenen Nacht gewesen? Es fühlte sich an, als ob es schon eine ganze Woche her war.

Sie nahm die Kleidungsstücke von ihm entgegen und fühlte sich auf einmal unsicher und schüchtern. „Danke." Dann stutzte sie. „Ist das Kleid etwa sauber?"

„Könnte sein."

„Du hast mein Kleid *gewaschen?*"

„Schon möglich."

„Im Ernst? Wann hast du das gemacht?"

„Als du geschlafen hast. Ich war wach. Es war keine große Sache."

Für sie war es das doch. Es zeigte, dass er nicht nur unglaublich nett und sexy war, sondern auch fürsorglich. Was für eine starke Kombination.

„Ich wollte nicht, dass du in einem stinkenden Kleid nach Hause musst."

„Das ist wirklich sehr, sehr nett von dir. Danke."

Er tat ihr Lob mit einem Schulterzucken ab und wirkte ein

wenig – hinreißend – verlegen. „Tja, und wenn du jetzt noch hier duschst, wäre das doch ein guter Start in den Tag."

Sie musterte ihn skeptisch. „Ich wage es aber nicht, mit dir gemeinsam zu duschen. Ich bezweifle, dass ich für die Art von Dusche noch Zeit habe."

„Ich werde mich benehmen, versprochen."

„Du bist einfach nur ein braver Pfadfinder, was?", bemerkte sie, schon zum zweiten Mal.

„Da du so interessiert bist, sollte ich dir vielleicht verraten, dass ich tatsächlich Eagle Scout war, bekanntlich der höchste Rang bei den Pfadfindern."

„Natürlich warst du das."

Lächelnd bot er ihr die Hand.

Sam betrachtete sie genau eine Sekunde lang, dann ließ sie sich von ihm aufhelfen. Ihre Beine protestierten bei jedem Schritt, als sie sich von ihm ins Badezimmer führen ließ, wo er die Dusche anstellte und zwei saubere Handtücher bereitlegte. Auf den ersten Blick schien seine Wohnung in tadellosem Zustand zu sein; kein Vergleich zu den Junggesellenbuden, die sie von den Männern kannte, mit denen sie sonst Dates gehabt hatte.

Nick hielt sein Wort und benahm sich unter der Dusche. „Shampoo? Conditioner?"

„Ich werde mir nicht die Haare waschen, das habe ich gestern Abend schon gemacht."

„Mist, ich hatte gehofft, das könnte ich für dich machen. Ein andermal?"

Da war schon wieder eine Anspielung auf zukünftige Begegnungen. Sam erschauerte bei der Aussicht auf mehr mit ihm. „Klar."

Wieder einmal legte er die Hände auf ihre Hüften und küsste ihren Nacken, als sie die Haare hochhielt. „Darauf komme ich zurück."

„Gut zu wissen." Das würde sie erst glauben, wenn sie es sah. Nach Jahren, in denen sie Dates mit den falschen Männern gehabt hatte, würde sich zeigen, ob er der Richtige war. Auf jeden Fall hatte es mit ihm schon mal gut angefangen.

Er stieg aus der Dusche und wickelte sie in ein dickes

Handtuch, das nach Weichspüler duftete. Dann ließ er sie allein, damit sie sich ungestört anziehen konnte.

Als Sam aus dem Badezimmer kam, trug er ein Harvard-T-Shirt und Basketball-Shorts. Und er sah in diesen Sachen genauso sexy aus wie im Anzug gestern Abend.

„Fertig?", fragte er.

Sam nickte und fühlte sich erneut ein wenig befangen an diesem Morgen danach. Hatte sie wirklich einen Typen auf einer Party aufgegabelt und die ganze Nacht mit ihm verbracht? Ja, hatte sie, und sie hatte jede wundervolle Sekunde genossen.

Er hielt ihr die Wagentür auf und wartete, bis sie eingestiegen war. Dann warf er die Tür zu und stieg auf seiner Seite ein. Bei aufgehender Sonne konnte Sam heute mehr von der Gegend erkennen. Es handelte sich um eine der sozial aufsteigenden Wohngegenden, wie es sie überall um die Hauptstadt herum gab, und sie glichen einander alle.

Auf der Fahrt über die Brücke zurück in die Stadt, deren Denkmäler vom ersten Sonnenlicht angeleuchtet wurden, schwiegen Nick und Sam.

„Es sieht alles so schön aus um diese Tageszeit", sagte Sam irgendwann.

„Ich werde dieses Anblicks nie müde."

„Ich auch nicht."

Er sah sie an und lächelte.

Aus einem Impuls heraus nahm sie seine freie Hand und hielt sie fest. „Ich hatte wirklich eine tolle Zeit."

„Ich auch. Du wirst mir deine Nummer geben, oder?"

„Ist das eine Bitte?"

„Selbstverständlich."

Sam lachte und ließ seine Hand los, um ihre Festnetznummer aufzuschreiben. Da ihr Handy ein Diensttelefon war, hatte sie ständig Angst, Stahl würde sie drankriegen wegen privater Gespräche, weswegen sie niemandem ihre Mobilfunknummer gab. Das erklärte sie Nick, während sie das Blatt mit der Nummer vom Block riss, zusammenfaltete und in seinen Becherhalter steckte. „Bitte sehr."

„Ich rufe dich an, sobald ich wieder in der Stadt bin."

„Okay." Und wieder dachte sie, dass sie das erst glauben

würde, wenn es soweit war. Doch er hatte ihr reichlich Gründe zur Hoffnung gegeben, er könnte anders sein als die Loser vor ihm. Ihr fiel ein, dass sie Angela fünfzig Dollar schuldete, und bei diesem Gedanken musste sie lachen.

„Was ist denn so komisch?"

„Ich habe mit meiner Schwester darum gewettet, dass ich einen miesen Abend haben würde. Tja, dank dir schulde ich ihr jetzt fünfzig Dollar."

„Das tut mir leid."

„Mir nicht. Das war's mir wert."

Er nahm ihre Hand wieder in seine und drückte sie. „Das war es wirklich."

Sie erreichten ihre Wohnung in Capitol Hill für ihren Geschmack viel zu schnell. Nick stellte den Automatikhebel auf „Parken", und Sam bekam eine ungute Vorahnung, als stünde etwas Schreckliches bevor, gegen das sie machtlos war. Woher, um alles in der Welt, kam das denn auf einmal? Sie schüttelte dieses Gefühl rasch ab, um ihre ganze Aufmerksamkeit Nick zu widmen.

„Noch mal danke für die wundervolle Zeit."

Er beugte sich von seinem Sitz über die Mittelkonsole, um Sam zu küssen. „Das Vergnügen war ganz auf meiner Seite."

„Nicht nur."

Sein Lächeln war das Aufregendste, was sie je gesehen hatte. „Ich rufe dich an, wenn ich zurück bin."

„Alles klar. Ich wünsche dir eine gute Reise." Sie legte die Hand auf den Türgriff, doch er hielt sie noch einmal zurück.

„Sam ... ich werde dich wirklich anrufen, das verspreche ich." Er küsste sie ein weiteres Mal, dann ließ er sie los, anscheinend mit dem gleichen Bedauern, das sie empfand.

„Danke fürs Fahren ... und für alles andere."

Er lachte und sie stieg aus, winkte und lief die Stufen zu ihrer Wohnung hinauf.

Zu ihrem Erstaunen schwang die Tür auf, ehe sie den Schlüssel benutzen konnte. „Oh, hallo", begrüßte sie Peter. „Warum bist du so früh auf?"

„Konnte nicht schlafen. Wo warst du?"

„Mit Freunden unterwegs. Aber du wirst nicht glauben, was passiert ist. Ich habe den absolut tollsten Typen kennengelernt."

„Ach ja?"

„O ja." Noch immer ganz verträumt nahm sie sich von dem Kaffee, den Peter gekocht hatte. „Ich glaube, der ist anders. Glaube ich wirklich."

„Du musst mir von ihm erzählen."

„Nach der Arbeit erzähle ich dir die nicht ganz jugendfreien Einzelheiten", erwiderte sie mit einem Augenzwinkern. „Jetzt muss ich los." Sie trank den Kaffee aus und spülte den Becher ab. Auf dem Weg aus der Küche registrierte sie Peters komischen Gesichtsausdruck. „Was ist denn los?"

„Nichts. Überhaupt nichts."

„Na schön. Wir reden später." Sam lief nach oben, um sich vor ihrer Verabredung zum Kaffee mit ihrem Vater umzuziehen. Sie fragte sich, ob er merken würde, dass ihr etwas Denkwürdiges widerfahren war, da sie sich ja erst gestern gesehen hatten. Sicher würde er etwas merken. Er kannte sie einfach zu gut.

Diesmal war es ihr egal, ob ihr Dad etwas wusste, was sie lieber für sich behalten hätte. Durch Nick fühlte sie sich beschwingt und glücklich, und sie hatte keine Ahnung, wie sie es vier ganze Wochen aushalten sollte, bis sie ihn wiedersah.

~

Hier kommst du zur Leseprobe von „Fatal Justice"

FATAL JUSTICE

Kapitel 1

Als Sam die rechte Hand hob, um den Schwur zu sprechen, der sie zum Lieutenant machen würde, fingen sämtliche Handys und Pager im Raum an zu vibrieren.

Sie wandte sich von dem städtischen Beamten ab und sah zu ihrem Partner, Detective Freddie Cruz, der mit einem grimmigen Ausdruck auf seinem attraktiven Gesicht auf seinen Pager schaute.

Kaum hatte Sam die letzten Worte des Eides gesprochen, stürmten mehrere Officer zu den Türen und riefen ihr zu, sie würden sie später auf der Party sehen. Sam hörte einen sagen: „HG multi."

O nein, dachte Sam. HG stand für häusliche Gewalt, multi bedeutete mehrere Verletzte – die reinste Hölle für Polizisten.

„ ... bin ich zutiefst überzeugt, dass sie in ihrer neuen Rolle weiter glanzvoll und ehrenhaft dienen wird", schloss Chief Farnsworth, den sie als Kind Onkel Joe genannt hatte. „Es ist mir eine persönliche und berufliche Ehre, sie nun als Lieutenant Sam Holland begrüßen zu dürfen."

Sam nahm den Applaus der im Raum verbliebenen Kollegen mit einem dicken Kloß im Hals entgegen. Ihre Schwestern Tracy und Angela traten vor, gefolgt von ihrem Vater in seinem motorisierten Rollstuhl.

Während ihre Schwestern ihr die goldenen Balken ansteckten, wunderte Sam sich, wie unwirklich ihr das alles erschien. Wegen ihrer Dyslexie, mit der sie ihr ganzes Leben zu kämpfen gehabt hatte, hatte sie an diesen Moment schon nicht mehr geglaubt. Tränen befeuchteten die Wangen ihres Vaters, der sie von seinem Rollstuhl aus beobachtete. Er liebte seine drei Töchter sehr, doch jeder, der sie kannte, sah das Besondere an der Beziehung zwischen ihm und Sam.

Nachdem die Balken befestigt waren, wichen Tracy und Angela wieder einen Schritt zurück.

Sam beugte sich herunter und legte kurz den Kopf auf die Schulter ihres Vaters, ein magerer Ersatz für die Umarmung, die sie so gern von ihm gehabt hätte. Zwei Jahre war es nun her, seit er zuletzt in der Lage gewesen war, sie zu umarmen.

„Meinen Glückwunsch, Lieutenant", brummte er.

„Danke, Chief."

Er küsste sie auf die Wange.

Sie drehte sich um, damit sie Chief Farnsworth die Hand schütteln konnte.

Als sie sah, wie die anderen Cops den Raum verließen, konnte sie sich nur mühsam zurückhalten.

„Es ist in Ordnung, wenn du mit ihnen gehen willst", sagte Nick hinter ihr.

„Auf keinen Fall", erwiderte sie, sich zu ihm umdrehend. „Heute habe ich frei."

„Sam."

„*Nick.*"

Er küsste sie auf die Lippen, im Beisein ihres Vaters, ihrer Schwestern, dem Chief und dem Bürgermeister. Dem *Bürgermeister*, um Himmels willen!

„Herzlichen Glückwunsch, Lieutenant", flüsterte Nick.

„Danke", murmelte sie und nahm sich vor, noch einmal mit

ihm über seine völlig unpassenden öffentlichen Zuneigungsbekundungen zu sprechen, sobald sie in der albernen Limousine saßen, auf die er bestanden hatte. In ihr sollten sie sich an ihrem großen Tag durch das berühmt-berüchtigte Verkehrschaos des District of Columbia chauffieren lassen.

„Die Uniform ist heiß", flüsterte er ihr ins Ohr. „Ich werde eine ganz private Besichtigung brauchen."

„Hör auf." Sie legte die Hand auf seine Brust und schob ihn sanft von sich. Selbst durch den Anzug hindurch fühlte sie seine harten Brustmuskeln.

Auf seinen vollen sinnlichen Lippen erschien ein Lächeln, das fleischliche Gelüste verhieß, sodass Sam einen feuchten Slip bekam. Mehr brauchte es nicht, und das wusste er genau.

Während sie an der Feier mit Kaffee und Gebäck teilnahmen, wartete Sam ungeduldig darauf, etwas – *irgendetwas* – Neues von dem Fall häuslicher Gewalt zu hören. Sie trank die zweite Cola light des Tages und beobachtete, wie Nick und ihr Vater gemeinsam lachten. Sie war froh, dass die beiden sich über ihre gemeinsame Sorge um Sams Sicherheit freundschaftlich nähergekommen waren. Allerdings wünschte sie, die zwei würden sich gelegentlich etwas weniger Sorgen machen. Aber immerhin hatte ihr Vater aufgehört, Nick bei jeder sich bietenden Gelegenheit einschüchtern zu wollen – das nämlich war etwas, worin Skip nach wie vor sehr gut war, selbst aus dem Rollstuhl heraus.

Angela und Travis tauchten aus der Menge auf und hakten sich bei Sam unter.

„Bist du bereit für Teil zwei?", wollte Tracy wissen.

„Muss ich?", fragte Sam, während ein kurzer Bauchschmerz sie an ihre vielen Sorgen wegen Nicks neuem Job erinnerte. Der Schmerz erinnerte sie außerdem daran, dass sie Nick versprochen hatte, die lästigen Magenbeschwerden ärztlich untersuchen zu lassen, sobald der Fall O'Connor abgeschlossen war. Sie hoffte, er würde es vergessen, doch das tat er nicht. „Ich muss mich erst umziehen."

„Wir begleiten dich", sagte Angela.

Sam machte Nick ein Zeichen, dass sie gleich wieder da sein würde, und begab sich auf den Weg zu ihrem neuen Eckbüro im

Detective Department, wo sie zuvor Kleidung zum Wechseln deponiert hatte. Das Kostüm, für das sie viel zu viel bezahlt hatte, hing an einem Haken hinter der Tür.

„Kommt rein und helft mir, Leute“, rief Sam ihren Schwestern zu. „Ich habe heute zwei linke Hände.“

Angela und Tracy marschierten zur Tür herein und übernahmen das Kommando. Sie halfen Sam, die Uniform aus- und das schwarze Kostüm mit den feinen silbernen Nadelstreifen anzuziehen. Die Jacke mit den drei Knöpfen deutete ihr Dekolleté lediglich an, doch sie befürchtete, es sei schon zu viel. Das Outfit wurde abgerundet durch Sams schwarze Pumps von Jimmy Choo und der Perlenkette ihrer Großmutter, die, wie Sam hoffte, ihr eine gewisse seriöse Ausstrahlung verlieh.

Angela half Sam bei den Schuhen, richtete sich wieder auf und schwankte. „He“, sagte sie und stützte sich an der Wand ab.

„Was ist los?“

„Nichts. Mir ist nur einen Moment schwindelig geworden.“

„Hast du wieder einmal das Frühstück ausfallen lassen?“, fragte Tracy.

„Kann sein“, räumte Angela verlegen ein. „Ich hole mir etwas auf dem Weg zum Kapitol.“ Sie wandte sich an Sam: „Du siehst übrigens fantastisch aus. Absolut umwerfend.“

Sam zupfte am obersten Knopf des Kostüms, damit das Oberteil nicht so tief saß. Aber kaum ließ sie los, rutschte es wieder nach unten und zeigte zu viel von ihren Brüsten, die ihrer Ansicht nach zu groß waren. „Es ist nicht konservativ genug.“

„Nun, da Nick überzeugter Liberaler ist, sollte das kein Problem sein“, scherzte Angela.

„Sehr witzig“, meinte Sam. „Der Präsident des Obersten Gerichtshofes nimmt die Vereidigung vor. Da will er bestimmt nicht meine Möpse sehen.“

„Wollen wir wetten?“, schlug Tracy grinsend vor.

Sam kämpfte gegen die aufsteigende Panik an. „Leute, ich kann das nicht. Ich bin nicht dafür geschaffen, die was auch immer eines Senators zu sein.“

„Die Liebe seines Lebens?“, meinte Angela.

Die ergreifende Schlichtheit der Worte ihrer Schwester warf Sam beinah um.

„Du siehst wunderschön aus, klasse und elegant." Tracy strich über Sams Revers. „Nick sollte sich geehrt fühlen, dich heute an seiner Seite zu haben."

„Ist er auch", meldete Nick sich an der Tür zu Wort.

Erschrocken drehten sich alle um, und die Liebe, die Sam in seinem Blick sah, fegte all ihre Ängste hinweg.

Tracy räusperte sich. „Wir, äh, gehen dann mal und holen Dad und Celia ab. Wir treffen uns im Kapitol." Sie packte ihre jüngere Schwester am Arm und bugsierte sie aus dem Büro hinaus.

Sam fummelte weiter an der tief ausgeschnittenen Kostümjacke herum.

Nick nahm ihre Hand und hob sie an seine Lippen. „Du siehst atemberaubend aus."

„Dieses Kostüm passt nicht zu mir", beklagte sie sich, da sie Bekleidungsmängel von diesem Ausmaß nicht gewöhnt war. Mode war der Punkt in ihrem Leben, in dem sie ansonsten sehr selbstbewusst war. „Ich verstehe nicht, was ich mir dabei gedacht habe. Es zeigt viel zu viel ..."

Er legte den Arm um sie. „Das Kostüm ist wunderschön, du bist wunderschön, und ich liebe dich. Ich war so stolz auf dich da drin, als ich sah, wie deine Schwestern dir die goldenen Balken an den Kragen hefteten."

Gerührt brachte sie für ihn ein Lächeln zustande. „Du verstehst, warum ich sie gebeten habe und nicht dich, oder?"

„Selbstverständlich verstehe ich das. Sie vertraten deinen Vater. Es war perfekt."

„Danke", sagte sie, froh über sein Verständnis und darüber, dass er stets alles zu verstehen schien. Obwohl sie selbst ziemlich groß war, musste sie ein wenig zu ihm aufschauen. Mit seinen ein Meter dreiundneunzig gehörte er zu den wenigen Menschen, die sie überragten. „Bist du bereit?"

Das kurze Stocken beim langen Ausatmen war das einzige Zeichen seiner Nervosität, das sie an seinem ansonsten sehr gelassenen Äußeren erkennen konnte. „So bereit wie es nur geht." Er hielt ihr den Arm hin. „Wollen wir?"

Sam zögerte, aber nur eine Sekunde lang. Er war alles für sie. Das zu bestreiten wäre nicht nur töricht, sondern auch sinnlos. Sie hakte sich bei ihm unter. „Unbedingt."

. . .

Eine Stunde später, als Sam unter dem Kuppeldach des Kapitols stand und die Familienbibel der O'Connors hielt, während Nick schwor, die Verfassung der Vereinigten Staaten von Amerika zu schützen und zu verteidigen, gegen alle Feinde, fremde sowie einheimische, wurde ihr klar, dass sein großer Tag ihren bei weitem übertraf. Der Präsident der Vereinigten Staaten, ein enger Freund der O'Connors, überraschte Nick mit seinem Besuch in Begleitung der First Lady.

Es war das zweite Mal innerhalb einer Woche, dass Sam den Präsidenten und Mrs Nelson sah. Das erste Mal war bei John O'Connors Beerdigung gewesen, wo sie auch Nicks Vater Leo kennengelernt hatte. Heute hatte Leo seine hübsche junge Frau und süße dreijährige Zwillinge mitgebracht. Erneut staunte Sam darüber, wie jung Leo noch wirkte. Da er nur fünfzehn Jahre älter als Nick war, war es durchaus nachvollziehbar, dass er eher als Nicks Bruder durchging.

Die ganze Familie O'Connor war gekommen. Sam konnte nur erahnen, wie schwer es für sie sein musste, zu sehen, wie der beste Freund ihres Sohnes und Bruders ihn im Senat ersetzte. Johns Vater, der Senator im Ruhestand Graham O'Connor, hatte Nick für den Posten ausgewählt. Und während Graham und seine Frau Laine voller Stolz zusahen, wie der Mann, der wie ein Sohn für sie war, vereidigt wurde, entging Sam nicht ihre Trauer. Ihr Verlust war noch frisch und wog schwerer durch die Tatsache, dass John ihnen durch ihren eigenen Sohn genommen worden war.

Ehe Sam sich versah, war Nick zum Senator ernannt und für das nächste Jahr den Bürgern Virginias verpflichtet. Während Nick dem Präsidenten die Hand schüttelte, hoffte Sam nur, dass ihr verrückter Job ihm nicht irgendwie einen Strich durch die Rechnung machen würde.

DANKSAGUNG

Als ich mit der Arbeit an dem Buch, aus dem *Fatal Affair* wurde, begann, merkte ich schnell, dass ich das komplexe Metropolitan Police Department des District of Columbia nicht genau nachbilden konnte. Das in *Fatal Affair* porträtierte Department ist meine Version des MPD und soll auf gar keinen Fall das reale Department widerspiegeln.

Ich möchte meinem Mann Dan danken, der gern jede Ausrede nutzt, um im Internet zu surfen. Er hat unendlich viel für mich recherchiert, und ich bin ihm für seine Hilfe dankbar. Meine Kinder, Emily und Jake, ertragen mich, wenn ich schreibe, und haben gelernt, mir keine wichtigen Fragen zu stellen, wenn ich in Gedanken versunken bin.

An den Rest meiner Heimmannschaft – Christina Camara, Paula DelBonis-Platt und Lisa Ridder – gilt mein Dank fürs Lesen, Kritisieren, Überarbeiten und Korrekturlesen. Danke auch an Julie Cupp dafür, dass sie der Kälte getrotzt hat, um mich auf den Eastern Market mitzunehmen, und für die Beantwortung vieler Fragen über Washington. Und wie immer für deine Hilfe, Julie, den Charakteren Namen zu geben. Wenn du bereit bist, meine Vollzeit-Sekretärin zu werden, kannst du jederzeit die Hütte beziehen.

Mein Dank geht auch an Police Lieutenant Russell Hayes von der Newport Police, Rhode Island, für das Lesen des Buches, kritische Anmerkungen und eine denkwürdige Tour. Außerdem an meine Freundin, Sergeant Rita Barker von der Newport Police, fürs Lesen und dafür, dass sie mich mit Russ bekannt gemacht hat. Dank an meine Ratgeberin und Freundin Teresa Ragan für den perfekten Buchtitel.

Besonderer Dank geht an meinen Agenten Kevan Lyon und meine Lektorin bei Carina, Jessica Schulte. Ihr habt beide geholfen, es zu einem besseren Buch zu machen, als es ohne euch geworden wäre, und ich bin dankbar für euren Beitrag. Danke auch an Angela James und alle vom Carina-Team – eure Energie erstaunt mich immer wieder, und ich bin glücklich, ein Teil dieses großen, neuen Abenteuers zu sein.

WEITERE TITEL VON MARIE FORCE

Die Fatal-Serie

One Night With You – Wie alles begann (Fatal-Serie Novelle)

Fatal Affair – Nur mit dir (Fatal-Serie 1)

Fatal Justice – Wenn du mich liebst (Fatal-Serie 2)

Fatal Consequences – Halt mich fest (Fatal-Serie 3)

Fatal Destiny – Die Liebe in uns (Fatal-Serie 3.5)

Fatal Flaw – Für immer die Deine (Fatal-Serie 4)

Fatal Deception – Verlasse mich nicht (Fatal-Serie 5)

Fatal Mistake – Dein und mein Herz (Fatal-Serie 6)

Fatal Jeopardy – Lass mich nicht los (Fatal-Serie 7)

Fatal Scandal – Du an meiner Seite (Fatal-Serie 8)

Fatal Frenzy – Liebe mich jetzt (Fatal-Serie 9)

Fatal Identity – Nichts kann uns trennen (Fatal-Serie 10)

Fatal Threat – Ich glaub an dich (Fatal-Serie 11)

Fatal Chaos – Allein unsere Liebe (Fatal-Serie 12)

Fatal Invasion – Wir gehören zusammen (Fatal-Serie 13)

Fatal Reckoning – Solange wir uns lieben (Fatal-Serie 14)

Fatal Accusation – Mein Glück bist du (Fatal-Serie 15)

Fatal Fraud – Nur in deinen Armen (Fatal-Serie 16)

Fatal-Serie Bände 1-6

Fatal-Serie Bände 7-11

First Family

State of Affairs – Liebe in Gefahr, Band 1

Die McCarthys

Liebe auf Gansett Island (Die McCarthys 1)

Mac & Maddie

Alles was du suchst (Green Mountain Serie 1)

Endlich zu dir (Green Mountain Serie 1/Story *1*)

Kein Tag ohne dich (Green Mountain Serie 2)

Ein Picknick zu zweit (Green-Mountain-Serie/Story 2)

Mein Herz gehört dir (Green Mountain Serie 3)

Ein Ausflug ins Glück (Green-Mountain-Serie/Story 3)

Schenk mir deine Träume (Green-Mountain Serie 4)

Der Takt unserer Herzen (Green-Mountain-Serie/Story 4)

Sehnsucht nach dir (Green-Mountain Serie 5)

Ein Fest für alle (Green-Mountain-Serie 5/Story 5)

Öffne mir dein Herz (Green-Mountain-Serie 6/Story 6)

Jede Minute mit dir (Green-Mountain-Serie 7)

Ein Traum für Uns, (Green-Mountain-Serie 8)

Meine Hand in Deiner, (Green-Mountain-Serie 9)

Mein Glück mit dir, (Green-Mountain-Serie 10)

Nur Augen für dich, (Green-Mountain-Serie 11)

Jeder Schritt zu dir, (Green-Mountain-Serie 12)

Die Neuengland-Reihe

Vergiss die Liebe nicht (Neuengland-Reihe 1)

Wohin das Herz mich führt (Neuengland-Reihe 2)

Wenn das Glück uns findet (Neuengland-Reihe 3)

Und wenn es Liebe ist (Neuengland-Reihe 4)

Für immer und ewig du (Neuengland-Reihe 5)

Die Quantum Serie

Tugendhaft (Quantum-Serie 1)

Furchtlos (Quantum-Serie 2)

Vereint (Quantum-Serie 3)

Befreit (Quantum-Serie 4)

Verlockend (Quantum-Serie 5)

Überwältigend (Quantum-Serie 6)

Unfassbar (Quantum-Serie 7)

Berühmt (Quantum-Serie 8)

Gilded Serie

Die getäuschte Herzogin

Eine betörende Braut

ÜBER DIE AUTORIN

Marie Force ist die New-York-Times-Bestseller-Autorin von über fünfzig zeitgenössischen Liebesromanen, unter anderem den beliebten Romanserien »Gansett Island«, »Green Mountain« und der erotischen Quantum-Serie. Sie hat unterdessen weltweit über sechs Millionen Bücher verkauft. Die Autorin lebt zusammen mit ihrem Mann, zwei fast erwachsenen Kindern und zwei Hunden in Rhode Island.

Tragen Sie sich in Maries Mailingliste ein, um alles Wichtige über neue Bücher und Veranstaltungen zu erfahren. Folgen Sie ihr auf Facebook *https://www.facebook.com/Marie-Force-Germany-821352967947273/?ref=bookmarks* und auf Instagram *https://www.-instagram.com/marieforceauthor/*